归尘记

室鞅 著

GUI CHEN JI

天地出版社 | TIANDI PRESS

图书在版编目（CIP）数据

归尘记 / 室鞅著. —成都：天地出版社，2019.10
ISBN 978-7-5455-4991-1

Ⅰ. ①归… Ⅱ. ①室… Ⅲ. ①长篇小说 - 中国 - 当代
Ⅳ. ①I247.5

中国版本图书馆CIP数据核字（2019）第106206号

GUI CHEN JI

归尘记

出品人 杨 政
出版授权 火星小说
作　　者 室 鞅
特邀策划 王 晶
责任编辑 杨 露
特邀编辑 王竟乙
封面设计 梁 霞
内文设计 桑楚森
内文排版 成都新和平文化传播有限公司
责任印制 王学锋

出版发行 天地出版社
（成都市槐树街2号 邮政编码：610014）
（北京市方庄芳群园3区3号 邮政编码：100078）
网　　址 http://www.tiandiph.com
电子邮箱 tianditg@163.com
经　　销 新华文轩出版传媒股份有限公司

印　　刷 河北鹏润印刷有限公司
版　　次 2019年10月第1版
印　　次 2019年10月第1次印刷
开　　本 710mm×1000mm 1/16
印　　张 33
字　　数 608千字
定　　价 56.00元
书　　号 ISBN 978-7-5455-4991-1

咨询电话：(028) 87734639（总编室）
购书热线：(010) 67693207（营销中心）

目录

第一章

忠义血脉　何以幽幽

洛清影终于还是回到了那个云波诡谲的朝堂。

赵弘瑀寻他的那个雪夜，他熬尽了灯花，却一丝睡意都没有。雪片簌簌地落在窗外，盈盈曳曳，一片素白掩盖了世间所有的恩怨情仇。然而他内心清晰明了，待春雪消融，一切都会恢复到本初的模样。

他忧心忡忡回到燕安，却发现事情的进展似乎比他预想的要好很多。

赵弘瑀登基一年多的时间里宵衣旰食、励精图治，已经基本廓清朝局。昆帝一朝的年迈旧臣陆陆续续都被虚升或是劝退，连淮安侯齐重卿和前丞相匡筠都交出了实权，躲到一边养老去了。他趁着这个机会拔擢了一批年轻士子，大凡重要的官职人选几乎都是由他钦定。因此，对于洛清影的“死而复生”，大多数官员都采取了视而不见、避而不谈的态度。

洛清篱本就是大殷朝的太尉，手握重兵、权倾一时。洛清影一回到朝中又即刻位列太傅，新君对洛氏兄弟的倚重显而易见。洛氏一门如日中天，百官攀附都来不及，更不会为了一个死去的废太子强出头，自掘坟墓。就算是心中有疑，也只能憋在肚子里暗暗揣度罢了。

赵弘瑀为洛清影新建了一座太傅府，与太尉府毗邻。洛清影不愿大兴土木、劳师动众，本想推辞，可赵弘瑀却坚持认为太傅的荣光便是赵元澍的荣光，不可让赵元澍被人看低。洛清影推脱不过便只好接受，只不过他坚持不再让赵弘瑀赏赐奴仆，而是从太尉府带过来几个老人儿伺候着。

曹晖镇守天雄，西卫也没有再来进犯。大殷朝难得有了休养生息的时机。

赵弘瑀平日里醉心政事，秦王赵元澍基本就交给了洛清影。虽然赵弘瑀还未正式册封赵元澍为太子，可满朝上下心知肚明，作为嫡长子，赵元澍的太子封号只是早晚的事而已。

清风又上枝头，醉了一树春桃。大殷朝崇德三年春，秦王赵元澍迎来了三岁生辰。赵弘璃以与民休息为由，不许宫中大肆操办。然而考虑到赵元澍身世的特殊性，若是太过节省，又怕朝臣以为自己忽略、轻视这个皇子。想来想去，赵弘璃决定在中孚宫办一场筵席，以家宴的名义邀请洛清篱、洛清影、甄太后、齐重卿、匡筠，以此庆贺赵元澍的生辰。这样一来既彰显了赵元澍的殊荣，又免于铺张浪费。

赵弘璃继位以来厉行节俭，他一改以往喜好热闹的性子，没有住进宁寿宫，而是选择了宁寿宫东侧的中孚宫作为自己的寝宫。中孚宫的规格比宁寿宫小了一圈，寂静清幽，虽不是富丽堂皇，却也是一应俱有。尤其是宫中东南角的一片竹林，更是让他常常回忆起煜王府中的时光，感怀不已。赵元澍没有生母亲自照拂，赵弘璃便将他安置在中孚宫后的吉亨殿，让两名贴心侍婢落雪、红梅仔细照顾。

自赵元澍咿咿呀呀开口说话之日起，赵弘璃便令洛清影不时进宫来教授他功课。过了一段时日，他竟然已经可以背诵不少经学典章，这让赵弘璃着实惊诧不已。

“陛下，太尉大人和太傅大人已经在宫外候旨了。”欢招一步走进中孚殿，躬着身子说道。

“哦？”赵弘璃从一摞小山似的竹简后探出头来，“这么快就到了？那就让他们赶紧进来吧。”

“是。”欢招领了命，匆匆退了出去。不一会儿洛清篱和洛清影便一前一后进了殿来。

二人齐齐跪下参拜，赵弘璃撇撇嘴站起身，抬手虚晃示意二人起身。

待二人站定，洛清篱躬身拱手道：“陛下仁爱，但君臣之礼不可偏废。”

“唉。”赵弘璃挑了挑眉，无奈地摇摇头，几步走下台阶，“朕说不过你，太尉说什么都有理。”

说完，他朝洛清影瞄了一眼，见他正默默偷笑，便假意正色道：“太尉都说了君臣之礼不可偏废，大殿之上，太傅大人却如此肆意偷笑，又是何道理啊？”

“臣不敢。”洛清影忍着笑意拱了拱手。

“好了，不闹了。”大约是人逢喜事精神爽，赵弘璃见他这样，也忍不住笑出声来，继而又收了笑意说道，“今日只是家宴，你们不必过于严肃。只不过太后也在场，哪些话该说哪些话不该说，你们心中自该有数。”

洛氏二人闻言，抬头相视过后便明白了赵弘璃的话中之意。

甄太后是赵元澍的嫡祖母，这本没有什么。可是去年秋天，甄太后设法将甄氏的女儿甄婉儿接入后宫之后，情况便有了微妙的变化。在甄太后的扶持下，甄婉儿被册封为淑妃。中宫之位空悬，赵弘瑀登基之后也并未再行封妃，一直以来只有昭容、淑容等三四人而已。甄氏一朝为妃，便在后宫中为尊为大。

赵弘瑀明白甄太后的心思，虽也常去探望甄淑妃，但又常以国事为由并不留宿。因此甄氏虽已入宫一年有余，却并无身孕。倒是昭容杨氏先诞下一名皇子，赐名元祐，封为安定郡王。眼见着秦王和安定郡王一天天长大，甄太后急上心头，伺机对年轻的皇帝陛下旁敲侧击。赵弘瑀听得多了，心里也不免隐隐烦躁，不知这一次赵元澍的生辰宴上又会闹出什么乱子来。

“对了，淮安侯和太师今日都不过来了。”赵弘瑀继续说道，“舅舅身体一直不好，朕便让他在府中好好休养，不必劳顿。至于匡筠嘛……亦是推脱身体不适，无法出门，只派人送来了贺礼。”

匡筠自从交出丞相一职后便虚升为太师，已经很少参与朝堂之事。

“太师是秦王殿下的外公，今日不来怕是别有深意。”洛清影微微颔首思忖。

“是啊。”赵弘瑀轻轻皱了皱眉，“想必他对宫中之事也有所耳闻，所以假借托词，实则不愿与太后直面相对，免生尴尬。”

洛清篱亦俯首道：“秦王殿下年幼丧母，又是陛下嫡长子。皇子年幼，若是太师处处出面恐惹来外戚干政的非议。这些年来他低调处事，从不招摇，也算是为了殿下的境况思之甚远。”

“确实如此。”赵弘瑀点头，“这一点上他确是思虑周全，处置得当。只要他不招摇，就不会为元澍树敌，朕就踏实许多。”

君臣三人正要继续说开去，就听欢招立在殿外高声喊道：“太后娘娘驾到！淑妃娘娘驾到！”

“淑妃？”赵弘瑀警惕地瞄了一眼立在身边的两人，略一迟疑便快步迎了上去。

“太后！”赵弘瑀几步上前来。

淑妃本搀扶着太后，见赵弘瑀上前便后退了几步请了安：“臣妾参见陛下。”

“嗯。”赵弘瑀看了她一眼，没有多言，便自顾搀着太后往殿中走去。

“臣参见太后、淑妃娘娘。”洛清篱和洛清影跪在一边躬身施礼。

“太尉和太傅看来是早就到了。”甄太后笑盈盈地抬了抬手示意他二人起身，“为了小皇子的生辰让二位大人特意入宫一趟，真是辛苦二位大人了。”

“太后哪里话，能为殿下庆贺生辰是臣等的福气。”洛清篱拱手道。

“好好好！”说话间，赵弘瑀已经扶着甄太后入座。欢招心思灵敏，暗暗招呼宫人在甄太后座下又设了一座，并引着淑妃坐定。

赵弘瑀看在眼中，朝欢招微微颔首，缓步回到主位：“你们也不用拘着了，今日乃是家宴，勿论君臣。”

“是。”洛清篱、洛清影领了旨也纷纷落座。

“唉，这宾客都到了，怎么不见主人？元澍呢？莫不是又去哪里疯玩了？”甄太后望着赵弘瑀问道。

赵弘瑀摇了摇头，继而转身望着洛清影一脸坏笑：“这件事还得问太傅。”

“问臣？”洛清影不明就里，疑惑地盯着他。

“前几日太傅是不是教授了元澍一篇新文？”

“是，臣为殿下解读了一段《大学》……”

“这就对了。”赵弘瑀继续笑道，“元澍昨日睡前偷偷告诉欢招，说今日一定温习好了这段才来见你，否则怕惹师父不高兴。”

“哦……”洛清影一愣，继而拱手道，“殿下如此用心，倒显得臣太过严苛了。”

“他是朕的儿子，你若对他不严格，朕以后又怎能安心将祖宗社稷交给他？”赵弘瑀笑着扬了扬下巴，不经意地瞄了甄太后一眼。

甄太后嘴角微微抽动，立刻又恢复常态，眼含笑意望着洛清影：“太傅教导秦王如此尽职尽责，实乃大殷之幸、陛下之幸、本宫之幸。”说完，她顿了顿，转而看向淑妃：“婉儿啊，不知以后你的孩子是否有如此福气，可以得到洛太傅的垂青，让他悉心教导一番。”

话音一落，淑妃便脉脉地望了赵弘瑀一眼，继而又略显惶恐地低下了头。

太后这话说得赵弘瑀心中不快，他缓了口气，抿着嘴唇并没有接话的意思。

“太后此言折煞微臣了。”见太后隐隐有些尴尬，洛清影便欠身拱手笑了笑，“臣天资平庸，亦未曾有幸得名士授业解惑。只不过自幼结了佛缘，一心向善而已。陛下圣心仁慈，臣幸得陛下抬爱，才勉强成为皇子师。太后所谓‘福气’一说，臣真是愧不敢当。能为殿下日讲，实乃臣的福气。”

“太傅过于谦逊了。”太后听出洛清影的解围之意，便也不再纠缠这个话题，笑着摆了摆手。

话音刚落，便听门外窸窸窣窣响起一阵急匆匆的脚步声。不多时，一抹红色的身影如同一团火焰一样飞了进来。

“儿臣给父皇请安，给皇祖母请安，给淑妃娘娘请安。”赵元澍摇摇晃晃地跪下，结结实实磕了个头。

“臣参见秦王殿下。”洛清篱和洛清影也迅速起身朝赵元澍施礼。

“好了，都说了是家宴，你们就不必这么拘谨了。”赵弘瑀示意他二人坐下。欢招快步上前将赵元澍扶起来，小心翼翼领到赵弘瑀身边。

“元澍，”赵弘瑀笑着拉过他肉乎乎的小手，“听说你一定要背好了文章才肯过来，是吗？”

“嗯。”赵元澍睁着亮晶晶的大眼睛使劲点点头。

“怎么？是平日里太傅太严厉了？元澍背不好会被骂吗？”赵弘瑀歪着头瞄了一眼洛清影又继续问道。

“嗯……”赵元澍有些犹豫地偷偷瞄了洛清影一眼。

“今日是元澍的生辰，你说什么都不会有人责骂你。父皇在这里替你做主，你要说实话。”赵弘瑀依旧眼含笑意地望着他。

“太傅从不骂儿臣！”赵元澍猛地挺直了腰，大声辩解道，“儿臣若是背不出，太傅会失望……儿臣不想让太傅失望，所以儿臣一定要将太傅教的全都学会！”

“好！”赵弘瑀欣慰地抚了抚他的头，“你比父皇小的时候懂事多了。父皇小时候看见书就头疼，直把教书的先生气走了好几个。你能与太傅如此亲近，父皇很是欣慰。”

赵元澍嘻嘻笑着转过头去，朝洛清影鬼机灵地眨了眨眼睛。

洛清影亦是好笑地点点头：“今日殿下就不必背诵了，休息一日。”

“既然太傅发话了，今日就不背了，你安心去玩！学问要做，但切不可做学问做成了傻子哟！”赵弘瑀拧了拧赵元澍的鼻子，赵元澍嘿嘿笑着躲了开去：“谢父皇！”

这边赵弘瑀一个没抓住，那边赵元澍已经蹦蹦跳跳来到太后面前。

“元澍，过来，让皇祖母瞧瞧！”甄太后慈祥地笑着伸开手臂，赵元澍一步跳过去钻进她的怀里。

“几日不见，元澍是不是又长高了？”甄太后轻轻搂着他的肩膀，一只手点了点他圆润的脸颊。

赵元澍也不答话，只是嘻嘻笑着抬眼望着甄太后。如此情景，似乎和寻常人家祖孙欢闹别无二致。

“陛下日理万机，后宫之事极少涉足。太傅虽然常常与元澍相伴，可太傅毕竟是大人，无法完全理解孩子的想法。他这个年纪正是淘气的时候，最好能有个玩伴。否则小小年纪便会老气横秋，失去童趣……”甄太后说着，目光又慢慢移回到赵弘瑀的身上。

赵弘瑀自然明白甄太后的话中之意，便微微点了点头：“太后说的是，朕以后会让杨昭容多带元祐过来走动走动。”

“元祐的母亲只是个昭容，他自己也只是郡王而已，与亲王身份有别……”

“都是朕的儿子，何来有别？”

甄太后见赵弘瑀故意不接话茬，情急之下以子凭母贵这一条来贬低赵元祐的身份，这让赵弘瑀大为不悦，不待她说完便直接打断了她的话。

甄太后也意识到自己此话并不合适，便又改口道：“本宫并无他意，只不过是想劝陛下每日里除了处理国事，也要多到后宫走一走。天子无私事，陛下的家事亦是国事。先帝只有三位皇子，若不是陛下福泽深厚，我大殷朝差点后继无人。如今陛下继承大统三年有余，膝下却只有两位皇子……陛下须知，为皇室开枝散叶也是身为人君的责任啊！”

甄太后说得义正词严，情真意切，赵弘瑀也不好再直接顶撞他，便缓了语气道：“太后为社稷着想，朕以后必定警醒。”

甄太后见赵弘瑀嘴上服了软，也不再步步紧逼。毕竟是赵元澍的生辰，又有外臣在侧，有些话点到即止便可。

“父皇，”赵元澍突然从甄太后怀中挣脱出来，跑到赵弘瑀座下，奶声奶气地问道，“淑妃娘娘的儿子便是儿臣的弟弟，对吗？”

赵弘瑀一愣，还没待开口便听甄太后笑着说道：“是啊，淑妃若有儿子，他和你就是亲兄弟啊！”

“亲兄弟？”

“是啊，亲兄弟，就像太尉和太傅一样。”甄太后满面慈祥地望着他。

赵元澍挠了挠头，眨着眼睛想了想，突然转身走到洛清篱座前好奇地问道：“太尉大人和太傅大人是亲兄弟？”

见赵元澍一脸认真的模样，洛清篱忍着笑意答道：“回殿下，是的，臣是太傅的兄长。”

“那太傅大人就是你的弟弟，对不对？”

“是的。”

“你喜欢他吗？”

小孩子的问题总是出其不意。洛清篱有些疑惑地回头看了洛清影一眼，见他也是一脸不解，便又转头答道：“太傅是臣的兄弟，兄弟即是亲人，臣自然是喜欢自己的亲人的。”

“那你们会打架吗？”赵元澍追问不休。

“臣和太傅不会打架。”

“那会吵架吗？”

洛清篱大概猜到赵元澍想问什么，便和蔼地说道：“殿下，兄弟之间都是会闹别扭的，可生气也大多是出于对对方的关切和担心而已。只要兄弟之间真心相待，便没有过不去的坎。所谓‘兄弟齐心，其利断金’便是这个意思。”

“哦……”赵元澍似懂非懂地想了想，“我也想要做太尉这样的兄长。”

“好啊！”赵弘瑀站起身走下台阶，蹲下身拉着赵元澍语重心长地道，“你和你的兄弟们若是能像太尉和太傅一般兄友弟恭，那便是我大殷朝最大的幸事。朕不求别的，只求一家人可以和睦亲善。”

赵元澍似懂非懂地看着自己年轻的父皇，抿着粉嘟嘟的小嘴认真思考了片刻，使劲点点头：“父皇，儿臣会努力做一个好哥哥。”

“好！”赵弘瑀满意地笑了起来，“或许此刻你并不能完全理解父皇的意思，可你一定要记住今日所说的话。”

甄太后站起身来，朝着赵元澍一招手：“好啦好啦，兄弟之义就不再多说了！今日无外人，咱们还是趁着机会好好乐一乐吧！”

甄太后不再提及皇子之事，淑妃也在一侧低眉顺眼不多言语。一顿宴席，虽无丝竹管弦之乐，君臣父子倒也是其乐融融。

趁着兴致，赵弘瑀不觉多喝了几杯，一时间觉得从脚底到头顶都通透无比。见陛下面颊绯红，欢招知道他是真心欢喜，便也眉开眼笑在一边好生伺候。

宴席将尽，淑妃突然站起身对赵弘瑀行了一个大礼。

“何事？”赵弘瑀明显有些醺醺然，半眯着眼睛问道。

“陛下，臣妾听闻元澍生辰亦是皇后忌日。臣妾斗胆，请陛下恩准让臣妾陪同元澍一起去祖庙祭奠皇后。”淑妃眉眼低垂，柔声说道。

淑妃一席话让赵弘瑀瞬间清醒起来。匡青青还是太子妃的时候诞下了赵元澍，赵弘瑀登基之后追封其为孝文皇后。赵弘瑀很少在人前提起她，若有人无心提及，他便流露出一副难以言喻的痛楚之情。久而久之，宫内之人都以为他二人是伉俪情深，即使天人永隔，缠绵深情也仍旧难以割舍。淑妃这话意在讨好赵弘瑀，可她却不知匡青青之死实则是赵弘瑀心内难以解开的死结。

或许是因为酒劲，赵弘瑀的眼神有些凝滞，笑意似乎僵在脸上。淑妃以为自己触痛了他，一时间手足无措，只能求助般望向甄太后。

"陛下……"洛清影将这一切看在眼中，见赵弘瑀眼神有些迷离，他忍不住压低声音唤了一声。

"嗯？"赵弘瑀回过神来。

他见淑妃仍旧立在原地，眉宇间略显不安，而赵元澍也睁着圆圆的眼睛望着自己，便苦涩地笑了笑："难得你有这份心意，这便带他去吧。"

淑妃暗自舒了一口气，依旧柔柔说道："臣妾领命。"

"既如此，本宫也应该一起去祭奠一下。"甄太后也站起身，她一手拉着赵元澍，缓缓走到淑妃面前，"走吧，本宫与你们同去。"

"父皇……"赵元澍转头望着赵弘瑀，糯糯的尾音里有一丝丝哭腔。

"去吧。"赵弘瑀站起身来冲着他摆了摆手，温柔地宽慰道，"去给你的母亲上炷香，陪她说说话。"

甄太后俯下身来摸了摸赵元澍的头，慈祥地望着他："走吧，皇祖母跟你一起去。"

"让落雪和红梅跟着元澍一起过去吧，也好有个照应。"赵弘瑀转身叮嘱一句，欢招心领神会，躬身缓步退出殿外去安排。

赵元澍没有再说话，只是瘪了瘪嘴，咬着下唇跟着甄太后慢慢走出宫门。

望着三人渐渐消失的身影，赵弘瑀长叹一口气软坐下去。方才热闹的筵席顿时变得索然无味，甚至有些莫名的凄清。

"陛下是累了吗？"欢招躬身上前扶了赵弘瑀一把。

"不妨事。"赵弘瑀垂着头摆了摆手。

洛清篱与洛清影对视一眼，又见赵弘瑀意兴阑珊，便起身道："折腾半日，陛下想是乏了。臣等这便告退，还望陛下保重龙体。"

"也好，"赵弘瑀抬起头望着二人，面有尴尬，"朕不常饮酒，这酒量竟然小了许多，没饮几杯便头昏脑涨。朕也就不留你们了，你们且回去吧。"

"是。"洛清篱与洛清影拱手施礼，缓缓退出殿外。

暮春时节，燕安城中杨柳飞絮。兄弟二人顺着回廊慢慢朝宫门走去。洛清影跟在洛清篱身后，想到筵席上赵弘瑀的样子，不禁有些担心，轻轻叹了口气。洛清篱突然停下脚步，转身看着他欲言又止。

洛清影刚想说话，就听身后一阵急切的呼喊。“太傅大人，陛下有旨……让您……让您回去一趟……”小太监气喘吁吁地追了上来，“陛下说他在中孚宫等您。”

洛清影疑惑地回首望着洛清篱。方才赵弘瑀明显兴致索然，才让他二人离开，怎么突然又让自己回去？

“去吧。”洛清篱似是了然，“想必陛下有些心事想跟你说一说。”

“嗯。”洛清影点点头。

“尽量劝劝陛下，凡事不用太较劲，亦不用太当真。”

洛清影似是明白洛清篱的意思，拱手说道：“兄长，我明白。那我这便告辞了。”

中孚宫不似宁寿宫那般金阙巍峨，但胜在精致静谧。此时的赵弘瑀负手立于殿外回廊之下，微微昂首望着眼前葱葱郁郁的竹林。一阵风吹来，柳絮四起，乍一看仿若四月飞雪悄无声息地覆于那一片墨绿之上。

欢招垂着手远远立在回廊一头，余光瞥见宫门外人影闪过，一回首见是小太监领着洛清影回了来。“太……”欢招轻快地趋步上前，刚想唤他就见洛清影冲着自己摇了摇头。

欢招得了意思，便轻轻挥了挥手带着殿外几名侍婢快步退出宫门外守着。

洛清影缓步悄然走上前去，在赵弘瑀身后立住，顺着他的视线望去，满庭柳絮洁白，昏昏茫茫竟像极了明寂寺那夜扑扑簌簌的莹雪。

“你来了。”赵弘瑀没有回头，只是轻轻吐出几个字。

“酒醒了？”

“嗯？”赵弘瑀转过身来盯着他，突然大笑起来，“我本来也没醉。”

“醉的人从不肯承认自己醉了。”洛清影扬了扬嘴角，别有深意地望着他。

“也许吧……也许我是醉了，可一沐过堂风又立刻清醒了。”

“方才酒酣耳热，这就廊下吹风，也不怕病了。”洛清影摇摇头。

“走吧，进殿说。”赵弘瑀也不分辩，只是点点头大步走进中孚宫。

洛清影跟在他身后进了殿，才跪坐下就见欢招带着两名侍婢送上两杯热茶。

“都下去吧，这里不用人侍候。”赵弘瑀没抬头，挥手让欢招出去。欢招领了命，招呼着一众宫人退出到殿外。

“方才饮了酒，不能用茶。”洛清影望着晃动的茶水皱了皱眉。

赵弘瑀端起御案上的碧玉碗，浅浅啄了一口：“这不是茶，是欢招按照杜若的叮嘱用葛花熬的热汤，据说可以醒酒。”

“你不是没醉，何须解酒？”洛清影盯着碗中渐渐荡开的水晕，有些讽刺之意。

赵弘瑀已赫然立于权力之巅，身为九五之尊，他却坚持在无人之时仍旧与洛清影你我相称。

“你就非要气我吗？”赵弘瑀探出身子，盯着洛清影做出一副生气的神色。

洛清影抬眼看着他：“你心如明镜，却照进了太多东西。”

赵弘瑀一时愣住。他长叹一口气，放下碧玉碗，食指轻轻在碗口处逡巡：“每每见到元澍，我就像是见到当年的自己。我想尽一个父亲的所能去保护他，却又不知道到底怎么做才对他是最好。”

“你在他这个年纪最希望要的是什么？”

赵弘瑀闻言，似乎陷入了回忆里：“我自然是想每日与父皇母妃在一起，尽享天伦之乐……可现在想想，生在皇家，便枉谈天伦。这真是世上最荒诞的希望。”

“为何？”洛清影盯着他淡淡问道。

“因为我的父亲不是普通的父亲，他是父，更是君。”

“如今你也一样。”

“什么意思？”

洛清影迎着赵弘瑀疑惑的眼神，缓声说道：“你是元澍的父亲，更是天下人的君父。天家父子无法像普通人家一样尽享天伦之乐，因为你们之间传承的不仅仅是父与子的亲缘，更是社稷宗庙的绵延更替。”

洛清影顿了顿，见赵弘瑀没说话，便又继续说下去：“想承欢膝下，那是每一个小儿女的心愿，但他生而为皇子，与生俱来便要承担更多的责任。父母之爱子，为之计深远。与其终日想着如何去保护他不受伤害，不如教会他如何自立于朝堂、后宫。你一路行来，披荆斩棘，历常人所不能历，忍常人所不能忍。你如此，他也一样。”

“你说得对。”赵弘瑀抿着唇思忖片刻，“可能我太纠结于他母亲早逝的事情，竟被私情蒙蔽了眼睛……”

“又或许……”洛清影沉默了片刻，带着试探的意味犹豫地说道，“他与你的经历太过于相像……”

赵弘瑀眼神一暗，别过头去，逃开了他探寻的目光。

匡青青真正的死因他从未对洛清影提及。那个女子是他与赵弘嘉你死我活的斗争里的牺牲品。对于匡青青，赵弘瑀没有多少爱，也没有多少恨。那个时候的他整日活在无尽的惶恐和担忧之中，那种被人监视的焦灼令他发狂。他不能让这样心怀叵测的女子留在身边，更不能让她来养育自己的孩子。所以，匡青青必须死，不得不死。

虽然御医断言匡青青是难产出血而亡，但赵弘瑀隐隐约约觉得，洛清影一定有所怀疑，可他却又从未正面质问过自己。或许就是因为匡青青和惠妃齐氏的经历太过相似，所以才令洛清影不忍再去揭开他心上的这道伤疤。

此话一出，让赵弘瑀更加坚信了自己的想法。洛清影对匡青青之死充满了怀疑，可自己又无法对他说出真相。赵弘瑀极快地眨了眨眼，扭过头去，匆匆避开了他的眼神。

见赵弘瑀如此反应，洛清影心中明了，也就不再继续说下去，转而言道："我知道你是为甄太后和淑妃的事情烦心，但是既来之则安之。她们的那点小心思既已被你发觉，你时刻警醒便是，没有必要做得太过了。"

见洛清影不再追问，赵弘瑀又转回脸来："我确实是要防备她们，所以才迟迟不立元澍为太子。过早册立他就等于过早将他推上风口浪尖，成为众矢之的。可你所说的'太过'又是何意？"

"别的妃嫔能生育皇子，为何偏偏淑妃不能？你做得如此明显，外人一见便知你是有意疏远甄氏，这不是平添了中伤你与元澍的口实？"洛清影顿了顿，见赵弘瑀一脸严肃，便着意微微一笑，带着些许玩笑的口气，"元澍与你身世相若，可作为父亲，你与先帝却是有天壤之别啊。你既清醒得很，谅谁又敢在你眼下肆意搅弄风波？"

赵弘瑀无奈地叹了口气，知道洛清影最后一句话意在宽慰自己，便也敷衍地笑了笑："自那日登上至高之巅，正朔既定，阴阳已分，我以为以后再不用担惊受怕，没想到却依旧活得战战兢兢，如履薄冰。"

"战战兢兢、如履薄冰，那是因为你心有所系，心有所念，这不是什么坏事。"

"我可能真的是太过执念于一处，心思便也跟着狭隘了。"

洛清影见他似有领悟，便轻轻点点头，端起几案上的葛花醒神汤，吹了吹，浅尝了几口。

“不过太后有句话说得也没错。”赵弘瑀想通了道理，拧着的眉头也舒展开来，“元澍毕竟是小孩子，总和大人在一起难免老气横秋。要不……我赶紧给你寻一门亲事，等你有了子嗣，我便接他来给元澍做伴读，如何？”

洛清影一口热汤刚进喉咙，被赵弘瑀一番话给直接呛得差点喷了出来。他一手扶着几案，一手掩着面，直咳得直不起腰来。

“哈哈！”赵弘瑀飞身冲到他面前，一边轻轻拍着他的背替他顺着气，一边笑着说道，“你看看你，怎么这么不小心？”

洛清影好容易平复了呼吸，抬起头来狠狠瞪了赵弘瑀一眼。他被呛得咳嗽了半天，眼眶湿润通红，活像一只受了惊的兔子。

“你瞪我做什么？我说的难道不是事实？”赵弘瑀忍着笑望着他。

“什么事实？”洛清影刚说一句，又忍不住咳嗽了几声，“自己的事情还没想明白，这就要来拿我开心了？”

“你这话就不对了。”赵弘瑀撇撇嘴，“你，还有你那个好兄长，都是我大殷朝的股肱之臣。一个太尉，一个太傅，至今不娶不婚，说出去都令人发笑。”

这话说到了洛清影的心结上，他沉默着低下眉眼看向一边。

见他这个模样，赵弘瑀也收敛了笑意，凑近了些小声说道：“这么多年了，你还过不了心里的那道坎？你总劝我凡事看开一些，可轮到你自己便又偏执地死缠着那个心结不放。”洛清影嘴角微微抽搐了一下，依旧别着头不说话。

赵弘瑀叹了口气，就势坐在他身边：“我知道，因为那位姑娘，你心有内疚。可若你放不下，那件事就永远都是横亘在你们兄弟之间的坎。你不婚配，洛清篱也不成家，洛骁和陆骞都是尽忠竭义之臣，难道你们俩真的忍心断了洛氏和陆氏的血脉？”

见洛清影仍旧无话，赵弘瑀有些着急地站起身：“你不说话，那我就找洛清篱说去，反正他是你兄长，要成家也该他先成家！我说不通你，还怕说不通他？”

“你要如何与他说？”洛清影紧张地转过脸来，一脸惊慌。

“我是君他是臣，我强迫不了你，还强迫不了他？”

洛清影一着急，立刻将他拦下：“婚姻大事，不可胡闹！”

见他竟然当真，赵弘瑀无奈地摇了摇头。当年因为洛清影的意气用事，毁了洛清篱的一段姻缘，让那位姑娘含恨九泉。这件事如同梦魇一般萦绕在他内心最深处。他极少提起此事，可这种痛苦却时时刻刻潜藏在他心中恣意发酵，愈加浓烈。

“你别着急。”赵弘瑀见他一脸惶恐，便缓了口气解释道，“我这不也是替你们担心吗？难道你真的忍心眼见着洛氏一门后继无人？”洛清影又垂下眉眼，默默长叹一口气。

见他又要躲避，赵弘瑀很是无奈：“心里的结再深，也总要去面对才好。如此逃避，怕是一生就白白浪费了。”

沉默片刻，洛清影低声缓缓说道：“这件事我会仔细考虑，再找个机会与兄长好好谈谈。”

赵弘瑀点点头，随即又戳了戳他：“本来是想跟你说说元澍的事情，结果又劝起你来了。”

“嗯。”洛清影心不在焉地笑了笑，“这一件件一桩桩果然都让人头疼。”

赵弘瑀站起身：“本想留你陪我用晚膳，可待会儿大理寺卿胡之恒要进宫呈报近日京中狱讼之事。我看你也乏了，就不留你了。”

一听到胡之恒的名字，洛清影心中不由得升起一丝不快。但他并未显于面上，而是一拱手道：“好，那我就先走了。国事虽然繁重，你也不可过度操劳，身体要紧。”

“知道了。”赵弘瑀点点头，然后走到殿门处招了招手。

欢招虽身在宫门外，眼睛却一刻也没离开大殿。他赶紧趋步上前，俯身听赵弘瑀吩咐：“派人送太傅回去吧。”

“是。”欢招领了命，便跟在洛清影身后退出中孚宫门。

太傅府的人远远见洛清影出了宫，便急急迎了上来。

“去太尉府。”洛清影对车夫说完，便利落地钻进了马车。

洛清影到太尉府门前时，天色已经渐黑。府门口硕大的风灯在淡青夜色中摇曳不定，火光跳动，阴影婆娑，模糊了太尉府巍峨的牌匾。

“哈哈！二公子是专挑这个时间来太尉府蹭饭的吗？”洛清影刚拐进揽月阁正厅前的小径，就见一个魁梧的身形快步迎了过来。虽然因为逆光看不清来人的面目，可这声音再熟悉不过。

“什么叫蹭饭？”洛清影故意寒下脸来，“这里也是我家，回家吃饭天经地义。倒是你，身为虎贲将军，不在宫中值守，跑到这里做什么？”

章延泽也不理他，拉着他就往屋里走：“大人方才跟我说，你出了宫一定会来这里，我还不相信。果然知弟莫若兄啊！”

洛清影一路被他拉着匆匆忙忙进了揽月阁，刚一进去就甩开他的手，故作严肃地训道："你不在宫中值守，如此玩忽懈怠，不怕兄长罚你？"

"延泽也是刚来不久。"洛清篱听到前厅的声响，撩帘而出，"他今日在宫中值守一整日，方才换防才得空过来看看我。"

见洛清影脸色不佳，洛清篱便示意章延泽噤声，然后吩咐门口的下人："去让吉叔把饭菜都端上来吧。"

三人位分主次地坐定，吉叔领着下人把饭菜一一端了上来。洛清篱端起青瓷碗准备动筷，一眼瞥见洛清影怔怔地跪坐着，盯着面前几案上的碗碟兀自发呆。章延泽也发现了洛清影的异样，便有些疑惑地与洛清篱交换了一下眼神。

"清影是累了吗？"洛清篱放下碗箸，轻声问道。

烛火中，睫毛的阴影微微颤抖了几下，洛清影抬起头来冲着面前二人微微笑了笑："可能是吧。兄长不必担心。"

"二公子，快用饭吧。大人特意让吉叔做了你爱吃的，再不动筷就要凉了。"章延泽笑着催他。

洛清影刚要动筷，又忍不住疑惑地问道："兄长怎知我会来？"

洛清篱低头意味深长地笑了笑，没有回答他的问题，而是轻轻一挥手："累了一日，你也该是饥肠辘辘了，动筷吧。"

洛清影点点头，端起碗拿起箸。洛清篱和章延泽默默对视笑了笑，安心动筷。

三人这顿饭吃得也算是有滋有味。饭间，章延泽说了一些近日宫中的趣事。洛清篱虽然嘴上责怪他不该用饭之时多说话，但也一脸笑意地听了进去。洛清影虽然满腹心事，有些敷衍，可一想到难得一家人围坐一起，便暂时搁下心里的重重心事，与这二人有应有答。

用过晚饭，章延泽还想陪着这兄弟俩稍坐片刻，没想到洛清篱毫不留情地下了逐客令："明日卯时你还要入宫去和崔迟换防，守卫皇城是头等大事，容不得半点马虎。"章延泽无法，只得不情不愿地告退回府。

待章延泽走后，洛清篱又吩咐吉叔去熬一些安神汤。一切安排妥当，他立在门口对洛清影说道："难得月明风和，陪我去园中走走吧。"

月朗星稀，夜风拂来，洛清影与洛清篱并肩徜徉于花径间，忽而驻足而立，迎着风望过去喃喃道："琼花又要开了。"

洛清篱顺着他的眼光望去，那琼花树缀满了浅白的饱满花蕾，沉甸甸摇摇欲坠："沐过今夜的风，明日一早怕是就要开了。"洛清影一怔，收回眼神，缓缓转向洛清篱，欲言又止。

“想是陛下今日与你说了许多事吧，从进门起就一副心事重重的样子。”洛清篱似乎对一切早就了然于胸。

洛清影想起赵弘璃的话，本想直接问洛清篱如今到底如何看待姻缘一事，话到嘴边却又硬生生改了口：“兄长，你怎么知道我会来？”

洛清篱轻声笑了笑，一副看穿他的神情：“陛下最近因为秦王殿下的事情忧思百结，今日的宴席上太后又来这么一出，他心里一定不好受。他找你去应该是向你诉苦，你一向心重，听了这些烦心事抑郁难解，还不得回家来？”

洛清影愣了愣，继而又低头自我解嘲地叹道：“什么事情都瞒不了兄长的眼睛。”

“怎么？你想瞒我什么吗？”洛清篱笑了笑，独自继续沿着小径向前走去，“想说什么就说吧，这里没有别人。”

洛清影几步跟上前去，盯着地上两人的影子缓缓说道：“月影独婆娑。兄长，这么多年了，你还要这样继续一个人走下去吗？”洛清篱停下脚步，转身望着他。

洛清影几度犹豫，终于鼓足勇气继续说道：“琼花虽美，但总有花叶凋零的一日。兄长，你又怎能守着回忆过一辈子？”

“陛下跟你说的？”洛清篱微微皱了皱眉。

“不，这是我的内心之言。”洛清影摇了摇头，“这件事我有责任，所以我不能袖手旁观听之任之，我更不能眼见着洛氏一族的血脉就这么断了。若是你顾忌我，那大可不必。那一日我身中剧毒，躺在榻上奄奄一息。我对兄长说我不会死，因为我还要亲眼看你娶妻生子，这是我的肺腑之言。抛开君臣大义，我平生所愿唯兄长之幸福康乐而已。”见洛清篱依旧没有开口的意思，洛清影深吸一口气，语带哀伤：“杨姑娘的死，我有不可推卸的责任。当初若不是我一意孤行，兄长也不会狠下心断了她的念想。兄长一日不娶，便说明你的心结不曾真正解开……你其实依旧是怨恨我的吧……”说到最后，洛清影的声音越发轻微，尾音颤抖，随着夜风一起融进了四周的黑暗里。

洛清篱长长地抽了一口气，紧闭着双唇思忖了片刻，竭尽所能保持着平静的语调：“原来你一直是这样想的啊。”

“兄长……”洛清影抬起头来望着他的双眸，满怀着乞求原谅的悲悯。

“姝儿的死与你无关，即使没有你，我也不会与她在一起。”洛清篱释然地笑着，“你不必想太多。我至今未娶，是因为我经历了太多，看过了太多，可情为何物，我却不曾领悟半点。这一生若不能得一知心之人相守偕老，婚与不婚又有何分别？”

洛清篱的声音不大，但字字句句如钟磬一般敲在洛清影耳边。“不孝有三，无后为大。”他洛清影何时也拘泥于这样老套的世俗准则了？天择佳偶，伉俪携行，就应如陆骞漠凰般轰轰烈烈，或如章延泽苏祓般情思悠远。

见洛清影有些出神，洛清篱又轻轻拍了拍他的肩膀：“你什么都好，就是心太重，凡事都往自己身上揽。我早已卸下心内重荷，你也不必再一味执着，以后的事，只看缘分就好。”

洛清影凝视着洛清篱的眼睛，他的眼神坚定有力。一直以来无法驱散的心魔在这样的眼神中瞬间化为灰烬，心内背负多年的愧疚之情也似乎涤荡去许多。

曾几何时，他洛清影也想洒脱一世。可步入朝堂之后，他却渐渐将自己拘进了一个封闭的圈里，再也听不见那山林间令人畅快的松涛阵阵。说到底，论看破世事，他比自己的兄长还差得太远。

“兄长说的是，愚弟谨记。”洛清影不好意思地笑了笑，然后别过头去。

知道自己的心意已经传达到，洛清篱也就不再继续纠缠这个话题，他轻轻颔首，然后问道：“陛下今日与你说了秦王的事情？”

“是。”洛清影也毫不隐瞒，“他很担心太后和淑妃觊觎太子的位子。身为嫡长子，秦王一出生便荣宠加身，可这荣宠带来的不仅仅是羡慕，还有妒忌。”

“那你怎么说？”

“既来之，则安之。对后宫中居心叵测之人自然是要防，可也没必要整日如临大敌。秦王还是个孩子，不能让他从小便耳濡目染宫中的尔虞我诈。陛下是他最大的靠山，他有能力保护自己的儿子，并且教会他如何自立于权力之巅。”

“嗯。”洛清篱似乎很是赞同，“天家父子本身就与普通人不一样。不过……”

“不过什么？”

“我洛氏如今荣耀满门，满朝皆为之侧目。陛下让你去为秦王授课，这便是想借你为秦王立威。我只怕这威是立下了，可敌人也一同立下了。高处不胜寒啊……”洛清篱兀自摇了摇头，眼神明显暗了下去。

“兄长的意思我明白，我会小心的。”

洛清篱没说话，转身看着如水月色，停了片刻说道：“时候不早了，明日还要早朝，你快回府吧。”

“我今日不回去了。”洛清影挑了挑眉。与洛清篱一番畅谈令他心内坦然了很多，可一想到赵弘瑀如今如履薄冰、四面受敌的处境，他又不免心生烦恼。太傅府内仆人本就少，一到夜晚便显得空落落，这种情境下，他宁可不回去。

“那今晚你便委屈一下，在揽月阁的偏厅就寝吧。”洛清篱明白他的心情，便也没有阻拦，“我让吉叔派人去太傅府将你的朝服取来，明日一早你我一起入朝即可。”

“嗯。”洛清影点点头，“兄长早点休息，我睡不着，还想再待一会儿。”

“好，那我先回去。但你不可逗留太久，睡前记得喝了安神汤。”洛清篱略有担心地瞧了他一眼，然后缓步回了屋去。

洛清影逡巡着走到琼花树下，默默凝视着一树花苞。一阵风过，花苞似乎又张开了一些。

“明日一早便会开了吧。”洛清影伸出手去，摩挲着一片浓绿的叶子。指尖所触，凉意浸透开去。

目送洛清影的身影消失在中孚宫外，赵弘瑀长长舒了一口气。

“陛下，先歇息片刻吧。胡大人还得一会儿才到。”欢招躬身立在一边，悄声劝道。

“朕莫名觉得心内烦躁，这会儿也睡不着，你陪朕说说话吧。”赵弘瑀回到御案边，一手撑着头，歪着脑袋望着欢招。

“行，陛下想说什么，奴才听着就是。”欢招咧嘴笑道。

“你觉得太后……”话一出口，赵弘瑀又犹豫了，他默默摇了摇头，“算了，说了你也不明白。”

欢招眨了眨眼：“奴才笨，不明白陛下心中所想的军国大事。奴才常听太傅大人说，帝王家事亦国事。所以只要是陛下的事就全是大事。”

“哦？”赵弘瑀听他这么说，突然来了兴致，扬了扬下巴示意他继续说下去。欢招得了意，低着头继续说道：“奴才不知道别的，只知道让太傅大人教秦王殿下是最最好的。”

“为何？”

“太傅与您亦师亦友，于私，他与您肝胆相照，生死相托；于公，他对您尽心尽力，忠贞不贰。而且他和太尉又是亲兄弟，在朝中威望极高，可谓一呼百应。”

“嗯。”赵弘瑀点点头，若有所思，“朕又何尝不这么想。元澍没了生母，后宫之中难免势单力薄，有清影在身后支持，他的处境会好很多。”

“既然陛下心中如此澄澈，那您还烦什么？”

赵弘瑀紧紧拧着眉，抬眼望向欢招，眼底掠过一丝寒意，只看得欢招心里一阵哆嗦，直闭紧了嘴不敢再说话。

“一呼百应啊……”赵弘瑀沉沉地叹了口气，意识却飘向了远处。

正说着，殿外的小太监急匆匆跨进门来禀告：“陛下，大理寺卿胡之恒觐见。”

胡之恒的到来及时地化解了中孚宫内的尴尬之情，赵弘瑀急忙挥袖说道：“快让他进来。”

不多时，胡之恒便微躬着腰走进殿来，他身材清瘦高挑，穿着一身暗红色绲赭黄云边的官服，高冠耸立，双眉间微微拧着，一副不怒自威的神色。“臣大理寺卿胡之恒参见陛下。”胡之恒走到殿中，一撩衣摆，规规矩矩跪下俯首跪拜。

“起来吧。”赵弘瑀抬手示意他起身，继而问道，“朕交代给你的事情办得如何？”

“臣启陛下，臣已经将近五年内所有京城内官员犯案卷宗都查了一遍，详情臣已具表呈奏，请陛下过目。”说完，胡之恒从袖中拿出一封奏折双手呈上。

欢招快步走下台阶接过奏折，转身回去呈上御案。赵弘瑀头也未抬地将奏章缓缓铺开：“朕边看你边说。”

“是。”胡之恒俯首，声音铿锵有力，“这五年内，京城官员犯案记录共一百一十五条，其中有三成是因扰乱治安而治罪，譬如寻衅滋事、打架斗殴。这一类案件多判令罚金、罚俸，退还百姓田宅、妇女。除非影响恶劣，一般不会革职下狱。”

“那剩下的呢？”

“剩下的七成皆为贪赃治罪。天子脚下自是气象非常，京官与地方官吏相比也是同级大三分。但凡想要往京城里钻的，都会想着法子贿赂京官。除去这些，还有一些官吏守着朝廷里重要的位子，贪墨公府钱财，中饱私囊。前几年穆州水患，就是因为国库亏空无法及时拨出赈灾款项，才闹出了暴乱。陛下继承大统以来，开源节流，肃清吏治，国库府银比之前大有结余。”胡之恒说着，抬眼偷瞄了赵弘瑀一眼，见他脸色越发阴沉，便顿首止住了话头。

“嗯。”赵弘瑀反手轻轻扣着御案，似乎强压着内心的愤怒，“想我大殷立国百余年，历经大小战事无数，即便外敌压境也不曾撼动国祚。可见祸患不在外，而在萧墙之内。官府贪墨成风，各级官员不想着如何明法稽验、积蓄民力，只一味搜刮民脂民膏。长此以往，我大殷朝从内里就腐烂了，哪里还需西卫、南祇强兵悍马来袭？”

胡之恒见赵弘瑀眉峰紧蹙，知他内心焦灼，便又补充道："陛下所虑甚是。可陛下也不必太过忧心。臣比较了一下近几年官员犯案的数量，尤其崇德元年以后，犯案几率大幅降低，较之以往有很大好转。可见陛下一系列新政措施已经有了成效。"

"这还远远不够！"赵弘瑀哼了一声，"贪墨、滥法之事屡禁不止，就是因为朝堂之内总有一些人心存侥幸，胆大包天。对这样的人，朕必须要给他们下一剂猛药。"

"陛下的意思是？"

"京官们在朕的眼皮子下面都敢如此肆意妄为，可想而知到了地方上那将是如何无法无天。朕自继位以来，一心养息富国，通漕运，振百工，平物价，轻赋税，还不曾真真正正拿出精力来整顿吏治。如今局势已稳，朕便可以着手来收拾他们这些蠹虫了。"赵弘瑀盯着胡之恒正色道。

胡之恒想了想，有些犹豫："可是……"

"朕知道你担心什么。"赵弘瑀不以为意地摆了摆手，"朕不会贸然行事，这一次只拿京城官员开刀，杀鸡儆猴。若方法可行，再逐步推广到地方上去。"

"那陛下准备如何整治京城吏治？"

"旧罐装新药而已……"赵弘瑀故意卖了个关子，意味深长地盯着胡之恒。

胡之恒明白皇帝这是要考一考自己，便低下头寻思片刻，继而恍然大悟："陛下所说可是要举行朝官梳察？"

赵弘瑀微微一笑："按规矩，朝官梳察三年一次。朕继承大统也正好三年了。"

"是。"胡之恒俯首道，"陛下这个方法可行。梳察是三年一次的循例，依例行事，不会让官员们产生抵触之情。"

"你回去好好想一想，朕也会令吏部配合大理寺堂议此事，切记不可流于形式。"赵弘瑀颔首，停了停又说道，"朕也会和太尉、太傅仔细商议，待有了想法便传与你，最后由大理寺会同吏部共同发文。"

"臣遵旨。"

赵弘瑀点点头，挥挥衣袖示意他离去，可胡之恒仍立于原处，似乎还有话要说："怎么了？还有事？"

"陛下可曾听过商鞅变法、徙木立信之故事？"胡之恒一弯腰，拱手说道。

赵弘瑀听出他是意有所指，便顺着问道："朕自然知道，胡卿何意？"

“陛下，此事之难便是难在开头，若是能如商君一般立信于前，则无人再敢妄加阻拦。”胡之恒一席话掷地有声，赵弘瑀算是彻底明白了他的意图。

“你准备拿谁立信？”

胡之恒依旧躬身拱手而立，他稍稍抬头，对上赵弘瑀带有审视意味的眼神，犹豫了一下，又慌忙低下头去：“此人必须是朝中重臣，而且深受陛下倚重。不如此不足以彰显陛下之决心，亦不能堵住众臣之口。”

“你是指……”赵弘瑀脑中突然闪现出洛清影的名字，他嘴角微微抽动一下，脸色沉了下来。

胡之恒深吸一口气，缓缓说道：“太尉洛清篱。”

听见洛清篱这三个字，赵弘瑀不由地舒了口气。他沉思片刻，不置可否：“容朕想想，然后再做定夺。”

胡之恒明白赵弘瑀心有所忧，便也不再坚持：“是，臣回去后即刻会同吏部各位大人共议此事。”

第二章

人心难测　风雨又起

洛清影坐在廊芜之下，手边兀自放着一册书。那是他方才教授给赵元澍的课业。

此刻赵元澍并不在书房内，而是在吉亨殿前的空地上跑得正欢。落雪和红梅一前一后，正努力想让手中的纸鸢飞起来。无奈寻不到门路，眼见着纸鸢在空中打了几个转，然后就摇摇晃晃坠落到地上。

来来回回几次，赵元澍似乎失去了耐心，使劲跺了跺脚，大声喊道："太傅，你带来的纸鸢根本飞不起来啊！是不是坏了啊？"

"怎么会呢？"洛清影温柔地望着他，笑着说道，"纸鸢须得清风托，如此可共白云飞。你自己没有找到门路，又怎么能怪纸鸢呢？"

赵元澍噘着小嘴喘着气，看着落雪手中的纸鸢，一手拉到眼前，仔仔细细打量起来。

洛清影站起身想要走过去指导他们，刚一抬脚就听见宫门外的太监一声高唱："陛下驾到！"

"儿臣参见父皇。""臣参见陛下。"洛清影领着赵元澍向赵弘瑀行了大礼，落雪、红梅也后退几步跪拜行礼。

章延泽今日随驾侍行，也跟着向赵元澍和洛清影施了礼："臣见过秦王殿下，见过太傅。"

赵弘瑀眼尖，一眼就看见落雪手中的纸鸢："这是什么？"

"启禀陛下，这是臣送与殿下的纸鸢。"洛清影答道。

"纸鸢？"赵弘瑀狐疑地扫了他一眼，然后从落雪手中接过纸鸢，上上下下端详一番，"嗯，竹骨轻盈，画工精细，是个好东西。"

"这是臣请京城中最有名的纸鸢坊特制的。给殿下的东西，须得用些心才对。"

“哦？”赵弘璃摩挲着光滑的竹骨，面上似有些担忧，又有些不满，“你就不怕元澍玩物丧志、不思进取？”

洛清影一愣，继而笑道：“若知节制，玩物又怎会丧志？陛下担心殿下长于宫中，身边无同龄玩伴，难免失去童趣，老气横秋。所以臣就想着从宫外找一些孩童的小玩意儿带给殿下，让他可以轻松一些。”

见自己的父皇似乎不太高兴，赵元澍委屈地抽了抽鼻子：“父皇，儿臣已经将今日的课业都习完了，这才敢休息片刻。”

“都学完了？”赵弘璃沉默片刻，蹲下身招手示意他近前，“元澍，那你告诉父皇，今日你都学了什么？”

赵元澍对自己的父亲有种天生的敬畏。或许是因为没有母亲在身边，而父亲又对他的管教十分严格，所以他小小年纪便很懂得察言观色，若是赵弘璃明显生气了，他便会主动认错，绝不纠缠。

赵元澍有些害怕地转头望了洛清影一眼，见洛清影眉眼含笑地望着自己，便鼓起勇气走过去乖巧地答道：“太傅今日教了儿臣《大学》。”

“之前不是都背会了？”赵弘璃双手抚着他的肩头问道。

“嗯。”赵元澍使劲地点点头，“太傅说，诵读只是第一步而已，学而知之，知而会之。这个‘会之’才是最重要的。”

“那元澍倒是说说什么才叫‘会之’？”

赵元澍顿了片刻，又转头看着洛清影，见他依旧满面笑意地望着自己，便用稚嫩的声音说道：“所谓‘会之’便是要会其意，得其要领。读圣贤书便要会圣人之意，并反省自身，若有不足，就要在每日里用心磨炼。”

赵弘璃听完这番话十分惊诧，他没想到自己的儿子小小年纪竟能如此清晰地明白师父教给他的道理。瞬间他明白了洛清影的苦心，洛清影教给他的不仅仅是学问，更是做人的法则。

“殿下所言不无道理。”洛清影走上前来，“这纸鸢不也正是一种磨炼的方式？它让殿下时刻警醒要如何自控自律，如何平衡玩乐与学业，做到劳逸结合。纵情玩乐，声色犬马，则意志泯灭；沉迷学业，墨守成规，则拘泥僵化。陛下您说是不是？”

赵弘璃直起身来好笑地望着他：“朕只是担心他小孩子心性，玩起来收不回心。太傅大人又何须如此耳提面命？”

“陛下的担心不无不是，但也不可过于忧虑。须知过犹不及。”洛清影见他有意挪揄自己，便意味深长地摇摇头。

这一句话点醒了赵弘瑀。他确实是对赵元澍寄予了太多希望，而希望越甚，压力亦越深。赵弘瑀低头冲赵元澍笑了笑，一手轻轻拍了拍他的背："元澍，你这纸鸢飞起来了吗？"

赵元澍毕竟是小孩子，一说到纸鸢立刻又想起方才的窘迫，气得一跺脚，紧紧拉住赵弘瑀的手说道："父皇，这纸鸢怎么都飞不起来，一定是坏的！"

赵弘瑀哈哈笑了两声："凡事讲求方法，你的方法不对，怎么能让它飞起来呢？说到放纸鸢，父皇小的时候可是经常……"说着，他拿起纸鸢跃跃欲试，准备亲做示范，却又一眼瞥见洛清影调侃的眼神，立刻又止住了步子。

章延泽看出了赵弘瑀的尴尬，一步上前替他解围："陛下，臣在军中时也常玩这个，不如让臣来帮殿下吧。"

"好好。"赵弘瑀松了口气，将纸鸢交给他，然后对赵元澍说道，"去吧，让章将军教你！"

望着一大一小的身影在空地上欢欣跳跃，赵弘瑀瞥了洛清影一眼，怨念颇深："本想自己去玩一次，可一看你那戏谑的眼神，愣是忍住了。"

洛清影极力地忍着笑意："我真没有嘲笑你的意思，怕是你自己想多了。我方才只是在想，你这一身玩乐的好本事怎么一点也没传给元澍？"

赵弘瑀恨恨地瞪了他一眼："玩乐？这辈子再也没法做一个飞鹰走马的富贵王爷了。"

"也没什么不好。"洛清影抬了抬眼皮，整了整衣袖，似乎很是不以为意，"若是那般，待到老了，可是要落下为老不尊的恶名的。"

"你……"赵弘瑀转过脸来直盯着他，继而叹口气忍不住笑了起来，"唉，满朝都言太傅大人为人谦和，真真一个温润如玉的翩翩佳公子，谁能想到私下里说起话来竟是如此刻薄。"两人已经很久没有如此斗嘴，洛清影心内有些感慨，便扬了扬嘴角没再继续接话。

赵元澍的笑声远远飘过来，赵弘瑀突然觉得心里无比踏实。自己从先帝手中接过的社稷江山，如今稳稳地尽在掌控之中，而很久之后，他终将会把这一切再交给自己的儿子，宗庙国祚，绵延不绝。

赵弘瑀闭上眼深吸一口气，悄悄挪向洛清影，凑近了些说道："让章延泽陪他玩吧！这里太吵，你随我来，我有话对你说。"洛清影转头望着他，不知他葫芦里卖的什么药，但见他不作声地掉头就走，也只好跟在身后进了殿去。

进了吉亨殿，赵弘瑀屏退众人，在主位上坐定。洛清影本想立在一边，赵弘瑀招了招手，示意他近前来对面坐下："朝官梳察的事情你应该听说了吧？"

"嗯，大概听到了一些。"

赵弘瑀盯着他认真问道："你怎么看？"

"你想廓清吏治，整饬朝堂风气？"见赵弘瑀一脸凝重，并无回答的意思，洛清影若有所思，"这几年外无战事，内无祸患，风调雨顺，民心稳定，百工一振往日之疲靡，确实是正本清源的好时机了。只是……"

"只是新朝初定，你怕波及过广，群臣心生惶恐，好容易稳住的局势又乱了，对不对？"赵弘瑀见他有些犹豫，便替他说道。这是洛清影的担忧，也是赵弘瑀心中没底的地方。

"确实如此。"

"所以我这一次只查京城官员。各府院的正副长官由吏部梳察、大理寺监察。其他人则由各府院长官自行梳察，但仍由大理寺监察。梳察期限只限崇德元年至今，这样既可以保证梳察的公正，也避免再牵扯陈年旧事。前朝那些陈芝麻烂谷子的事我可以不追究，但如今做了我的朝臣，就必须遵循我所定下的规矩。但凡敢贪赃枉法、寻衅滋事、乱我民心的，绝不姑息。"赵弘瑀说着，暗自攥紧了拳头，重重砸在几案上。洛清影一边仔细听着，一边默默点头。

"只是还有一点……"言及于此，赵弘瑀顿了顿，带着探询的意思望了过去。

"什么？"

"我曾与胡之恒商议过此事，"赵弘瑀犹豫着说道，"他觉得此令一出，施行中必遇阻力。若想堵住朝臣的嘴，还需要找一位极具权威的股肱之臣，先从他入手开始梳察，方可服众。"

"你是想……"洛清影心中一沉，不由地皱着眉望着他，"你想从兄长开始？"

赵弘瑀被他这么一盯，目光不免有些闪躲："胡之恒只是提议而已，并未下定论。当然，我也相信洛清篱的为人，深信他不会有任何问题，所以才觉得此事可行。可他毕竟是你兄长，我还是要先问问你的意思……"

提到胡之恒，洛清影隐隐不悦。胡之恒本是前太子赵弘嘉一手提拔起来的，也算是昔日的官场新贵。当年赵弘嘉被废，崑帝为了替赵弘瑀铺平道路，便将赵弘嘉任用的旧人或贬谪地方，或调任虚职。可是这个胡之恒却不愿坐以待毙，直接上疏奏请崑帝，要求调任检校司。检校司是赵弘瑀提议，由赵弘嘉派人设立起来的。赵弘嘉东窗事发，检校司刚显雏形便又被搁置一旁。崑帝本也对这个新设置的府衙并无太多兴趣，就应允了此事。没想到胡之恒一到任，硬是将这么一个空衙门给顶了起来。崇德元年秋，江东一些地方突降暴雨，农民颗粒无收，眼见着乱势将起，胡之恒迅速与受灾地方官员估算损失，及时调拨赈灾粮款，扭转了危局。

赵弘瑀正是用人之际，对他雷厉风行的行事风格很是赞赏，而且似乎丝毫不介意他的出身，过了一年便将他右迁至大理寺卿。

洛清影认可胡之恒的能力，但却始终有些看不起他。胡之恒没有卑鄙地卖主求荣，也没有对赵弘瑀摇尾乞怜。可他自始至终未对赵弘嘉的事情表示出任何关切之情，不仅不惋惜关切，甚至表现得冷酷无情。他做一切事情都带着一种理所当然的神态，正是这种神态，更让人觉得他全无羞耻之心、忠诚之义。

如今胡之恒更是提出如此建议，矛头直指洛清篱，这让洛清影愤怒之中又夹杂着不安。赵弘瑀曾经为了达到自己的目的而陷洛清篱于悬危之境，这件事成为洛清影心底挥之不去的阴影。洛清篱如今手握重兵，又威镇朝野，赵弘瑀对他是否心生猜忌，洛清影突然没了把握。虽然他也坚信梳察洛清篱必然查不出什么问题，可若有人存心趁机做文章，那后果便不堪设想。

“你……不同意？”见洛清影一直紧闭着双唇默不作声，似乎陷入某种思绪中不可自拔，赵弘瑀抬手在他眼前晃了晃。

“你赞同胡之恒的提议了？”洛清影收回神来，却没有直面回答。

赵弘瑀张了张嘴，什么也没说，只是凝重地望着他，随后又尴尬地干笑两声：“既然你不愿意，那我就再寻个其他的法子。”

赵弘瑀虽未直言，可意思已经十分明显，他其实是赞成这个建议的。洛清影没想到赵弘瑀是这样的反应，这让他浑身不自在。于公，这是国事，关乎朝堂清明。于私，赵弘瑀并未以国君之令压人，而是顾及了他洛清影的感受，以一种平等之态与他相商。正是这样的态度，让洛清影很是为难，稍有不慎便显得自己不顾大局，不近人情了。

“我不是……”洛清影想辩解一句，却被赵弘瑀阻止。

“作为梳察的第一人，必定会成为众矢之的。心怀不轨之人会借机抹黑洛清篱，并以此污蔑我有意袒护他，进而攻讦梳察制度的公正性。”赵弘瑀摆了摆手，笑着说道，“胡之恒虽是好意，可此事确实过于危险，是我疏忽了。”洛清影闷不作声，低着头默默揣度着赵弘瑀的心思。

“好了！这件事我会再好好想一想！先不说了！”赵弘瑀一只手轻轻推了洛清

影一把，洛清影只顾想着自己的事，没有防备，一个趔趄向后倒去。赵弘瑀眼疾手快，一把将他扯了回来。洛清影有些狼狈地整了整自己的衣领，重又坐好。

“我这手脚总是这么没轻没重，无心之举，还望太傅大人见谅。”赵弘瑀满脸无辜地嬉闹着一拱手。

洛清影便应付地笑了笑，继而又正色言道：“我并非不同意。只是事关朝堂吏治，危机四伏，你既真心相商，便待我回去与兄长商议一番再做定夺如何？”

“你去和他说？”赵弘瑀不可置信地睁大眼睛。他清楚洛清篱在洛清影心中有着什么样的分量。如今的洛清影决不允许任何人伤害到他兄长一分一毫。可他却愿意亲自去和洛清篱说明此事，这让赵弘瑀又惊喜又感动。

“嗯。”洛清影点点头。

赵弘瑀有些犹豫地摩挲着几案的棱角，思忖片刻又否定道：“不行不行，此事太过危险，还是我亲自跟他说吧。”

洛清影摇了摇头：“你若直接去说就变成了皇命。还是我去吧。”

赵弘瑀愣了片刻，眼神闪烁似有动容之情：“这样太难为你了。”

洛清影无奈，又似自我安慰一般：“既是国事，关系宗庙社稷，又岂能为一己之身而坏了大局。我知道该怎么做，兄长也知道该怎么做。”

赵弘瑀长舒了一口气，拉过他的手，眼中尽是感激之意：“多谢。”

出了宫门，洛清影有些怅惘。他上了马车，命车夫直接回太傅府去。

赵弘瑀的意思他很清楚，这是国事，他没有理由替兄长去回绝。可是他心里却不可抑制地堵得难受。在没有想好如何向洛清篱说明此事之前，他打算先回府好好理清思绪。

马车突然一个急刹车，洛清影来不及反应，身子不受控制地被甩出去，他下意识撑住门框才勉强稳住。“怎么了？”洛清影稳了稳神，掀帘探出头来。

“小的该死！小的没留神，前面巷子里突然窜出来一群人，惊了马。大人没事吧？”车夫忙不迭蹦下地，返身跪下请罪。

“无碍。”洛清影一边示意他起来，一边揉着撞疼的手肘慢慢下了马车，寻着人声望了过去。

不知道哪里冒出来的几个人，正扭打在一处。前面一个精瘦高挑的少年身形极其灵活，不停地跳跃躲闪，三四个大汉在他身后围追堵截，却怎么也抓不住他。街边处几个小贩搭起的摊铺被撞翻好几处，一时间小贩的叫骂声、路人的惊叫声响成一片。本来干净的街道，愣是被扑腾得尘土四起，呛得洛清影掩着鼻子咳嗽几声。

那个少年怀里似乎抱着什么，他腾不出双手，只能快速地左闪右躲。怎奈势单力薄，不一会儿便被其中一个魁梧的大汉抓住，掐着脖子重重摁在墙上。“你个小兔崽子，倒是挺能跑！你倒是跑呀！你再跑呀！”大汉狠狠啐了一口，喘了几口粗气，甩手就给了他一个耳光，“累死爷了。”少年紧紧护着怀里的东西，毫不示弱地瞪了回去。

“偷东西还有理了！”那大汉狠狠一跺脚，招呼身后几个同伙，“弟兄们，给我好好教训教训这个没王法的东西！张老爷的东西也敢偷，真是活腻歪了！”

身后几个大汉一撸袖子，气势汹汹围了过来。眼见就要被狠揍一顿，少年喘着气使劲挣扎了几下：“我没偷东西！你们血口喷人！”

“嘴还挺硬！”带头的大汉挥着拳头，朝着少年的肚子就是一记重拳，“没偷东西你怀里是什么？”

“这本来就是刘大娘的东西！”少年嘴角撕裂开，渗出丝丝血迹，却依旧怒目而视，丝毫不见怯懦。

“好好好！”大汉咬着牙恨恨道，“有种！大爷倒是要看看，是你小子嘴硬还是大爷的拳头硬！”

眼见着一群彪形大汉围势而上，少年纵使再无畏，可毕竟是孩子，倔强的眼神逐渐变得恐惧起来。

洛清影皱着眉凝视着这群人，大概明白了事情的始末。他刚要上前阻止，就听一阵马蹄疾驰而来。

“啪！”一声清脆的马鞭让嘈乱的人群安静下来。马鞭甩过处，大汉捂着拳头痛苦地嗷嗷大叫几声。

“京师重地，怎容你们当街聚众斗殴！”洛清篱手执马鞭指着带头的大汉厉声喝道。

洛清篱本就挺拔稳重，不怒自威，此时又是官服在身，身后还跟着几名殿前司的骑兵卫队，饶是那些大汉再骄横跋扈，见此阵仗也不得不服软下来。

“大人明鉴！”带头的大汉捂着受伤的手，疼得龇牙咧嘴，他忍着痛大声喊道，“这小子偷了我家老爷的东西，小的们只不过是要捉贼拿赃而已！”

“大人，他胡说！小民没有偷东西！”那少年见状，扑通一声跪下，睁大了眼睛乞求地望着洛清篱，声音中仍带着丝丝惊恐之意。

洛清篱看了他一眼，又转向大汉厉声喝道：“若是真如你所说，贼人偷了东西，那便将贼人抓住送往官府，由官府审查清楚依律治罪即可！如今案情尚未分明，你们便如此明目张胆动用私刑，当街殴打他人，是谁给你们的胆子？”

那大汉终是见过阵仗的，见洛清篱这么说，眼珠子滴溜溜转了转又换了副口气，扑通一声跪下，连连摆手说道：“大人，冤枉啊！您可不能见这小子长得瘦弱，装得一副可怜的样子就偏袒他！我们可没动手，是他自己行迹败露想脚底抹油，被我们几个好容易抓到，这不，正要送他去官府治罪呢！”

见这几人变脸如此之快，洛清影顿生厌恶。方才他们气势汹汹，张扬跋扈，一副要置人于死地的架势，若是任由他们将少年带走，不知会对他如何施暴。想到这里，洛清影悄声走上前去。洛清篱一眼瞥见他，有些意外，见他似有话要说，便俯下身来听他一番耳语。

洛清篱微微点着头直起身来，看着少年说道：“依你所说，你未曾偷盗，是被人诬陷，那么你可愿意去官府说明情况？”

“小民愿意。”少年依旧紧紧抱着怀里的东西，使劲点点头。

洛清篱微微颔首，然后转身吩咐卫队长夏耒：“你带几个人，将这些人带到燕安府去，务必让燕安府尹秉公处理。”

“是。”夏耒拱手领命。

少年站起身，感激地朝洛清篱满满鞠了一躬，然后垂着头跟在夏耒身后准备离开。

洛清篱盯着他瘦骨嶙峋的单薄背影，心内一动，突然高声说了一句：“若是无罪，府尹自会还你清白。可若确实偷盗，律法无情，你需自担罪责。”

少年驻步愣怔片刻，继而转身咧着嘴朝洛清篱笑了笑：“大人放心！”

待这一行人离开，街边看热闹的人群也便三三两两哄闹着自行散去。被撞翻摊位的小贩嘴里嘟嘟囔囔骂着，手里却马不停蹄将散落的货物拾掇起来，继续张罗生意。一时间，街头又渐渐恢复了之前的井然有序。

洛清篱嘘了一口气，想起洛清影还在一旁，便转头望着他问道：“你怎么在这儿？”

“方才路过遇上了。”

“嗯。”洛清篱点点头，“西卫有异动，我要立刻赶去殿前司。”

“西边又有情况了？”见他神色严峻，洛清影心中升起不祥的预感。

“西卫爆发内乱，情况不明。曹晖八百里加急刚送到京城……”洛清篱咽了话头，一夹马肚，撂下一句，“你先去太尉府等着，一切待我回来再行商议。”

望着马队疾驰过后升腾起的阵阵尘烟，洛清影感到一阵心惊，冷汗沁湿了手心。“西卫内乱……情况不明……”他口中默默念着，漠凤那张威严而沧桑的脸突然浮现在眼前。他恍惚地回到马车里，一手抚上腰间那块温润的玉珏，深深吸了一口气，努力让自己保持清醒。

一波未平，一波又起。

洛清篱接到旨意匆匆忙忙出了府，没过多久洛清影又神色凝重地进了来。吉叔虽不知晓发生了什么，但他知道一定是出了什么紧急的状况，于是便引着洛清影径直入了揽月阁，奉上热茶，屏退众人。

本来京官梳察的事情已经让洛清影心烦意乱，现在西卫又横生事端。他心内难安，如坐针毡。揽月阁清净悠然，吉叔怕扰到他，又着意退散下人，偌大的阁里竟没有一丝声响。若是平日，他定会欣然处之，可今日这静谧却让他隐隐焦躁起来。

好容易挨到天色渐青，前院响起一阵人声。洛清影猜想是洛清篱回了府，便一撩衣角起身迎了出去。

洛清篱似是跟吉叔交代什么，一眼瞥见洛清影，便一挥手遣退吉叔，快步走上来说道：“进去说。”洛清影点点头，跟在他身后回到屋内。

洛清篱掩了门，回到正位坐定，迎着洛清影担忧的眼神说道：“还好，虚惊一场，漠凤无恙。”

他深知洛清影最担心的是什么，便简单扼要解了他的心事。果然，洛清影长长舒了口气，半天的烦躁心境平复了大半。

“到底是怎么回事？”

洛清篱示意他坐下，面有隐忧：“西卫幼主李崇勋成年，有心收回漠凤兵权。皇帝身边的内侍暗中联络宫卫将军，企图发动兵变，置漠凤于死地。幸好漠凤识破了阴谋，提前做了部署，才得以脱身。漠凤治军有方，及时稳定了京城楼凡的局势。可西卫皇室宗亲势力庞大，遍布国内各处，他们早对漠凤大权独揽、独霸朝纲心生不满，于是暗中勾结联合，不断滋扰生事，向他发难。”

洛清影皱着眉头听他说完，刚平复一些的心又提了起来：“若是李崇勋有意收权，漠凤执意不给，虽则暂时平息兵变，但终将难逃大乱。”

“嗯。”洛清篱亦是赞同，“曹晖已经派人潜入西卫境内，据探子回报，西卫朝堂内外人人自危，皇帝与上将军剑拔弩张，满国风声鹤唳，草木皆兵。”

“西卫皇室宗族生性好战，这些年来若不是漠凤拦着，只怕早与大殷兵戎相见。若是西卫生变，漠凤被逐出朝堂，不知两国间会不会又战火重燃。到那时，黎民百姓又将陷入无边的苦难……”洛清影难掩忧心，顿了顿又问道，“陛下什么打算？”

“西卫与大殷毗邻接壤，城门失火殃及池鱼，若是西卫内乱，难免祸及天雄。所以陛下已经快马传旨给曹晖，让他务必加强天雄防卫，以应不测。同时再加派探子探听西卫国内动向，如有变局立刻上报。”洛清篱一手搭在几案上，手指无意识地轻轻叩着，“至于我，则要加紧核查军库、调度粮草、整编禁军，策应天雄军，做好万全准备。”

洛清影一双眉目紧锁，抿着嘴听洛清篱说完，忍不住痛心叹息：“漠凤持国这些年也算是殚精竭虑。可他对权力的欲望太深，手段太过狠辣，得罪了不少人。若是西卫皇帝与他生了二心，只怕他难得善终……”

洛清篱明白，虽说洛清影自小长在大殷，不曾与漠凤有什么交集，可他们毕竟是亲舅甥。血浓于水的亲情发乎内心，洛清影担心他的安危，却又无计可施。

“漠凤归宿，皆赖其自身，你我终归外臣，不便置喙。”洛清篱望着洛清影，语带宽解，亦有警示。

洛清影闻言，似乎从方才的无尽忧虑中回过神来：“兄长所言甚是，是我思虑不周。”

洛清篱摇了摇头：“我并非责怪你。你一向心重，又极重情义，从明寂寺回来以后更是如此。你身份特殊，国事私情难以取舍，我是怕你忧虑难解，又伤了心神……”

“兄长关切之情，我岂能不知。”洛清影俯首道，“兄长放心，国事家事孰轻孰重，我还是能分得清的。”

洛清篱见他如此，便松了口气：“方才离宫时，陛下让我近来要留意你的言行。”

“嗯？”洛清影诧异地抬起头来。

“他也是担心你听到这个消息会忧虑过甚，所以让我多看着你。”洛清篱缓声解释道，继而又微微皱了皱眉，“清影，你还记得秦王生辰那天我与你在这里说的话吗？”

“嗯，记得。”那日的情景浮在眼前，洛清影点点头。

“我最担心的事情并不是西卫的情势。我们既已知情，只要相机而行，提前做好部署，一切都可迎刃而解。我担心的是，祸起萧墙。”洛清篱面色凝重，尤其着意压低了“祸起萧墙”四个字的声音。

洛清影心中一惊，他终于明白了洛清篱最深切的担忧。那日夜谈，洛清篱说过

“高处不胜寒”的微妙处境。洛氏一族不经意间已经和秦王连为一脉，若是有人有心对秦王不利，洛氏必然首当其冲。后宫的甄太后、前朝的胡之恒，这些人早已蠢蠢欲动。若是自己这个时候做出什么出格之事，让人抓住把柄，知晓了自己与漠凤的关系，那后果将不堪设想……

想到这里，洛清影站起身来，理了理衣衫，朝洛清篱深深行了一礼，跪倒在地：“我洛清影的命是兄长救回来的，无论生死，我都是洛氏的子孙。今日我在此立誓，绝不会做出任何伤害洛氏一族的事情。从此以后我定会谨言慎行，请兄长放心。”

“你这是做什么？”洛清篱连忙起身走过来将他扶起，“我怎么会怀疑你对洛氏的真心？”

“兄长冒着满门抄斩的危险于屠刀之下救我性命，我就算粉身碎骨也无以为报。”洛清影笑了笑，“可是我也对自己没什么信心，怕自己一时感情用事，不能顾全大局。今日我便以此誓警醒自己，无论发生何事，都不可拘泥于一己私情。”

“嗯，好。”洛清篱欣慰地拍拍他的肩头，“西卫的事情有我盯着，你放宽心。何况我大殷新朝初稳，百工初兴，陛下也不希望兵戈再起，所以定会从中极力斡旋。”

一提到赵弘瑀，洛清影的神色不禁又暗了下来。西卫出事，让他差点忘记了今日宫中发生的事情，忘记了胡之恒那个令人烦闷的提议。

“怎么了？”洛清篱发觉到他的变化，关切地盯着他问道。

洛清影本想打个岔搪塞过去，可一想到方才自己立下的誓言，不可再一味感情用事，耽误大局，便咬了咬下唇，盯着洛清篱说道：“今日我去与秦王授课，见到了陛下。陛下提及京官梳察一事，说胡之恒提议梳察对象从兄长开始……陛下想听听你的意思，可又不好直接告诉你，怕商议变成了皇命，便想让我先问问你。”

洛清篱愣了一下，继而沉思片刻，转而轻轻点头：“从我开始，既可以为陛下立威，又可以堵住群臣的嘴，我同意。”

洛清篱的态度让洛清影感到十分意外，却又在情理之中。他早该明白，心系朝政安危的兄长一贯光明磊落，绝不会因一己之私而罔顾国事，更不会以君子之心去计较小人的算计。洛清影张了张嘴，却没说出话来。洛清篱看在眼里，心里明白自己的兄弟到底在担心什么。

“兄长，你就不担心胡之恒醉翁之意不在酒？”洛清影犹豫了一下，还是把自己的担忧说了出来。

洛清篱挑了挑眉，望着他："方才说的话这就忘了？"

"我不是……"洛清影有些着急想解释，却被洛清篱制止。

"我懂你的心思。"洛清篱神色平和地说道，"可胡之恒的提议的确可以肃清京官梳察施行过程中的障碍。这是或否皆在陛下心念之间。你不信胡之恒，难道还不信陛下？陛下能赞同胡之恒的提议，自然有他的道理。"

洛清影长长叹了口气。洛清篱从来不知，赵弘瑀为了拖他入局，早就在他身上设下过计谋。虽然赵弘瑀当时有不得已的苦衷，可这件事却始终如针一般扎在洛清影的心里。但这些话无论如何也不能说与洛清篱听。时至今日，若是洛清篱知道这件事，必定会对当日所做出的决定产生巨大的动摇。依着他如今的地位、境遇，这种动摇必然会导致某种天翻地覆的震撼。洛清影相信赵弘瑀并非用心险恶之人，可他又无法不担心自己的兄长。想到此，他只得摇头叹道："罢了，又是我多虑了。"

见他这般懊丧的样子，洛清篱忍不住笑了起来："你呀……怎么比我更像父亲？"洛清影疑惑地抬头望着他，不知他是何意。

洛清篱继续笑着解释："父亲在世时凡事小心，对我的官场交友也是慎之又慎。整日里耳提面命，提醒我注意这个、小心那个。你现在顾虑重重的样子真是和父亲当初一模一样。"

一席话说得洛清影羞愧不已："兄长如此深明大义，清影自叹不如。"

洛清篱微微颔首，又转而说道："凡涉及国事，必以大局为重，不可纠结于自身，这是为臣之道。然则谋国者亦须长于谋身，个中利害也要权衡清楚。胡之恒或许有他的心思，但陛下的意旨却在于为京官梳察肃清障碍，为革新吏治打破僵局。如此一想，我有何理由拒绝？况且为兄这些年在朝中，秉持为人臣子的本分，不曾贪墨半分，就让他们去查吧，不会有事。"

这一番道理被洛清篱分析得如此透彻，又着意宽慰了自己，洛清影不禁暗自佩服。相较之下，自己倒显得过于感情用事，太过幼稚。"兄长已经说得如此明白，我若再执意纠结，岂不太过迂腐？"洛清影叹息着摆了摆手。

"嗯，明日我便上奏陛下，请准由我开始梳察。"洛清篱见他想通了，也舒了口气。

洛清篱一抬眼，瞥见吉叔带着几个奴婢正朝正厅走过来，便又拍拍洛清影的肩头："好了，不说了。天色已晚，我让吉叔弄了些饭菜，你就在这儿将就一顿吧。"

“恭敬不如从命。”洛清影不由一笑，大袖一振，拉着洛清篱大步朝几案走了过去。

洛清篱定了音，赵弘瑀便也不再顾忌，命胡之恒按照拟定的方案开始实施梳察。半个月下来，愣是没有一个人对洛清篱提出任何质询，吏部和大理寺也没有查出任何问题。

朝中威名最盛、最得陛下恩宠的人都已经按照规矩进行了梳察，下面的官员也无话可说，纷纷主动向吏部提出了自察疏。待到叶落枝枯，一年秋尽时，浩浩荡荡的京官梳察几近尾声。

胡之恒与吏部长史具名上疏，条陈各项梳察结果，撤职、留任查看、升级的一一列明，还有一些官员触犯刑律的，依法押解大理寺的，也都详细说明。

赵弘瑀很是满意，对胡之恒大为褒奖，并准备来年开春将这一制度在各地逐步推行。一时间，京城官员的风气为之一振，各司其职，有条不紊。

秋收冬藏，入冬以来朝中无大事要决，各部各司皆是着手准备一年的终算，虽是紧张却都是常例，并无什么异状。

殿前司亦是一样昼夜不息、忙碌不休。幸好接替章延泽的夏耒是个心思细腻之人，在公文呈阅给洛清篱之前都分门别类一一整理清楚，替自己的长官减轻了很多麻烦。既是如此，洛清篱依旧几乎整日被各项账册明细淹没，除了吃饭睡觉便是审阅一应公文。

这一日，洛清篱午膳过后小憩片刻，刚要起身回到书案，就见夏耒带着一阵风走了进来。

夏耒年岁与章延泽相仿，但身形要魁梧许多，走起路来铿锵有力。洛清篱常是未见其人先闻其声。

“大人！”夏耒一拱手行了一礼。

“何事？”

“今日是柱子刑满之日。末将已经去和府尹大人做了安排，特来复命。”

“柱子？”洛清篱疑惑不解，继而突然想起什么，哈哈笑道，“你是说那日街上遇见的少年？”

“正是。”夏耒抱拳正色答道。

洛清篱点点头，收敛了一下脸上的笑意，语气中却仍带着赞许之意：“做事有始有终，很好。要不是你还记着这事，本官差点忘记了。”

说罢，他转而又思忖道：“刑满？这么说，这个……柱子是真的偷了东西？”

“回禀大人，是的。”夏耒不敢隐瞒，便如实禀告，“可……其实他也没有真的想偷东西。整件事个中缘由颇为曲折。”

“哦？”洛清篱见他欲言又止，知道他是担心自己对这么点小案子没兴趣，便虚手一抬示意他接着说下去。夏耒稍稍整理了一下思路，便如此这般解释了一遍。

洛清篱一边听着，一边微微颔首，嘴角漾着淡淡的笑意：“这么说来，府尹罚他城旦六个月也是有理。虽则稍显严苛，但也叫他警醒，以免他日后不知悔改，依旧意气用事，酿成大祸。”

“大人所言极是。”夏耒点点头，“既然此案已经了结，大人也已知悉案情，末将便告辞了。”

“且慢。”洛清篱站起身来，“方才你说这孩子是个孤儿，如今刑满，他怕是也没个去处。你去将他带到太尉府交给吉叔，让吉叔好好照看他。等本官回去再问他话。”

夏耒愣了片刻，倏然回过神来，立刻利落拱手答了一句：“是！”

柱子本来就没有一个像样的家，街坊邻居的鸡棚狗窝他都睡过。当夏耒来燕安府接他的时候，他有些蒙。夏耒问他要去哪儿，他也没有想清楚，胡乱说了个地名。当夏耒带他来到这个地方时，眼前只有一座破破烂烂的小庙。

夏耒叹了口气，从怀里掏出一点碎银子递给他：“拿着，买件棉衣。记着，以后要走正道。”柱子盯着他看了半天，眼眶有些红了，半天没动一下。

“拿着！”夏耒把银子塞进他手里，然后转身上马疾驰而去。

当夏耒再一次出现在小庙里，他看见柱子抱着腿蜷缩在歪斜的墙垛下，正盯着地上什么东西发呆。走近一看，原来是方才自己塞给他的银子。

“你在看什么？”夏耒走近了蹲下身问道。

柱子一惊，抬眼望着夏耒，眼中闪过一丝惊喜，倏而又黯淡下去：“我没见过这么多钱，不知道该怎么用。”

夏耒又重重叹了口气。他一手捡起银子，一手从地上把柱子捞起来。

“你干吗？”柱子有些惊慌，挣扎着想挣脱。

“大人要见你。”夏耒毕竟行伍出身，稍一使劲便将柱子牢牢抓住，“跟我走。”

“大人？哪个大人？”柱子被拖着往前走，忽然记起那日挺拔英武的伟岸身影，心中一动，便不再挣扎，乖乖随着夏耒往前走去。

夏耒带着柱子见到了吉叔，吉叔看着柱子麻秆一样在风里瑟瑟发抖，心里一阵酸涩，忙不迭地命人带柱子下去沐浴、换衣、吃饭。

掌灯时分，洛清篱回了府。从府门到揽月阁，吉叔一路絮絮叨叨，说这孩子怎么这么瘦，大冷天怎么穿得这么少。

待洛清篱进门看见柱子时，柱子已经不是先前泥猴子一般，如同换了个人。虽然还是瘦得像根麻秆，但脸上干净了，眼睛亮晶晶，焕发出少年特有的锐气。

见洛清篱进门，柱子匆忙从地上站起来，想给这位大人磕头谢恩。吉叔本来让他坐在侧座等洛清篱，可柱子死活不坐，怕脏了软垫，只在角落里规规矩矩地找了处地方坐下。没想到跪坐得久了，腿脚竟然麻木没了知觉，行动甚是迟缓，重心不稳，丁零哐当踢倒了一大片。“小民柱子，见过大人！小民谢过大人的恩赏！”柱子有些语无伦次，趴在地上使劲磕头。

“好了，起来吧。”洛清篱在主位坐定，抬手示意他起身。

“小民不敢！”柱子依旧趴在地上，“小民跪着答话，心里安生。”

洛清篱也不阻拦他：“你舒服便好。”

刚要再说，吉叔躬着腰立在门外问道：“大人，是不是该用饭了？”

“你吃过了吗？”洛清篱看向柱子问道。

“嗯。”柱子想起吉叔准备的那一桌热腾腾的饭菜，自己这辈子第一次吃得这么满足。

洛清篱点点头，对吉叔挥挥手：“不慌，待会儿我叫你，你先下去吧。”

待吉叔应声退下，洛清篱低头望着跪在地上的柱子，缓声说道：“那日街上我问你是否敢去燕安府尹处自证清白，你满口应承。可后来又听夏耒将军说，燕安府尹判了你盗取的罪名，还罚你去做城旦，你怎么解释？”

柱子睁大了眼睛迎上洛清篱审视的目光，继而垂首磕了个头，然后立直了身子不卑不亢地答道：“大人息怒！当日小民糊涂，不知律法，才会犯下如此大错。府尹大人秉公断案，小民心服口服，心甘情愿接受惩处。但小民仍然认为刘大娘委屈，自己祖传的镯子被赌徒儿子偷偷拿去当了，儿子输得精光，大娘天天掉眼泪……小民实在看不过才……”

“才什么？”洛清篱目光凌厉地望着他，柱子心里一惊，莫名有些害怕，“你看不过，所以去张老爷家把镯子偷了回来。”

“那不是偷！”柱子争辩了一句，见洛清篱依旧神色严峻，便又弱了气势，没敢继续争下去。

“不是偷？可你自己也说燕安府尹处治公允，现在又说不是偷了，岂不是自相矛盾？”洛清篱见他神色有些惶恐，便缓了缓语气又说道，“你想说你是为了替刘大娘打抱不平，才去张老爷家把镯子‘取’回来，对吗？可你有没有想过，张老爷也是花了钱才从当铺得到这只镯子，你偷偷将它取走，你与刘大娘儿子的行为又有何不同？”

“这……”柱子愣住了，他从没想过张老爷的处境，他只是单纯地认为，张老爷拿了刘大娘的镯子，就是坏人，自己替刘大娘“取”回镯子，是替刘大娘出气，是做了一件大好事。洛清篱的话却让他猛然对自己坚信的东西产生了怀疑。

“若是所有的人都可以随意评判他人，甚至自诩是为了打抱不平而处治他人，那这世道岂不是要乱了套？”洛清篱的语气似乎又柔和了一些，“谁乱了秩序，自有官府依律处治，凡事都要有个法度。你明白我的意思了吗？”

柱子自觉理亏，低着头蔫蔫地答了一句：“大人，小民知错了。”

洛清篱舒了口气，嘴角边浮起一丝不易察觉的笑意，“知错能改善莫大焉。”顿了顿，他又问道，“听夏耒说你是孤儿？”

“是，小民自小便没了父母，吃百家饭长大的。尤其是刘大娘，一直对我很好……”说到这里，柱子想起刘大娘白鬓霜颜，不禁有些哽咽。

“这军中你最熟悉的恐怕就是夏耒了。”洛清篱若有所思地看着他，“让他带着你去领个军籍，以后跟着他好好干。”

柱子彻底愣住了，一时半会儿没能回过神来，只是张着嘴傻傻望着洛清篱。

“怎么？不愿从军报国？”

“不不不！”柱子猛地回过神来，猛地磕了好几个响头，“小民谢大人！谢大人再生之恩！”

洛清篱笑着摆了摆手：“不用谢我，要谢就谢你自己。刘大娘的事你虽然冲动莽撞，但仍不失赤子之心。以后跟着夏耒多学学规矩，知礼守法，再不可意气用事。”

“是！小民谨遵大人教诲！”柱子又连连磕头，泣不成声。

“刘大娘日子艰难，你若真的感念她的恩情，就做个顶天立地的军中男儿，以后也好照顾她。”

“是！”柱子抹了抹挂在脸上的眼泪，咧着嘴嘿嘿笑了几声，“柱子一定跟着夏将军好好学！不给大人丢脸！”

洛清篱欣慰颔首，继而又似想到了什么：“柱子这个名字须得改改。”

“小民这个名字本来就是随便瞎叫的，是个大俗名。”柱子挠了挠头，有些期待地望着他。

洛清篱抚着下巴略一沉吟：“疏缓节兮安歌，陈竽瑟兮浩倡。以后你就叫安歌吧。”

“安歌？”柱子默默念了几遍，喜不自胜，“安歌！以后小民就叫安歌了！”

按照惯例，每年的惊蛰前后，大殷朝的皇室都要去大相国寺上香祈福，一来庆贺万物茁发，二来祈愿风调雨顺。

赵弘瑀力行节俭，每次去大相国寺都是轻减仪仗，所有仪式删繁就简，惹得礼部那些老学究几次三番上疏抗议，却都被赵弘瑀给驳了回去。

今年的惊蛰又快到了，礼部的奏章如约而至。赵弘瑀都没正眼瞧，便将那一封奏折扔在了一边，愤愤自语：“这帮老迂腐。”

欢招躬着身子端上来一盏热茶，余光扫过被撂在一边的奏章，小声问道：“礼部的大人又给陛下说古礼了？”

赵弘瑀端起茶盏正要喝，眼睛一瞪：“朝政大事也轮到你多嘴了？”

欢招一听，吓得扑通一声软跪在地：“奴才不敢！奴才就是瞧见陛下龙颜不悦，奴才担心……”

“好了好了。”赵弘瑀本就是心情烦闷说的气话，见欢招当了真，便伸手示意他起来，“你从小就跟着朕，现在又是宫里内侍的头儿，若是朕不对你严厉些，外面的大臣会骂朕管教无方。以后朝堂上的事不许掺和。”

赵弘瑀这话在情在理，欢招是个聪明人，个中利害立刻就听出了音儿，利索地磕头谢恩：“奴才愚昧！幸亏陛下提点，救了奴才一命！奴才万死难报陛下的恩情！”

赵弘瑀一手轻轻捶着下颌，一边抿着嘴似乎在想着什么心事。欢招偷偷瞄了一眼，便悄悄爬着退了几步想尽快离开。

“今年祈福的仪制流程，礼部呈递太后了吗？”赵弘瑀捶着下颌的手停在半空，突然问道。

欢招爬了一半，听到赵弘瑀问话，便立刻停了动作，就势伏在地上回答：“回陛下，已经呈给太后了。”

“嗯。”赵弘瑀突然站起身来，“好久没去探望太后了，随朕去凤鸣宫看看吧。”

欢招有些摸不着头脑，但见赵弘瑀抬脚就要走，便一骨碌爬起来，赶紧招呼着殿外候着的侍卫和侍婢，急匆匆地伺候摆驾。

凤鸣宫中的甄太后听了通传，也有些惊诧。赵弘瑀承继大统以后，尤其是淑妃入宫以来，除非依制不得不见以外，很少主动来凤鸣宫探望了。今日突然过来，甄太后心里竟忍不住犯了嘀咕。还未定下心神，赵弘瑀就一脚迈进殿中。

"太后。"赵弘瑀给甄太后行了礼，便走上前来搀着她，"近日宫中花园的柳枝抽芽，春意朦胧。朕多日忙于政务，竟然有些累了。太后可愿与朕一同去园里逛逛，赏一番春光？"

尚未惊蛰，叶未生，花无蕾，哪来的春景？甄太后明白赵弘瑀定是有事，便笑着点点头道："也好，憋了一冬，也该出去走走。"

赵弘瑀扶着甄太后，一路随口说些家常话，慢慢悠悠走到了花园中。

"今年的惊蛰祈福还需劳烦太后亲自走一趟。"

"陛下说的哪里话，为国祈福、为民祈福，都是本宫义不容辞的责任。"

"今年朕想少带些人过去。"

"少带些人？"甄太后一惊，停下了脚步。

见赵弘瑀一脸平静，她不由得摇了摇头："本宫知道陛下节俭，不愿铺张浪费、折腾百官。可祭祀祈福也是关乎社稷的大事……往年已经删减了很多繁琐细节，今年若是再精简人员，恐怕礼部会闹翻天的。"

"祈福确实重要，可朕认为，佛祖自在人心。朕虽精简礼仪环节，但礼佛敬佛之心丝毫不敢怠慢。"赵弘瑀依旧很平静地解释道，"去岁京官梳察，各部各司贬谪、撤职的大有人在，很多职位悬空已久。朕还是想让他们安心处理新官选拔的事情。一旦开春，百工待振，必定事务繁杂，若是官员不齐，会耽误很多事情。"

甄太后还想再争辩几句，赵弘瑀笑着安慰她道："祈福之事，有太后、有朕，足矣。"

甄太后想了想，觉得这话也不无道理，便无奈地叹了口气："陛下仁厚，心系朝政，想必佛祖也能体谅。既然陛下已经决定了，本宫配合便是……只是不知道陛下会带哪些人去？"

赵弘瑀沉吟片刻："章延泽领禁军，太尉洛清篱、太傅洛清影随行即可。"

"那后宫呢？"

"除了太后，各宫在宫中祈福即可，不必劳财随行。"

"倒是可行。"甄太后点点头。

"既然太后同意了，朕这便让礼部重新议定祈福仪式。"

甄太后苦笑："怕是那些老骨头又该被陛下气个半死了。"

"繁文缛节，不要也罢！"赵弘瑀毫不在意地摆摆手。

甄太后终于明白赵弘瑀前来探望自己的目的了。祈福关乎国运，擅自缩减随行官员事关重大，若是自己这个太后不同意，赵弘瑀虽身为皇帝，也是无可奈何。

她正揣摩着，突然听到赵弘瑀一声大喊：“太后您看！”赵弘瑀盯着一束桃枝，“这绿芽毛茸茸的，甚是可爱！”

甄太后顺着目光望去，桃树果然已经若隐若现显出鹅黄色，不似冬日那般索然无味、死气沉沉。

“是啊，四时轮回，年年岁岁，盎然春意近在咫尺了。”甄太后感叹道，“只不过年年岁岁花相似，岁岁年年人不同。韶华易老，镜中朱颜早已衰败，青丝变白发啊……”

听着甄太后的感叹，赵弘瑀不禁深深叹了口气：“是啊，这宫中的女子，又何尝不是这样一年一年老去的。”

“陛下……”甄太后含着眼泪望着赵弘瑀，欲言又止。

赵弘瑀明白甄太后的意思，他了然地点点头：“朕疏忽了淑妃，是朕的不对。今日朕便过去看看她，太后安心。”

甄太后抹了抹眼泪，欣慰地拉过他的手：“好好好，后宫和睦便是本宫最大的心愿。”

“嗯，若是淑妃早日有个一男半女，太后在宫中也就不会如此孤寂了。”赵弘瑀不经意的一句话，却如惊雷一般震得甄太后愣在当场。

赵弘瑀似乎并未在意甄太后的反应，继续随性说道：“这世上的情理都是相通的，太后想让朕多些子嗣，延续皇室血脉。朕如今也有一桩难心事，甚是棘手。”

“何事？”甄太后眉头一皱。

赵弘瑀犹豫了一下，凑到她耳后低声说了一番。

甄太后听后哈哈大笑：“陛下所虑甚是！这件事好办，交给本宫即可。”

“若太后愿意帮忙，那自然是再好不过了！”赵弘瑀似乎松了口气，很是欣喜，“此事宜早不宜迟，不如……”

“不如趁着这次祈福，本宫就替陛下把这桩好事给做了。”甄太后会心一笑。

“好！好！”赵弘瑀连连点头，继而又道，“天色渐晚，朕送太后回宫吧。”

“不必了。”甄太后摇了摇头，“本宫自己回去就行，陛下早些去淑妃那儿歇着吧。”

赵弘瑀爽快地应道：“也好，那朕这就去看看淑妃。恭送太后。”

第三章

静女其姝　爱而不见

礼部的大人们已经对年轻的皇帝无计可施，所有的奏章无一例外全部泥牛入海。

赵弘瑀没有直面回应，却让实际上早已赋闲在家的匡筠亲自去了趟礼部衙门。匡筠是当世大儒，又是当朝国丈，礼部对他自然礼敬有加。一番交涉之后，礼部也明白皇帝说一不二，再坚持下去恐怕只能是碰一鼻子灰，便也不再争执了。

惊蛰这一日，一场春雨如约而至。雨丝细密，雨势却不大。春雨贵如油，这场雨直教前去大相国寺祈福的君臣们欣喜万分。

参拜过佛祖，敬完香，君臣一行人便来到偏院稍事休息。寺里的住持早已命人提前准备了香茗和时令瓜果，只待祈福仪式一完结，便引着众人过来。章延泽带着一队禁军把守在院落四处，洛清篱和洛清影则在堂内随驾侍候。

“忙了半日，恐怕你们也累了吧。”赵弘瑀抿了一口香茶，刚要放下，欢招眼明手快接了过去，“住持已经备了茶点，你们将就着用些，歇息片刻。”

“陛下说的是。”甄太后点头赞同，“两位卿家请入座，都不要拘着了。”

甄太后话音刚落，阶下立着的两人便行了礼，然后各自入座。

斜风细雨落在院中的山石之上，升腾起片片水雾，朦朦胧胧。堂内点着龙涎香，青烟袅袅，更添静谧之情趣，让人不由得放松下来，神清气爽。

“佛祖保佑。”甄太后看着赵弘瑀笑着说道，“今日惊蛰，喜降甘霖。此乃天佑我大殷之兆啊。”

赵弘瑀也笑着应声：“是啊，一年之计在于春，但愿今年能风调雨顺。百姓的日子好过些，朕这心里便能踏实些。”

“天降喜雨，陛下自然是心内踏实了。可本宫却不踏实。”甄太后话锋一转，似乎有些落寞。

赵弘璃闻言愣了一下，一时半刻竟然没有接话。一旁落座的洛清影以为甄太后要乘兴再提淑妃之事，心里不免有些担忧。再看赵弘璃的反应，似乎也是不愿继续这个话题。他又与洛清篱默默对视一眼。洛清篱也听出了甄太后是话里有话，冲他使了个眼色，微微摇了摇头。

"太后……太后究竟担忧何事？"迟疑了片刻，赵弘璃终是硬着头皮一脸笑意地问道。

甄太后叹了口气，无奈地反问道："陛下的心里除了黎民百姓，难道就没有庙堂的臣子吗？"

"嗯？"赵弘璃不解，"太后这是何意？"

甄太后笑盈盈地转首望向洛清篱："太尉乃是国之重臣。太尉家室一日不定，朝事便也一日不定。陛下，你说本宫心里怎能安生？"

突然被甄太后提名，而且说的完全是出乎自己意料之外的事情，洛清篱纵使平日里再冷静，眼下也措手不及僵在一处。他下意识向赵弘璃投去求救的目光，却没想到赵弘璃也正饶有兴致地打量着自己。

"嗯！朕觉得太后说得在理！"

"这……"洛清篱张了张嘴，一时不知该如何应答。

"清篱啊，"见洛清篱如此窘迫，甄太后便慈祥地笑着劝说道，"本宫与洛老太尉相识多年，他已经不在了，洛氏一族全靠你撑着，朝廷大小事务也需仰仗你拿个主意。你这身边若没有个体已的人，你让本宫怎么向你父亲交代啊。"

洛清篱尴尬地咳了一声，站起身来想要推辞："臣谢太后挂念。臣至今无家室，确实是臣自己疏忽了。臣……"

"你呀，就是太忙了！满脑子都是陛下交给你的事情，哪有时间想着给自己找个媳妇儿？"甄太后打断了他的话，转而又笑着瞄了一眼洛清影，接着说道，"你若再不娶，你弟弟也不敢擅自成家，一来二去可怎么得了？"

洛清影心里一惊，连忙低下头去不敢多言。甄太后这架势明摆着要替公卿之女来提亲，自己若是冲上去，不仅帮不了洛清篱，可能还会把自己牵连进去。

"择日不如撞日！"甄太后回过头去，望着赵弘璃问道，"本宫记得淮安侯齐重卿还有个女儿待嫁闺中，是不是？"

"正是。"赵弘璃点点头。

"淮安侯也是苦命之人，早年被人陷害，两个女儿被流放苦寒之地。幸得上天垂怜，也是陛下仁厚，特赦她们二人回京。如今，长女孟瑶已经出嫁，只剩小女宜阳郡主乐瑶在家侍奉老父。这乐瑶今岁似是二十七八的年纪，因为早年流放，尚未许配人家。依本宫看，将门之后配侯门之女，这简直就是上天注定的姻缘啊！”甄太后一边说着一边拍着手，眼中闪着期待的光芒。

待甄太后说完这些话，洛清篱也已经从一开始的震惊慌乱中恢复了过来。他微微低着头思索了片刻，刚要说话就听洛清影在旁唤了一声：“太后……”

“你看你看，这做弟弟的都替自己的兄长着急了呀。”甄太后也不管他到底想说什么，便笑着打断了他，“太傅别急，先把你兄长的终身大事解决了，下一个就是你！”

洛清影方才这一声“太后”本就是情急之下脱口而出。他知道洛清篱无论如何也不会接受这样一桩莫名其妙的婚事。甄太后如此强势地乱点鸳鸯谱，赵弘瑀竟然一反常态不予制止，反而听之任之。他眼见着洛清篱仓促之下神色慌乱，却又不知该如何去替他解围。甄太后这句话结结实实地将他堵了回来。他一时也不知该做何反应，便只好红着脸不再说话。

“臣何德何能，一人之私事竟劳太后如此费心。”洛清篱依旧垂首而立，神色却是有些僵硬。

“太尉之功，满朝皆知。”甄太后收了笑意，认真说道，“陛下年轻气盛，一心只在朝政上，顾不得许多。他思虑不周之处，本宫自然是要上心的。”

“太后说的是。”赵弘瑀终于开了口，“这件事确实是朕疏忽了。不过今日就这么仓促地定了，是不是有些操之过急？毕竟还没问过淮安侯的意思……”

赵弘瑀故意拖长了尾音，试图缓和一下太后的意见。他一边说着，一边偷偷瞄了洛清影一眼。果不其然，洛清影望着他的眼神里充满了感激。

“淮安侯能有什么异议？”甄太后皱着眉说道，“天下有多少人想招清篱做东床？淮安侯高兴还来不及！”

甄太后难得一见的坚持已见，赵弘瑀只好又换了个说法：“也对，也对……不过朕觉得，还是应该先听听清篱的意思。”

甄太后眉峰一挑，转向洛清篱问道：“清篱意下如何？”

洛清篱知道今日之事已无退路，再坚持下去只会惹怒太后，只能违心答道：“婚姻大事须听父母之命、媒妁之言。今臣家中已无长者，一切全赖陛下和太后做主。”

“唉，这就对咯！”甄太后闻言，高兴地连连点头，“陛下，既然清篱也同意了，这事儿就包在本宫身上！淮安侯那边本宫去说，陛下就等着喝喜酒吧！”

一场祈福，竟然莫名其妙给洛清篱弄出一门亲事。

祭祀结束之后，章延泽将赵弘瑀和甄太后护送回宫，洛清篱则带着洛清影善后。待一切事毕，洛清影终于忍不住唤住一旁调转马头、准备回府的洛清篱：“兄长……”

洛清篱应声回首，见他满面忧虑，知道他是放心不下今日之事。可事发突然，洛清篱自己脑子里到现在都还有些发蒙。况且这里人多眼杂，也不能多说。他只好避而不谈，岔开话头：“今日你我都乏了，早些回府休息。其他的事情，明日再说。”

“兄……”洛清影的话还未出口，洛清篱便凌空一记扬鞭，绝尘飞奔而出。洛清影望着那飘然而去的身影，心口似是堵了千斤巨石。

“大人……”身后的随从见他没有丝毫离去的意思，便小心翼翼地提醒道，“又开始下雨了。太尉已经回府，您是不是也该回去了？”

赤缨似乎感应到主人的不安，原地不停地踏蹄，鼻间喷着粗重的呼吸。

“你带着他们先回去。”洛清影似乎下定了决心，一拽缰绳，调转马头。随即一记鞭响，赤缨如离弦之箭扬蹄疾驰而去。

赵弘瑀换了一身干净的常服，斜倚在御案之侧，准备开始夜批奏章。

乍暖还寒。又下了一天的雨，晚间寒气袭来，让人战栗着不可忍耐。欢招心细，早就命人将殿中的暖炉烧得通红。中孚殿中此刻暖意融融。坐拥暖衾，再听殿外细雨绵绵，不禁令赵弘瑀心中升腾起一丝丝满足的喟叹。

方才翻开奏折，就听殿外一阵嘈杂。赵弘瑀皱着眉抬起头来问道：“何人喧哗？”

“陛下，”殿外值守的小太监趋步近前，“太傅大人在殿外，说是有事请见。奴才想着陛下正在批阅奏章，不敢搅扰陛下，所以……”

“放肆！”赵弘瑀噌地站起身，指着小太监大声骂道，“大臣请见什么时候还要经过你们首肯了？快请太傅进殿来！”小太监连连应承，飞也似的退了出去。

赵弘瑀想了想，从御阶上大步跨下来，刚走到殿门处，就见洛清影寒着脸进了来。他快步迎了上去，满脸关切：“夜路泥泞湿滑，外面又如此之冷，你怎么来了？”

一路风雨，洛清影的外衣已经被雨丝浸透，浑身上下散发着阴冷之气，直激得赵弘瑀打了好几个哆嗦。见他几乎湿透，赵弘瑀二话不说，一把将他拉进殿来：

“欢招！快去把朕的狐裘拿来！再把热姜汤端过来！”

赵弘瑀将他按着坐在铜炉边，一手接过欢招递过来的狐裘，替他紧紧裹上。“什么事这么重要，不能明天说？非把自己淋成这般模样！”赵弘瑀拧着眉责备他道，“你这性子也该改一改了。”洛清影却一把按住他的手，彻骨冰凉直惊得他猛然一抖。

“大人，姜汤。”欢招跪着送上一盏热姜汤，却被洛清影一掌推开去，热汤洒了一地。

“再去换一碗！”赵弘瑀焦躁地挥挥手，将欢招遣了出去。

“今日之事是你和太后商量好的吗？你为何要瞒着我自作主张？”洛清影直直盯着他，眼中充满了愤怒。

赵弘瑀一惊，眼神有些躲闪。他将手抽了回来，轻声说道：“我并不知道太后有这样的心思。”

“你不知道？”洛清影依旧盯着他，语气一反常态地凌厉，“太后如此乱点鸳鸯谱，你为何不及时制止？你明知道兄长……虽然我已经与他把话说开，放下了心结，可不代表他立刻就能再接受一门亲事。侯府千金是何模样，何种品性，他统统不知道。就这么把一个毫不相识的人娶回家，是不是太可笑了！”

“可笑？”听他如此咄咄逼人，赵弘瑀心中也不免蹿火，“太后亲自赐婚，许配的又是侯门千金、我的姐姐，在别人看来这是求之不得的恩赏！”

“别人或许求之不得，可在我看来，太后一时兴起便可肆意定夺别人的终身大事，简直荒谬绝伦！”

“洛清影，你知道自己在说什么吗？”赵弘瑀猛地提高嗓门大喝一声。

洛清影被吓了一跳，虽然噤了声，却依旧愤恨地瞪着他。

赵弘瑀垂目想了片刻，又压低了声音：“幸亏是在中孚宫，否则你方才那番话早就传到太后耳中了。”

洛清影死死盯着他，肩头因为怒气而剧烈起伏。充血的眼眸因为浸染了水雾，亮晶晶泛着光。

见他如此倔强，不依不饶，赵弘瑀无奈地叹了口气：“太后确实曾与我提过一次，我只当她是闲来无事说说罢了，可没想到她竟上心当了真。也怪我……今日太后说起此事，洛清篱一脸仓皇失措。他那样冷峻的人竟也有如此狼狈的样子，不禁让人好笑。一开始，我确实是想看看他的热闹。等到太后认真起来，我想要阻拦，却为时已晚……”

听完这些，洛清影眼中的愤怒之情似乎褪去了一些，不再如方才那般凌厉。他试探地问道："还有转圜的机会吗？"

赵弘瑀摇了摇头，抚上他的肩膀，轻轻拍了拍："清影，其实这未尝不是一件好事。"

洛清影疑惑地望着他，见他欲语还休，恍然明白了他话中之意。

"清影，你们或许已经深谈过，以为解开了对方的心结，可事实上却仍旧固守在原地不肯前行。"赵弘瑀见他不语，也没有再发火的迹象，便试着继续说道，"太后之意虽然看似荒谬，但或许有峰回路转之效。说实话，我并非完全无力阻止。我承认我有私心。若洛清篱一直不愿迈出这一步，你就永远得不到真正的解脱。"

"可是这样对兄长不公平……"洛清影这边说着，欢招那边已经又重新送来了姜汤。赵弘瑀把汤盏接了过来，朝欢招使了个眼色，欢招立刻懂事地又退出殿外去了。

"对于这件事，你过于悲观了。"赵弘瑀不动声色地把汤盏塞进洛清影手中，低声宽慰道，"自从你知道了自己的身世，就不再仅仅把洛清篱看作你的兄长，而是视为你的救命恩人。你将他看得太重，却不知关心则乱。我倒觉得这样歪打正着没什么不好。给他娶个媳妇儿，以后有人可以嘘寒问暖照顾他、关心他，这岂不是美事一桩？偌大的太尉府，没个女主人操持内务，确实也不是长久之计。"

见洛清影不说话，似乎是想通了些，他又接着说道："舅舅家的乐瑶姐姐我见过，虽不是倾国倾城的大美人，却也是温婉贤淑的大家闺秀。她吃过苦，所以品性坚忍，不事张扬。依我看，她的性子倒真是和你那兄长很是般配。"

洛清影低头望着手中的汤盏出神，半天才长长地叹了口气："我并非反对这门亲事，只是担心这么做会把兄长逼得太紧。既然你说你事先并不知情，便是我错怪你了。如今事情已成定局，也无转圜之地，那就只能希望是塞翁失马焉知非福了。"说完，他放下汤盏，站起身来："事已至此，便安天命。只待明日与兄长详谈，早做准备。"

"太后应该很快就会和侯爷定好吉日的。"赵弘瑀也笑着站了起来，"当朝太尉的婚事可马虎不得，这婚礼一定要办得风风光光的！"

洛清影瞪了他一眼，他立刻收起打趣的笑意轻声说道："天色不早，今日你也累了一整天，先回去好生歇着。太后那边有了信，我会立刻着人去告诉你。"说完，他便将欢招唤了进来，让他送洛清影出宫去。

洛清影走了几步，想起身上还裹着赵弘瑀的狐裘，抬手便要脱下来。赵弘瑀一把将他摁住："你浑身还湿着，裹着它回去，否则又该病了。"洛清影点点头，没再推辞。

待欢招送走了人，冒着雨回宫复命，却见赵弘瑀正负手立在檐下出神。

"送走了？"

"是。"

赵弘瑀点点头，继而仰首向天，不知是对欢招说，还是自言自语："他从不会因为自己的事情而记恨朕，却屡屡因为洛清篱的事情几欲与朕翻脸。朕不知道，这究竟是好事，还是坏事。"

欢招不敢乱接话，只好垂着头默默站立一边。

"朕又骗了他一次。"赵弘瑀见他不接话，忽然凭空生出一股怒气，"你明明知道是朕授意太后将郡主赐婚给洛清篱，现在如此畏缩，是也要假装不知情吗？"

"奴才该死。"欢招见他这火来得邪乎，扑通一声跪下。

"罢了！"赵弘瑀心里莫名烦躁，见欢招畏畏缩缩不敢答话，也知道自己迁怒于他实在不公，便也不再多言，一转头回了殿中。

这一边，洛清影回了太傅府，一夜风雨难成眠。

一开始，他以为赵弘瑀有意放任太后，或者是事先与太后预谋，故意在今日为洛清篱定了婚事。他以为赵弘瑀又一次在洛清篱身上设了局。他怒不可遏，忍不住当面质问。可赵弘瑀坚持申辩说自己事先并不知情，并且晓之以理、动之以情地劝慰半天，这让他稍稍宽解一些，平复了怒火，渐渐冷静下来。

可未来的嫂夫人是淮安侯齐重卿的女儿，这又让他隐隐不安。他说不上来到底在担心什么，只是觉得现在的情势已经完全无法由自己来控制。他和洛清篱就像是沧海中的一叶小舟，随着风浪肆意漂流。

他打定了主意，等明日下了朝便要去找洛清篱好好谈谈。没想到天刚一亮，洛清篱便派了人过来传话，说是今日受了风寒，已经向宫里告假。待政事完毕，请他过府一叙。

洛清影忧心忡忡地向传话的下人交代一番，然后便匆匆上朝去了。待一日事毕，又马不停蹄赶到了太尉府。

他刚入府，就和杜若迎面遇上。

"大人过来探望太尉吗？"杜若微微躬身施礼问道。

"是的。"洛清影点点头，继而焦急地问道，"你怎么来了？兄长他怎么样了？"

“陛下听说太尉病了，命下官过来瞧瞧。”杜若见他一脸担忧，便宽解了几句，“下官方才已经看过了，太尉只是受了寒，有些发热。好在他身子骨强健，吃了下官的药，已经退了热，好了很多。大人安心便是。”

“好好的，怎么受了寒？”

“这个嘛……”杜若欲言又止。

“但说无妨。”洛清影盯着他，示意他说下去。

杜若上前一步，凑近些低声说道：“下官私下问了一些下人，据说太尉昨夜在揽月阁的院中站了一宿。一夜风雨，也是得亏他身子好，不然就不是发热这么简单了……”

“站了一夜？”洛清影不可置信地睁大了眼睛。

“下官也听说了昨日太后赐婚之事……不知是否与此有关……下官不敢妄自猜测……”杜若犹犹豫豫地说道。

“我知道了。”洛清篱点点头，“兄长的病因你不要和任何人说起。”

“这个下官自然明白。”杜若应道，“下官回去复命，就说太尉这段时间太过劳累，积劳成疾。大人放心。”

“既是如此，我便不送你了。”洛清影一拱手，“多谢！”

“大人哪里话！”杜若连忙回礼，“太尉大人是下官的恩人，什么话该说、什么话不该说，下官心里有数。大人去看望太尉吧，下官还要回去复命。”

“好，那我便不送了。”洛清影转身招呼身后的下人，“替我送送杜御医。”

待杜若的身影消失于府门外，洛清影低头沉思片刻，便匆匆赶向揽月阁去了。

“兄长？”洛清影推门而入，见洛清篱正站在窗下，“方才退了热，怎么不好好歇着？”

洛清篱转过身来，轻轻咳了几声，笑着说道：“我又不是你，哪有那么虚弱？陛下兴师动众，还让杜若特意过来一趟，其实根本没什么。不过杜若的汤药确实厉害，才喝下去就好了大半。”

洛清影走过去，扶他回书案边坐好，小声恨恨地说道：“他恐怕是心里愧疚，才让杜若来的。”

“清影，不可乱说话。”洛清篱收了笑意，严肃地盯着他。洛清影心里始终堵着气，听洛清篱这么一说，只好抿着唇极不情愿地点点头。

洛清篱见他不说话，转而又缓了口气：“我知道你是担心我，可我早就放下了，你不必再为此事费神。”

“你若真的放下，还会自己跑去淋了一夜雨吗？”话一出口，洛清篱脸上的神色便明显地僵住了。

洛清影再也受不了自己的兄长如此这般硬撑，便狠着心不依不饶地将他的谎言彻底拆穿：“你是不是去看那些琼花了？”

洛清篱别过脸去，默默地叹了口气：“它们已经都不在了。”

“什么？”洛清影一愣，“不在了？”

说完，他突然明白了什么，转身冲到门外。方才他只顾担心洛清篱的身体，又因为夜色昏沉，才没有留心院中的景致。那些琼花不见了踪影，只剩下光秃秃而又泥泞斑驳的土坑。

“那些琼花呢？”洛清影不可置信地回身吼道。

“让吉叔带人移走了。”

“为什么？”

“它们不再适合留在这里。”

“我不懂。”

“清影，今日为兄让你来，就是要再告诉你一个秘密。听完了，你就会懂的。你过来坐下。”洛清篱招了招手。

洛清影走回他身边坐下，心中堵闷难耐：“除了我的身世，还有什么是我不知道的？”

“清影，”洛清篱的声音忽然变得极柔和，“你还记得姝儿的样子吗？”

“我……”洛清影想说自己还记得，可话一出口却又犹豫了。

那段爱慕的恋情深埋在心里很多年，虽然自己口口声声说当年深深眷恋这位姑娘，可如今想起来，她的模样竟然已经模糊不清了。

杨姝，这个人、这个名字，已经不再是有血有肉的生命。她的存在就像是刻进时光里的图腾，反反复复提醒着自己那段少年岁月。

“兄长还记得吗？”洛清影不知如何回答，便反问道。

洛清篱轻轻点头，嘴角荡起一丝暖意：“我永远都不会忘记她的样子。那年上元灯节初见，她昂首立于花灯下，衣袂翩翩。她笑起来的时候眼睛就像那晚天上的明月，皎洁明亮，不染纤尘。”

说罢，他似乎收回了甜蜜的回想，眼神倏而哀伤：“我知道，你一直心怀愧疚，其实大可不必。就算你没有喜欢她，我也不会娶她。”

“为什么？”洛清影不解。

“那年陆府大火，陆骞夫妇双双葬身火海。我拿着陆夫人的玉珏去见漠凤，虽然他迫于形势，不得不将你留在了大殷，但你身上有漠氏的血脉，他无论如何也无法安心。可燕安不是天雄，他想要在京师重地打听你的下落却也难于登天。杨通是京城里数一数二的富商，在天雄也有着大量的榷场生意。漠凤便重金将他收买做自己的眼线，好在燕安打听你的消息。杨通在京城里捐了个官，周旋于官宦之间。可太尉府毕竟戒备森严，他一时间也无法有什么进展。”洛清篱顿了顿，突然凄然地冷笑一声，“可叹世事竟是如此讽刺，杨通费尽心机想接近太尉府而不得，我却对他的女儿一见钟情。”

“杨姑娘她……她也是有意接近你？”

“她并不知道自己的父亲在替谁做事，也不知道自己成了父亲谋取钱财的工具。”洛清篱摇摇头。

“可你是怎么知道杨通的身份的？”洛清影完全被震惊，他无法想象自己的身边到底还藏着多少秘密。

“你以为只有我在乎你的安危吗？”洛清篱看着他，眼中隐隐闪着光，“在你我毫不知情的时候，父亲已经暗中派人调查了杨通的一切。他告诉我实情，并且命我立刻与姝儿断绝一切联系。他说，他这一生只有两个儿子，绝不允许其中任何一方出事。”

洛清影完全说不出话来，兄长说的每一个字都在他的内心掀起惊涛骇浪。他一直以为洛骁心底里是讨厌自己的。毕竟只有洛清篱才是他的亲儿子，而洛清篱却为自己付出了太多，也承受了太多非议。

然而事实却并非如此。洛骁这一生始终在暗处用他自己的方式默默保护着他的两个儿子，不分彼此，不论亲疏。

“那……你是怎么回答父亲的？”

“我虽心内痛苦，却也只能断了一切念想。”洛清篱苦笑着，“漠凤曾经怀疑过你的身世，可是父亲安排得滴水不漏，他也找不出什么证据。父亲千算万算，却没算到你我兄弟竟爱慕同一女子，这让他惊恐万分。他要出面阻止你，被我劝下。父亲一向待你很好，我不想你与他因此而弄僵父子之情，便索性站了出来，自己做了这个恶人。反正我一直故意疏离你，你本来也不会对我有什么好感。”

见洛清影仍旧沉浸在震惊中无法回神，洛清篱轻轻拍了拍他的肩头，接着说道：“为了不让漠凤生疑，父亲并没有对杨通做什么。姝儿去世以后，父亲还派人去吊唁，向杨通表示了哀思，只把这些事情都当作小儿女们之间的私情而已。杨通痛失爱女，心灰意冷，便带着家眷离开了京城。”

“可是……”洛清影觉得胸口中堵了千言万语，却完全不知要怎么说出来。

他望着洛清篱，脑海却一片空白。洛清篱也不扰他，只是淡然从容地回望着他，等待他自己将这一切头绪理清。

良久，洛清影才缓缓开了口：“如果不是为了我，你或许早就和姝儿……”

洛清篱摆摆手：“往日之事不可追，亦不可留。一切都是天意造化，你我凡夫俗子又能奈何？”

“我从不知道父亲竟为了我做了如此之多。我只当他会因你而恨我，却没想到他老人家为了我默默做了这么多。”

“父亲坚持在朝中不结党，不与他人往来，一方面是立身朝堂的中庸之道，另一方面也是不想和其他人走得太近，怕别人寻了机会发现你的身世。你从小便细腻敏感，父亲时时留意与你保持距离，怕被你觉出端倪。但父亲一直都如影子一般站在你身后，尽他所能地保护你。”

“我……”洛清影满心懊悔，哽咽在胸，只说了一个字便再也说不出来了。

长久以来，他一直以为父亲为他起名“影”字是为了让他安之宿命，沉默于无尽的阴影中。而时至今日他才明白这一个“影”字，饱含了父亲对儿子多少平安顺遂的希冀。

“他就是这样的。只要做了对的事情，哪怕被人误解，也依旧甘之如饴。”洛清篱轻轻咳了几声，轻声笑了笑，“父亲只是追随着他心中的道义做了应该做的事情，你不用懊恼。你若想报答父亲，就照顾好自己。毕竟他的心愿就是你我二人皆能平安顺遂。”

“嗯。”洛清影红着眼睛使劲点点头。

洛清篱见他神色安定了一些，便又缓声说道：“我将琼花移走，也并非是意气用事。睹物难免思人，移走了这些琼花，你我才能放下最后一丝眷恋。放下并不意味着遗忘，而是对逝者的尊重，也是对活着的人最好的慰藉。”

“如今我知道了真相，更不敢再肆意妄为。父亲为我做了这么多，我若再对往事纠缠不休，岂不是枉为人子？以后我一切都听兄长的。”

“嗯，父亲在天有灵，听到你这话也必然会安心了。”洛清篱会心地笑了笑，接着又敛容说道，“移走琼花也是不得不为之事。宜阳郡主身份贵重，她是陛下的姐姐、侯府的千金，这婚事又是太后所赐。如今她嫁过来自然是受不得半点委屈。我不想她听见什么流言蜚语，毕竟有些话若是传到陛下耳中，会令龙颜难堪。”

这几句话提醒了洛清影。洛清篱处事从来都是从大局出发，洛氏一族的荣辱是他所有决定的准则，而这也是洛清影最担心的地方。

虽然赵弘瑀信誓旦旦自己并不知情，可是洛清影却无法完全相信他。高处不胜寒的道理他懂，如今洛氏在朝中风头正劲，有多少双眼睛在盯着洛清篱。这场婚事中，若是洛清篱有任何地方做得不够周详，一定会给宵小之徒留下攻击的口实。到那时，赵弘瑀会站在哪一边，洛清影心中竟一时没底。

以前，赵弘瑀对洛清篱除了敬，更多的是畏，所以并不能如同与洛清影这般随性相处。尽管洛清篱一路追随赵弘瑀而来，忠贞不贰，可如今他手握重兵，洛氏一族又莫名其妙被卷进秦王和太后的纷争，情势越加复杂，俨然剪不断理还乱的一团乱麻。

当初洛清影孑然一人，了无牵挂，可以仅凭一腔赤子之心鼓励赵弘瑀去和太子赵弘嘉一较高下。可如今他心中牵念的太多、顾虑的太多，再也无法随心所欲地去做出任何决定。他想尽量保全所有的人，然而现实的纷繁复杂却让他心有余而力不足，直似要溺毙一般。

“赵弘瑀对洛氏的信任到底还有多少？”这个疑问轰然惊现在脑海中。洛清影眉头紧锁，心中闪过无数可能，却没有一个可以令他放下心来。

“你在想什么？”洛清篱看他一脸失魂落魄，轻轻唤了一声。

“没什么。”洛清影抬起头来，尽量让自己的神色平静一些，“我只是在思考兄长所说的话。树欲静而风不止，如今你我位居庙堂之高，踏错一步就会陷入绝境。前朝、后宫没有一处是真正的安宁。兄长所思亦是我所担心，陛下或许并无他意，可难保别人不会借机寻事。我们还是要更加谨慎才是。”

赵弘瑀的心思他看不透，却隐隐能感觉到一丝异样。但这些话他又难以向洛清篱启齿，只能用最委婉的方式来提醒他。

君臣之道，兄长比他看得更通透。以洛清篱的敏锐，他又怎么能察觉不到这其中的微妙。

洛清篱从洛清影的眼中看出了那份隐秘的担忧。“这是怎么了？”洛清篱笑着咳了几声，继而又轻轻拉了拉身上披着的外衣，“皇恩浩荡，这是多少人求之不得的美事。你我兄弟竟然在这里愁眉相对！”

“兄长成婚，自然是天大的喜事。”洛清影听他如此一说，也不由得长舒一口气赔笑道，“我只担心宜阳郡主别是个张扬跋扈的性子。好在陛下告诉我，她年少流放，深知人情冷暖，不会令兄长难过……”

"你去见过陛下了？"洛清篱一愣，打断了他。

"是……"洛清影知道这件事做得不妥，便犹豫着想要解释。

"你啊！"洛清篱倒也没有生气，只是盯着他无奈地笑了笑，"以后别再为我的事情去找陛下了。"

"嗯。"洛清影点点头，刚要再说什么就听院外一阵脚步声。不用看，仅凭那步伐，洛清影就能猜出是谁。

"大人！"果然不出所料，章延泽几步跨进屋来，急吼吼问道，"太后赐婚的事情已经传遍宫中，今儿一早我又得了消息，说大人得了重病，这是怎么回事？"

见他满头是汗，神色匆忙，洛清篱和洛清影不禁相视而笑。

章延泽满心疑虑，却见他二人笑而不语，不禁有些窝火："末将着急，大人竟然还有心思笑。"

"我没事，受了风寒而已。"洛清篱掩着嘴咳了两声。

"大人，你……"章延泽犹豫了一下，又小心翼翼地问道，"你可是不愿迎娶郡主？"

洛清篱叹了口气，沉了脸说道："太后赐婚，何来愿不愿意一说？你在宫中已久，怎么说话还是如此不分轻重？"

"这不是没有外人嘛……"章延泽有点委屈。他深知洛清篱的性情，知道他内心里一定排斥这样一场闹剧。

洛清影知道章延泽关心则乱，便圆了个场："好了，不管怎样，太尉府马上就要办喜事了。事关陛下和太后的颜面，必须要周全仔细。章将军，你若真是担心兄长，这段时间便多来府中帮帮忙。"

章延泽看看洛清影，又看看洛清篱，见他们面色沉稳，知他二人已经尽彻详谈，便点点头答道："这个二公子放心。"

话音方落，就听院内又是一阵人声。

"今儿真是奇了怪了，怎么如此热闹？"章延泽暗自说着，往门外望去，只见吉叔匆匆走过来，躬身请道："大人，夏耒将军派人送过来一些东西。"

"嗯，送进来吧。"洛清篱摆摆手，又咳了几声。

不多时，一个少年兵士昂首阔步走了进来，身后几人抬进来一个箱子。箱子很重，放在地上时发出沉闷的响声。

"安歌奉夏耒将军之命将各地军械营检查之详情呈送太尉大人查阅。"少年很瘦，略黑的面庞上一双眼睛炯炯有神。声音不算浑厚，还带着少年稚气的尾音，但掷地有声，如环佩作响。

“嗯，起来吧。”洛清篱抬手示意安歌起身。

瞧着这整整一箱文书，洛清影不由皱起眉：“既然病了就好生休养，这些东西待痊愈以后再看不迟，兄长你……”

不料话未说完，就被洛清篱笑着打断：“小小风寒而已，不妨事。”

章延泽倒是完全被眼前的少年兵士吸引住了，走上前去上下打量一番：“你就是安歌？之前听大人念叨过几次，今日一见，果然精气神十足！”

安歌听了夸奖，有些骄傲地一挺胸，继而似乎又想到什么，忙俯身拱手道：“安歌见过这位将军。”

“他就是虎贲将军章延泽。”洛清篱指着章延泽说道，“他的功夫可比夏耒厉害多了，以后你可以多跟他学。”

章延泽得意地用力拍了拍安歌的肩头：“大人开了口，教你自然是没有问题！不过我可是很严格的，你可不要半路做了逃兵！”

安歌喜出望外，连连拱手谢道：“多谢章将军！安歌一定不做逃兵！”

“不用谢我，要谢就谢大人好了。”章延泽笑着摆手。

安歌闻言，立刻又转过身去朝着洛清篱拱手：“安歌谢过大人！”行完一礼，他一抬眼瞥见一旁站着的洛清影，不禁愣了一下，然后试探着问道：“这位就是太傅大人了吧？”洛清影微微笑着点点头。

“安歌见过太傅大人。”安歌见状，又忙着给他行礼。

从方才进屋时起，洛清影就一眼认出了他。当日在街头被人穷追猛打、狼狈不堪的瘦弱少年，如今焕然一新，矫健昂扬，精神抖擞，如同喷薄而出的朝阳般耀眼。

“你叫安歌？”洛清影问道。

安歌不知他何意，便老老实实回道：“是。”

“谁给你起的名字？”

“禀大人，小的本名实在粗俗难耐，是太尉替小的取的名字。”

洛清影转头看了洛清篱一眼，洛清篱竟极为少见地躲开了眼神，回避了过去。他似乎有些尴尬，借故又咳了几声。

洛清影了然地笑了笑，几步走到安歌身边叮嘱道：“太尉大人对你寄予厚望，你切不可辜负他。”

有甄太后坐镇，纳彩、问名、纳吉、纳征、请期这些流程都毫无意外地顺利过了场。太后亲自择了黄道吉日，与淮安侯府、太尉府商议之后便定了下来。

迎亲前两日，燕安城又断断续续下了几场小雨，到了迎亲这一正日子，雨散日出，满城皆是清新畅然之意。

金乌初升，云蒸霞蔚。迎亲的队伍一路吹吹打打，浩浩荡荡地从淮安侯府出发，穿过小半个皇城，将近正午时分回到了太尉府。

甄太后身体抱恙，未能亲自到场，但她命小玉送来一对双兽衔环白玉瓶作为大婚的贺礼。

赵弘瑀本想过来，但一想到身份特殊，怕有他在反而惹得大家拘束，便也未亲临。他让欢招送过来百斛珍珠、百匹蜀锦、百两黄金，并亲下手诏，表达了对新婚夫妇的祝福之意。

新人拜完天地，宫里的使者陆续回去复命，太尉府里便只剩下一对新人和洛清篱的一帮亲友、部下。难得大喜的日子，没有天子在场，新娘又早被簇拥着进了洞房，一帮行伍出身的将帅们便放下平日的拘谨，敞开了肚量开怀畅饮，恣意玩笑。平日里大家也是辛苦，借着这个吉日好好洒脱一番也是在情在理。洛清篱面对这帮甩开了阵势的将领们也是毫无办法，眼睁睁被连着灌了好几碗酒，饶他酒量再好也有些撑不住。

“大人新婚，回头还要洞房，你们这帮家伙见好就收啊！”章延泽看不过，一把拨开几名禁军将领，抢过洛清篱手中的酒盏，站出来吼道。

这些将领也是不依不饶，趁着酒劲高声嚷嚷：“章将军，今日太尉大喜，你可不能扫兴啊！兄弟们这是为大人高兴！”

“前几日大人得了风寒，身子刚刚痊愈，你们几个小子要是再闹，小心我真揍你们啊！”章延泽知道大家伙儿都是趁兴起哄，并无恶意，便似玩笑一般挥了挥拳头。

“延泽，不要扫了大伙的兴致。”洛清篱拍了拍章延泽的肩，取回酒盏，笑着说道，“来来来，今日不醉不归。”

几位将领互相看看，有些不好意思，继而突然大笑着齐声喊道：“太尉大喜，不醉不归！”

洛清篱刚要将酒喝下，突然又被一人夺了过去。抬头一看，原来是安歌。

“章将军说得对，大人大病初愈，还是少饮酒为好。今日这酒我替大人喝！”

安歌慷慨言毕，昂首一口吞下。还未来得及咽下去，便一口喷了出来，直喷的对面将领满头满面。

未等将领抹干眼睛发怒，就听安歌被呛得一阵剧烈咳嗽，面色涨红，眼中直咳出眼泪来。

“哈哈哈哈哈哈！又不是你小子成亲，你抢个什么劲？”愤怒变成了好笑，将领们看着他窘迫的样子又大笑起来。就连章延泽都忍不住笑出了声。

“不会喝酒，学什么英雄逞强？”一直旁观的洛清影微微笑着将安歌拉到一边，然后递给他一块布巾。

抽身不能的洛清篱远远投过来关切的眼神，见洛清影点头示意无恙，便又安心与将领们周旋去了。

“大人风寒初愈，小的是怕大人的身子受不住……”安歌好容易顺了气，止住了咳，有些委屈地解释道。

“兄长自有分寸，章将军也在，不会有事，你放心吧。”洛清影意味深长地望向嬉闹的人群，但见洛清篱身着喜服，满面红光，觥筹交错间似乎已有醉意。

继而，他又回过身来望着安歌笑了笑：“如此喜庆的日子，别在这儿愣着了！跟他们一起玩去吧！”

安歌一愣，使劲点点头，嗯了一声，又似箭一般冲回了人群。

洛清篱虽然平素治军严谨，但他向来不是苛刻之人。禁军将领对他大多都怀着敬爱之意，明面上把他当作主帅，实际上视如父兄。只不过洛清篱平日里不苟言笑，好容易得了这个机会，将士们一拥而上，劝酒哄笑，洛清篱也没什么脾气。洛清影远远看着章延泽与将领们斗智斗勇，不由得摇头笑笑，然后转身与其他朝中大臣应酬去了。

“太尉与郡主喜结连理，下官特来拜贺。”洛清影一转身，正好被胡之恒一步迎了上来。

洛清影虽然从骨子里不喜欢这个人，但好歹这种场合下不能失了礼数，便拱手微微一笑：“胡大人同喜。”

胡之恒朝着洛清篱的方向看了看，话藏机锋：“素闻太尉军威甚严，如今看来却是其乐融融，毫无隔阂。可见平日里太尉与将士们果真是亲如兄弟。太尉所在，便是军心所向啊。”

这话明为夸赞，暗里却是语中带刺，意有所指。再联想到之前京官梳察时他便有意针对洛清篱，洛清影不禁沉下脸来。他抑住心中的厌恶，用一贯的舒缓语调说道：“陛下将禁军交与兄长，便是将国之重器托与兄长。兄长承此重任，昼夜不敢懈怠。兄长替陛下掌管禁军，便要将陛下的仁义之心传于军中。兄长与将士和睦，便是陛下与将士和睦。君使臣以礼，臣事君以忠。军心所向之处，从来都只是陛下一人而已。”洛清影在朝中素来淡泊，与人交往也总是一团和煦。今日他虽仍是温言低语，但字字皆是落地有声，将胡之恒的话狠狠堵了回去。

胡之恒从那双素来温和的眼中看出了一丝冷意，不禁心中一震，后悔自己将话说得太过轻率。

“太傅大人说的是。军心所向唯陛下一人尔。”胡之恒回了回神，笑着拱手道，“下官受教了。”

洛清影正要回礼，一个下人快步趋上前来，附在他耳边小声说了几句。他刚听到一半，便倏然变了脸色。他没让那人再说下去，转头满怀歉意地看了胡之恒一眼：“宴席酒器配备出了些问题，我需要即刻过去看看，处理一下。照顾不周，还请胡大人见谅。”

“太傅说的哪里话。”胡之恒摆摆手，“太傅大人请便。”

洛清影略一颔首，便匆匆跟着那名下人离开，往后院走去。

“怎么会放他们进揽月阁？那些值守的人都去哪里了？”洛清影一边小声训斥，一边不自觉地加快了脚步。

“奴才有错！奴才有错！”那名下人连连低声认错，“奴才们想拦来着，可是那帮军爷们都是太尉大人的手下，平日里和大人关系又都不错，奴才们实在是拦不住啊！”

“若是惊了郡主，整个太尉府都难逃干系！”说到这里，洛清影心内一惊，撩起衣摆一路小跑向揽月阁奔去。

行伍出身的人总是胆大无比、百无禁忌。禁军里的将领们又大多是新提拔起来的年轻人，正是气盛之年，加上又多喝了几坛酒，脑子便越发不受控制起来。不知谁提出去闹洞房，于是四五个人便猫着腰，脑袋挤着脑袋往揽月阁里探了过去，隔着竹帘纱帐在外间探头探脑，捂着嘴傻乐。

“这里不能进！”安歌不知从哪里冒了出来，张着双臂拦在前面。

“臭小子！找你耒哥玩去！”带头的副将根本没将他看在眼里，一巴掌朝他脑门拍过去。

“郡主还在里面，你们不能进！大人知道了会生气的。”

“嘿！”那副将也是借了酒劲，一掌推在安歌胸前，“哪里有你说话的份了？夏耒没教你尊卑有别吗？太尉的喜事，哥几个是为大人助助兴，你这个傻小子知道什么？”

“既是尊卑有别，这里是大人的起居处，你们自然也是进不得。”安歌仍旧不依不饶，涨红了脸高声喊道。

将领们平日里也是骄傲惯了，哪里受得了被一个毛头孩子大呼小叫，一时间竟然推推搡搡起来。

外间堆满了淮安侯府送来的随行嫁妆，还未来得及整理，十几个朱漆大箱满满当当摆了一地。推搡间，安哥还要顾及着不去踢到地上的木箱，一时间重心不稳，踉踉跄跄几欲摔倒。他本能地双手一撑，扶住一只木箱，没想到却将箱子上的一个金丝楠木盒推了开去。木盒落地，顶盖散开。只听啪的一声脆音，玉片碎落一地。

安歌愣住了，那几个禁军将领也被这玉碎之声唤回了神智，呆若木鸡。楠木锦盒内放着的，正是太后所赐的玉瓶。

“怎么闹到这里来了？”洛清影抬脚进屋，正好看见方才那一幕。禁军将领面面相觑地站着，脸色煞白。

“太傅大人……小的不是存心的……”安歌见洛清影寒着脸站在门口，心里慌作一团，指着地上一片狼藉磕磕巴巴，欲哭无泪。

“大人，是末将们玩闹推倒了安歌，这才弄碎了玉瓶。是末将们的错，与安歌无关！”带头的副将一步站出来，昂着脖子大声说道。

“胡闹！”洛清影少见地阴沉着脸，快步走过来，看着一地碎片，低声喝道，“太后所赐之物你们也敢碰，都不要命了？惊了郡主的驾，你们有几个脑袋可以砍？”

“末将们知错，听凭太傅大人处置！”带头的副将憋红了脸，一副视死如归的表情，扑通一声跪了下来。后面跟着起哄的将领也纷纷跪了下来。

“大人……”安歌毕竟没见过如此阵仗，腿一软也跪了下来。

“这件事我恐怕是没有资格处置的……你们可是闯了大祸了……”洛清影看着跪了一屋子的人，又是恼火又是无奈，只得恨恨地叹了口气。

两府联姻本就是一件棘手之事。大婚之前，洛清影千算万算，防了又防，做了无数设想，拼着命想算无遗漏，没想到却让禁军这帮年轻人给捅了篓子。今天是宜阳郡主齐乐瑶进府的第一日，偏偏又是在她的眼皮子底下，闯出这么大的祸。

“怎么回事？”洛清影正在想着怎么先把事情压下来，就听洛清篱的声音飘了进来。

他一进屋，看见屋内狼狈的状况，又见洛清影一脸愁容，便猜得八九不离十了。

“这……”章延泽跟在后面，看着地上的白玉碎片，不禁皱着眉凑到洛清篱耳边小声说道，“这不是太后御赐之物？”

洛清篱一扬手制止了他，环顾一圈冷脸喝道：“郡主在内，你们如此胡闹，成何体统？速速退去院中候着，待本官查清，定不轻饶。”

“末将遵命。”将领们自知犯了大错，个个蔫着脑袋如霜打的茄子，起了身退了出去。

郡主还在内室，放着一屋子禁军大男人总是不合适，洛清篱只能先将他们喝退，然后再做打算。

如此一番嘈杂哄闹，必然已经传到宜阳郡主的耳中。于情于理洛清篱都得安抚一番。如此想着，他走到竹帘之侧，正准备开口，就听内室响起一阵窸窣轻盈的脚步声。

“夫君不必惊慌。方才我在内室听得真切，春夏之交，野猫也是焦躁难耐，窜进屋内踢翻了东西，搅得大伙儿皆是不得安宁。这玉瓶是太后所赐，日后进宫我自会向太后禀明情况，向太后请罪。”

齐乐瑶的声音不大，也并非柔柔弱弱芊芊细语，听进耳中却是如珠落玉盘一般干净利落。这件事可大可小，往大了说，足以砍了这几个禁军将领和安歌的脑袋，往小了说也可以只是一顿训诫了事。这其中的玄妙悉数掌握在齐乐瑶的手中。而她这几句话虽然说得淡然，却是意味极重，明显是要为这些将领和安歌开罪。

外间三人愣怔了片刻。洛清篱最先反应过来：“既如此，我让吉叔带人来清理干净。阁外四处我会命人好生把守，绝不会再让野猫惊吓了郡主。”

“谢过夫君。”

隔着竹帘，洛清影看不真切。只能借着朦朦胧胧的光隐约见了一个身影晃了晃，似是行了个万福。还未待他回过神来，就听洛清篱唤道：“清影，你去让吉叔安排吧。”

“是。”洛清影点点头，带着不解的目光又朝内室望了一眼，快步退了出去。

待一切安顿好，揽月阁外已经不见那几个禁军将领和安歌的身影。洛清影折返身去，想去前院寻安歌，却见章延泽快步迎了上来。

“安歌呢？”洛清影几步上前，担心地问道。

“大人让夏耒将他们带回殿前司了。”

“嗯。”洛清影安心地舒了口气。

“幸好郡主没有追究……”章延泽若有所思地点点头，压低声音问道，“二公子，你说郡主为什么要这么做？她明明知道……”

洛清影摇摇头阻止他继续说下去。

“事发突然，我也想不明白。”洛清影低着头，突然间似是想到什么，抬头问道，“府中其他宾客呢？”

“大人是让夏耒暗中将人带走的，没有惊动其他宾客。”

“好。”洛清影深吸一口气，又重新打起精神，“揽月阁我已经让吉叔安排好，不会再有事。我们去前院吧。”

“是。”章延泽跟在洛清影身后，匆匆往前院走去。

“兄长就交由你来照看，切不可再闹出事端。禁军将领们也烦由你多盯着些，一有苗头立刻告诉我。”洛清影边走边叮嘱。

“放心吧二公子。”章延泽拍拍胸脯，“你安心与宾客应酬，军中这些人交给我就行。”

“二公子，崔迟将军前来贺喜。”吉叔避开众人，凑到洛清影身边低声说道。

洛清影疑惑地愣了一下：“崔迟？他怎么来了？”

洛清篱大婚，赵弘瑀念在他与章延泽情如手足，便特意赐了章延泽几日休假，宫中戍卫之事暂由崔迟代为统领。这个时候，崔迟无论如何也不应该脱身出宫，突然出现在太尉府中。

想及此处，洛清影猛地一惊，心中有了猜定。他不动声色地问道：“崔将军人在何处？”

“崔将军说人多眼杂，不愿凑热闹。老奴便让人领着将军去了西院的小亭。”吉叔为难地搓着手，“崔将军一再坚持不让通传，还让您去小亭见他……您看这……”

不待吉叔把话说完，洛清影便匆忙往西院的方向去了。刚到西院外，便见两名宫中侍卫立在门口。

“大人，崔将军说了，请您一人进去便可。”立于右手的侍卫拱手说道。

洛清影回头看了吉叔一眼：“吉叔，这里有我就行，你去前院忙着吧。”

吉叔狐疑地朝院中瞧了一眼，应了一声，退了下去。

见吉叔走远，洛清影整了整衣冠，大步进了小亭。方一进亭，便朝着崔迟身边的一名年轻侍卫跪地施礼：“陛下驾到，臣接驾来迟，请陛下恕罪。”

“就知道瞒不过你！”赵弘瑀上前一步扶他起身，拉着他的手大笑，“宫里太闷，朕只好让崔迟偷着把朕带出来了。”

见洛清影只是躬着身不说话，赵弘瑀冲崔迟挥挥手："朕与太傅闲聊片刻，你们去院外守着就行。"

"这……"崔迟犹豫着不知是进是退。

"这里是堂堂太尉府，你还怕什么？"赵弘瑀瞪了他一眼，崔迟只好拱手领命，带着几名侍卫出了院去。

见众人走远，赵弘瑀才又收起方才盛气凌人的神色，转过脸来解释道："你别生气，我让崔迟安排妥当，不会有事的。"

"陛下觉得无事，那便无事。"

"你看你……陛下、陛下……我就知道你会生气。可你替我想想，洛清篱成亲，你们在这里喝酒，热闹，留我一人孤零零待在宫里，这不公平……我想来凑个热闹，但是出趟宫有多烦琐，你又不是不知道。我不想兴师动众、平添麻烦，只好偷着来。与民同乐，难道不好吗？"

洛清影望着赵弘瑀委屈的模样，又是好气又是好笑："既是想来，就该提前告诉我，我也好做个安排。"

"提前告诉你的话，你一定会方方面面俱要考虑，里里外外铺陈一番，那和我明着过来有什么分别？"赵弘瑀笑着戳了戳他的肩，"我还不是想让你省点心？"

洛清影望着他，欲言又止，一脸无奈。

"好了。"赵弘瑀将他摁到石凳上，自己也在一边坐了下来，"方才我进府时瞄了一眼，可真是热闹。若不是有碍身份，我一定要去和洛清篱好好喝几杯。他与我也算患难与共，想来我却还未曾与他开怀畅饮过。"

"你的心意兄长与我都是明白的。来日方长，不在于一时半刻。"洛清影听着前院隐约传来的嘈杂人声，淡然一笑。

赵弘瑀盯着他看了片刻，猛地长舒了一口气："看来，你是不再怨我硬生生给你塞了一个嫂夫人了。"

洛清影想起方才揽月阁内的一幕，心中对齐乐瑶生出一丝好感，不再如之前一般抵触。"我只愿郡主能与兄长心意契合、相敬如宾、白首共老。"

"还有一条！"赵弘瑀拍掌说道，"早生贵子！"

"嗯。"洛清影点点头，"兄长若有一男半女，父亲在天之灵也会安心。"

岂料赵弘瑀闻言，神情忽然落寞下去："说到这个，这段时日你忙着替洛清篱准备婚事，也不曾入宫为元澍授课。昨日元澍还问起你，他问我太傅什么时候才能入宫来。元澍在我身边确实孤独了些，若是洛清篱有了孩子，我便让他和元澍做个伴。”

说到这里，他顿了顿，瞧了洛清影一眼：“当然，我是更希望能让你的子嗣与元澍为伴，就如同当年你我一般。”

“又胡说！”洛清影瞪了他一眼，转而似是想起什么，别有深意地问道，“让兄长的孩子与元澍为伴，你能放心？”

赵弘瑀脸上的笑意渐渐淡去，他认真地盯着洛清影幽幽叹道：“原来你还是信不过我。”洛清影刚要开口辩解，就被他拦了住，“我知道，从你回来以后很多事情都变了。我做的每一件事，都会让你反复思虑。我承认，有些事情我有自己的心思，可我绝无伤害洛清篱之意。你担心飞鸟尽良弓藏，我能理解。看你每日小心翼翼，如履薄冰，如惊弓之鸟，我常常会怀疑自己当年的选择到底是对是错。若我现在还是个闲散亲王，或许你还会一如既往与我推心置腹……可我现在并非闲散王爷，偌大之国有太多困境需要我去应对，周旋权衡之间，我无法做到两全。清影，这些话我本不想说，我怕说出来你我就生分了。可今日你的反应却让我明白，若是你我不能开诚布公，有些事情恐怕一辈子都解不开了。”

洛清影完全愣住了。他看着赵弘瑀，见他真诚而热切地望着自己。

他想不到赵弘瑀会如此直接，一针见血地将两人之间的隐忧剖开来。他是如此坦诚，说得亦是如此在情在理，让自己毫无反驳之力。

曾经，洛清影劝诫赵弘瑀，君王需要权衡利弊，需要顾全大局。而赵弘瑀现在做的，也仅仅是一个君王应该做的事情而已。只不过，这一切却让洛清影忍不住地害怕，抑制不住地担心。最是无情帝王家。多少双眼睛在盯着洛氏一族，他不知道这些人最后会不会蛊惑了赵弘瑀，让情势走到无法挽回的境地。

他想相信赵弘瑀，可他却不敢放任自己完全信任他。正如他所说，身在其位，他有太多不可不为的无奈。可他今日这一番话，却将自己突然逼进了一个退无可退的境地。他是如此光明磊落，自己难道还要继续在纠结不休中犹豫不决？若如此，自己何以为友？何以为臣？洛清影心中暗自苦笑，却说不出任何话来。他有很多不安，任何细枝末节都可以触动他敏感的神经。他突然分不清这些不安到底是真实存在的，还是凭空臆想的幻影。

赵弘瑀了解洛清影的性子，见他这般，知他仍旧无法袒露心事，便缓了缓语气说道：“等忙完这几日，你便来宫中看看元澍吧，他甚是想你。”

“嗯。”洛清影默默点点头。

赵弘瑀释然地笑了笑，站起身来：“我和元澍会在宫中等着你。”

见他要走，洛清影忙随他站了起来："我一定会去。"

赵弘璃张了张嘴，似是有话要说，却终是生生忍了回去。他重重点点头，转身大步出了亭去。

第四章

残红尽褪　幽香暗浮

一日喧嚣殆尽，夜色深沉，月上中霄，太尉府又恢复了平日的静谧。喜宴已散，只剩满园红纱风灯在夜色中摇摇曳曳。远处几声稀疏的虫鸣，预示着燕安初夏将近。

“兄长，小心脚下。”洛清影扶着已经步履飘浮的洛清篱，顺着回廊缓缓往揽月阁的方向走去。

“幸好有延泽在，否则今日我定会醉如烂泥，在那帮小子面前出尽丑态。”洛清篱眯着眼笑着摆摆手，继而又问道，“他人呢？”

“章将军也喝了不少，我让人送他回府去了。除了他，恐怕也没有人能镇得住禁军那帮将士了。”洛清影答道。说话时颈项间热气升腾，湿湿黏黏，让人很是不舒服。

“嗯。”洛清篱似是有些燥热，伸手扯了扯衣领。

“兄长，我一会儿让人送些热水过来伺候你先洗漱。你这满身酒气怕是会惹得郡主不高兴。”

“好。”洛清篱点点头，“我先去书房歇息片刻，待洗漱过后再去见郡主。”

“那我这就去准备。”洛清影试探着松开手，见洛清篱没什么异样，才放心转身离去。

“清影，交代好这件事你也回府去吧。”洛清篱叫住了他，“亲力亲为忙了这些天，你也该好好休息一番。府里有吉叔在就够了。你是太傅，不可因为这些事情荒废了秦王殿下的学业。”

洛清影回身，只见洛清篱步履蹒跚的背影渐渐消失在书房中。他想起午后与赵弘瑀的谈话，也不知洛清篱是不是察觉了什么。

洛清影自嘲地笑了笑。惊弓之鸟？赵弘瑀说得却是轻了。如今的自己，真真的是风声鹤唳、草木皆兵，患得患失的模样思之令人可笑。

吉叔带着下人端来了几盆热水，洛清篱一番洗漱之后精神为之一振，酒意也是退去了大半。

“大人，二公子让奴才告诉您，天色已晚，他不便打扰您和郡主，直接回府去了。”吉叔接过洛清篱递来的热布巾，弯腰说道。

“嗯，知道了。”洛清篱点点头，整了整衣领，说完便抬脚往内室走去。

红烛盈盈滴蜡，红罗纱帐曳地，一室清香暗来。

“郡主。”洛清篱拱手让礼，然后径直走到榻边坐下。

他轻轻吸了一口气，然后侧过身去，抬手将覆于郡主面前的大红盖头掀起。

跳动的烛火迎着齐乐瑶的脸。流放期间长年的劳作，让她没有京城里大家闺秀的苍白纤弱。她五官分明，尤其是那一双通透的墨色眼眸，与他的表弟赵弘瑀竟极其相似，无意间透露着她与当今天子的血缘之亲。然而，齐乐瑶的眼神中少了莫测的揣度，多了些许女儿家的美妙憧憬。正似这夜色中跳动的烛火，撩动人心。

“请太尉与郡主饮下合卺酒，从此恩爱白首。”一名衣着华丽的侍女跪在两人面前，笑盈盈地说道。

白天洛清篱曾见过她，应该就是齐乐瑶陪嫁的侍女芸儿。

“恩爱白首……”洛清篱不知怎的，默默念着这四个字，竟是有些走神。

“夫君？”齐乐瑶见他不动，便微微红着脸唤了一声。

“啊？”洛清篱猛地回过神来，望着齐乐瑶热切的目光歉意地笑了笑，双手接过侍女手中的白玉镶金的酒盏，将其中一只递与齐乐瑶。

齐乐瑶羞赧一笑接过酒盏，一汪秋水脉脉望向洛清篱。

洛清篱戎马半生，庙堂之上游刃有余，到了这个时候竟莫名有些紧张。

“我与夫君共饮此盏。”齐乐瑶举起酒盏，洛清篱会了意，双双饮下合卺酒。

“奴婢就不打扰太尉和郡主休息了。”侍女偷笑着起身，快步退出室外，关上了房门。

待侍婢退出屋去，洛清篱终于舒了口气。齐乐瑶见他如释重负的模样，掩面而笑。洛清篱定了定神，拱手谢道：“白天的事情让郡主受惊了。清篱谢郡主宽宏大量，饶过禁军里那帮小子。”

“嗯？”齐乐瑶睁大了眼睛，似是不解，“夫君所言我听不懂。白日里野猫踢翻了御赐之物，夫君不是已经派人驱散府中的野猫了吗？与禁军何来关系？夫君莫不是喝多了酒，糊涂了？”

洛清篱默然望着齐乐瑶，但见她依旧言笑晏晏地望着自己，眼中晶莹，如璀璨流星。大丈夫征战杀伐，从来都是说一不二。堂堂太尉，面对这样的小女子竟是没了主意。

他明白齐乐瑶是有意帮着自己隐瞒事实。可现在只是夫妻二人独处，她竟还是如此揣着明白装糊涂，不愿说实话吗？

齐乐瑶似乎看透了他的心思，轻轻拽了拽他的衣袖柔声说道：“我为夫君隐，有何不可？夫君位居庙堂，声名远振，爱慕者何其多也？我虽为郡主，然则前二十余年尽皆流放边境。赖太后赐婚，得以与你结为连理。可我心中明白，我的学识、见解都远不及京中官宦人家之女。夫君奉命成婚，我却难以与君成琴瑟之和。能与你为妻，我已欣喜不已，却又着实忐忑不安。夫君不必将我看作侯门郡主，我既嫁与君，只愿做一拙妇，全心全意相夫教子而已。”

洛清篱没想到齐乐瑶竟是这般心直口快、毫不隐瞒。自己方才曲意委婉，倒显得颇似小人行径。

齐乐瑶低下头去，“夫君与我有救命之恩，若不是夫君当日辅佐陛下继承大统，我怕是早就死在那苦寒之地了。”说完，她抬起头来，盈盈秋水，桃晕胭脂面，“上天有意垂帘，让我可以伴君左右。乐瑶别无他求，只愿与夫君白首不相离。”

“郡主……”洛清篱本就被齐乐瑶这番诚恳的话震动，再对上她那双热情似火的眼睛，不禁心神一颤，一团炽热的火焰从心底升腾而起。久违的心动只在遥远的少年时代撞击过他的内心，而这一次，他竟然又一次感受到了情感的猛烈。不知是因为醉了，还是因为被齐乐瑶真挚的言语打动。

太后与陛下的赐婚或许别有用意，可齐乐瑶有什么错？她只是一个怀揣着对未来夫君无限憧憬的女子，希冀着世上最热烈美好的爱情。正如当年的杨姝一般。

洛清篱笑了，那笑中氤氲了无限的柔情和从未有过的暖意。他轻牵起齐乐瑶的手，顺势将她拥进怀中：“郡主，从此以后我们不谈恩义，不论出身。”

“那我们说什么？”齐乐瑶乖顺地伏在洛清篱的怀中，听着他坚定而有力的心跳，疑惑地仰头望去。

他那棱角分明的下颚，缓缓地动着，口中吐出的言语令她陷入了无比的悸动中：“从今以后，我们只言一个‘情’字。”

考虑到洛清篱与齐乐瑶新婚宴尔，赵弘璃下了手诏命他在府中多休息几日，不必赶着回衙署办公。

齐乐瑶虽然只是粗通文墨，却心思聪颖。洛清篱见她好学，便手把手地教她读书习字。齐乐瑶常常兀自失了神，默默打量着自己的夫君。待洛清篱发觉，她又羞红了脸别过头去。一来二去，夫妻二人倒也得了意趣，怡然自得。

这一日正赶上三日一次的休沐，虽无早朝，赵弘璃依旧早早醒来，准备先去吉亨殿看看赵元澍，顺便检查一下他的课业。

方用完早膳，欢招便匆匆忙忙进来通传，说是甄太后过来了。

赵弘璃用锦帕擦了擦嘴，起身迎了上去："太后怎么一早过来了？用过早膳了吗？"

"吃不下……也不知道怎么了，这几日一直睡不好。今早天方亮，就再也躺不住了，想过来看看陛下。"甄太后看起来面容憔悴，没什么精神。

"太后这是怎么了？若是凤体违和，朕这就让杜若来给您瞧瞧。"赵弘璃听着话音，预感甄太后必是无事不登三宝殿，但一见她面色如此苍白，不免有些担心。

"本宫这身子自己心里清楚，用不着兴师动众折腾御医。"甄太后虽然口中不在意，面上却是愁云满布，"本宫只是在想，这洛清篱成了婚，太尉府添丁进口，一定热闹非凡。可再看看陛下这后宫里，依旧冷冷清清……本宫心中难安啊……"

赵弘璃心里暗自冷笑。他就知道甄太后必是事成之后来寻后账的，可没想到她为了淑妃竟然着急到这个地步。

"太后教训的是。"赵弘璃连连点头应承，"这几日洛清篱不在，殿前司积压了不少公务，朕一心处理这些事务不能分神，竟是冷落了淑妃。"

赵弘璃说得坦荡，直指甄太后心中所想，这让她不禁面子上有些挂不住，略有尴尬。见甄太后如此，赵弘璃只觉得心中憋着的一口气松了出去，便挑了挑眉接着说道："幸好这几日都处理得差不多了，今晚朕便去探望她。"

甄太后刚要再说，就被殿外通传的小太监打断："陛下，大理寺卿胡之恒胡大人求见。"

"今儿这是什么日子，竟然如此热闹？"赵弘璃略带嘲讽地哼了一声，"让他进来吧。"

不多时，胡之恒便躬着身大步跨进殿来。他身材瘦高，官服穿在他身上总显得有那么些松垮。再加上走起路来步子又轻，总让人感觉他随时就要飞起来一般。

"启禀陛下，去年青州知府贪墨一案另有内情，涉及前丞相苏向庆，大理寺已经决议复审，驳回材料已发往刑部。这是案件详情，臣特来请陛下过目。”胡之恒从袖中掏出一封奏折呈了上去。

赵弘瑀点点头，只用指尖随意翻了一下便搁到一边：“朕一会儿要去看看元澍，奏章待会儿再看。赏罚必信，若是牵扯到谁该怎么办就怎么办，你只管放开手脚去做便是。”

“是。”胡之恒见他并无意详询案情，便知趣地磕了头准备请辞。刚要开口却听甄太后唤道：“胡大人且慢。”胡之恒不知太后何意，转过身来垂手而立。

“前几日洛清篱大婚，胡大人有没有去讨杯喜酒？”甄太后笑容满面地问道。

“回太后，臣是去太尉府凑个了热闹，讨了杯喜酒。”

“感觉如何？”

“太尉与郡主郎才女貌，珠联璧合，实乃天赐良缘……哦不，是太后所赐的良缘。”

“婚宴热不热闹？大伙儿尽不尽兴？”

“回太后，臣到的时候太尉满面红光，似是喝了不少酒。臣与他同朝为官这么久，还不曾见他如此高兴过。”

“嗯。”甄太后满意地点着头，精神比方才好了许多，“这家里就得有个女人照应着。洛清篱再厉害，总不能一辈子光棍吧。”

“太后说的极是。”胡之恒说着，偷偷瞥了赵弘瑀一眼，“不过臣虽然很想与太尉多喝几杯，却始终没能跟太尉说上几句话。”

“为何？”赵弘瑀察觉到胡之恒飘忽的眼神，便探着身子盯着他问道。

胡之恒顿了顿，缓缓答道：“太尉被禁军将领们缠得无法分身，前来贺喜的大臣们几乎都是由太傅应酬的。”

“哦？”赵弘瑀似乎听出了他的话外之音，“太尉和禁军将领们看来关系很好啊。”

“是的。”胡之恒故意不去理会赵弘瑀眼神中一闪而过的冷意，而是笑着答道，“依臣看，那日禁军将领们眼中怕是只有太尉一人，觥筹交错，笑声不绝，臣真心羡慕将士们与太尉的感情，果真亲如兄弟一般。”胡之恒不露声色地加重了最后几个字，然后便默立一边，等着赵弘瑀的反应。

赵弘瑀抿着嘴听他说完，沉默半晌才扬了扬嘴角：“禁军其乐融融、上下一心，朕便放心了。”

甄太后毕竟也是敏锐之人，她隐约觉察到一丝异样，便颤巍巍站起身来：“时辰不早了。胡大人咱们别耽误陛下检查秦王的课业，各自散了吧。”

待着二人先后离开，赵弘瑀仍旧面无表情地坐着，不知在想着什么出神。

“陛下？”欢招小心翼翼地唤了几声，“陛下，该去吉亨殿了。”

“嗯？嗯。”赵弘瑀舒了口气，站起身来，抬脚便出了殿去。

刚进宫门，便听见一阵稚嫩的诵读声远远传了出来。赵弘瑀停了脚步，站在原地仔细听了片刻。

“君之视臣如手足，则臣视君如腹心；君之视臣如犬马，则臣视君如国人；君之视臣如土芥，则臣视君如寇仇。”赵元澍气息还不太稳，诵读起来语调时高时低，但字字间都透露着一股认真的劲儿。

赵弘瑀欣慰地笑了笑，招手示意一名小太监近前来：“秦王诵读多久了？”

小太监忙不迭跪着答道：“回陛下，今日太傅入宫授课，殿下一早便起来了。这会儿大约已经有一个多时辰了。”

“太傅来了？”赵弘瑀一愣。

“是。”小太监老老实实答道。

赵弘瑀示意小太监退下，拧着眉朝殿中望了望。

“陛……”欢招正要开口唤他，就被赵弘瑀一个回首瞪眼吓得把话悉数吞回了肚子里。

“你们就在这儿等着，不许通传，不许说话。”赵弘瑀低声下了令，转过身往正殿走去。他刻意放轻了脚步，在殿外廊柱下站定，远远看见洛清影背对着自己坐在几案旁。

几缕晨光洒在他的丝质官服之上，恍惚间竟似波光潋滟，十分好看。赵弘瑀眉眼低垂，双手抱在怀里，静静地听着殿内一大一小的对话，忽然间觉得内心前所未有的安宁。

如果不是赵元澍机灵，一眼瞧见了站在殿门外的赵弘瑀，他自己也不知道自己还会站多久。

“陛下。”洛清影迅速站起来，回转过身子拱手行礼。

在赵元澍面前，洛清影一向遵循君臣之礼。赵弘瑀嫌啰唆，跟他说过好几次，可他坚持身教重于言传，不能在赵元澍面前坏了规矩。赵弘瑀无奈，只能妥协，但固执地免了洛清影的跪拜之礼，只行拱手礼即可。

“太傅免礼。”赵弘瑀觉得自己“偷听”的行径被撞破，有些不好意思地走了进去，“朕也是刚到，见你在授课，便想着还是不要惊动你们的好。”

吉亨殿外种了几株丁香，现下正开得旺盛，满院暗浮幽香。

“刚到？”洛清影不动声色地瞄了一眼赵弘瑀的衣领，龙纹之上覆着几片丁香花瓣。

“嗯？”赵弘瑀顺着他的目光看向自己的肩头，谎言被戳破，只剩好笑。他轻轻将花瓣捻了去，自我解嘲地说道，“怎么都骗不过你的眼睛。对了，听说洛清篱的喜宴都是你忙里忙外，怎么不在家中多休息几日？”

按照仪制，太傅授课也需遵循规制，固定的日子固定的时间才能进宫。可赵弘瑀给了洛清影特权，只要是涉及秦王赵元澍的课业，无论何时皆可随意出入，不需事先禀告。

“殿下的学业为重，臣不敢耽搁，便入宫来了。”

“难为你了。”赵弘瑀点点头。看洛清影低眉顺眼的模样，赵弘瑀忽然想起那日与他在太尉府的谈话。不管怎样，在他的心中，赵元澍的事情依旧是头等大事。想到这里，赵弘瑀有些欣慰。

赵弘瑀走到赵元澍的位子坐下，翻了翻几案上的书简，随口问道：“今日学的你可都明白了？”

“回父皇，儿臣大概都明白了。”赵元澍乖巧地答道。

“大概？”赵弘瑀拧着眉望了他一眼，“那就是还有不明白的了？”

“回父皇，太傅告诉儿臣，君臣之道在于义，君使臣以礼，臣事君以忠。这些儿臣都能明白。可儿臣有一个疑问，如果君不能以礼使臣，那臣还要忠心事君吗？”

赵弘瑀很是震惊地望着自己的儿子。

赵元澍问的难道不正是他想不明白的问题？难道不正是当下横亘在自己与洛清影之间的鸿沟？

赵弘瑀语塞，他无法作答。这些天来他一直在反思着自己的行径，可事实却令他煎熬不已。他利用洛清篱，是因为觊觎他手中的兵权；他忌惮洛清篱，同样也是因为他手中的兵权。赵弘瑀上过战场，平过叛乱，玩弄过阴谋，见识到了军队的巨大威力，可遗憾的是，他却从未真正将禁军直接掌握在自己手中。

身在其位，方知其苦。如今他位居九五，才明白为君者的痛苦。对于洛清篱，他是感恩的，可同样也是恐惧的。功高震主，这四个字已经成了他心里挥之不去的阴影。

赵弘瑀心里清楚，放眼朝堂，只有洛清篱一人可以驾驭得住彪悍的禁军。所以自己务必要将他控制在手心里。可洛清篱的力量又是不可褫夺的，因为只有他的力量才能确保秦王赵元澍的登基之路。赵弘瑀相信，凭着洛氏兄弟的感情，只要洛清影坚定地站在赵元澍身后，洛清篱就一定也会站在他们的身边。

洛清影与他兄长不同，他与赵弘瑀的缘分并非肇始于君臣道义，而是始于一见如故的友情。他视赵弘瑀为君，更视他为肝胆相照的知己。可洛清影却不是瞎子，赵弘瑀所做的一切都被他看在眼里。洛清影能感受到赵弘瑀每走一步的艰涩，也能察觉到他对自己兄长的猜忌。洛清篱就是洛清影的软肋。

赵弘瑀明白，再这么下去，终有一天洛清影会再次离他而去。可如今的情势，自己是绝不能放他离开的。所以赵弘瑀才会在洛清篱大婚那日乔装打扮跑到了太尉府，找到洛清影说了那样一番话，试图以友情的名义可怜兮兮地将他留下。

洛清影心软，他果然被打动了。

洛清影越是神色淡然，赵弘瑀心中越是不安。自己最是清楚他的为人，也明白他最重的是情义。用这种拿不上台面的手段将他留下，留在这个污浊的境地，赵弘瑀觉得自己竟是这般龌龊无耻。

“殿下所问并不是什么难题。”洛清影的目光似是不经意地从赵弘瑀身上掠过，他望着赵元澍轻声说道，“君臣之义为天地伦常。君有为君之道，臣有为臣之道，为君者，礼贤下士；为臣者，忠君事国。二者互不为因果。食君之禄，忠君之事。为臣者之忠，绝不因君主对自己态度的变化而产生任何动摇。”洛清影声音不大，却一字一句全部叩在赵弘瑀的心上。

“好了，今日就到此为止吧。”赵弘瑀有些烦躁，他一抬头正好对上洛清影疑惑的目光。或许在洛清影的眼中，自己这火来得不知所谓，所以赵弘瑀只好又尴尬地笑了笑，解释道：“你知道的，朕其实并不喜欢看书，最受不了你们这种一说起来就之乎者也没完没了的……”

洛清影也跟着笑了笑：“以后臣教授秦王殿下课业的时候，还请陛下尽量避开为好。”

赵弘瑀本还沉浸在兀自的五味杂陈中，突然被洛清影这么一激，竟大笑出声来。赵弘瑀明白，洛清影也是在试探着自己。他或许想过离开，可他终究没有走，并且一如往常那般站在吉亨殿明媚的阳光里与自己谈天说地，斗嘴调侃。这样就够了。反正有好梦做着，那便闭着眼睛，即使是装睡又何妨？

笑过之后，赵弘瑀转头望着赵元澍问道：“元澍，朕听章延泽将军说前几日他在宫外得了个有趣的东西，你想不想知道？”

“想！”赵元澍不假思索地连连点头。

赵弘瑀冲着殿外唤了欢招一声，不多时便见他利索地趋步进殿来。

“欢招，你带元澍去找章延泽。”

待殿外又恢复了宁静，赵弘瑀偏过头来不好意思地盯着洛清影：“你能来，我无比感谢。”

洛清影知道他话里的意思，故意不想继续那个话头，微微一笑重新跪坐下去：“为元澍教授课业本就是我的职责，你不必多虑。”

那个话题太危险，也太沉重，既然洛清影不愿提，那就随他去吧。反正他人在这里，不管是用什么理由让他坚定了留下的决心，既然目的达到了，赵弘瑀也着实不愿再去想。

“你既然来了，正好有件事我想问问你的意思。”赵弘瑀一撩衣摆，走到他对面坐下。洛清影暗暗往身后挪了挪。

也不知是不是那时在西窗抄写经书时留下的习惯，没人的时候，赵弘瑀总喜欢与他对案而坐。以前没有什么，可是现在洛清影并不喜欢如此近距离地与他坐着。在熟悉的人的面前，洛清影总是不能很好地掩饰自己的情绪。之前，赵弘瑀大大咧咧倒是无妨。可如今，他心思越发敏锐，眼光越发毒辣，自己面上任何细微的情绪变化几乎都逃脱不过他的法眼。这让洛清影莫名地紧张。

“何事？”

“南祇使团要来了。”

“哦？”洛清影抬眼望着他，有些惊诧。

“国书已经交给了神策军的曹部将军，他先将消息递进京来，随后便会按照仪制将国书和使者护送进京，最慢下个月初也就到了。”

洛清影嘲讽地哼了一声：“南祇可真是谨慎小心啊。当初你初登大宝，朝局未定，西境又是险象环生，他们便龟缩在南边，既不贺喜，也未曾派遣使者往来。如今见我大殷势稳，这才赶着过来示好。这日子挑得可真是好。”

“是啊。”赵弘瑀一手撑着下巴，一手在几案上来回摩挲，“好事总不能都让他们占了。这次他们既然派了使团来，我倒要看看到底葫芦里卖的什么药，找个机会趁势给他们个下马威，让他们也明白我的态度。”

“是该好好筹划安排一下。”洛清影很是赞同，“自西卫漠竹入殷以来，朝中已经很久没有重大外事。南祇来访，是你登基以后第一次接待外臣，务必要周全稳妥。”

“待国书一到，我自会与大臣们商议妥当。不过我要跟你说的是另有其事。”赵弘瑀猛地坐直了身子，凑近了些说道，“南祇这次一动让我想起一件事。神策军的曹郃多次写信给我，自称年老多病想回京颐养天年。可是因为一时没有合适的人选，这事便一直拖着。”

“你是想让曹老将军回京？”洛清影一愣，继而若有所思地点头道，“曹郃毕竟年纪大了，常年领军在外，远离朝廷，不受中央节制，容易滋生事端。之前的天雄叶氏叛乱就是个例子。让他早日回京也是好事。边关重镇，最怕将领关系盘根错节，势力长久固定，长此以往难免内轻外重，危及宗庙。可是曹郃镇守边关大半辈子，战功赫赫、威名远播。有他在，南祇不敢轻易乱动，所以这继任的人选必须慎之又慎。”

“知我者莫若你也。”赵弘瑀神秘地笑了笑，“之前我让曹晖去镇守西境，就是着意想看看他到底有没有节镇一方的实力。如今看来，这几年他做得还是不错的。即使西卫内乱，他也能从容应对，颇有曹郃将军当年的风采。”

“所以你是想让曹晖去接替曹郃？”

“是的。”

“那天雄由谁去驻守？”

赵弘瑀挑了挑眉似笑非笑地望着他：“你猜。”

洛清影差点没被噎过去：“社稷之事你也这么没正经？”

赵弘瑀哈哈大笑，然后歪着脑袋盯着他：“你猜不到吗？我的太傅大人。”

洛清影瞪了他一眼，低下头去想了想，然后试探着问道：“章延泽？”

赵弘瑀满意地点点头：“果真知我者莫若你也。”

“这恐怕……不行吧……”洛清影有些迟疑。

“为何？”

“章延泽虽然资历是够了，可他毕竟没有单独御守边防的经验。何况他一向秉性直爽，我怕他……”

“你怕他会误事？”赵弘瑀摇了摇头，“他不会的。他的直爽只是因为他不善于谋身。可是一旦涉及军中事务，他比谁都认真、精明。”

见洛清影有所顾虑，赵弘瑀又接着说道：“章延泽和曹晖他们不一样。他并非名将之后，没有家族世交，在朝中少了许多是非瓜葛。而且他又曾在平叛天雄之乱时立下大功，熟悉西卫的情况。最重要的是，西卫国内这些年总是不太稳定，我总担心会有关于你身世的消息泄露出来。章延泽和你交好，让他去，我放心些。”

赵弘璃兀自说着，突然发现洛清影有些走神，他轻轻拽了拽洛清影的衣袖：“你怎么了？”

洛清影回过神来，有些心不在焉：“没什么，可能最近确实太累了，总是不能全神贯注……”

赵弘璃松了口气：“也是，你本就喜静。让你忙活洛清篱的婚宴，定然疲惫不堪。”

洛清影笑了笑：“方才你所言我都明白了。你既想得周全，那便按照你的意思去办吧。章延泽走后，宫城侍卫将领人选也须仔细斟酌。君主安危系于虎贲将军一人，理应稳妥。我觉得崔迟可以考虑。”

“哎呀，你怎么总能猜中我的想法？”赵弘璃拊掌大笑，“崔迟本来就是舅舅的属下，跟随舅舅多年，他继任虎贲将军一职再合适不过。”

说完，赵弘璃收敛了笑意压低了声音：“这些事我只是刚有些盘算而已，待南祇使团走后再商议如何调动。今日这些话我只与你一人说。”

见他如此谨慎，洛清影明白了他的用意：“涉及军政大事，我知道怎么做，你放心吧。”

“嗯。”赵弘璃满意地点点头，继而又叹了口气，“这些小心思我也是信不过别人，只能跟你说说。以前我看不上赵弘嘉整日里钩心斗角，没想到如今自己每日里却也在不停地算计。”

“臣为君主计，君为天下计。赵弘嘉之流所为是玩弄人心的阴谋，你现在所思所虑乃是安定社稷的阳谋，怎能同一而论？”

赵弘璃闻言，心里一个激动，猛地拉住他的手：“你能这么想我就安心了。我只怕你会把我和赵弘嘉当作一样的人。”

洛清影怔了片刻，然后笑着摇摇头，不动声色地抽出手来：“你与他不一样，我早就说过。”

万般思绪忽然堵在心头，赵弘璃不知如何去说。良久，他长长地舒了一口气，轻松地笑了几声：“话已如此，不复多言。你我之心，朗如日月。”

六七月间，正是燕安城最热的时候。骄阳似火，空气中都蒸腾着焦躁不安，白晃晃一片。酷暑难耐，赵弘璃发了慈悲，每十日便让各部官员休息一日，朝会也由三日一朝改为五日一朝。若无紧急事务需要面呈，只需按制上疏即可。

这一日适逢休沐，洛清影处理完手中事务，便往太尉府去了。

刚一进门，就见吉叔满头是汗地迎了上来：“二公子回来了。”

“朝中无事，我便过来看看。”洛清影点点头，“今年这天着实是热得厉害，你可要注意着身子。”

“是啊是啊！”吉叔笑着擦了擦脖子上的汗，“不过今年幸亏有夫人在，里里外外操持，老奴可是省了不少心。”

洛清影在洛清篱婚后回来过几次。渐渐地，他发觉那个曾经深沉少言的兄长变了，往日静如止水的眼神里浸染了一抹不易察觉的欣悦，那是情窦初开的少年才会有的灵气与悸动。而齐乐瑶正是这一切变化的根源。她热情、开朗、直爽，就像一阵甘霖，悄悄地飘洒进洛清篱几近枯涸的心里，滋润着他心中最深处的伤痕，让一切痛苦的记忆慢慢消融、逝去。

这一切让洛清影对这位嫂夫人有了无法言喻的亲近感，虽然她是齐重卿的女儿，可那又怎样？如今的洛清篱，幸福得如此真切，便足以让人慰藉。

洛清影轻轻嗯了一声，顺着小径来到揽月阁外，还没进院门便听见嘈杂的人声飘了出来。

“安歌，如此一来你岂不是自断后路？”

“战场对垒，士气是最重要的，背水一战，置之死地而后生，难道不行吗？”

洛清影听了片刻，抬脚走进去，果不其然看见章延泽和安歌正立在廊柱下专心致志地研究着什么。

洛清篱负手立于一旁，眯着眼睛听着他俩的争论。

章延泽和安歌两人背对着院门而立，并未注意到洛清影进来。倒是洛清篱抬眼看见他，微微摇摇头示意他不要说话。

洛清影会了意，放轻了步子走上前去，原来这两人正在沙盘上演练兵法。

“置之死地而后生，实为失道而求生，并不可取。”章延泽指着河道边一片开阔的山谷地形说道，“兵者乃死生存亡之大事，绝不可意气用事。置之死地而后生，并非是为将者自主进入死地，而是被逼无奈之下的选择。昔日韩信背水一战，也并非是将全部身家都押在了河边，这些都是他给对方使的障眼法而已。”

见安歌疑惑地望着自己，章延泽伸手指向山谷后方：“韩信早就分了两千精兵绕到了敌军身后。所谓绝地，实际上仍是正奇相合，前后夹击，攻其不备而已。”

安歌恍然大悟地猛点头，继而又摇头问道：“可是兵法有云，围师必阙，穷寇勿迫，不也正是说明穷途之兵最为可怕？既如此，将领为何不能以此激发士气？”

“穷途之兵最为可怕，是因为他们只有拼命才可活命。我的意思是，为将者一不可将对方迫于四合之绝境，形成死战之局面，二不可主动将自己的兵士引入濒死之境，冒险求胜。”

安歌似乎有所顿悟，他挠了挠头，然后又轻轻点点头。

“章将军所言实乃领军之正道。”洛清影听完此言忍不住上前插话，“除非逼上绝路，否则将帅绝不可轻易将自己的军队置于绝境。”

冷不防的一句话把章延泽和安歌二人吓了一跳。他俩齐齐回过头来，一见是洛清影来了，正要行礼，便听洛清篱缓缓说道：“安歌，为将、为兵有天壤之别。为兵者，要严守军规军令，勇往直前，置生死于度外。为将者则不然。将者，系兵者之命于一身，而兵者乃立国之柱石。所以为将者可以无畏一己之生死，却不可视兵士们的生命如儿戏。杀敌一千自损八百的意气之争断不可取。对于朝廷而言，失之一地尚可再夺，可若失了军队，那便是彻底断了根基，无可转圜。如今我让夏耒教你武艺，那只是教你如何做一个好兵。可若要为将，你还有很长的路要走。”

一席话说完，安歌愣了片刻。他眨了眨眼睛，清瘦的脸上满是认真的神色。

“安歌多谢各位大人赐教。太尉大人放心，小的一定跟随夏耒将军努力用功，不教大人失望。”

“嗯。”洛清篱满意地点点头。

几人还要再说，突然听得廊下一阵脚步声，寻声望去，原来是齐乐瑶带着几名婢女端了东西过来。

“说得这么热闹，也不嫌热吗？”齐乐瑶笑意盈盈地走近来，“我让芸儿煮了些莲子羹，甚是解暑。你们都喝一些吧。”说完，她亲手端过一碗莲子羹，给洛清篱递了过去。

“早起时不是不舒服吗？这些琐碎的事情交给吉叔就好了。”洛清篱接过汤汁，微微摇了摇头，语气里却满是关切之意。

“我没事。估计就是太热了，有些中暑而已。”齐乐瑶笑了笑，眉目间却示意洛清篱赶紧将碗中的汤汁喝下去。

“郡主怎么了？”洛清影立于一旁，闻言问道，“若是中暑便找御医来看看，可马虎不得。”

“多谢清影挂怀。”齐乐瑶轻轻笑着点头致谢，“一点小事而已，无须兴师动众。”

“清影说得对，你就是对自己太不在意了。”洛清篱喝下汤汁，将空碗递给芸儿，“这几日暑气正盛，你又总是忙东忙西，府里的事情事无巨细一一照应，怎能不病？我已经派人去请杜若过来瞧瞧，他应该就快到了。”话音方落，下人便通传说是杜御医到了。

洛清篱挥挥手让人请他进来，然后转身对洛清影几人说道："你们先聊，我进去陪乐瑶看诊。"

"不用了。"齐乐瑶微微让了一下，"方才你们聊得正是火热，怎能因我而扫兴？"说完，她对芸儿说道："你带杜大人去后厅，我在那里等他。"

洛清篱还要再说，齐乐瑶粲然一笑示意他宽心，然后转身朝后厅走去。

"郡主怎么了？"见齐乐瑶的身影消失于竹帘之后，洛清影仍是不放心地问了一句。

齐乐瑶的郡主身份不曾因为嫁入太尉府而有任何改变。无论她与洛清篱如何相敬如宾、琴瑟和鸣，也不能有任何闪失，尤其是不能在太尉府内有任何闪失。这一点洛清影心知肚明。

"早起时恶心了一阵，也不知是不是天热的缘故。"洛清篱也是毫无头绪。

"也是。"章延泽接过话茬，"今年这天实在热得离谱，禁军将士们都有些熬不住了，何况郡主这样的女子？"

"郡主一力操持府里的事务，或许真的是累极伤身……"洛清影望着章延泽点了点头。

说话间，芸儿已经引着杜若背着药箱从前门进了来。

"下官见过二位大人、将军。"杜若拱手行礼，额间全是细密的汗珠。

"一大早便要辛苦你跑一趟。"洛清篱略带歉意地点点头。

"无妨无妨。"杜若从袖中掏出一方素帕，轻轻擦去额角的汗珠，"郡主贵体要紧。"

"郡主在后厅等你，你先去吧。"洛清篱侧了侧身，为杜若让出一条道来。

"是。大人放心。"杜若将素帕又塞回袖中，拱了拱手道，"大人稍等片刻，待有了结论下官便来禀告。"

"既如此，我们便在这儿陪着大人等会儿吧。"章延泽望着洛清影，等着他的回应。

"嗯。"洛清影点头，继而望向洛清篱，"有杜若在，一切无虞，兄长安心便是。"

"但愿如此。"洛清篱低着头，似乎毫无兴致。

见洛清篱心不在焉，章延泽悄悄挪到洛清影身边，低声说道："昨儿大人传了口讯，让我今日带着安歌过来教授兵法。没想到一早入府便听得郡主病了。我和安歌见大人忧心忡忡的样子便想先回去，没想到郡主怎么也不肯，说是不能因为她误了大人的正事……要不是大人坚持请杜若过来，郡主怕是都不愿惊动御医院的那些人。”

洛清影微微叹了口气，默默望着洛清篱，内心里五味杂陈。兄长的内心深处依旧不曾改变。即使内心焦忧万分，面子上却依旧固执地不肯流露出来。

沉默并没有在庭院中停留很久。杜若的声音一路从后厅远远传来：“大人！大人！”

“如何？”洛清篱回过神来，快步迎了上去，焦急地拉住杜若的手，紧张之情溢于言表。

“大人啊！大人啊！”杜若一反常态地开怀大笑，惹得院内众人面面相觑。洛清篱喘了几口气，诧异地望着他。

意识到其他人的不知所措，杜若收敛了笑意，抽回了手，后退几步恭恭敬敬施礼道：“下官恭喜大人，郡主有了身孕了。”

洛清篱张了张嘴，直直愣在原处。他似乎无法理解杜若所说的话，又似是不敢相信眼前发生的一切。

“兄长！兄长！”倒是一旁的洛清影最先回过神来，几步上前拉了拉洛清篱的衣袖，“郡主有了身孕，兄长要做父亲了！”

“父亲？”洛清篱深吸一口气，转头不可置信地望着洛清影，语无伦次，“我？我要做父亲了？你是说我要做父亲了？”

“嗯嗯！”洛清影使劲点点头，满面笑意。

“恭喜大人！恭喜郡主！”一旁的章延泽和安歌也终于从方才的震惊中回过神来，相视大笑，上前高声贺喜。

“大人？”杜若小声地提醒道，“大人不进去看看郡主吗？”

“啊？”洛清篱又是一愣，快速地眨了眨眼睛，而后忙不迭地点头道，“去去去！这就去！”说完，便大步朝后厅奔去。

“二公子！”章延泽一步上前，再不管尊卑之仪，紧紧抓住了洛清影的手，“太尉府的大喜事啊！大人要做父亲了！大人要做父亲了！老太尉若是泉下有知，一定安心了啊！”

洛清影望着他，眼中噙着泪光，嘴角却止不住高扬：“我洛氏终于后继有人了！”

“太傅大人，小的这就回殿前司，把这个喜讯告诉夏耒将军他们！”安歌拱拱手，不待洛清影反应过来便一阵烟似的飞奔出去。

“吉叔！吉叔！”洛清影似是回过神来，着急唤着吉叔，“快！去祠堂准备一下！我要赶紧焚香告诉父亲这件天大的喜事！”洛清影抬脚就要往祠堂走，一回头却见章延泽低着头，不似方才那般亢奋，而是怅然若失、神色郁郁。洛清影明白，触景生情，人之本性，他一定是想到了苏祓。

那样明艳的女子，如同一团烈焰，曾经燃烧在燕安城最繁华的馆阁中，又如同一根最尖锐的银针，直接扎进大殷皇室的心脏，撼动着权力的中心，酿成最大的一场风暴。而之后，便似天边的一抹流霞，倏然消失在无尽的黑暗之中。

她是章延泽心中不可触及的伤痛，轰轰烈烈，昙花一现。

家国天下，身为男儿，只能一力去扛，不管是不是辜负了红颜。

“章将军？”洛清影转过身来，轻声唤道。

“嗯……？大人，怎么了？”章延泽一愣，抬起头来望着洛清影，却见他目光之中满是关切担忧之情。

章延泽不好意思地苦笑了一下：“这么久了，我竟然还是走不出来……”

洛清影凝视着他，良久说道：“有些事并非要走出来才能摆脱伤痛。你与苏祓天各一方，却又心念彼此。心有所牵，便已是幸事。”

章延泽看着他，愣怔片刻，而后点点头，终是没有再说一句话。

齐乐瑶有了身孕，太尉府门前立刻变得熙攘热闹起来。先是齐重卿亲自过来探望，然后是赵弘瑀让欢招亲自带了宫人过来，赏赐了一堆金银玉器，再就是禁军殿前司的那帮年轻将军们纷纷前来道贺。

齐乐瑶不能见外人，洛清篱却不能躲着，前前后后忙得整个人都瘦了一圈。忙是忙，可洛清篱却一改往日严峻的模样，整日里笑意连连，整个人都似乎化为一团春风。

而朝堂上的又一桩喜事接连而来，淑妃终于一朝有孕。这让期盼国祚绵延的朝臣们又增加了对先帝祖宗们的无限感恩之情。

这一日，甄太后满面春风地踏进了中孚宫，告诉赵弘瑀自己想去相国寺敬香，感谢佛祖对大殷宗室的护佑。

赵弘瑀明白她的心情。虽然他心有隐忧，可淑妃怀的毕竟是自己的血脉，他还是干脆地同意了。

“太后之心朕深为感动，不过切不可大肆铺张，劳民伤财。”赵弘瑀只提出这一点要求。

“陛下一向节俭，本宫自然是有分寸的。”甄太后笑着说道，“随行一切从简。今岁惊蛰祈福，是洛清篱兄弟随驾，如今洛府也有喜事，本宫不想打扰他们了。这一次，陛下可否让大理寺的胡之恒随驾？”

“胡之恒？”赵弘玮有些诧异，“他并非礼部官员，为何要他去？”

甄太后笑着解释道：“若是礼部掺和进来，挑日子，定仪制，选随行，怕是又要大肆折腾一番。上次京官梳察，胡之恒亲力亲为，以一已之力肃清官场龌龊之行，为陛下扫清蠹虫。他立了大功，却也因此得罪了不少人。本宫听闻他本人极为清廉，这样的人就该是陛下用来法治天下的利器。这一次带上他，一来可以显示皇室对清廉之臣的重视嘉赏，二来也可以帮助胡之恒在朝中更好地站稳脚跟，为陛下日后所用。”

闻及此言，赵弘玮深思片刻，虽然自己也想将胡之恒培养成为可以平衡朝局的一方力量，但洛清影却一直对这个人心有介怀。若是自己出面，很有可能会惹得洛清影多想，让二人刚刚稳定下来的关系再生嫌隙，倒不如借了甄太后的势，将自己先摘出去。

想到这里，他点头首肯：“太后所虑甚为周全，那便依太后所言行事吧。”

相国寺敬香那日，晴空万里。天气实在酷热难耐，甄太后一行敬了香，便躲进侧殿的厢房里避暑。仪鸾司早早在厢房内放了冰块，置于铜匣之内。外间白光炎炎，相国寺的侧殿里却是凉意阵阵，好不惬意。

甄太后使了个眼色，小玉便挥挥手让伺候的宫人们都退了出去。她守在侧殿门外，殿内只剩甄太后与胡之恒两人。

胡之恒见此情状，知道甄太后别有安排，便轻轻拢了拢衣袖，垂首跪坐在下，静静等着甄太后发话。

“胡大人，本宫不是啰唆之人，便单刀直入了。”甄太后干咳了一声，缓缓说道，“知道本宫此次为何挑你随行？”

胡之恒立直了身子，拱手答道：“启禀太后，臣素来愚钝，还请太后明示。”

“愚钝？”甄太后意味深长地笑了笑，“胡大人若是愚钝，又怎会在陛下面前如此别有用心地捅了洛太尉一刀？”

胡之恒闻言，立刻变了脸色，慌忙起身走到甄太后座前跪下：“太后此言，臣不明白，臣诚惶诚恐。”

“胡大人这是何必？快快起来。”甄太后抬手示意他起身，可胡之恒仍旧跪在地上，毫无起身之意。

甄太后见他如此固执，便缓了些语气："这里没有外人，本宫也没有恶意，只是想与大人聊聊心里话。大人若是如此，这话还怎么说？"

胡之恒犹豫片刻，踌躇着起身，躬着身子又回到了几案旁坐定。

甄太后满意地微微颔首，接着说道："胡大人那日向陛下提及洛太尉新婚之宴上的事情，说到太尉与禁军将士的兄弟之情，话里话外都在向陛下暗示洛太尉与禁军过从甚密，长此以往，禁军将不念君主之恩，却只记得长官之好。胡大人忠心为主，本宫甚是欣赏。"

胡之恒听她说完，立刻正色言道："太后明鉴。臣确实意在提醒陛下，可却无挑唆之意。太后此言，令臣惶恐万分。"

甄太后不以为意地摆摆手："胡大人聪明一世，此刻怎么糊涂起来？是不是挑唆，本宫说了不算，陛下说了也不算。"

她故意拖长了尾音，意味深长地盯着胡之恒："先前京官梳察时，是胡大人提议从洛太尉开始，以至于将他放在了风口浪尖之上。大人之心本是为朝廷、为陛下分忧，可在别人看来，却并非如此简单啊……"

胡之恒低着头，有些紧张地舔了舔嘴唇，随即又迅速地冷静了下来。"太后今日命臣随驾，原来是有心要点拨臣下。"

甄太后会心笑道："胡大人果然是聪明人，那本宫便不再绕弯子了。皇宫之内耳目众多，你在陛下面前说的话想必早已经传到太尉的耳朵里了。如今你与太尉的梁子算是结下了，就算他洛清篱心胸宽广，不计前嫌，可他手下那帮武将却绝不会善罢甘休。更何况他那兄弟是当朝太傅，专门教授秦王学业，与秦王感情颇深……"说到这里，甄太后顿了顿，她抬眼细细观察了一下胡之恒的神情，但见他双眉紧锁，双唇紧闭，"胡大人，本宫问你，你与太尉之间，谁与陛下交情深厚？"

猝不及防的发问令胡之恒愣了片刻，他想了想，答道："回太后，臣不及太尉。"

"那你与太傅之间，谁与秦王交情深厚？"

"自然是太傅。"

甄太后满意地点点头，却忽然打住了话头，饶有意味地等着他的回应。

胡之恒抿着嘴唇沉思良久，忽然起身重重磕下头去："臣愚昧，请太后指点迷津。"

"你一点都不愚昧。"见他明白了自己的意思，甄太后很是满意，"你早就看出洛氏一族日渐坐大，终将成为朝廷的隐患，所以才会几次三番想着提醒陛下。可你不是他们的对手，单打独斗，不见得能占取上风。所以，你需要一个盟友。”

“盟友？”

“淑妃有孕，必定诞下皇子。如今陛下尚未册封太子，到那时子以母贵，太子之位究竟落入谁手还真不好说。”

胡之恒犹豫片刻，似乎有些疑虑：“太后所言甚是。可太后怎能肯定淑妃娘娘诞下的一定是皇子？”

甄太后收起笑意，讳莫如深地望着他：“是不是皇子，本宫说了算。本宫说是，那便一定是。”

胡之恒心内大惊，顺势跪伏于地，不敢再说一个字。

“胡大人，本宫方才便说了，你是个聪明人。话已至此，该怎么抉择，你好好想想吧。”甄太后说完，胡之恒依旧是伏在地上不吭一声。见他心中仍有担忧，甄太后叹了口气，又接着说道：“宜阳郡主与太尉的婚事其实也是陛下的意思。之所以由本宫出面来提，恐怕陛下也是心中有所顾忌。或者说，陛下对太尉、太傅早就有了提防之心，才想着借郡主来监视住洛氏的一举一动而已。想来你我要做的，也不过是顺水推舟罢了。”甄太后一口气说完，眼色越发深邃。

沉默片刻，但听胡之恒伏地郑重答道：“臣愿誓死追随太后。”

第五章

金风玉露　芳心暗许

大殷的君臣们没有轻松多久，在桂花馥郁的香气中，南祇的使团终于到了。按照计划，由秦王赵元澍在明德楼迎接楚王虞昉。

赵元澍方才三四岁的年纪，实在过于年幼。赵弘瑀提出这个建议的时候，一众大臣齐声反对。让一个娃娃去主持这样的大典，若是出了任何岔子，传扬出去都会贻笑大方。

赵弘瑀立刻沉了脸色，横眉怒目呵斥道："秦王乃是龙子，岂能和一般人家的孩子相提并论？至于保证如何不出岔子，难道不应该是你们这帮大臣去考虑的问题？"

此言一出，朝臣们都掂出了分量。赵弘瑀这是有意要让赵元澍走上台前，树立起一位亲王的权威。再联想到后宫淑妃有孕一事，个中隐情纷扰繁复。如此局势下，谁也不敢乱说话，谁也不敢贸然站错了队，索性便都不再吭声。

赵弘瑀见大臣们服了软，便又缓了语气说道："此事关乎国体颜面，众卿所虑也并非全无道理。以防万一，朕决定让太傅随同秦王一道出迎，也好有个周旋照应。"

赵弘瑀说完，大臣们一时间还未能从方才的一通怒言责骂中回过神来，朝堂之上竟是鸦雀无声。正在尴尬之时，洛清影手执笏板站了出来，朗声领命："臣洛清影遵旨。"

于是中秋一过，八月十九，虞昉便如约站在了明德楼下。

虞昉是南祇皇帝虞昊的第四子，为虞昊最宠爱的贤妃李氏所生，二十出头，正是神采飞扬的年纪。他自幼长于皇宫大内，皮肤白皙，体态雍容，举手投足间真是一位翩翩贵公子。

饶是如此佳公子，望着眼前不足自己腿高的赵元澍，虞昉依旧又是好气又是好笑："大殷号称人才济济，如今也是凋零了吗？竟然让一个孩童前来迎接使节，简直不知所谓。本王不得不怀疑大殷皇帝陛下与我南祇交好的诚意了。"

"楚王殿下何意？本王竟不太明白。"正在群臣面面相觑，不知如何接话时，赵元澍上前一步，望着虞昉昂首问道。他声音虽是稚嫩，却毫不怯场、掷地有声："父皇命本王于明德楼下亲迎南祇使节，正是为了彰显对使节的重视。楚王与本王皆是皇子，身份相同。况且楚王之母只是贤妃，本王之母却是大殷的皇后。本王亲迎使节，不知到底有何不妥？若楚王只看重年岁大小，那才是真的不知所谓。"

赵元澍一席话毕，虞昉憋得满面通红。本想借机嘲讽，却没想到被这么个孩子给奚落一番。话头是由自己引起来的，赵元澍一番话又是在情在理，若是自己再反唇相讥，那就真是失了体统，损了国威。

一旁的洛清影见状，忙趁机上前请道："大殷太傅洛清影见过楚王殿下。陛下交代过微臣，殿下为两国和平而来，一路风霜，甚是辛苦。陛下特派秦王殿下前来相迎，并亲自陪同殿下先去驿馆稍事休息，洗去风尘，然后再入宫觐见我皇帝陛下。"

洛清影不动声色地给了虞昉一个台阶，虞昉心领其意，便也不再多言，低头望着赵元澍说道："那就烦劳秦王殿下了。"

赵元澍毕竟是个孩子，连忙点点头，侧身站到一边给虞昉的队伍让出了道。他望着浩浩荡荡的仪仗，不自觉地拉住了洛清影的手，抬眼望着他，轻声问道："太傅，本王方才表现得如何？"

洛清影抿着嘴笑了笑，微微点点头："殿下一席话，让那个楚王未能占到半分便宜。"

"本王按照太傅教的话说了一遍，那楚王果然就无话可说了。太傅真是厉害。"

"嘘。"洛清影低下头来，竖起食指放到嘴边，笑着摇摇头。

赵元澍见状，知道洛清影是提醒他人多耳杂，便嘿嘿一笑捂住了嘴。忽然间，他又拽了拽洛清影的手问道："太傅，本王这样做能让父皇开心一些吗？"

"殿下有如此胆识，陛下自然会开心的。"洛清影说完，似乎突然意识到什么，蹲下身来轻声问道，"殿下，陛下平日里难道不开心吗？"

赵元澍眨了眨眼睛，挠了挠头，犹豫了片刻才点点头："嗯。"

洛清影微微叹了口气。如今，他和赵弘瑀不同往昔，隔着厚厚的宫墙。赵弘瑀到底过得如何，他竟从未想过，也无从知晓了。一种生分感，生生地堵在了他的心头。

洛清影想着这些，却没有留意到虞昉的仪仗队伍中有一个年轻的将军，远远地朝自己投来了探寻、好奇的目光。

虞昉一行未在驿馆多做耽搁，便赶着入了宫。虞昉向赵弘璃递交了国书和虞昊的亲笔书信，并献上珍珠一百斛、丝绸两万匹、黄金一千两、白金五千两，作为赵弘璃登基的贺礼。

赵弘璃接过礼单，饶有兴致地望了虞昉一眼，淡淡说道："朕继承大统已经四年了。南祇与我果然路途遥远，楚王一路走得很是辛苦啊。"

虞昉立刻听出了这话中的揶揄之意，瞬间红了脸："陛下登基的消息一传到南祇，父皇便准备派使者前来朝贺。却没想到父皇突发急症，国内遍寻名医也是毫无办法，这一拖便拖了好几年。直到去年，父皇龙体才渐渐好转，于是便差遣外臣立刻奔赴燕安。事有隐情，还请皇帝陛下谅解。"

话一说完，只听赵弘璃啪的一声将礼单合上，站起身来笑着说道："人上了岁数总是会有各种各样的小毛病。朕回头让御医局准备一些滋补的圣品，你带回去，让你父皇好好补一补。以后，可不要再因为身体的问题而错过重要的事情。"

赵弘璃这话听着似乎满是关切之情，实则处处暗藏刀锋。虞昉脸上一阵红一阵白，只得拱手又道："外臣替父皇谢过陛下。"

赵弘璃见他面上难堪，自己心里的气也出了，便见好就收，笑着摆了摆手："楚王客气什么？今日舟车劳顿，想来楚王也已经乏了。不如暂且回驿馆好生休息，养足了精神，明日与朕一起去南御苑射弓，如何？"

虞昉闻言，急忙拜谢："外臣多谢陛下体恤，恭敬不如从命。"

八月二十，燕安秋，丹桂金黄，难得的爽朗晴空。南御苑中，千骑待命，旌旗猎猎随风卷，金甲银戈耀日光。

高台之上，赵弘璃亦是一身戎装，目光所及之处，皆是士气高昂的禁军将士。高台之下，群臣分别列于两侧。文官华服，武将甲胄，一派盛世气象。

虞昉带着南祇使团全数翻身跃马，个个摩拳擦掌，发誓绝不负南祇皇帝所托，不在武力之上输与大殷。

不多时，只见一匹黑棕骏马疾驰而来，在高台之下勒马禁行。马上跃下一个挺拔利落的身影，单膝跪于地高声回禀："臣虎贲将军章延泽，奉太尉洛清篱之命前来奏请陛下：御苑射弓皆已准备完毕，请陛下发号施令！"

“好！那便开始吧！”

赵弘瑀一声令下，章延泽得了令，转身上马，向着教武场的方向奔去，大声喊道：“陛下有旨，御苑射弓开始！”

教武场与高台遥遥相对，彼处亦有一座高台。只见台上正中立着一人，银甲朔光，令旗高举。正是洛清篱。他听见章延泽的传令，用力一挥，旗落处战马嘶鸣。

一队禁军快速从校场上鱼贯而过，只听得箭声嗖嗖，对面的箭靶被震得唰唰作响。箭箭皆是正中靶心。

“好！”这边高台下的文武大臣纷纷高声喝彩，赵弘瑀亦是高兴得满面红光。

“大殷禁军果然名不虚传，外臣佩服。”虞昉上前一步，向赵弘瑀拱了拱手，“不过我南祇的男儿也是好武之辈，陛下若不嫌弃，可否让他们和您的禁军比试比试，也好给今日的射弓助助兴？”

“哦？”赵弘瑀扬了扬眉毛，“楚王有这个兴致？只是不知道南祇的将士习惯如何射弓？”

“回陛下，与大殷禁军相同即可。”

“那好，朕便让太尉安排一下。”说完，赵弘瑀对台下的章延泽使了个眼色，章延泽领命，立刻向校场处奔去。

不多时，章延泽便策马驰回：“陛下，太尉大人已经将校场重新清理，请陛下下令。”

赵弘瑀点点头，继而望向虞昉：“楚王，那就请吧？”

虞昉拱了拱手，朝身后那个年轻的将军说道：“带着你的人去吧。”

“是！”那个年轻的将军在马上坐直了身子拱手铿锵应声，随后一挥手，“随我来。”

南祇的军阵里一共十人，每侧五人从校场两边相向而上。

军士不仅要在移动的过程中瞄准箭靶，还要错开自己的队友，难度比方才更大一些。

一阵箭雨之后，只听校场上一声高喊：“全部射中，无一脱靶。”

虞昉略带得意地扬了扬下巴，待十人归队，便齐齐下马向赵弘瑀贺道：“南祇使团以此献与大殷皇帝陛下，愿我南祇与大殷永结安宁。”

“嗯，南祇勇士果然英锐难挡啊。”赵弘瑀意味深长地笑了笑，“都起来吧！方才的演练真是精彩绝伦，南祇有这样的精锐，足以镇国安民了。”

话音方落，就听刚才领队的将军开口请道：“陛下，小臣还有一个不情之请。”

“放肆！”虞昉一个转身狠狠瞪了他一眼，“这是什么场合，哪里容你说话？”

“唉，楚王这是何必？”赵弘瑀摆摆手制止了虞昉，示意年轻将军继续说下去，“小将军方才领军有方，又箭法高超，令朕大开眼界。不知还有何要求？”

那将军咬了咬下唇，犹豫片刻然后鼓起勇气说道：“听闻贵国太尉洛清篱有百步穿杨的本领，小臣斗胆想领教一二。”

“你想挑战本朝太尉洛清篱？”赵弘瑀有些意外。

“放肆！”虞昉涨红了脸，虽然狠狠叱责一声，却似乎并没有要处治那个将军的意思，“小小侍卫竟然如此大言不惭，懂不懂礼数？”

赵弘瑀低头冷冷笑了一声：“教武场上无尊卑，小将军勇气可嘉。只不过我大殷堂堂太尉亲自出马，传扬出去会不会被人耻笑以强欺弱啊？”

那将军望着赵弘瑀略带嘲讽的嘴角，不由得咬了咬牙说道：“陛下，是小臣要向太尉挑战的，太尉只是应战而已。陛下自己都说教武场上无尊卑，那又何来以强欺弱一说？大家皆是各凭本事而已。”

赵弘瑀盯着他看了半天，眼中渐渐露出赞许之意，继而转头望向台下的通传侍卫：“去，将太尉请过来。”

不多时，洛清篱便随着通传侍卫疾驰而来。他勒马停住，翻身下马，刚要跪拜就被赵弘瑀制止：“清篱甲胄在身，就免了这套虚礼吧。”

“臣谢陛下体恤。”洛清篱抱拳威然应道。

“清篱啊，南祇的这位小将军指明要向你挑战箭法，你看如何啊？”赵弘瑀指着虞昉身旁的年轻将军，抬眼望着洛清篱。

洛清篱扫了一眼，见那士兵鼓着腮帮满面通红，便低头笑了笑答道：“这位小将军年纪虽轻却是箭法超群，方才箭阵间臣已经见识过了，令人叹为观止。挑战谈不上，臣的箭法在大殷禁军中只能算是普通水准。小将军若是想切磋切磋，臣倒是觉得并无不可，毕竟棋逢对手难得，知音亦是难求。”

“既然如此，那便听太尉的。”赵弘瑀一抬手，示意洛清篱主持全场。他自己后退几步，在御座之上又重新坐定，回转身望了洛清影一眼。

洛清影知道自己的兄长从不做无把握之事，便微微颔首回应，让他安心。

“小将军，敢问尊姓大名？”洛清篱上前客气问道。

那将军挺直了腰板，也落落大方地回了礼：“回大人，小臣贱名不足挂齿，还是不要污了大人的耳朵为好。”

“既是切磋，便不分贵贱，只论成败。”

那小兵犹豫了片刻，偷偷瞄了虞昉一眼，但见虞昉皱着眉头瞪着他，毫无上前解围之意，便鼓起勇气说道：“承蒙大人不弃，小臣姓颜，贱名就不提了，实在无法入大人之耳。”

“好，既如此便不强人所难，只唤你颜将军如何？”

“但凭大人决定。”

“好，不知颜将军意欲如何较量？”

“这……”颜将军想了想，“大人，既是切磋就无须繁复，直来直去的好。就如方才一般，一人十箭，射中靶心较多者胜出，如何？”

“好！”洛清篱毫不犹豫地答应，“使节为尊，颜将军先来。”

“小臣便献丑了！”颜将军一拱手，翻身上马，又远远朝赵弘瑀揖了一拳，抄过弓箭，挎上箭筒便飞驰而去。

一阵尘烟四起，只听几声鸣响，那些箭已经如行云流水一般射了出去，牢牢钉在箭靶之上。颜将军的箭不同于其他兵士，乃是鸣镝，其声铮铮，似乎要将教武场上的空气划破一般。

“十发全中，无一脱靶。”

“好！”一旁的虞昉忍不住喝了个大彩，突又觉得失态，慌忙间又不安地瞄了赵弘瑀一眼。

赵弘瑀面无表情地望着校场的方向，随着颜将军飞驰而来的身影，嘴角才渐渐扬出一丝笑意。

“例无虚发。”赵弘瑀转头看着虞昉不住赞叹，“厉害。”

“小臣献丑了。”颜将军从马背上一跃而下，单膝跪下朗声抱拳复命，声音里漾起一丝掩藏不住的得意。

“陛下，颜将军既然已经是例无虚发，臣再要硬去比，最多也就是个平手而已。”洛清篱立于一边，似乎并没有被这略微尴尬的气氛影响到。

“哦？”赵弘瑀抬眼望着他，眼中藏着些许期待，“太尉何意？”

“臣曾经以长木为托，上架铜壶，壶颈细长，仅容两指宽。臣可在百步之外将箭射入壶中。”

“太尉竟有如此功力？”赵弘瑀有些不可置信地望着他。

“臣愿为陛下一试。”洛清篱依旧是缓声答道。

赵弘瑀思索片刻，自顾着点点头，似乎是下了个决心，然后望着颜将军问道：

“太尉要换一个切磋的方式，颜将军意下如何？”

那颜将军拱手答道：“洛太尉此法的难度甚是高绝，小臣有幸，愿意一开眼界。”

“既然颜将军也无异议，那便按照太尉的意思来吧。”赵弘瑀颔首。

洛清篱微微一笑，抬手说道：“且慢。陛下，臣还有一个请求。”

“还有要求？”赵弘瑀有些纳闷，他实在不知洛清篱葫芦里到底卖的什么药。

“既然是与南祇贵使切磋，臣自当不遗余力。所以臣请陛下恩准，将长木换成活人，由人举壶过首，待臣射之。”

洛清篱一席话毕，高台上下竟是鸦雀无声。

赵弘瑀惊讶地望着他，还未开口，便听洛清篱又道：“楚王殿下，为了彰显我大殷与南祇的友好诚意，不知可否由贵使团出一人，替下官举壶？”

“啊？”虞昉一时没有反过神来，尴尬地哼哼着笑了两声，竟不知说什么好。本来是想借此机会炫耀一下南祇的箭术，却没想到被洛清篱反将了一军。

“小臣……”见虞昉不言语，颜将军有些着急想说话，却被虞昉一把拽住拖向身后低声呵斥：“不许再胡闹！”

场上顿时彻底冷了下来。洛清篱倒也不着急，只是耐心地等着虞昉的回复。

赵弘瑀这才明白洛清篱的用意，便顺着他的话头冷下了脸，不满地质问道：“怎么？楚王不相信我大殷与你们修好的诚意？”

虞昉见状，明白已被对方君臣逼入绝境，只得连连点头赔笑：“陛下严重了……南祇怎能不相信贵国的诚意？只不过……”

“只不过什么？”洛清篱依旧似笑非笑地望着他，“只不过楚王信不过下官的箭法吧？”

“太尉哪里话……哪里话……”虞昉默默退了几步，犹犹豫豫地说道，“本王也不是信不过太尉……只不过……太尉说得太玄乎……本王不曾见过如此精妙的箭法……呃……”

“殿下！”虞昉身后的颜将军再也忍不住了，抢上前抓着虞昉的衣袖争道，“臣愿一试。”

“你给我退下！”虞昉一反手将他胳膊抓住，一把推了回去，“不许再说话！”

洛清篱挑了挑眉，不再搭理他，转身向远处的章延泽使了个眼色。章延泽心知其意。这个时候，必须要将南祇的气焰打击到底。于是他舒了口气，方要上前向赵弘瑀请求配合洛清篱，却听高台上传来一句："陛下，臣愿意一试。"赵弘瑀明显吃了一惊，他转过身去，见洛清影已经起身走到他身后。

"若论对太尉箭法的熟识程度，放眼望去，满朝无人能出臣其右。"洛清影轻轻点头，坚定不移，"臣愿意配合太尉一试，为陛下和楚王展示我大殷禁军的风采。"赵弘瑀拧着眉头，仍有些犹豫。

"陛下，既然太傅愿意配合臣，那臣一定不负陛下与太傅所望。"洛清篱说着，便朝洛清影一拱手道，"那便有劳太傅了。"

洛清影朝赵弘瑀点点头，示意他放宽心，然后便从高台之侧走了下来。

章延泽迎了上去，附在他耳边低声说道："不必害怕，大人成竹在胸。"洛清影嗯了一声，快步走到洛清篱身边。

一旁的侍卫已经将铜壶呈了上来，洛清篱接过铜壶，转身交给他："若真是害怕，就闭上眼睛。一切交给我即可。"

"好。"洛清影将广袖高高挽起，接过铜壶，沉稳地点点头，然后走到指定的位置站定。

"父皇……"赵元澍和赵元祐也被场上紧张的气氛震慑到了，齐齐起身拥到赵弘瑀怀中。

"别怕！"赵弘瑀轻轻拍着两个儿子的后背，"你们两个睁大眼睛看仔细了，这才是我大殷重臣的风范。"说完，他示意欢招将两位皇子接了过去，自己直起身上前几步，拄着佩剑在高台边立定，屏气凝神地向下望去。

洛清影深吸一口气，缓缓将铜壶举过头顶。洛清篱取过龙舌弓，向洛清影的方位凝视片刻，抬手搭弓。全场寂然，连风都骤然而止。无人敢出大气。洛清影就这么直直地睁眼立在原地，连呼吸都变得极缓，仿佛定住一般。洛清篱微微眯起眼睛，嘴角紧闭，突然间拉开弓弦，猛然松手，行云流水，一气呵成。雕羽箭翎闪着白光，倏然穿破全场的寂静，在空中划出一道漂亮的弧线。

只听"铛"的一声脆响，洛清影举着铜壶往后踉跄退了几步。他怔了片刻，见洛清篱安心地笑着望着自己，这才回过神来，猛地将举着铜壶的手放下来。

那支箭安然地躺在壶中。全场朝臣，包括虞昉一行，皆是目瞪口呆。

"陛下英武！太尉英武！太傅英武！"正在此时，一直立于高台下的胡之恒突然站了出来，高喊着跪下，朝赵弘瑀拜服不起。

其他的人此时也回过神来，跟着胡之恒一起跪下高唱道："陛下英武！太尉英武！太傅英武！"

洛清影这才意识到自己方才一直在发抖，举着铜壶的手已经僵了，手心里全是冷汗。他长长舒了口气，将铜壶交给身旁的侍卫，不动声色地揉了揉被震得发麻的手指，然后走回高台下，与洛清篱相视一笑，既而齐齐跪下：“陛下英武！大殷英武！”

赵弘璃喜不自胜，连忙从高台上冲下来将这两人拉起：“都快平身！方才真是精彩，令朕大开眼界。”

“陛下，臣说了，臣的箭法在军中并不是最好的。幸得陛下不嫌弃，才能让臣有机会在这教武场上众将士面前班门弄斧。”洛清篱谦逊地躬下身去，“臣还要多谢太傅鼎力相助。若非能有人如此信赖臣，与臣配合得如此天衣无缝，臣也做不到这些。”

“清篱说得好！”赵弘璃拊掌大笑，“所谓‘岂曰无衣，与子同袍’，即是此意！”说完，他得意地望了虞昉一眼，“楚王不知作何感想啊？”

虞昉到底是皇子，贵族的雍容之气令他从震惊中迅速回过神来，不卑不亢地俯首答道：“大殷朝君圣臣贤，文臣武将赤诚相待，精诚协作，外臣深受震撼。”

“话是如此，不过你们这个小颜将军也是初生牛犊不怕虎，精神可嘉！稍加历练，必是南祇难得的将才！”赵弘璃扫了颜将军一眼，见他仍旧满面通红，却似乎没有了方才的傲气，“颜将军，不知洛太尉的箭法能否令你信服？”

颜将军望着赵弘璃，微微愣了一下，目光扫过他身后两人，猛地低下头去答道：“太尉箭法卓然超群，太傅胆量举世无双，小臣心服口服。”

“嗯。”赵弘璃满意地点点头，“虽然教武场上靠胜负说话，可你的胆略也着实令朕刮目相看。今日朕便做主赐你一物，以示嘉赏。”

说完，他招手示意欢招上前来：“去，将朕那副弓取来。”

“是。”欢招承命，不多时便捧了一副弓箭送了上来。

“这把弓虽不及太尉的龙舌弓那般神武，但也是朕珍藏多年的宝物。朕将它送与你，望你日后勤加练习。”赵弘璃说着，取过弓箭，递过去。

颜将军睁大了眼睛，不可置信地望着他：“陛下不怕小臣技艺精进之后再来挑战？”

赵弘璃闻言，心中得意之情更甚：“我大殷人才辈出，青出于蓝而胜于蓝，只要你敢来，我们就敢应！”

“陛下好气魄！”颜将军忍不住赞叹，继而大步上前高兴地接过弓箭，“小臣谢过陛下！”

颜将军俯首拜谢，赵弘瑀欣然望着虞昉略带尴尬的笑脸。突然间他觉察到空气中隐藏着某种异样的味道，暗中深吸一口气，转而仔细盯着颜将军上下打量一番。颜将军被盯得有些忐忑，不知所措地立在原处。赵弘瑀意识到自己的失态，收回眼神，然后摆了摆手："方才一番切磋精彩绝伦，想必在场诸位都跃跃欲试。朕已命太尉设置诸多弓箭场，诸位有兴趣便自行其便，随意较量，胜者将有重赏！"

"谢陛下！"众臣又是齐齐跪下高声拜谢。

一场御苑射弓彻底打压了南祇的气焰。而赵弘瑀对颜将军的奖赏既彰显了大殷宽宏的气度，又令虞昉找回了些面子，不至于十分难堪。

筵席之后，虞昉一行回了驿馆休息。赵弘瑀意兴正浓，屏退众人，拉着洛清篱和洛清影在御苑的怀雪亭坐下品茶。

怀雪亭临水而立，清风徐来，退去一身暑气，甚是凉爽。既无外人在侧，赵弘瑀越发笑得肆意起来："早年先帝曾与朕说起过清篱箭法超群，国中无人能敌，朕窃自以为是先帝夸大而已，今日一见，才知先帝所言不虚啊。"

"陛下过奖，所谓山外有山、人外有人，臣不敢妄自尊大。但是南祇那个颜将军太过年轻气盛，有失邦交礼仪，臣只不过是想稍微教教他规矩而已。"洛清篱笑着谦让道。

"你为人稳重，不做毫无把握的事情，所以朕并不担心你。反倒是清影的表现，令朕当时竟有些措手不及。"赵弘瑀抿了口茶，调笑着望向洛清影。

"清影就是这样。"还未等洛清影开口，洛清篱便意味深长地插了话，"看似手无缚鸡之力，可在某些关头胆量却大大超乎常人。"

洛清篱这话实则别有深意。当年不论是为还是煜王的赵弘瑀以身试药，还是为洛清篱拼死挡住漠竹的那一剑，洛清影从未有过片刻的犹豫。这就是他的本性，只要认为是对的事情，便绝不退缩。

赵弘瑀自然能明白洛清篱的意思。他转头望着洛清影认真地说道："以后这样危险的事情不要总想自己担着。"

洛清影见他二人皆是一脸凝重，不禁好笑："哪有什么危险？陛下自己都对太尉的箭法成竹在胸，臣当然也一样。知道他不会做无把握之事……"他说着，忽然发觉对面二人面色不善，立刻明白这二人依旧还是责怪自己不该如此冒险，便起身为这二人斟上茶水，缓了语气哄劝道："好了，以后这样的事情还是让章将军去配合太尉吧。术业有专攻，臣还是尽心为秦王殿下教授课业的好。"

"这就对了嘛。"赵弘瑀舒了口气。

岂料洛清篱却轻轻叩了一下石桌，似乎有些担心："不过南祇有颜将军这样的后起之秀，若再历练几年，必定会成为南祇军中的中流砥柱……"

赵弘瑀望着他神色严峻的脸，嘴角微微抽动了几下，突然忍不住地仰天大笑。剩下二人见他这般，一时摸不着头脑，不由得齐齐疑惑地望着他。

"哎呀！"赵弘瑀好容易忍住了笑，略带歉意地解释道，"若论才学、能力，你们两人朕毫不怀疑。可若论辨识人的本领……"他故意顿了顿，神秘兮兮地凑近了些低声说道，"那个颜将军是个姑娘。"

"姑娘！"那二人几乎同时惊呼出声。

"清影就算了，清篱你好歹也是成了婚的人。颜将军身上那股若有若无的脂粉香，你竟没有察觉？"赵弘瑀不怀好意地笑着望向洛清篱，直看得他面红耳赤眼神闪躲。洛清篱难得手足无措，赵弘瑀乐得看个热闹。

"那万一是陛下您的错觉呢？"洛清影有心替洛清篱解围，便又不服气地追问道。

"倒是也有可能。"赵弘瑀转过头来，耸了耸肩，"所以朕就借着赐弓的时候仔细观察了一下。颜将军虽然有意遮掩，可那耳垂上明明穿了孔，不是姑娘家又是什么？"

"颜将军是个姑娘？"洛清影依旧不敢置信，"这太离谱了。虞昉怎么会带着姑娘出使大殷？这可是欺君之罪……"

洛清篱亦是觉得不可思议："方才在教武场上，颜将军贸然挑衅，虞昉虽竭力喝止，但看得出来他对颜将军并无任何惩处之意。依臣看来，这颜将军的真实身份一定不同寻常……"

"清篱所言甚是！"赵弘瑀赞同地点点头，"朕已经命人暗中去查了，如有任何蛛丝马迹会立刻告诉你们。清篱，近日京城的巡防要务还需烦劳你多加警惕。南祇来访，朕虽让礼部的接待官员招待周全，一应要求悉数做到，绝不让虞昉感觉到半点怠慢之意。可若他们别有用心，那朕就绝不客气了。"

"陛下放心，臣一定会加派人手严加巡查。如有异动，立即向陛下禀告。"洛清篱站起身来拱手领命。

"好。"赵弘瑀抬手示意他坐下，然后又若有所思地望了洛清影一眼，"朕有种预感，这个颜将军一定会再生事端。"

虞昉一行的到来让殿前司骤然忙碌起来。按照赵弘瑀的要求，对使团的接迎不可有丝毫马虎，要将他们的一举一动悉数掌控清楚，绝不可让虞昉在赵弘瑀的眼皮子底下搞任何小动作。

御苑射弓之后，虞昉在燕安倒也待得老实，除按计划与各部大人商议南境榷场通商事宜之外很少出门。赵弘瑀后来也宴请了他几次，丝竹管弦、觥筹交错，尽得物华风流之态。

这一日天色尽黑，洛清影终于算是忙完了手中事务。宜阳郡主有了身孕，洛清篱除了殿前司的一应公务，便一门心思放在夫人身上。如今太尉府中与往日不同，洛清影也不好再总是过去与兄长品茶聊天，便只好闷声直接回了太傅府。

刚一进府，便见管事的张妈小步迎上来："大人，太尉派了人过来，等了您许久了。"

"哦？"洛清影低头拂了拂衣袖，轻声问道，"什么人？在哪里？"

"回大人，是殿前司的安歌，奴婢让他在偏厅等着您呢。"

"大人！"安歌见洛清影进了来，慌忙站起身来迎了上去。

"这里没外人，坐吧。"洛清影走到主位坐定，抬头问他，"听说太尉让你过来的？所为何事？"

安歌刚一坐下，听见洛清影问话便又噌地站起身来："回大人，太尉托人从海外寻了些鱼胶给郡主补身子，他说府里用不了那么多，让小的给大人送一些过来。"

洛清影见安歌面前的几案上放了一个竹匣，便微微点头示意一旁的下人："将这个交给张妈，让她妥善处置。"

"是。"下人捧起竹匣退了下去。

见安歌依旧立在一边，洛清影又笑着说道："快坐下吧！"

"不了！"安歌拱手推让，"太尉让小的一定亲手交到大人手上。他说大人对自己的身子太不在意，怕您一转眼就给忘了，所以让小的一定将他的意思转达到，请您记得服用。既然话已带到，小的这便不打扰大人休息了。"

"回去告诉太尉，我会记得按时服用的。"洛清影点点头，"你等了这么久，想必还未用饭，正好我也饿着肚子，你若不嫌弃，便留下来一起用了晚饭再走。"

"怎么会嫌弃？大人说的哪里话，是小的僭越了……"安歌还想推辞，肚子却在这个关口不争气地叫了几声，他不好意思地挠挠头，见洛清影依旧满面笑意，便高兴地应道，"那小的便尊大人之命！"

"这就对了！"洛清影指着软垫示意他坐下，"太尉一直没把你当作外人，在我这里亦是如此。你若太拘谨反倒生分了。"

话音方落，张妈便带着下人将饭菜端了上来。

“粗茶淡饭而已，还须你将就些。”

“不不不！大人哪里话！”安歌似乎有些激动，连连摆手，“太尉和大人都待小的如此之好，小的实在是肝脑涂地难以报答！”

“一顿饭而已，哪来的肝脑涂地。”洛清影站起身来笑着揉了揉肩膀，“你先吃，我去里面换了这身官服。”

“大人请便！”安歌见洛清影要走，又连忙站了起来。

对于安歌，洛清影一直都是暗中多留了一份心的。他明白洛清篱对安歌的良苦用心，如果不是后来郡主嫁入太尉府，或许洛清篱真的就打算把他收做义子。这一点，洛清影深信不疑。从他知道洛清篱为他取名“安歌”之时，他便明白。洛氏族谱，“清”字辈之下便是“安”字。洛清篱的心思，别人或许看不出，可他洛清影怎能看不穿？洛清影这么一路想着，慢慢踱步进了内室。张妈已经命人将他的常服搭在衣架之上。

“奴婢替大人更衣。”衣架旁的一名侍女方要上前，就被洛清影阻止了，“你下去吧，我自己来就行。”

洛清影站在衣架前，莫名心烦。或许是这段时间真的太累了。只要虞昉还在燕安，时时刻刻都要提高警惕。他轻轻扯了扯衣领，然后伸手去解朝服上那沉重的白玉腰带。才刚刚解下，想要搭在一边，就听房顶上一声闷响。

“什么人？”洛清影迅速反应过来，大步奔向门外，“快！房上有人！抓住他！”

这边安歌正坐在几案边等着洛清影一起用晚饭，忽听见瓦碎的声音，又听洛清影大喊着冲出来，立刻拍桌而起，如利箭一般奔向院外。

这段时间得到夏耒和章延泽两位将军的悉心指导，安歌武艺见长，脚下极是干净利落。

“小贼！休想逃走！”安歌大喊一声，直接朝房檐上那个黑影扑过去。

那人反脚要踹，却被安歌死死钳制住，只得顺着安歌的力道从房檐上坠了下来。落地的一瞬他还想挣扎，又被安歌一掌从肩膀上死死摁住，动弹不得。

“何人如此大胆？”洛清影急急走上前来。张妈闻声也带了下人掌了灯前来，将那个黑衣人紧紧围住。那人也不答话，只是轻轻哼了一声。

“在太傅大人面前也敢如此无礼！”安歌怒不可遏，一步上前将那黑衣人的面罩扯开。

洛清影看着那人被灯火印着的面容，心内一惊。他错愕半晌才疑惑地问道：“颜将军……怎么是你？”

“知道我是谁就好！”那颜将军用力扬了扬下巴，满面通红，“快放了我！若是楚王寻来，怕是谁也好不了！”

“我管你是谁！”安歌也不示弱，掌中加了些力，“就算是楚王本人，大半夜的偷偷摸摸躲在太傅府的房顶上，也不是什么光彩的事情吧？”那颜将军吃了力，有些痛苦地紧咬着嘴唇，眼睛瞪得浑圆。

洛清影已经从方才的震惊中抽回神来。他记得赵弘瑀说过，颜将军是个姑娘，而且是个身份与众不同的姑娘。想到这里，他上前一步按住安歌：“放开他。”

“大人！”安歌不解地望着他，见他神色坚定，便只好恨恨地松开了手。

洛清影俯身将颜将军扶了起来，盯着他的眼睛一字一句道：“颜将军，天色不早了。你若逗留太久，楚王定会担心。本官这便送你回驿馆去。”

“不用太傅费心，小臣自己会走。”颜将军毫不客气地拒绝了洛清影的“好意”。

“燕安城这么大，夜色深沉，你若出点差池，后果谁也担当不起。”洛清影淡淡说道，语气里却是不容置疑。

颜将军自知理亏，有些局促地低头盯着地面。见她如此窘迫，洛清影叹了口气：“楚王那里本官会想办法替你圆过去。”

“真的？”颜将军又惊又喜，一步上前拉住了他的衣袖。洛清影未曾防备，被他一拉，脚下踉跄了几步。

“大胆！”安歌飞身上前，一把将颜将军拉到一边。

“啊！对不起。”意识到自己的失礼，颜将军迅速将他松开来，不知所措地搓着手。

洛清影冲安歌摇了摇头：“安歌，不得对使者无礼。本官先整理一下衣冠，一会儿你陪本官将颜将军送回驿馆吧。”

“是！小的遵命。”安歌说着，又转头狠狠瞪了颜将军一眼，威胁他别再想要什么花样。

颜将军噘着嘴，眼中说不出是害怕还是委屈。方才说话间，她身上的胭脂香味混在夜色里，淡淡然地飘了过来。赵弘瑀说得没错，这个颜将军确实是个姑娘。若论风月，赵弘瑀竟胜了一筹。洛清影不禁为自己和兄长的不解风情而哑然失笑。

一切处理完毕，洛清影带着安歌和颜将军出了府。

“你身份特殊，不便骑马，还是坐马车吧。”洛清影让府里的下人牵来了马车，一手撩帘，让颜将军进去。颜将军愣了愣，顺从地点点头钻了进去。

放下布帘，洛清影与安歌皆上了马，一左一右随行在马车两侧。莫名其妙被颜将军“光临”了府第，又想起赵弘瑀说过这个颜将军一定会再生事端，洛清影手中牵紧了缰绳，有些心不在焉。

他觉察到一束目光盯着自己，便转头望去。颜将军不知何时将小窗的布幔掀起一道缝隙，正默不作声地打量着自己。

如水一般波光潋滟的眸子。洛清影心里一惊。

桂花开得正旺，馥郁的香气重在夜色里逐渐发酵，令人不觉醺醺然。几个人就这么不尴不尬、默默无语地缓缓行在燕安静谧的街坊间。只有马车四角悬着的铜铃不时撞击着发出几声清脆的声响。

离驿馆还有一个路口，洛清影隐隐听见前方传来的嘈杂声。他转首示意了一下安歌，安歌便心领神会地飞驰前去。

不多时，安歌策马而回，行至洛清影身边低声说道：“大人，楚王似乎在找颜将军。”

“嗯。”洛清影点点头，“那我们便将人给楚王送回去吧。”

“就这么送回去？”安歌有些不甘心，“他可是夜闯了太傅府……”

洛清影扬起手打断了他：“走吧，我自有安排。”安歌不再多话，押在马车后跟着洛清影往前走。

驿馆门外灯火通明，虞昉带了一些人要往外走，却被驿馆差役死死拦住。

“如何？本王要去，为何去不得？”虞昉满面怒气，一通狂吼，平日那一派贵公子之气荡然无存，“你们都是什么东西？竟然敢拦着本王的路！”

谁想那驿丞竟是毫无退让之意：“若是在南祇，楚王殿下自然哪里都去得，可这是大殷京城燕安，楚王必须遵从我大殷的法度！楚王若要出行，必须先报请鸿胪寺，然后方可出行。”

虞昉被狠狠将了一军，气得直跺脚，可驿丞说得在情在理，他又无从辩驳。这里是燕安，若真的闹僵了，别说赵弘瑀那里解释不过去，就算回了国，在皇帝虞昊那里怕也是吃不了兜着走。

虞昉急得在原地团团转。他不敢说自己使团的人不见了。这事可大可小，若是有心之人指责他是有意带了细作入殷，那这一场邦交的盛宴转眼就会变成屠戮的沙场。

洛清影立马在阴影处，眼见了这一场闹剧。他立刻明白了虞昉要找的到底是什么。

眼见虞昉又要发作，洛清影几步上前拦住了他："楚王殿下请息怒。"

"这……这是怎么回事……？"虞昉这话似乎是问洛清影，眼睛却愤怒地盯在颜将军身上。

"下官见过太傅大人。"一旁的驿丞并未在意虞昉的反应，而是上前恭敬得体地向洛清影施了礼。

洛清影赞许地点点头，继而转身看着楚王说道："方才外臣从馆阁回府，半路上遇见了颜将军，见他似乎是迷了路，这才亲自送他回来。殿下无须生气，颜将军也是一片好心。他见殿下丢了东西，便想着替殿下去寻找。怎奈燕安城实在太大，路径繁杂，街坊林立，再加上天色已晚，一不小心迷了路也是正常。"虞昉有些不可置信地望着洛清影，张了张嘴却不知说什么。

洛清影微微笑着回望着他："为了楚王的物什，颜将军差点找不到回驿馆的路，要露宿街头了。有这样忠心的臣子，难道不比殿下的任何物什还要宝贵？"

虞昉一愣，忽然明白过来，应付着哈哈笑了两声："太傅大人说得对。今儿不找了，回头再说！"

说完，他盯着颜将军，一边笑着一边咬牙切齿地说道："颜将军，还愣着做什么？随本王回去！"

颜将军被虞昉狰狞的神色吓得退了两步，随即向洛清影投去感激的目光，然后磨磨蹭蹭地走到虞昉身边，拱手小声说道："殿下，小臣知错。"

"你有何错？"虞昉硬是挤出一丝笑容，"回去再说。"

一场闹剧就此收场。洛清影站在原处目送虞昉一行回了驿馆。

"大人，下官这便也告退了。"驿丞拱手道。

"你自安心，也不要多言，这件事本官会向陛下禀明。你尽忠职守的事，本官也会一并禀明。"洛清影挥挥手，驿丞缓步退下。

"大人，那颜将军回去会不会受责罚？"安歌不无担心地问道。

洛清影了然于胸般笑着摇了摇头，淡淡答道："不会。"

翌日清晨，洛清影一早便入了朝。朝会之后，他直接去中孚宫请见。

"臣有一事想向陛下禀明。"洛清影默默地环顾了一下四周，拱手奏报。

赵弘瑀立刻便明白了他的意思，转头示意欢招将一应宫人带了出去。待人都散了，他才从御座上起身，走到洛清影面前，低声问道："何事让你如此小心翼翼？”

洛清影担忧地望了他一眼：“南祇使团的事。”

“哦？”赵弘瑀毫不意外地撇撇嘴角，“我就知道还会再生事端。”

洛清影缓了一口气，将昨夜之事一五一十和盘托出。赵弘瑀听完，盯着几案上的图腾花纹出神，半天没有反应。

“你怎么看？”洛清影见他兀自发呆，便轻轻唤了声。

赵弘瑀眨眨眼睛收回神来，突然反问道：“你觉得这个颜将军到底是什么人？女扮男装，深夜潜入你的府邸，莫不是她知道什么与你身世相关的事情？”

洛清影却不以为然地摇了摇头：“一开始我也想到了这一点，可是看那颜将军举手投足间虽是张扬，却也还算单纯，不似阴险狡诈之辈。何况我的身世是大殷与西卫最隐秘的事，她怎么可能知道？”

“除非是虞昉授意……可听你说来那颜将军倒像是自己偷偷溜了出去，虞昉并不知情，否则他也不会不顾形象、不计后果地大半夜嚷嚷着要出门寻人了。”赵弘瑀似乎也认同了他的说法，拧眉思量，“退一万步说，若真是虞昉指使，那就说明南祇皇室已经对这件秘事有所耳闻。果真如此，那虞昉此刻入京，定是有所图谋。”

“若如你所说，那我大殷和西卫的庙堂之上怕是早就插进了南祇的眼线……”洛清影忍不住心里咯噔一下，却又犹豫着否定了自己的想法，“可我还是觉得颜将军并不知情……”

“不管怎样，如今有这么个神秘的人整天在燕安城里晃悠，总让人不安心。”赵弘瑀越想越觉得窝火，“不过你昨晚处理得很好，既没有打草惊蛇，将事态扩大，又暗中警告了虞昉，让他知道他的一举一动皆在我们掌控之下。”

洛清影点点头：“我昨日之所以那么说，就是想让虞昉明白我是在顺着他的谎话替他掩饰，替南祇使团掩饰。他是个聪明人，一定不会再有所妄动。”

“他们想躲在阴暗处，我偏不让他们得逞。来都来了，那就明面上说话。”

“你是想戳破颜将军的身份？”

“你说得对，虞昉是聪明人，这段时间他一定不会再轻举妄动。所以我们若是守株待兔，恐怕只会两手空空、一无所获。可是这小蛇既然已经自己撞了上来，那我就只能逼着她现了原形，看看她到底意欲何为。”

洛清影思索片刻，并未同意：“他若按兵不动，就难有蛛丝马迹可寻。就算我们查到了，若他们有意隐瞒，定会想方设法糊弄……”

“想瞒天过海？”赵弘瑀嘲讽地哼了一声，“只要撒了一个谎，就必须再编无数个谎来圆这个谎。只要他们还身在燕安，就定有破绽可寻。”

这话虽有道理，可洛清影还是有些担心：“邦交往来，还是不要闹出什么丑闻的好。何况颜将军一个姑娘家随行使团，必定身份特殊，无论如何还是要保护她的清誉。”

“丑闻？这要看这丑闻是谁家的？”赵弘瑀翻了个白眼，“他南袛的丑闻就得他南袛自己担着。”见洛清影沉默不语，赵弘瑀凑近了些低声劝慰：“我知道你担心什么。我会点到为止，一来给虞昉一点教训，以后不要再想着在我眼皮下面耍什么花样；二来也不会让他们太过难堪，损了南袛的国体。”

洛清影无奈地望着他坚定的眼神，默默叹了口气。比起先皇崑帝，赵弘瑀确是一位强势的君主。南袛皇帝虞昊本就是墙头草，拖拖拉拉等赵弘瑀继位四年才派了使者入殷。来了之后又如此不安分，简直就是火上浇油。如果不给他们一些教训，确实难扬大殷的国威。

“那你打算怎么做？”

见洛清影松了话口，赵弘瑀嘿嘿一笑：“这颜将军的眼光总是盯在你的身上，所以还得需要你牺牲一下。”

“我？”洛清影一愣。

他突然想起昨晚颜将军从马车里偷望自己的眼神。潋滟如水，却又炽热如火。洛清影顿时心内有些慌乱，他不知赵弘瑀此话到底何意。

赵弘瑀自然是不知道这些的，他只看见洛清影有些紧张地揪住了衣角，便揶揄着说道：“我的太傅，你不会因为她是个姑娘就怕成这样吧？你那日校场上的勇气都哪里去了？”

听见赵弘瑀如此嘲笑自己，洛清影憋红了脸：“你胡说什么！”

“咦？是我胡说吗？”赵弘瑀眨了眨眼睛，凑上前去，死死盯着他的脸，极力忍住笑，“明明你自己莫名其妙脸红，怎么是我胡说了？唉……你不会是……”

“不许乱说！”洛清影瞪着眼睛怒视着他。

“好好好，我不说！”赵弘瑀又好气又好笑，只得赔着笑脸示弱。

洛清影何时像现在这般？整个一只炸了毛的猫，随时都有咬人的可能。这种此地无银三百两的架势，赵弘瑀一眼便看穿了。

他一副洞察天机的得意之情，见洛清影作势还要恼，便赶紧收敛起来说道：“说正事！说正事！我有一计，你且听来。”说完，也不管他是什么反应，附在耳边如此这般嘀咕一番。

“这样的话……倒也是可行。”洛清影听完，已经从方才又急又怒的状态里缓和了下来，“只是……”

“若虞昉是君子，我便以君子待之。可他小人在先，我便只能如法炮制，还赠予他。”

见赵弘瑀目光坚定，洛清影心知他下了决心。虞昉在大殷京城里暗中捣鬼，不给个教训确实说不过去。想到这，洛清影点点头：“那我马上回去安排妥当。不过你要答应我，事关南祇皇室的面子和颜将军的清名，你要适可而止，不可太过。”

赵弘瑀盯着他，神情极其古怪，似乎在竭尽全力地忍笑：“嗯，好。为了颜将军的清名，我答应你。”

洛清影知道他在调笑自己，多说无益，便噌地站起身来，迈步就往大殿门侧走去。刚走几步，又转过头来，似乎压抑着内心的愤怒，低声说道：“昨日那驿丞秉公执法，不畏权贵，与虞昉周旋起来游刃有余、不卑不亢，是个人才。我查了一下，他叫陈亭。”

“好，重赏！”赵弘瑀依旧笑着望着他，“待此事之后，我会酌情拔擢。”

见赵弘瑀笑得轻浮诡异，洛清影又狠狠瞪了他一眼，转身快步离去。

这边洛清影刚走，那边欢招匆匆小步趋身进来。一进殿，便看见赵弘瑀斜着身子倚在几案旁笑得诡异。“陛下怎么坐在这里？”

赵弘瑀摆摆手站起身来，依旧忍不住笑意：“太傅走了？”

“回陛下，走了。”欢招有些纳闷地挠了挠头，“今儿可真是奇怪。”

“怎么了？”

“陛下这儿满面春风，可奴才见太傅方才走的时候却是怒气冲冲。”

“怒气冲冲？”赵弘瑀神秘地眨眨眼，“咱们太傅是属猫的，他被人踩了尾巴，岂不是又恼又羞？”

“啊……啊？”欢招不明所以，越加糊涂。

“行了，这也不是你该操心的事。”赵弘瑀舒了口气，想了想问道，“最近淑妃那边怎么样？”

“回陛下，太后亲自照拂，御医局的御医们也是隔三岔五地就入宫来给娘娘诊脉、安胎，娘娘和小皇子安然无虞！”

“小皇子？”赵弘瑀猛地冷下脸来，斜着眼挑着眉，面无表情地盯着欢招。

欢招被盯得心里发毛，突然意识到自己说错了话，连忙跪下磕头求饶：“奴才多嘴！奴才该死！”

“知道就好。”赵弘瑀有些心烦，“别在朕眼前演了。各种戏码，花样翻新，你不累朕都烦。跟朕去看看元澍，然后顺道再去探望一下淑妃。”

欢招知道赵弘瑀这话意有所指，也不敢再多言语，只得老老实实跟在赵弘瑀身边往吉亨殿走去。

第六章

水落石出　春池乍惊

燕安城中风平浪静，虞昉本来揪着的心也稍稍松了一些。可他依旧不放心，躲得了初一躲不过十五。赵弘璃不比老昆帝，他表面上嘻嘻哈哈，可内里却总让人看不透。自己的人在燕安闹了这么大一出，他却毫无反应，这让虞昉无论如何都惶恐不安。于是他打定了主意，尽快办结一切事务，早日回南祇去，以免夜长梦多。

过了两日，宫中传了话来，赵弘璃要在金明池设宴款待南祇使团，点名要虞昉带着颜将军一同出席。虞昉心里没底，偷偷塞了一锭金子给传旨的公公，试图打听一下赵弘璃的心思。小公公心领神会地收了金子，神秘一笑："陛下说了，楚王一行远离故土，难免孤单寂寞，一起热闹热闹罢了。对了，陛下还说这次只做私宴，殿下无须劳师动众。"

眼见小公公有心打马虎眼，虞昉一肚子火又不能发，只好满脸笑容地将他送出驿馆。刚一回屋，颜将军从内室钻了出来："怎么又诏我们？"

虞昉正摇头叹气，一抬头见那人正笑得灿烂，气不打一处来："还不是因为你！不让你来你非得来，来了又不老实待着！父皇千叮咛万嘱咐要你低调一些，你非得出个馊主意在教武场上挑战洛清篱！这还不算，大晚上溜去太傅府又被人抓个正着！那洛氏兄弟是什么人？一个太尉一个太傅！一个掌管大殷禁军，一个是秦王赵元澍的老师，皆是赵弘璃的心腹！你这一趟是要把大殷重臣全部得罪个遍才肯罢休吗？"虞昉气急败坏，一边来回踱步一边喋喋骂道。颜将军撇撇嘴，知道他在气头上，也不回嘴，只管低着头听着。

"不行！你不能留在燕安了。"虞昉叹了口气，骂归骂，可一切还得从大处着眼，"赵家皇帝点名要你去，一定是对你的身份有所怀疑了。趁现在还来得及，我派人赶紧送你回去。你若出了岔子，父皇定会要了我的命。"

“我不回去。”那颜将军鼓着腮帮子倔强地看着虞昉。

“不回去！”虞昉刚压下去的火瞬间又烧了起来，“不回去你还想在这儿再捅多大的娄子？”

颜将军眨了眨眼，调皮地笑了一下，小心翼翼往前几步，拉着虞昉的衣袖晃了晃：“那皇帝既然点名要我一起去，若是我不出现，皇兄不是要担上欺君的罪名？”

“这……”虞昉犹豫了一下，“我真是被你气糊涂了，竟然忘了这一层……可你若是去了，身份被揭穿，一样还是逃不了欺君之罪……”

“怕什么？”颜将军见虞昉左也不是右也不是，一脸无畏地拍了拍胸口，“只要我去，便不会给那皇帝留下口实，剩下的见招拆招便是。就算真的挡不过去，我这身份谅他们君臣也不敢如何！”

“唉。”事已至此，虞昉也是无计可施，只得重重地叹了口气，“只能如此了。不过你要记住，不可多言，不可多事！老老实实待在我身后即可！”

颜将军见他依旧愁眉不展，便又抓着他的衣袖摇了摇，甜声细语地撒着娇：“皇兄，你就放心吧！这一次我全听你的！”

“知道就好！”虞昉无奈，又叮嘱了几句，终是任她去了。

宴席定在金明池的绛云阁。阁外遍植枫树，正是枫叶红时，层林尽染，浓淡相宜。再加上丹桂之馥郁，偏是要让人醉了一般。

虞昉只带了颜将军赴宴，到了绛云阁才发现，阁中除了赵弘瑀，也就只有洛清影、胡之恒、章延泽和鸿胪寺的柳巽四位大人。

“楚王这几日还住得惯吗？”待虞昉和颜将军二人行了跪拜之礼，赵弘瑀微微笑着抬手示意他们落座，“听驿馆的驿丞说，楚王这几日去了不少地方。”

“回陛下，除了既定的拜访事务之外，外臣还去了一趟大相国寺。”虞昉拱了拱手，恭恭敬敬地答道。

“楚王好兴致。”赵弘瑀转首看着柳巽仔细交代，“楚王难得来一趟，若有想去的地方一定做好安排，千万不可阻拦。”

“是。”柳巽应声道，“陛下放心。”

方才，赵弘瑀故意加重了“不可阻拦”四个字。虞昉听在耳中，虽然明白他是有意奚落，但自知理亏，也只好假装听不懂，客气地拱手谢道：“多谢陛下挂念！烦劳柳大人费心！”

赵弘瑀满意地点点头，一手端起了玉卮：“今日没什么外人，大家一定尽兴而归。”

“臣敬陛下！陛下万岁！”御案之下的众人齐齐起身，端起各自的玉卮，一饮而尽。

从虞昉一行进门起，赵弘瑀就一直不动声色地暗中观察着颜将军。

她今日换下戎装，只穿了一身青黛色的长衫，束腰宽袖，发插玉簪。虽然仍是男装，却明显比之前在御苑娇俏了许多。

赵弘瑀与虞昉说话时，她也未留意去听，眼光总是匆匆地瞄向一旁的洛清影。那灵动而热烈的目光，几次引起了洛清影的注意。待他回望过去，她却又倏然垂下眼眸看向别处。只不过那双颊之上的绯红，却是怎么也藏不住。

幸而虞昉一直面向赵弘瑀，所以未曾发现。而这一切却正好让赵弘瑀悉数看在眼底。

酒过三巡，菜过五味，有胡、章、柳三人轮番敬酒，虞昉已经喝得有些醺醺然了。

见时机已到，赵弘瑀故意提高声音问道："小颜将军，上次赐你的御弓用着可还趁手？”

颜将军几杯酒下肚，目含秋水，面若桃花，颤巍巍地站起身来答道："谢陛下厚爱，陛下御弓强韧无比，乃绝世好弓。只不过强弓还需良将配，小臣这点雕虫小技实在难以与之匹配，怕是要辱没它了。”

“颜将军这是哪里话？”赵弘瑀饶有兴致地望着她，“颜将军如此年轻便有这般高超的弓箭骑射之术，再过几年，估计连洛清篱也要甘拜下风了。”

一听赵弘瑀又将重点放在了颜将军身上，虞昉着急地插了话："陛下，颜将军没见过世面，井底之蛙而已，哪里敢和洛太尉相提并论。陛下如此过誉，颜将军承受不起啊。”

“唉！此话差矣。”赵弘瑀并不认同，“江山代有人才出，只有给青年将领施展才华的机会，方可后浪推前浪，生生不息。”

虞昉的心思其实是不想让颜将军再在宴席上出什么风头，老老实实做个透明人即可。赵弘瑀自然不会理会这套，不过他也只是点到为止，立刻断了话头转向洛清影："可惜今日清篱不在，否则他定有兴致再和颜将军切磋一番。高手过招，总令人目不暇接、无限神往。”

洛清影笑了笑："陛下所言甚是。”

“唉？”话说及此，虞昉突然接过话来，企图将谈话的内容转移到别处，“方才入席时便未曾见到洛太尉，外臣还暗自可惜今日不能再见太尉的英姿风采了。”

“这你就有所不知了。”赵弘瑀亦是有些惋惜，“太尉之妻乃是当朝宜阳郡主，郡主已有身孕数月，这段时日贵使来访，太尉全权负责京师戍卫，已经多日未曾回府。今日朕便准了他一日假，让他回去陪陪郡主。”

闻言，虞昉忙迎合着赞道：“陛下真是仁慈圣明啊！”

“清篱虽然不在，但朕深知颜将军酷爱箭术，便特意让虎贲将军章延泽将宫内收藏的各副神弓全都翻了出来，置于这绛云阁的阁楼之上。”赵弘瑀没搭理虞昉，而是饶有兴致地望着颜将军，“怎么样？颜将军，可有兴致上楼一看？”

“这……”颜将军果真是爱弓如命，一听这话便立刻蠢蠢欲动，然而她还是控制住了自己的情绪，委屈哀怨地偷偷望了望虞昉。

见颜将军和虞昉都没有及时回应，一旁的胡之恒突然开了口：“这可是陛下特意为了楚王和颜将军准备的，二位难道要浪费陛下这一番心意？”

胡之恒这话绵里藏刀，十分强势，饶是虞昉再不乐意，也只能忙不迭地赔罪：“胡大人何来此言啊？陛下所藏，必定囊括天下之珍品，外臣今日能得一见，荣幸至极！”

“那就请吧？”胡之恒站起身来，躬身一引。

虞昉无奈，只得也站了起来，对赵弘瑀揖了一躬：“陛下请！”

一行人鱼贯而行上了阁楼。但见阁楼之上左右两边各摆了十个巨大的青铜弓架，铜架之上是二十副绝世名弓。

“来来来！”赵弘瑀一把拽住虞昉的手，拉着他一路走过去，“这可是朕压箱底的宝贝，平日里谁也不曾见过！”

虞昉一心担心身后的颜将军，边走边回头，一路碎碎念道：“陛下，外臣不懂武艺，实在是看不懂啊……”

“这不是有虎贲将军在吗？”赵弘瑀一招手，章延泽几步走上前来，“延泽，替朕为楚王殿下好好说道说道。”

“是，陛下。”章延泽爽快地一抱拳。

话音方落，胡之恒和柳巽也笑着凑上前来：“陛下，臣等是不是也有耳福听章将军解说一番？”

“那是自然，今日都有份！”赵弘瑀拊掌大笑，“今日定不教你们失望。”

这边几人你来我往说得不亦乐乎，那边颜将军悄悄走到另一边独自观赏起来。

“将军为何不过去？”洛清影跟在她身后，余光瞄了一眼另一边，那边几人似乎无暇顾及这里。

颜将军转身望着他，微微一笑："这些弓我虽未见过实物，却都在书中看过，几乎都能认得。"

"将军年纪轻轻却有如此见识，果然令人佩服。"洛清影略一抱拳，笑着回望过去。

颜将军与他对视片刻，忽而羞赧地别过头去，咬着下唇，半晌才轻声说了一句："谢谢你那日替我解围。"

洛清影一愣，似乎并未在意："举手之劳而已，不必客气。"

颜将军不解地抬头望着他。洛清影见她还未明白，便缓缓解释道："两国互通使节，于国于民都是好事。这个时候，越少闹出乱子越好。"

"嗯，你说得对。"颜将军点点头，似是有话要说。

"怎么了？"

"你为何不问我为什么大半夜会溜进太傅府？你不怕我是有所图谋？"

见颜将军一脸认真地凝视着自己，洛清影笑着摇了摇头。他没有直接回答，而是反问道："我若问了，你会告诉我吗？"

颜将军似乎想起了什么，眼神微微闪躲："不会。"

"那就是了。"洛清影依旧笑得坦诚，"你想告诉我的时候自然就会说的，我不喜欢强人所难。"说完，他不动声色躲开颜将军一直盯着自己的眼光，指着最近的一处铜架说道："将军若有兴致，可否为在下解说一番？"

颜将军意识到自己太过大胆，有些尴尬地移开了目光："乐意为大人效劳。"

面对这些盛名在外的名弓，颜将军如数家珍，侃侃而谈。洛清影一路跟在她身边，细细听着，时而豁然开朗，时而眉头微皱。

"大人有什么问题吗？"颜将军见状，打住了话头。

"倒是没有。"洛清影立即敛容答道，"颜将军对这些名弓的来历、性状了如指掌，实在让人佩服。只不过……"

"只不过什么？"

洛清影想了想，又摇了摇头："算了，没什么。"

"大人这就不对了，既然有话就请直说，吞吞吐吐让人着急。"一说到弓箭之事，颜将军十分执着。她盯着洛清影，不满地拧起了眉头。

见她这般认真，洛清影不觉失笑："将军责备得是。不过其实也没什么，可能是我生来不爱金玉之物。这些名弓大多雕金镶玉，多了些媚态，少了些遒劲。"

“哦？”颜将军闻言，转回头去又仔细看了看，若有所思，“大人所言不无道理。”

洛清影见她没有反驳，便接着说下去：“弓箭本为沙场之上驱敌逐寇的武器，一旦被人收藏起来，为示华贵，用金玉点缀其间，就立刻变得不伦不类，失去了本来的意义。弓为杀器，而非宠物。与这里的二十把名弓相比，我更喜欢兄长的那张龙舌弓。”

一听到“龙舌弓”这三个字，颜将军的眼神顿时亮了起来：“洛太尉的龙舌弓位居天下名弓之首，据说是当年昆帝赐予他的。我只闻其名，却从未能得见。上一次教武场上也只是惊鸿一瞥，不曾仔细看过，实在是遗憾……”

“是啊，那龙舌弓以檿为身，檀为弰，取上等蚕丝扎聚为弦。它几次随兄长战场御敌，兄长视它如命。我也只是偶尔有幸见过几次而已。”

“若是能得见一次，真是死而无憾啊。”

“你真心想见？”洛清影见她一脸失望，低声问道。

“可以吗？”颜将军一听这话，抬头期许地望着他。

洛清影沉吟片刻：“今日兄长在府中陪郡主，若是去了，应该能见到。”

颜将军立刻欢欣雀跃起来：“真的？”可她马上又消沉了下去，“不行，楚王殿下一定不会让我去的……我答应他不会再乱来。”

洛清影见她如此矛盾焦灼，便低声劝道：“你看陛下和楚王他们相谈甚欢，根本无暇顾及你我。太尉府离金明池很近，我们速去速回，不会有事。况且是我带你去的，出了什么事我替你担着。”

颜将军有些动心，可依旧拿不定主意。洛清影见她如此为难，又小声问道：“怎么？你不敢？”

颜将军哪里受得住这般激将，杏眼一瞪：“去就去！”

洛清影瞄了一眼那边的几人，见赵弘瑀依旧拉着虞昉高谈阔论，便示意颜将军噤声，然后趁那几人不能分神之际，带着颜将军悄悄溜下阁楼去。

出得绛云阁来，侍卫一见是太傅，也未有阻拦，牵过坐骑，任这两人去了。

不多时，两人便到了太尉府门前。小童认得洛清影，速速将马牵过一旁。

“太尉可在府中？”洛清影侧首问道。

“回大人，太尉正在揽月阁陪郡主聊天。”

“嗯。”洛清影点点头，然后转身对颜将军说道，“随我进去吧！”

颜将军一路随在洛清影身后快速穿过曲折的小径，忍不住赞叹：“太尉虽是武将，可这院落却打理得如此雅致。”

“武将也并非都是粗人啊。”洛清影望着她笑了笑，“比如颜将军，虽身为武将，却也是雅人深致、玉树临风。”

一席话说得颜将军忽而又红了脸颊，她不好意思地别过头去，转口问道：“方才我见大人的坐骑俊逸不凡，一看品相便是马中极品。大人身为文臣，却如此懂马识马，令人佩服。”

“我哪懂这些？”洛清影摆摆手，“这赤缨乃是陛下所赐，我这样一个手无缚鸡之力的人，实在是委屈了这匹良驹。”

“我在南祇之时便听闻了你和大殷陛下的事情，据说你曾为他以命相搏、亲身试药，后来，还差点为他身死敌手。世人都说你与他明为君臣，实为知己，如今看来，确实不假。为王之人生而寂寞，能有相互扶持之人，皆是可遇不可求。”说话间，颜将军眼神倏然暗了下去。

洛清影心里一紧。她这话或许并非有意，可她确实在关注着自己的一举一动，关注着自己与赵弘璃之间的往来。那么那日她潜入太傅府，到底意欲何为，自己一时间竟缕不出头绪来了。

见洛清影没有回应，颜将军意识到自己说了不该说的话。她干咳两声，笑着打了个哈哈：“也不知今日贸然叨扰太尉府，会不会打搅了太尉和郡主的清静？”

“那日教武场一试，太尉心中已经记下了你。你能过来，我想他一定是又惊又喜才对。”

“但愿吧。”颜将军笑了笑，不再说话，跟着洛清影进了揽月阁。方走到门外，便看见洛清篱搀着齐乐瑶立在廊下，望着花园说着什么。

洛清篱正好面对着他们，一抬头与他们迎面相视：“你怎么来了？”齐乐瑶闻言，也转过头来。

“兄长，郡主。”洛清影上前行了礼，然后简单说明来意。

洛清篱越听脸色越是阴沉，他忍不住低声喝道：“你怎么也如此胡闹？陛下赐宴，你竟然把人偷偷带了出来，若是楚王殿下责怪下来，你能担得起吗？”

颜将军一听，忙上前为洛清影开脱：“太尉，这件事不怪太傅大人。是小臣想一睹龙舌弓的风采，所以求大人帮忙的。太尉，您要骂就骂小臣好了。若是殿下怪罪下来，小臣一力承担，绝不会牵连您和太傅大人。”

齐乐瑶在一旁听着，见这几人皆是神情严峻，不免觉得滑稽可笑。她转身望着洛清篱宽慰道：“来都来了，你就别发火了。你这个样子会把人吓坏的。”见他不再说什么，齐乐瑶又笑着走到颜将军身边：“颜将军，这件事你不用求太尉。这龙舌弓是由我保管的，你想看的话找我便是。”

颜将军一抬眼，正好对上齐乐瑶笑意盈盈的和善眼眸。她愣了一下，然后偷偷瞄了洛清影一眼，见洛清影也对自己使了个眼色，便开心地拱手请求道：“小臣斗胆，向郡主求见龙舌弓。”齐乐瑶点点头，示意她随自己走。

洛清篱搀着齐乐瑶，颜将军和洛清影紧随其后，四人进了揽月阁内。芸儿奉命取来了一个楠木匣。齐乐瑶将木匣打开，招手示意颜将军上前。

那闻名天下的龙舌弓静静地躺在红绸之上。颜将军眼睛一亮，想要去碰却又不敢。齐乐瑶看出她的心思，便将弓取了出来，小心地交给她。

颜将军反反复复摩挲着弓弦，不住惊叹：“真是好弓！名不虚传！”她用手指轻轻一勾，弓弦发出微微颤鸣，声音低而不沉，似九天落水，透着阵阵寒意。

“如何？”洛清影问道，“比起那二十张名弓，是否逊色？”

颜将军心满意足地连连点头:“别说二十张，就是再加二十张也比不过这一张龙舌弓！”

“颜将军过奖了。”洛清篱也围上前来，“弓就是弓，好与不好只看使用之人是否尽心。”

“太尉之言也不尽然吧？”颜将军摇了摇头，似乎并不认同。

洛清篱有些意外：“将军请赐教。”

颜将军咬着唇冲洛清影眨了眨眼，然后正色答道：“依小臣看，好与不好不仅在于使用之人是否用心，更在于保管之人是否用心。这龙舌弓被珍藏在楠木匣中，纤尘不染，一眼便知保管之人每日用心擦拭，精心养护，视若珍宝。”说完，她有心偷偷瞄了齐乐瑶一眼，果然见她面若飞霞。

这话虽是说到了洛清篱的心里，可他一向严肃惯了，尤其在外人面前，何曾被如此开过玩笑？他不好责怪颜将军，只得冲洛清影瞪了一眼。

战场上叱咤风云的人物竟如此脸薄，这让颜将军暗自好笑。她见其他三人皆面面相觑，便收敛了一些问道：“太尉大人，小臣还有一事不明，恳请大人赐教。”

“将军请说。”洛清篱不知她葫芦里还要卖什么药。

“都说弓弦以牛筋为上品，可为何这龙舌弓却单以丝线为弦？”

洛清篱拿过龙舌弓，手指从弓弦上轻轻滑过，只一点力道就足以感受到那弓弦上的强大张力。“牛筋虽比蚕丝强劲，但若是天气严寒便会变得坚硬，难以开弓。扎丝为弦，虽不比牛筋之强，但韧而不弱，更为持久。”

“原来如此。”颜将军茅塞顿开。

一旁的洛清影也连连颔首：“过刚则易断，刚柔相济方可天下无敌。兄长所言，清影受教了。”

“太傅所言极是！”颜将军拍手称道，“那日在教武场上，太傅胆魄过人，与太尉配合得天衣无缝。身为文臣，勇气却比武将有过之而无不及，所谓刚柔相济便是如此吧？”

“颜将军过誉了，我并非胆魄过人，只是单纯相信太尉的箭法而已。”洛清影闻言连连推却。颜将军本来只是就事论事，见他如此谦让，却不知为何突然害羞起来。

齐乐瑶见状，上前来解了尴尬：“之前教武场的事我没能亲眼所见，实在是遗憾。不过夫君已经将你们二人的事情告诉了我。今日一见颜将军，果真是年少有为、器宇不凡。难得颜将军亲临寒舍，真是蓬荜生辉。我让芸儿准备些好茶，咱们坐下慢慢聊。”

“冒昧前来，岂敢多扰？”入府已久，颜将军想到虞昉的叮嘱，不免有些不安，便想着找个借口赶紧回去。

没想到齐乐瑶兴致正高：“颜将军不必拘谨。我是妇道人家，平日里夫君也不和我提及弓箭刀枪之事。今日趁着颜将军在，我也正好凑个热闹听一听。”

见齐乐瑶毫无放人之意，颜将军有些担忧地向洛清影投去求救的目光，没想到他却是一脸笑意地示意她入座。颜将军无奈，只得重新坐了回去。

“入了秋，天凉气寒，我让芸儿煮了些凤凰单丛。燕安这个时节多雨水，颜将军可以喝一些暖暖身子。”齐乐瑶笑盈盈地说道。

颜将军接过茶盏，俯首拜谢：“小臣鲁莽行事已经给太尉和郡主添了不少麻烦。郡主如此周到，小臣实在受之有愧。”

“夫君平日公务繁忙，府中难得如此热闹。”齐乐瑶并未介怀，依旧满面和煦，“好容易来了，就不要如此拘谨了。”

颜将军不好意思地笑了笑，低头浅尝一口，忍不住赞叹：“茶汤浓郁、回甘甜而不涩，果真好茶！”她一抬眼，见齐乐瑶身前几案上空空如也，不禁疑惑问道：“郡主不喝吗？”

“郡主有孕在身，不能饮茶。”洛清篱接过话，望着芸儿问道，“杜若给郡主开的药煮好了吗？”

“回大人，杜御医说需文火慢熬，所以还不曾好。”

洛清篱点点头：“熬好了记得给郡主端过来。”

“是。”芸儿乖巧地答道，又转身为洛清影奉茶。“太傅大人请慢用。”芸儿递上茶盏，眉目似秋水涟涟，微含娇羞。

洛清影自己并未注意到这一幕，倒是对面的齐乐瑶看得真真切切。

太尉府中一派和气热络，绛云阁里却似炸了窝。

虞昉本就对刀枪剑戟之事没什么兴趣，被赵弘瑀拉着，硬着头皮逢迎半天，一回头却发现颜将军和洛清影双双没了人影。

赵弘瑀装模作样地询问了门外的守将，守将如实禀告，说二人一同策马离开了。见虞昉急得团团乱转的窘样，赵弘瑀忍着笑，气定神闲地坐在御座之上。

胡之恒上前一步安慰道：“楚王殿下别转了，您这转得大伙眼都晕了。”

虞昉停下步子，欲言又止，朝胡之恒重重叹了口气，然后转首向赵弘瑀请求道：“请陛下允许外臣前去寻人。”

“寻什么人？”赵弘瑀明知故问。

“自然是寻外臣的属下。”

“殿下多虑了。”胡之恒一步上前打断他，“方才咱们是冷落了颜将军，他一时无聊便让太傅给他做向导，出去寻乐子了。这么大的人了，又不会走丢，殿下急什么？”

“我怎么能不急？”虞昉的脸憋成了猪肝色。话一出口，他立刻意识到自己的失态，便又小心翼翼地向赵弘瑀解释道：“陛下，颜将军少不更事，没得陛下同意便擅自离席。外臣这就去将人找回来，向陛下请罪。”

“唉，楚王不必如此在意。”赵弘瑀不以为意地摆着手，“胡大人说得是，颜将军就是少年心性而已。有太傅跟着，不会有事。朕恕他无罪，你就不用担心了。”

见赵弘瑀没有寻人的意思，虞昉又气又急，却又不敢表现出来。他忍着心中的怒火，后牙槽咬得咯吱作响：“陛下，颜将军初来乍到，对燕安并不熟悉。外臣实在是不放心，外臣求陛下……”

“楚王，朕都说了，有太傅跟着不会有事。你是信不过朕吗？”赵弘瑀面有不悦之色。

虞昉心里有苦说不出。颜将军的身份只有他一人知晓。堂堂南祇的公主与他国的重臣搅和在一起，孤男寡女，谁知道会被传成什么样的丑闻？以虞昊对这个女儿的宠爱程度，若是知道这件事，一定不会轻饶了自己。

一边担忧着事情的严重性，一边暗自责骂自己的妹妹实在太不懂事，虞昉寻人心切，又被赵弘瑀重重阻挠，一时口不择言："外臣不是信不过陛下。颜将军不懂规矩，可太傅一向稳重，怎么也跟着胡闹？太傅大人将人带走，实在是意图难测……"

话未说完，就听赵弘瑀一掌重重拍在几案之上，怒目而视："楚王这话朕就不爱听了。什么叫太傅大人意图难测？依朕看倒是你那小将军心思诡异，拐跑了朕的太傅！朕不找你要人已经够客气了，你竟然在这里给朕大放厥词！"

天子之怒并非虞昉能承受得起的。他扑通一声跪下："陛下息怒，外臣不是这个意思！"

"陛下，臣看楚王殿下确实只是一时情急说错了话，并无存心污蔑太傅之意。"胡之恒见势不妙，便上前打了个圆场。

"胡大人说得是，外臣确实是一时情急口不择言。陛下息怒，陛下息怒。"虞昉顺势下了台阶，连声认错。

赵弘瑀望了欢招一眼，他心领神会对柳巽耳语一番，柳巽便带着宫人们退出阁外，只留胡之恒和章延泽阁中侍奉。

"起来吧。"赵弘瑀示意虞昉起身，然后满眼不悦地打量着他。虞昉被盯得毛骨悚然，手足无措地立在原地。

"有些事朕不说，不代表朕不知道。"赵弘瑀一只胳膊撑在御案上，玩味地盯着虞昉缓缓说道，"前些时间颜将军半夜潜入我太傅洛清影的府第，你不会不知道吧？你们究竟意欲何为，朕觉得楚王有必要给朕一个交代。"

见虞昉不吭声，章延泽按着佩剑大声喝道："陛下问话，为何不答？"

虞昉这才明白过来，原来这场宴席本就是针对自己而精心谋划的一个局。如今身在他国，人为刀俎我为鱼肉，虞昉贵为皇子怎么也是个骄傲之人，自己的安危事小，南祇的名节事大。可偏偏颜将军被别人挟持了去，这让他六神无主。再加上章延泽这一喝，顿时慌了手脚。

"外臣……外臣……"虞昉面上一阵红一阵白，犹犹豫豫不知如何应答。

赵弘瑀见他左右为难，又问道："既然楚王不知从何说起，那朕问你答好了。颜将军到底是什么人？你为何要将一个女子乔装打扮带在身边？"

虞昉闻言大惊。他不知道赵弘瑀竟然早就识破了颜将军的乔装。若是如此，那颜将军的安危就更加难以预测。

见虞昉一脸惊恐地望着自己，明摆着不打自招，赵弘瑀冷笑一声："楚王不会以为这点障眼法就能瞒得过我大殷满朝的文武大臣？是你自作聪明，还是觉得我大殷朝臣皆是摆设？”

人在别人手里，自己又深陷迷局。虞昉无计可施、无法可想，他只得长长叹了口气说道：“陛下既然已经知道，又何须多问？”

“放肆！”章延泽抽出剑来，指着虞昉怒目而视，“欺君之罪你可担得起？”

“哎呀！有话好说，何必动怒？”胡之恒赶紧上前压着章延泽收起剑来，默默使了个眼色，然后对虞昉小声劝道，“楚王殿下，如今你想见颜将军，那便将事情如实禀告给陛下。颜将军之事尚未查明，可大可小，皆在陛下一念之间。殿下此次前来我大殷，意在传达南祇皇帝的友善之意，若是因为这点小事伤了和气，想必殿下回去也是没法交差的吧？”

章延泽和胡之恒一个白脸，一个红脸，逼得虞昉进退失据。他心里暗骂赵弘瑀君臣，明知道颜将军是个女儿身，便拿姑娘家的名节相挟。可他自己确实又是隐瞒在先，给人落下了话柄。

思前想后，虞昉终于还是跪下向赵弘瑀请求道：“实不相瞒，那颜将军确实是女子。外臣之所以将她带在身边，是因为她身份特殊。她真名虞朝颜，乃是我南祇国的德宁公主。外臣不敢隐瞒陛下，恳请陛下赐还皇妹。”

“德宁公主？”赵弘瑀饶是知晓了她的女子身份，却不曾想过竟是南祇的公主，“既是这般贵重的身份，为何要半夜潜入太傅府？鬼鬼祟祟到底是为何？”

“启禀陛下，这件事外臣真的不知！”虞昉急急辩解道。

“不是你指使？”赵弘瑀不依不饶。

“祖宗在上，外臣发誓，绝非外臣指使！”

见虞昉这般心焦，而虞朝颜又是公主身份，赵弘瑀知道不可再过逼问，便站起身走到虞昉身边将他拉了起来，语气不似方才那般严厉：“今日之事关系南祇国公主殿下的清名，只有在座几人知晓。若是有人敢泄露出去，朕决不轻饶。”说完，他用余光扫视过另外两人，那二人皆是躬身应道：“臣明白，陛下放心。”虞昉见赵弘瑀态度明显改变，连连躬身答谢。

知他服了软，赵弘瑀又低声说道：“只不过你们也太过大胆，在朕的眼皮下竟然还如此不安分。今日之事也算是给你个教训。”

“是，是！外臣谢陛下提点之恩。”

说话间，门外有侍卫求见。章延泽出门听了来人之言，又匆匆返进来附在赵弘瑀耳边低声说了一番。

赵弘瑀顿了顿，忽而换了一副面孔，笑嘻嘻拉着虞昉说道："太傅心细，就怕你担心，遣了人来说明了他二人的去向。走，随朕去找颜将军吧。"

电闪雷鸣抑或晴空万里，皆在天子一念之间。虞昉终于明白了胡之恒那句话的深意。

赵弘瑀命胡之恒等人在绛云阁等着，只由章延泽带了戍卫军随行。虞昉乖乖地紧随在赵弘瑀身后，心中纵然万般焦躁，却再也不敢透露半分。一行人浩浩荡荡朝太尉府行去，守门的小童见了御驾刚要跑进去禀告，却被欢招一声唤了回来。

赵弘瑀下了马，抬眼望了一眼紧随其后的虞昉，别有用意地小声说道："朕的太傅向来最知轻重，什么能做、什么不能做，他心里明镜一般。你放心，朕不会戳穿公主的身份让你难堪。朕也知道你心里担心什么，朕不让他们通报，直接带你去看。"

赵弘瑀这番话明着褒扬洛清影，实则讽刺虞昉的不安分。他对一切了如指掌，心知肚明，可又摆明了并不想让虞昉在人前丢了颜面。这让虞昉又是紧张又是感激，生生灼出一身冷汗："外臣谢陛下体恤！外臣替皇妹谢过陛下！"

"要谢就谢太傅吧！"赵弘瑀轻蔑地瞥了他一眼，"若是依了朕的性子，只夜潜太傅府一事就足以将你逐出我大殷。可太傅一直劝朕要以两国邦交为重，不与你计较，还一再叮嘱朕不可伤了姑娘家的清誉。你若念情，就念他的情吧。"说完，赵弘瑀不再理他，抬腿快步进了府去。

洛清影四人正在揽月阁内相谈甚欢，忽听院内一阵嘈杂，方要起身去查看，就见赵弘瑀笑意盈盈走了进来，身后紧跟着的是神色严肃得令人害怕的虞昉。

"陛下？"洛清篱忙从主位上站起身来，带着众人准备迎驾。

"免了免了。"赵弘瑀毫不在意地摆摆手，几步上前拉着齐乐瑶仔细打量一番笑着说道，"郡主有孕在身，都是自家人，不用拘礼。"

"殿下？"虞朝颜一眼瞧见寒着脸的虞昉，明白自己又捅了天大的篓子，惊慌失措地咬着下唇不敢近前。

洛清影默默与赵弘瑀相视一笑，他站出来拱手说道："臣听闻颜将军十分喜爱太尉的龙舌弓，便自作主张将他带了过来。一时忙乱没能及时回禀陛下，臣请陛下责罚。"

"你的传话朕收到了。"赵弘瑀抬手示意他平身，"方才朕与楚王遍赏名弓，聊得正欢，一转眼竟瞧不见颜将军了。楚王很是着急，幸好你遣人来报，朕一时心痒，也想一睹这龙舌弓的风采，便索性带了楚王一起过来。临时起意，还请清篱见谅。”说着，他转身向洛清篱略一颔首。

“陛下亲临寒舍，臣不胜欢欣，何来见谅一说？”洛清篱拱手答道。

齐乐瑶闻言，拉过赵弘瑀连声笑着：“今日这是怎么了？都想见龙舌弓。不过方才颜将军来求见时我可就说了，这弓一向是由我保管，想见它庐山真面目可得求我才行。”

赵弘瑀闻言大笑：“太尉的至宝原来是由郡主保管，果然是伉俪情深，令人艳羡啊！那依郡主之见，朕今日可有眼福啊？”

齐乐瑶没说话，将他拉至楠木匣边，朝匣子努了努嘴：“陛下请便。”

这边赵弘瑀和齐乐瑶、洛清篱说得热络，那边虞昉默默挪步至虞朝颜身边，低声问道：“方才郡主一直都在？”虞朝颜点点头，不解地看着他。

“你啊！”虞昉恨恨地叹了口气，“人家早就识破了你这身乔装，被人给卖了都还蒙在鼓里。幸好那洛清影还算仁义，让郡主出面。不然此事传扬出去，你一个姑娘家跟着个大男人消失半天，这脸面还往哪里放？”

虞朝颜根本没有心思听虞昉后面到底碎碎念了什么，她只想不通洛清影到底什么时候看穿了她的女儿身。他既然知道了真相，那自己半夜偷偷摸摸潜入太傅府，趴在人家屋顶上的事岂不是要成为笑柄？

虞朝颜不安地搓着衣角，心脏跳得厉害。她偷偷抬起眼来望着洛清影，却见他一如往常那般温柔地笑着看向自己。眼神干净平和，毫无鄙夷之意。虞朝颜涨红了脸，迅速别开头去。

洛清影似乎看出了她的局促不安，缓步走上前来。虞朝颜心里忐忑，匆匆退了几步低着头躲到虞昉身后。见她这般躲闪，洛清影便转头对虞昉说道：“今日殿下和颜将军想是都累了吧？”

虞昉尴尬地笑了笑：“惊心动魄的一天……确实让人心力交瘁。”

洛清影点点头，然后走到赵弘瑀身边耳语几句。赵弘瑀回过神来，放下龙舌弓，转身对虞昉说道：“今日楚王辛苦了，若没事便早早回驿馆歇息吧。朕让章将军派人送你回去。”

虞昉已经彻底领教了赵弘瑀变脸的本领。趁着未再生事端，他忙不迭地谢了恩，拉着颜将军匆匆退了出去。

赵弘瑀使了满力拉开弓弦，对着窗棂上匆匆离去的人影空射一箭。洛清篱暗暗示意齐乐瑶带着一众下人也适时地退了出去。

“龙舌弓果然名不虚传。”赵弘瑀玩味地抚着弓弦，然后抬眼望着洛清影似笑非笑，“你那太傅府可真是金贵，竟然引得堂堂南祇的德宁公主屈尊大驾，半夜前来。”

洛清影一愣：“什么？德宁公主？”

赵弘瑀将虞朝颜的真实身份一五一十地说了出来。末了，他又感谢地对洛清篱微微颔首：“今日之事烦劳你和郡主了。郡主有孕在身，还要陪着朕演这出戏，也真是难为她了。”

洛清篱一步上前躬身说道：“陛下说的哪里话，能为陛下分忧是郡主和臣的职责。”

赵弘瑀将龙舌弓交到洛清篱手上，似乎有些意兴阑珊：“朕就不多扰了。虞昉和虞朝颜的事到此为止，两国正处在特殊时期，还是要顾及一下他们的颜面。你就在这儿好好陪陪朕的姐姐，其余的朕会和清影去处理。”

“是。臣恭送陛下。”

洛清篱刚要挪步相送，就被赵弘瑀一把按住：“自家人哪来这么多虚礼？朕自己走就行了。”说完，便拉着洛清影快步出了府门。

洛清影跃上赤缨，调转马头：“臣送陛下回宫吧。”

岂料赵弘瑀并未接茬，只是朝远处望了一眼：“这里离太傅府一墙之隔，朕想去坐坐。”

洛清影以为他是一时心血来潮，便想阻止他胡闹：“陛下已经离宫许久，宫外戍卫难以周全，陛下还是……”

“朕给你建的宅子，朕自己还不能去看看了？”赵弘瑀挑了挑眉，一副委屈的模样。

洛清影最见不得他这副装可怜的样子，只得叹了口气：“不可逗留太久。”

赵弘瑀听他让了步，得意地笑着说道：“行，听你的！”

太傅府中本来下人就少，御驾亲临难免有些慌乱。好在有洛清影随侍一旁，赵弘瑀似乎并未表现出任何不满。

“临渊阁。”赵弘瑀站在书房外，抬眼望着匾额上的字，“临渊羡鱼，不如退而结网。嗯，好名字。”

“随便起的，陛下见笑。”洛清影伸手一让，赵弘瑀顺势进了阁中。

府中管事的张妈颤巍巍上来奉了茶，然后随章延泽一起退了出去。章延泽知道赵弘瑀与洛清影说话时不喜外人在侧，便带着戍卫军将临渊阁层层护卫起来，只留二人在内。

“你平日就住这里？”赵弘瑀好奇地撩开竹帘一角向内探了一眼。

“是。”洛清影好笑地望着他，“你怎么突然对我的衣食住行这么感兴趣？”

赵弘瑀没有回答，而是神秘兮兮地指着内室的顶梁：“那日德宁公主闯入府中，是躲在那处瓦上？”

洛清影走过去顺着他手指的方向看了看，然后点点头道：“是。怎么了？”

“怎么了？”赵弘瑀似乎对他的反应很是惊讶，“清影，这里是你起居更衣的地方啊！那公主……那公主躲在这里偷偷观察你，你竟然一点都不觉得……奇怪？”赵弘瑀实在想不出用什么词来形容虞朝颜的行为，他更想不到洛清影对男女之事竟粗心到这个地步。

那日事发突然，还有安歌在场，洛清影并未多想。现在被赵弘瑀这么一说，他心内突然一惊，从脸红到了脖子。“公主并不知道太傅府的构造，她可能只是碰巧……碰巧……躲在那里。”他紧张得竟有些口吃起来。

赵弘瑀张了张嘴，忍不住憋着哧哧笑了几声：“那她究竟看到了多少？”

“那日安歌过来送东西，正好赶上我回府，便留他用饭。我实在有些倦了，想着去内室更换常服，方解下腰带便……”洛清影一时情急，竟认真解释起来。解释到一半，突然意识到自己被赵弘瑀牵着鼻子走，便猛地噤声，然后红着脸低声说道，“公主并非不堪之人，你不可乱说。”

“我没说话啊。”赵弘瑀耸耸肩，一脸无辜，“都是你自己说的啊。”

“你……莫名其妙。”洛清影见他满脸坏笑，不想再搭理他，便径自走到几案边坐下喝茶。

赵弘瑀眉头微蹙，长长吁了口气，认真地说道：“就虞昉对整件事情的反应来看，我觉得他没有说谎，虞朝颜来你府上并非是虞昉授意。若是这样，那她便是自己要来的。你这太傅府里到底有什么宝贝能引起堂堂公主的兴趣？”

洛清影想了想，却没什么头绪：“我能有什么宝贝？府里贵重些的物件都是你赏赐的。”赵弘瑀盯着他，忽然又笑出声来。

“你又笑什么？”连连被赵弘瑀调笑，洛清影如惊弓之鸟一般紧张，匆忙转过身去。

赵弘瑀坐直了身子瞥了一眼，见他连后颈都红了起来，便努力收住了笑：“如此说来，那虞朝颜所寻的不是别的，就是你啊。”

洛清影不想再听他胡说，拉着他站起身来，直接将他一路往门外推去：“我看你也是闲了，速速回宫去吧。这半天不知攒了多少奏章，还等着你批阅。”

“哎哎哎！你这是做什么？”赵弘瑀一手扯着他，一手撑在门框上，“我跟你说正事，说正事！”

见洛清影不说话，赵弘瑀偷偷戳了戳他，开口问道：“大丈夫光明磊落，人家姑娘家都不害羞，你难为个什么情？你好好想想，虞朝颜到底有没有给你暗示过什么？”

洛清影见他一脸认真，知道他是为自己的事担心，便也不再与他为难，而是仔细地回想起来。那晚虞朝颜看向自己的目光如水似火，带羞含怯。洛清影再怎么不懂风月也能明白那眼神到底意味着什么。直到后来赵弘瑀要他陪着自己演一出好戏，做一出好局，洛清影虽嘴上答应，可心中却固执地将那一丝念头抹去，逃避着不去猜测虞朝颜的心意。

他不明白自己为什么不敢面对这样的情感。而赵弘瑀有意无意的玩笑更让他对这种情感避之不及。

“没有。”洛清影决定继续装下去。

“真没有？”赵弘瑀明显不相信，“或许她什么都没说，可她看你的眼神却是将心里那点秘密全都清清楚楚地写在了脸上。如果她对你无意，又怎么能如此信任你，跟着你偷偷溜了出去？”

“那是她的事，我不知道。”

赵弘瑀无奈，见他一味装傻，只好将这一层暧昧捅破：“清影，我不相信连我都能看出来的事你竟全然不知。那日你极力劝我保护她的清誉，除了道义，难道就没有掺杂一点点私情？”

洛清影低着头不说话。赵弘瑀这个人看似粗枝大叶，其实心思细密敏锐，自己这一点点拙劣的掩饰绝对逃不过他的眼睛。他了解自己的身世，掌握了自己的过往，也最明白自己的心思。

赵弘瑀知道自己说到了他的心里，便稍稍顿了顿，又接着说道：“你对她也有好感，不是吗？”

“我不知道。”明白无法再逃避下去，洛清影鼓足了勇气开口说道，“有没有好感又怎样？她是南祇的公主，只这一条便终结了所有的可能。”

听他这么说，赵弘瑀似乎安下心来：“本来还想由我来提醒你，没想到你却比我看得还清。虽然现在看来这件事与你的身世无关，可南祇那帮人心思太多，我准备早些打发他们回去。”

洛清影无奈地苦笑几声：“这一次确实是利用了她的那一点点好感，想来也是愧疚难安。”

赵弘瑀望着他，认真思索了片刻：“你动了情思，我很欣慰，这说明你不再执念于过往。我并不是刻意阻止你的这段感情，只是她的身份与你注定陌路，我不想看你错付了心意。幸好她也不会在燕安久留。等此事一了，我便替你寻一个好姑娘，如何？”

洛清影愣了片刻，继而又摇了摇头：“你若有心思管我，不如先管好自己。”

“什么意思？”赵弘瑀不解其意。

“虽说宫中多佳人，可谁能与你知心？宫墙深重，锁住的不仅仅是后宫的嫔妃，还有君王的真心。”洛清影担忧地望着他。

赵弘瑀却淡淡一笑：“人人都说君王坐拥天下，可事实上君王什么都有，独独没了真心。我这颗真心早就蒙上了尘埃，丢在了一边，不想也不愿再去提及。”

洛清影望着眼前的这个人，他会笑，可笑容里早已没有了初遇时那般温暖人心的光芒。情感会冷却，人心也会冷却。自己想要安慰他，却发现原来大家都一样，自愿或被迫地摒弃了心底里那仅剩的一点火苗。想要相互取暖，才发现对方的心中更加寒凉。

见他一副走神的样子，赵弘瑀知道他定是又开始胡思乱想，便轻轻拍了拍他的肩膀：“不说了，这些事说了也没个意趣，只徒增烦恼罢了。我早就习以为常，只是放心不下你。”

洛清影自然知道他担心什么，便宽慰他道：“孰轻孰重我还是分得清的，你不用担心。”

赵弘瑀点点头，都是聪明人，言尽于此便各自心领神会。“既然如此，我就不再多言了，省得你又嫌我啰唆。可我还有一个建议。”

“你说？”

“喜不喜欢是一件事，能不能喜欢是另一件事，不论怎样都该给对方一个交代。大丈夫顶天立地，又怎么能对一个姑娘失了风度？找个机会和她说清楚，以免造成误会和遗憾。她是个聪明人，既知前途渺茫，痴怨纠缠不如早早放手。”

“嗯。”洛清影点点头。

见他神情恹恹，赵弘瑀又笑着戳了戳他：“我的太傅，别这么低落。你这般好，必定有与你门当户对、情投意合的姑娘。我给你找还不行吗？”

不过才说了片刻正经话，这就又要开始胡闹。洛清影皱着眉望着他，又一想他也只是好意哄自己开心，便只好恨恨地叹了口气：“臣谢陛下厚爱！恭送陛下回宫。”

赵弘瑀见他又要生气，便知趣地点点头："这逐客令都下了多少回了？走走走，这就走！"

赵弘瑀心情大好地回了宫，洛清影却始终无法从方才的情绪中回过神来。赵弘瑀说得对，既然自己已经接收到对方传来的心意，那便无论如何都应该给对方一个答复。这是礼节，更是尊重。可自己却又无法像赵弘瑀那般厚着脸皮直接去将话挑明。思来想去，也没个主意，他本就不擅长弄情，只好等有机会见面时再做打算。

这边虞昉带着虞朝颜回了驿馆。他忍着极大的怒气屏退下人，然后重重关上房门，转头指着虞朝颜大骂："为什么不听我的话？一个姑娘家跟着一个大男人溜出去，传扬出去你让父皇的脸往哪儿放？整个南祇的脸往哪儿放？"虞朝颜自知理亏，鼓着腮帮子垂着脑袋，一声不吭。

"真是气死我了！"虞昉背着手来回踱着步子，"人家已经知道了你公主的身份，不能再多留了。我会让下面的人尽快将公务办结，咱们赶紧回去。"

"他们知道了我的身份？"虞朝颜吃惊地抬起头来，"那……太傅也知道了？"

虞昉听她答非所问，不禁气到冒烟："太傅，太傅！你要不去招惹他，哪来这么多事？要不是他把你带走，我能被那赵家天子胁迫，被逼着坦白你的身份吗？现在人家皇帝陛下都知道了，你说他还能不知道？"说完，他突然愣了一下，然后快步走近前来，逼着虞朝颜看着他："你几次三番接近洛清影，不会是喜欢上他了吧？"

"皇兄你瞎说什么？"虞朝颜死撑着瞪了回去，可那心虚的表情让人一眼便洞悉了心意。

虞昉恢复了平静，将她拉到一边坐下，神情凝重地望着她："他是赵家皇帝的心腹，无论如何你不能动这个心思。"

被人看透，虞朝颜难堪地站起身来："皇兄你说什么，我听不懂。"

虞昉盯着她的背影，依旧毫无笑意："嘴上不承认也无妨。从今天开始你哪里也不许去，只乖乖待在我身边就好。我不允许出现任何有损国体的事情，你应该知道自己的身份，该做什么不该做什么，心里最好先想清楚。"撂下这句狠话，虞昉急匆匆走了出去。站在门外，故意大声对守门的侍卫严令道："以后没有我的命令，谁也不许出驿馆一步。"

听得虞昉的步子声渐渐远了，虞朝颜才长长地舒了一口气，无精打采地坐了回去。

从小到大，她见过的男人除了虞昊，便只有这帮兄弟。南祇尚风流，这些皇子们个个都是争先恐后地附庸风雅，骨子里一副酸腐相。虞朝颜不喜欢，从内心深处鄙视这种靡靡之态。

她向往自由，渴望天高地阔的豪迈。大殷的新朝君臣年轻有为，让她充满了好奇。于是她央求虞昊让她随虞昉同行，口口声声想去开开眼界。虞昊实在拗不过，便同意让她女扮男装混在卫队中一同前往。赵弘瑀没有让她失望。赵弘瑀的臣子也没有让她失望。他们年轻而奋进，完全不似南祇那般颓靡。

而那一日教武场上，洛清影的出现更是令她怦然心动。他文质彬彬，温润细腻，却在关键时刻勇敢果断，毫不拖泥带水。他对每个人都言笑晏晏，骨子里却是清冷的。这种清冷深深地潜藏在他柔和的面具之下，却时刻散发着拒人千里之外的气息，令人欲罢不能却又不敢接近。这样的人，虞朝颜不曾见过。她好奇，抑制不住想见他的冲动，才会冒着天大的危险夜晚潜入太傅府，可没想却正巧遇上他回府之后回房更衣。羞怯之下她匆匆欲退，偏不小心踩碎了房上的瓦片，这才惊动了他。

以洛清影在朝中的地位，直接将她交给官府审问那是轻而易举。虽然他也是满脸震惊，却并未对她横加逼问指责，而是亲自将她送回了驿馆，并且在虞昉面前替她解了围。平心而论，虞朝颜看不懂他。他就像是一颗流星，以极其耀眼的方式突然闪现在她的人生里，神秘、清冷却又温柔平静，完完全全地将她那颗悸动的少女之心征服。

少女怀春，最是冲动，尤其是被宠坏了的公主。虞昉的话她是听了，也认可。毕竟自己的身份代表着整个南祇的皇室，她不可以给自己的父皇丢脸，不可以给南祇丢脸。但有些事情如果不弄清楚，心里那个魔鬼就永远无法消停。洛清影是不是已经察觉到自己对他的情意，又是不是利用了这样一份单纯的喜欢来引诱她，替他的皇帝陛下达到某种目的？若是那样，他现在是不是正在和别人一起嘲笑自己是白痴？

虞朝颜越想越郁闷。长这么大，从来都是被人呵护、如众星捧月般宠着，哪里遇到过今日这般狼狈的境遇？她赌气一般扯过榻上的锦被，将自己的脸深深埋了进去。可一闭眼，眼前又浮现出方才洛清影那欲言又止的样子。

清隽的眉眼，温柔上扬的嘴角，他明明是想和自己说什么，可自己却不争气地羞红了脸，躲在虞昉身后假装什么都看不见。

“不行！”虞朝颜一骨碌坐了起来，“死也要死个明白！”

第七章

山有木兮　岂知君心

燕安又进入了秋雨缠绵的季节。天气倏然变得阴冷，湿润冰凉的水汽顺着肌肤的纹理可以一直渗到身体最深处，令人坐立不宁。

虞昉此行的公务也进入尾声，他已经向赵弘瑀提出了返国的申请，日子就定在了九月十一这日。

什么将军、公主皆是小事，赵弘瑀心中只惦念着虞昊通过虞昉传达来的和平通商的诚意。既然通商文书都已办妥，他自然乐得赶紧将这尊小神快快送出燕安去，免得再生什么事端。

连日阴雨，洛清影除馆阁公事和入宫教授赵元澍以外极少出门。夜半时分他常常会忽然醒来，愣怔地盯着那处房顶出神，脑中却又不知在想着什么。连着几日下来，他精神不济，整个人恍恍惚惚。

这一日，雨势难得小了一些，天边泛着白光，似乎要劈开这无休无止的雨幕。恰逢休沐，洛清影无事，便告了假准备将府中的书册好好整理一下，以便为日后秦王的课业所用。

方才整理了小半个时辰，便听张妈一溜小跑着过了来，一边喘着粗气一边喊道："大人……郡……郡主过来……了。"

"郡主？"洛清影一愣，迅速放下手中的书站起身来迎了出去。一出门，正看见芸儿搀着齐乐瑶小心翼翼地踏上廊阶。

"将伞都收好，别弄湿了地，待会儿会滑倒人的。"齐乐瑶小声叮嘱着，一转头看见洛清影迎了出来。

"郡主怎么过来了？"洛清影走上前去揖了一躬，"兄长呢？"

齐乐瑶不好意思地笑了笑，一手撑着腰，一手扶着芸儿："你兄长一大早就被夏耒将军找着去了殿前司，我也是闲来无事，想着连日阴雨，潮湿寒凉，便炖了些山参红枣汤给你送过来。”说着，她示意了芸儿一眼，芸儿心领神会，从身后的奴仆手中端过一个青瓷罐，呈到洛清影面前。

“郡主太过客气了，清影何德何能，劳烦郡主如此惦念。”洛清影对芸儿客气地一笑，然后招呼张妈将瓷罐接了过去。芸儿双颊绯红，低着头娇羞地退回到齐乐瑶的身边。

“放在寻常人家，我就是你的嫂子。外人看来君臣之礼不可废，可关起门来都是自家人，我都不把自己当外人，你也就别客气了。”齐乐瑶瞥了芸儿一眼，朝临渊阁门努了努嘴，“怎么，清影不欢迎我进去？”

洛清影一时匆忙忘了礼数，竟就这么和齐乐瑶干站着。见齐乐瑶身形明显，挺着肚子站在廊檐下，他不好意思地躬身伸手引道：“郡主言笑了。郡主请。”

齐乐瑶缓步进了房内，洛清影稍稍拉开一些距离跟在她身后。待芸儿搀着她坐定，洛清影依旧恭恭敬敬地站在一边。

无事不登三宝殿。道路湿滑泥泞，齐乐瑶却特意挑了这么个鬼天气过来，明显就是为了避开洛清篱。洛清影想着，安安静静立在一边等着齐乐瑶发话。

“芸儿，那参汤估计已经凉了，你去后厨帮着热一热，给太傅端来。”

齐乐瑶有意支开下人，洛清影又岂能听不出话音来。他给张妈使了个眼色：“张妈，你也跟过去给芸姑娘打个下手。”

“是。”张妈听出了洛清影的意思，转身招招手，将一众人带了出去。

“清影，这里没有外人，先坐下吧。”

洛清影拱了拱手，然后在齐乐瑶右手下的位子坐定：“郡主有话但说无妨。”

齐乐瑶微微笑了笑：“你是聪明人，我也就不拐弯抹角了。我这次来确实是有事相求。”

“郡主发话，清影岂敢不从。何来相求一说？”

齐乐瑶望着窗外昏黄的天色，暗自叹了口气：“我来是想问你，太尉府揽月阁前的那些琼花都被挪去了何处？”

洛清影一惊，琼花之事只有府中的旧人才知道。况且郡主过门前，洛清篱已经一再严厉要求下人不许再提起此事，尤其是不许在郡主面前提起。世上没有不透风的墙，齐乐瑶终究是知道了。她或许是不敢直接质问洛清篱，所以才来找自己问清楚。

见洛清影形容错愕，齐乐瑶莞尔一笑：“看你这副神情，真是把我当成蛇蝎毒妇了吗？”

“郡主恕罪，清影并非此意。那些琼花只是兄长一时所好，清影并不是很清楚……”洛清影避开齐乐瑶探寻的眼神，心想既然她已知情，直接否认反而太假，便找了个借口想推脱开去。

齐乐瑶想了想，盯着他又瞧了半天，这才缓缓说道：“前些日子赶巧听见府中几个老人儿聊天，说起了园中琼花之事，这才得知了那位姑娘的事。我不是心胸狭隘之人，也不想因为我而让你兄长留有遗憾，所以我想把那些花都移回来。上次陛下让你带那位南祇姑娘过来时，我正与你兄长说起此事，可他并不赞同，也不肯与我多说。你兄长的脾气你是最清楚的，他不愿说，便是十头牛也拿他没办法。我实在无计可施，便只好来求你了。”

洛清影思索了片刻，开口劝解道：“郡主，既然兄长不愿再提，你便由他去好了……”

齐乐瑶苦笑着摇了摇头：“清影，你未曾娶亲，或许不能明白。你兄长为了那个姑娘差点终身不娶，这是何等情深意切！虽然我也会心有不甘，叹息自己不是那位姑娘。可我爱慕你的兄长，便是爱他的一切，连同他的过往。我不想见到他有任何的委屈、任何的遗憾。我希望他能开心，能对我彻彻底底地打开心扉，这样我才能将他所有的情绪感同身受，才能在他的心里寻得一处安身立命。”

齐乐瑶的这番话猛烈地震动着洛清影的心，令他真真切切地感受到她言语间的情义。她对洛清篱的那份爱虽未喷薄而出，却奔流深藏在心底。

他从未想过郡主对洛清篱的感情竟是如此浓烈，他不知该说些什么，只能竭力委婉地宽慰她：“斯人已逝，活着的人更应该珍惜的是身边之人。兄长这么做是不想让郡主难堪，不想惹郡主伤心。”

齐乐瑶却并不认同他的说法：“你兄长不愿将心事与我表明，那才是我的难堪和伤心。”

洛清影重重叹了口气。他知道今日齐乐瑶不得到一个答复是绝不会走的，便又问道：“若是将那花树移回，郡主每日见到，难道不会心里别扭？”

齐乐瑶笑着摇了摇头：“怎么会？喜欢一个人便会包容他的一切，好的、坏的，在你眼中便统统都成了他异于常人的可爱之处。等你有了让你心动之人便会明白了。”

洛清影尴尬地笑了笑，他不知如何去接，却又彻底被齐乐瑶的心意和心胸折服。她尊重洛清篱，便也会尊重洛清篱曾经爱过的人。有这样的人在洛清篱身边，自己还有什么好怀疑和担心的？

洛清影思忖片刻，终于还是决定如实相告：“那些树被兄长移去了明寂寺。”

齐乐瑶如释重负般扬起嘴角，明眸中满溢着感激之情：“多谢相告。”说完，她又迟疑了片刻，低声小心翼翼地问道：“关于安歌的事，我也想问问你。”

“安歌？”洛清影顿时警惕起来。

作为一个女人、一个妻子，齐乐瑶或许可以不去和一个曾经占有过她夫君的心却早已经故去的女子计较。可作为一个母亲，她却很难不去替自己的亲生孩子着想，替他除掉会分抢他父爱的潜在对手。

“你兄长一向对安歌很好，那孩子机灵懂事而且一心向着他。以前我也没觉得什么，可自从有了身孕，你兄长时常会惦记着给孩子取名。他带着我翻过祠堂里那本族谱，我才发现原来你们这一辈之后便是‘安’字辈……”齐乐瑶慢慢说着，见洛清影没有接话的意思，便继续说了下去，“谁都知道安歌的名字是你兄长取的。所以我想……他当时或许有其他的深意吧……”

洛清影隐隐有些不安，却又不敢让齐乐瑶看出端倪。关于安歌的事他也只是有过猜测，洛清篱并未亲口与他说过自己的想法。关于这件事，必须把握好分寸。齐乐瑶是赵弘瑀的姐姐，若是她对安歌起了敌意，这件事必定会捅到赵弘瑀那里去。到时候，赵弘瑀很有可能会为了自己的亲人对安歌做出什么不利的举动。

他仔细斟酌了一番，然后说道：“这件事兄长未曾与我提起过。如郡主所言，‘安’字确实是我洛氏下一代的辈分。我想当日兄长给他取名安歌，或许只是想以洛氏子孙的标准去教导他，这是一种希望，也是一种鞭策。至于其他的意思……我还真的未曾想过。”

齐乐瑶并不是很相信洛清影的话，她思索了一下，忽然意识到什么，轻轻笑出声来：“清影，其实你一直都不曾完全信任我吧？”

洛清影一怔，匆忙欠身拱手：“郡主此言何意？清影不胜惶恐。”

齐乐瑶抬手示意他不必惊慌，言语间竟藏了些许无奈：“你是不是以为我会对安歌不利？从一开始说起琼花的事，你便一直在提防我。”

洛清影没想到平日里不多言的郡主竟如此敏锐，这一点还真是像极了她的弟弟。“郡主何出此言？于我而言，你是郡主，更是长嫂，我……”

“好啦。”齐乐瑶的语气越发温和，“平日里你尊重你兄长，也极尊重我，这些我都看在眼中。我并非对你有什么微词，只是想告诉你，我和你一样，都将你兄长视为自己最亲的人。不管我的身份是什么，郡主也好，皇姐也罢，我只认定他洛清篱是我的夫君，我视他如己命。何况，当年若不是你与你兄长鼎力相助，陛下也难以继承大统。若是那般，我现在可能依旧还被流放北境，生不如死。所以只要是你兄长想做的事，我便是拼了命也会支持他。如今跟你提起安歌的事，我只是想问问你，你兄长是不是当日有心收他做义子？现在他不便再提此事，可若属实，我会想办法去撮合。”

齐乐瑶这番话说得如此坦诚大方，这让洛清影不禁为自己的多疑而羞愧难当。他迅速站起来走到堂中，跪下身去伏地而拜：“郡主，请受清影一拜。”

“这是做什么？快起来！快起来！”齐乐瑶扶着几案，无奈怀孕的身形笨重，无法立刻起身。

“郡主别妄动！”洛清影怕她伤了胎气，忙抬手制止，“郡主且坐，听我将话说完。”齐乐瑶知道他终于被自己的诚意打动，便耐心地坐了回去。

“郡主一番话，令我感动不已。我曾以小人之心度君子之腹，请郡主见谅。”洛清影又结结实实地磕了个头，接着说道，“郡主，兄长将琼花移走，并非是因为旧情难忘怕触景生情，那件事他其实早已经放下了。可年少时的爱恋，总会在心底留下印记。我了解他，自从郡主嫁入府中，兄长明显变了个人。这些改变都是郡主带给他的，可反过来说，若兄长对郡主无爱，也不会因郡主而变。所以，兄长对郡主之情皆出自真心，郡主不必自扰。”

“嗯，你的意思我明白了。”齐乐瑶微微一笑，似乎有些害羞，“我相信他。”

洛清影点点头，又继续说下去：“关于安歌，兄长并未与我说过什么，可我也同郡主一般有过猜测。安歌遇到兄长时，兄长还未娶亲。他那时对姻缘似乎早已看淡，无心嫁娶，所以可能会有收养义子的打算。后来郡主进门，不久便有了身孕。兄长与郡主举案齐眉、伉俪携行，安歌也在殿前司跟着夏耒将军和章延泽将军认真学艺，稳定了下来。我想兄长可能顾忌到郡主的感受，也觉得安歌现在的状态很好，便没有再提起此事。”

这一番话其实触动了齐乐瑶的心结。她虽然嘴上说着不会计较杨姝的事，可一想到洛清篱曾经与她山盟海誓，自己还是会不可自抑地吃醋。而按照洛清影所说，洛清篱之所以将这些花树挪走，除了是顾忌齐乐瑶和赵弘瑀的关系，更重要的是说明了他的态度。他愿意对自己真心相待，共同度过余下的人生。

“你快起来，地上寒凉。”齐乐瑶回过神来，示意洛清影快快起身，“你兄长处处顾及我的感受，我若还去计较这些，那便真是没心没肺了。其实我也很是喜欢安歌这孩子，若是真将他收作义子，以后孩子们还能做个伴，互相扶持，不是也很好？”

洛清影刚要接话，又被齐乐瑶阻止：“你不用再说了，该怎么做我已经清楚了。”说完，她有些吃力地站起身来，佯装不悦地拧起眉头：“芸儿这丫头怎么这么慢。”

见齐乐瑶是要离开的意思，洛清影赶紧走到门口招来下人：“去后厨告诉芸姑娘，郡主要回去了。”

齐乐瑶望着他的身影忍不住又笑起来，洛清影不知她为何突然如此，一时手足无措。

“清影啊，你虽与太尉是同胞兄弟，可性子却是这般迥异。或许因了你长于深山古寺中，举手投足间总是有那么一股不食人间烟火的气质，难怪姑娘们都喜欢你。”

洛清影脸一红，低头道：“郡主谬赞，清影愧不敢当。”

齐乐瑶似乎是看透了他的心思：“我虽不知那日到府的姑娘到底是什么身份，可她对你的喜欢之意却是毫无遮掩。后来我和你兄长说起此事，他竟然很是惊讶。也就你们两兄弟，方方面面都是翘楚，却单单不懂风情。”

“兄长怎么说？”洛清影紧张地问道。他以为只有赵弘瑀看出了端倪，没想到如今连洛清篱也惊动了。

“他没说什么。”

说话间，芸儿已经赶了过来。她端着一碗热气腾腾的参汤，将它轻轻放在几案上：“大人，请您趁热喝了。”说完，她便低着头快步走到齐乐瑶身边，将她搀住。

齐乐瑶默不作声地注视着芸儿的神色，然后抬头意味深长地望着洛清影：“你兄长说确实该给你寻一门亲事了。”

虞昉一行还有两日便要离开燕安。洛清影有些坐立难安。赵弘瑀说得对，该说的话总是应该要说清楚，就算不为不留遗憾，也要为不留误会。可虞昉加强了对虞朝颜的看管，他再也没什么机会见到她。

赵弘瑀在宫中为虞昉设了私宴送行。为免再出差错，虞昉并未将虞朝颜一同带上，只是带了几名贴身随行的文官和将军。

赵弘瑀派人来将这个消息告诉洛清影。洛清影明白赵弘瑀的用意，便独自一人去了驿馆，找到陈亭，托他将话传给虞朝颜。

天色将晚，又淅淅沥沥下着雨，街坊上明显没了什么人。水雾蒸腾，又逢深秋，略显寂寥。洛清影只身一人撑着伞，进了驿馆，在小园的一处太湖石边站定，默默望着石缝中渐渐枯黄的藤草出神。这是一处独立安静的院落，陈亭特意选了此处，不被外人扰。

“大人？”自从被拆穿了身份，虞朝颜便不再刻意压低声线，少女特有的嘤咛之声打破了这一院的静谧。

她手中并未撑伞，额边的碎发已经湿了，紧紧贴在脸上。她似乎是一路狂奔而来，胸口喘息不止。一个用红色锦缎包好的长条状的物什被她仔细地握在胸前。

洛清影笑了笑，走上前去撑伞替她挡住风雨：“这雨细密，容易湿透衣衫。”

“大人找我，我只顾得欢喜，没来得及撑伞。”或许是因为离别在即，虞朝颜不想再压抑自己心里的热情，满腹欣喜，一览无余。洛清影望着她因一路小跑而红润的脸颊，突然有些失神。

“大人何以这样看我？”虞朝颜羞怯地低下头去。

洛清影回过神来：“是我失礼了，还请公主见谅。”

“你果然知道了。”虞朝颜有些失落，小心翼翼地问道，“你是不是觉得一个公主成天到处乱跑很没规矩？”

洛清影却毫不在意，眼中竟藏着点点赞许：“公主碧玉年华，聪颖烂漫，豪气不输男儿，又何须在意那些繁文缛节？”

虞朝颜似是松了口气，她想了想又问道：“大人今日亲来找我，是有什么话要和我说吗？”她的眼神闪烁灵动，充满了某种希冀，像极了那晚他送她回驿馆时那般。

洛清影有些尴尬，偏过头去，避开了那道热情的目光：“其实……也没什么。”

“没什么吗……”虞朝颜明显很是失望，她瘪瘪嘴，咬紧了下唇。

见她这般，洛清影遮掩着干咳了一声：“我是来向公主道歉的。”

“大人道什么歉？”

“上次领你去太尉府，实则是利用你想见龙舌弓的心情来对付你的皇兄，所以……”洛清影本还想着如何说得委婉一些，可见她这般天真的神情，实在无法再为自己的行为找任何托词。

“大人有何错？”听他语气认真了起来，虞朝颜连连摇头宽慰道，“是我有意隐瞒在先，大人也是为了你家皇帝陛下才不得不如此。如今陛下不追究我的欺君之罪，已经是网开一面。我只是……”虞朝颜顿了一下，吞吞吐吐犹豫不决。

“只是什么？”

“只是担心大人会笑话我。”

洛清影有些疑惑：“笑话？笑话你什么？”

虞朝颜偷偷抬眼快速瞄了他一眼，又飞速低下头去：“笑话我一个姑娘家大半夜偷偷溜进太傅府。”

洛清影怔了怔，他再怎么不解风情，也不会觉察不出虞朝颜话里隐藏着的情意。他有些不自然地又撑高了些伞，手心里竟渗出汗来。

见他并没有要接话的意思，虞朝颜有些着急，情急之下脱口而出：“大人难道不想知道我为什么要去吗？”

洛清影突然觉得今天自己一定是中了邪，否则为什么要单独一个人来见虞朝颜。赵弘瑀说得没错，该说清楚的就必须说清楚。可是有些话说一旦说出口来，便没了转圜的余地。他很后悔，他不想让虞朝颜把心里的话说出来。他宁愿自己还能一直把这个糊涂装下去。

“既然公主对那日酒宴上的事情并不介意，那我就安心了。”洛清影对虞朝颜的问题避而不答，“公主即将启程回国，路途遥远，还望珍重。”虞朝颜不知所以，抬头疑惑地望着他。

洛清影有心回避，只将伞递了过去：“燕安雨重，淋湿了会生病。公主拿着，在下告辞。”

虞朝颜这才明白他的意思。他不请自来，突然要与自己一见。自己满心喜悦地赴约，以为他会跟自己说些什么，可竟然只是道了个莫名其妙的歉，然后便要直接走人。

虞朝颜心中顿时怒火升腾，她闪身后退一步，不去接洛清影手中的伞，而是大声质问道：“洛清影，你什么意思？”

洛清影被她一喝，顿时有些蒙。他知道自己这样做很没担当，可既然无法许她一个未来，那便早做了断。有些事、有些心情，必须扼杀于萌芽中。

虞朝颜杏眼怒瞪，双颊却是绯红：“你约我见面，我满心欢喜。那日教武场上惊鸿一瞥，只一眼便令我不能相忘。于是我想了解你更多，便偷偷潜入了你的府第。被你发现之后，你却没有责备我，还替我与皇兄周旋。我也不知道怎么了，从来没有对一个人有这样的感觉。我想见你，只要有你在，只远远一眼便心满意足。

我以为你已经明白了我的心意，却没想到原来是我自作多情。”

洛清影沉默地凝视着她，但见她眼中秋波荡漾，情柔似水。他没想到虞朝颜竟是这样干脆利落的女子，喜欢便说出口来，让对方知道，毫不矫揉造作。

自己已经完完全全将那一点心意全部剖了出来，可对方却迟迟没有回应。虞朝颜自嘲地抚着手中的红色锦缎：“是我让太傅大人心烦了。我这便走。”

方要离开，手腕却被人轻轻抓住。虞朝颜心中一动，回首转瞬，正对上洛清影的眼神。那眼神里有歉意，有隐忍的欢欣，还有淡淡的悲凉。意识到自己的失态，洛清影匆匆放开手。

“大人……”虞朝颜带着些委屈的哭腔，眼眶红了一圈。

感情就是如此不可理喻。有些人就是会莫名其妙走进自己的心里。或许一开始，虞朝颜对洛清影真的只是好奇，然而越是接触，越是觉得他身上有种吸引自己的魔力。他什么也不需要做，只那样安安静静待着，就足以让她内心如小鹿乱撞，怦然不已。从小被虞昊捧在手心里，虞朝颜从来没有过患得患失的焦虑，她天不怕地不怕，虞昊无奈的时候曾经说过，一物降一物，总有一天有人能收服得了这个无法无天的小女子。

洛清影，就是这个来降她的人。

可是她又委屈。藏着掖着不是她的作风，而洛清影的反应却让她突然有种不可抑制的害怕。她很清楚，洛清影的内心深处并非如他表面那般温柔亲和。而自己这般唐突，怕是已经触及了他内心的禁地。虞朝颜不敢去看他的眼睛。她害怕听到他说出什么让自己难堪的话。一个公主，对着别国的太傅说出这般难为情的话，她已经恨不得把自己埋进土里了。

“公主的心意我都明白，公主方才所言，一字一句我都倍加珍惜。”

虞朝颜不敢相信自己的耳朵，她抬头望着洛清影，见他依旧那般温柔地笑着。

洛清影的性子是决然说不出那般直白的话语。可言及于此，若虞朝颜还听不出他话中的情意，那她便是个傻子。

洛清影的笑容却渐渐隐了去，他微微叹息了一声，上前一步，低头凝望着她：“既知无果，便不种因。公主，万般因缘最忌情深缘浅。你我后日一别，千山万水再难相见。”

“我不怕！”虞朝颜鼓起勇气，紧紧拉住他的手，“只要你心中有我，我一定会求父皇……求父皇……”话说到最后，她自己也不得不心虚起来。她的婚姻，绝不可能依着她的心意。公主，注定了是君主笼络人心的筹码。

洛清影不动声色地将她的手拉开："你就当我是毫无担当的懦夫。"

"可你不是懦夫。"虞朝颜使劲摇摇头，"你若是懦夫，就不会来找我了。"

洛清影透过她坚定的眼眸，望向那一片朦胧的烟雨："我无法许你什么，所以不敢奢求，亦不敢希冀。"

虞朝颜不知该说什么，从未有过的酸楚之意涌上心头。她摩挲着手中的红锦，缓缓将它打开："大人，这支金羽箭我珍藏多年。既然一别之后再无相见之日，我便将它送给你，就当是一点点念想。"

洛清影接过那支箭，那箭尾处刻着精致小巧的"朝颜"二字。

"我与皇兄并非一母所生，我的亲生母亲是贤妃娘娘的妹妹。父皇宠爱母亲，封她做懿夫人。母亲最爱朝颜花，她说朝颜向日而生，只为追求那片刻的阳光，至死不渝。于是，她替我取名朝颜，希望我可以如朝颜般勇敢果决。我三岁时，母亲重病，尝遍药石皆是无用。母亲去世后，贤妃娘娘便将我接了过去，抚养我长大。"虞朝颜哽咽地似是自言自语，晶莹的眼泪缓缓滑过嘴角，滴在那片红色的锦缎上，晕染出一朵烈焰的花来，"我也想像朝颜那般，为了心中所爱，奋不顾身，哪怕只有片刻的欢欣。然而上天竟如此吝啬，连片刻的欢愉都不愿给我。"

洛清影看着她梨花带雨，伸出手去想要替她擦去眼泪，却又半途生生僵在那里。或许，自己此时给她一个拥抱，便可以稍稍缓解她心中的悲伤。

可他不能。他不能给她留下任何的希望。此刻的狠心，胜过之后无尽的痛苦。洛清影无法想象，自己竟然在此时尤其地清醒，清醒到绝情。他暗暗握紧了手中的金羽箭，咬着牙抑制心中全部的冲动。

"我这是在干吗？"虞朝颜抬起手用袖子狠狠擦去眼角的泪水，泪眼婆娑地笑了起来，"让大人见笑了。"

洛清影努力地将嘴角扬出一个弧度："公主如此冰雪聪颖，又善良果敢，以后一定会有一个人值得公主一心相待，白首共生。"说着，他又故作轻松地扬了扬手中的箭："这支箭我留下了。"

"嗯。"虞朝颜点点头，眼泪又不争气地溢了出来，模糊了面前的人影。

"拿着。"洛清影将伞塞进她的手中，"淋湿了真的会生病。"

见他要走，虞朝颜又慌忙牵住他的衣角："那你呢？你就这么回去？"

"我没事。"洛清影笑了笑。

虞朝颜眉头微蹙，顿了片刻，忽然上前一步拦住了他，大着胆子求道："大人，我不再说一些莫名其妙的话了。你……可不可以不要走……再陪我待一会儿，就一会儿，好吗？”洛清影犹豫了一下，一时间竟不知如何决定。

见他迟疑不决，虞朝颜信誓旦旦地指天言誓：“我发誓绝不再说奇怪的话。我只是想跟你坐着聊聊天，聊什么都行！毕竟后日一别，可能真的就再也见不到了……”

洛清影望着她，心中万般滋味汇在了一处。说实话，自己对虞朝颜到底是什么样的感情，他也说不准。他没有洛清篱那样的果断和气魄，不敢贸然再次让自己沉寂多年的心再度悸动起来。

但是他不讨厌她。虞朝颜被虞昊宠上了天，心直口快，绝不虚与委蛇。对于她的大胆示好，他有惶恐，但更多的是一种心意相通的心动。她聪明、漂亮，带着盎然的朝气，如一阵惬意的风，让人心旷神怡。

“嗯，好。”洛清影最终还是应允了下来。

虞朝颜抑制不住满心的喜欢，一把拉过他：“这里风大，我们去那边的廊下好吗？”说完，她意识到这个举动太过亲昵，便又倏地放开手去。

洛清影佯装不知，只是点点头，但还是刻意拉开与她的距离，半边身子已经被雨打湿了。待虞朝颜倚着栏杆坐下，洛清影也收了伞，将它立在墙边，然后在长廊的另一头坐定。

“太傅要离我如此远吗？”虞朝颜失落地说道，“原来还是把我当作洪水猛兽了。”

洛清影略显尴尬，只好解释道：“公主千金之躯，我……”

话音未落，虞朝颜一个雀跃起身奔了过来，在他身边轻盈坐下：“你不过去，我便过来。”

见她一脸认真，洛清影不禁哑然失笑。这一笑，竟让虞朝颜羞红了脸低下头去。洛清影自觉失态，便轻轻咳了一声，转首向外看去。

未曾执手，只相顾无言，便已经足矣。

虞朝颜还是没能忍住，打破了这一院的尴尬：“燕安总是这般雨势无休吗？每日闷在房中，都要发霉了。”

洛清影依旧望着那一帘雨幕，淡淡答道：“燕安只是秋日多雨。公主来得不是时候，若是换个时节，便会有意想不到的趣处。”

“我想听。”虞朝颜又坐近了些，昂着头期待地望着他。

洛清影有些无奈，想再后退一些，又怕伤了她的心，便只好稍稍向一侧斜了身子。

“三四月间，岐江冰雪消融，柳枝抽条，岐江官道边满是锦绣小花，缤纷灿烂。若逢京城人家出城踏青，丽人们常以纨扇掩面，公子们骑着雕鞍骏马，或吟诗作对，或轻歌曼舞，热闹非凡。六七月间，燕安城中多暑热，甚是难耐。一到日落入夜时分，暑气渐退，人们便不再躲于家中，三五成群出门纳凉。桥边、路旁，皆是茶摊、冰坊、酒肆，还有挑扁推车的货郎，专门卖一些新奇的小玩意儿。大人、孩子皆是其乐融融。尤其是大相国寺旁竹林里的萤火，明灭不定、灿若辰星，妙不可言。”洛清影缓缓地说着，虞朝颜趴在栏杆上，将头枕在双臂之上，歪头听得入了迷，“待到冬日，燕安多雪，满城晶莹剔透。雪片扑簌，竟是将尘世间的喧嚣尽皆掩了去。一切归于初始，人心归于静谧。”

洛清影一席话说完，虞朝颜竟久久沉浸在幻想中不能自拔。良久，她才叹惋道：“燕安的四时之景，令人神往，只可惜我却无缘亲眼见到。”

虞朝颜的话里有多少欲言又止和无可奈何，洛清影不敢去猜，也不能去接。可若是什么都不说，他又觉得自己太过冷漠。他沉思片刻，依旧望着雨帘：“若是有机会，我带你去大相国寺看萤火，你一定会喜欢。”

“会有机会吗？”虞朝颜闻言猛地坐直了身子，眼中闪烁着期待的光芒，随即又倏然暗了下去，“大人是哄我开心罢了。”洛清影微微低下头去，再不知如何去说。

虞朝颜见他也黯然神伤，便又扬起嘴角换了个话题问道：“燕安四时皆如画，那大人最爱哪个时节？”

洛清影垂着眼眸，突然想起了那年大雪纷飞，赵弘瑀跪在自己门外的情景。燕平山沉寂如夜，只有漫天飞雪扑扑簌簌地落下来。漫山的松涛笼上了白衣，北风穿过，带着低沉的咆哮。他从未意识到，燕安的雪可以下得这么大。大到足以淹没人心。

“大人？大人？”虞朝颜牵着他的衣袖轻轻扯了几下。

洛清影猛地回过神来，不好意思地笑了笑：“燕安四时之景皆是我所爱。可若说最美的，应该是思远崖的日出。”

“思远崖？那是哪里？大人见过吗？”

“我曾经答应过一个人，要陪他去看思远崖的日出，却阴差阳错，迟迟无法兑现。”

虞朝颜想了想，有些吃味地撇撇嘴：“大人的承诺原来早就许给别的姑娘了……”

“姑娘？”洛清影一愣，继而忍不住笑出声来，“哪来的姑娘？公主误会了。”

“咦？”虞朝颜半信半疑地眨了眨眼。

洛清影见她仍是不信，便认真地解释道：“君子之约而已。”

“哦。”虞朝颜挑了挑眉，“我便信你一次。之前我骗你一次，你骗我一次，咱们扯平了。”

洛清影摇了摇头：“你骗我是无心，我骗你是有意，怎能算是扯平？终究还是我欠你一些。”

虞朝颜有些讶异地望着他，停了半天，小声问道：“大人，你是对所有人都这般好，还是只对我一人这样？”

洛清影大约能体会到虞朝颜的心境。既是无果，便不去种因。可心里始终还是放不下，总是想去确认自己到底在对方心里是不是独一无二。

“世上哪有那样好脾气的人，可以做到对所有人都好？”他笑了笑，眼中极尽温柔。

虞朝颜明白了他的意思，眼眶忍不住又红了起来：“有大人这句话，我便知足了。”

洛清影无言，只是默默从袖中掏出一方锦帕递了过去。虞朝颜接过锦帕，本欲低头去抹眼泪，没想到一低头，眼泪便似止不住一般掉落下来。

“公主？”洛清影有些担心，试图去安慰。没想到虞朝颜竟猛然站起身来，转过背去，并不想让他看见自己的窘迫。洛清影也跟着起身，站在她身后默默守着她。

过了好久，虞朝颜才转回身来，眉眼皆红：“对不起，我不是有意的……”

“该说对不起的是我。”

“不，是我不对。”虞朝颜使劲摇了摇头，“你说得对，既知无果，便从一开始就该断了念想。而我却舍不得，傻乎乎地抱着幻想……”

“世间之事，唯有情字最难看破。公主不要再苛责自己了，你若如此，我也无法心安。”

虞朝颜乖巧地点点头，抽了抽鼻子，然后小心翼翼地举起手中的锦帕问道：“大人，这个可以送给我吗？”

洛清影隐隐觉得有些心疼，可他明白有些事不能做，有些话不能说。他只能选择忍。“当然。”洛清影努力地保持着和平日一样的笑容，只不过嘴角微微有些抽搐。

望了望天色，驿馆里已经掌起了风灯。他不能再待下去了。洛清影转身拿起那支金羽箭：“公主的金羽箭我会好好珍藏。时候不早，我该回去了。”

“现在的雨势又大了些，大人不如再等片刻……”

“不必了。”洛清影断然拒绝，他不能再让她有任何的误会，也不能再给她任何的讯息。虞朝颜抑制不住失落，满眼都是难过的神色。

见她这般，洛清影只得又缓了语气安慰她道：“我终究是要走的，再拖也会拖到那一刻。公主，月盈则缺，花盛则谢，你好好珍重。”

说完，他不再给她任何言语的机会，拱了拱手便转身投入雨幕之中。方走了几步，突然觉得腰后一沉。他低头一瞧，却见虞朝颜的双手紧紧缠在自己腰间。

“大人，我知道你会生气，会骂我，可是骂我之前，你就让我这样待一会儿，好不好？”整个人被虞朝颜从背后紧紧抱住，洛清影动弹不得。她的体温是那么炙热，暖暖地传了过来。

“大人，你带我走吧！我们现在就走，让他们再也找不到，好不好？”虞朝颜将整个人埋进他的后心，掩耳盗铃般说出心底潜藏已久的话。

洛清影并未直接推开她，只是暗自握紧了双手，身体微微颤抖，耐心地等着她从方才一瞬间的冲动中稳定下来。

感觉到洛清影的僵直，虞朝颜恍然回过神来，猛地松开手，向后退了一大步，手足无措：“大人，我……我……”

洛清影背对着她，深深吸了一口气，努力让自己平复下来。他转过身来，将虞朝颜拉至廊下，然后从墙边拿起那把伞，替她撑开。“拿着，路上湿滑，小心回去。”

说完，再不等虞朝颜有任何反应，大步转身离去。他浑身都在抑制不住地战栗，掌心被攥得生疼。他调动起所有的理智去压抑住内心里的那一点点憧憬。

或许，一开始是虞朝颜主动示好，自己并没有什么异样的感觉。然而当发生了这么多事情之后，他莫名对这个女孩子有了一种亲近感。她可爱、天真，又明媚爽朗。她拥有他所没有的一切美好品质。最可怕的是，不论她说什么、做什么，他都甘之如饴。

无条件地欣赏一个人，欣赏她的一切，除了爱，没有任何原因可以解释。

爱。这个词最初闪现在他脑海中时，他是惶恐的，进而是抗拒的。他本能地排斥这种想法，直到赵弘瑀与他将话挑明。

赵弘瑀看透了虞朝颜的心思，因为她热烈而开朗，不会隐藏自己的心意。然而赵弘瑀却没有看出，洛清影其实陷得更深，只不过他素来都是将喜怒悲欢藏在心里。

洛清影迎着风雨，大步往前走，一刻都不敢停留。背后的温度依稀还在。他使劲甩了甩头，逼着自己冷静下来，然后忽然驻足。

该说的，都已经说明白了，自己这一趟的任务算是完成了。他不禁在心中暗骂自己卑鄙。什么叫任务？

他抚摸着手中用红锦仔细裹住的金羽箭。虞朝颜送给他的并非是一支箭，而是一颗炙热的少女之心。

然而自己却还在衡量着这一趟的目的是否完成。他第一次开始怀疑自己的真心，是不是还活着。

“太傅大人！太傅大人！”安歌的声音透过雨幕传了过来。他披着蓑衣疾驰而来，见洛清影独步前行，却未撑伞，立刻翻身下了马。

“雨这般大，大人小心着凉！”他说着，就要解去自己身上的蓑衣，准备给洛清影披上。

“我没事。”洛清影按住了他的手，“发生了何事？”

安歌机警地环顾四周确认无人，然后才低声说道：“南祇好像出事了。南祇那边给虞昉送了紧急文书来，虞昉看了之后当场便痴傻了。陛下怕出乱子，暂时将他安置在宫中，然后派章将军前来寻太尉和您。太尉已经入宫去了，章将军寻不到您，便让小的来找您。小的问了张妈，她说您来驿馆了。”

“好，我这就入宫。”

“哎，大人，您就这么走去吗？”安歌一把拉住他，然后扶着他上了马，“您骑着它去吧！”

“多谢！”洛清篱调转马头，马鞭轻轻一扬，只听一声清脆声响，便如利箭脱弦而出。

洛清影一路无歇、马不停蹄地入了宫。欢招早就在中孚宫外等着他，一路快步将他引进殿去。进了殿，洛清影便觉察到一股异样的气氛。洛清篱和胡之恒已经立在阶下，他望了洛清篱一眼，却见他亦是满目阴沉。

“你怎么淋成这样？”赵弘瑀见他浑身湿透，不禁皱紧了眉头，“欢招，快去给太傅找一套干净衣衫！”

“无妨，陛下不用担心，到底发生了何事？”洛清影摆摆手，直接问道。

“天大的事也得换了衣服再说！若是病了，岂不误事？”赵弘瑀本就心情不好，见他这般模样，又气又急，硬生生顶了回去。

洛清影知道他的脾气，便不再坚持，被欢招带到偏殿，换了干净衣衫，方才快步回去。

赵弘瑀见人已齐，神色越发严峻："南祇方才来了书信，虞昊暴毙，皇子虞恪继位。"

"什么？"洛清影不可置信，"虞昊春秋鼎盛，怎么会暴亡？"

"事发突然，连虞昉都措手不及。"胡之恒在一旁接过了话，"而且虞昊生前从未立过太子，几个皇子明争暗斗多年。虞昉本是虞昊最宠爱的儿子，立储的呼声最高，可没曾想，唉……"

"那，虞昉呢？"洛清影忽然紧张起来，他口中问着虞昉，实则担心的是被独自留在驿馆中的虞朝颜。

"虞昉悲愤难忍，情绪癫狂，无法自抑，朕已经命人将他送去清荫殿，并宣了杜若前去好生照顾。"赵弘瑀叹了口气，眉头紧锁，"此事重大，朕怕南祇使团那些人会冲动闹事，已经让夏耒带兵去驿馆，将其一律监控起来。"

洛清影这才想起方才遇上的安歌，恐怕他寻到了自己之后就已经直接去驿馆戒备了。

"事情没有搞清楚之前，虞昉等人绝对不能离开燕安半步，驿馆一定要加强警戒。"洛清篱拱手道，"若是这个时候有人暗下黑手，一旦虞昉出了差池，后果不堪设想。"

"清篱说得有理。"赵弘瑀点点头表示赞同，"驿馆的事就交给你去处理，务必保证使团的安全。"

"臣遵旨。"洛清篱躬身领命，眉间尽是担忧，"陛下，当务之急还需曹郃将军那边尽快打探消息，虞昊暴毙是否另有隐情，新君继位必定要对皇子们有个交代。虞昊的子嗣中，虞恪最是好武，会怎么处置虞昉，又会如何对待邻国，这些我们都要提前做好应对。相较于虞昉，虞恪危险了许多……若他真是阴谋弑君，夺了皇位，那必定不会再留虞昉。虞昉留在我大殷，就变成了烫手的山芋……"

"烫手的又何止是虞昉？"赵弘瑀重重叹息。

从洛清影进门起，赵弘瑀便一直愁眉不展。他明白赵弘瑀担心什么，虞恪好勇斗狠，一旦继位，很有可能与大殷刀兵相向。西卫好容易消停下来，南境却又烽烟突起。

赵弘瑀一直封锁虞朝颜的身份，朝中只有为数不多的几个大臣知晓，连齐乐瑶都不清楚。一个皇子，一个公主，着实是让赵弘瑀伤透脑筋。

“陛下，为今之计一是加强南境的戒备，二是等待南祇的国书，看看虞恪到底作何打算。”洛清篱站出来建议道。

“神策军那边就有劳清篱你前去配合，一应调配都由你来负责。”赵弘瑀点点头，“话说到这儿，朕正好有件事想和你们商量。曹郃年事已高，凡事也怕心有余而力不足。朕本想待虞昉归国之后，调他回京养老，无奈事有突变。曹郃在神策军多年，对南祇最是熟悉，此时调他回京绝对不妥。所以朕想让曹晖回到神策军，配合、协助曹郃。一来曹晖也驻守南境多年，对南祇多有了解，二来也正好借着此时好好磨炼一下。日后曹郃回京，他便可以独挑大梁，镇守一方。”

“陛下所虑甚是。”洛清篱想了想，却又有些犹豫，“可曹晖如今为镇西将军，据守西卫。西卫常年对我大殷虎视眈眈，图谋不轨。若是此时换将，不知何人可以接替？”

“章延泽可去。”

“章将军？”洛清篱一愣，继而有些担心，“章将军从未有过戍边的经验……臣怕……”

赵弘瑀不以为然地摆了摆手：“章延泽曾经在天雄领军平叛，还救过朕一命。先帝时，他为天雄军冤情昭雪多方奔波，在天雄军中亦是声望甚高。更何况，他在你麾下多年，由你亲自悉心教导，有勇有谋，重情重义，值此危急之际，朕不信他还能信谁？”

“可是……”洛清篱还想坚持，赵弘瑀站起身来阻止了他。

“当年朕为太子，西卫特使漠竹来访，朕记得那时便是章延泽负责漠竹的安全戍卫。他与漠竹有过几面之缘，相处得也算融洽。”赵弘瑀盯着洛清篱，意味深长地说道，“章延泽与西卫朝廷中枢有过接触，这样的经历可是很多将领所没有的啊。”

洛清篱立刻便明白了他这话中的深意。赵弘瑀是担心此刻西卫生变，同时也担心会有人将洛清影的身世真相再度捅出来。而章延泽是少数知情人之一，只有他去，一旦有任何风吹草动，他便可及时处理干净。关于这一点，赵弘瑀其实早就和洛清影私下商议过。如今赵弘瑀说得隐晦，但阶下这二人却皆是心知肚明。

军政大事，作为大理寺卿的胡之恒不便置喙，一切只等太尉洛清篱首肯。

洛清篱低头沉思片刻，然后上前一步领命道：“臣谨遵圣命。”

“嗯，”赵弘瑀满意颔首，“既如此，朕马上下旨。曹晖立刻回神策军，为曹郃副将，协助曹郃整军备战。章延泽即刻奔赴天雄，继任镇西将军，力据西卫，防止西卫趁机生事。崔迟接替章延泽，领虎贲将军一职，戍卫皇宫大内。”说完，他扫视阶下，又问道，“众卿可有异议？”

“臣无异议。”三人齐齐答道。

“好！”赵弘璃点点头，又转首交代胡之恒，“这段时间你要留心京中的突发案件情况，若有类似细作、刺客之徒，一定及时报与朕！”

“臣遵旨！”胡之恒高声领命。

尘埃落定，赵弘璃便遣退了几人。待三人正要出门，赵弘璃又将洛清影唤住。

洛清影匆匆与洛清篱交换了一下眼色，便留了脚步，又走到御阶下站定。

“方才你去了驿馆？”赵弘璃起身走了下来。

“是。”洛清影微微躬身。

“怎么样？说清楚了吗？”

洛清影想起虞朝颜凄怆的神情，不禁有些神色黯然：“嗯……算是吧。”

赵弘璃无可奈何地扬了扬眉：“就你这样，能说得清吗？”

“我……尽力了。”

赵弘璃实在拿他没招，只能用拳头轻轻杵了他一下：“她还真是对你一眼定终身啊？我也真是服了你了。”

洛清影自嘲地笑了笑：“我已经向她说明了我们之间的前景，毫无期望可许。或许她一时还不能接受，但时间久了，心境自然也就消磨了。”

“但愿吧。”赵弘璃撇撇嘴，接着说道，“这几日你若得了空，再去看看她吧。本想着让你叫她死心，待她走后便从此一刀两断。结果突然出了这么大的乱子，虞昉又急怒之下神志不清。她一个姑娘家在驿馆无依无靠，想来也是可怜。说实话，朕很担心她别再惹出什么事端，你去了，好好劝她千万别再生事。不过你自己也要把握分寸，别让她又自作多情，生出其他不该有的想法。”

洛清影点点头，想着虞朝颜此刻应该已经惊闻噩耗，方寸大乱，一颗心忽然被揪了起来。

见他不言语，赵弘璃以为他走了神，伸手在他眼前晃了晃：“在想什么？”

洛清影抬起头来，沉思片刻问道：“最近曹晖有密奏上呈吗？”

“你是担心西卫？”

“嗯。”洛清影意味深长地望着他，“西卫李崇勋已到亲政的年纪，前些日子又与漠凤兵戎相见，差点闹出内乱。如今虞昊正值盛年却毫无预兆地突然驾崩，新君继位，国策不明。我总觉得这实在是太过巧合了。一边是幼君亲政要夺权，一边是新君莫名其妙突然上位……”

赵弘瑀想了想，默默点头：“西卫皇室好战成性，漠凤在朝中相较而言温和许多，有他在，西卫与我很难直接交战。而李崇勋这个人却不折不扣地继承了西卫皇室的血统，对我大殷充满了敌意。自他亲政以来，多次派出小股兵力骚扰劫掠我西部边陲。幸好曹晖及时应对，悉数击退。至于虞恪，也算是南祇皇室中的异类，好勇斗狠、绝非善类。虞昊生前若是有立储的意思，怎么也不可能轮到他。何况，虞昊早不死晚不死，偏偏是在虞昉离国的时候死，谁不知道虞昉最受虞昊宠爱？若是立皇太子，首选之人也应该是他才对。”

这话与洛清影心中所想不谋而合，他不禁又问道：“曹郃将军的密探何时能回？”

“最晚后天也该有信了。”

“好。”洛清影点点头，“一旦有消息，你便及时找我，我们再做定夺。”

赵弘瑀还想再留他，却见他满面愁容，知道他今日在驿馆一定也是万般纠结，便松了口：“嗯，你早点回去休息。国事再难，总能解决。”

洛清影没再说什么，方要转身离开，又回头说道：“你也是，审时度势，做好应对，但不可伤神伤身。你身系江山社稷，绝不能出了差错。天塌下来，我陪着你。”

赵弘瑀听得心中一阵暖意。这么久了，洛清影很少再说一些掏心掏肺的话来安慰自己。这一道宫墙，隔开的不仅仅是两个人的地位身份，更是两颗曾经患难与共、相互扶持的心。

“嗯。”赵弘瑀使劲点点头，千言万语只化作一个眼神。

出了宫门，雨不知何时已经停了。洛清影远远望见洛清篱等着自己，几步小跑迎了上去：“兄长是在等我？”

洛清篱点点头，指着身后的马车说道：“上去再说。”

待上了车坐定，洛清影正低头掸去衣角的雨水，忽听洛清篱开了口：“郡主去找过你了？”

洛清影一愣，抬起头来，却见他脸上并无什么表情。“是。”洛清篱是何等聪明的人，洛清影知道瞒不过，便老老实实说了实话。

见洛清篱没有回应，洛清影觉得有些紧张：“兄长，发生了何事？”

洛清篱顿了顿，语气中透着些无奈：“她将琼花悉数移了回来。”

“什么？”洛清影不可置信地睁大眼睛。齐乐瑶竟然这么快便行动，这让他有些出乎意料，“那兄长是怎么想的？”

“我能怎么想？”洛清篱叹了口气，“她也是一片好心。只不过我既然已经决定放下过往，她做不做这些其实并不重要。”

洛清影望着他，迟疑片刻终是鼓起勇气说道：“郡主并非只是一片好心而已。她对兄长的爱意至深，实在令人动容。”

“嗯？”洛清篱诧异地看着他，不知他何来这番感慨。

洛清影无法，只得将那日齐乐瑶过府所说的话原原本本说了一遍。洛清篱沉默地听他说完，半晌没有回应。

“兄长？”洛清影轻轻唤他一声，“其实我觉得郡主说得没错。真心爱一个人，便是会去想他所想，念他所念，包容他的一切。如今她这样做，便是拼尽全力想要感受兄长的内心。”

“想他所想，念他所念。”洛清篱默默重复着这句话，“我以为她是努力想要在我面前做出一个胸襟宽广的姿态，却没想到她原来是这样想的。”

“是啊，郡主坦荡纯粹，竟让我等男儿自愧不如。”洛清影不由赞叹道，“对于安歌，她的态度也是令我敬佩不已。”说到这里，洛清影望了洛清篱一眼，试探着问道，“兄长，你当初是否真的有心收安歌为义子？”

话一出口，没想到洛清篱竟不好意思地笑了笑：“那时我无意婚娶，安歌这孩子机灵，而且心思单纯，知恩义，我确实动了这个念想。不过后来郡主过门，又有了身孕。安歌在殿前司跟随夏耒、章延泽，也是日渐稳定。我便不再提及此事。”

“原来兄长果然是这么想的啊。”洛清影了然地点点头，“郡主那日问我，我也如此猜测了一番。义子之事，只是一个名号而已。兄长待安歌如子，安歌事兄长如父，认不认亲，其实也没那么重要。”

“嗯。现在这个样子，我已经很满足了。”洛清篱舒了口气，眼中竟透着些柔情，“我曾看破尘世之间的男女之情，决意孤老终身，没想到被太后硬生生赐了婚。迎娶郡主过府，我原本想着顾忌她的身份，与她相敬如宾即可，却没想到她将一片真心尽数交付与我。有妻如此，我洛清篱还有何求？”

“兄长一心为了陛下、为了朝廷，尽忠竭义，却偏偏对自己的姻缘毫不上心。父亲在时为了此事终日忧虑，如今他老人家若是泉下有知，也能安心了。”

“我的事父亲能安心了，那你呢？”洛清篱突然发问，洛清影不由一愣。

“清影，德宁公主与你……”见他一脸愣怔，洛清篱忍不住试探着说道。

“兄长，公主年少，错把欣赏当作喜欢。我与她并无什么事。”洛清影扭过脸去，淡淡说道。

“是吗？”洛清篱见他有意逃避这个话题，便也不再追问，只凝重嘱咐道，“你做事一向有分寸，事关南祇公主，又值南祇多事之时，你切不可做出什么唐突之事。”

“兄长所言，清影谨记在心。”洛清影垂首应道。

洛清篱舒了口气，侧身掀开窗上的布幔向外望了一眼：“天色已经黑透，我这便将你送回府去。你方才入宫前淋了雨，切莫冻出病来。”

“多谢兄长。”

行至太傅府门前，洛清影下了马车，站在青石台阶上，目送洛清篱远去后才转身进门。

第八章

天之将塌　与君共撑

没过多久，虞恪的亲笔信与曹郃的密奏一前一后送到了赵弘瑀的御案之上。

据曹郃所报，虞昊那日宴请百官，心情大好便多喝了几杯。待群臣散尽，他亦是醉意朦胧。虞恪意外地没有回府，而是留宿禁中侍奉父亲。虞昊回到后宫，倒头便睡。待侍女备好热水再去为他更衣洗漱时，虞昊早已没了气息。宫女惊慌失措，待贤妃赶到，虞恪早已在虞昊的尸体前昭告天地继承大统。贤妃一时气晕，被虞恪严加看管起来。这一切，都是那么顺理成章，却又那么诡异失常。太多的巧合，让虞恪的得位变得扑朔迷离。

而虞恪给赵弘瑀的亲笔信则更是蹊跷。他对赵弘瑀礼敬有加，只简单说明了一下自己的新君之位，并解释正式国书将随后奉上。但他却提了一个非常有趣的要求，便是请赵弘瑀尽快将虞昉和使团的所有成员悉数送回南祇。

南祇新君继位，虞昉作为使节，使命已经中止，就算没有虞恪的书信，赵弘瑀也会待情势明了将他们送回。可虞恪这封信如此心急，令人不得不怀疑他的用心。虞昉本就是南祇皇子，这毕竟是南祇自己的事情。既然虞恪提了要求，赵弘瑀便再没理由不放人。赵弘瑀礼尚往来回了信，告诉他虞昉得了风寒，待病情好转便立刻送回。

杜若为虞昉尽力医治，但虞昉病在心里，即使身体上恢复了，精神上也一直浑浑噩噩。

赵弘瑀觉得不能再拖，便决定即刻将人送回。为显郑重，也是为了防止意外，由洛清篱亲自护送，驿丞陈亭一路负责照应饮食起居。

自从那日淋了雨，洛清影便病了。他身子本就不好，之前又被漠竹砍伤，留下许多病根。他得知虞昉即将回国的消息，自觉有必要再去见虞朝颜一面。自那日驿馆一别，洛清影的心态暗暗地发生了改变。他嘴上不承认，可心里却对她始终放不下，于是便撑着还在发热的病体，独自一人去了驿馆。

安歌奉命守护驿馆，他见到洛清影，二话不说便放行引路。待来到虞朝颜住处外，他便知趣地退至一边。

洛清影敲了几声，房内无人应声。他转头询问安歌，安歌答道："公主日夜哭泣，茶饭不思，常常如此。"

洛清影拧着眉头推开了门，屋内悄无声息。他心里一惊，顾不得多想便慌忙往内室走去。一进内室，却见虞朝颜趴在几案上沉沉睡着，满脸泪痕。她怕是哭了很久，整个眼睛和鼻子都是红的。洛清影有些心疼，又不忍打扰她，便想着挪步退出去。

可没想一脚踢倒门侧摆放的花瓶，一声脆响将虞朝颜惊醒过来。她迷迷糊糊睁开红肿的眼，一眼看见门口站着洛清影。她以为自己是在做梦，使劲眨了眨眼睛。

"公主。"洛清影尴尬地轻唤一声，声音却很沙哑。

虞朝颜鼻子一酸，一个起身飞奔过去，直接冲进他的怀里。"父皇不在了，贤妃娘娘和皇兄都不知所踪，我以为大家都不要我了……"虞朝颜边哭边说，梨花带雨，抽噎不停。

洛清影无奈。若说上一次虞朝颜抱着他，是带有浓烈的情爱意味，那么这一次，虞朝颜便完全是一个受了惊吓、惶恐无措的孩子，好容易见到了救命稻草，便死拽着不肯放手。

洛清影慢慢抬起僵硬的双手，轻轻拍着她的后背："怎么会？我不是来了吗？"虞朝颜依旧躲在他怀中不停哭泣，洛清影只好慢慢抚着她，等她平复下来。

良久，虞朝颜终于平复了心情。她抬头望着洛清影，带着哭腔问道："父皇真的驾崩了？"事实虽然残忍，但是却无法逃避。洛清影无声地点点头。

"那我皇兄呢？他在哪儿？为什么一直没有回驿馆？"

洛清影压抑着咳嗽，语音低沉："他病了，陛下让他在宫中养病，还给他派了最好的御医。你放心，他现在没事了。"

"你怎么了？你也病了吗？"虞朝颜察觉到他的异样，忽然松开手来，拉着他到几案边坐下。

"我没事，一点风寒，不用担心。"洛清影侧过身去咳嗽几声，然后转回来怜惜地望着她，"后日陛下便要送你们回去了。"

"我已经知道了。"虞朝颜低着头，咬着嘴唇，"恪哥哥继位，怕是我们回去以后都不会有什么好下场。”

“怎么会呢？”洛清影本想安慰她，一个公主对虞恪没有威胁，可又怕她担心虞昉，便转口说道：“骨肉同胞，血浓于水，不会有事的。”

“骨肉同胞？”虞朝颜苦笑了一下，“恪哥哥从没把我们当作他的同胞。何况……皇室中厮杀得最惨烈的，向来不都是骨肉同胞吗？”

虞朝颜这话让洛清影无言以对。洛清篱早就说过，最是无情帝王家。他自己也曾亲眼所见赵弘瑀是如何与骨肉相残，才踏着兄弟的血一步步走到今天的位置。

“父皇明明最钟爱昉哥哥，怎么会这样呢……”虞朝颜痛苦地摇了摇头，继而又抓住洛清影的手，“昉哥哥回去以后会不会有事？”

这个问题，洛清影依旧无法回答。他只能反手拉住虞朝颜，满心痛恨懊恼：“我承认，这件事我无能为力，也无法预测。可不管怎样，你一定要好好活下去。就算是为了我，好吗？”

虞朝颜一愣，眼泪瞬间又涌了出来。她伸出小拇指，边哭边笑道：“大人，咱们拉钩！我会努力活着！”

“只要活着，便有希望再相见。”洛清影伸出手去，与她的小指紧紧勾在一处。

“嗯！只要活着，一定有希望再相见。”

虞朝颜笑着，却突然发觉了洛清影手掌边那道可怕的伤疤。她忘记了恐惧和无助，拉着洛清影的手捧到自己面前。“这是什么时候留下的？”她轻轻摩挲着那贯穿了整个掌心的疤痕，即使早已愈合，也足以想见受伤时的狰狞恐怖。

“很久以前。”洛清影不动声色地抽回手去，微微一笑道，“没事。”

“一定很疼吧？”

洛清影默默将两只手紧紧握在一处。那两只手上，有着一模一样的伤痕。

“为了保护自己想要保护的人，不论怎样都不会疼。”

虞朝颜似懂非懂地点点头，而后又悲伤地说道：“不知有没有人能如此舍命为我？”

到了归程的这一日，赵弘瑀正式在明德门为虞昉一行送行。虞昉依旧精神很是萎靡，仿佛失了心智一般。赵弘瑀看着他，既是可怜又是可恨。

虞朝颜将虞昉搀扶着上了马车，然后偷偷往赵弘瑀身后望去，瞄了半天却未见到洛清影的踪迹。她很是失望，也很是伤心。临别之际，她满心希望可以再见他一面。

赵弘瑀看出了她的意图，走上前去低声说道："秦王昨日受了风，高热不退。太傅留在宫里照顾秦王，就不能来送你了。"

虞朝颜惊讶地望着赵弘瑀，继而又难为情地垂下眼眸："多谢陛下相告。"

"太傅绝非攀龙附凤之徒，我只是不想你对他有所误会。"赵弘瑀面无表情地说完，便又退了回去。

洛清篱一身戎装，身后跟着驿丞陈亭，上前来向赵弘瑀辞行。按规矩叮嘱一番后，赵弘瑀拉着洛清篱走到一边，小声叮嘱道："清篱，此行定要小心，速去速回。虞昉归国，南祇朝廷之上怕是会再起动荡，切不可牵连其中。"

"臣明白，陛下放心。"

赵弘瑀点点头，又轻声宽慰道："郡主的事你不用牵挂。你走之后，朕会让人将她送回侯府住上一段时日。有淮安侯亲自照看着，你该放心了吧？"

"陛下思虑周全，臣谢过陛下。"洛清篱感激地拱手抱拳，"既如此，臣这便上路，将楚王送回便立刻回来。"

赵弘瑀负着手，目送着一行人浩浩荡荡地远去。连月的雨，官道之上再无尘土飞扬。那马队行了极远，渐渐消失在官道的尽头。

赵弘瑀长长地舒了口气，嘴角扬起一丝不易察觉的笑意。这烫手的山芋，终于被送走了。

赵弘瑀匆匆回了吉亨殿。刚一进门，就见洛清影轻手轻脚走过来。他抬头见了赵弘瑀，抬手在嘴边示意他噤声，然后将他拽了出来。

"怎么样？"赵弘瑀探头往里看了一眼，急切地问道。

"喝了药，刚睡下。"洛清影揉了揉肩，径自在一边坐下。

"真的太谢谢你了。"赵弘瑀感激地在他对面坐下，抬手抱拳。

"我可受不起。"洛清影推开他的手。

赵弘瑀熬了一宿，又折腾了半天，他连连打着哈欠，面上似乎有些不满："这小子生病便如此拿娇，一点男儿的气概都没有……"

"他才多大？"洛清影瞪了他一眼，"小孩子生病最需要亲人陪伴，你难道不知道？"

赵弘瑀不好意思地挠了挠头："是啊，我小的时候有一次病得厉害，舅舅衣不解带地守着我，可我仍旧不高兴……因为那时我最希望陪在我身边的是父皇和母妃。"

"是啊，我也一样。"洛清影不禁感叹道，"小时候病了，一个人在明寂寺，感觉像是被所有人抛弃了一般。”

听他如此说，赵弘瑀不禁苦笑：“原来你我幼年的经历竟也如此相似。”说罢，两人沉默片刻，各自想着心事。

突然，赵弘瑀往前凑了凑，朝他眨了眨眼睛：“她果然在人群中寻你。”

“嗯？”洛清影一愣，继而明白了他的意思，便故意别过头去，“都是执念罢了。”

赵弘瑀抬了抬眉毛：“她的执念我管不着。我只是向她解释了你为何没去送她，免得她对你有什么误会，心生怨恨。”

洛清影没有接他的话茬，转而问道：“虞昉怎么样了？”

“还能怎样？”赵弘瑀不屑地撇撇嘴，“我虽是可怜他，可也瞧不上他。男子汉大丈夫，拿得起放得下。反正虞恪初登大宝，根基必然不稳，想他虞昉得宠多年，还能没个自己的一方势力？如今若是真心不服，便趁机回去与他拼个你死我活罢了。如此哭哭啼啼，魂不守舍，回去之后还不是人为刀俎我为鱼肉？”

“一争高下之决心并非人人都有。”洛清影叹息道，“除了需要坚定的信念，还需要以天下为己任的抱负。”

赵弘瑀不以为然地笑着摇了摇头：“信念、抱负自然重要，可他虞昉最比不上我的并非这一点，而是我有你这一知己，他却是孤家寡人而已。”

赵弘瑀本想着让齐乐瑶先回淮安侯府住上一段时间，可没想到齐乐瑶并未同意。她回复说自己对太尉府已经习惯，不想费力折腾。赵弘瑀知道他这个姐姐说一不二的脾气，也就未再坚持。只不过从宫里又拨了几个细心机灵的侍婢，派去太尉府好生照顾她。

噩耗传来的时候，正是洛清篱离开燕安的第十天。洛清篱一行人刚抵达南境，还未能与神策军汇合，便突然受到一股不明势力的截杀。待曹晖率部赶到时，尸横遍野。陈亭奄奄一息，被曹晖救回。可洛清篱和虞昉、虞朝颜却生不见人，死不见尸，没了踪迹。

袭击发生之地，乃是一处山崖。虞昉的马车从山崖上坠落下去，曹晖放了绳索，派人下去搜寻，也只是找到了马车的残骸，没有找到尸骨。曹晖担心洛清篱等人是跌入崖底，连着几日持续搜索，却丝毫没有线索。

这一消息不啻为晴天霹雳，立刻在朝堂之上炸开了锅。

洛清影得了信，失了魂一般愣在原地。他不敢相信这一切，以为自己是听错了。“你再说一遍？”洛清影揪着传信来的小公公，极力压抑着即将崩溃的情绪质问道，“你再说一遍？什么叫活不见人，死不见尸？什么意思？”

“大人……这……这……陛下让奴才来传话，奴才只是原话传到……至于到底发生了什么，奴才实在不知啊……陛下诏您即刻入宫……您去了就知道了……”小公公从未见洛清影如此焦躁失态，他吓得结结巴巴，语无伦次。

洛清影松开手，他极力忍住浑身的战栗，拼命将整个情绪稳住，声音却是飘忽难定：“快，带我入宫！”

“是是是！”小公公忙不迭地引着他向外走去。

方行至府门，洛清影突然停下脚步，转身问道：“宜阳郡主知道了吗？”

小公公不敢隐瞒，只好如实答道：“陛下有意隐瞒郡主，可这消息已经传遍京城……郡主怕是……怕是已经……”

洛清影暗叫一声“不好”，抢过一匹马来，跃马扬鞭朝太尉府奔去。

他不敢耽搁，进了门提着气一路往里跑去，没想到在转弯处与人重重撞在一起。洛清影被震得退了好几步，顾不得多想就要再往里走。没想到那人却死死拉住他，哭号着道：“二公子！您终于来了！”

洛清影定睛一看，原来是吉叔。“吉叔，郡主她……”

吉叔抹着眼泪，颤巍巍地说道：“郡主刚得知了太尉的事，她哭着要去南境，下人们怎么也拦不住啊……可怜郡主还有孕在身，生生动了胎气……芸姑娘着了慌，让老奴赶紧去找您、找侯爷……”

洛清影喘着大气，他心内俱焚，却强压着痛苦与恐惧，连声安慰道：“吉叔，你别慌。淮安侯那边你找人去通报，你赶紧去御医局，把杜若找来！再晚就来不及了！”

吉叔连连应承，转身便朝门外跑去。洛清影稍稍整理了一下情绪，大步朝揽月阁奔去。还未进门，便听见阁内哭成一片。事况紧急，他顾不了太多，抬脚便走了进去，见一屋子下人全都跪在郡主的卧榻前。

“大人……”芸儿见到洛清影，急忙起身迎了上来。

“郡主如何？”

“郡主已经哭得晕了过去，奴婢们刚刚才将她安顿好……”芸儿边哭边回答，“大人，太尉到底怎么了？好好地出了京城，怎么会突然就……”

“我也不知详情如何。”洛清影咬着牙，见齐乐瑶一动不动地躺在榻上，便稍稍安下些心来，“陛下诏我入宫，定是向我说明实情。我去去就来，你们一定看好郡主，千万不可出任何差池。”

事发突然，洛清影担心齐乐瑶会承受不住。若是洛清篱真的出事，那他的骨血，无论如何也要保住。忽然，齐乐瑶的手轻轻动了动，她在昏迷之中似乎是听见了洛清影的声音。她挣扎着起身，被芸儿一把扶住。

“清影……”齐乐瑶唇色苍白，平日里精明的眼眸已经彻底失了神采。她朝洛清影伸出手来，要他过去。

事已至此，无须再顾忌叔嫂之分。洛清影快步走了过去，跪在榻边听她吩咐：“郡主。”

“清影，你兄长他……”齐乐瑶刚说了几个字，便似乎喘不过气来，“我不信……他走的时候告诉我……只需一个多月就会回来……这是他亲口答应我的啊……他怎么能言而无信？言而无信？”

面对着齐乐瑶泣不成声的质问，洛清影强压着心里的痛苦，连声安慰道：“郡主，事态尚不明确。只要一日找不到……找不到兄长本人，我便一日不会放弃！兄长答应你会回来，他就绝不会食言！”

齐乐瑶并不能相信洛清影的话，她悲痛到不可自抑，一个起身便要下榻：“我不相信！我绝不相信！我要亲自去南境，亲自去把他找回来！”

“郡主！”洛清影欲拦住她，奈何齐乐瑶横下一条心来，怎么也拦不住。

“嫂子！”洛清影无奈，只得悲怆一声跪在她面前。

齐乐瑶被这一声吓得退了几步，洛清影从未称呼她为嫂过，这个时候，这一声呼唤让齐乐瑶忽然意识到眼前之人与她夫君血浓于水的关系，意识到自己在洛氏家族中的位置。

洛清影见她稍稍冷静一些，便跪着行了几步拉着她的衣角恳求道：“郡主心中的痛苦和惊慌我都能明白，惊闻此噩耗，我又何尝不是如此？但一日找不到兄长，我们便一日不可放弃希望，是不是？郡主如今身怀兄长血脉，当此危难之际，更应好好保重自己，保护好兄长的孩子。”

齐乐瑶泪眼婆娑地望着洛清影，欲言又止。忽然，她转过头去，将脸深深埋进双手之中，只听见细碎的抽泣。洛清影抬眼示意芸儿，芸儿心领神会，轻轻扶着齐乐瑶，将她送回榻上。

这边好容易稳定了下来，洛清影站起身后退了几步，转身准备出门往宫中赶去。刚要迈出门去，就听芸儿尖声大叫：“血！血！”

洛清影心里一沉，立刻转回身来。榻上一股浓重的血腥味迎面而来，齐乐瑶紧闭着双眼，双唇苍白如纸。芸儿一手搂着她，另一只手颤抖着僵在半空，整个手心已经被鲜血染透。

“大人？大人！”芸儿惊慌失措地向洛清影求救。

洛清影一个大男人，又未曾娶妻生子，哪里有这个经验，他慌乱地叮嘱芸儿道：“你先别动，好好看着郡主！我这就去找杜若！”然后转头便朝外狂奔而去。

他已经六神无主。洛清篱失踪，生死不明，若此时郡主和孩子再出任何差池，他就是死一万次也无法向洛氏祖宗的在天之灵交代。刚出揽月阁的院门，就看见杜若背着药箱一路飞奔而来。

“快！”洛清影二话不说，拉着杜若就往回走，“郡主怕是有小产之兆！”

杜若不敢耽搁，进去就将药箱放在榻边，转身便开始为齐乐瑶诊治。洛清影守在一边，大气也不敢出，只焦急万分地盯着他的一举一动。

“大人。”过了半天，杜若起身望着洛清影，脸色凝重。

“杜若，我不管你用什么办法，这个孩子一定不能出事！”洛清影几乎是要跪下去，他紧紧拽着杜若的双臂，几乎要将他的双臂捏碎一般。

“大人快起！”杜若连忙将他拉起来，回头嘱咐芸儿道，“先替郡主换上干净床褥和衣衫，我去外间开了药方，立刻熬了送来。你们好好守着，千万别再让郡主乱动。”

“是。”芸儿点点头，一边抹泪，一边下去安排。

杜若拉着洛清影来到外间，迅速开了药方，交给门外守着的下人，命人速去抓药煎药。

一切事毕，他才叹了口气，望着洛清影吞吞吐吐、犹豫不决。“大人……唉……”杜若狠狠叹了一声，“下官定会尽全力，只是……只是……”

“只是什么？”

“只是万一只能保住一个，大人，下官该保哪一个？”

杜若的问话让洛清影不由有些迟疑。形势危急，他必须做出一个决断。千头万绪，一切都乱了套，他现在已经完全慌了神，不知到底该如何选择。

“大人？”杜若见他不说话，便又轻轻唤了一声。

洛清影望着他，半天才哑着嗓子一字一句说道：“保郡主。”他明白，若是洛清篱在场，必然也会做出与自己一样的选择。保郡主，这是他替洛清篱做出的决定。

杜若了然地点点头，刚要开口说话，就见齐重卿被人搀着踉跄着冲了进来：“乐瑶呢？我儿在哪里？”

“侯爷勿慌！”洛清影上前去扶住他，“郡主在里面，刚刚安顿好。有杜御医在，您暂且安心。”

“太傅啊……”齐重卿连连拍着他的手，痛心疾首道，“好端端的，怎么生出这样的事来？”

“事有蹊跷，陛下急召下官进宫。下官不放心郡主，便先过来看看。如今您和杜御医都在，那下官便安心了。”

“嗯嗯！”齐重卿连连点头，“你速去宫中，问清到底是怎么回事！这里就交给老夫和杜御医。”

“侯爷且安心，方才太傅大人已经叮嘱再三，无论如何一定要保证郡主的安全。”杜若见状，上前拱手宽慰道，“下官一定竭尽平生所学照顾好郡主！”

“好好好！”齐重卿舒了口气。他明白杜若方才那番话的深意，洛清影作为洛清篱的胞弟，在这种时刻选择保护齐乐瑶，这令他感激不已。他稍稍露出欣慰之色，向洛清影深深作了一揖：“太傅之用心，老夫感激涕零！你安心入宫，这里便交给老夫。老夫拼了性命，也会保护洛氏一族的血脉！”

“侯爷使不得！”洛清影一把将他扶起，“郡主便有劳二位了！”说完，他提起衣摆便匆匆出门，一路马不停蹄向宫门飞驰而去。

“清影！”赵弘瑀听见洛清影来了，不待通传便一路跑着迎上前去，“我等了你半日，还以为你出事了，吓我一身冷汗。派出去的人回来禀告，说你去太尉府看了郡主。郡主现下情况如何？”

“不太好……”洛清影喘着大气说道，“杜若正在全力救治，可是已经有了小产的征兆……”

“清篱的血脉，无论如何也要保住！”赵弘瑀闻言，神色凝重地转头喊道，“欢招，让御医局的御医全都去！郡主和孩子谁都不许出事！若有差池，朕一个都不会轻饶！”

“是。”欢招领命，急急退出殿去安排。

洛清影顾不得许多，拉着赵弘瑀急切问道：“到底怎么回事？”

“你别急，先坐下来，我慢慢告诉你。”赵弘瑀将他按在位子上说道，“陈亭被曹晖救回后已经恢复神志，据他说，那日虞昉一行刚入南境，正准备与神策军汇合。行至秃鹫崖，天色已晚，忽然窜出一队人马，不明就里拔剑就杀。我们的人没有丝毫准备，被杀个措手不及。那些人明显就是冲着虞昉而来，慌乱之中陈亭便和洛清篱他们冲散了。他受了重伤，昏死过去。等到醒来时，曹晖已经率部赶到，杀退了那队人马。曹晖派人四下搜寻，只在崖下找到虞昉马车的残骸。清篱、虞昉、虞朝颜全部没了踪影。”

“曹晖可有抓到活口？”

“抓到了。可是那些人被抓之后，不待审问便吞药而死。”赵弘玮狠狠一拳捶在几案之上，“一群亡命之徒！可恶！”

“会不会是虞恪的人？”洛清影听完，心里越发沉重。直觉告诉他，这绝不是简单的山贼劫财。

赵弘玮缓了口气，幽愤难当：“我也有这个疑虑。虞恪继位，一定会对当年与他针锋相对的兄弟们痛下杀手。他想除了虞昉，又不想担这个罪名，就假惺惺让我送人回去，同时又暗派杀手半路劫杀。南境与南衹交接，两国边界犬牙交错。多年以来，两国开榷场、互通商，很多地方并未派兵驻扎。虞恪这么做，一来可以除掉虞昉，二来这人死在我大殷境内，我大殷便是理亏，他若早有野心，必定会借此事大做文章。一场战乱已经迫在眉睫了。”

停了片刻，他又郑重地望着洛清影说道：“清影，我知道洛清篱在你心中的分量。可是这件事关乎两国邦交，无论如何，你要答应我不可意气用事。好好待在京城里，待在你的太傅府。若是你心里焦急难安，就搬来宫中。这样的话，曹郃的消息一到，你立刻就能得知。”

洛清影看着他，张了张嘴，却不知该说什么。赵弘玮竟然将他的内心看得如此透彻。他阻止齐乐瑶去南境，可是他自己却无法眼见着自己的兄长就这么莫名其妙地音信渺渺、生死不明。

他要亲自去南境。若是洛清篱真的遇难，就算翻遍整个南境，也要找到他的遗体，将他带回燕安。他不能容忍自己的兄长就这么暴尸荒野，无人收敛。

“清影！”赵弘玮见他不说话，知道自己一定是猜中了他的意图，便按着他的肩头使劲晃了晃，“那日你说，天塌下来，你会陪着我。我也一样！往日那般九死一生，我们不都一起扛过来了吗？如今不论情势如何，只要我们携手，一定可以安然渡过难关！你要相信我，更要相信洛清篱！我已经交代曹晖了，生要见人，死要见尸！”

“死要见尸……”洛清影低着头喃喃自语，“死要见尸……”

赵弘玮意识到自己说错了话，慌忙辩解：“我不是那个意思！我的意思是说一定要找到洛清篱这个人……我……”

洛清影神色哀伤地望着他：“我答应你，绝不会意气用事。但是你也要答应我，不到最后，一定不可以放弃。”

“嗯！”赵弘瑀认真地点头应允，“我答应你！”

“陛下！”说话间，欢招突然从殿外一路小跑着进了来。

“如此慌张，成何体统？”赵弘瑀狠狠瞪了他一眼。洛清影此刻早已魂不守舍，好容易才安抚好，结果欢招又这么冒冒失失，惹人心烦。

欢招知道惹了赵弘瑀不高兴，便跪在地上小声回禀道：“陛下，殿前司的将军们守在天波门外，集体要求面圣。”

“集体面圣？”赵弘瑀眉毛一挑，“还嫌不够乱？”

欢招小心翼翼地瞄了他一眼，又低头说道：“将军们说是请命去南境，为……为太尉大人报仇。”

“罢了，他们也是听了消息，一时心急。”赵弘瑀念及洛清影在侧，便收敛了怒气说道，“你去告诉他们，朕明白他们的心意，这件案子朕一定会一查到底。让他们且自散去，守好自己的职责就可以了。”

“这……”欢招犹犹豫豫，似乎还有话说。

“怎么了？有话快说！”赵弘瑀见他如此磨叽，恨不得直接上去踹他一脚。

欢招磕了个头，神色慌张：“将军们群情激奋，根本拦不住。方才正好赶上胡之恒大人听诏入宫，胡大人也劝了几句，结果……不劝还好，这一劝……将军们恨不得快要动手了……”

“动手？”赵弘瑀噌地站起身来，“别人尚未打进家门来，自己就要先内讧了吗？这是要造反呢？领头的是谁？”

“夏耒将军在，然后……还有一个叫安歌的小兵，也甚是激愤……”

此话一出，洛清影心里不禁一震。洛清篱虽然是辅助赵弘瑀登上权力之巅的功臣，可他常年兵权在握，赵弘瑀早就对他有所戒备。虽然顾及着旧日的情义，赵弘瑀一直没有明说，可洛清影已然察觉出了端倪，心里始终隐隐不安，难以释怀。如今殿前司的将军们虽是一片好意，可事情若任其发展，难免会失去控制。因为洛清篱而使得禁军出了乱子，这个责任谁也承担不起。

想到这里，他站起身来对赵弘瑀说道：“将军们都是武人，遇到事情把握不住分寸，冲撞了陛下，还请陛下息怒。”

赵弘瑀愣了愣，知道他这是多了心，便换了副口气安慰道：“我当然知道将军们的苦心，可是如此鲁莽，岂不是自乱阵脚？”

洛清影也不辩解，只是拱了拱手恳求道：“陛下，让臣去劝劝吧。”

赵弘瑀想了想，也知别无他法，便只好颔首："也好，他们或许会听你的。"洛清影得了应允，转身便向外走去。

"等一下！"赵弘瑀突然唤住他，走上前去又细细叮嘱一番，"若是劝不了，便不要逞强。我会去处理。"

洛清影默然地点点头，似是想到什么："我想求你一件事。"

"你我之间还说什么求不求的？"

"安歌那孩子与兄长实则情同父子，兄长横遭大难，我想他也定是心急如焚。可否让他去一趟南境，协助曹晖搜寻兄长和虞氏兄妹？"

赵弘瑀明白洛清影的心思，既然他无法前去寻人，便想让安歌代替自己。想到这里，赵弘瑀爽快地点点头："也好，这样你也心安一些。"

"多谢。"洛清影微微躬身，然后便快步出宫去了。

还未到天波门，吵嚷声便传了过来。洛清影加快了脚步，走到宫门处。"太傅大人？"夏耒一眼瞥见洛清影，愣了片刻。

洛清影毕竟是洛清篱的亲弟弟，殿前司的将军们或多或少都与他打过交道。见了他来，便一个个噤了声，等着他说话。

"太傅啊，谢天谢地，你可算来了。"一旁的胡之恒掖了掖衣领，看样子方才与将军们有过一番轻微的拉扯，"将军们要去南境，下官怎么也拦不住……你快劝劝大伙，千万别在这个时候再给陛下添乱。"

"什么叫给陛下添乱？"夏耒扬着拳头，横眉瞪眼，"太尉失踪了，不知生死。这件事疑点重重，肯定跟南祇脱不了干系！竟然敢如此戏耍我大殷，身为大殷的军人又怎能忍下这口气！我们要向陛下请命，去南祇，为太尉报仇，为大殷报仇！"

胡之恒还想再辩驳，被洛清影拦了下来："胡大人，陛下还等着你呢。你先去见陛下吧，这里交给我就行。"

"唉。"胡之恒一甩衣袖，摇着头叹道，"那就仰仗太傅大人了。"

待胡之恒走远，夏耒仍旧不解气，恨恨说道："张口大局、闭口大局，最恨这种道貌岸然的伪君子！"

"胡说什么呢？"洛清影狠狠瞪了他一眼，"这里是天波门！你说的每一个字都会传到陛下耳朵里！"

夏耒被这一顿呵斥，也明白自己的话说得失了分寸，便红着脸别过头去，咬着牙拱手赔罪："大人说得是，末将知错了。"

洛清影一眼瞥见夏耒身后的安歌，盯着他问道：“你呢？也要跟着在宫门闹事吗？”洛清影在人前极少发火，这一次眼见着他是真的动了怒，将领们都默默低下头去。

“大人，小的知道这么做不合适，可是小的真的很担心太尉……”安歌拖着哭腔恳求道，“太尉遇此不测，难道大人就不着急吗？小的恳请大人向陛下求求情，让小的去南境吧……”

洛清影叹了口气，拉过安歌，轻轻拍了拍他的肩膀：“太尉是我哥，我比你们所有人都着急。可着急有什么用？你们既然也已经察觉到这件事与南祇有关，就该明白这绝不是一人、一家之私事，而是关乎朝政之大事。你们是太尉手下的兵，为太尉担忧也是人之常情，我不怪你们，陛下圣心仁厚，也不怪你们。可你们更是我大殷朝的将士，是护卫陛下的锐士，是捍卫疆土的勇士，是国之利器！你们不能因为个人之情而枉顾社稷安危。太尉有难，陛下自会鼎力相救，绝不会坐视不理。如今你们这般作为，若被有心人挑唆，那就是逼宫。这个罪名别说你们承担不起，就是太尉在，他也一样承担不起。你们这么做让陛下怎么想？让满朝大臣怎么想？你们忍心让太尉的清名被人肆意诟病，被人任意抹黑吗？”

这一席话说得声色俱厉，却又情真意切，在情在理。夏耒他们回过味来，意识到自己的莽撞，虽是不甘心，却也默默俯下头去。

见他们已经领悟到自己的意思，洛清影暗暗松了口气，他缓和了一下语气又说道：“你们各自回去，做好各自该做的事。若是真有必要，陛下一定会做好安排，委以重任。”

夏耒明白了他的用意，便带头遵了命：“是！太傅所言，末将们谨记在心。末将这就带兄弟们回去，守好殿前司，等候太尉平安归来。”

洛清影欣慰地点点头，又转身看向安歌：“安歌，我知道你一向视太尉如父，太尉有难，你定是寝食难安。方才我已经向陛下请命，让你去南境神策军。你去曹晖将军处，听他调配，一定要将太尉找到！”安歌闻言，一时没能反应过来，愣在原处。

“臭小子！还不谢大人！”夏耒见状，猛地拍了一下他的后脑勺，“你去了可得仔细找！把我们那份劲儿都带上！”

“安歌谢大人！谢陛下！”安歌这才回过神来，忍着泪使劲点点头，“安歌一定把太尉大人安全带回京城！”

殿前司的将领们在夏耒的带领下陆陆续续散去。洛清影孤独地立在天波门外，拧着眉抬头远望。方才一心担忧郡主，忧虑朝中暗涌的风波，他无暇多想。与洛清篱一起失踪的，还有虞朝颜。那样美好而娇艳的年岁，尚未全盛难道就要这样默默凋零了？他轻轻抚着自己的小指，指尖似乎还有她的温度。她与他拉钩起誓，她答应他一定会努力活着。原来承诺过的话竟都是这般不堪一击吗？他不敢再去多想。对于洛清篱、对于虞朝颜，他不敢抱有侥幸的希望，但是却又不能放弃那一线生机。

他深深地呼吸，试图平复早已混乱不堪的心绪，刚要转身回宫去找赵弘瑀再做商议，就听见吉叔一阵阵嘶吼的呼唤声："二公子！二公子！"

"怎么了？"洛清影几步迎上去，用尽了力气托住吉叔几欲倒下的身体。

吉叔似乎受了惊吓，已经说不出完整的话了。一旁的侍卫见状，忙上前来帮忙将他搀扶住。

他紧紧抠住洛清影的手，断断续续地说道："二公子……快……快回去……孩子……孩子保……保不住了……"

洛清影犹如五雷轰顶一般呆在原地，张了张嘴，想说话，却完全说不出来。想抬脚，腿脚却完全不听使唤。他眉心动了两下，似乎有了反应。下一刻却整个人一软，直直倒了下去。后面发生了什么，他完全不知道。只感觉耳边嗡嗡的人声一直未曾停息。

"清影！清影！"洛清影听见有人唤他，寻声望去，朦胧不清。待那人来到眼前，才发现竟是洛清篱。满身的血污，唇上毫无血色。他伸手似乎在向自己求救，指尖上滴滴答答流着血水。

"清影，为何没有照顾好郡主？你太让为兄失望了！"洛清篱的脸上是从未见过的肃杀，只让洛清影心惊胆寒。他伸过手去想要抓住他，可怎么也抓不住。他着急地想要大叫，却又叫不出声来。

洛清篱身上渗出来的血越来越多，汩汩地流到他的脚下。他恐惧万分，再抬头时，洛清篱已经不见了，对面站着的是赵弘瑀。赵弘瑀似乎在努力地说着什么，可自己却什么也听不见。

"啊！"他猛地惊醒，直直坐起身来。方才似要永久地睡过去一般，他竟然忘记了呼吸。惊醒之后便张着嘴大口大口喘着气。

"你终于醒了！吓死我了！"赵弘瑀俯身上前，替他顺着气。

洛清影一手揉着太阳穴，一边努力回想。纷乱的思绪终于又重新黏合在一起：洛清篱的孩子保不住了，自己晕倒在了宫门口。他顾不上搭理赵弘瑀，掀起被子就

“太傅说得是。还是太傅了解禁军将领的心意啊。”胡之恒又拱了拱手，然后退至一旁站定。

赵弘瑀冷着脸听他俩说完：“废话就别说了。为今之计，该做什么，不该做什么，你们都说说吧。”

“启禀陛下。”胡之恒上前一步答道，“臣认为，为今之计不可再等。若我们还一味坐等南祇虞恪的反应，局势便被动了。”

“什么意思？”

“臣以为，应该即刻命曹郃、曹晖将军出战，痛击南祇，让他们知道我大殷绝非软弱可欺。”

赵弘瑀还没开口，洛清影便直接反驳了他：“不可！”

“哦？”胡之恒转过身来，望了洛清影一眼，又躬着身子问道，“那依太傅之见呢？”

洛清影没有看他，而是直接望着赵弘瑀说道：“遇袭之事到底是何人所为，目前并无定论。我们也没有证据可以证明这些亡命之徒就一定是虞恪派来的。南祇皇室之人在我大殷境内突然人间蒸发、生死不明，南祇还没有表态，我们便贸贸然开战，这不是授人以柄？”

“嗯……”赵弘瑀若有所思地抚着下巴。

赵弘瑀心中是有火的。这件事虽无确凿证据，但明眼人一看便知与虞恪脱不了干系。他恨虞恪摆了自己一道，让自己成了一个被天下人嘲笑的大傻子。

“可太尉的仇就不报了吗？”胡之恒见赵弘瑀开始犹豫不决，便又紧跟着质问道，“太傅与太尉可是亲兄弟！连禁军将军们都要为太尉拼命，太傅这番所为，怕是要让太尉心寒了吧？”

洛清影转过身来，微微皱着眉头盯着胡之恒的眼睛。他早就觉察到胡之恒对自己和洛清篱的敌视。之前一系列的事情让他意识到，洛清篱手中的兵权将会是他所有危机的来源，是他被有心之人构陷的理由和借口。念在胡之恒是庙堂重臣，对他的用心，洛清影向来只是暗中提防，从未直面起过冲突。然而方才这番话，却让他忍无可忍。

“胡大人，抛开别的不说，此时主动开战，若是西卫也趁机发难，我们的军力是否充足？国库是否可以支撑？陛下继位不久，改革税赋，振兴农商，这些措施贯彻下去，稍稍才有些成效。战火一起，四境狼烟，百姓刚刚才稳定下来的日子又将毁于一旦。这些难道不是为人臣该考虑的事吗？”洛清影努力控制着自己的情绪，一字一句地说道，“就算西卫不发难，虞昉是在我国境内出的事，按照正常邦交礼仪，难道我们不该第一时间先去找人，查明事件真相吗？情况未明，便贸然出兵，这是什么逻辑？”说到这里，他停了片刻，又转身朝赵弘瑀行了一礼，继而接着说道，“胡大人说太尉会因臣的建议而心寒，那是因为他根本就不了解太尉的为人！太尉是臣的兄长，但他更是大殷朝皇帝陛下的臣子！他常教导臣，为臣者当谨守人臣之道义，为国、为君慷慨赴死，绝无怨言！如今他生死不明，作为他的弟弟，臣又怎么能不痛心疾首？然而臣不敢忘记太尉的教导，不敢忘记身为人臣的道义。兄长横遭不测，我痛难自抑。然事有轻重缓急，身为人臣，难道不该首先要为君主所想，为朝廷所想？禁军乃国之公器，既为公器，又怎可为一家之私利而滥用？”最后一句话，洛清影说得义正词严，掷地有声。他声音不大，却字字敲进了赵弘瑀的心里。

“国之公器，怎可为一家之私利而滥用？”这句话，洛清影的生父陆骞就曾在赴死之前说过。只因与西卫上将军漠风的一段故交，他便被人构陷污蔑，说他通敌叛国。漠风不忍好友受辱，陈兵边境，意欲以武力威胁来救人。然而陆骞却选择了以死报国。他说，一人之身可以蒙受不白之冤，然而却不能因为一人、一家之私事而滥用国之公器，不可以让百姓流离失所，饱受战乱之苦。

洛清影今日这话并非是说与胡之恒听的，而是说与他赵弘瑀听的。崑帝临终告诉过赵弘瑀，事在四方、要在中央，这才是为君之道。对洛清篱的忌惮，不知从何时起令他夜不能寐、如坐针毡。他曾利用胡之恒的建议，顺水推舟地偷偷摸摸做了试探。洛清影了解他，早就意识到这一点。可是出于对朋友的信任，他从未当面驳斥过自己。赵弘瑀望着他那因为强压愤怒和痛苦而微微湿润的眼睛，不觉心生愧疚。

可还没等他开口，胡之恒又接着问道：“那依太傅所言，难道面对如此大的阴谋，我们就只能坐以待毙？”

“自然不能坐以待毙！”洛清影转过头去，面上是从未有过的强硬神色，“我们不先开战，不代表我们不及时备战。神策军要备战，天雄军一样要备战。边境军队由镇守的戍边大将自主集结、调配，后方的军械、军饷，由殿前司集中统筹。边军镇四方，禁军守中央。一旦南祇胆敢来犯，我们便伺机而动，绝不让他们占到分毫便宜！”

胡之恒还要再争，赵弘瑀起身打断了他：“太傅之言有理，朕深以为然。太傅家门连遭不幸，值此危难却仍旧一心为国，实乃我大殷的忠臣！”说罢，他转头对胡之恒摆摆手，“不管怎么样，是打还是不打，备战确实是要做的。天雄和神策军那边，朕会立刻下旨命章延泽、曹部、曹晖积极迎战。至于禁军嘛……太尉不在，你去将夏耒找来，朕与他仔细商议。”既然赵弘瑀发了话，胡之恒也不好公然抗旨，只瞄了洛清影一眼，便躬身退了下去。

中孚宫内又只剩下赵弘瑀和洛清影二人，两人皆是沉默不语，一室寂静。

“这个胡之恒平日里倒是挺懂大义、明事理，今日说起话来怎么如此没有水准？”赵弘瑀先开口，打破了尴尬。

“朝堂之上，总有不同的意见，这很正常。”洛清影回缓了一下情绪，轻声说道，“臣子的声音再多，也须君主能把握大局、辨明真相、权衡轻重、正确取舍才行。”

“嗯，方才你说得很有道理。虽然我也确实很想现在就把虞恪给狠揍一顿，但毕竟还是要从长计议。”赵弘瑀点点头表示赞同。

洛清影将声音压得极低，每说一个字，身体都抑制不住地颤抖：“兵家最忌师出无名。现在只盼着曹晖他们能尽快查出更多的线索，一旦有了铁证，他虞恪便是躲到天涯海角我也要将他揪出来。”

“好了，你的话我听进去了。待会儿夏耒过来，我亲自与他商议便可。”赵弘瑀下了御阶，担忧地望着他，“这一日里发生了如此多的事，这些人悉数与你有关。你能撑到现在我已经很是震惊了。我让欢招把琼琚殿收拾一下，这段时间你便在那里住下。有什么消息我也好及时告诉你。”

“不必了。”洛清影摇了摇头，谢绝了他的好意，“这个时候太尉府不能没有我。我暂且住在那里，也好与郡主有个照应。侯爷毕竟上了年纪，郡主情绪不稳，难以照顾，我怕侯爷身体熬不住。”

“可是你……你这个样子，我是真放心不下。”

“我没事。”洛清影强撑着笑了笑，“兄长还没有消息，我怎敢倒下？你放心吧，我会照顾好自己。若是军中有消息传来，不论什么时辰，你都即刻派人去寻我，我自会马上赶来。”

知他性子执拗，赵弘瑀便也不再强行挽留，只神色凝重地叮嘱道：“若有任何事，一定及时告诉我，不要一个人强撑。”

“我知道。”洛清影点点头，“那我这便先回去了。”

赵弘瑀心中依旧忐忑不安，便一路将他送至宫门。待人走远，赵弘瑀仍久久伫立在原处。

第九章

否极泰来　朝颜复开

夜色深沉，太尉府中死寂一般。

洛清影快步走到揽月阁外，却见齐重卿和杜若依旧待在书房中。

杜若见了他，急匆匆迎上来，扑通一声跪下，刻意压低了声音，但话语中依旧悲不能已：“下官有负大人所托，下官万死也难辞其咎。”

“你快起来！”洛清影连忙弯腰扶他起身，但见他竟是吞声忍泪，“我拜托你一定要保郡主万无一失，你已经做到了。至于孩子的事……你已经尽力了，这是天意，怪不得你。”

“太傅啊，是老夫对不起太尉、对不起你们洛家、对不起洛骁老太尉啊。”齐重卿也围上前来，拉着洛清影不住哀叹，“可怜我儿刚得知太尉噩耗，现在又痛失爱子……老夫真的害怕她撑不过去……”

“侯爷，事已至此，我们也回天无力，只怨我兄长福薄……郡主一切安好便是万幸。”洛清影将他搀着，送回座上重新坐下。

齐重卿忍着泪，嘶哑着嗓音问道：“之后你有什么打算？”

“南祇动向未明，兄长生死未卜。陛下已经做了部署，一手查明真相，一手积极备战。我们也只能走一步看一步了。”说到这里，洛清影直起身来，转而望向杜若，“郡主现下如何？”

“下官给郡主开了安神助眠的药，郡主暂且睡下了。”

洛清影点点头，转回身又征求齐重卿的意见：“侯爷，您年事已高，还是先回府吧。郡主这里有我、杜若和芸儿姑娘照顾，一定不会再有什么意外。”

齐重卿望着洛清影坚定坦诚的目光，想起他在齐乐瑶和洛清篱的骨肉之中果断地选择了保护前者，便再无疑虑：“也好，我在这儿也帮不上什么忙，乐瑶那孩子脾气硬，从来也不听我的。若是她醒了，请你帮忙劝一劝，让她千万想开些。若是你这里人手不够，再去侯府找我。”

齐重卿终是重重地叹了口，起身拄着拐杖颤巍巍地走了。房内只剩下洛清影与杜若两人。

杜若担忧地望着他，轻声说道：“宫里传了话来，说您方才晕倒在天波门。您忙了一天，定是早已疲惫不堪。您先去休息吧，郡主这里下官看着便行。”

洛清影苦笑一番，长长叹息一声，面上是掩不住的疲惫和哀伤：“杜若，我又怎能睡得着？我现在一闭上眼睛，似乎就能看见兄长在向我求救，就能听见他在呼唤我。可我什么也做不了，连他的孩子也没能保住。”

“下官该死！”杜若闻言，又重重跪在洛清影面前，“太尉对下官一家有天大的恩情，下官却……如此无能，要我有何用？下官对不起太尉！”

“快起来！”洛清影俯身去扶他，“我不是说了吗，这件事不能怪你，是我选择了保护郡主，你只是奉命行事而已。我相信若是兄长在，他也一定会做出和我一样的选择。”

见杜若依旧挣扎着不愿起身，洛清影叹息着劝道：“你若真的心内愧疚，便打起精神来好好照顾郡主。她是太尉的夫人，也是太尉在这个世上最牵挂的人。”

“是，照料郡主是下官义不容辞的责任！大人放心！”杜若忍不住又劝道，“大人，您去休息一会儿吧。太尉大人若是在，也不想看到您现在如此身心俱疲的样子啊。”

洛清影抬眼望着他，嘴角剧烈地抽搐了几下，眼眶突然间红起来。他迅速地站起身，飞一般冲出门外。杜若跟上去想问个究竟，刚行至门口便猛地停住了脚。

洛清影背对着自己，在一株琼花树下静静站着。虽看不见正脸，但从他剧烈震颤的肩头，便可以想见面上已是如何涕泪横流。他一手重重拍在树干之上，震得树枝簌簌作响。一阵阵压抑的哭声隐隐约约地传来，隐忍而低沉。

杜若极轻地挪回了屋内，默默听着那一声声哀鸣，不忍去打扰他。

洛清篱出事，他才是最痛心的那个人。然而他不能在人前落泪，因为有太多的事情还需要他去扛。悲痛灭顶，既然再也撑不住，那便让他好好哭一场。自己只在这里守着便好。

过了许久，哭声渐渐隐去。杜若心里一惊，怕他又是晕了过去，起身便往外跑去。刚出门，却见洛清影低着头走了回来。杜若小心翼翼扶着他坐下，故意不去看他红肿的眼睛：“大人，既然睡不着便坐会儿，下官陪着您。”洛清影没说话，只是轻轻点点头。

夜深更漏断。寒意一阵阵袭来，洛清影猛地从睡梦中惊醒。他完全不记得自己到底是何时睡去的。昨日的一切竟像是一场彻头彻尾的噩梦，恍恍惚惚分不清真假。

“大人，你醒了？”杜若的声音在耳边响起。

洛清影抬起头来，手臂却似乎失去了知觉，麻得要命。

“郡主已经醒了，她说等您醒了，便请您过去。”杜若俯身小心地搀着他站起身。

身上不知何时多了一件狐裘，洛清影一只手轻轻摩挲着那光洁油亮的毛皮，眉心微微一动。这是洛清篱的衣物。

杜若见他不动，便解释道：“这是昨夜芸姑娘送过来的。”

“嗯。”洛清影含含糊糊地应了一声。一瞬间，他以为是洛清篱回来过。

待神志清醒一些，他抱着狐裘便往内室走去。

内室中，郡主床榻上的帷幔已经被放了下来，密不透风。芸儿顶着红肿的眼睛在榻边伺候，见洛清影进来，便给他行了个万福。洛清影将狐裘交还与她，点头示意感谢。

听见这些动静，齐乐瑶在帷幔中轻轻问道：“清影，是你来了吗？”

“是，郡主。”洛清影俯首答道。

齐乐瑶咳嗽了两声，声音有些嘶哑。她抱歉地说道：“内外终有别。我这身子又刚刚才……你我便隔着帷幔说话吧。”

“是。我正要来请罪。昨日事发突然，我贸然闯入郡主卧房，还请郡主谅解。”洛清影隔着帷幔拱手赔罪。

“你也是一心为我着想，我又岂能怪罪于你？”齐乐瑶的声音越发暗哑，含着些哭腔，“应该是我向你赔罪。我未能保住你兄长的血脉……我还有何颜面面对他？”

齐乐瑶对洛清篱的感情如何，洛清影心中还是清楚的。好容易洛清篱彻底打开心扉，全心全意接纳了这样一位情深意浓的妻子，却天降横祸，将这来之不易的幸福悉数变成了泡影。

“谁都不愿意发生这样的事，但既然发生了，郡主也不必太过自责。或许这就是宿命吧。”洛清影忍着心中的伤痛，低声宽慰道，“兄长最惦记的人便是郡主，如今郡主一切安好，便是对兄长最大的告慰。郡主切忌自怨自艾、悲天悯人，不管怎样，都该继续怀抱着希望走下去。”

“你放心，我不会再任意妄为了。”齐乐瑶叹了口气，仍是哽咽难抑，“我想明白了，只要一日没有找到你兄长的下落，我便一日不会放弃。这偌大的太尉府还需要有人支撑，你国事缠身，我不能总劳烦你。况且，这本就是我的家事，我不撑何人去撑？我找你来便是想告诉你，你安心去处理朝堂之事，太尉府交给我便可。等到你兄长回来之日，我定会让他看见一个和往日一样祥和安宁的家。”

齐乐瑶敢爱敢恨，亦是如此知晓事理，听到这番话，洛清影甚是欣慰，也甚是敬佩。他跪在榻边，向齐乐瑶磕了个头：“太尉府便托付与郡主了。”说完，微微躬了躬身，然后匆匆退了出去。

虞恪的国书终于被送到了赵弘瑀的手中。果不其然，他对这次事件给予严厉的斥责，认定是赵弘瑀保护不力。他要求赵弘瑀五日之内给出明确的解释，否则便兵戎相见。

如此直接，如此露骨。以至于赵弘瑀看到这封信的时候，竟然当着南祇的来人大笑出声。他将信直接甩给南祇的信使，大声说道：“回去告诉虞恪，若要人不知，除非己莫为。不用他说，这件事朕都必须查得一清二楚！但愿这个真相他虞恪能承担得起，否则，朕一定打到他的宫殿里去，好好与他将这笔恩怨算清楚！”

信使离去之后，赵弘瑀在中孚宫中来回踱着步子。“朕最恨别人要挟朕！为了他南祇区区一个皇子，竟然搭进去我大殷朝的太尉！朕还没怎样，他虞恪竟然气势汹汹来指责朕！”

“陛下息怒。”胡之恒试图安抚下赵弘瑀这冲天的怒火，“虞恪的行为早已在我们的预料之中，陛下不必与他置气。既然南祇给了五日期限，那么事情便还有转圜的余地。”

“置气？”赵弘瑀忍下气摇了摇头，“朕并非置气，朕说的是真心话。洛清篱到现在还生死不明！他南祇丢了一个虞昉算什么？就算再丢十个朕都毫不痛惜！朕唯一担心的只是洛清篱而已！”

一边的洛清影闻言，不由得心中酸涩。但赵弘瑀这话说得又是真心实意，令他心生感动之情。他上前一步，垂首说道：“臣替太尉谢陛下关切之情。”

赵弘瑀望着他又明显消瘦了的身形，心中不忍：“朕之心痛，不及你万分之一。”顿了顿，他还要再说什么，却被通传的小公公忽然打断：“陛下，殿前司的安歌回来了。”

“什么！”赵弘瑀眼睛一亮，“人呢？”

“在殿外候旨。”

“快！传他进来！”

安歌回来了。洛清影的心忽然间被提了起来。没有确切的消息，安歌一定不会突然回京。那么便是说，洛清篱的生死已有定数。

短短片刻的等待，成了一场无声的拉锯战。一边是期待着尽快知道自己兄长的消息，一边是害怕听到那个自己无法承受的结果。

赵弘瑀看出他的不安，大步走下御阶，来到他的面前，轻声说道：“别怕，天塌下来，我陪着你。”

洛清影感激地望了他一眼，深深吸了一口气，努力让自己的神志保持在最清醒的状态。

安歌带着边塞特有的风沙尘土一头冲进了中孚宫的正殿。他似乎是一路狂奔而来，嘴角干得起了一层厚厚的皮，双颊被吹得又黑又红。

“陛下！”安歌扑通一声跪在赵弘瑀脚边，猛地磕了三个头。

“都这个时候了，还磕什么头？”赵弘瑀一把将他提溜起来，焦急地问道，“怎么样？情况怎么样？”

安歌咬着嘴唇，脸上的神色似哭又似笑。他扑通一声又跪下，边磕头边哭着说道：“苍天保佑！太尉大人找到了！没死！没死！”

“没死你哭什么？”赵弘瑀又气又乐，嘴上骂着可也忍不住抹了一把眼睛，他猛地转身望着洛清影，按着他的肩头喜极而泣，“听见了吗？你兄长没死！我就知道，吉人自有天相！天佑清篱，天佑我大殷！”

从安歌进殿到得知洛清篱的消息，洛清影整个人都处于一种恍惚的状态。直到被赵弘瑀一顿猛晃，他才真正回过神来。

“太傅大人，太尉好好的！大人可以安心了！”安歌一边呜呜哭着，一边拉着洛清影的衣角连声说道。

洛清影看着赵弘瑀，嘴角不停地抽搐，后牙槽咬得生疼。他猛地点头，然后俯身拉起安歌：“我知道了……谢谢你……那……其他人呢？”

安歌抬头看他，见他眼角不觉已经挂满泪痕：“都没死，都没死！”洛清影闻言，彻底松下了心底的那口气。

“太尉大人逢凶化吉，死里逃生，恭喜太傅大人，恭喜陛下。”胡之恒走上前来，亦是欣慰地笑着恭喜道。

“是啊！这是好事啊，咱们哭什么？”赵弘瑀眨了眨湿润的眼睛，扶起洛清影，转首又吩咐欢招，“让人先给安歌弄些吃的喝的来！看他满面风霜、风尘仆仆，一定是想着星夜兼程把这个天大的好消息带回来，连一口水都没顾得上喝。”

“谢陛下关心！小的不饿也不渴，国事为重！陛下和二位大人请上座，小的这便将详细情况向陛下和大人们说清楚。”安歌依旧跪在地上，坚持着要先奏明事情。

“也好。”赵弘瑀点点头，然后又叮嘱欢招，“你先让人准备着，待会儿等安歌说完便带他下去用饭。”

安歌缓了口气，然后又磕了一个头，缓缓说开去。原来那日安歌到了神策军与曹晖汇合之后，便又去马车坠崖处重新勘察了一遍。那山崖上有一块突起的岩石，而马车的残骸也表明，当它坠落时被这处岩石挡了一下之后才掉进谷底。曹晖派人仔细盘查过，方圆数十里地杳无人烟，根本就没有洛清篱等人的踪迹。遇袭是在夜里，崖下没有光线。截杀的人刀刀命中要害，只求速战速决，根本无暇确认马车的真实情况。而后来又恰逢巡边校尉路过此地，及时施救，所以曹晖认定洛清篱逃离此处的可能性不大，一定还在谷底。只不过谷底草木茂密、烟瘴丛生，搜寻起来无异于大海捞针。更重要的是，那日洛清篱在毫无预警的情况下遇袭，若是幸免于难，必定身负重伤，如惊弓之鸟，将自己好好隐藏起来。所以曹晖他们只能加派人手，夜以继日地搜索。幸运的是，安歌竟然在谷底发现了一条潜藏的暗河，顺着河流的方向，必是通向谷外。洛清篱很有可能就是沿着这条河往下游求生去了。

曹晖与安歌连着找寻了三天三夜，终于在暗河下游浅滩处发现了奄奄一息的洛清篱、虞朝颜和虞昉。洛清篱和虞朝颜全身是伤，但所幸仍旧清醒，而虞昉却一直昏迷不醒。

曹晖命人将这三人送回神策军中，命军医好生照顾。洛清篱将虞朝颜的真实身份告诉了曹晖，命他小心照看。虞昉和虞朝颜身份特殊，曹晖不敢轻易做出决定，于是特命安歌夙夜兼程赶回燕安，请赵弘瑀定夺。

安歌陈述的过程中，赵弘瑀始终紧紧抿着下唇。待他说完，赵弘瑀立刻问道：“你们可有查到截杀刺客的身份？”

“目前仍无确切证据，但据德宁公主所言，那些人说话都有南祇京城定襄口音，所以极有可能就是虞恪派来的杀手。”

“啪!”赵弘瑀狠狠一掌拍在御案上，怒不可遏：“听听！听听！朕说什么来着！他虞恪不要这么嚣张！这个仇朕会跟他慢慢算！”

安歌闻言，立刻又趴在地上磕头请求道：“请陛下一定为太尉大人报仇！”

赵弘瑀缓了口气，示意他起身：“安歌，这次你立下大功，朕即刻擢升你为殿前司铁骑校尉。你且下去稍事休息，之后可能还要派你再速回神策军。”安歌一时愣在当场，竟忘了回应。

“哎呀，铁骑校尉，还不快快谢陛下圣恩？”胡之恒在一边小声提醒道。

安歌嗯了两声，终于回过神来，伏拜谢恩：“小的谢陛下圣恩！小的这就去准备，立刻再回神策军！”

“不急不急，吃饱了再说！”赵弘瑀点点头，目送安歌退出殿外。他深深吸了口气，然后坐下身缓缓说道：“好了，接下来朕就该和虞恪开诚布公地好好谈谈了。”

胡之恒想了想，迅速站起身来进言：“陛下，虽然公主觉得这些杀手是南祇口音，可只凭口音很难服众。再者就算真是南祇境内的人，可也无法确认他们和虞恪的关系。若是陛下贸然责备虞恪，他必定矢口否认，那时我们就被动了。”

赵弘瑀不以为然地摆摆手：“胡爱卿，朕觉得你平日处理政务从来都是得心应手、井井有条，可为何这件事上你总是表现得让朕有些失望呢？”

胡之恒闻言，立刻惊慌地跪倒在地：“臣愚钝，臣请陛下赐教。”

赵弘瑀叹了口气，似笑非笑地盯着他：“凭什么他虞恪就能无凭无据地指责朕，而朕却不能予以反击？”

“虞恪虽为国君，但此行为却是小人行径。陛下是正人君子，千万不可与他相习，徒惹天下人耻笑。”胡之恒分辩道。

赵弘瑀冷哼一声：“朕不与他相习，朕只是以其人之道还治其人之身而已。对付小人，用不着什么君子手段。胡爱卿，你多虑了。”

洛清影此时才算是从大悲大喜之中彻底缓过神来，他听着两人的争论，忍不住插话：“陛下，话虽如此，可胡大人有一点说得很对，我们并没有可靠的证据证明那些刺客就是虞恪派来的，他若否认，我们又如何据理力争？”

“朕什么时候说要指责虞恪是他派来的杀手？”赵弘瑀眨了眨眼睛，对着洛清影笑了笑，“朕只是想和虞恪比一比，看谁更能沉得住气。”

胡之恒依旧不是很明白赵弘瑀的话中之意，他疑惑地望向洛清影，却见洛清影思忖片刻，抬头问道：“陛下是要诈他？”

“哈哈！”赵弘瑀拊掌大笑，“知我者莫若你也。”

洛清影眉头深锁，似乎并不赞成：“两国邦交之大事，不可儿戏。若是一着不慎露出马脚，那后果可就不堪设想了。”

“朕自然不会空口说白话……”赵弘瑀顿了顿，立刻又改了话锋，“既知太尉大难不死，朕也算是松了口气。今日也不早了，反正离虞恪给的期限还绰绰有余。太傅啊，你也该回去看看郡主，想必她得知这个消息，一定喜不自胜。你们且各自回去，想想如何对付南祇，明日咱们再议。”说完，赵弘瑀伸着懒腰打了个大大的哈欠，洛清影和胡之恒见状，只得告辞退出殿外。

出了宫门，胡之恒与洛清影拱手作揖便各自上了马车准备回府。

洛清影坐在马车里，忽然想起安歌似乎还在宫内。他命车夫调转车头，又回到了天波门，下了车，问了值守宫禁的侍卫，果然安歌并未出得宫来。他思忖着赵弘瑀方才那些模棱两可的话，心里没个落定，便吩咐马车夫先回太尉府，将洛清篱被救回的事告知郡主，然后便转身又回了宫中。

待到中孚宫外，方要请小公公通传，就听小公公咯咯笑着说道：“陛下方才交代了，一会儿太傅回来，直接请进殿中即可。”

进了中孚殿，赵弘瑀果然一脸笑意地迎上前来：“我就知道你一定会回来，知你者亦是莫若我也。”

洛清影微微沉下脸来，瞪了他一眼：“都什么时候了，还没个正经？”

“你兄长都已经死里逃生了，你怎么还是这副忧心忡忡的样子？”赵弘瑀比画出一个微笑的手势，“来，笑一笑。”

洛清影一把将他的手拍了下去：“南祇集结重兵陈于南境，我笑不出来。”

赵弘瑀也不恼，回到御案上拿过一册奏折，转身塞到他手里，努了努嘴：“你看看这个。”

洛清影疑惑地展开来，原来是章延泽的密奏。待看完之后他竟是止不住地惊讶：“这？”

“怎么样？我选的人是不是非常合适？”赵弘瑀得意地挑了挑眉，“我就说嘛，镇西将军这个位置非章延泽莫属。”

“可是章延泽怎么会跟漠凤联系上？”洛清影依旧不能置信。

赵弘瑀神秘地笑了笑，低声说道：“曹晖之前在天雄关外发现了苏祓的踪迹，后来多方探查才知道苏祓早就离开了西卫京城楼凡，在两国交界处定居了下来。我想她应该还是放不下章延泽吧。”

“所以你就让章延泽驻守天雄，好通过苏祓与漠凤暗中取得联系？”

赵弘瑀认真地点点头：“是，我一直不明白，为什么虞恪胆子这么大，刚一继位，国内的烂摊子还未摆平，就敢直接来找我的麻烦。”

“他那是想借故将矛头转向他国，好缓和他自身的麻烦。”

“你说得对，可除此以外呢？”赵弘禹继续引导着问道，“虞恪的为人虽然令人不齿，可他却不傻。他一定是知晓了我们的弱点，所以才敢如此放肆。”

“你是说……”洛清影思索片刻，恍然大悟，“他看出我们最怕西卫与南祇同时发难、腹背受敌。”

“对！”赵弘禹猛地一拍手，“所以我猜他一定是与西卫有往来，同盟倒不一定谈得上，但某种程度上的心照不宣总是有的。于是我让章延泽去探听，果不其然，虞恪还是亲王时便出使过西卫，与西卫皇帝李崇勋有些渊源。李崇勋的骨子里流的是西卫皇室的血脉，贪婪、冷血、残暴，对我大殷觊觎已久，若非漠风这么多年一直有意拦着，我们两国怕是早就打得头破血流了。所以，这一次我托章延泽带话给漠风，让他一定不可让李崇勋肆意妄为，与虞恪结盟。李崇勋已到亲政年纪，早就想着将大权收回自己手中，为此不惜在宫中发动了一场小型政变，与漠风刀兵相向。漠风不愿将权力就这么直接交出去，更不愿意看到李崇勋的势力日渐坐大。我就是给他送了个信、提了个醒儿，他是聪明人，在我和虞恪之间，他只会选择与我合作。”说着，他稍稍停顿片刻，望着洛清影放低了声音缓缓说道，“与其说他更相信我，不如说他相信的是你。他知道只要有你在，我大殷就绝不会主动挑起事端。”

洛清影仔细听他说完，抬眼看着他，若有所思：“如今漠风深陷朝政危局，国中之事已是焦头烂额，他自然也是不愿意掺和进南祇的事情里的。既然西卫不会趁火打劫，那我们便可以安心对付虞恪了，你有什么打算？”

“有些事情，说得太清楚反而没什么效果。”赵弘禹微微挑起嘴角，“我只告诉他虞昉和虞朝颜都活得好好的，只是受了伤需要医治，暂时无法回国。”

“若虞恪问起刺客之事呢？”

“那就告诉他，我们已经掌握了重要线索，至于结果嘛……再等等。”

“南祇国土狭小，人口稀少，没了李崇勋的呼应，虞恪也该收敛收敛了。虞昉、虞朝颜都幸免于难，他们就是最重要的人证。而事件又发生在我大殷境内，现场也早就被曹晖保护起来，若说发现了什么重要线索，他虞恪也难辨真假。”

“所以我的决定就只有一个字——拖。虞恪越是着急，我就越是拖着他。反正现在局势对我们有利，拖到最后我就不信他不认输。”

洛清影表示赞同，但继而又提醒道：“虽说缓一缓可能有助于解决目前这个棘手的问题，但是也不可拖太久，毕竟漠风现在到底对西卫军政还有多少控制力，我们并不清楚。”

“嗯，你说得有理。”赵弘瑀认可地点点头，“我即刻给章延泽发个手诏，一方面严密监视西卫朝局，另一方面若是西卫有异动，就主动迎战，狠狠挫一挫他们的气焰。”

“我们与漠凤互为所需，帮助我们对他来说也是于人于己皆有利的事情，我想他一定会尽力而为。”洛清影说完，却发现赵弘瑀正一脸感激地盯着自己。

“清影，若不是有你在，漠凤也不会如此轻易就相信我们的诚意，不会这么心甘情愿地与我们合作。”

“说这些做什么？”洛清影抚着腰间的玉珏缓缓说道，“漠凤也是骑虎难下，即使没有我，为了自保他也会选择与你合作。”

洛清影不愿承情，赵弘瑀便也不再赘言，只是沉下声音说道：“漠凤暗中相助的事关系到你，所以我不能将这件事公布于朝堂。别人可能会觉得我如此拖延会惹怒虞恪，会觉得这样不妥。别人我不管，只要你知道真相，明白我心中所想，一力支持我便好。”

“嗯。”洛清影望着他，心里不免有些感动。明明他早就安排了各方铺陈，深思熟虑后做出了正确的决策，却因为牵连到自己的身世，而无法向朝臣们直言，宁可担上一个鲁莽轻率的骂名。

沉默片刻，赵弘瑀又小心翼翼地说道：“我怕你又多想，所以决定还是亲口和你解释清楚。这次我如此迅速地将章延泽调去天雄，确实是有借着与你的因缘去联络漠凤的意图。但是之前我曾与你说想要让章延泽入主天雄，那时只是因为怕有人泄露你的身世，而以章延泽与你的关系，他是所有武将中最能保护好这个秘密的人……”

“我知道。”洛清影见他急于解释，便按下他一直不断比画的手，“你不必解释，这些事我若还看不透，岂不是白与你相识一场？”

赵弘瑀舒了口气，开怀笑道：“那就好，那就好。”

话一说完，两人不免都有些局促尴尬。曾几何时，互相依赖，甚至可以以性命相托的人，却也走到了如此小心翼翼、如履薄冰的境地。

洛清影忽然想起安歌的事情，先打破了沉默：“安歌还在宫中？”

“嗯，我就知道你还会回来，便着意多留了他一会儿，让他等着你。洛清篱和虞氏兄妹的情况还是越少人知道越好，不知道为什么，我总是心里有些不安……”

“你是对朝中的人事有所不安吗？”洛清影隐约猜出了赵弘瑀的心事。

赵弘瑀神色凝重地点了点头：“比起虞恪，我更担心我大殷的朝堂上被安插了别国的眼线。此次你兄长奉命护送南祇皇子归国，行程路线全都是机密，外人不得而知，怎么就会突然遇袭？”

“你是说有人故意将情报泄露给了虞恪？”

赵弘瑀没有说话，只是担忧地盯着洛清影，眼底里闪烁着一丝危险的光芒：“或许是虞恪派出斥候探得了洛清篱他们的行踪……但愿是我想多了。”

“你所考虑的这两种情况皆有可能。兄长与刺客交手的过程中，很有可能掌握了什么线索。为今之计应是尽快将他们接回京城，当面问个清楚。”

“嗯。”赵弘瑀很是赞同，继而转头朝殿外喊道，“欢招，把安歌带过来。”欢招在殿外高唱了一声应承，便窸窸窣窣地去了。

“方才胡之恒也在，你不便多问洛清篱的伤情，一会儿安歌来了你便仔细问清楚，也好安下心来。”赵弘瑀轻声说道。

洛清影被赵弘瑀这番细心的安排感动，可若直接言谢又太见外，便满是谢意地笑着点点头。

不多时，安歌便进了殿来。一番梳洗之后，不似先前那泥猴子一般，黝黑的脸上一双眼睛炯炯明亮。

“安歌，现在没有其他人，你坐下来好好说清楚现在太尉和虞昉他们的状况。”赵弘瑀示意他坐下，可安歌坚持跪着答话，他极快地将洛清篱等人目下的伤势情况说了一遍。

“这么说，除了楚王昏迷以外，太尉和德宁公主皆无大碍？”赵弘瑀不放心地确认道。

“回陛下，据太尉大人说，马车坠崖之时他无法顾全两人，楚王本就神志恍惚，撞到了头，所以之后便一直昏迷不醒。不过大夫已经瞧过了，没有性命之忧，只是头部受了撞击产生了瘀血，待瘀血化散开去便能醒来。太尉一路着意保护公主，所以公主伤势最轻，小的回京时她已经能下地行走了。”

安歌认真地答着，却被洛清影捕捉到最细微的不安：“安歌，太尉目前还需卧榻医治，不能下地吗？”

安歌转过脸来，有些犹豫地说道：“回太傅大人，坠崖时太尉大人一心救人，伤了一条腿，目下还不能行走……”

“什么？伤了腿？”洛清影噌地站起身来，“具体伤势如何？”

“大夫说伤到了腿骨，很是棘手，需要静养。”安歌狠狠一拳砸在自己腿上，“我只恨伤的不是我的腿！”

赵弘瑀见状，疾声将他喝止：“安歌，不许胡言！”

安歌意识到自己的话令洛清影好容易安定下来的心神又紧张起来，便连着磕头请罪：“小的该死！小的不该乱说话！”

赵弘瑀瞄了洛清影一眼，然后探着身子对安歌吩咐道：“安歌，你听好了。你即刻返回神策军，朕给你一道手诏，让曹晖安排人马秘密将太尉和虞氏兄妹送回京城。一定要隐秘，绝不能走漏任何消息。”

“是！”安歌站起身来，抱拳领命。

赵弘瑀从御案之上拿起一个册子，走下御阶郑重地交到他手中：“拿着朕的手诏，速去速回！”

“慢着。”洛清影挡住正欲离开的安歌，走上前来向赵弘瑀恳请道，“可否让我修书一封带给兄长？家中遭此变故，想必他也很是不安。”

“好，你这就写，然后让安歌一并带走。”赵弘瑀点头同意。

待写完书信，安歌将它与手诏一并收好，铿锵有力地退了出去。

待安歌出了门去，赵弘瑀转身走到洛清影身前，轻声安慰道：“你不必过于担心，只要无性命之忧，待他回京之后我会命最好的御医全力以赴为他诊治。”

洛清影低头默默嗯了一声，停了片刻又抬头说道：“谢谢。”

赵弘瑀一愣，继而别扭地笑了一声：“这么客气做什么？”说完，他依旧隐隐觉得不安，“让这三人速速回京，一来是洛清篱急需救治，二来是不想让虞恪再存什么侥幸。虞昉和虞朝颜虽然为虞恪所害，但毕竟是南祇皇室，留在神策军中终是不妥。这件事暂时保密，即使郡主问起也不要说。我总是觉得朝中不安生，有人一直在暗处盯着我们的一举一动。”

“我知道，你放心。”洛清影点点头，继而又问道，“你是决定先将虞昉留在燕安了？”

“是。关于虞昉遇刺之事，若是有什么兄弟相残的风言风语传回南祇，想必虞恪的日子也会很难过吧？南祇那帮老臣有几人是真心辅佐虞恪？到时谣言一起，人心惶惶，虞恪自顾不暇，哪里还能腾出手来再掀风雨？所以我想先把虞昉留在燕安，日后或许有用。”

听此一言，洛清影大致猜到了他心中所想，便索性直接将话挑明：“你想留他们俩做人质？”

赵弘瑀毫无隐瞒之意，直言不讳：“虞恪并不在意虞昉的生死，从一开始他便是希望虞昉早早死去。现在让他们两人回去就是让他们去送死，毫无意义。所以我想留下他们，人质说不上，但总是一股可以掣肘虞恪的力量。”

洛清影虽然觉得这样做并不算光明磊落，但至少可以保住二人的性命，而且于国事而言确实有益，便也只能同意了赵弘瑀的做法：“虞昉曾是南祇最热门的储君人选，他的人脉绝对不容小觑。留着他或许以后可以为我所用。”

“这就叫英雄所见略同？”赵弘瑀得意地扬起了嘴角。他望着洛清影，突然间又迟疑着收起了笑意，“清影，虞昉兄妹回来之后，你有什么打算？”

洛清影一愣，继而明白他是指虞朝颜的事情。截杀事件爆发之后，洛清影一直没有时间好好去凭吊这件事中逝去的人。而虞朝颜的生死对他而言，无时无刻不是一种煎熬，可他丝毫不敢放纵这种痛苦的宣泄。听闻她侥幸脱险，死而复生，洛清影感觉自己枯萎的灵魂像是重新复苏了一般。当日她离京，自己是抱着死生不复相见的决心，才大胆与她吐露了内心。可如今，她却又要回到京城，这让他竟一时无措，不知再如何面对她。

赵弘瑀见洛清影一声不吭，知道他定是又纠结在一处，便无奈地戳了戳他：“你啊，凡是朝政大事从未见你糊涂过。可一遇上你自己的事，你怎么就总是这么纠结？”洛清影自嘲般苦笑一番，却依旧没说话。

赵弘瑀见他这般，便也只好作罢，只是不放心地又叮嘱道：“她暂留燕安，也是不得已而为之。她毕竟还是南祇的公主，虽说前路难测，可……”

“我知道。”洛清影忽然打断了他，“待她回到燕安，我会尽力保护她的安全。仅此而已。”

赵弘瑀似是安下心来：“有缘无分便无须强求，你能明白最好。以后你会遇上与你有缘又有分的好姑娘的。”

洛清影不以为意地笑了笑，然后拱手说道：“时候不早，我先回太尉府探望郡主，把兄长的消息告诉她。”

见他有意结束这个话题，赵弘瑀便也不再阻拦：“好！你快去告诉郡主这个好消息，也好让她早些安心。”

虞恪的使者离开燕安之后的第五天，洛清篱和虞昉、虞朝颜回到了京城。

没有大肆声张，赵弘瑀命安歌将洛清篱直接送回太尉府，然后又命崔迟将虞昉兄妹安置回驿馆，并派重兵把守。

洛清影早早便陪同郡主齐乐瑶在太尉府等着。待到洛清篱的软轿到了府门口，齐乐瑶再也控制不住，哭着迎了上去。

“郡主，我回来了，让你受惊了。”洛清篱的左腿受了伤，无法行动，便只能坐在轿内，弯下身来试图将她扶起。

齐乐瑶哭得似个泪人一般，生生要跪在地上：“夫君未曾食言，而我却食言了……我对不起夫君。”

洛清影早就托安歌将家中之事告诉了洛清篱，洛清篱自然已经知晓了齐乐瑶小产之事，他有些吃力地弯下腰来，扶着齐乐瑶，轻声安抚道：“没事的，只要你安好我便放心了。”

见这夫妻二人终于得以劫后重逢，洛清影快步走上前来，心内有千言万语，只化作一句轻唤：“兄长。”

洛清篱欣慰地望着他，微微笑着说道：“走，我们进府说话。”

方才在软轿内，洛清篱始终被阴影笼着。直到此时，洛清影才看清楚他的样貌。他清瘦了许多，左脸颊上还有一处擦伤的痕迹，原本健康红润的脸色变得蜡黄，连手指尖都透着一股死里逃生后的苍白。

“兄长……”洛清影微微有些哽咽。

“走，我们进去吧。”洛清篱转头望着他，眼神依旧那般明亮坚毅。

齐乐瑶早就让吉叔在书房里添置了一张木榻，并铺上软绵厚实的锦被。齐乐瑶坐在榻边，拉起洛清篱的手放在脸侧，好容易止住的眼泪又滴滴答答流了出来。见此情景，洛清影就算有一肚子话想问也无法开口。

洛清篱看出了他的为难之情，便望着他安慰道：“清影，我现在没事，你可以放心了。”

“嗯。”洛清影有话哽在喉间，说不出话来，只轻轻嗯了一声。

“我先和郡主说说话，你去驿馆看看公主吧。”洛清篱依旧微微笑着，“与我一起跌落悬崖、生死难测的那些日子，她与我说了一些心里话。”

洛清影一愣。他不知道虞朝颜到底与洛清篱说了什么，但是看洛清篱的反应，一定是与自己有关。生死难测的日子，每一刻都可能会是人生的终结之处。或许虞朝颜真的和洛清篱说了很多，并且触动了他的内心，否则以洛清篱的性子，绝不会刻意提醒自己去探望她。洛清影局促地应了两声，不知是去是留。

齐乐瑶破涕为笑，擦了擦眼泪，起身走近前来，望着他涨红的脸低声说道：“还记得那日我与你说过的话吗？你们兄弟俩什么都好，却唯独不解风情。不管是公主还是平民女子，她对你有情，又刚经历过生死之险，这个时候她最需要的便是你能在她身边。快去吧，别让自己后悔。”

齐乐瑶一席话点醒了洛清影。状况突发，在洛清影心中，虞朝颜虽令人怜惜，却不得不被自己放在了国事朝政之后。他担心南境生变，担心洛清篱的生死，唯独对她的情况却是不敢提。如今她九死一生回了燕安，远离故土，有家难回。大丈夫该说的要说清楚，该断的要断彻底，可这不是畏缩着逃避的理由。这个时候，能为她带去一丝丝温暖和希望的人只有自己了。他感激地向齐乐瑶拱了拱手，大步出了府门，跃身上了赤缨，赤缨鼻息喷薄，嘶鸣一声便奔了出去。

到了驿馆门前，远远见卫队巡视，里里外外被看护得滴水不漏。洛清影下了马，门外侍卫立刻飞奔进门通传，不多时便见陈亭一瘸一拐地迎了出来。

"下官见过太傅大人。"陈亭右手还缠着绷带，方要施礼就被洛清影拦下。

"辛苦陈大人了。"洛清影笑着点点头，"陛下多次赞赏陈大人胆识过人，又机警应变，回京后待一切安顿下来，陛下定有重赏。"

陈亭闻言，忙后退几步，勉强抬起受伤的手谢道："下官谢大人美言。"

"何须我美言？"洛清影摆了摆手，"为人臣者，自当尽臣子的本分。你尽忠职守，陛下都是会看在眼里的。"

陈亭忙不迭地连连应承，接着又突然神神秘秘地凑近了些低声问道："太傅大人今日到此可是来探人的？"

洛清影被突然一问，面子上有些过不去，便别过脸去点头嗯了一声。上次他来驿馆私见公主，便是陈亭做的安排。以陈亭这般聪慧的心思，定然是已经觉察到了什么。

"可陛下有令，任何人不得踏入驿馆，除非有圣谕在手。"

陈亭低声说道，果不其然见洛清影沉下了脸色。他嘿嘿一笑，又接着说道："不过陛下特意叮嘱过，若是太傅大人来了，便无须阻拦，自当放行。"

洛清影心内一震，没想到赵弘瑀竟然已经猜出自己一定会来见虞朝颜。他有些泄气，又有些感动，对陈亭微微点头以示谢意，然后便抬脚进了驿馆。

第十章

我心匪石　我心匪席

驿馆之内静无一人，只有巡防的卫队鱼贯而过。洛清影顺着小径走过去，直接来到虞朝颜下榻之处。

虞朝颜迎着阳光倚门而立，脸色病态一般的白皙，被阳光一照竟似透明。之前圆润的脸庞瘦下去许多，一双美目兀自红着，似是哭了很久。

洛清影心中一揪，可依旧将那无以复加的怜惜之情硬生生压了下去，在原地处拱手施礼："外臣见过公主殿下。"

虞朝颜没有说话，只是低着头暗自抹了抹眼泪，转身进屋。洛清影跟在她身后进了屋，却见她一直背对着自己，偷偷拭泪。

过了好久，虞朝颜才缓缓转过身来，努力扬起嘴角，硬生生挤出一丝笑意望着他，语带哽咽："你说只要活着就有再见的希望，你没有骗我。"

洛清影心中涌起无限酸楚，他无法想象眼前这个娇俏的女子在暗无天日的逃亡之时到底经历过怎样的绝望。至亲离世，骨肉相残。在她最无助的时刻，自己却不在她身边，甚至在听闻她遇难之时，他都只能极力压抑着那份痛苦，固执地不愿去想，不愿去看。他一直都死死地用理智将自己的内心深深锁住，哪怕是被人诟病为懦弱和冷漠也在所不惜。然而对眼前这个姑娘的疼惜与自责，让他的情感瞬间失去了控制。

什么南祇、什么虞恪，他现在都不想管，作为男人，如果连自己喜欢的姑娘都无法安慰、无力保护，那他还有什么脸面立于朝堂之上，侃侃而谈家国天下？

洛清影望着虞朝颜被淹没在眼泪之中的笑颜，深深地皱紧眉头。他快步走上前去，将虞朝颜紧紧拥进了自己的怀中。"对不起。"他咬紧牙关，低沉着缓缓说出这三个字来。

一切发生得太快，虞朝颜来不及反应，只觉得身体忽然僵住了一般。待回过神来，她发现自己已经深陷于那个温暖的胸膛。世间的大风大浪似乎都被这个怀抱隔绝在外，唯一能听见的只有从他左胸处传来的令人心安的沉稳心跳。

虞朝颜将自己的脸深深埋进洛清影的颈间，多日来压抑到极致的情感终于寻到了出口，嘤嘤啜泣渐渐变成了一声声撕心裂肺的痛哭。洛清影并不说话，只是将她紧紧箍在怀中，任由她将自己的情绪尽数宣泄出来。

过了良久，虞朝颜终于慢慢平静了下来。她伏在洛清影的胸前，闭着眼睛，泪水打湿了睫毛，如同被秋雨摧残过的蝴蝶，微微颤抖。指尖轻轻摩挲，一片冰凉。洛清影的衣襟已经被眼泪洇湿了一大片。虞朝颜惊着一把将他推开，低着头，满是愧疚地指着他的衣襟小心翼翼说道："对不起。"

洛清影低头望去，左边衣襟已经皱得不成样子。他抬起头来，又见她满面惊慌，似是做错了事的孩子，心内的爱怜之意更加浓烈。他轻轻牵过她的手，让她靠在自己的右心房处，极其温柔地抚着她的背，缓缓说道："没事的。"

洛清影从未如此主动地对待自己，这让虞朝颜又惊又喜。她连日未曾合眼，方才发泄过情绪，又逢洛清影就在身边，心内前所未有的安宁，一阵困意袭来，她竟就要这么依偎在洛清影的身前昏昏睡去。

洛清影觉察到异样，也大约能体会到虞朝颜的心境，便一把将她横抱起来，走进内室，轻轻放置卧榻之上。方一放下，虞朝颜便警觉着醒来，拉住他的衣角，不安地问道："你要走了吗？"

洛清影抬手轻轻撩开她那被眼泪打湿而黏在额上的碎发，然后缓缓坐在榻边，满眼尽是柔情："我不走，你安心睡吧。"

被这样的视线凝视，虞朝颜觉得自己似要融化了一般。她噌地坐起身来，双手环住洛清影的肩头，软软地靠在他的肩上。她刚刚哭过，鼻子还闷着，只能糯糯地说着："你好容易来了，我不敢睡。"洛清影温柔地抚着她，没有说话。

见他没有回应，虞朝颜松开手，与他四目相对："大人，我若真的死了，你会不会难过？"

洛清影怔了片刻，然后无奈地笑了笑："说什么胡话？"

虞朝颜有些委屈，噘着嘴咬着唇。过了片刻，她低下头叹息一声："那日坠崖之后，无时无刻不在死亡边缘徘徊，我心里惶恐至极，心想就这么死了也挺好，反正父皇不在了，我去那边还可以陪陪他，省得他老人家孤单。可是太尉大人却一直不肯放弃，他让我想想在这个世上是不是还有牵挂的人，还有未了的心愿。然后我就想到了你，想到了和你的约定。”虞朝颜说着，手里不停摆弄着衣裙，言语间又止不住哽咽起来。

洛清影抬手轻轻替她拭去脸上的泪痕，抚平她眉间眼角的不安：“你希望我难过吗？”虞朝颜使劲摇了摇头。

“那你就好好活着，一定不要死。”虞朝颜一愣，继而破涕为笑，又认真地点了点头。那浸着笑容的脸庞竟是如此甜美幸福。

两人正是心意相通之时，虞朝颜的肚子却不合时宜地叫了起来。她难为情地转身趴在榻上，将脸埋进了那堆棉被之中。

洛清影知道她这段时日定是茶饭不思，夜不能寐，便笑着宽慰她道：“好容易从山崖下捡回来一条命，可不能又给饿死了。我让人给你送些饭菜来，你且用些。”

经过侍婢的一番拾掇，虞朝颜又恢复了些往日的娇艳模样。只是那泛红的眼眶和微红的鼻头，透露出她方才曾哭过的事实。

待侍女们鱼贯而出，虞朝颜竟又在门内徘徊不定起来。方才自己见到洛清影之后，情绪几度崩溃，而他竟然也不似之前那般内敛克制，至情至性，温柔缱绻。与他那般亲密之后，虞朝颜忽然羞涩起来。

见她半天没有出门，洛清影在外间轻咳一声，然后唤道：“公主，可以用膳了。”

虞朝颜轻轻应了一声，犹犹豫豫地走了出去。她莫名有些紧张，却见洛清影依旧如往日般淡淡地笑着望着自己。

“公主请入座。”洛清影恭敬地拱手揖让道。

他又恢复了往日的克制冷静。果然，方才只是因为自己情绪激动，而他又是那般温柔的人，不忍伤了自己的心，才会迎合着自己说出那样甜蜜的话，做出那样亲密的举动。虞朝颜有些难过，一声不吭地入了座，端起碗箸。

若是以前，想要什么，她绝不会犹豫，拼尽性命也要抢回来。可在生死门转了一圈之后，她忽然觉得世间的事情都太过缥缈，有些人有些事，命中注定没有结果，就算你用尽了全力，也依旧只是水中月、镜中花，可望而不可得。

洛清影并未注意到她面上的变化，出于礼节，他远远退至一边，静静等着她用膳完毕。虞朝颜满腹委屈，眼泪又止不住滴落下来。

洛清影终于察觉到异样，快步走上前来，蹲下身去问道：“公主怎么了？”

虞朝颜憋了半天，放下碗箸，转身拉过他的手委屈地问道：“大人何以突然又这么疏远我？”

洛清影一愣，继而才反应过来是怎么回事。他顺势跪坐在地上，轻轻替她擦去眼泪，柔声解释：“公主身份贵重，我还需注意分寸，以免传出什么话来，有伤公主名节。”

听完这番话，虞朝颜明白是自己多心了。洛清影的所有言行，皆是出自维护她的需要。她羞赧地松开手，抽了两下鼻子，然后转身又端起了碗箸。

待虞朝颜用了膳，侍婢们进来将盘盏收拾好，然后又出了屋去。

见虞朝颜整个人的情绪和状态都稳定了许多，洛清影暗暗松了口气，他轻声叮嘱道：“陛下吩咐了御医过来，你要按照御医的话好好吃药。以后的路会更加艰险，我不在你身边时，你定要好生照顾自己。”

虞朝颜极力抑制住冲上去抱住他的冲动，不安地问道：“你以后还会来看我吗？”

洛清影脸上的神色暗了下去：“为了你和楚王的安全，陛下封锁了驿馆。我这次能进来是幸得陛下通融。之后的事我也说不准……但我答应你，一旦有机会我就一定来看你。”

虞朝颜不是个胡搅蛮缠的骄横公主，她明白自己的尴尬处境，也知晓洛清影的为难之处。在燕安，自己名义上是南祇公主，实际上只是个举目无亲、无依无靠的落难之人。赵弘瑀没有将自己和虞昉直接遣送回国，已经是仁至义尽。夹在两国飘摇不定的政局之间，她和虞昉就像是浮萍一般，随时都有可能被巨浪吞没。而洛清影是大殷的重臣，又是皇帝身边炙手可热的宠臣，他肩负的东西太多，顾虑的事情也太多。同样都是局中人，便能感同身受知道彼此的困境。

虞朝颜噙着泪点点头：“我会好好吃药、好好吃饭……我等着你来。”

洛清影欣慰地笑了笑，见她似是又要哭泣的模样，便起身走上前来，递给她一方素帕：“方才哭得似个泥猴一般，好容易收拾利索了，不可以再哭了。”

虞朝颜接过素帕，擦去眼角的泪水，忽然愣了片刻，十分愧疚地说道：“那日坠崖，太尉拼死救我，自己却受了重伤。我用你给我的那方素帕替他做了包扎，如今想来，可能已经不知丢在何处了。”

“一条素帕而已，无须挂在心上。”

虞朝颜红了脸，将这方素帕按在心头，声音轻柔，略含羞涩：“于我而言，大人的东西皆为贵重。这个……我留下，可以吗？”

洛清影点点头：“当然可以。”

虞朝颜轻轻摩挲着那方素帕，心中满是柔情。有那么一瞬间，她忽而恍惚，不知这般美好到底是真还是假。若是幻境，自己便宁可沉溺其中，不愿醒来。

察觉到她在出神，洛清影低头轻声问道："怎么了？"

"没什么。"虞朝颜摇了摇头，继而实在无法忍受如此患得患失，便又抬手环住洛清影的肩头，深深埋在他的胸前。洛清影没有丝毫防备，差点失去重心，双手划了一圈，僵在半空。

"大人，你告诉我，我不是在做梦，这一切都是真的。"虞朝颜的指尖紧紧纠结于洛清影的衣襟之上，声音微微有些颤抖。

洛清影长长地叹了口气，然后抚着她的肩膀将她从自己的怀中拉起。他凝视着虞朝颜的眼睛，眼中尽是柔情。虞朝颜被他望得心如小鹿乱撞，一片桃花飞上双颊。

洛清影伸手轻柔地替她将耳边的碎发别在耳后，然后轻声说道："我心匪石，不可转也。我心匪席，不可卷也。"虞朝颜听得真切。只短短两句，她便彻底明白了洛清影的心。

她有些害羞，又有些欣喜，方要说话，便听屋外一声通传："太傅大人，陛下请您入宫。"

虞朝颜有些不舍又有些慌张，她不安地望着洛清影，眼神中带着某种希望，就如偷偷潜入太傅府的那夜，自己躲在马车的车帘后偷偷望着他那般。眼睛中，一半是秋水潋滟，一半是烈焰灼灼。

"知道了。"洛清影冲着外面应了一声，那人似乎退远了些。

"大人……"虞朝颜知道无法再留他，依依不舍地小声叮咛。

"好好照顾自己。"洛清影心中纵是千般不舍，也无法再继续待下去。

"大人放心，我一定听你的话。"虞朝颜暗暗攥紧了手心中的素帕，认真地点了点头，"我等你来。"

洛清影宽慰地点点头，快步退出屋外。待到驿馆门口处，陈亭早已在那里候着。

洛清影想了想，走上前去，低声交代道："楚王和公主便交给你了，一定照顾周全。"

"大人放心。"陈亭了然地一笑，"下官一定竭尽全力。"

洛清影马不停蹄地入了宫，一路未敢有丝毫耽搁，方一进入中孚殿，就急匆匆地问道："何事如此着急？"

赵弘瑀一脸高深莫测，见洛清影上气不接下气的狼狈模样，忽然哈哈笑出声来："我若不说是十万火急的事，你能舍得从驿馆里出来？"

一听他这般放肆嘲笑自己，洛清影面子上挂不住，随即沉下脸来："陛下若是无事，臣便告退了。"

"唉！"赵弘瑀知道他向来面子薄，自己方才那番话说得确实有些露骨，便赶紧将他拦住，"说笑而已，何必当真呢？我找你自然是有事，真的有事。"既是国事，洛清影自然不敢懈怠。他将方才的情绪迅速收起，仔细听赵弘瑀道来。

"一是关于陈亭。"赵弘瑀见他神色不似方才那般用词，便也就一路说了下去，"我想将他迁为礼部郎中，你觉得如何？"

"他在驿丞的位置上兢兢业业，恪尽职守，而且机智灵活，巧妙周旋，对待外使亦是不卑不亢，你如此安排，我觉得很好。"洛清影点头赞同。

"那我明日便下旨。"赵弘瑀想了想，又补充道，"虞氏这回也算是落了难，在燕安举目无亲，陈亭对他们的饮食起居更加熟悉。我让陈亭再兼任一段时日的驿丞之责，你觉得可好？"

洛清影明白这是赵弘瑀的好意，他想让虞氏兄妹在燕安待得更踏实安心一些。赵弘瑀嘴上虽然责备他在这段感情中太过纠结，可却处处为他考虑，这让洛清影感动不已。他点点头答道："你所思虑之事已经很周全了。"

"好，那便如此行事。"赵弘瑀说完这话，竟突然陷入沉默中。

洛清影不解，疑惑地问道："还有何事？"

赵弘瑀担忧地看了他一眼："还有的便是你的事。清影，说实话我也很矛盾。我能看出你对虞朝颜的喜欢之情。作为朋友，眼见着你终于遇见了倾心之人，我是真的为你高兴，所以她回京之后，我才通融让你去见她。可我心中又十分清楚你与她之间根本就没有未来可言，你让我又怎么能眼见着你深陷于这个泥潭而不能自拔？我之前让你去与她将话挑明，将话说透，是因为想着她即将归国，你们不会再有机会相见，所以以此做个了断，彼此不留遗憾。可她这次却意外地又回来了，我只怕你们那些作为了断的言语，会成为情意相通的种子，引着你越陷越深。"

洛清影听着赵弘瑀的话，心中越发沉重。他曾经笃定地说过，自己不会因为私情而误了国事。但事到如今，他却犹犹豫豫，难以取舍。

"清影，对于情，我早已舍弃。后宫之中，没有爱，只有利。可我不想让你步我的后尘，我不想看着你痛苦挣扎，最后却只落得一颗千疮百孔的心。"赵弘瑀恳切地拉着他，直直望着他的眼睛，"放弃她吧。你想要什么样的姑娘，我都可以帮你找。王公贵族之女，任你去挑。”

洛清影一反常态地没有逃避，他对上赵弘瑀真诚的眼神，轻声说道：“我很感谢你让我去见她。我答应过你，绝不会因为私情而影响朝政之事，我发誓，绝不食言。”

“我怎会怀疑你的忠心？我并非要以君臣之义来胁迫你，真的只是害怕你再次受伤。”赵弘瑀急切地摇头解释，“好容易洛清篱终于有了属于自己的幸福，为什么你不可以？”

洛清影沉默片刻，微微叹了口气：“各安天命吧。”

赵弘瑀愣了愣，亦是万般无奈：“既如此，我便不再多言。只是即日起任何人不得擅入驿馆，我的心思望你能体谅。”洛清影默默地望着他，而后轻轻点了点头。

虞恪接到了赵弘瑀的亲笔回信。信中提到虞昉和虞朝颜大难不死，但皆受了重伤。赵弘瑀十分珍惜与南祇的交好，因此对此次事件十分重视，发誓定要查出真凶。由于案发于大殷境内，虞昉和虞朝颜又是重要的人证，所以暂时留在燕安医治，待真相查明之后再安全送回。

虞昉和虞朝颜竟然都还活得好好的，这让虞恪大发雷霆。这次截杀本就是他精心策划好的一石二鸟之计。一则除了虞昉这个心腹大患，二则将罪名扣在他赵弘瑀头上，好拉着西卫的李崇勋东西夹击，将大殷的繁华富庶之地尽数瓜分。可人算不如天算，没想到赵弘瑀竟然会让洛清篱亲自率禁军卫队护送虞昉兄妹二人回国，更没想到曹郃、曹晖加强了警戒，巡边校尉及时赶到，没能让虞昉一刀毙命。如今他二人死里逃生，不知是否掌握了刺客的身份信息。可虞恪生性多疑，他并不能完全相信赵弘瑀所言，毕竟信使并未见到虞昉和虞朝颜本人。

可信使带回的另一人所写的密信让他认清了事实。赵弘瑀确实救下了虞昉，但他手里却也没有真正对虞恪不利的证据。不管赵弘瑀是真的救下了虞昉，还是演了一出计，这些都不重要。只要虞昉回不了南祇，暂时便无人可以对他的权威提出挑战。信中还敦促虞恪尽快联络好李崇勋，因为赵弘瑀已经做好应战的准备。

然而写信之人却不知，李崇勋竟然出尔反尔，临时没了音讯。若无西卫遥相呼应，只凭南祇一己之力，根本不是大殷的敌手。到底是李崇勋被漠凤压制住动弹不得，还是他根本就是有心坐山观虎斗，好趁势渔翁得利？虞恪竟一时摸不透西卫的意图。

更要命的是，虞昉那帮心腹旧臣在得知自己的主子幸免于难之后，竟又开始蠢蠢欲动。朝中上下弥漫着一种不安定的气息。

虞恪仓促应对，有心无力，与赵弘瑀之间的博弈只得暂停。他又换了副嘴脸，让使节再次出使大殷，一来确认虞昉的情况，二来对赵弘瑀的倾力相助表示谢意。

一切皆在赵弘瑀的意料之中，可一切却非皆在他的掌控之中。

赵弘瑀并未向朝臣们透露章延泽报上来的西卫实情，而他对虞恪表面上看似敷衍的回信竟然意外地让虞恪软了下来。大殷与南祇剑拔弩张的情势得到了缓解，西卫也忽而由攻势转变成了守势，这让朝臣们对这位年轻的君主不由得更加刮目相看。

赵弘瑀却不敢懈怠，他知道虞恪贼心不死，一旦站稳了脚跟，必定会卷土重来。他一方面命章延泽、曹晖保持天雄军和神策军的警戒，另一方面又命洛清篱在禁军中展开大规模的整军，提拔新锐，裁汰冗员，从民间筛选出一批新军，分别扩充到禁军和边军中去。

在御医们的精心照料之下，虞昉终于醒了过来。他坚持要面见赵弘瑀，于是在虞朝颜的陪同下亲自入宫谢了恩。赵弘瑀只寥寥问了几句关于遇刺的事情，虞朝颜确认当日刺杀之人确实操着一副定襄口音，可到底是不是虞恪派来的，她也无法确认。见虞昉整个人还是蔫蔫然，赵弘瑀便止住不再询问。虞昉心中感激，承诺会将整个事件写成文字呈交上来。赵弘瑀又宽慰了虞昉一些，让他安心在燕安养好身体，之后再做打算。

多事之秋总算告一段落，枯叶落尽，转眼又到年末。一场大雪之后，除夕近在眼前。燕安城内到处都洋溢着节日之前的热闹和喜悦。

今年的除夕夜宴，赵弘瑀有自己的打算。除了宫中的太后、嫔妃、亲王、郡王，他又将虞昉和虞朝颜兄妹接入宫中，准备一起热闹一番。

他本意并未想着让洛清影来，毕竟自己亲口立了规矩，不希望洛清影再与虞朝颜有更多纠葛。然则作为朋友，赵弘瑀终究还是心软了。除夕之夜，阖家团圆，洛清篱如今成了家，有郡主齐乐瑶在身侧相伴，可洛清影依旧还是孤身孑立。团圆之夜难免形单影只。于是他传了口谕，命洛清影入宫作陪，也算是尽了一份朋友之谊。

大年三十，满城中尽是爆竹之声。淘气的孩童们最爱将爆竹埋进雪中点燃，炸飞的雪片溅得行人满身皆是。洛清影一大早去向洛清篱和齐乐瑶问安。

在齐乐瑶的精心照料之下，洛清篱的腿伤已经好了大半。正常行走皆无问题，只是暂时还不能上马行军。

“清影，听说今日陛下请你入宫？”齐乐瑶坐在洛清篱的右手边，笑盈盈地望着洛清影。

“回郡主，是的。”洛清影拱了拱手答道。

街坊间的鞭炮声此起彼伏，远远传来。吉叔带着下人们正在挂灯笼，院中亦是热闹非凡。洛清影徜徉于这热络的氛围中，再看洛清篱亦是满面春风，情绪不禁好了许多。

“本来还和你兄长想着除夕邀你一同守岁，如今倒是被陛下抢了先。”齐乐瑶转头望了洛清篱一眼，“不过也好，宫中人多，定是比这里热闹许多。”

洛清影笑着谢道：“虽然陛下是眷顾我，但我还是更愿意与兄嫂一同过节。”

“一家人在一起总是令人安心。”洛清篱点点头，“所以为兄倒是更愿意见你尽早成家。”

洛清篱此话正好说中了洛清影心中的痛处，他不知如何应答，只好略显尴尬地应了两声。一时间其乐融融的氛围突然冷了下来。

齐乐瑶看不过去，便嗔着望了洛清篱一眼，转首又去安慰洛清影：“你看你兄长，说话从来都是直来直去，不顾别人的感受。他就是担心你而已，想着能有个人好好照顾你。你身边若能有个体己的人，我和你兄长便也能安心一些。”

洛清影明白这两人的好意，可他心中所念之人，却无法与他相守。他不愿再继续这个话题，便委婉地说道：“清影明白兄嫂的好意。只是目下朝局多变，兄长又有伤在身，陛下身边难免需要我来应承，所以……我暂时还无心去想这些事情。”

“朝局之事又岂是你一人能支撑？满朝文武都该去为陛下做事，你切不可将一切事情都揽在自己身上，借此来逃避姻缘之事。”齐乐瑶却不以为然地摇了摇头。

她早就看出洛清影和虞朝颜之间的情愫。她是个至情至性之人，并不因为虞朝颜的身份而有任何反对之意。可后来她与洛清篱提及此事，洛清篱的面上却满是担忧之情。她是个妇人，但也明白朝政之事的错综复杂。洛清影与虞朝颜之间注定难有好的结局，若真是如此，那便该早早结束，以免泥足深陷、不可自拔。

齐乐瑶言下之意便是想让洛清影及早抽身，可洛清影绝非薄情寡义之人，尤其是在虞朝颜落难之际。他明白齐乐瑶的好心，但却做不到。

洛清篱自然是知晓他的为人，眼见这闲聊突然间变了味道，他只得站出来打个圆场：“今日除夕，咱们就不谈这些事情了。”

哪知齐乐瑶并不放弃，继续说道：“若是清影不愿娶，那便先不娶。可他身边没有人伺候，我总是不能放心。实在不行，我倒是觉得可以先给他纳个妾。王侯将相，哪个没个三妻四妾的？”

齐乐瑶兀自说着，洛清影脸色却越发难看。洛清篱知道自己的夫人是个直言爽快之人，也知道洛清影并非真的不高兴，可再这么说下去难免要出事。

“郡主，这件事回头我再和清影好好说说。他面子薄，你若再说下去，他怕是要坐不住了。”洛清篱笑着打断了齐乐瑶。

洛清影感激地望了洛清篱一眼，然后起身对齐乐瑶深揖一礼：“郡主关切之意我心领了。只是这些事情我暂时真的无力多想，若是以后姻缘到了，那时再说不迟。”

“行行行，你们兄弟俩我是一个都说不了。”齐乐瑶摆摆手示意他坐下，“你们先聊着，我去后厨看看。清影今晚入宫，那中午便留在府中吃顿团圆饭吧。”说罢，芸儿近前搀她起身，缓步出了阁去。

见齐乐瑶走远，洛清篱略含歉意地说道：“郡主也是一番好意，你别太往心里去。”

“我怎会不知好歹？兄长多虑了。”洛清影淡淡一笑，有意岔开话题，“这次幸得郡主悉心照顾，否则兄长的伤势怎能恢复得如此之快？”

“嗯。”洛清篱抚着自己受伤的腿，面上不自觉流露出一些暖意，“若非她在，我真是不知如何是好。”说完，他抬眼望着洛清影，犹豫了片刻又说道，“郡主之言其实也并非全无道理，你若真心暂时不想成婚，不如……”

“纳妾吗？”洛清影笑着摆了摆手，“兄长，你与郡主伉俪情深，你自己可曾想过纳妾？”

“这……”洛清篱一愣，继而又自嘲着笑了开去，“你看我，竟也说出这般糊涂话来。不说了，不说了。”此话一出，兄弟二人对视一眼，继而双双笑出声来。

酉时一过，宫中便来人接洛清影入宫。洛清篱执意亲自送洛清影出门，齐乐瑶心思聪慧，明白自己的夫君定是有话要单独嘱咐，便留在阁中，未再相送。

念及洛清篱的腿伤，洛清影搀着他，两人放慢了脚步，缓缓朝府门走去。

“清影，今日入宫应该是会见到德宁公主吧？”没了齐乐瑶在场，洛清篱便开门见山地问道。

洛清影迟疑片刻，然后默默点头。他怕洛清篱兀自担心，便又开口说道：“兄长放心，我不会做出什么逾矩之事。”

洛清篱停下脚步，凝重地望着他：“你是什么样的人，我自然清楚。可感情之事，如星火燎原，我真的不知该如何劝你。于公于私，该如何做，你心如明镜，我不再赘言。公主实则也是可怜之人，今日为团圆之日，你若有心，便稍加安慰她一些，但定要注意分寸。”

“我明白。”洛清影俯首应道。洛清篱见他听了进去，便也不再多言，与他径自往门外走去。

刚一出府门，不知从何处突然窜出几个孩童，手里还举着烟花，炸得噼啪作响。吉叔带着几个小童慌忙追着撵了出去，孩子们嬉闹着四散开来。

洛清篱饶有兴致地看着这些孩子，连声将吉叔唤住：“吉叔，别追了！今日过节，让他们玩去吧。”

洛清影望着自己的兄长，忽而生出许多感慨。洛清篱从未有过这样慈祥的神色。若不是因为那场突如其来的刺杀事件，开了春，齐乐瑶便应该快要临盆了。洛清篱虽则捡回了一条命，可依旧痛失爱子。这样的伤痛，他虽然从未在人前吐露半分，但定是锥心蚀骨一般。

“兄长，”洛清影轻声唤道，“今夜我不在，你和郡主定要热热闹闹地过节。”

“大人放心！”吉叔在一边凑了趣，“郡主已经着人去殿前司将安歌和夏未将军都请了过来。安歌孤家寡人一个，大年夜的也没个去处，夏未将军尚未婚娶，也是光棍一个，今晚府里有他们两人在，定然热闹。”

“郡主真是费心了。”洛清影听着，对齐乐瑶的细心体贴暗自赞叹不已，“既是这样，我便安心了。”

洛清篱舒了口气，抬头望了望天，不觉又有些伤感：“可惜延泽戍边，不能前来。往年这个时候，他总是第一个过来的人。他一人在外，我还真是有些放心不下。”

洛清影知他心中隐忧，便上前一步附在他耳边轻声宽慰道：“兄长勿忧，章将军今年亦是团圆之年。”

“嗯？”洛清篱有些不解地望着他，继而似乎忽然明白过来，不可置信地低声问道，“苏祓在天雄？”

洛清影笑着点点头，见他一脸震惊，便又宽慰道：“陛下有意安排，兄长不用担心。所谓有情人终成眷属，应该就是这般。”

洛清篱暂时放下心来，但又忍不住责备道：“如此大事，应该早些告诉我。”

“陛下交代，不许外传，所以……”

“好了，你先入宫吧。”洛清篱见他当了真，便又缓了口气说道，“既是陛下有所交代，也不怪你。待节后你再详细告诉我。”

“是。”洛清影退了两步，站在阶下再向洛清篱拜了几拜，“兄长留步，清影告辞。”

洛清影坐在马车中，听着由远及近、此起彼伏的爆竹声，忽觉有些欣慰。这一年，虽是多舛，但终是有所收获。

入了宫，宫中也尽是喜乐祥和之景。偌大的皇宫，似乎一改往日的幽深寂静，变得生动起来。

中孚宫规模较小，考虑到宾客之众，赵弘瑀将除夕夜宴定在了宁寿宫。宁寿宫为先皇昆帝的起居宫殿，一来殿阁宽敞，二来也算是与先人同乐。

洛清影知道赵弘瑀这个时候定然还在中孚宫等着，便径直先入了中孚宫去。还未入殿门，就听见赵元澍稚嫩的声音传了出来：“父皇，儿臣想去放爆竹。”

“不行，太危险。”赵弘瑀想都没想便直接拒绝了。

洛清影一边暗自好笑，一边抬脚走了进去：“陛下小的时候难道没有放过爆竹？”

赵弘瑀闻言，知道是他来了，便连忙站起身来：“怎么才来？”

洛清影笑着站定，然后拱手依次参拜道：“臣参见陛下、秦王殿下。”

“大过年的，这些都免了。”赵弘瑀连着摆手。

洛清影也没理他，走到赵元澍面前蹲下身子问道：“殿下想放爆竹？”

“嗯。”赵元澍认真地点点头，“本王听落雪说过，宫外过年男孩子都放爆竹。我还没有放过……”

“别听他的。”赵弘瑀顺级而下，指着赵元澍说道，“这孩子年纪大了些，怎么突然变得这么调皮？什么危险喜欢什么，宫里的下人也不知道劝着点。朕想着好容易过个节，便早早接他过来，与他多待一会儿，没想到尽变着法儿折腾，鸡飞狗跳，不得安宁！”

洛清影站起身来，望着赵弘瑀诉苦的模样，忍不住戏谑地笑道：“殿下这性子倒确实与陛下如出一辙。”赵弘瑀被呛了回去，一时竟憋得无言以对。

洛清影见状，忍着笑意又说道：“殿下是个男孩子，这个年岁折腾一些不是正常？你就是太在意了。”

赵弘瑀明白他的意思，便叹了口气，然后俯下身对赵元澍说道：“宴席之后，父皇陪你去放爆竹，如何？”

“真的？”赵元澍眼睛睁得溜圆。

“君无戏言。”

赵元澍一高兴，直蹦得三丈高：“儿臣谢父皇！”

“该谢太傅才是。”赵弘瑀直起身来，佯装严肃地瞪着他。

赵元澍立刻收敛起得意的模样，举着肉乎乎的小手对洛清影揖了一礼：“谢太傅。”

“臣受不起，殿下开心就好。”洛清影忙拉起赵元澍，满脸笑意。

赵弘瑀对一旁的欢招吩咐道：“让落雪和红梅先带元澍去宁寿宫玩吧，朕和太傅说两句话。”

“是。”欢招得了意思，走过来拉着赵元澍的手谄媚地哄道，“殿下，咱们先去宁寿宫玩一会儿吧？”

“嗯。”赵元澍得了赵弘瑀的承诺，心情大好。他向赵弘瑀做了辞别，然后便握着欢招的手一蹦一跳地走了出去。

赵弘瑀忽然转过脸来，认真地说道：“你这么喜欢孩子，便赶紧成婚生子，省得我们一帮人都跟着着急。”洛清影一愣，微微垂了眼眸。

赵弘瑀见他这般，虽是不忍心，但仍旧狠心说了下去：“我坚持不让你见她，确实刻薄了些。今日团圆夜，我实在不忍见你形单影只。只是……也不知道我这么做到底是对是错。”

洛清影沉默了片刻，轻声说道：“你的良苦用心我自然知晓。有些事是对是错，谁也说不清楚。她有心托付于我，我却不能倾心相待。无论如何，终是我负了她。”

“这事不能怪你。情之所起，非人力可控。”赵弘瑀用力地抓住他的肩头，语带宽解之意，“我只希望你知道，我如此自相矛盾的安排，并非为她。你是我在这世间唯一的知己至交，我做的任何决定，只是为了能让你释怀而已。”

待赵弘瑀和洛清影赶到宁寿宫的时候，一干人等都已经到齐入座。

见赵弘瑀进殿，除甄太后以外，所有人皆是跪地伏拜，向赵弘瑀贺喜。

饶是方才与洛清影聊的话题有些沉重，见此情此景，赵弘瑀的心情也好了起来。他示意大家平身，并亲自上前将淑妃扶了起来。淑妃一时间竟受宠若惊，不自觉地羞红了脸。

从洛清影入门之时起，虞朝颜的眼睛便丝毫未曾离开他。他站在赵弘瑀的身后，远远向她投来一瞥，那一眼之中竟饱含了无数情思，亦忧亦喜。待他入座，便再无视线交织。

洛清影名为太傅，实则对秦王赵元澍如亲子一般疼爱。赵元澍并未坐下，而是向赵弘瑀请求与太傅坐在一处。本就是家宴，气氛又是如此祥和。赵弘瑀便也没有阻拦，吩咐欢招在洛清影身边加了一副碗筷，一方软垫，让赵元澍挪了过去。

洛清影有皇子在身旁，更加无暇他顾。虞朝颜只能叹息一声，失望地低下头去，绞着衣带，默默出神。

虞昉自从恢复神志以来，情绪上仍旧颓然无力。可他毕竟出生皇族，礼仪周全。今日这般场景实际上是赵弘瑀的恩赐，他不能扫了赵弘瑀的兴致，便也强打起精神来，与在场诸位把酒言欢。他并不十分清楚虞朝颜与洛清影之间的事情，见虞朝颜一副兴致索然的样子，以为她还在为目前的遭遇而哀愁，便轻声咳了几下，以眼神示意她不可造次。

虞朝颜明白自己皇兄的担心，便试图将那七零八落的心思掩藏起来。可抬眼望着殿中翩然起舞的教坊舞姬，心中一阵委屈，眼睛又模糊起来。

洛清影虽然应付着赵元澍，可却总是放不下心来。他只能看见虞朝颜的侧颜。她倔强地努力让自己的头高昂起来，可微红的眼角依旧泄露了她的秘密。

正在此时，洛清影忽闻得身边一声响。他一转眼，见虞昉软绵绵地倒在了几案上。他瞬时大惊，连忙起身过去，将虞昉扶起来，斜靠在自己的肩上。

“皇兄！”虞朝颜亦是吓得不轻，直直扑了过来，连声呼唤。

赵弘瑀见状，忙吩咐随身侍奉的医官上前去探视。御医上前瞧了瞧，又把了脉，然后跪着向赵弘瑀回复道：“陛下，楚王殿下旧伤未愈，神思衰弱，方才饮了酒，不胜酒力，这才晕了过去，无甚大碍。”

“那就好，那就好！”赵弘瑀舒了口气，转身对欢招说道，“先扶楚王去重华殿休息片刻，御医也跟着一起过去，仔细照应些。”

虞朝颜一心扑在虞昉身上，见他满面通红，沉沉睡了过去，不由得紧紧拉着他的手，连连唤道：“皇兄……皇兄……”

洛清影撑着虞昉，但见虞朝颜万般焦急、手足无措，便轻声安慰道：“他只是醉了，你别担心。”

这是几个月来洛清影与她说的第一句话。虞朝颜怔了片刻，一时间百感交集，她紧紧抓着虞昉的手，噙着眼泪默默点头。

两名宫人俯身上前来将虞昉从洛清影身上接了过去。

“外面风寒，给殿下披上狐裘。”欢招仔细招呼着，“刚饮了酒，可千万别再受了风。”

眼见着这边几人手忙脚乱，虞朝颜悬着一颗心，却又不知如何是好，洛清影微微皱了皱眉。他定神片刻，转身向赵弘瑀请求道：“陛下，楚王殿下醉得厉害，臣……臣请随欢招公公一起将人送去重华殿。”

赵弘瑀明显没有预料到洛清影的这个决定，他抿着唇、紧紧盯着对方微躬的身影，过了片刻只淡淡说了两个字：“也好。”

“臣谢陛下。”洛清影长长舒了一口气，一路随着欢招等人速速退出殿外去。

入了重华殿，欢招一边命人将虞昉送上榻，盖上厚厚的锦被，一边又命人速去搬来铜炉，殿内顿时变得暖意浓浓。随行的御医守在榻边，先给虞昉喂了些热水，而后又开方抓药，忙得不亦乐乎。

虞朝颜只恨自己什么忙也帮不上，只能张皇失措地站在一边。“欢招公公，我能做些什么？”她拉着欢招，低声哀求道。

欢招正忙得不可开交，被她这么一拉，忙宽慰道：“公主殿下，有奴才们呢，您在一边看着就行了！”

“可是……”虞朝颜还想再说，被洛清影拉到一边。

“欢招心细，还有御医在，你可安心些。”

今日入宫，虞朝颜虽着意打扮了一些，可胭脂水粉根本无法掩盖住她憔悴的容颜。虞昉突然晕倒，她更加惶恐，一双美目黯然无神，整个人都如同秋风萧瑟中的一片枯叶，不知所处，瑟瑟战栗。

洛清影的声音似是穿透暗夜的利箭，倏忽带来一丝微弱的光明。她转过身来，望着那个人。他整个人皆是隐在烛火的阴影中，只有那双眼睛泛着明亮而温柔的光，直射进她的心里。

“大人……”虞朝颜抽了抽鼻子，羽睫微微颤了颤。洛清影也不知自己到底用了多少力气，才强压着自己的手，没有将她揽进怀中。

这边二人四目相对，默默无言暗诉衷肠。那边虞昉却突然趴在榻边，呕吐不止。虞朝颜慌着要上前去看，却被御医给拦住：“公主，殿下体弱，酒乃刺激之物。他方才服了药，将腹中酒水吐了出来。公主不必担心。”

“可是皇兄他……”虞朝颜被拦在一边，远远望着榻上不断呻吟喘息的虞昉，心中焦躁不安。虞昉是她现在唯一的亲人了，若是他再有不测，自己竟不知要如何才能活得下去。

“公主，”洛清影上前来将她拉住，轻声劝慰，“一切交给御医和公公就好。”

“皇兄真的没事吗？”虞朝颜依旧不能安心，遥遥望着床榻上的虞昉。

“我保证，他不会有事。”洛清影拧过她的肩头，逼着她看着自己。

虞朝颜一副欲泣的模样，似霜打残叶般令人心疼。“我信你。”

洛清影欣慰地微微点头：“我陪你去外面等着。”

大雪初霁，云雾散去，除夕之夜，虽无霁月光辉，却是星河满天。洛清影与虞朝颜出得重华殿来，顺着廊芜走到不远处的一处小亭下。亭子虽小，却也在四角飞起之处挂上了宫灯。柔和的烛火映着满地洁白，竟令人莫名安定了下来。

洛清影扶着虞朝颜，让她在一方石凳上坐定，然后默默俯下身来，替她将身上的狐裘裹得更严了些。虞朝颜仰头凝视着他近在咫尺的脸，一时间竟无语凝噎。洛清影感受到她的目光，转而与她相视，知道她定是有千言万语哽在胸中，而自己也是心有千般结，堵在其中无法表明。

“大人，”虞朝颜终是忍不住，小心翼翼地捉住洛清影的一只手，泫然欲泣，“日日思君却难见。今日见了你，我本是满肚子的话，却不知如何开口。”

自那日驿馆一别，两人已是数月未见。虞朝颜比那日又清瘦了许多，握着洛清影的手凉如寒冰一般。

“怎么这么凉？”洛清影心疼地将她的两只手捧在怀中。

“没什么。”虞朝颜红着眼眶微微笑着将手抽了回去，似是十分愧疚，“我又鲁莽了。这里是皇宫，人多眼杂，我方才不该那样与你亲昵，让你为难……”

洛清影有些出神地望着她，心中充满了懊悔。她受了如此多的委屈，竟然还是一心为他在考虑。这样的女子，他不知该怎样怜惜。

“公主，终是我对不住你。”

虞朝颜不忍见他如此懊恼愧疚，连忙站起身来解释道：“大人何错之有？大人无须多心，一切都是我心甘情愿罢了。”

“可是……”洛清影还想再说，却被虞朝颜忽然拦住。

“大人你听，宫外在放烟火。”她眼中仍有泪光，嘴角却笑意盈盈，“今日团圆夜，我能见到你已经心满意足。我们不说这些难过的事情，好不好？”

洛清影虽然明白她是强颜欢笑，可他却也不忍心打破这如昙花一瞬的美妙幻境，便轻轻点了点头。

“大人，我们去看烟火？”

“烟火？”洛清影一愣，“我们在宫里，如何看？”

虞朝颜指了指屋顶，神秘而又有些羞涩地说道：“那里可以。”

洛清影抬头望了望高耸的殿阁，皱起了眉头：“如何上去？”

“我带你上去。”虞朝颜将洛清影推出了亭外，也不管洛清影怎么怀疑，只笃定说道，“大人闭上眼睛即可。”洛清影拗不过她，只得将眼睛闭上。他还没反应过来，忽觉腰间被人推了一把，腾空而起。

“大人，睁开眼睛吧。”

洛清影睁开眼，大吃一惊。眨眼间自己竟然已经站在重华殿的屋脊之上。宫墙之外，苍穹之下，各色烟火，火树银花，如繁星满天。他方要沉浸在这美景之中，忽然探身朝下面看了看，然后不可置信地问道：“你怎么上来的？”

虞朝颜含羞带怯地低下头去：“大人难道忘了你我是如何结缘的？”

经她一提醒，洛清影恍然间记起虞朝颜夜探太傅府之事，又想起御苑射弓时她那马上的飒爽英姿。她与自己情路波折，事多坎坷，在自己面前，她敏感娇弱，常以泪洗面。可她其实却是个巾帼英雄，校场之上英姿勃发，丝毫不让须眉。思及此，洛清影心中对虞朝颜除了男女之情，更生了一丝敬佩之意。

“高处不胜寒啊。”虞朝颜抬头仰望着漫天的流光，紧了紧狐裘。

洛清影望着她，但见她的眼睛似乎是将这彻夜的火花悉数映入了其中，盈盈曳曳，脉脉含情。忽而一阵风吹过，携着片片雪沫，打在脸上，倏而融进肌肤之中，冰凉沁骨。

“大人不必说，我都懂。”虞朝颜直起身子，拉过洛清影的手，默默抚摸着他手心里的那道伤痕，“我心匪石，不可转也；我心匪席，不可卷也。大人如此，我亦如此。今生能得大人倾心相待，我已是满足。然而世事多舛，我早已如挂钩之鱼，苦苦挣扎却难以解脱。大人对我所说的话，一言可以让我飞升九霄云上，一言却也可以令我坠入地狱业火。所以，我求大人不要说。我只想和你这样静静待着。”

洛清影反手拉过她，将她揽入怀中，轻声应道：“好，那我便陪着你，无人打搅，勿论苍老。”

虞朝颜枕在他的肩头，仰首望着夜幕中绽放的一束束花火，数月以来的相思之苦在这一瞬间悉数化为乌有。

“我不知如何才能让你明白我的真心。”轻轻捧着虞朝颜的粉颊，洛清影亦是柔情缱绻，“你不必因为我的一言一行而自扰。你只需记得，我的余生只愿付与你一人。”

连月来思而不见和方才殿上洛清影刻意疏离的委屈，悉数消散于这一句话中。虞朝颜似笑还哭，本就红红的眼睛又扑簌簌滴下泪花来。

“怎么又哭了？”洛清影替她擦着眼泪，有意哄着她，“别人看见还以为我欺负你。”

虞朝颜眨了眨雾气蒙蒙的眼睛，一伸手搂住了洛清影的腰身，抽噎着说道：“这个世上能欺负我的只有你了。”

洛清影微微笑着反手拥着她：“我怎么舍得欺负你？”

虞朝颜撇撇嘴，直起身来，使劲擦了擦脸上的泪珠：“我明白两情若是久长时，又岂在朝朝暮暮，可我真的希望朝夕只与你共处。我知道你身在朝堂有许多顾忌，在人前，你必须刻意与我保持距离，可每次你有意疏远我的时候，我却抑制不住地难过。虽然我明白那都是假的，可我还是忍不住伤心。因为我害怕有一天你会真的对我视而不见，变得冷漠。”

说完，她顿了顿，低下头去：“我也不知道怎么了，以前我从不如此患得患失。可如今，父皇不在了，昉哥哥又成了现在这个样子……若是有一天你也离我而去，这世间便真的再无我的容身之所了。”

洛清影心疼她所受的委屈，可目前的情况又让他根本无能为力。他只好满怀着歉意和内疚之情，轻轻将虞朝颜又揽进了怀里：“别怕，我会一直陪着你。”

“嗯。”虞朝颜紧紧攀住他的肩头，用力地点点头。

两人不知在重华殿的屋脊上待了多久，直到听见欢招出门来寻。“哎哟，吓死奴才了。”眼见两个黑影从房上下来，欢招捂着心口后退了几步。

“公公，皇兄如何了？”虞朝颜一把上前拉住他，急切地问道。

“没事了没事了。”欢招满面笑容地答道，“公主，您在这儿照看着，奴才这就去给陛下回个话，好让陛下安心。”

“嗯，谢谢公公。”虞朝颜难得地笑了起来。

欢招方要挪步，一眼瞥见洛清影，言语间忍不住犹豫起来：“大人，您……”虞朝颜正要进门，听见欢招这一问忙回过身来。她恋恋不舍地盯着洛清影，却见他向自己投来令人心安的眼神。

“既然楚王殿下已经无碍，那下官也该随公公一起回去复命了。”

“这就要走了吗？”虞朝颜忍不住上前一步，却又犹豫着踌躇在原地。

“嗯。”洛清影微微笑着回望着她，“公主勿忧，只需记住方才我说的话便可。”说完，他向虞朝颜深深揖了一躬，然后便带着欢招大步离去。

第十一章

花开并蒂　真心难觅

待回到宁寿宫中，夜已入深，甄太后和淑妃已经先回宫去了，杨昭容也带着赵元祐先行离开，只剩下赵弘瑀领着赵元澍等在殿内。

欢招向赵弘瑀禀告了虞昉的情况，赵弘瑀听完似乎并未全然在意。他面无表情地站起身来淡然说道："既然没事，那明日一早便将虞昉送回驿馆去吧。夜深了，朕也乏了，明日一早还要去宗庙祭祀，朕便和元澍先回宫了。太傅今晚也辛苦了，时候不早，让欢招送你出宫吧。"说完，他没再等洛清影说话，便拉着赵元澍起身离了殿。

欢招了解赵弘瑀的脾气，知道他定然是心中有所不快。但方才自己一直在重华殿，并不知夜宴之上后来又发生了什么，只好尴尬地对洛清影说道："太傅大人，这……奴才这便送您出宫。"洛清影默默盯着赵弘瑀离去的方向，若有所思地点点头，转身出了殿外。

欢招有些纳闷，本来欢欢喜喜的团圆夜忽然间莫名其妙冷了场。明明是赵弘瑀自己将太傅请进宫来，可他自己却黑下了脸。洛清影也是奇怪，出宫之时一句话也没说。若是放在平日里，遇上这么个喜庆日子，他怎么也得和自己说笑一番。

欢招想不通，便也不再去想。将人送走之后便又匆匆忙忙回了中孚宫去。一进殿，才发现赵元澍已经跟着落雪、红梅回了吉亨殿，只剩赵弘瑀一人在寝殿内正准备更衣洗漱。

"陛下，奴才回来了。"欢招弯着腰近前来，屏退正在更衣的宫人，伸手替赵弘瑀脱了外袍。"嗯。"赵弘瑀闭着眼睛若有若无地哼了一声。

欢招悄悄抬头望了一眼他的神色，想问点什么可又不敢，只好默默叹了口气。"有话就说！"赵弘瑀睁开眼白了他一眼，"你什么时候也变得前怕狼后怕虎了？"

“奴才哪儿敢。”欢招赶紧赔了个笑脸，“那会儿送楚王去重华殿的时候，楚王吐得厉害，屋里味道实在是难闻，大人便陪着公主在外面等着。”欢招边回忆边说着，“后来好容易安顿好了楚王，奴才这一出屋，院里竟然一个人也没有……奴才唤了两声，您猜怎么着？大人和公主竟然从房上跳了下来……可吓死奴才了。”

赵弘璃冷笑了一声：“这有什么？反正公主爬人家的房梁也不是头一次了。”

欢招摇着头叹了口气，又接着说：“陛下，您这火气是不是跟太傅有关？”

赵弘璃没回应，欢招惊觉自己说错了话，立刻跪在地上磕了个头：“奴才该死，奴才又多嘴了。”

“大过节的，什么该死不该死！”赵弘璃意外地没有发火，抬手让他起身，“欢招，朕现在忽然有些看不透清影了。朕本想着今日团圆，让他与公主见上一面。可朕能允许的也只是见一面而已，然而他的做法却突破了朕能容忍的底线。他口口声声凡事以大局为重，可在这件事上，他的表现却并不能让朕放心。”顿了顿，他似是问着欢招，又似自言自语，“朕是不是对他太过宽容了？”

“陛下，这话是怎么说的？”欢招好言劝着，“陛下跟太傅的关系，那可是生死之交，是能以性命相托的！陛下对太傅好，太傅也自然对陛下事事上心。”

“话是如此。”赵弘璃又闭上了眼睛，歪着倚在榻上，“当日为了让洛清篱为我所用，利用清影将他拉入局中，害得他差点在先皇和赵弘嘉面前丢了性命。因为这件事，清影心里对朕有所顾忌，朕都明白，也能理解，毕竟是朕理亏在先。洛清篱跟他那是什么关系？骨肉至亲，血浓于水！他为了自己的兄弟而恼朕，朕可以接受。可虞朝颜不一样，她是南祇的公主。南祇与我大殷之间必定会再起风暴，到那时虞朝颜就是站在风暴中心的人物，谁跟她沾上都没个好。朕都说得很清楚了，他要找什么样的姑娘，朕都可以给他指婚。他可好，别说避嫌了，方才还不是主动请求要跟人家待在一处去？如此不顾情理地违逆朕，真是令人火大！朕明明是为他好，奈何他如此聪明的人怎么这件事上就总看不透？”顿了顿，赵弘璃又换了个舒服的姿势接着说道，“不过这事也赖我。一开始朕想着清影太清心寡欲，有这么个姑娘揪着，好歹也能让他多沾点人间烟火。再说了，反正她一个公主，待不了多久就得回南祇去，能掀起多大的浪？谁想到突然遇着截杀事件，又大难不死回了燕安。南祇的事情棘手，她这一待不知待到何年何月。依朕看，当初朕就不该心软，就该直接断了他的念想！”

“嗨，这世上的事儿什么最难懂啊？不就是男男女女这些事儿嘛！”欢招上前去，一边小心翼翼给赵弘璃脱了靴子，一边劝着说道，“要奴才说，这人就是欠，非得要自己得不到的才会珍惜。不过陛下也别生气，感情这事就是个新鲜劲儿。太傅清静惯了，忽然间被这么个热情漂亮的姑娘喜欢上，一时间肯定也是昏了头。陛下先给太傅点时间，让他缓一缓，这新鲜劲过去了，自然也就好了。”

“会吗？”赵弘瑀睁开眼瞧着欢招。

欢招一愣，继而连连点头：“太傅是聪明人，公主总有走的一日，说到底，他终究还是要与陛下您做一世君臣。孰轻孰重，他能掂量不出来？”

“嗯，你说得倒也有些道理。”赵弘瑀点着欢招的眉心，好容易有了些笑模样，“要不说你机灵！”

见赵弘瑀终于消了气，欢招暗自放下心来：“其实陛下心里跟明镜儿似的，哪需要奴才说？陛下只不过是一时气糊涂罢了。”

“敢说朕糊涂？反了你了！”赵弘瑀哈哈笑着抬腿给了欢招一脚。

“奴才不敢。”见赵弘瑀并非真的生气，欢招也咧着嘴嘿嘿傻乐。

“行了，你们都出去吧。”赵弘瑀一翻身，裹上了被子，“明日一早还要祭祀，朕困了。”

欢招掩着嘴偷偷笑着，替他拉下帷帐，然后悄悄退出寝殿之外。

这边赵弘瑀睡下，那边洛清影却失了睡意。

从宫内出来之后，他便一直心事重重。一边是与虞朝颜心意相通，许下终身之约的悸动，一边却又是悖逆圣意，惹怒了赵弘瑀的忐忑。这件事上，他确实做得不对。于公而言，他不该和虞朝颜再有任何瓜葛。然而赵弘瑀却一再地体恤他的心情，做了通融。可他却仗着这份偏袒，当着赵弘瑀的面提出了如此露骨的请求。

洛清影很是心烦。方才赵弘瑀的表情，或许并非是生气，而是一种深深的失望。这个时候，唯一能让自己冷静下来的人便只有洛清篱了。他踌躇再三，最后还是将马车停在了太尉府门前。

吉叔似乎早就知道他会来，一路将他领着进了揽月阁。“二公子，大人在偏厅等着您呢。”

洛清影怔了怔，可这一切似乎又都在意料之中。他拿过吉叔手里的灯笼说道：“吉叔，我自己过去就行。夜深了，你去歇着吧。”吉叔也深知这两兄弟的性子，便点点头离开了。

洛清影提着灯笼，顺着小径一路到了偏厅门外，小心地吹灭了灯。正要敲门，便听门吱呀一声开了。

洛清篱面色红润，似是饮了些酒。他闪身将洛清影让进屋内，然后又关上了房门：“郡主已经睡下了。所以我便在这偏厅里等着你。”

洛清影苦笑了一下，扶着洛清篱将他送回榻上：“兄长又猜到我会来了。”

洛清篱好笑地望着他：“你什么都写在脸上，我想猜不到都难。”

屋内炭火正旺，暖意融融，令人不觉卸下一身疲惫。洛清影坐在榻边，望着铜炉中红色的火苗兀自出神。千头万绪，冰山与火焰交织着的情绪，不知该如何开口。

“兄长，”踌躇良久，洛清影终于忍不住开口，“今日我怕是让陛下失望了。”

洛清篱微微皱了皱眉，知道他定然是没有能够控制住自己的情绪。可情这一字，本就不是理智可控，洛清篱不好责备他什么，只好安慰道：“你一向看淡红尘之事，如今忽然有人闯入你心中，就好像是羁旅沙漠之人，干渴将死，突然见到了绿洲水源，必定会癫若痴狂。于公主而言，她遭此劫难，流落他国，如此孤苦落寞之时难免会将你作为唯一的依靠，而对你眷恋难舍。这种心情，我想陛下应该也会理解的。”

“陛下或许能理解，可我自己却无法释怀。”洛清影叹了口气，“我也不知自己是怎么了，忽然之间脑中便只有她一人，再也容不下其他。”

“清影，有句话我一直想和你说。”洛清篱犹豫了一下，见他一副难以抉择的为难之情，想了想终是说道，“感情之事发乎于心，确实难以克制。然而既为人臣，很多时候不得不做出一些割舍。宁负红颜，不可负君，不可负国。”洛清影盯着铜炉的眼神微微一怔。洛清篱这话其实说得极重。

见他不说话，洛清篱轻轻叹了口气，语重心长地说道：“她对你的情思我是知道的。坠崖那些日子，她与我说起你，若不是坚守与你的承诺，她根本无法支撑下来。清影，我并非要你一定放弃公主，对她视而不见。只是现在的情势不允许你们再放任自己的感情。公主本就处境尴尬，若你一意孤行，便会让她置于完全孤立的境地。与陛下为敌，与朝廷对立，你觉得她还能在此处待得下去吗？真是情意深重，就算天各一方也依旧可以心意相通。暂时先将感情藏在心中，若是有缘，或许以后你们还能修成正果。可如果眼下你执迷不悟，我怕你连自己都保护不了。”

洛清篱的一席话让洛清影顿时茅塞顿开。剪不断理还乱的思绪似乎终于解开了些。他望着洛清篱关切的眼神，忽然笑了起来：“我陷于局中，只顾着眼前一晌贪欢，若不是兄长提点，险些酿出大祸。兄长说得极是，正如章延泽和苏祓，虽然当日不得不远隔天涯两端，但如今不也一样终成眷属？只要心中有情，忍一时又何妨？”说完，他稍稍停了下，眼见洛清篱的神色亦是比方才轻松了一些，继而又说道，“就算忍了一生，最终无法相守，我也认了。天意不可违，我只求不愧于心，不愧于公主。”

“嗯。”知道洛清影是想通了些，洛清篱很是欣慰地说道，“情到浓时，却也需要细水长流。来日方长，不在乎眼前这一刻。眼下还是要以助陛下解决心头之患为要务。”

洛清影舒了口气，不再似方才进门时那般颓废：“我会找个机会向陛下道歉，让他安心。”

洛清篱赞同地颔首言道：“虽说你与陛下交情匪浅，然则他为君你为臣，有些时候，你还是应该在他面前坦诚地表明立场，不要留下任何误会才好。”

“我明白兄长的意思。”洛清影点头应承道，“我不会因为此事而让陛下与洛氏生出任何嫌隙。”

洛清篱亦是了然地点点头，然后忽然问道：“方才说到延泽，他究竟是怎么回事？”

洛清影想了想，然后慢慢开口解释：“据陛下说，当日曹晖镇守天雄时无意中发现了苏祓的踪迹，后来多方探查才知道她虽然再无回到燕安的可能，但心中仍旧放不下章将军，便离开京城楼凡，在西境定居了下来，期待着此生或许还能与他再见一面。正好陛下有心调任章延泽做镇西将军，又考虑到苏祓与漠凤的关系，便安排他们二人在天雄团聚。这一次虞恪暗中联合西卫李崇勋，试图两面夹击，令我腹背受敌。陛下便授意章延泽通过苏祓联络到漠凤，告诉他李崇勋想借此夺回兵权。漠凤力阻出兵，李崇勋无法和虞恪形成联盟，虞恪自己在国内根基尚浅，只好偃旗息鼓，暂时不再与我为难。”

“原来如此。”洛清篱恍然大悟，语气中又不由含着赞许之情，“陛下用人果然十分精妙，对人心的猜度也是分毫不差。可当年前太子赵弘嘉一案中，苏祓是被朝廷认定了的西卫细作。若是延泽忽然与她又搅在一处，怕是会传出些风言风语，被有心人听去，难免会再生事端。”

洛清影这些时日因为虞朝颜的事情，对章延泽和苏祓之事多生了些感慨，只一味沉浸于对有情之人的感同身受中，却并未想到苏祓身份所带来的隐忧。听闻此言，他不禁一惊，同时又对自己只沉溺于个人私情而横生唾弃。“兄长所虑确有道理。可与苏祓的交往是陛下默认的，即使有人心有不轨，陛下也应该能够明辨是非，坚信章延泽的清白。”

洛清篱没说话，只是长长地叹了口气。他盯着地面出神，似乎在想着什么。

“兄长？兄长？”洛清影见他走了神，忍不住连着唤了两声。

洛清篱回过神来，可面上的神情依旧沉寂严峻：“虽说延泽与苏祓的重逢是陛下顺水推舟、有意为之。可此一时彼一时，若真是我们与西卫之间再起战事，到那时延泽有延泽的立场，苏祓有苏祓的立场，立场对峙，私情与国事纠缠于一处，再有人趁机煽风点火，陛下还能像现在这般信任延泽吗？”

“这……”洛清影一时语塞。赵弘瑀是什么样的人，他比谁都清楚。虽然对赵弘瑀曾经在洛清篱身上设计、拉他入局一事，他一直保持缄默，但洛清篱立身朝堂这么些年，或许不须旁人提醒，也早就看清了赵弘瑀的手段，所以才会生出这般担忧。想到这里，洛清影犹豫了片刻，小心试探着问道：“兄长莫非是觉得陛下并非可靠之人？”闻及此问，洛清篱忽而眼神一闪，紧紧盯着他，欲言又止。

被洛清篱这么一盯，洛清影自己反倒浑身不自在起来。他希望洛清篱有所警惕，却又害怕他真的觉察到了什么。

过了半晌，洛清篱才低声说道：“清影，这些话我本不该说，可你现在的样子让我确实有些放心不下。”

“公主之事我已想通，兄长不必……”洛清影以为他还在担心虞朝颜之事，着急想要解释，却被他一挥手制止住。

“我所说的并非公主之事。”洛清篱依旧盯着他，“我担心的是你与陛下的关系。”

“陛下？”洛清影有些不解。

“我对延泽之事的担忧，并非是我觉得陛下这个人可不可靠。陛下的为人你我心知肚明，否则当年我也不会违逆太子而选择追随他。这些年来你与陛下相互扶持，同生共死，彼此都把对方当作自己的知己、好友。虽说你与他的交情别人难以企及，但你绝不可忘记，他与你不仅仅是朋友，更是君臣。有些事，你能只以情义权衡，他却不能。之前我让你不要再因为我的事情而去私下找他，便是想提醒你这一点。你的这个朋友不是一般人，这天下是他的，这满朝的文武之臣，包括你我，皆是隶属于他，所有人的生死，只在他一念之间。与他人交，你可以随心所欲，但与天子交，你便需要处处小心。你顾念旧情没错，可这往日的恩义之情却也可能成为杀人不见血的软刀子。”洛清篱这一次算是彻底将话说开了来。

洛清影望着他，忽然间感到一丝凉意。为人臣子，不可令誉，更不可恃宠而骄。这名誉是君王给的，这宠幸也是君王赐的。所谓旧日恩情，在与不在，亦皆是由君王心情而定。而自己，却似乎并没有摆正自己的位置，也没有真正意识到与赵弘瑀之间的尊卑之别。他嘴上说着自己是臣，赵弘瑀是君，可内心里却依旧还把对方看作是当年那个意气风发的少年。

“兄长，你说的我记下了。”洛清影的眼中有些落寞。

见他明白了自己的话，洛清篱微微叹息着拍了拍他的肩头：“你一向能洞察人心，这些话我不说你也能明白。或许只是因为这些日子以来，你陷于一己之事，无暇顾及太多罢了。”

洛清影有些惭愧：“这几日我会好好想清楚这些事情，兄长放心。”

话说及此，洛清篱也算是彻底安下心来。他欣慰而关切地望着洛清影，忽然又想到一事：“上次你与我提过的细作一事，可有消息？”

洛清篱遇袭之后，赵弘瑀曾怀疑过是有人将护送使节回国的行程偷偷告诉了虞恪。洛清篱回京之后养伤的日子里，洛清影也曾与他提过此事。

“没有。”洛清影摇了摇头，“年前问过陛下，他一直暗中在查，可似乎也没有什么头绪。这又赶上年关，估计他也没什么精力再去过问此事。”

“嗯。”洛清篱担忧地拧起眉头，“能知道我的行程的，要么是朝廷中枢的那几人，要么就是护卫的随行人员。总之决不能让这个细作藏在我们眼皮子底下，一定要把他给挖出来，否则必生大患。”

“这一次虞恪失了算，只要他贼心不死就一定还会再生事端。若是这个人真的潜藏在我们身边，那他也一定还会再有所行动。”

“敌在暗我在明，如今朝局多变，内忧外患，别无他法，只能小心应对。”洛清篱说着，往门处望去，爆竹声声依旧萦绕耳边，他藏起严峻的神色，转过头来问道，“可曾困倦？”

洛清影愣了一下，忙笑着答道：“今日事情太多，千头万绪，竟还未来得及困倦。”

“那就好。”洛清篱扬起嘴角，缓缓撑起身子，“这么多年你我还未能一起过个除夕。我让吉叔准备些酒菜，你我兄弟二人也来个把酒言欢、彻夜长谈，如何？”

洛清影笑着扶过他，满是欣喜地答道：“甚好！今日必须不醉不归！”

过了年、开了春，南祇和西卫竟悄无声息，再无动静。赵弘瑀悬着的心却不敢有丝毫懈怠，军中的弦依旧拉得紧绷，国中的日常政务也需要及时处理。赵弘瑀恨不得变出好几个分身来，一个月下来竟又瘦了一大圈。

洛清篱回到了殿前司，重新主持起禁军的大小事务。虽然有夏耒鼎力相助，但军政繁忙，竟也是一刻不曾得闲。

驿馆由铁骑校尉安歌统一负责卫戍，没有赵弘瑀的口谕，虞氏兄妹不得出驿馆一步。同样，若无赵弘瑀的同意，也没有人能够进得驿馆一步。

洛清影也似乎忘记了除夕夜宴上与虞朝颜之间的事情，如同往日一般按时入宫为秦王赵元澍授课。这让赵弘瑀的愤懑和担忧之情暂时平息了下去。

这一日，赵弘瑀刚批阅完工部呈上来的关于春耕蓄水工程的奏章，准备站起身来歇一歇。刚一起身，便见小公公进来通传，说是淑妃过来了。赵弘瑀心中狐疑，却也没多问什么，立刻宣了她进殿。

淑妃刚一进门，正要行跪拜之礼，就被赵弘瑀弯腰扶了起来："你有孕在身，行动不便，有什么话让下人来传就行。"

淑妃莞尔一笑，柔声说道："臣妾就是想念陛下了，过来瞧上一眼。"

借着淑妃怀孕，赵弘瑀这些日子也刻意多去了延福宫几次。虽然因为甄太后的原因，他一直对淑妃不咸不淡，但毕竟是年轻夫妻，何况她身上又有了自己的骨血，一来二去，两人也渐渐少了些隔阂，不再似之前那般生疏。

淑妃性子柔，每每总是未曾开口，一汪秋水便脉脉绕在了赵弘瑀的身上。"朕有什么好看的？"赵弘瑀不禁有些脸颊微热，嘴上却依旧说不出什么动听的话来。

这说话的当口，淑妃似水的眼眸便又含羞带怯地望着他，朱唇微启，轻声说道："在臣妾眼中，陛下便是这世上最好看的人，如何都是看不够的。"

赵弘瑀心中受用，脸上却仍旧绷着："今日朕忙完了政事便去看你。"

"嗯。"淑妃娇柔地应了一声，然后又说道，"陛下，臣妾今日还有件事想听听您的意思。"

果然还是无事不登三宝殿。赵弘瑀看透似的盯着她，嘴边荡起一抹若有若无的笑意："说吧。"

"马上又要到花朝节了。后宫的女子出不得宫去踏青，往年这日都会聚在一处，曲水流觞、附庸风雅一番，也算凑个热闹。"淑妃依旧轻声细语地说道，"今年开了春，太后身子一直就不太好，臣妾又有孕在身，多有不便，无法一力操持，所以臣妾想请杨昭容来帮个忙，陛下觉得如何？"

本以为是什么大事，却没想到只是一个区区的花朝节。赵弘瑀随即点头："当然可以。这些小事，你自己定夺便好。"

"除此以外，臣妾还有一事……"淑妃支吾了一下，有些犹豫。

“何事？”

“臣妾想请德宁公主入宫来，不知陛下意下如何？”淑妃说着，偷偷瞄了赵弘瑀一眼，果不其然，他的脸色明显沉了下来。

“为何邀请她？”

淑妃也不着急，拉着赵弘瑀的手解释道：“陛下，臣妾一个女流之辈，不懂朝政。臣妾只是觉得德宁公主一个姑娘家流落在外，有家不能回，实在是可怜。”

见赵弘瑀没有打断她的意思，淑妃顿了顿又接着说道：“想那南祇的虞恪居心叵测，差点引起大乱，可陛下却不惧那虞恪的淫威，依旧收留了虞氏兄妹在京城，好生照顾。现在谁人不称赞陛下宅心仁厚、隆恩威重？陛下何不就顺了这人心，好人做到底，让德宁公主入宫来吧？”

赵弘瑀凝视着她不说话，没有拒绝，也没有同意。过了片刻，他有些担心地开口说道：“朕也曾想对他们好一些，可除夕那次，你没见虞昉闹出的动静吗？”

淑妃笑了笑：“陛下担心的哪里是虞昉啊？陛下放心，这一次没有太傅，不会有事。”

赵弘瑀惊讶地盯着淑妃，没想到她却掩着嘴微微一笑：“太傅和公主之间那点小心思恨不能全都写在脸上，臣妾要是连这都看不出来，岂不是木鱼疙瘩？”

赵弘瑀叹了口气，似乎还是有些犹豫：“你既是看出来了，也不要乱说。太傅为人正直，举止有度，若是传出什么不堪入耳的话，不仅伤了太傅的清名，也会有损国体。”

“臣妾明白。”淑妃笑着应承道，“陛下，其实这男女之情也并非难以拆解。臣妾说不了太傅，但是臣妾却能看懂女儿家的心思。臣妾倒可以趁着花朝节私下劝劝公主，让她放手。同为女子，想必有些心情是能够相通的。”

“哦？”赵弘瑀一听此言，顿时大悟，“你说得对，或许你去劝她方可事半功倍。”

“那……陛下是应允了？”淑妃欣喜地问道。

“嗯。”赵弘瑀点点头，继而又叮嘱道，“德宁公主虽是姑娘家，可从小舞枪弄剑惯了，你劝是劝，但别逼得太紧。朕怕她没个轻重，伤了你。”

“陛下放心，臣妾会把握分寸的。”

“好。”赵弘瑀满意地点点头，“若是你能劝得了她，朕便给你记上大功一件。”

然后，他又指着御案之上垒着的奏章说道：“你看，朕还有这么多奏章未阅。

你且先回宫去，晚上得了空朕去看你。”说完，一边的侍婢便趋步上前，搀着淑妃向赵弘瑀做了拜别，缓缓退了出去。

待淑妃走远，赵弘瑀又回了御案边坐下。欢招捧着一盏热茶递了上来，嘴里却忍不住嗤嗤笑着。

“你笑什么？”赵弘瑀抬头疑惑地瞪着他。

欢招放下茶盏，掩着嘴后退了两步，然后乖巧地答道：“奴才是开心。”

“哪里来的开心事？”赵弘瑀端起茶盏吹了吹，浅尝了一口。

欢招狡黠地咧着嘴，指着方才淑妃站着的位子说道：“身无彩凤双飞翼，心有灵犀一点通。”

欢招这一说笑，倒让赵弘瑀有些不自在起来。他虽口上说着再也不愿付出真心，可独自守在中孚宫里，却也是长夜漫漫、孤枕难眠。国事繁重，已经压得他喘不过气来，这样年轻气盛的年纪，总还是希望抛却朝政之后，有个可心之人能与自己说说话，排遣烦忧。若不是甄太后的那层关系，淑妃的样貌和性子确实都是他自己中意的。她是个性情温柔的女子，话虽不多，可一双多情的明眸中总是柔情百转，令人沉醉。赵弘瑀也曾暗自留意过，她虽有太后撑腰，但平日里却并无凌人的盛气，待人接物总是恰到好处。

今日之事便足以见到她的蕙质兰心。在除夕夜宴之上，她一眼便瞧出了洛清影和虞朝颜之间的情事，又敏锐地看出了赵弘瑀对这桩姻缘的反感。如今，她主动提出想借着花朝节来规劝虞朝颜，这不经意间的示好让赵弘瑀有些欣喜，也有些担心。喜的是淑妃愿意出手相助，解决这件难事。忧的是淑妃似乎比自己想象的更加聪明了些。然而欢招却猜不到赵弘瑀心中所思的事，只是觉得自己的主子对后宫嫔妃终于不是那般冷冰冰的。

“多事！”赵弘瑀佯装生气地将茶盏推给欢招，头也不抬地继续伏案批阅奏章。欢招以为他是面子上挂不住，便乐颠颠地收了茶盏缓缓退了出去。

出了中孚宫，淑妃回了延福宫。她歇息片刻，便让人去将杨昭容请了过来。杨昭容礼数周到地对淑妃施了礼，略显拘谨地在一边入了座。淑妃使了个眼色，身边的侍女绿如招呼着屋内的下人们都退了出去，只自己留在一旁侍奉。杨昭容见这阵势，不知淑妃葫芦里到底卖的什么药，不由得紧张起来。

“妹妹不必多心。”淑妃和善地望着她，笑意盈盈，“咱们姐妹好容易得空说会儿话，人多了反而烦得慌。”

被淑妃看透，杨昭容面子上十分尴尬，便欠身答道：“娘娘说得是。不知娘娘今日让嫔妾来是何吩咐？”

“吩咐说不上，应该是请求罢了。”淑妃依旧微微笑着。

“娘娘说笑了，娘娘何来请求一说？但凡娘娘开口，便是看得上嫔妾，嫔妾岂有拒绝的道理？”杨昭容哪受得起这个，忙躬着身子连声应承。

淑妃示意她坐好，然后才缓缓开了口：“你也知道，太后一直凤体违和，本宫又有孕在身，今年宫中花朝节之事，本宫一人实在难以支撑。方才本宫已经去向陛下请了旨，今年的花朝节由妹妹你与本宫一道操持。不知妹妹意下如何？”

后宫之中本就没有什么重大的典仪，但凡聚会皆是由位尊者主持。赵弘瑀的后宫之中，中宫之位一直悬空，便以太后为尊。如今太后有恙，便是淑妃最大，而淑妃竟然要自己来协助她。对区区一个昭容而言，这不啻为天大的恩荣。

虽说杨昭容生养了安定郡王赵元祐，可子以母贵，同样是皇子，赵元澍从出生时便荣膺亲王之衔，而自己的儿子却只是郡王。在赵弘瑀心中这两个儿子孰轻孰重，明眼人一看便知。本来自己就不受宠，有了赵元祐之后，赵弘瑀更是几乎再未踏入过自己的麟趾宫。如今淑妃又是一朝有孕，万一再诞下皇子，那自己和儿子在这后宫之中便更没有什么存在感了。可淑妃为何偏在这个时候对自己示好？杨昭容一时间想不明白，却又难以抵挡这个诱惑，不由得坐立不安，不知如何是好。

“怎么？昭容妹妹不愿意？”淑妃似乎有些失望。

杨昭容急着连连否认：“娘娘如此抬爱，嫔妾怎会不知好歹？只不过……只不过宫中妃嫔众多，个个都比嫔妾聪慧，嫔妾怕自己太过笨拙，坏了娘娘的大事……”

“怎么会？”淑妃和颜悦色地宽慰她道，“妹妹不要妄自菲薄。宫中妃嫔众多，可能够为陛下开枝散叶的独你一份。就凭这个，你也足以担当此任。”淑妃这话说得意味深长。自她入宫后，赵弘瑀刻意疏远，反倒是让一个小小的昭容捷足先登，诞下龙子。

杨昭容以为她是要来和自己秋后算账，便连忙起身跪在阶下，慌慌张张地磕下头去：“娘娘息怒，娘娘此话让嫔妾无地自容。”

“这是做什么？快起来！”淑妃似乎不解其意，忙示意绿如将她扶了起来，送回席位重新坐定，“好好的磕什么头？”

见杨昭容一脸惊魂未定，淑妃似是明白过来：“妹妹是不是会错意了？本宫这次是真心实意想请你帮忙，若是本宫嘴拙说错了话，妹妹可要多多包涵！”

“娘娘哪里话，是娘娘多包涵才对。”杨昭容不知所措，只得连连摇头。

淑妃微微叹息着，脸上也没有了方才明艳的笑意："其实妹妹不必担心，本宫并没有恶意。或许在外人看来，本宫身后有太后撑腰，必定受尽恩宠。可事实上呢？本宫不说，妹妹也该心知肚明。若真是如外人所想那般，本宫又怎么会现在才怀上龙种？咱们陛下一心扑在朝政上，对后宫之人本就疏远，我虽怀了身孕，却对圣恩再无半分期待之心。"

淑妃说得恳切，同时也击痛了杨昭容的内心，令她忍不住跟着感慨："是啊，陛下的心思嫔妾也是看不透。自从元祐出生之后，陛下只来看过几次，却再未留宿在麟趾宫中……"

淑妃抬起头来，感同身受地点点头，继而又说道："本宫还以为只有自己这样，没想到妹妹亦是如此……"

"长夜漫漫，自己这般年华竟就这么枯萎了……"杨昭容默默垂下眼眸。

淑妃盯着她，眼神忽然变得深邃莫测："长夜漫漫并不可怕，怕的是前途未卜。"杨昭容一惊，不知淑妃何意，便睁大了眼睛望着她。

"妹妹可曾想过以后如何度日？"淑妃小声问道。

杨昭容摇了摇头："大约也就是与元祐相依为命。只要他能好好的，嫔妾便安心了。"

淑妃闻言，忽然压低了声音："可如今，妹妹觉得元祐以后能够平安度日吗？"这一问，直接问到了杨昭容心里。还未等她细想，淑妃又说道："大家都不是瞎子，都看出来陛下最宠秦王。秦王身为嫡长子，不出意外便是储君。他自幼长在陛下身边，与其他的兄弟接触极少，难有兄弟手足之谊。再加上恩荣优渥，必定骄横自傲。若是他继承了皇位，咱们的孩子还能有好日子过吗？"

"这……"杨昭容之前并未想得如此深远，经淑妃一提点，她不禁有些疑惑，"秦王一出生便众星捧月一般，远在云端，触碰不及，他眼中自不会有嫔妾这样的人。可是娘娘您不一样啊，您有太后为您做主，您怕什么？"

淑妃苦笑着摇了摇头："都说本宫依着太后的势，可你们何时见过本宫在后宫中与谁红过脸？太后再大，也大不过陛下。再说了，太后年事已高，她老人家千秋之后，本宫还能依着谁去？所以太后在时，我只能低着头做人。现在谁的恩宠越大，谁对秦王的威胁就越大，以后受到的报复便越大。"

杨昭容一惊，迟疑着问道："那……娘娘有何打算？"

淑妃淡淡一笑："秦王再怎么说终究是个孩子。没有母亲在身边，很多事情终是难成。"说着，她抬起手来似要起身，绿如立刻将她搀了起来，"本宫未有身孕时不懂妹妹的心酸，如今我亦将为人母，才能明白为母不易的道理。”淑妃拉过她的手轻声说道，“护子心切的心情你我都有，既如此，为何我们不能站在一起呢？孩子们都还小，路还很长，一切都还未有定数。秦王虽然看似独得陛下宠爱，可仔细一想，陛下却并未直接将他立为皇储。这宫中的事啊，处处都是变数，不到最后一刻，谁都看不清楚。”

“娘娘……”

淑妃凝视着她，手下微微用力，令杨昭容不禁一个战栗：“妹妹，这路本宫已经为你指明了。至于如何走，便全看你自己了。何况方才本宫所言，亦是太后之意。背靠大树才有阴凉，妹妹是聪明人，为了元祐也该想清楚才是。”

这话恩威并施，杨昭容惶恐难安，但也彻底明白了她话中的意思。淑妃方才的话其实已经说到了杨昭容的心坎里，比起毫无交集的秦王，淑妃或许才更能保护好自己和元祐。想到这里，杨昭容深吸了一口气，她扑通一声跪在淑妃脚下，恳切地说道：“娘娘若有差遣，嫔妾赴汤蹈火，在所不辞。”

转眼快到二月十二花朝节。这一日洛清影方才下了早朝，太傅府中便来人通报，说是家中有客人相候，请他速回。

朝会散时人多眼杂，洛清影心中虽是疑惑，但也不便多问，便速速回了太傅府。刚进小院，便看见芸儿守在临渊阁外。洛清影有些奇怪，不知出了何事，疑惑地上前问道：“芸姑娘，你怎么在这儿？”

见洛清影回来了，芸儿立刻迎上前来恭敬地行了个万福：“郡主在阁内等着大人。”

“郡主？”洛清影疑惑地朝临渊阁望了一眼，然后又转头低声问道，“你可知是何事？”

“奴婢不知。”芸儿乖巧地答道，“大人进去见了郡主便会明白了。”明白从芸儿嘴里套不出话来，洛清影便点头示谢，然后大步进了阁门。

“你可终于回来了。”齐乐瑶听见动静，满面笑意地迎上前来。

洛清影微微躬身行礼，然后问道：“郡主过府，想必是有紧急之事？”

齐乐瑶点点头，忽然压低了声音：“你听说宫中花朝节扑蝶会之事了吗？”

这花朝节本是女子玩乐的节日，洛清影不知她为何提起此事，便如实答道：“听说了一些。只说今年太后凤体违和，由淑妃娘娘一力操持。后宫之事我很少探听，所以知道得并不多。”顿了顿，他似乎意识到什么，“难道淑妃邀请郡主了？”

齐乐瑶微微颔首，犹豫了一下又说道：“除了我，淑妃还邀请了一人……”

洛清影不解地望着她，继而忽然明白了她所指的人是谁。可就算虞朝颜此刻出了驿馆，自己也无法见到她。况且除夕之夜，自己已经认可了洛清篱的建议，两情若是久长时，并非需要朝夕缠绵在一处。对于他和虞朝颜的处境来说，片晌贪欢并不可取，他需要图的是长久之计。

见他心神不宁，齐乐瑶又忍不住叹息：“这件事我曾与夫君商议过。夫君担心你，坚持不肯告诉你。我是妇道人家，不懂你们口中所说的家国大事。我只知道作为家人，我实在不忍心见你这般魂不守舍、郁郁寡欢。所以我便背着你兄长过来找你，只是想看看你有没有什么要说的话，或者是什么要送的东西，我可以趁机帮你捎给她。”

知晓了齐乐瑶的来意，洛清影心中暗自松了口气。可他不免又有些担心。虽然之前发生的事情让他明白了齐乐瑶对洛清篱的真心，可她毕竟是赵弘瑀的姐姐，除了她对洛清篱的感情，洛清影无法在其他的事情上确认她的意图。赵弘瑀严令禁止自己再去见虞朝颜，自己表面上也遵从了他的意思，再也未曾在他面前提过虞朝颜之事。赵弘瑀嘴上不说，可他心里真的相信自己了吗？齐乐瑶这么做，难道就没有可能是受了赵弘瑀之托，故意来对自己进行的一次考验？

想到这里，洛清影整理了一下思绪，复抬起头来义正词严地说道：“郡主的好意我心领了。然而我已经答应了陛下，不会再与公主见面。所以我并无什么东西需要捎给她。”

洛清影言语间有些淡漠，齐乐瑶一怔，转念一想或许他是心有顾忌，便缓声劝道：“无妨，后日才是花朝节，你好好想想。”

岂料洛清影又认真地重复了一遍：“郡主，我真的没有什么可捎给她的。”

齐乐瑶看着洛清影的眼神忽然变得十分陌生。她不可置信地望着他，缓缓说道：“清影，你与公主的情意我是看在眼里的。常言道窈窕淑女，君子好逑，你们这些所谓的君子面对自己真心所爱时，难道竟是如此畏首畏尾，犹豫不决吗？”

洛清影闻言，心中一震。齐乐瑶是个至情至性的女子，在她眼中，情字高于一切。然而自己身为人臣、身为人子，有太多的事情要去考虑，有太多的责任要去担当，一个情字，竟成了遥不可及的奢望。或许在齐乐瑶看来，不论什么朝政大事，都只会成为自己对这段感情不负责任的可笑借口而已。而他对虞朝颜纵有万般愧疚，却丝毫不能泄露于面上。

“郡主责备得是。可我有我的无奈，若是公主与我心意相通，她定能体谅。若是公主不能体谅，我也无计可施，只能说我与她有缘无分而已。”

齐乐瑶似乎很是失望，她默默摇了摇头，却又不死心地追问道：“清影，你……你是不是因为陛下的原因而不敢袒露真心？我知道，陛下不准你再见她。可一码归一码，男欢女爱乃人之常情，陛下就算再不喜欢，也不能禁锢了人情。”

洛清影不动声色地退了两步，微微躬下身去：“郡主多虑了，此事与陛下无关，皆是发自我内心。”

“那我就不明白了。”齐乐瑶无法理解，似乎有些痛心，“看来我这人情是送不出去了。”

洛清影见她似乎生了气，便又拱手解释道：“郡主的好意我心领了。郡主或许责怪我薄情，可郡主是否想过，为何兄长也不同意你的建议？”

“这……”齐乐瑶愣了一下，“你兄长顾忌的事情太多，总是想着什么大义大节。可我总觉得他担忧这个，顾虑那个，会忽视了你内心的感受……”

洛清影笑了笑，接着说道：“这就是了。我与兄长皆身为人臣，他顾虑的事情我同样会顾虑。所以兄长觉得不妥的事，我也会觉得不妥。郡主不必担心我的内心感受，我说了，一切皆是发自我的内心，都是我深思熟虑之后的决定。”

“罢了罢了。”齐乐瑶无奈地望着他，长叹一声，“你与你兄长口中都是天大的道理，我是说不过你们的。不过有句话我还是得提醒你，人生短短一世，能遇见与自己情投意合、心意相通之人实属不易。你就算再秉持人臣节义，也不可过于委屈自己，枉顾了这样的缘分。若真是因为陛下那里不应允，你便告诉我，我或许可以去和陛下说说。反正不就是一个归不了国的公主嘛。回不去就回不去，回不去正好，留下来与你共结连理。”

话都说到这个份上，洛清影自觉没有必要再解释下去，便垂首应道：“郡主说得是，我记下了。”

“行吧。”齐乐瑶的面上这才舒展一些，“我就不多说了，省得你们都嫌我啰唆。趁着你兄长还未回府，我就先回去了。这事就当没发生过。”

“是。”洛清影退开几步，“那我恭送郡主回府。”

“不必了，你忙吧。”齐乐瑶几步出了门，候在一侧的芸儿上前将她搀住，“我自己回去便好。”

出了太傅府，上了马车，齐乐瑶转头望着芸儿，神色有些无奈：“他坚守为臣之道，宁可抛却儿女私情，实在不得不令人刮目相看。这是德宁公主的不幸，或许是你的大幸。”

“郡主，您就别戏弄奴婢了。”芸儿羞红了脸。

“你的心思我还能不知？”齐乐瑶一手点在她的眉心，“我说过，强扭的瓜不甜，感情的事情急不得。现在我对他好一些，他便多念我些人情。过些时候等他和公主的感情淡了些，我再去亲自找他说媒，他也就没道理拒绝了。”芸儿低着头，一言不发，竟是面红到了脖子。

“唉，”齐乐瑶也不再逼她，只重重叹了口气，“世间之人，别管是贩夫走卒还是王公贵族，都跳不出一个情字。”

二月十二一到，后宫之中一反常态地热闹起来。

后花园里张灯结彩，每一束花枝上都系上色彩艳丽的丝绦，乍一看好一幅锦色满园。宫娥美人顾盼流连花草之间，个个皆是浓妆艳抹、香粉满身，一时间馥郁芬芳，笑声朗朗。

一大早，淑妃便命人给赵弘瑀送去了两株并蒂莲。这并蒂莲乃是御用花匠在温室中精心培育的品种。虽是早春，却已经盛放。花开葳蕤，暗香扑鼻，甚是好看。赵弘瑀很是惊讶。扑蝶会是后宫女子的盛会，他并无打算去掺和。可他没想到淑妃竟然如此心细，给自己也准备了礼物。他抬手轻轻抚弄了一下粉嫩的花瓣，脸上的神色耐人寻味。

见赵弘瑀似是出神，欢招趋步上前笑着说道：“并蒂花开，伉俪恩爱，淑妃娘娘这心意真是有讲究啊！”

“就会跟着起哄！”赵弘瑀瞪了他一眼，可明显并没有生气。

欢招见他这样，知道这花是送到了他的心里，便又故作可怜状，小心翼翼说道：“陛下，奴才有句话一直憋在心里……”

“朕是暴君吗？朕不让你说话了？”赵弘瑀哼了一声，转身回了御座，“朕看你现在是越来越得寸进尺了。”

欢招自然知道赵弘瑀的性子，他极爱面子，明明心里喜欢，可就是嘴硬。他忙不迭地跟上去伺候，装乖认错：“陛下是天下最贤明的君主，是奴才不会说话，奴才该死。”赵弘瑀似乎有些心不在焉，并没有接话。

欢招嘿嘿笑了两声，然后又轻声说道：“陛下，其实奴才一直觉得淑妃娘娘挺好的。大家闺秀，模样端庄秀丽，性子柔得像水一般，而且又一心系在陛下身上……”

“你知道什么？”赵弘瑀没有抬头，随手展开一卷奏章，可脑子却完全集中不起精神来。

“陛下恕罪。”欢招毫无预警地跪了下来，倒是吓了赵弘瑀一跳。

“你这是做什么？”

欢招收起方才调皮的模样，可怜兮兮地望着他：“别人不知道陛下的苦，奴才还能不知道？陛下一路走来，历经千辛万苦，虽然坐在这九五之尊的位置上，可身边却单单少了个体己可心之人。陛下心怀天下不假，可看着陛下日日只醉心于国事，奴才心里难受。陛下，千金易求，有情之人难求。奴才冒死恳请陛下，不要再这么逼着自己了。”

欢招一番肺腑之言让赵弘瑀有些措手不及。跟在自己身边这么些年，从备受冷落排挤的皇子，到立于权力之巅的帝王，欢招不曾有过半句怨言。赵弘瑀忽然意识到自己早已习惯了他，甚至习惯到已经完全意识不到他的存在。他就像影子一样跟在自己身后，为自己照料起居，花尽一切心思逗自己开心。

虽说洛清影与自己是知心至交，可他毕竟不与自己生活在一处。论及自己这些难言之痛，竟是只有欢招一人才有体察。想到这里，赵弘瑀伸手将他扶起来，拍了拍他的肩膀说道：“做好你的事，别让朕还得替你操心就行了。”

“可是陛下……”

欢招抹了抹眼睛，还要再说，被赵弘瑀打断：“你想说的朕都懂。可在这后宫之中，朕不仅仅是一个夫君，朕还是一个儿子，一个父亲。权力交织的亲情，何来纯粹一说？既不纯粹，又哪来的真心？你跟着我这么些年，亲眼见过的事情也不少了。平心而论，你能分得清这宫里的人谁对朕是真心，谁对朕是假意？曲意逢迎的事情朕见惯了，心里便也没有什么波澜了。错付真心，不如不付。淑妃对朕好，朕也会对她好。除此以外，朕给不了她什么。”

欢招张了张嘴，却没说出话来。自己虽然与赵弘瑀朝夕相对，可他却很少与自己说这些掏心掏肺的话。今日他说的这些，初听残酷，实则却是满满的无奈和心酸，让自己无言以对。

“好了，今儿难得宫中热闹。待会儿朕批阅奏章，也不需要人伺候，你忙完手里的活便也去后花园里凑个热闹吧。”见欢招情绪仍是低落，赵弘瑀便格外开了恩。

“奴才哪儿也不去，奴才就在这里陪着陛下。”欢招撇着嘴，又揉了揉眼睛。

“随你。”赵弘瑀不再与他争执，又重新坐了下去。

欢招看不出，其实赵弘瑀心中的波动远比他想的要大得多。方才淑妃送花来的时候，他竟然真的有些动了心。并蒂莲，花开连理。他又不是木头，怎么会对这人间的柔情无动于衷？或许是这段时间与淑妃走动频繁了些，他竟然有些沉溺于这种隐隐甜蜜的感情之中。

然而，欢招的话却让他又彻底地清醒了过来。真心给了出去，然后被捅得支离破碎。若真只是这样简单，或许他还可以一搏。但他不能。他的心，维系着整个权力中枢的平衡。他的心若是受了伤害，那就绝不是默默流泪那样简单。轻则朝局动荡，重则天翻地覆。君王可以御人之心，却无法面对自己的那颗真心。

赵弘瑀暗自叹了口气，将纷乱的思绪收了回来。他抬头一看，见欢招仍在阶下守着，忽而又想起一事："今日太傅入宫了吗？"

欢招想了想，躬着身子答道："回陛下，太傅今日未曾入宫。太傅最近每三日入宫教授秦王殿下一次，今儿明明赶上了，可昨儿晚上太傅府传了话来，说是太傅染了风寒，这几日暂时告了假。"

"告假？"赵弘瑀玩味地撇了撇嘴角，"他这病来得可真是恰到好处。"

欢招依旧垂着首说道："陛下，依奴才看，太傅大人这是有意避开了今日。今年的花朝节淑妃娘娘特意请了宜阳郡主，既然郡主受邀，想必也会把名单上的人告诉太傅……所以，太傅大人这才称病，避免与德宁公主见面，以免尴尬。"

"嗯。"赵弘瑀只点点头，未做评价，可脸上却明显露出满意的神色。

"要奴才说，太傅大人还是聪明人，知道怎么做不会惹陛下不高兴。"

"什么叫朕不高兴？"赵弘瑀口是心非地瞪了欢招一眼，"他来教元澍，朕欣喜不已。现在他病了入不了宫，难道朕还应该高兴不成？"

"是是是，陛下说得对，是奴才愚笨，不会说话。"欢招啄米一般应道。

"你是够笨的。"赵弘瑀嫌弃地望着他，接着又干咳了一声，"你让人去太傅府探望一下，送些上好的山参过去，让他安心养病。"

"是。"欢招偷偷笑了笑，然后领命退出殿去。

齐乐瑶一早便起来了，在芸儿的伺候下精心梳妆打扮之后便入宫去了。

云归亭中淑妃居于主位，其余各宫娘娘皆按位分居于两侧。淑妃已经有了二个月的身孕，不方便正坐，便斜斜地倚在一张贵妃榻上。见齐乐瑶进来，忙要起身相迎："姐姐，怎么这么晚才到？"

齐乐瑶几步上前去，双手搀住淑妃，面带歉意："娘娘恕罪。府中琐事繁多，夫君的伤势又一直未曾痊愈，臣妾不得不交代清楚才能安心出来，所以来得迟了些。"

"无妨无妨。"淑妃拉着齐乐瑶的手，双双坐在榻上，"姐姐自从嫁给太尉之后，整个人都不一样了，以前那般大大咧咧，如今却是对太尉事事上心。满朝皆言你夫妇二人琴瑟和鸣、相敬如宾、恩爱非常，如今看来真是让人羡慕啊。”

齐乐瑶被人直接戳破，不免有些害羞，她微微侧过头去，一眼瞥见淑妃云鬓之上除了一支凤钗，只簪了一朵金黄色的牡丹。那牡丹花足足有碗口那般大小，怒放盛开的花瓣层叠交错，煞是好看。

淑妃见她盯着自己头上的牡丹，便笑着轻轻抚了抚耳边，柔声解释道：“陛下不喜奢华，所以今日本宫便命大家除去金银之气，每人只选自己喜欢的花簪在发间。既生动可人，又应了这花朝节的景，姐姐看可好？”

“嗯！还是娘娘想得周到！”齐乐瑶连着点头赞许，“娘娘虽有身孕在身，可气色却是越发娇艳了。再配上这朵牡丹，大有国色天香之意啊。”

淑妃心中受用，嘴上却埋怨道：“哪来的什么国色天香？姐姐这般说，让本宫都无地自容了。”

齐乐瑶笑着凑上前去，附在淑妃耳边低声说道：“若不是国色天香，怎么能把陛下收拾得服服帖帖？”

淑妃红了脸，娇嗔地避了开去：“姐姐瞎说什么？”

齐乐瑶见她害了羞，抬眼速速环望一圈，复问道：“太后呢？”

“早上御医去看过了，太后还是身子不爽，所以今日便不过来了。”淑妃身子笨重，坐不了一会儿便支撑不住，只得又软软倚回榻上。

齐乐瑶望着她的身形，忽然想起自己失去的孩子，一阵酸楚之意涌上心头。若是那日不曾发生那样的惨事，再过一个月自己就该临盆了。想到这里，她悄悄别过脸去，脸上的神色也暗了下去。

淑妃看出她的变化，大约也猜到了她的心思，便朝坐在右手边的杨昭容使了个眼色。杨昭容心领神会站起身来，从几案上端起一张盛满了各色鲜花的木盘，快步走到齐乐瑶身边，满面笑意地俯下身来说道：“郡主，您先挑了花吧。”

“这是？”齐乐瑶疑惑地抬头望着杨昭容，“这个时节哪来这么多花？”

“姐姐有所不知，这些花和本宫头上这朵一样，都是宫里的匠人在花房中精心培育出来的，不需等到花期便可以早早盛放。”淑妃插话解释道，“今日在座每位佳人皆可挑一朵自己喜欢的簪上。依本宫看，便从姐姐开始选吧。”

齐乐瑶点点头，目光在这些艳丽夺目的花朵上逡巡了片刻，然后伸手挑出一朵来：“就是它了。”她选中的是一朵红色的芍药。这是一种浓墨重彩的红色，浓郁、厚重，正如齐乐瑶本人一般贵而不艳，烈而不灼。

“这般雍容华贵的芍药确实与姐姐最为般配。”淑妃起身将花接了过来，轻轻替她簪上云鬓。

齐乐瑶笑着抬手抚了抚发间的芍药：“臣妾是个粗人，欣赏不来淡雅之美，只觉得这朵最显眼。花开一季，花期如此短暂，那便要索性开个畅快，把最浓烈的美留在这人世间。”

淑妃一听，立即笑着拊掌：“姐姐说得真好！既然姐姐选好了，那便让众妃嫔也挑吧。”说完，她抬眼看了杨昭容一眼，杨昭容便轻挪莲步来到了右侧的一处座席：“公主是淑妃娘娘请来的贵客，嫔妾斗胆请公主先挑。”

原来虞朝颜早已入了席，只不过方才齐乐瑶来得晚了，只顾着与淑妃解释，没有留意到她。齐乐瑶定睛一看，却见她今日穿了一件蓝色小花瑞锦的交领长裙，淡鹅黄的披帛曳地。她本就白皙，今日又薄施粉黛，更是肌肤胜雪。那一点红唇如同皑皑白雪之上的一片红梅，美得令人心惊。

“这……还是让娘娘们先选吧。”虞朝颜有些惊慌，忙要站起身婉拒。

“唉。”杨昭容笑着将她摁了回去，“有道是客为尊，公主既是客，自然就该先挑。”

第十二章

祸起萧墙　百口难明

虞朝颜手足无措。

猛然间接到宫中传来的旨意，说是邀请她去花朝节的扑蝶会时，她完全蒙住了。与淑妃，她没有任何交集。除夕宁寿宫中的宴席上的那一次相见，是她们仅有的一面之缘。她不明白淑妃为何要请自己，虞昉也看不懂。可人在屋檐下，只能屈从于他人的意旨。

早上出门之前，虞昉亲自检查了她的仪容，并反复叮嘱，绝不可在淑妃的宴会上出任何岔子。而虞朝颜也已不是刚入燕安时盛气凌人的娇惯公主，历经这么多波折，她早就学会了谨小慎微，如何隐藏自己的情绪。更何况，她不能再给洛清影增添任何麻烦。

而眼前杨昭容忽然的殷勤让她措手不及。她本打算安安静静躲在一处，只做到有问必答，绝不多说一句话，多做一件事。杨昭容让她在众妃嫔之前挑花，这令她不安，她想推辞，可又怕逆了杨昭容的意；若欣然接受，就会又一次成为中心，倘若有一丝一毫做得不周，就会引来非议。

虞朝颜左也不是，右也不是，正僵持不下时，却见齐乐瑶起身走了过来："公主，一别多日，可还安好？"

虞朝颜不敢怠慢，立刻起身答道："承蒙郡主殿下挂念，一切都好。"

齐乐瑶双手拉着虞朝颜，缓缓挪步转了半圈，上下仔细打量一番，直盯得她面红耳赤不知如何是好。

"公主这身打扮可比那身男装好看多了！如此的美人就是要配上这身精致的装扮才对！"齐乐瑶笑眼弯弯地望着她，啧啧称赞，"公主若是不嫌弃，就让我来替你挑选，可好？"

齐乐瑶有心解围，虞朝颜满是感激地点点头：“怎么会嫌弃？郡主愿意费心替我挑选，我感谢还来不及。”

“那好。”见她没有反对，齐乐瑶转过身去，指尖在花簇中徘徊几回，然后抽出其中一朵，十分开心地说道，“这朵与你甚是相配。”

虞朝颜顺势看过去，原来是一簇茉莉。洁白的花瓣不大，却朵朵挨在一处，似满天繁星，又似裁剪冰绡，阵阵淡雅香气隐隐袭来，娇俏灵动。

虞朝颜看着喜欢，便笑着接了过来：“这花竟似精灵一般，真是可爱。”

“郡主果然眼光独到，咱们公主与这茉莉真是相得益彰！”杨昭容站在一旁，也是连连称赞。

“来，我替你簪上。”齐乐瑶将虞朝颜拉近了些，拿过茉莉轻轻别在她的发间，然后凑在耳边极轻地说道，“茉莉，莫离。”

虞朝颜愣了片刻，笑容有些僵硬。齐乐瑶是洛清影的嫂夫人，又曾见过自己随他同去太尉府，想必早就对自己的这点小秘密有所察觉，所以才以“莫离”二字相赠。

因为洛清影的原因，虞朝颜本就对这位宜阳郡主有一种莫名的亲近感。而她方才的这番行为，既不动声色地解了自己的困境，又委婉地以花为媒来安慰自己，这更令虞朝颜无比感动。但是齐乐瑶这样直接地触及虞朝颜的心事，又令她的心神乱了章法。她抿着嘴唇，眼神躲闪着低下头去。齐乐瑶也不恼，只眼含笑意地望着她。

一旁的杨昭容见状，便咯咯笑了两声：“要嫔妾说啊，公主本身就是一朵娇嫩的花啊！想想公主的名字，朝颜，向阳而生，多美！”

“娘娘见笑了。”虞朝颜客气地朝杨昭容莞尔一笑，“朝颜只是不起眼的小花而已。”

“小花怎么了？”齐乐瑶接过话来，“花之美不在大小，而在灵魂。牡丹美在雍容，芍药美在大气，兰花美在孤傲，茉莉美在典雅，朝颜美在勇气。”

“姐姐这话说得真好。”淑妃在一旁忍不住赞叹，“依本宫看，咱们公主亦是美在勇气。”

“哦？那我倒要听娘娘说说，这勇气是从何而来？”齐乐瑶拉着虞朝颜缓步走到淑妃身侧，绿如细心地搬来两个软垫，让她二人挨着淑妃坐下。

淑妃转头看着杨昭容吩咐道：“妹妹，你让大伙儿各自挑了花，然后去园子里赏玩吧！”

“是。”杨昭容领了命，转身便去招呼众妃嫔簪花。

一时间，宫娥嫔妃各自散了开去，园中嬉笑玩闹，好不热闹。亭中只剩下淑妃、齐乐瑶、虞朝颜、杨昭容、绿如、芸儿以及几名随侍的宫女。

“要说公主那可是女中豪杰，据说马上功夫了得，而且精通箭法，真是让我们这些深宫女子羡慕不已。”淑妃带着羡慕的口吻，意味深长地看着虞朝颜。

虞朝颜坐在齐乐瑶身边，自感安心了一些，没了方才的局促：“娘娘过誉了。什么精通箭法，都只是略知皮毛而已。”

齐乐瑶连连摇头：“怎么是略知皮毛？就连太尉都对你的箭法赞不绝口，还说你若是男子，将来必定会成为一代名将。”

“女子怎么了？”杨昭容放下手中的花，也缓缓走了过来，寻了一处近些的位置坐下，“像公主这般就该算是巾帼不让须眉！”

虞朝颜被夸得手足无措，顿时羞红了脸：“娘娘和郡主就不要这般夸我了，我实在羞愧难当。”

淑妃坐起身子，微微探身过来，轻声说道：“公主不仅武艺过人，胆识也是超群。反正就本宫所知，还没有人敢夜间闯入我朝重臣的宅邸。”

虞朝颜闻言大吃一惊，脸色立刻变得煞白。她不知淑妃为何突然提及此事，只得仓皇惊恐地望着她，一句话也说不出来。

一旁的齐乐瑶也是震惊不已。知情之人都明白，对于虞朝颜和洛清影的事情，赵弘璃一直秉持否定的态度。作为后妃，淑妃毫无预兆地提及此事，又事关洛清篱的家人，齐乐瑶不得不立刻警觉起来。可淑妃话只说了一半，她又不能贸然打断，只好暗自屏气凝神，默默等着淑妃的下句。

见这两人面上都失了颜色，淑妃不禁愣了一下，继而笑着打了个圆场：“看看，我是不是又说错话了？公主不必惊慌，本宫只是对你的勇气钦佩不已。”

见她二人依旧还愣怔着，淑妃又笑着说道：“红颜多情，哪个女子没有心中所爱？可是又有多少人敢于去光明正大地追求自己心爱之人？面对心中所爱，大多人都是小心翼翼、犹疑不决，直到错失了一段姻缘。”淑妃一言既毕，这二人听出话中并无指责取笑之意，皆是暗自松了口气。

“娘娘说得是。”齐乐瑶先开了口，“可这世上并非所有的事都是能遂了心愿的。有的时候小心翼翼、犹疑不决，并非是胆怯，而是心中有太多顾念。”

“是啊。”淑妃轻轻叹了一声，眼神也黯淡了些许，“花好月圆人常在，明月千里共婵娟，这都只是一种美好的期望而已。”

见她似有落寞之意，齐乐瑶跟着问道：“娘娘何以忽然如此伤感？”

淑妃垂眸不语，良久才说道：“姐姐与我同为人妇，难道就没有想过夫妻之情能否永恒长久？虽然我现在深受圣恩，可花有凋零之时，人有衰老之日。有朝一日你我朱颜老去，那夫妻之情还能延续吗？这样想想，其实情浓之时一切恩爱都是假象，色衰则爱驰，居久则情淡。年轻时为了能独占所爱之人，不惜钩心斗角、争个你死我活。等到感情淡了之后再去想想，还不是水中月、镜中花，徒费心血，一场幻景而已？”说到伤情处，淑妃幽幽地叹了口气。

“娘娘圣宠优渥，怎能如此悲天悯人？”杨昭容在一边默默搭了话茬，“若是娘娘都这么想，那嫔妾们还怎么活？”

“是啊，昭容娘娘说得对。”齐乐瑶欠起身来，拉住淑妃的手，轻声宽慰道，“陛下将娘娘看得很重，娘娘无须自扰。依臣妾看，你这就是因为身怀有孕、精力不济，才会心神不宁、胡思乱想。”

“是吗？”淑妃依旧神色黯淡，她转首看着虞朝颜，默默说道，“本宫也曾和你一样，对深爱之人依依眷恋，一日不见便茶饭不思，恨不能整日可以相伴一处。然而现在我却再无那般想法。他口中所说的甜言蜜语、山盟海誓，并非是假，然则却仅仅只是他当时的情绪而已。感情就如同烈火，时间久了也会熄灭。”

闻及此言，齐乐瑶似乎察觉到淑妃的用意。齐乐瑶没有阻止她说下去，只是默默拉紧了她的手。

“公主，本宫对你的事情有所耳闻。今日并无外人在侧，本宫便与你说些心底话。”淑妃直直地盯着虞朝颜，眼底里竟含着一丝决绝之情，“所谓情爱，皆是一时兴起，绝无长久。陛下阻止你与太傅往来，在你看来或许是无情了些。可在本宫看来，陛下其实才是最明白透彻之人。你现在爱得越深，日后便悔得越深。与其之后追悔莫及，不如早些断了孽缘。快刀斩乱麻，也许是痛了些，可短痛好于长痛。你切不可因此而记恨陛下。”

这一番话直戳得虞朝颜痛不欲生，她别过脸去，小声恳求：“娘娘，求您别说了。陛下的良苦用心我明白，我从未因此恨过任何人。”

见她满面痛苦之情，齐乐瑶有些不忍，想要阻止淑妃，可淑妃却一反常态地强硬，接着说道：“你嘴上说不恨，其实又怎能真的不恨？你我都是女子，本宫自然能体会到你的不易。”说完，她倚着绿如缓缓起身，走到虞朝颜面前，轻轻将她拉了起来，“本宫并不想与你说那些大道理，本宫是真的心疼你。看你身形，已经比除夕那日瘦了许多。本宫不用想，都知道这月余以来你是如何度日如年的。本宫只想告诉你，情爱一事本就虚幻不定，若将一时的兴起当作执念，便会泥足深陷、不可自拔。你如此年轻，将来还有很多机会。学会放手，才可以得到长久的解脱。”

淑妃此话原意是想劝说虞朝颜不要过于执着，可她所言情爱皆虚空的道理却让本就脆弱不堪的虞朝颜更加痛苦。

虞朝颜有些痴愣地凝视着淑妃，一时间悲不能已。她用尽力气将眼泪憋了回去，半天才哽咽着说道：“我不懂。”

“公主有何不懂的？”杨昭容实在看不过去，也起身走了过来。

她从背后抚着虞朝颜的肩头，感受到她身上传来的阵阵颤抖：“公主只需这样想，男欢女爱应是人生中锦上添花的事，它本该令人快乐才对。若是它不能令你觉得快乐，那便不值得你去追求。”虞朝颜转过头去对上杨昭容的视线，继而又默默垂了眼眸。

齐乐瑶见此情景，不免有些担心。她快速起身，走到淑妃面前轻轻将她搀住，软声劝道：“公主如此聪慧，娘娘的用心她必然已经知道了。今日大喜的日子，我们就不说这些沉重的事情了。娘娘怀着龙种，切莫站得太久，臣妾扶你去休息。”

淑妃犹豫了一下，终是放弃般点点头：“好，不说了。今日聚会本就是乐事，郡主说得对。”淑妃回了座，只剩虞朝颜一人落落寡欢站在原处。

杨昭容见状，猛地一拍手：“对了，今日宫中花园的太虚湖上还有彩舟。一会儿元祐该过来了，公主与嫔妾一道带着元祐去游湖，如何？”

“本宫觉得甚好！”淑妃又倚回榻上，连连点头，“你们去好好玩玩，元祐也难得好好放松一下。本宫身子笨重，便不与你们同去了。”

“娘娘身子要紧，臣妾留在这里陪娘娘说说话吧。”齐乐瑶也对这个安排表示赞同。

“既如此，那嫔妾先带公主过去了。”杨昭容行了个万福，然后高兴地拉过虞朝颜，“元祐若是知道有这么个漂亮的姐姐陪他泛舟，一定开心得不行。”

方要出亭，又听淑妃在身后叮嘱：“湖面宽阔，你们要仔细些，别出什么危险。”

“娘娘放心。”杨昭容回过身来笑着应了一声，然后便拉着虞朝颜一路走了出去。

见二人走远，齐乐瑶微微笑着准备起身回座，没想到被淑妃轻轻拉住：“郡主就屈坐在榻边吧。离得近些，也好说话。”

齐乐瑶笑着坐了回来，然后低头笑道：“娘娘如今果真是想通了，待众妃嫔如此亲和，尤其是对杨昭容，宛如亲姐妹一般。”

淑妃自嘲地笑了笑，一手抚上自己隆起的小腹：“往日本宫心中只有陛下一人，什么事情都会与别人较真。可如今本宫有了身孕，心思竟越发平和了。虽说这话不该说，可事实上本宫确实对陛下没有之前那般执念，更多的心思反而都放在这个即将出生的孩子身上。所以，本宫对杨昭容的心情也能感同身受，自然也就不再斤斤计较。”

“如此说来，那陛下岂不是可怜了？”齐乐瑶调笑着说道。

淑妃明白她是打趣自己，不由粲然一笑：“陛下才不会可怜！陛下一心扑在朝政上，哪有心思管我们。”

齐乐瑶听出她话中的无奈，不禁摇了摇头：“娘娘还是埋怨陛下疏远了后宫啊。”说完，她又叹了口气，“咱们陛下确实太醉心国事了。俗话说上梁不正下梁歪，作为君主，他若不尽心，下面的人也会有样学样、跟着偷懒，到时候还不得乱成一锅粥？陛下精力毕竟有限，所以也就只能冷落了后宫。娘娘还需多担待些。”

“看姐姐说的，本宫哪里是埋怨陛下？”淑妃脸上的喜悦之色稍稍黯淡了些，生出些许担忧之情，“若是连这点事情都看不明白，本宫还怎么有资格做陛下的妃嫔？本宫只是担心陛下如此操劳，长此以往会伤了龙体。陛下一人之身系天下万民之众，所以绝不能出一丝一毫的差错。照顾陛下本来就是我们这些后宫嫔妃的职责，可陛下疏远后宫，我们……”说到这里，淑妃求助地望着齐乐瑶，“姐姐若是有机会，便替本宫劝劝陛下，让他多回后宫走动走动。这话若是本宫去说，陛下一定会以为我是争宠。姐姐不一样，姐姐关爱弟弟，这是天经地义的事，陛下一定不会反感。”

齐乐瑶这才明白了淑妃特意请自己进宫的真正意图。可淑妃说的理由又让她无法反驳，赵弘瑀登基以后，并未大肆册封妃嫔，还放了一批宫女出宫。后宫之人本就少了许多，他又似乎对女色并不眷恋，常年埋首于政事，毫不在乎自己的身体。想到此处，她笑着点头宽慰道：“娘娘担心的不无道理。如今陛下年轻，怎么折腾这身子骨都还能撑得住。若是年岁再长一些，如此辛劳一定会出问题。只有妻子才会时时刻刻把夫君的事记挂在心头，只靠着那帮宫女太监伺候，那定然是不够尽心的。臣妾会找个机会劝劝陛下，娘娘放心。”

淑妃欣喜地拉着齐乐瑶连声谢道：“本宫就知道，姐姐嫁做人妇，定然会理解我们的苦心。那本宫便在这儿代后宫的众姐妹们先谢过姐姐了。”

齐乐瑶与淑妃有来有去地闲聊了半晌，大抵都是些生活中的琐事。这边正咯笑做一团，那边忽然有个小宫女神色慌张地跑了进来，连滚带爬地跪在地上，声音里止不住地颤抖：“娘娘，不好了……方才昭容娘娘与德宁公主泛舟游得好好的，不知为何，公主……公主突然将昭容娘娘推入湖中去了……”

“什么？”淑妃闻言大惊，忙要起身，无奈身形过于不便，又重重倒了回去。齐乐瑶眼疾手快，一把将她扶住。“娘娘别慌，先弄清楚怎么回事再说。”齐乐瑶听闻此事，亦是震惊不已。可淑妃怀有身孕，不可动了胎气，她只好按捺住心中的惊慌，先将淑妃稳住。

淑妃受了惊吓，一口气差点没提上来，她大口大口地喘着气问道：“快说！到底怎么回事？”

“奴婢也不知道到底发生了何事。事发之时，安定郡王、昭容娘娘和公主坐着彩舟正在湖面上，奴婢们隔得远，听不太清。只看见公主突然与娘娘推搡起来，娘娘站立不定，失足落水。”

“人怎么样？可有救上来？”

“撑船的小太监张卫当时便跳下去救人，已经将娘娘救了上来。可娘娘呛了水，受了惊吓，一直胡言乱语……”

“那安定郡王呢？”

“郡王被昭容娘娘身边的阿萝护住，并无大碍。”

“那彩舟现在何处？”齐乐瑶忍不住插话问道。

“回郡主，彩舟已经被拖回岸边，等候淑妃娘娘的旨意。”

“还愣着做什么？”淑妃一反往日的温淑，又急又怒，“快去，把昭容她们赶紧送到延福宫去！传御医入宫！”

“是！”小宫女唯唯诺诺地一边应承着，一边又飞奔出去。

淑妃深深吸了口气，努力让自己的神色看起来稳定一些：“绿如，快扶本宫回去！”

齐乐瑶先站了起身，伸手将她扶住：“娘娘，让臣妾陪你同去吧。”

淑妃点点头，几人慌慌张张向延福宫走去。刚入了宫门，淑妃转头吩咐绿如：“你去派人告知太后，让她老人家不要担心，本宫会处理好这件事。暂时先不要告诉陛下，待本宫问明情况，会亲自去向陛下解释。”

“是。”绿如低头领命。齐乐瑶默默与芸儿对视一眼，芸儿快步上前来接替绿如搀住淑妃。

“娘娘，人已经带回来了，正在殿中等候。”小公公迎了上来，一路躬着腰将三人引进殿中。

方一进殿，齐乐瑶便看见虞朝颜面色惨白地立在一边，她见淑妃进来，刚要开口说话，就被一旁赵元祐的哭声打断。赵元祐紧紧贴在阿萝怀里，哭得声嘶力竭。

淑妃一时心焦，忙走上前去揽过赵元祐，轻声安抚道："元祐不哭，乖。"

"我要母亲……"元祐搂着淑妃，稚嫩的声音已经哭得有些沙哑。

淑妃直起身来，稳下了心神，看着阿萝仔细叮嘱："阿萝，郡王年纪太小，你先带他去内室。等杨昭容的情况稳定下来，你再带他过去。"

"是，娘娘。"阿萝也是受了惊吓，嘴唇微微泛着乌青。她掏出丝帕仔细替赵元祐擦拭干净眼泪，然后便拉着他默默朝内室走去。待处置好这一切，淑妃舒了口气。她定了定神，转过身来默默盯着虞朝颜，不住摇头叹惋："公主，你可知自己已闯下大祸？"

"娘娘明鉴。"虞朝颜虽是面容惨淡，可并未如想象中手足无措，她跪下身来，抬眼直视着淑妃，一字一句地说道，"我并非有意，是杨昭容无礼在先。"

淑妃一怔，继而秀眉微蹙："你可知诽谤妃嫔是何等大罪？"

虞朝颜低下头去，声音微微有些颤抖，然而并未改变口风："我知道。可我所言句句属实。"

"那好，你倒说说看，杨昭容是如何无礼的？若真有此事，本宫一定替你做主。若是你恶意中伤，那本宫也绝不会轻饶。"淑妃一席话毕，虞朝颜竟忽然没了言语，只是紧紧咬着下唇跪在原地。

齐乐瑶此时也缓过神来。刚得知消息时，她之所以请求跟着过来，就是因为虞朝颜的缘故。不管怎么说，虞朝颜与洛清影有着不可否认的关系，她出了事，就很有可能会牵连到洛府头上。她不能让虞朝颜一人面对淑妃，只要她在，或许还能相机行事。

齐乐瑶与淑妃默默交换了眼神，随后快步走上前去将虞朝颜扶了起来，轻声劝道："公主，我知道你绝非内心险恶之人。今日事发突然，我相信一定内有隐情。你且从实说来，淑妃娘娘必定会秉公处理。"

虞朝颜抬起头来望着她，眼神中竟有着难以言喻的痛楚和委屈，不禁让齐乐瑶心内一惊。"郡主……"虞朝颜欲言又止，方才唤了一声便又猛地摇了摇头，"我无法说出口。"

齐乐瑶见她这般吞吞吐吐，心里实在着急，便紧紧拽住她的手说道："若是与昭容娘娘有了误会，起了争执，说清楚便好了。你若不说，淑妃娘娘又怎能知晓？你将嫔妃推入湖中，这是多大的罪名，别说你了，就是……就是你哥哥也担待不起啊。”

齐乐瑶本想提醒她，这件事若是闹大了，可能会牵连到洛清影。可淑妃在场，她无法明言，只好改口说成虞昉。

虞朝颜似乎明白了齐乐瑶的隐意，犹豫了一下又辩解道：“我没有推昭容娘娘，她是自己落水的。”

见她始终不愿松口，淑妃转头看着跪在一旁湿湿答答的小太监张卫，厉声问道：“当时到底什么情形？”

“回娘娘，奴才当时在船尾，未能听到昭容娘娘与公主的谈话。”张卫跪在地上，身下湿了一大片，“奴才只听到昭容娘娘与公主似乎忽然间话不投机，互相推推搡搡起来。等奴才回过神来，昭容娘娘已经跌入湖中。”

“嗯。”淑妃赞许地挥了挥手，“你护主有功，先下去将这身湿衣物换了。回头本宫自有重赏。”

“奴才谢娘娘。”张卫连着磕了几个头，赶紧退了出去。

张卫之言对虞朝颜毫无用处，齐乐瑶心中着急却又无计可施，只好又将她的手攥得更紧了些：“好好的，昭容怎么会自己掉进水里？再说了，其他人都看见你与她在彩舟上推搡争执……公主啊，你若不愿说出实情，让我们如何替你辩白？”

虞朝颜紧紧咬着下唇，心知齐乐瑶一心担心自己，却只能满怀歉意地摇了摇头：“郡主，我真的无法说出口。”

“算了，既然公主不愿意说，郡主也不用苦苦相劝了。”淑妃缓步走上前来，劝止了齐乐瑶，“反正当事人还有一个，公主不愿说，那本宫便只能去问杨昭容了。”

齐乐瑶还要再说，又被淑妃打断：“本宫现在要去看看杨昭容，郡主是与本宫同去还是留在此处安抚公主？”

齐乐瑶无奈地望了虞朝颜一眼，继而又安慰地抚着她的手说道：“我这便与娘娘同去探望杨昭容，你在此处好好想想。想清楚了，便向娘娘说明缘由。”

齐乐瑶跟着淑妃进了偏殿，一进门便见满屋子宫女来来回回穿梭不止。领头的宫婢见了淑妃进来，忙快步走上前来。

“昭容情况如何？”

“回娘娘，昭容娘娘浸了水，受了惊吓，方才一直呼号不止。奴婢们给娘娘换了干净衣衫，娘娘现在平静了些，正在里面休息。”

淑妃点点头：“快带本宫去见她。”宫婢领命，躬身将一行人引进内室。

见淑妃进来，本来好好躺在榻上的杨昭容似是看见了救命稻草一般，直起上半身便要扑下榻来：“娘娘，您若再来晚些，便看不见嫔妾了……”

淑妃拧着眉走上前去，将她扶住：“说什么胡话？这不是好好的？”淑妃在榻边坐下去，伸手拨开黏在杨昭容面颊上的湿发，一脸痛心：“好好的怎么弄成这个样子？你与德宁公主昨日无怨，今日无仇，早间不还说说笑笑、如同亲姐妹一般，怎么就突然起了这么大的争执？”

杨昭容面容惨淡，早上精心打扮的妆容早已面目全非，一双凤眼噙满了泪水，左右闪躲，似是惊魂未定。“娘娘……”她才说了两个字，便又泣不成声。

“你不用害怕，只管说出实情。若公主真是有意加害于你，本宫一定替你做主。”淑妃缓缓地安慰着。

杨昭容点点头，似是吃了定心丸：“方才在彩舟上元祐与阿萝玩得开心，嫔妾便与公主在一边闲聊赏景。虽然娘娘您方才在亭中苦口婆心开导了她一番，可看样子她还是放不下那件事，始终怏怏不乐，兴致索然。于是嫔妾便想着顺势再劝劝她，可没想到才说几句，公主便翻了脸……她说……她说……”回忆到此处，杨昭容满腹委屈，戚戚然然地拉着衣袖抽噎不止。

“她说什么？”一旁的齐乐瑶见她又要哭起来，忍不住急急催促。

杨昭容抬起衣袖拭去脸上的泪水，委屈地说道：“公主骂嫔妾不知天高地厚！她说她与太傅皆是身份贵重之人，淑妃娘娘是后宫之首，或许说得。可嫔妾只是个小小的昭容，根本就没有说话的资格。嫔妾身为陛下的妃嫔，她辱骂嫔妾便是辱骂陛下。嫔妾气不过，就与她争执了几句，没想到她一怒之下竟将嫔妾推入水中……”说到此处，杨昭容悲愤不能自抑，涕泪横流地恳求道：“请娘娘为嫔妾做主啊！”

“放肆！”淑妃闻言立即变了脸色，满面的温柔换成了冷冽，“就算她是南祇的公主，也不能如此欺人！若不是陛下出手相救，他们兄妹早就曝尸荒野了，而今竟敢如此出言不逊！亏得本宫还这般怜惜她！”

听完杨昭容的话，再见到淑妃如此愤怒，齐乐瑶一时间亦是花容失色。她早就预感到这件事一定会将洛清影也绕进来。果不其然。

她扑通一声跪在淑妃脚边，言辞恳切地说道：“娘娘怀有龙嗣，千万不可急怒攻心动了胎气！还请娘娘保重身子。”

淑妃缓了口气，待情绪恢复一些，抬手虚晃了一下，示意芸儿将她拉起身来："姐姐放心，本宫自有分寸。"

虽然淑妃发了话，可齐乐瑶却丝毫放不下心来。她敏锐地察觉到此事的危险，便又坚持继续说了下去："虞朝颜不论怎么说也是南祇名正言顺的公主。对她的处置会牵扯到大殷与南祇的关系，娘娘不可不慎重啊！况且方才在大殿内公主欲言又止，显然是有难言之隐。臣妾斗胆恳请娘娘再去问问公主，免得造成误会，铸成大错。"

淑妃还未开口，杨昭容却猛地情绪激动起来，她盯着齐乐瑶大声质问："郡主难道不相信嫔妾，却要相信一个外人？当时在彩舟上的张卫和阿萝都可以为嫔妾做证！"说完，她又冷笑了几声："哦，对了，凭着公主与太傅的关系，郡主确实应该偏向她才对！"

"这是什么话？"淑妃冷着脸猛然打断了她，"本宫看你是被吓傻了，口不择言！郡主只是据实分析，何来袒护一说？"杨昭容被这一声喝止吓得愣住，立刻噤口。

事情到了这个情势，齐乐瑶也不能再开口与杨昭容争辩。再说下去，只会越描越黑。

淑妃见杨昭容不再说疯话，便换了副温和的语气又安慰了一番："你受了惊吓，又受了寒，就先在这里好好休息。待会儿御医会过来，等你恢复一些精力，本宫让元祐来看你。你放心，元祐现在由阿萝看着，本宫也会吩咐侍婢帮忙照看着。"

"谢娘娘。"杨昭容蔫蔫地答道。

淑妃没再说话，站起身来往外走去。齐乐瑶心中不安，也跟在她身后出了来。刚一出门，就见绿如一路急匆匆跑了过来。她行了个万福，一步上前搀住淑妃："娘娘，太后已经知道了情况，说等您这边有了结果再去回禀她老人家。"淑妃点点头，没做他话，直接回身进了正殿。

进得殿来，见虞朝颜依旧等在那里。淑妃走上前去凝视半晌，一改方才的雷厉风行，柔和地说道："方才本宫去问了杨昭容，她说见你神色哀伤，依旧放不下心里的人，便想再劝劝你。可你却认为她身份低贱，不配过问，所以一怒之下将她推入湖中。"

虞朝颜明显愣了一下，她刚要张口辩解，却听淑妃继续说道："本宫不相信你是这样的人。所以本宫再来问你，想听你亲口说出当时的实情。"

虞朝颜犹豫了一下，朝齐乐瑶看了看，见她也是一副鼓励的神色，便低声开口道："昭容娘娘说谎。我没有骂她，是她辱骂我。"

"她骂你什么？"

虞朝颜似乎又退缩了，她倔强着低下头去："娘娘，我真的不想说。"

"为何？"淑妃拧着眉，眼神里却依旧温情脉脉，"是因为涉及太傅吗？"

听到这个称谓，虞朝颜眼中的倔强瞬间全都消散了："我不能听凭别人肆意污蔑他。"

"所以你才生气，将杨昭容推下水去？"

"我没有！"虞朝颜摇着头辩解道，"我与她聊得不欢，便试图离开。可她不依不饶，一直与我纠缠。后来不知怎的她便落入水中……"

淑妃了然地点了点头，眼中却满是无奈："你能说出来，本宫很是感激。这件事非同小可，现在看来，本宫也是无权处置了。事情清楚之前，还需暂时委屈你留在宫中。"说完，她转身吩咐绿如："你将公主带去重华殿，好生安置。"

绿如领了命，便要引虞朝颜出去。虞朝颜不安地看了齐乐瑶几眼，却见对方亦是满面愁容，只得默默随绿如出了殿去。

待二人走远，淑妃方才长长舒了口气。她脸上没了方才的严肃，却依旧神色凝重："本宫知晓姐姐担心什么。此事涉及太傅，后宫皆是妇人，难免有人会乱嚼舌根。姐姐放心，本宫会仔细叮嘱她们，不许乱说话，污了太傅清誉。"

齐乐瑶感激地点点头："谢娘娘体恤。"

淑妃淡然一笑，接着说道："这件事怕是一时半会儿也没个头绪。姐姐说得对，公主身份特殊，本宫没法擅自处置，本宫这便去向陛下说明情况，请陛下圣裁。姐姐在宫中滞留多时，想必太尉在府中已经等得着急。姐姐先行回府去吧，剩下的事情由本宫自己去处理便好。"

齐乐瑶此刻已是意乱如麻，她知道自己再待下去亦是无用，还不如早些回去将此事告诉洛清篱，也好早做打算。想到这里，她顺从地弓下身去："有劳娘娘费心，那臣妾便告退了。"

齐乐瑶出了宫门，并未回府，而是直接去了太傅府。

马车刚一停稳，她便在芸儿的搀扶之下匆忙下车，直直朝府内一路小跑而去。得了通传，洛清影赶紧出来相迎，前脚刚迈出临渊阁，就与齐乐瑶迎面撞上。

"郡主何事如此惊慌？"洛清影知道她今日受邀入宫，现下又如此仓皇失措地来找自己，定然是出了大事。

“公主……出事了……”齐乐瑶捂着胸口，气喘吁吁。

洛清影心里一沉：“出了何事？”齐乐瑶努力让自己的呼吸平复下来，然后将今日宫中之事一五一十说了一遍。

越是听到后来，洛清影的脸色越加沉郁。待齐乐瑶说完，他立刻说道：“多谢郡主前来相告，我这便即刻入宫去见陛下。”

“你去找陛下做什么？”齐乐瑶一脸担心地将他拦住，“不管怎么说，公主确实伤到了昭容娘娘。这件事牵连到你，陛下本来就对你们两人之间的事心有不满，他目下想必正在气头上，你现在去不是火上浇油？”

洛清影摇着头解释道：“我并非是去求情。”

“不去求情你去做什么？”

“郡主既知陛下对公主有不满，那便可以猜到陛下会如何处置她。不管真相如何，也不管我与公主之间有何过往，她毕竟是南祇皇室，如今这个情势下，稍有不慎便会引起虞恪的再次发难。”洛清影着急地说道，“我必须要向陛下澄清立场，提醒他务必要以大局为重。”说完，他不待齐乐瑶再说话，便扯开衣袖，快步出了府去。

“郡主，大人就这么直接去找陛下，陛下一定会生气的啊！”芸儿不敢拦他，只能急得跺脚。

齐乐瑶秀眉紧蹙，一副懊悔之意：“走！快与我回府！”

齐乐瑶一路匆忙地回了太尉府。洛清篱听说她回来了，正准备去正门迎接，本以为是尽兴而回，没想到却见她一脸慌张地快步进了来。“夫君，德宁公主出事了。”齐乐瑶皱着眉头，压低了声音。

洛清篱盯着她，见她眉眼之间尽是忐忑不安，便安抚着说道：“郡主勿慌，你且详细说来。”齐乐瑶喘了口气，然后便将今日宫中发生之事和方才在太傅府发生之事尽数说了出来。

洛清篱一边听着，一边默默沉下脸色。未待齐乐瑶说完，他立刻走到门外叫来吉叔：“你速去宫门处请班值代为传话给太傅，就说我在府中摔了一跤，触及旧伤，情况凶险，让他立刻回来。”

“这？”吉叔看着眼前毫发无伤的洛清篱不明就里，但他只是愣了片刻，随即点头应道，“是，我这就去！”

“嗯，一定要快！”洛清篱摆摆手，催着他快走，又一头折回屋中。

齐乐瑶悔不当初，她走到洛清篱面前，满面愧疚：“我当时只想着这件事牵扯到清影，必须要尽快将整件事告诉他，让他早做打算。我怎么那么笨！就应该先回来与你商量才对！”

洛清篱轻轻抚着她的肩头宽慰道：“你也是好意，不必如此自责，没事。”他嘴上虽说着无妨，可面上却毫无轻松的神色。

她想安慰洛清篱，可又不知如何去说，只好幽幽叹气：“这件事怎么想都令人费解。就算公主说的是实话，是杨昭容出言不逊在先，可杨昭容为何要独独与她过不去？她们之间根本就没有任何过节啊！”洛清篱没有回答，只是盯着齐乐瑶出神，似乎在想着什么。

“夫君？夫君？”齐乐瑶被他盯得不知所措，忙唤了两声。

洛清篱回过神来，忽然问道：“方才你说今日入宫之后，见淑妃与杨昭容似乎摒弃前嫌。淑妃与昭容之前有过什么过节吗？”

齐乐瑶以为他是一时着急失了神，见他忽又发问，并无异样，便安下心来说道：“深宫闺怨，不过就是为了争得陛下那点宠爱而已。之前淑妃虽有太后撑腰，却迟迟未有子嗣，反而让杨昭容抢了先。杨昭容又是一朝得子，淑妃心里岂能好受？虽说淑妃为人谦和，从不与人争执，可明里暗里却与昭容并不融洽。”

“嗯。”洛清篱一边仔细听她说明实情，一边缓缓来回踱着步子。

顿了顿，齐乐瑶又哀怨地垂下眼眸：“后宫中人其实也是可怜。深宫寂寥，若再没有陛下的宠爱，便真的只能孤老至死。不过现如今淑妃有了身孕，或许真如她所言，是看开了一些，所以才不与昭容计较，关系好了起来。”

岂料洛清篱却不以为然：“既是深宫寂寥，那么谁都不愿孤苦终生，谁都会拼尽全力去争，又何来的和解？”

“你是怀疑淑妃？”

洛清篱没有否认，也没有承认，只是若有所思地望着门外。

齐乐瑶沉默片刻，走到他面前轻声说道：“待会儿清影来了，不要动怒。他与公主之间感情已深，初闻公主出事，他自然会着急。他是通晓事理之人，你与他好好说，他听了进去，就一定不会乱来。”

“他的性子我又怎么能不知？”洛清篱无奈地摇着头，“易地而处，我也会与他一样焦急难安。这是人之常情，我岂能横加责难。只不过清影身处其位，便要知晓这个位子上的禁忌。”

“我虽与清影相识的日子不久，可我看得出来，他是个重情重义之人。很多时候，他总是一心想着别人，却忘了替自己考虑。”洛清篱刚要张口，又被齐乐瑶阻止，“我先去更衣，然后去后厨给你们准备些好菜。事情再急，饭还是要吃的。”说完，不待洛清篱回答，她便轻盈地退了出去。

洛清篱心中明白，齐乐瑶这是有意回避。虽然她与自己恩爱有加，可她毕竟是赵弘瑀的姐姐，有些事不需要说出来，二人皆是心知肚明。当初太后赐婚，他也曾怀疑过这是不是赵弘瑀的意思，明为恩荣，实为监视。而齐乐瑶嫁入太尉府这么久以来，却一直恪守本分，从未做出出格之事。她是个聪明人，她明白自己的身份到底意味着什么，所以只要洛清篱不说的事，她从不多嘴去问。想到这里，洛清篱心中不免生出一丝感动。

洛清影入了宫，在中孚宫外等候通传，而这次等候通传的时间竟然比平日里久了许多。

待欢招出来相迎，他竟然站得有些腿麻。见他动作僵硬，欢招为难地说道：“方才淑妃娘娘在里面，带了几个证人正在向陛下说明情况，所以委屈您多等了片刻。”

“无妨。”洛清影明白欢招的好意，便微微笑了笑，“我这个时间来，本来也不合时宜，公公无须多虑。”

欢招也没再多言，一路将他引入中孚宫中。欢招并未进入殿门，只在外面停了住。洛清影只身进去，却见殿内除了赵弘瑀，并无他人。赵弘瑀脸色不佳，他并未像往日一般笑呵呵地迎过来，而是高高地端坐在御座之上。

洛清影愣了愣，一时竟不知要以何种称谓来称呼他。那样一种居高临下的姿态，不是与自己嬉笑玩闹的知己好友，而是不容挑衅的一国之君。洛清影缓了一下，立即跪地拜道：“臣洛清影参见陛下。”

赵弘瑀明显也是被他的这一举动惊到了。他犹豫了片刻，不知是不是该说“平身”。赵弘瑀不说话，洛清影便一直跪伏于地。

赵弘瑀咬得牙齿咯咯作响，恨恨说道：“你这是干什么？”

“臣有罪。臣来向陛下请罪。”洛清影直起身来，可依旧跪在地上。

赵弘瑀与他对视片刻，继而扭过头去：“起来说话！”

“臣……”洛清影刚一开口，赵弘瑀便噌地站起身来，快步走下御阶，一弯腰猛地将他拽了起来：“这个时候是要跟我讲君臣之礼了吗？”

洛清影知道他心中不快，也知再以君臣之礼待他会更加激怒他，便微微躬着身子说道：“我并非有意。”

赵弘瑀也知道自己方才做得有些过了，便缓和了些语气，不满地瞪着他：“你这个样子，活似我欺负你一般。”

洛清影不知如何接话，两个人又陷入了尴尬的沉默。过了片刻，洛清影鼓起勇气打破了这一室寂静：“我来找你是……”

岂料话刚出口，就被赵弘瑀制止。“我知道你来做什么。”赵弘瑀轻轻哼了一声，“你想说的我都知道，所以你不必说了。”

被一句话堵住，洛清影不觉有些恼火。可他清楚地知道自己此行的目的，便微微垂下眼眸，声音一如往常般平静：“德宁公主一事若是处置不周，定会引起南祇虞恪的抗议。”

“那你说我该如何处理？”赵弘瑀看透似的冷笑一声，“即刻释放，然后还要责令杨昭容去向她道歉？”

见赵弘瑀如此不通情理，极力挑衅，洛清影实在是无法再忍，他极力稳住自己的情绪，不让心里的怒火泄出来：“从我进殿到现在，你一直都是满腹怒气。”

“是，我非常不满。”赵弘瑀一反常态地毫不掩饰，“我再三地告诫你，不要再与虞朝颜扯上任何关系，可你呢？一而再、再而三地忤逆我的意思！这一整件事就是张巨大无比的网，别人唯恐避之不及，可你却非要往里跳！”

“正是因为我牵连其中，所以才不能袖手旁观。”洛清影亦是毫不退让，“我并非有意忤逆你，我只是想提醒你，不管你对公主有任何成见，都不能影响你的决断。她关乎大殷与南祇两国的关系，若是处理不当……”

“原来我在你眼中是如此小肚鸡肠之人？”赵弘瑀不可置信地盯着他。

“我不是那个意思。”洛清影见他误会了自己的意思，急着辩解道，“我是怕虞恪借题发挥，再生事端……”

赵弘瑀毫不客气地打断了他：“若你当日听了我的劝告，与她早做了断，又何至于被他人看透你二人之间的私情，更何来今日之事？”洛清影本就心内忧虑难安，一听此言，更是如五雷轰顶一般。

正在二人沉默之时，欢招忽然进了来，立在门边禀道：“陛下，方才太尉府的人传了话来，说是太尉摔伤了，伤到了旧患之处，情况危急，请太傅大人即刻回去。”

洛清影闻言，整个心似是被悬至半空。洛清篱或许也是听闻了消息，急着寻自己，才匆忙间摔倒。担忧、懊丧之情溢满了他的内心。他抬头望了赵弘瑀一眼，见他依旧还是之前那副冷漠的神色，只得躬身请辞：“臣请告退。”

赵弘瑀没说话，只垂了垂眼皮表示同意。洛清影心内如火灼一般，转身便往外走去。刚行至大殿门口处，又听赵弘瑀开口将他唤住："你不必太过担心，我会让杜若过去一趟。"

洛清影一愣神，回身望着他，见他面上不似方才那般冰冷，便恭敬地说道："臣代兄长谢过陛下。"

洛清影一路马不停蹄赶回太尉府，一进揽月阁，便觉得气氛不对。洛清篱坐在主座之上，身上并无半点异样。

"兄长，你？"

洛清篱起身走到他面前，沉下声来："跟我来。"

洛清影不明所以，跟在他身后出了揽月阁，穿过一处小花园，来到了祠堂。洛清篱推门而入，洛清影也只好跟了进去。

见洛清篱返身又关了房门，洛清影似乎明白过来："兄长谎称受伤，是为了将我从宫中带回来？"洛清篱并未直接回答，而是点燃一炷香，然后跪下朝洛氏列祖的灵位磕了三个头。

"兄长也认为我是因为私情才去向陛下求情的吗？"洛清影见他如此，不禁有些委屈。

"我知道你不是为了私情。"洛清篱转过头来看着他，"你是怕南祇那边借机生事。"

"那你为何让我回来？"洛清影依旧不解。

"你说你是为了国事、为了大局，可陛下并不一定会这样认为，其他人也不一定会这样认为。有些话或许本意是好的，然而说的人不对、说的时机不对，都会造成误会。"

"我也深知自己应该置身事外，不该卷入其中，留给他人口实。可兄长也看得出来，因为我的事情，陛下对公主早已有了成见，若是此时畏缩不出，岂是大丈夫所为？我绝不能让陛下因为我的一己私事而错下决断，否则我万死难辞其咎。"

洛清影还要再说，洛清篱起身阻止了他："这件事陛下一定会慎重处理。即使需要有人去劝谏，也不该是你。"说完，他顿了顿，拍着洛清影的肩头："我带你来这里并非是要责骂你。你关心公主本来无可厚非，然而你身处局中，也必须首先将事情理清，做好万全之策才对。"

一席话毕，洛清影也意识到了自己的举动确有不妥之处。他一直认为自己坦坦荡荡，毫无私心，只是尽到人臣的本分。可他却没有想到别人会如何来看。连赵弘瑀都误以为他是徇私情，那到了其他人口中，更是不知会传成什么样子。

见他不应声，洛清篱明白他是冷静了下来，便又说道："陛下的事情暂且搁在一旁，先说公主的事情。我相信她并非心肠歹毒之人，不会故意将人推入水中。何况是在宫中，她这么做无疑是自寻死路，将自己与整个后宫乃至陛下都对立起来。神志清醒之人绝不会做出如此鲁莽之事。可就目前的形势来看，却是对她极为不利。她虽知实情，但始终支支吾吾，不愿和盘托出。就算是陛下亲自审问，像她这般躲藏，也只能任由别人牵着鼻子走。公主既然无心，那么就一定是有人刻意为之。既是刻意为之，就必然有某种目的。难道这背后的蹊跷你就没有察觉出来？"

洛清影混沌的脑袋立刻冷静了下来。他僵在原地，望着洛清篱冷峻的面容，心中忽然一沉。

见他似乎有所顿悟，洛清篱又追问一句："一个南祇流落在外的公主，无权无势、寄人篱下，与后宫之人无冤无仇，为何她们要大费周章设计陷害她？"

"兄长也认定这是有人故意陷害？"

洛清篱轻轻点头："这件事太过缜密，看起来似乎天衣无缝，可越是这样就越让人觉得不可思议。太后忽然病倒，淑妃与昭容共主盛会，而最重要的是，往年的花朝节皆是宫中妃嫔自己热闹，从不邀请外人。今年为何突然邀请郡主前往？"

洛清影细细揣摩着他的话，继而恍然大悟："因为她们需要郡主亲眼见证这一切，让她成为最重要的证人。"

洛清篱不置可否，面上的神色却越发沉重："为何挑中郡主？因为她们知道郡主与你最为熟悉，她会尽快将发生的一切告诉你。杨昭容所言虽然并不足信，可她与公主的证词中有一条却是吻合的，那就是事情的起因是公主与你之间的私情。"

一语惊醒梦中人。洛清篱的分析终于让洛清影拨开了眼前的迷雾，看清了这纷繁熙攘之下掩盖着的真相。"他们如此大费周章，原来是冲着我来的。"

虽然弄清了眼下的状况，可洛清篱却没有丝毫的轻松："这个时候你只要出现在陛下面前，不管是为了国事还是为了私情，都是错误的。从头至尾，公主就只是一个诱饵而已。"

"可是我在朝中从未拉帮结派、经营势力，他们为何……"说到此处，洛清影忽然停下，他不可置信地睁大了眼睛，"他们的目标是秦王！"

洛清篱没有说话，只是凝重地望着他，过了片刻，才又重重叹了口气："我说过，高处不胜寒，祸从萧墙起。看来，淑妃的子嗣诞生之日便是这一场斗争的开始之时。或者说，他们等不及孩子出生，便已经落下了第一颗棋子。项庄舞剑，意在沛公。这盘棋，你我没有选择，只能接招。"

当年，洛清影与赵弘瑀九死一生，踩着前太子赵弘嘉的尸体，才将赵弘瑀送上了寰宇之巅的至尊之位。当赵弘瑀亲自去明寂寺请他回朝，并将年幼的赵元澍交给他的时候，他就已经预感到天家血脉相残的事情注定了是一个又一个残酷的轮回，可他没有想到，这一天竟来得如此毫无预兆。

面对皇权，既然相杀，便只有你死我活。他答应了赵弘瑀会尽全力保护赵元澍，便绝不能食言。洛清影沉浸在回忆中，眼神忽而变得沉寂。

洛清篱将一切看在眼中，他明白，那个冷静而沉稳的洛清影又回来了。“清影，从现在开始你便待在祠堂中，我会让吉叔安排你的饮食起居。”

洛清影点点头，继而问道：“兄长，你是要亲自去找陛下？”

“嗯。”洛清篱郑重地看着他，“这件事如何化解，全在陛下一念之间。你惹怒了他，那便要想办法先平息他的怒气。对外，我只说将你关了禁闭。如此一来，陛下的面子找了回来，他的气便会消了。”停了片刻，他又叹了口气，“陛下心思细腻，我想他或许已经对这件事的内幕有了一定猜测。只是我不知道陛下到底看透了多少，所以我必须想方设法探探陛下的口风，并且提醒他这件事可能会波及的人。”

事已至此，洛清影也没有更好的办法，他只得又小心提醒道：“事关淑妃，甚至太后也牵连在内，兄长向陛下陈述之时一定要小心斟酌。”

“我明白。”洛清篱示意他宽心，“那你就先待在此处。明日从宫中回来之后我再来看你。”

洛清影将洛清篱送至门口，直到他的身影渐渐隐在夜色中才回转身来。他缓步行至灵位前，默默点燃了一炷香。祠堂里，除了洛氏列祖列宗的灵位之外，还有两尊无名无姓的空牌位。那是洛清篱让人准备的。祭奠的便是洛清影的生父陆骞和生母漠凰。

忠义之臣，如海一般深的冤屈却无法昭雪。洛清影一撩衣摆，重重跪了下去。

这一边，洛清影才走，赵弘瑀好容易恢复了情绪，却又被欢招一声通传惹得心烦意乱：“陛下，礼部郎中陈亭有要事请见。”

“又是什么事？”赵弘瑀没好气地哼了一声。

“奴才不知。”知道圣心不悦，欢招也不敢乱说话，“要不……奴才回了陈大人，就说陛下已经就寝，让他明日再来？”

赵弘瑀本想发作，可一见欢招战战兢兢的模样，话到嘴边又生生咽了回去：“来都来了，让他赶紧进来。”

“是。”欢招暗中舒了口气，然后颠颠地将陈亭引了进来。

陈亭进门，忙要请安。刚跪下身去，就听赵弘瑀开门见山地问道：“虞昉怎么了？”

陈亭怔了一下，立刻答道：“陛下圣明，楚王要面见陛下。”

“为何不拦？”

听出赵弘瑀语气不善，陈亭赶紧磕头请罪：“臣无能，陛下恕罪。臣拦了，可楚王吃了秤砣铁了心，以死相逼。臣无计可施，只好奏明陛下，请陛下圣裁。”

虽是心烦，可赵弘瑀还是能拎得清是非，他缓了一下语气又问道：“人在哪里？”

陈亭犹豫了一下，如实回禀：“楚王坚持随臣一起来，目下正由铁骑校尉安歌带人护卫，在天波门外候着。”

“你去带他进来吧。”赵弘瑀点点头，“朕在这里等着。”没想到赵弘瑀会答应得如此干脆，陈亭赶紧站起身，出去迎虞昉去了。

欢招趁了空子，给赵弘瑀端来一碗莲子羹：“陛下，吃点东西吧。”

赵弘瑀一手撑着太阳穴，斜靠在御案上。他眉头紧锁，闭着眼睛，抬手缓缓将欢招推开去：“朕不饿。”

欢招捧着白玉碗，一脸委屈：“陛下不饿，那便喝几口消消火。”赵弘瑀不悦地睁开眼来，坐直了身子，斜眼盯着欢招，直盯得他心里发毛。

“陛下……”欢招以为自己又说错话了，腿一软扑通一声跪了下来，“奴才不是有意的。奴才见着陛下心烦，顾全这个还要安抚那个……陛下千万别再为奴才的事生气了啊。”听他这么说，赵弘瑀心里忽然一软。他没说什么，只是将碗接过来，拿着汤匙舀着喝了几口。

见赵弘瑀面上似乎平和了许多，欢招又吞吞吐吐地说道：“陛下，方才奴才送太傅出宫时，他脸色甚是惨淡。”

“嗯。”赵弘瑀翻着御案上的奏章，似乎并没在意。

“太傅这次……应该是真的被陛下吓到了。”欢招说完，就见赵弘瑀手里的动作明显呆滞了一下。他看出赵弘瑀不太想继续这个话题，也不敢再多言，收拾了一下便准备退下。

刚要挪步，忽然听赵弘瑀恨恨地说了一句：“朕就是平日里对他过于放纵，才会造成今天这个乱七八糟的局面。”

“是啊。”欢招依旧躬着身子，抬起头来小心翼翼地说道，“可是太傅面子薄，您还是点到为止吧。他心思通透，这下也该记了教训，不会再忤逆圣意了。”

“你这是为他求情吗？”赵弘瑀狠狠瞪着他。

欢招立刻缩起脖子：“别人不知，可奴才知道陛下与太傅的情义。太傅是好人，所以奴才……”

“好人也会犯错。”赵弘瑀不耐烦地摆摆手，“朕知道该怎么做。”

第十三章

旧案重提　疑云再起

虞昉一路仓皇进了中孚宫来，头也未抬便直接趴在地上。

“陛下！”虞昉磕头如捣蒜，“外臣听闻了臣妹之事，寝食难安，特来向陛下请罪！臣妹虽一向行事大胆，但恪守礼仪尊卑，她绝不会出手伤了昭容娘娘，这里面一定有误会。请陛下明察！”见他这般号叫，赵弘瑀心中不快，忍着怒气示意陈亭将他扶起来。

“恪守礼仪尊卑？”赵弘瑀站起身来，居高临下冷冷地看着他，“德宁公主行事向来出人意料。先是女扮男装混入使团，又在御苑射弓之时挑衅我大殷太尉，这些事，朕看在你楚王虞昉的面子上可以不追究。可是她大半夜刺探我太傅的府第，图谋不轨，这又是何居心？”赵弘瑀来言不善，虞昉腿下一软，复跪倒在地。

纵然虞昉这大半年来被禁在驿馆里将养身体，足不出户。可世上没有不透风的墙，关于虞朝颜和洛清影的事情，他也大约略有耳闻。他本想找虞朝颜问个清楚，但突遭变故，虞朝颜也一直神思恍惚。见她如此凄楚，况且亦是被囿于驿馆中，他便心软了下来，没再多问。

虞朝颜明明是因为昭容之事才被禁在宫中，可赵弘瑀却闭口不言，只拿她与洛清影的事做文章。虞昉不敢质疑，只好连连磕头：“臣妹鲁莽，只是因为钦慕大殷朝名臣风范，所以才出此下策……请陛下明鉴。”

“钦慕名臣风范？她知不知道自己的行为会给太傅引来多大的污名？如今她伤了昭容之身，又毁了太傅清誉，亏得你们南祇号称诗书风雅之邦，做出的事情竟是如此令人不齿！”

赵弘瑀这话极尽嘲讽之意，虞昉心中又气又恼，可嘴上却不敢反驳。他微微抬起头，只能看见丹樨上描绘着的金龙。

"外臣和臣妹的性命皆是陛下所救，陛下实为我兄妹的救命恩人。滴水之恩当以涌泉相报，何况救命之恩？臣妹再愚钝也知晓这个道理！她绝不会恩将仇报，伤害陛下的妃嫔！请陛下明鉴！至于太傅，确实是被臣妹的鲁莽行径拖累。太傅一向洁身自好，清名在外，绝不会做出有碍伦常之事。外臣相信太傅的为人，更相信陛下的圣断！"虞昉这一番话说得情真意切，而且暗自顺应了赵弘瑀的心意。

赵弘瑀知道他明白了自己的意思，便假意长叹一声："这件事牵涉到后宫、前朝，就算是解决了，这清名受损的事怕是也补不回来了。"

一旁的陈亭默默垂着脑袋，心中却如明镜一般。洛清影去了几次驿馆、都见了谁、做了什么，身为驿丞的他比谁都清楚。当初赵弘瑀下了禁令，却刻意嘱咐自己为太傅放行，这其中的玄妙，他自然也猜得到。可如今赵弘瑀话锋一转，便要将太傅与公主之间的事情全盘抹去。赵弘瑀这话明着是说给虞昉听的，虞昉心思机敏，自然也领略了圣意。可他暗着也是在敲打陈亭。作为为数不多的知情人，从今以后他便要闭紧自己的嘴，绝不可多言。

陈亭如此想着，抬头悄悄瞄了赵弘瑀一眼，没想到对方正意味深长地审视着自己。陈亭立刻收回眼神，垂首拱手说道："臣以为陛下多虑了。"

"哦？"赵弘瑀饶有兴致地挑了挑眉，"爱卿有何高见？"

陈亭又沉下些身子，缓缓道来："清者自清，浊者自浊。太傅大人向来行事沉稳，极重名节。太傅的清誉或许因为此事受了些影响，可他是什么样的人，大家同朝为官这么久皆是心知肚明。所谓瑕不掩瑜即是如此。那些风言风语毫无根据，稍有头脑之人都不会当真，所以陛下不必太过担忧。"

"嗯。"赵弘瑀点点头，顺势又叮嘱道，"朕不想再听到任何关于这件事的谣言，也绝不允许有人借抹黑朝臣之名来诋毁我大殷的朝堂、搅扰社稷。陈亭，你负责德宁公主的饮食起居，从今以后你要加倍小心谨慎，绝不可以闹出这样的传言。否则朕拿你是问。"

言及于此，陈亭就算再傻也掂量出了赵弘瑀话中的分量。"陛下放心，臣一定严加管制，绝不会再出现任何传言。"

赵弘瑀听他掷地有声地承诺，明白他已经领悟了自己的意思，便彻底放下心来："好！朕果然没有看错你！你先下去候着吧。"陈亭叩首离去，只剩虞昉还跪在御阶之下。

赵弘瑀示意欢招将宫婢们都清了出去，紧闭宫门。他这才走下御阶，亲自将虞昉扶了起来。见他依旧战战兢兢，赵弘瑀低声问道："你也知你们兄妹二人的命是朕救回来的？”

“是，外臣和臣妹对陛下的再生之恩铭记于心，结草衔环、至死不忘。”

“朕费尽心思把你们救回来，妥善安置，命禁军日夜把守，又怎会因为一些琐事处罚你们？”

一席话毕，虞昉惊讶地抬起头来，错愕地望着他：“陛下的意思是……不会处置臣妹？”

赵弘瑀神秘地笑了笑：“朕什么时候说要处置她了？”

意外之喜太过突然，虞昉竟不能自抑。这半年来他由生到死，由死到生，已经身心俱疲，困顿不堪。若不是怕自己的妹妹孤苦无依，他可能早就没了活下去的心气。虞朝颜成了支撑着他走下去的唯一动力。得知虞朝颜获罪时，他完全崩溃了，他要竭尽全力营救这唯一的亲人，否则自己便绝不再苟延残喘下去。一步天堂，一步地狱，赵弘瑀的宽容让他难以置信。他哭出声来，又要跪下谢恩，却被赵弘瑀一把托住。

“外臣替臣妹谢过陛下！外臣就算肝脑涂地也不敢忘记陛下的大恩大德！”

赵弘瑀从心底里瞧不上他那副哭哭啼啼的样子，可表面上却依旧显得大度从容。“都说了不治罪了，哭什么？”赵弘瑀好笑地看着他。

“是是是。外臣失态了，让陛下见笑。”虞昉以袖掩面擦去眼泪，然后又恭敬地站好。

待他收拾妥当，赵弘瑀才缓缓问道：“如此寄人篱下的日子，你还想过吗？”

虞昉一惊，不知他是何意，只得说道：“陛下对外臣照顾周全，外臣……”

“不说这些虚的。”赵弘瑀不想听他逢迎，便不客气地打断了他的话，“朕只想问你，作为曾经最得势的皇子，你是否对你目前的遭遇感到愤恨难平？大位旁落，自己被排挤，无法归国，流落他乡。对于虞恪的这些行为，你……真的能忍？”

赵弘瑀问得直接，如一把尖刀猛地刺进虞昉的内心。他狠狠咬着牙，额角青筋暴起，一字一句地答道：“我恨不得食其肉、饮其血！”

赵弘瑀默默注视着他面上的细微表情，过了良久，才微微扬起嘴角。“朕要的便是你这句话！虞昉，朕想和你做个交易。”赵弘瑀的眼光透着精明，令虞昉莫名有了期待，“朕助你归国，夺回原本属于你的皇位。”

惊喜来得过于突然，这令虞昉血脉偾张。可他毕竟是皇族子弟，自知天上不会掉馅饼，便压抑着心中的狂喜，犹豫着问道：“陛下所求为何？”

赵弘瑀笑了笑："不为其他，只要你答应朕，从此你我两国和平相处，绝不再战。"

虞昉迎着他的笑脸，沉默着思忖片刻，继而伸出一只手来："一言为定！"

眼见交易既成，赵弘瑀大笑着与他击掌而握："君无戏言！"又意味深长地盯着虞昉："如今只有待在大殷你才能安全。一旦回国，便会被虞恪斩草除根。朕担心虞恪会来要人，想来想去只有一个办法，那便是由朕来做这个坏人。"

虞昉不解地问道："陛下的意思是？"

赵弘瑀笑了笑："虞恪想除了你，可又不愿被扣上残杀手足的罪名。朕会竭尽全力表现得对你残酷严苛，让他以为你在大殷生不如死。借朕的手来除了你，想必虞恪是乐意的。不过虞恪也不是傻子，做戏还得做足，所以有些时候难免会让你受些委屈，受些苦，你可能忍得？"

虞昉恍然大悟，继而连声答道："陛下思虑周全！外臣什么苦都受得了！"

"好！"赵弘瑀赞许地点点头，又仔细叮嘱一番，最后命陈亭送他回去。

陈亭心细，见虞昉虽然依旧神情索然，可眼神中却不再似之前那般彷徨。他坚信赵弘瑀一定是给虞昉吃了定心丸。既然陛下发了话，作为臣子自当肝脑涂地去执行。从现在开始，自己对太傅与公主之事必须闭口不言。陈亭如此想着，领着虞昉回了驿馆。

翌日清晨散了早朝，洛清篱亲赴中孚宫请求面圣。

经过一夜，赵弘瑀的心情似乎稍微好了一些，退朝之后他没有立刻回去处理政务，而是躲在园中的青池边观鱼。听了通传，便让小公公直接将人引了来。

"臣洛清篱参见陛下。" 洛清篱撩起衣襟前摆就要跪下，赵弘瑀抬手阻止了他。

"你不是昨日摔伤了腿吗？就免了吧。" 赵弘瑀捏着一小撮鱼饵扔进池中，引来一群锦鲤争相雀跃， "一个公主竟能让这么多人来替她求情，看来她的人缘倒真是不错。"

赵弘瑀话里话外隐藏着讽刺之意，洛清篱听在耳中也不分辩，只俯身言道："臣谢陛下关心，臣昨日不小心滑了一跤，本无大事，只是郡主过于担心，才弄得人尽皆知。"

"嗯。" 赵弘瑀盯着他的腿看了看， "郡主也是爱护你，关心则乱嘛。没事就好。"

"是，郡主对臣的关爱之情，臣铭记在心。" 洛清篱说着，偷偷瞄了赵弘瑀一眼，又接着说道，“陛下，臣今日来并非是替公主求情。”

“哦？”赵弘瑀闻言，将手里的鱼饵尽数扔进池中，只听得水声扑腾而起，“不是替公主求情？那就是替你弟弟求情来了？”

洛清篱退了一步，手持玉笏正色拱手：“陛下宽厚仁慈，可臣不敢恣肆。臣私禁朝臣，特来向陛下请罪。”

“私禁朝臣？”赵弘瑀疑惑地望着他，继而明白过来，“朕方才还在疑惑，清影昨夜入宫时还好好的，今日早朝怎么就突然因病告假了，原来是被你关了禁闭。”说完，他失落地叹了口气，“这件事上他的表现确实让朕有些失望。不过幸好有你能体恤朕心，令朕略感欣慰。”

洛清篱连忙解释：“昨日清影回来以后，臣已经问过他，他当时听了消息，一心担心此事会影响到我大殷与南祇的邦交稳定，情急之下没能思虑周全，鲁莽行事，冲撞了陛下。此事本就与他有所牵连，一来是为了给他个教训，二来也是让他能远离是非，臣这才自作主张将他关进祠堂，命他思过。”

赵弘瑀走近了些，似乎依旧有些气恼：“确实该给他个教训！朕早就提醒过他，可他偏不听，一步错、步步错，泥足深陷，难以自拔！他要是早听朕的话，哪里有今日的祸事？再说了，朕是那种心里容不下事的人吗？于公于私，朕向来泾渭分明，他又不是不知道朕的为人，怎么就那么信不过朕？真以为朕会借机使坏，不分青红皂白就惩治虞朝颜吗？”

“臣明白陛下的苦心。”洛清篱顺着他的话劝慰道，“这一次清影入宫觐见，虽是心忧国事，但难免有因私情而迷乱心智之嫌。在这件事上陛下高瞻远瞩，早已洞察先机，清影一意孤行，辜负了陛下，臣代清影向陛下谢罪。”

说完，洛清篱又要跪下，被赵弘瑀拉了起来：“他犯的错，要跪也得他自己来跪。你腿伤未愈，若是再跪出什么毛病来，郡主得来找朕拼命。”

洛清篱笑了笑：“臣这便回府将他带来，让他当面向陛下认错。”

“算了算了！”知道洛清影受了罚，赵弘瑀心中堵着的火也消了大半，“他若是心中不服，就算磕头认错也无用。他是什么性子，朕还能不知道？再说了，朕也相信他的为人，绝不会跟公主有任何苟且难堪之事，只不过流言一起，有些事终是不太好看。所谓情关难过，朕可以体谅，可以不追究。朕之所以如此恼火，只是因为他原来竟是如此不能信任朕！”

“清影昨日回府思过，已经认识到自己行为不足之处。陛下仁慈宽厚，但不代表臣子可以恣意妄为。”洛清篱微微垂首言道，“臣坚信清影绝非轻浮放荡之人，可清影身为陛下的臣子，又是秦王殿下的老师，一言一行皆须慎重。若是因为私德有损而伤了陛下和秦王的颜面，这罪责绝不是他一人可以担得起的。”

赵弘瑀何等聪明，立刻就听出了话中的端倪。他玩味地挑起眉：“此话何意？”

洛清篱毫不回避他投来的审视目光，低声答道：“清影并非不信任陛下，只是因为他身为秦王之师，在这种时刻，绝不敢为秦王带来任何麻烦。这是他最顾虑的事情，若非臣昨日连夜逼问，他也不会说出来。”

见赵弘瑀若有所思，洛清篱知道他听了进去：“陛下，这件事看似发生在德宁公主与杨昭容之间，可事实上，每个人所指认的焦点都在公主与清影的关系上。公主与昭容之间或许是误会，或许真有矛盾，但皆可以大而化小，小而化无。而清影身为太傅，一旦身陷此种传闻，便会被攻击为立身不正、品行不端、德不配位。到那时，他就不再适合太傅一职，再不能教授秦王殿下。”

赵弘瑀默默听他说完，深深吸了一口气。他犹豫了一下，小声问道：“清篱，说实话，你们是不是也觉得这件事并非只是个意外？”

洛清篱不置可否，只是慢慢地又垂下身去。一切尽在不言中，赵弘瑀旋即明白了他的意思。

“淑妃来禀报时，朕便觉察到了异样。一切都是那么巧……就像你说的，看似是后宫中的事件，却偏偏牵涉到朝中重臣。朕也想到了他们是想借此打压清影，并进一步挫伤秦王一系。可从心底里，朕并不愿意相信这是真的，朕宁愿相信这真的只是一场意外……但若连你们都如此猜测，朕便无法再心存侥幸了。”

洛清篱听出赵弘瑀话中的无奈和失望，可天家本如此，再美妙的幻象也掩饰不住残酷的真实。他拱了拱手：“陛下圣明。事关秦王殿下，清影深知轻重，绝不会再做出任何出格之事，请陛下放心。”

“朕虽然生气，可还是相信他的。”赵弘瑀点点头，“这件事朕本来也没打算深究。昨日虞昉已经来过了，朕答应他不会处置公主，只不过小惩大诫先禁足宫中几日，再去给昭容赔个礼便算了事。”

洛清篱刚要开口，又被赵弘瑀给止住：“朕想息事宁人。这件事若是闹大，不说虞恪会不会借机挑事，就是清影自己的压力也会很大。处于舆论的中心总不是什么好事。朕也提醒了虞昉和陈亭，公主与清影之间的旧事不许再提，就当从未有过此事。若是之后谁再拿这些毫无依据的谣言说事，朕一定严加处治，绝不姑息！你回去之后也将朕的意思告诉给他，让他以后绝不要再和公主有任何瓜葛。朕能做的，也就只有这些了。”

听闻赵弘瑀并不愿再纠缠此事，洛清篱不由得安下心来：“臣谢陛下宽容体恤之情！”

自己的意思既然已经传达到了，赵弘瑀也不想再将精力放在这些旖旎情事上。他站起身来，将手上残留的鱼饵拍落干净：“清篱，你来得正好，朕有件极其重要的事要你去做。”

“请陛下明示。”洛清篱拱手请示，却被他一把拉住。

“走，进去说！”赵弘瑀一路将他拉着，回了中孚宫去。

屏退众人，赵弘瑀这才与洛清篱轻声言道：“朕要助虞昉回国夺回皇位。”

洛清篱一怔，继而顿悟：“陛下此次无意惩治德宁公主，也是因为要再卖给虞昉一个人情？”

赵弘瑀挑眉一笑：“果然瞒不过你。朕已经思虑很长一段时间了，昨日虞昉入宫，朕已经与他明说。这次他倒是没像之前那般畏缩，还算有些血性。”

“他之前也是因为客居他国，四下无人相助，自以为陷入绝境，所以才会如此颓靡。”洛清篱点头道，“陛下何以要助他归国？”

赵弘瑀想了想，将自己的想法说了出来：“比起虞恪，虞昉对我大殷的态度友好了许多。他本就是主和一派，又受了我大殷如此恩惠，必然会亲近一些。”

洛清篱略一沉吟，有些顾虑：“话虽如此，可虞昉如今是人在屋檐下，仰陛下鼻息方能残喘活命，自然对陛下言听计从。一旦归国继承大统，毕竟时与境皆是不同，臣担心……”

“朕明白你的意思。”赵弘瑀点点头，“人心难测，自古如此。可这么久以来，朕观虞昉并非狼子野心之人。比起时时刻刻试图勾结西卫、与我为难的虞恪，虞昉确实安分许多。更重要的是，经此半年，虞恪恐怕也是慢慢站稳了脚跟。一旦国内大局渐稳，他必定还会再打我大殷的主意。这个时候助虞昉归国，一来令虞恪措手不及，乱了他的阵脚，让他无力他顾，二来这二人相争，势必一时难分高下，朝堂分裂、政局不稳，徒伤民心国力。不管最后是谁胜出，皆是耗费了南祇的元气。那个时候，或许我大殷亦有挞伐南祇的机会。”

赵弘瑀一席话毕，洛清篱心中震惊不已。他没有想到，短短几年，赵弘瑀已经完全变了。他不再是当年轻率冒进的年轻人，他已脱胎换骨，虽然依旧充满热情，却眼光长远，心智沉稳，处事周密，完全符合一名优秀君王的所有要素。

洛清篱暗自庆幸，自己当年在太子赵弘嘉和煜王赵弘瑀之间，终是做了一个最明智的决定。所有的选择，皆是为江山社稷、黎民百姓寻得一位圣主。

“怎么？你觉得不妥？”见洛清篱有些走神，赵弘瑀以为他不同意自己的决定。

洛清篱收回神思，恭敬地行了一礼，由衷赞叹：“陛下圣明，臣钦佩不已。”

赵弘瑀还是煜王之时，先帝曾令洛清篱教授他军中事务。那个时候洛清篱十分严苛，再加上他本就严峻沉稳，几乎不曾对赵弘瑀有过任何只言片语的夸奖。如今洛清篱突然行此大礼，又满是赞许之意，令赵弘瑀不禁受宠若惊。

“你这是做什么？”赵弘瑀不好意思地将他扶起，“朕若哪里说得不对，你直说便好。朕虚心受教。”

“没有哪里不好，陛下已经思虑得极其周全了。”洛清篱微微笑着答道。

“那便好！”赵弘瑀如释重负一般，“既是要助虞昉归国，便要做出一番详尽的安排。朕已经与他初步沟通过，让他先将目下可以联络的心腹之臣列出名单，待名单出来，你我与他参详一番，若无异议，便可以派出细作潜入南祇伺机联系。”

“是。”洛清篱应声答道，“陛下，虞昉不在朝中已有大半年，南祇朝堂人事变化剧烈，所以这些内应之人的选定和接触一定要慎之又慎，绝不能冒进。否则打草惊蛇，便是功亏一篑。”

“这是自然。”赵弘瑀深以为然，“这也是为何朕只告诉你一人的原因。”

“臣谢陛下信任。”

顿了片刻，赵弘瑀又叮嘱道：“此事极为机密，何况之前朕就怀疑有人秘密与南祇虞恪有所勾连，所以务必要做得极为仔细。回去之后，你不要与任何人提及此事，包括清影。确保除了虞昉、朕和你以外绝无第三人知晓。”

“是。”洛清篱正声答道。

为免洛清篱有其他想法，赵弘瑀又仔细解释道：“朕对清影并非不放心。只不过他现在的心思不如以往冷静，难免会有疏漏。等他冷静下来以后朕再找机会告诉他。”

洛清篱理解他的苦心，自然毫无异议。领命之后，他又想起一事：“陛下，臣还有一个想法。”

“你说。”

“既然陛下怀疑朝堂上有人暗通南祇，不如让臣一并将此事查个清楚。”

“甚合朕意！”赵弘瑀猛一拊掌，大为赞同，“朕此生最恨背信弃义的奸佞小人，你若将他揪出来，朕必将他碎尸万段。”顿了顿，他舒了口气，又郑重地盯着洛清篱轻声说道，“你与清影都是朕替元澍精心选中的人，虽然这件事朕从未与你明说，但听你方才所言，看来你们已经猜到了朕的用意。没有人比朕更明白天家兄弟的难处，所以元澍必须由你们二人倾力扶助。清影他既然知道太傅一职的重要性，也该明白这个时候他绝不能因为无关紧要的事情而离开元澍。如今朕费尽心机保护他，便也是保护了元澍。淑妃待产，若她一朝得子，那么朝中必然会再度掀起嫡庶之争。元澍身后没有母系相撑，恐难与太后一系抗衡。满朝上下，朕无人可信，只能将他托付于你们了。”

洛清篱明白他心中顾忌，便铿锵答道：“清影和臣身为陛下的臣子，必然会将陛下的事置于首位，陛下放心。”

赵弘瑀点点头，却似乎仍不太放心：“你们兄弟与朕名为君臣，但事实上却如兄弟一般。朕不想以尊卑之礼来压制他，所以你回去以后一定要好好劝劝他，天涯何处无芳草，没有必要执念于一人。虞朝颜是夹在大殷与南祇之间的敏感人物，在这云谲波诡的动荡朝局间，她绝不能独善其身，说不定何时便会被抹了去……与其那时悲痛欲绝，不如早做了断。我大殷王公贵族之女毫不逊色于南祇女子，只要他看上的，朕一定亲自去替他提亲。朕也明白这对他并不公平，可朕找不到更好的办法。朕希望他能明白朕的苦心，不要记恨朕。”

“陛下无须太过忧虑，清影绝不会记恨陛下。陛下不惩治德宁公主，已经是法外开恩了。何况他也明白，世事往往并不能完全顺从人愿。既为天命，那便怨不得别人。”

“若他真能如此去想，朕倒也能略感宽慰了。”赵弘瑀稍稍安心了一些，“这件事除了对外必须有个说法，对后宫之人同样也是得有个交代。昭容和淑妃那里朕会处理好，你们放心便是。”

“是。”洛清篱应承道，“陛下的意思臣已经明白，臣这便回去将陛下的话带给清影，另外臣会尽快开始着手敲定细作人选。”

“嗯。”赵弘瑀点点头未做他言。

知道他已经交代完毕，洛清篱准备告退。刚一动身，又听他说道：“你回府以后便解了他的禁闭吧。他膝上有旧伤，别总跪着。”

洛清篱闻言，心中一暖：“是，臣遵旨。”

送走了洛清篱，赵弘瑀思忖片刻，让欢招去重华殿将虞朝颜请了过来。

虞朝颜一夜几乎未曾合眼，她步态微微不稳，却仍是仪态大方地向赵弘瑀行了礼。

赵弘瑀端坐在正殿御座之上，只远远瞧着她，没有着急开口。虞朝颜跪于丹墀之下，也并未急于为自己辩解。一时间两人竟就这么默默对峙着。

赵弘瑀冷冷哼了一声，语带讽刺之意："公主看起来似乎有些怨气。"

"外臣不敢。"虞朝颜亦是冷冷回了一句。

赵弘瑀意料之外并未生气，他原本不屑的眼神渐渐淡去，竟露出一丝丝欣赏之情："你为何要伤害杨昭容？"

"外臣不曾伤害杨昭容。"虞朝颜义正词严地答道，"是杨昭容出言不逊在先。"

"是吗？"赵弘瑀饶有兴致地看着她，"她说什么了？"

"她……"虞朝颜犹豫了一下，又低下头去，"外臣不想说。"

"放肆！"赵弘瑀一掌重重拍在御案上。虞朝颜知道自己惹怒了龙颜，便又跪伏下身，但仍旧不发一言。

赵弘瑀翻了个白眼，转头看着欢招咬牙切齿地小声骂道："就这么个破性子，洛清影怎么就看上她了？朕可真是想不明白！"

欢招尴尬地笑了笑："情人眼里出西施嘛。陛下息怒，陛下息怒。"

"朕看他是瞎。"赵弘瑀又狠狠骂了一句，然后才回过头来，顺了一口气，"你说你有冤情，可朕问你你又不说，你让朕怎么替你做主。"

虞朝颜似乎很是委屈，她踌躇了片刻，然后才缓缓说道："陛下，外臣不知杨昭容为何要说谎，也不明白后宫的娘娘们为何一致对外臣发难，而且将太傅也牵扯其中。太傅是陛下的重臣，太傅之名比外臣要重千倍万倍，杨昭容所说的那些污蔑太傅的不耻之言，不必污了陛下圣聪，免得陛下震怒。"

"你口口声声说杨昭容污蔑太傅，可又不说详情，你这样岂不是自相矛盾，让朕如何信你？"

"陛下！"虞朝颜忽然抬高了声音，字字皆是发自肺腑，"陛下深知，外臣是无论如何不会伤害太傅的，所以外臣绝不会用他的声名来谋取一己之私！外臣以性命发誓，若有虚言，天诛地灭！"

赵弘瑀听她声声动容，便也没有再反驳她。他其实一直都相信，在这件事中虞朝颜并非主动的那一方。可按照杨昭容所言，她是劝说不成，反惹得虞朝颜动了怒，才将她推入湖中。以虞朝颜泼辣的性格，也并非全无可能。方才赵弘瑀这一番激将，实则就是想弄清事情真相，杨昭容到底是好言相劝，还是本就意欲挑起争端。

虞朝颜是个直爽之人，情急之下她很容易泄露自己的内心。如今看来，杨昭容确实是说了一些不堪入耳之话，才惹怒了虞朝颜。

赵弘瑀心里有了定数。沉默片刻，他又冷言说道：“这件事你与杨昭容各执一词，朕也很是难办。可话说回来，若是你之前处事得体，不与太傅有诸多纠葛，也就不会有昨日之事，更不会将太傅牵连其中。人言可畏，你让他今后如何在朝中立足，如何面对这满城风言风语？”

赵弘瑀这话说得其实很重，他意在指责虞朝颜品行轻浮。虞朝颜纵有满腹委屈，可他说的全是实情，也无法反驳，只得羞愧难堪地垂下头去。

见她不吭声，赵弘瑀缓下语气，转了话头：“昨日你皇兄入宫来了。”

“皇兄来过了？”虞朝颜一惊，继而更加自责。虞昉本就寄人篱下，处处要看着赵弘瑀的脸色过日子。可自己却又捅了这么大的篓子，虞昉替自己求情，不知又要受到多少冷言冷语。

见虞朝颜满面愧疚，赵弘瑀也不忍再逼她：“你皇兄真是替你操碎了心。如今朕看在他的面子上，放你一马。”

虞朝颜一愣，错愕不已。她不知虞昉到底说了多少好话，赔了多少不是，才让赵弘瑀放弃深究自己的罪责。

“若是追究你的责任，你皇兄的面子上怕是也很难堪吧？”赵弘瑀叹了口气，“不过朕有两个条件，你若还顾忌你皇兄，便好好考虑一下。”

虞朝颜犹豫了一下，心中有了些猜测：“请陛下明示。”

“第一，去向杨昭容赔个不是；第二，从今以后不许再与太傅有任何瓜葛。你给太傅的名誉带来的伤害，朕会尽力弥补。朕已经暗示过群臣，你与太傅之间本就没有什么，都是误会而已。朕能做的就只有这么多，若你真心为他着想，便知道应该如何取舍。”赵弘瑀一口气说完，威逼利诱悉数用到。他微微偏着头，等着虞朝颜的回应。

虞朝颜紧紧咬着下唇，微微垂下头去，肩头不住颤抖。过了良久，她才抬起头来，眼圈泛着红，语带哽咽：“外臣答应陛下。”

赵弘瑀暗自松了口气，面上却仍旧云淡风轻：“好，你能如此明晓事理，朕果然没看错。太傅那边朕会处理妥当。你与虞昉暂时尚不能归国，留在大殷的日子或许还很长久，希望你能谨记自己的诺言。”

虞朝颜深深吸了一口气，努力让自己安定下来。她紧紧盯着赵弘瑀，眼神中没有丝毫闪躲之意：“外臣以南祇公主的名誉起誓，定会谨记自己今日所做的承诺，绝不食言。”

“好，朕信你一次。”赵弘瑀很是满意，他站起身来，“你且先回重华殿，晚些时候朕会让欢招带你去杨昭容处，你给她赔了不是便可以出宫去了。”虞朝颜想应声领旨，可喉中一哑，竟没能及时说出话来。

赵弘瑀也知自己逼着她断了情思确实残忍了些，便故作轻松地挥了挥手：“行了，你去吧。”

待虞朝颜离开，赵弘瑀立刻下了御阶，直接朝延福宫的方向奔去。

杨昭容似乎仍是惊魂未定，尚住在延福宫的偏殿中，由御医仔细照看。赵弘瑀没做通传，径直入了偏殿。杨昭容乍一见到圣颜，一时间竟没能反应过来。

“身子好些了吗？”赵弘瑀直接坐在榻边，一手搭在她的额上试了试，“还好，没有发热。”

杨昭容僵在那处，张着嘴却没能说出话来，停了片刻忽然梨花带雨地伏在赵弘瑀身前，只唤了一句“陛下”，便再无其他言语。

淑妃闻讯也立刻赶了过来，方一进门便见到这幅场景。她面上未有什么波澜，只立在一侧，由绿如搀着向赵弘瑀行了礼。

听到淑妃的声音，杨昭容方才停止抽泣，抽抽噎噎地直起身来说道：“臣妾多日未见陛下，今日一见，满腹之情不能自抑，未能向陛下请安，请陛下责罚。”

赵弘瑀一手轻轻抚着她的肩头，一手替她抹去挂在脸上的泪珠，轻声宽慰道：“你何错之有？朕知道你受了惊吓，朕来晚了，该是朕的错才是。”

杨昭容何曾被如此温柔相待，心中又惊又喜，可淑妃在侧又不能显于面上，便慌着低下头去。

见杨昭容安定一些，赵弘瑀转头望向淑妃：“元祐呢？”

淑妃柔声回道：“回陛下，昭容受了惊吓又受了寒，臣妾便让延福宫的宫婢仔细照顾着安定郡王。”

“嗯。”赵弘瑀赞许地点点头，“昭容遇险，你能顾全大局，及时相助，这非常好。”

淑妃微微一笑，乖顺俯首：“这都是臣妾应该做的。”

“面对外人，你们可以如此团结一心，朕很是意外，也很是欣慰。”赵弘瑀说着，若无其事地又瞄了淑妃一眼，但见她面上微微一怔，很快就恢复如常。

赵弘瑀装作什么都没看见，又回身看着杨昭容轻声说道：“你也是，好端端地为何要与德宁公主去游湖？她虽是千金之躯，可自幼接触刀剑，脾气坏得很，连她皇兄虞昉都拿她没招，你却非要去招惹她。”

“臣妾……”杨昭容着急要解释，却听一旁的淑妃轻轻咳了一声。

“昭容妹妹也是好心，想找个机会劝劝公主，替陛下分忧……”

“你也该拦着些才是。”赵弘瑀打断了淑妃的话，言下竟有一丝责备之意，“那日你来找朕，说是要请德宁公主入宫，朕不是叮嘱过你，她脾气急躁，不似宫闱女子温婉恬静，一定要谨慎待之，你怎么忘了嘱咐昭容呢？”

赵弘瑀话音转得太快，淑妃一时没能反应过来，竟不能应对。杨昭容闻言，眼神亦是一闪，闷声不言。

“唉，也是朕思虑不周。”赵弘瑀叹了口气，似乎很是懊悔，“就不该让她入宫，惊了昭容，令朕寝食难安。”

“陛下……”杨昭容受宠若惊，不能自抑，委委屈屈地言道，“臣妾愿意为陛下做任何事。只要能为陛下分忧，冒这点风险算不上什么。”

赵弘瑀见她这般扭捏，心里不免有些抗拒，可面上仍旧温情款款：“这事也真是怨朕。方才太尉来过了，说是将太傅关进祠堂思过，并且连夜审问了他。太傅言之凿凿，他与公主之间清清白白，什么事情也没有，一切都是误会。”

“误会？”杨昭容不可置信地望着他。

赵弘瑀煞有介事地点点头，起身走到淑妃面前，轻柔地牵起她的手：“朕方才太过担心昭容，口不择言，不该怪你的。你别往心里去。”

“臣妾不敢。”淑妃听他语气柔和，方才那些委屈似乎也消散了些。

“这事只怪朕一人。”赵弘瑀懊恼不已，“惊了昭容，连累你担惊受怕，而且把一件子虚乌有的事情闹得沸沸扬扬，伤了太傅和公主的名誉。太傅是朝中重臣，若是亏了清名，难免也会累及朝廷的面子。朕真是一招不慎，险些坏了大事。”

“可是……”杨昭容有些愣怔。

花朝节扑蝶会上，淑妃提及虞朝颜与洛清影之间的私情，虞朝颜当时的反应明明就是有问题，她自己都默认的事，为何赵弘瑀忽然斩钉截铁全盘否认？淑妃心思通透，立刻便明白了赵弘瑀的意图。

她敛起容颜，如往常一般粲然笑着：“陛下也是好心，怎能怪陛下？既然是一场误会，难怪公主会羞愤难当了。姑娘家的名节最是重要，她情急之下误伤昭容，也是情有可原了。”说完，她走到杨昭容身前，背对着赵弘瑀，眼神里透着警醒，语气却依旧柔和：“昭容一向胆子小，受了惊吓，一时间可能也就分不清公主到底是有心还是无意了。”

“嗯，说到底还是因为公主太过鲁莽。不管有意无意，伤了昭容总是难辞其咎。”赵弘瑀也走了过来，复坐在杨昭容面前，语带安慰之意，“朕已经狠狠责骂过她了，并严令虞昉回头将她带回去好生管教。你因为她而受伤，她怎么说也该当面致歉。朕待会儿让欢招带她过来，亲自给你赔个不是。毕竟是南祇的公主，而且咱们也确实有过失之处，互相给个台阶，将这尴尬尽快化解了吧。”

杨昭容纵然再傻，到此时也明白了事情的走向。欢招是何人？那是从小伺候在赵弘瑀身边的人。在这宫里，不论哪一宫的娘娘对他都得礼敬三分。赵弘瑀让他亲自带虞朝颜过来，表面上是对此事的重视，可内地里却是给杨昭容施了压。有欢招在场，杨昭容就算吃了熊心豹子胆，也不敢对虞朝颜再有什么恶言恶语。

杨昭容弱柳扶风一般地晃了晃身子，凄婉而又乖巧地应道：“陛下心里想着臣妾，臣妾便开心了。如何处置，都依陛下。”

“好，难为你如此顾全大局。”赵弘瑀欣慰地笑了笑，继而又拉过淑妃的手，“朕一直忙于国事，疏于关心你们。经此一事，才发觉原来你们竟是如此姐妹情深。”

“陛下日理万机，臣妾忝居妃位，自当多照顾宫中的姐妹们。后宫安宁，陛下自然心中无忧，才能更加踏实安心地去处理前朝事务。”淑妃温婉一笑。

赵弘瑀起身扶着她坐下：“你有此心，朕甚是欣慰。既是互相视为姐妹，便更需亲密无间。这一次昭容也是为了替朕分忧才犯了险，朕回头便会下旨，册封杨昭容为辰妃，以后你们姐妹便要互相扶持，替朕好好看管后宫啊。”

赵弘瑀一言既毕，淑妃忽而变了脸色。她不知道赵弘瑀到底是何意思，这样的处置对自己到底是奖还是罚。望着他，她忽然意识到自己竟不曾看透他半分。杨昭容亦是惊诧不已，直接愣在原处。

赵弘瑀心中暗自好笑，面子上却依旧是一派和煦：“怎么？昭容不愿意？”

“不不不！”杨昭容慌忙摇头，继而又急着要起身谢恩，被赵弘瑀一把摁住。

“待你身子好了再谢恩不迟。元祐渐渐大了，你总是昭容之位也说不过去。朕之后会给元祐寻一个好的老师，给他开蒙。”说完，他转过脸去看向淑妃，语气极其温柔体贴，“宫中事务繁杂，你又即将临盆，难免顾此失彼，以后便让辰妃做你的左右手，替你分担一些吧。你太辛苦，朕也于心不忍。”

淑妃的面色有些苍白，双手微微颤抖。“怎么了？哪里不舒服？”赵弘瑀俯下身来仔细瞧着她，“朕马上传御医过来。”

“不用了，陛下，臣妾没事。兴许是说了半晌话，有些累了而已。”淑妃咬了咬嘴唇，尽力压住心底的哀怨，“臣妾谢陛下的体恤之情，以后有辰妃相助，臣妾或许也能清闲一些。”

赵弘瑀点点头，随即又仔细叮嘱杨昭容：“以后你与淑妃虽都位列妃位，可依旧以淑妃为尊。凡事必须向淑妃请示以后方可行事，切不可擅作主张，这一点你须谨记于心。”

莫名其妙由昭容升了位分，而且赵弘瑀又亲口承诺要为赵元祐寻一位启蒙之师。这一连串的意外之喜让杨昭容狂喜万分。她顾不得细想，连声应道：“陛下放心，淑妃娘娘放心，臣妾一定谨记于心，恪尽本分，一切听淑妃娘娘吩咐。”

“嗯，这便好。”赵弘瑀满意地笑了笑，“毕竟后宫安定亦是社稷之大幸，你们二人绝不可辜负朕对你们的期望。”

“是！陛下放心！”杨昭容连声应道。

赵弘瑀回过头来，见淑妃面上似乎缓和了些，便又轻声说道：“朕看你似乎还是不太舒服，想必昨日到今日确实累着了。”淑妃轻轻嗯了一声，垂了眼帘。

赵弘瑀站起身来，让她微微靠在自己身上：“你若不舒服，朕便送你回去。”

“臣妾自己回去即可。”淑妃努力站起身来，脚下却不可自抑地虚了一步，“昭……辰妃受了伤，陛下还是先陪陪她吧。”

“看你这个样子，朕着实心疼。”赵弘瑀实在放不下心，坚持要送，“朕看辰妃已经好了许多，倒是你，憔悴不堪。眼下前朝无事，朕送你回去，陪你待会儿，可好？”

淑妃面上终是有了些笑意，柔柔地望了他一眼：“臣妾谢陛下。”

南祇国德宁公主的事情终于告一段落。

太傅洛清影解了禁闭，后又亲自入宫向皇帝陛下请了罪。按照他的意思，虽然私情一事纯属子虚乌有，空穴来风，既然传出这样的风言风语，自己的行为上总是不够妥帖。好在皇帝陛下仁慈开明，只又委婉叮嘱几句便算了事。

这一事件一时间甚嚣尘上，满朝之人皆有心盯着当事的几个大人物，一心想着会再接着牵起更多隐情，成为茶余饭后的谈资。可没想到赵弘瑀的行动却如此之快，不仅将事情顺利解决，而且让各方都心甘情愿认可了事件的性质为“误伤”。不仅如此，就连事件的引子，那令人臆想连篇的所谓宫闱轶事、旖旎私情，都被赵弘瑀一言否定，成为捕风捉影、恶意中伤的谣言。事情的结局似乎令各方都很满意，可仔细想来，却又似乎谁都没占到什么便宜。

虞朝颜亲自向辰妃认了错，失了南祇和虞昉的颜面。辰妃在淑妃将要临产时毫无征兆地升了位分，打破了淑妃在后宫中一人独大的局面，令她惶恐不安、如临大敌。同时，辰妃自己也不可避免地成了淑妃与太后的眼中钉。而洛清影被自己的兄长关了禁闭，后又被皇帝陛下委婉教育，虽无大错，却也是受了警醒。

所有人都暗中揣度年轻皇帝的心思，掂量着各方力量在陛下心中的位置。于是所有人皆是默契非常，全部对此事都噤了言，没人再敢论及。

这一日，胡之恒忙完府衙之事，趁着夜色回了府。刚一走到府门前，就见门外闪过一个黑影，吓了他一跳。

“胡大人，这个时辰才回府啊，真是辛苦！”那个黑影走近了些。来人披着件黑色的斗篷，将脸深深藏在阴影里。胡之恒一下子便听出这是女子压低了声音冒充男声，便眯着眼仔细瞧了瞧。来人微微抬起头来，一双暗瞳在夜色中忽明忽暗。

胡之恒一惊，忙拱手相迎：“玉公子怎么来了？也不提前说一声！快！里面请！”

来人也不推脱，顺着胡之恒的意思直接大步入了府。二人一路无话，直到胡之恒将她请入书房，屏退左右，她才将围得严实的斗篷解了下来。

“小玉姑娘，怎么这个时候过来？可有人跟踪你？”胡之恒紧张地盯着她，来人正是甄太后的贴身婢女小玉。

“奴婢将晚时出的宫，有太后安排，无人发现，胡大人安心。”小玉面上无丝毫笑意，开门见山地说道，“若非事态紧急，太后也不会出此下策。”

“本官知道你来是为了何事。”胡之恒捻着下巴上稀稀落落的几缕胡须，面上也是一片凝重。

“既然大人知道，那还请大人给个说辞。”小玉上前一步，低声质问，“太后说了，她与淑妃娘娘完全按照您的意思去做，可结果却便宜了辰妃，赔了夫人又折兵。太后和淑妃娘娘皆不能接受这样的结果。”

胡之恒重重叹了口气：“这样的结果其实也是在意料之中。”

“这么说来，大人原本也是没有什么成算。如此大事，岂能如儿戏一般？”小玉不依不饶地追问不休。

胡之恒不管怎么说也是前朝重臣，被一个后宫的婢女如此质问，面子上如何也是过不去的。他冷下脸来，压低了声音答道：“本官当日就曾提醒太后，当今天子乃是明君，凡事入他眼，皆如明镜照物。棋行险招，自然步步都要计划妥当。若是陛下惩治了太傅，那自然最好。可如今陛下将此事大而化之，见招拆招，虽令人惋惜，但本官说了，这一切亦是意料之中。既是意料之中，本官自然早有应对之策，何来儿戏一说？事关太后和淑妃娘娘，本官又岂敢疏忽大意？”

小玉压下火气，依旧步步紧逼：“诚如大人所言，应是早有应对之策，但问是何妙计。”

胡之恒盯着她缓缓说道：“姑娘回宫后请回禀太后，此事陛下有意为太傅开脱，并非全然是因为陛下信任太傅。纵观全局，陛下最在意的依旧还是秦王，太傅只是陛下留在亲王身边的一颗最重要的棋子。冰冻三尺非一日之寒，要想拔除这颗钉子，绝不是一朝一夕之事。这次我们也并非毫无所获。虽然陛下表面上维护了太傅，可据宫中的消息，太傅当时连夜入宫面圣，陛下对他很是恼火，两人言语间多有冲突，以至于不欢而散。”

“这件事太后也听闻了。”小玉点点头，似乎没了方才的怒气。

胡之恒望着她，饶有深意地眯起眼睛：“人心啊，最怕生出裂痕，一旦有了裂痕，便再也无法弥补回来。陛下何以如此包容太傅？身居至尊之位，哪有那么多恩义可念？世人皆知陛下与太傅的君子之交，陛下对他好，是因为陛下需要用他的存在来向世人证明陛下是个重情重义的仁君。陛下将秦王交给他，是陛下对他的信任。可太傅呢？能如陛下对他一样回报陛下吗？但凡他有一丝一毫做不到，陛下心中便会横生疑虑。”

“大人的意思是？”

胡之恒淡淡一笑：“不能强攻，便做蚕食。你且回去告诉太后，陛下明显对后宫都心存提防，对陛下的试探到此为止，太后与淑妃切不可再强出头。淑妃娘娘只安心待产即可，与辰妃也要和睦相处，不可有任何嫌隙。这个时候谁先跳出来，谁就是陛下的靶子。”

“可……”小玉点点头，又犹豫了一下，“这件事就这么不明不白、不清不楚地结束了？”

“当然不是！”胡之恒斩钉截铁地否认道，“开弓没有回头箭，想必太尉和太傅也已经有所警觉，我们现在已经没有退路了，只不过后面的事后宫中人不再适合出面。你回去让太后安心，下面的事就由本官去处理。太后要做的，就是确保淑妃娘娘顺利诞下皇子。”

小玉思忖片刻，将信将疑地点点头：“奴婢会将大人的意思悉数转于太后。只不过之后大人有任何动向，还请及时告诉太后，免得她老人家担心。”

“这是自然，姑娘放心。”胡之恒应道。

话已说清，小玉又戴上了黑漆漆的斗篷准备回宫。她刚走到门边，就听胡之恒唤了一声："姑娘稍待！"

"何事？"

胡之恒走到她身边，小声问道："本官有一事一直不明，不知姑娘可否指点一二？"

"大人请讲。"

"你可知道当年前太子赵弘嘉收买死士刺杀当今陛下之事？"

当年赵弘瑀与赵弘嘉不睦，甄太后暗中支持赵弘瑀险中求胜。夺嫡斗争血腥残酷，个中隐情纷繁复杂。小玉不知胡之恒为何突然提到此事，心中不觉警惕起来："略知一二。大人曾为前太子效命，如今为何突然提及此事？难道大人仍心系旧主？"

"当然不是！"胡之恒断然否认，"赖陛下不弃，我才有今日之地位！我岂能做忘恩负义之徒？"

"那……大人何以突然提到此事？"小玉见他狰狞怒目，不由得缓和了一下语气。

胡之恒沉下脸色："我只是好奇一件事。据说当日陛下遇刺之时，太傅就在他身边。太傅以命相搏才让陛下捡回一命。陛下后来在天雄军中替太傅发了丧，将他葬在天雄，可为何陛下登基之后，太傅又莫名其妙死而复生回到了朝堂？"

小玉拧着眉，努力回忆着当日的情景："这件事确实很蹊跷。当年陛下还只是煜王，他死里逃生回到京城时还是太后亲自去迎接的。那日奴婢也在场，陛下痛失好友伤心欲绝，还亲赴太尉府去向洛清篱大人负荆请罪。"

胡之恒若有所思："本官总觉得这件事的背后一定隐藏着巨大的秘密。你回去后暗中问问太后，她是否知道些内情。"

"是。"小玉点点头，"若有线索，奴婢会及时告诉大人。"

第十四章

事为之防　曲为之制

没有人给自己惹是生非的日子，总是令赵弘瑀倍感珍惜。为人主者，事情来时不可躲，无事之时又须时刻利剑高悬。时间久了，纵是如赵弘瑀这般精力旺盛之人也有些倦怠。

适逢暮春时节，所谓春困夏乏，皆是熬不过去的难关。这一日，赵弘瑀批阅半晌奏章，实在困顿难忍，便站起身来伸了个懒腰，稍事休息。

“陛下，杜御医来了。”欢招快步趋着进了殿来通报。

“让他进来。”赵弘瑀只觉得肩胛发酸，使劲扭了扭，然后向前走了几步，一屁股坐在了御阶上。

杜若进了殿来，一见赵弘瑀这副模样，顿时吓了一跳。“陛下使不得！”杜若刚要上前扶他起身，结果被赵弘瑀顺势一拉，重心不稳，一个趔趄倒了下去。“哎哟！”杜若猝不及防摔了个狗吃屎，努力撑着胳膊起身，就着这姿势跪在赵弘瑀面前。

见他这般窘迫，赵弘瑀顽劣之性大发，指着他哈哈大笑：“瞧你这个样子，笨死了。”杜若见赵弘瑀兴致高涨，不禁也跟着嘿嘿笑了两声。

“陛下，咱们还是回去坐着吧！”杜若指着御座的方向小心翼翼地劝着，“您这个样子若是被大臣们看见，又会小题大做写奏章指责您的。”

赵弘瑀收了笑意，转头无奈地看着那威严的御座：“如今御宇四海，坐拥天下，却连一件快意之事都做不得了。”杜若知道他心里不痛快，也不敢再劝，只好就这么跪着。

“你们先下去吧。”赵弘瑀挥挥手，示意欢招将宫人们领了出去。

“陛下觉得哪里不舒服？臣先替陛下诊脉。”杜若说着便要打开身边的医箱，没想到被赵弘瑀一把摁住。

“朕没事，找你来就是想跟你聊聊天。”赵弘瑀好笑地打量着他，“话说回来，你还是朕的救命恩人啊。”

“陛下何出此言？”杜若连忙俯下身去，“微臣惶恐。”

赵弘瑀将他又拉了起来，微微蹙着眉头：“朕又不是暴君，为何如此畏缩？当年朕被赵弘嘉下毒，命悬一线，若不是你在场，朕这条命早就没了。”

“臣不敢贪天之功。”杜若连连摇头推却，“当日救陛下的药方是苏祓姑娘偷偷送来的。那一真一假两个药引，是太傅以自己的血肉之身去试，才能辨明清楚。臣所做的只是按方抓药而已。”

“话虽如此，可当时是你最先看出端倪，才让御医院那帮老头子不敢为赵弘嘉遮掩而胡乱定性，也才使得朕能得到及时的救治。”赵弘瑀摇着头，一锤定音，“朕说你是恩人你就是了。”

杜若低着头，不敢多说话。赵弘瑀今日忽然传召自己入宫，本以为是龙体欠安，可没想到他安然无恙，只说要与自己聊天。一个小小的御医，有什么能和皇帝陛下聊的？虽然赵弘瑀登基之前与自己有过一些交集，可杜若并不觉得赵弘瑀真的只是为了与自己单纯叙旧而已。

赵弘瑀似乎看透了他的心思，尽量让自己的语调显得轻松和缓：“朕最近有些心烦，总是会想起以前的事，睡也睡不安稳。可是这些事朕没法和太傅说，也没法和太尉说。所以朕只好找你来了。”

“臣明白。”杜若依旧低着头，“不知是何事让陛下如此忧心？”

赵弘瑀也不去管他，只自顾自地问道：“你说当年太傅何以如此坚决地要为了朕去以身试药？”

杜若有些意外地抬起头来，方一对上那询视的目光便又垂下头去：“陛下对太傅一见如故，推心置腹，视如亲兄弟一般。人心都是肉长的，投之以木桃，报之以琼瑶。太傅是重情重义之人，自然对陛下也会倾心相待。”

“亲兄弟？”赵弘瑀苦笑，“朕的亲兄弟恨不得将朕碎尸万段。朕从未把他当作兄弟，朕视他如知己，更如另一个自己。”

话匣子一旦打开，赵弘瑀似乎陷入了对往事的无尽追忆：“朕一出生便没了母妃，又不被先皇疼爱，所以朕从记事起便从未体会过天伦之乐。除了舅舅，朕对一切都抱有敌意，直到朕遇见清影。他的幼年与朕太过相似，身为庶子，为长兄不容，无奈被寄养于明寂寺，孤苦伶仃一个人伴着青灯古佛长大。或许就是因为如此相似的经历，让朕对他产生了一种恍惚，就像是看见了另一个自己。”

“人生在世，最难得的便是遇见志同道合之人。陛下与太傅，真真就是患难知己啊。”杜若闻言，无不感慨。

“患难见真情是没错，可患难之后呢？”赵弘瑀抚着身下朱红的丹墀，似是喃喃自语，“本以为做了天子，手握无上的权力，便可以再不用担惊受怕、如履薄冰了，可事实上朕却无一刻觉得安稳。先帝曾告诫过朕，说权力就如同世间最妖冶的女子，她可以给你带来无穷的快乐，也暗中引诱着那些想要得到她的人来害你。以前朕虽然害怕，可总觉得还有清影与朕一道，无论前途多么险恶，都可以互相扶持，同进共退。可现在，朕有些担心……”

“陛下担心什么？”杜若听着，心中隐隐不安。

赵弘瑀凝望着他，眼神黯淡了下去：“朕担心他并不是像朕信任他一般信任朕。德宁公主一事就已经很明显了，在他心里，朕并不是一个值得他完全信赖的人。”

“怎么会……”

赵弘瑀摆了摆手：“或许他早就不再完全信任朕了，只不过朕一直不愿承认而已。公主的事只是一个引子罢了。”

杜若没有接话，而是沉默着低下头去。赵弘瑀这话绝非杞人忧天，当年他对洛氏兄弟做过什么，杜若比任何人都清楚。

见他没有回应，赵弘瑀又痛心地说道：“当年赵弘嘉私自克扣天雄军军饷，逼得天雄军叛乱。你哥哥身为天雄军副将，临死之前将天雄军账册交给你。朕机缘巧合知道了你的身世，便让你暗中接近洛清篱，并将实情告诉他。朕知道自己在朝堂上的根基远不及赵弘嘉，便精心策划了一盘局。先是在父皇面前揪出赵弘嘉的爪牙，引着他为自保而反击，将朕与清影逼入绝境。而后又利用洛清篱对清影的担心，让他亲自将你带到先帝面前，将这件贪污重案和盘托出。赵弘嘉为求自保，不得不弃车保帅自断臂膀。而洛清篱从此以后也无可避免地成了他的眼中钉，不得不站在朕这一边。清影那个时候撞破了真相，或许就已经对朕失望透顶了吧？否则他那时也不会选择辞了官职、离开朝堂，重新回到明寂寺中去。”赵弘瑀说完，长久叹息。他抬头望着天井中的蟠龙纹，脸上笼着一层浓浓的忧伤之情。

杜若沉下心思仔细掂量片刻。有些话，自己从未对别人说起过，可如今若是不说，或许便再没有说的机会了。“陛下，当日是臣不够谨小慎微，才让太傅察觉到异样，撞破了真相，臣有罪。”杜若俯身叩首，坦然说道，“太傅知道真相时，确实对陛下的行为有过愤怒。因为自己的事而将亲人置于险境，臣想这是任何人都无法忍受的事。太傅辞别陛下回明寂寺前，曾与微臣有过深谈。正是那次详谈，让臣真正了解了太傅的为人，也让臣明白陛下为何一直对他如此刮目相看。”

赵弘瑀直直地望着杜若，眼神中满含着期待之情，鼓励着他继续说下去。杜若凝神思索片刻，继续说道：“太傅告诉臣，他深知陛下在朝堂上的困顿，明白您因为根基太浅而急需扩大在军中的势力。他一直把陛下当作最亲的人，易地而处，他对您的身不由己感同身受。太傅之怒，只在陛下为何不先与他商议便贸然行事。或许在他看来，他一直都对陛下您坦诚相待、毫无保留，反而是陛下您，并没有将您的内心完全敞开。太傅之所以心灰意冷离开王府，并非是因为陛下利用了他，而是因为陛下不能完全信任他。”

这一席话如一声巨雷，深深击中了赵弘瑀的心。原来这一切隔阂的源头，竟然是自己。最先选择隐藏内心的，也是自己。他愣了片刻，忽然眉头一紧：“是啊，他当面质问朕时曾说过，若是朕想拉拢洛清篱，可以明白地告诉他，他会想尽一切方法替朕去劝说。可那个时候，他与洛清篱之间亦是隔阂颇深，并不似现在这般融洽，而洛清篱又一直不肯明确表态，朕只顾着急，逼着他站到自己这一边，却忽视了清影的感受……朕真是糊涂！”

“太尉大人不肯明确表态，并非是犹疑观望，怕站错了队。”杜若又解释道，“那时臣一直住在太尉府照顾洛骁老太尉，对清篱大人的为人略知一二。前太子多次向他示好，刻意拉拢他，可他从不为所动。在太尉眼中，富贵荣华皆是过眼云烟，他最在意的就是君王的圣德。他之所以不早早地向您示好，是因为他知道先皇最恨皇子涉军，他不想给人留下话柄，让您被先皇猜忌。而他亲自带臣去先皇面前揭露前太子的丑恶面目，也并非全然是为了救太傅，更是为了救您。他曾不止一次在臣面前夸赞过您的胆识和才干，为了能让我大殷的百姓有一个圣主明君，他宁可将自己置于危难之境。”连续的真相袭来，如晴天霹雳一般，震得赵弘瑀哑然失言。

杜若知道自己的话说得太重，又见赵弘瑀这般震惊，便再次俯身请罪：“陛下，臣方才所言虽千真万确，但言语间仍是对陛下不敬，冲撞了陛下，请陛下责罚。”

“你何罪之有！”赵弘瑀连忙将杜若扶住，“若非你今日实言相告，朕到现在还不知道太尉与太傅的苦心！当年人为刀俎我为鱼肉，清影本就无官职在身，他负气离开朝堂，亦是远离了尔虞我诈。朕无力保护他，他走了，朕或可稍稍心安一些。可如今时过境迁，清影身为太傅，位高权重，一人之身却涉及众多。他肩上扛着重任，无论如何，不管用尽什么办法，朕都必须将他留在这里，不能让他再次退隐。或许这对他并不公平，但朕亦是无可奈何。”

杜若闻言，心中稍安：“臣也明白陛下居凌云之位，必有难言之隐。太傅之位关系秦王殿下，陛下良苦用心，臣虽不才却也能体味一二。可太尉与太傅二人对陛下之忠心亦是天地可鉴。臣斗胆，恳请陛下全心全意信赖这二位大人！”

赵弘瑀似乎是彻底松了口气：“太尉、太傅还有你，这一路皆是与朕勠力同心、披荆斩棘，这其中的艰辛，旁人并不能窥见。然而如今没有外力胁迫，朕却忽然觉得与太傅反而疏远了，不知是因为朕处理偏颇，还是因为太傅有心为之。朕这几日一直在想着这个问题，却怎么也想不明白。你也算是旧人，朕找你来便是想听听你的意思，看看之后是否还有弥补的机会。这个关系若是捋不顺，以后的路会更加难走。今日你这番话让朕受益匪浅，朕知道该怎么做了。”

“陛下圣明。”杜若亦是如释重负一般，君臣相视一笑，一切尽在不言中。忽然，杜若似是想到了什么，复隐秘地小声说道：“说到太傅之事，最近臣总是有些不踏实。”

“为何？”

“这段时日，坊间总有些不清不楚的流言，似乎是关于太傅当日死而复生之事。”杜若谨慎地答道，“太傅回朝时旧伤未能痊愈，臣曾照顾他一段时间，所以臣对此事就格外敏感。”

赵弘瑀拧着眉沉思片晌，谨慎地问道：“可曾有人问过你？”

“倒是无人直接问过。”杜若想了想，“可是臣总觉得身边有人在刻意打探这件事。”

“嗯。”赵弘瑀若有所思地点点头，“你要加倍小心，谨慎处事，关于此事绝不能有任何疏漏。”

杜若心领神会，可他似乎仍有难言之隐堵在喉间。“怎么？有什么问题吗？”赵弘瑀察觉出他的为难。

杜若想了想，鼓起勇气说道：“陛下，臣愚钝。当年太傅被前太子派来的死士所伤，陛下隐瞒他活着的消息，宣称他护驾身亡，暗中将他送去神策军，并让臣去照顾他。臣虽医术不精，但也看出太傅并非是因为受伤而昏迷，而是因为服了令人假死的‘鱼妇丹’才造成气息全无的假象。陛下当年为何要坚持隐瞒太傅的消息？可否明示臣下？”

“想来这鱼妇丹还是朕命你偷偷去西域找来的。”赵弘瑀自嘲地笑了笑，而后忽然缄默不语。他紧紧盯着杜若，似乎心中在做着无数权衡。杜若看不透他的打算，只好继续跪在阶下，等着他的回应。

良久，赵弘瑀终于长舒了一口气。“你说得对，既然已经有人按捺不住，想要蠢蠢欲动，你作为为数不多的知情人，就该知道全部真相，以便做好应对，保护好太傅。”说完，他伸手死死按住杜若的肩头，眼中是前所未有的凝重，“杜若，朕下面说的话，你一定要谨记于心，千万不可有丝毫泄露。否则，这朝堂之上怕是又将起风波了。”

杜若心里一惊，立刻揣度出这话里的分量。他点点头，笃定地答道：“太傅、太尉替臣的大哥洗清冤屈，还天雄军以清白，他们对臣有再生之恩。臣以家族性命发誓，定不会将此事泄露半分！”

“好！”赵弘瑀欣慰地笑着，但言语间却无半分轻松之意，他顿了片刻，终于打消最后一丝疑虑，缓缓说道，“清影并不是洛骁老太尉的儿子，也不是洛清篱的亲弟弟。清影的生父乃是前朝太傅陆骞，他的母亲是漠凤胞妹漠凰。”

“什么！”杜若目瞪口呆，“可陆太傅因为废太子赵弘启一案举族投火自尽，不曾听说还有血脉遗存于世啊？”

赵弘瑀示意他少安毋躁，继续说道：“陆骞年轻时曾游历名山大川，在西境与漠凤结识。陆骞生性豪迈，与漠凤性情相投，遂成莫逆之交。后来陆骞归国，漠凰隐姓埋名一路相随。本是一段君子之交的风流佳话，却成了宫闱之内互相倾轧的利器。”

闻杜若听出了弦外之音，忍不住又问道：“难道陆太傅是冤枉的？废太子赵弘启乃是先帝嫡长子，为甄太后所生。陆大人为太子太傅，与赵弘启有师生之情。臣只听过一些传闻，说当时还只是宁王的赵弘嘉与太子赵弘启处处为敌，势同水火……”

赵弘瑀沉重地点点头：“是啊，朕早年寄养在淮安侯府，才得以远离宫闱倾轧。说起来陆骞一案还是由朕的长舅齐泛之引起的。那时齐氏一门恩宠优渥，长舅骄横跋扈，犯下罪案。陆骞认为应当依法严惩，长舅害怕，便找到宁王赵弘嘉帮忙。赵弘嘉授意他反咬一口，向先帝告发太子赵弘启和甄皇后一系与西卫暗通款曲，图谋不轨。先帝命人搜查陆府，果然找到陆骞与西卫上将军漠凤的往来书信，里面写着要借西卫之力助太子尽快登基。先帝震怒，令洛骁和洛清篱前去府中捉拿人犯。洛骁坚信陆骞的为人，单独与陆骞见了面，才得知漠凰受惊早产一子。漠凰身份特殊，陆骞一直令她隐于府中，不为人所知，所以只有两名贴身侍婢才知道她怀孕生子一事。”

“那陆大人果真是被冤枉的吗？”杜若着急地问道。

赵弘瑀顿了顿，默默颔首：“是。在洛骁和洛清篱的面前，陆骞对自己与漠凤的故交毫无隐瞒之意，大丈夫坦荡率性，无愧于天地。然而他发誓自己从未写过那些书信，定是有人恶意栽赃，目的便是利用陆骞与漠凤的交情来扳倒太子赵弘启。洛骁相信他的清白，却又忍不住担心，漠凤听闻自己的好友与胞妹有难，已经集结重兵，陈兵边境，战事一触即发。漠凤此行虽是为了救人，却也恰好证实了他与陆骞确有私交。陆骞闻言亦是震惊，若是自己受审，漠凰身份大白天下，将会令太子赵弘启陷入更加危险的境地。他说军队乃是国之重器，岂可为一家之私事而陷一国于危难？他不愿忍受小人的攻讦，便选择一死来证明自己的清白。为了不让漠凤挟私报复，他将自己刚出生的儿子交给洛骁，要他以子为质来暗中制衡漠凤，逼他退兵。事关重大，一旦泄露洛骁亦是担当不起。犹豫之时，洛清篱站了出来，他虽只有十三四岁年纪，但在军中已经初露锋芒，他不忍见忠义血脉就这么断了，毅然决然将那孩子救了下来。漠凰赴死之前，将西卫太后所赐的一块玉珏留给了自己的孩子，以作信物。”

“原来如此……”杜若听到此处，心中越发沉重。自己的家人也曾蒙冤而死，可幸赖有洛清篱相助，才能让家族沉冤得雪。这种苦苦追求公正而不能得的锥心之痛，杜若比任何人都体会深刻。

然而，洛清影心中所承受的绝望，较之自己却更强千倍万倍。放眼望去，无人可以替他的家族洗清冤情，而忠义的名节永远都无法再去澄清。

“洛清篱说过，那一夜陆府举族赴火而死，那一把地狱业火映红了整个燕安的黑夜。朕虽未曾亲眼所见，亦能想象到那其中的惨烈。”赵弘瑀说完最后一个字，君臣二人陷入长久的沉寂。

杜若内心的震撼久久不能平复。他看出来赵弘瑀对洛清篱和洛清影怀有特殊的敬意，他一直以为这敬意来自洛氏对赵弘瑀的扶持，如今看来，绝非如此。不论是以死自明的陆骞，还是临危救难的洛清篱，他们的身上都有着常人难以企及的大义。

“当年世人皆知太尉府的二位公子水火不容，老太尉洛骁没有办法，才将庶子寄养于明寂寺中，原来这一切都是障眼法。”杜若知道了这其中的隐情，曾经百思不得其解的问题立刻便通透了起来。

"洛清篱一直对漠凤隐瞒陆骞之子的行踪，并与他约定，只要漠凤不再犯境，他的外甥便可安然无虞。而对清影，他也是守口如瓶。鉴于清影的敏感身世，洛清篱刻意疏远他，严令不许他接触朝堂政事，一方面是防他，另一方面也是保护他。洛清篱暗中观察多年，渐渐发现清影身上有着与陆骞一样的明义。而后来清影与朕的一场巧遇，令洛清篱不得不退让，这才渐渐让他涉足朝政。"

"太傅之为人，不仅没有辜负太尉的良苦用心，也足以慰藉陆骞大人的在天之灵了。"杜若轻声赞叹道。

"是啊！"赵弘瑀亦是点头赞同，"可漠凤是何等精明之人。洛骁虽然在清影的生辰上做了手脚，但忽然冒出这么一个庶子，怎么也会令漠凤心生怀疑。多年来他未曾放弃寻找自己的外甥，直到发现了漠凰留给清影的那块玉珏。"

"哦！对了！"杜若恍然大悟，"那块玉珏臣也见过，就是太傅随身所佩戴的那块吧？"

"是。"赵弘瑀点点头，"只不过机缘巧合，当时那块玉珏在朕手里。所以漠凤便暗中与朕联系，要朕将玉珏主人的情况告诉他。"

"可是……"

"可是那时正是朕与赵弘嘉一局定乾坤的关键时刻，朕只能虚与委蛇，先将漠凤安抚住。于公于私，朕都不能将清影交给他。于是趁着赵弘嘉意图刺杀朕的时候，朕便趁机让清影假死。待尘埃落定，朕便明确告诉漠凤清影就是陆骞之子，然而他已经死在赵弘嘉之手。"

赵弘瑀刻意隐瞒了自己当年与漠凤的交易。那时漠竹带来了漠凤的书信，漠凤愿意助赵弘瑀一臂之力，给赵弘嘉安上通敌叛国的罪名，帮他彻底清除登极之路的最后障碍。而他唯一的条件便是要知道玉珏主人的信息。

漠凤的心思太过老到狡诈，与他合作一不小心便会引狼入室。可赵弘瑀无路可退，他与赵弘嘉之间不是你死便是我活，他只能赌上一切去拼一次。他瞒着所有人，包括洛清篱和洛清影，与漠凤定下了契约。

只不过，他多了个心眼，先让洛清影假死。等一切结束，他才告诉漠凤洛清影已经死于赵弘嘉之手。

而洛清篱亦非常人，他隐隐察觉了端倪。为了对抗漠凤，赵弘瑀不得已向他说明一切。事已至此，为了社稷安危，洛清篱别无他法，只能与赵弘瑀一起将这出戏继续演下去。

"漠凤奸诈狡猾，一定不会相信，所以闻之此言，一怒之下又要发兵……陛下那时以太子之名监国，便令太尉亲率大军前去天雄迎战。而那时太傅已经清醒过来，他知晓了朝中情势，也察觉到此事与他有关，便逼着臣放他去了天雄。”杜若终于完全明白过来。

“是啊，漠凤恼羞成怒，可他又怀疑清影是否真的已死，所以也不敢逼得太紧。洛清篱一路与他周旋，最后关头，还是清影自己去见了漠凤，才说服他退兵，化解了一场灾祸。清影手心里深可见骨的伤也就是那个时候留下的。”赵弘瑀轻轻点头叹息，继而又郑重地叮嘱道，“陆骞的案子错综复杂，又时隔久远，所有人证几乎都已经不在了，朕无法再为他平反。若是清影的身世泄露出来，他不仅无法再立足于朝堂，身为叛臣之子，他的性命也将难保。陆骞一案关系到赵弘启，而赵弘启又是太后亲子，朕不想因为他们而再度掀起任何风波。朕的意思，你可明白？”

杜若深吸一口气，重重磕下头去：“陛下放心，陛下今日与臣所言，臣绝不敢有分毫泄露。若违此誓，天诛地灭！”

“好！”赵弘瑀满意地将他拉起来，“你既已明白个中缘由，便也应该知道如何行事。从今日起，你仔细留意身边的人和事，一旦发现有任何人探听太傅之事，不论牵涉到谁，即刻报与朕知。”

“臣明白！”杜若拱手郑重领命。

赵弘瑀见他一脸沉重，便又故作轻松地拍了拍他，微微笑着说道：“往事虽然沉痛，但毕竟斯人已逝，你我君臣还应该往前看才是。你也是一路跟着朕走来的人，知根知底。人言常谓伴君如伴虎，可朕还是希望你们可以把朕当作有血有肉的人。朕不想一个人登临高台，身边却没了任何可以陪伴的人。”

“陛下……”杜若一时听得心酸，不知如何答话，只好又重重俯下身去。

他与赵弘瑀的结识虽晚于洛氏兄弟，可也曾与他共赴难关，披荆斩棘。作为医官，他可以解得了世上的疑难杂症，唯独却解不开人心里的病痛。

君子比肩而为朋。不论赵弘瑀如何自剖内心，如何努力辩解，在他的世界里，何人敢与他比肩？所谓天子，注定了就是孤家寡人。

转眼又到暮春时节，丁香花开得正盛。

虞昉单独请见了几次，与赵弘瑀将可以联络的心腹名单确认无误之后，洛清篱便派出了十几名精锐之士悄悄潜入南祇，又与长期潜伏在南祇的细作取得联系，动用一切力量开始了分裂南祇朝堂权力中枢的活动。

冰冻三尺非一日之寒。赵弘瑀深知这个道理，待放出鱼线之后，毫无着急之意，只耐心地等候着鱼儿们上钩。

比起南祇，后宫的事更令他心焦。淑妃即将临盆。作为父亲，他自然是期待着这个孩子的出生，而作为君王，他又深知这个孩子一旦出生，便意味着朝堂上格局势力的重新划分。未来还会有什么样的纷争，他心中无底。

淑妃浑身肿得厉害，面上也没了平日的灵动，整个人看起来僵硬而不安。赵弘瑀有些心疼，直督促杜若想办法除了这水肿。直到淑妃亲自宽慰他，告诉他这都是为人母逃不过的经历，他才稍稍安心一些。

这日赵弘瑀方散朝，想起已经有些日子没去看望赵元澍，也未能亲自督促他的课业，便派人将洛清影请了回来，准备与他一同去看看元澍。二人刚行至吉亨殿门外，延福宫便差人来禀告，说是淑妃请赵弘瑀过去一趟。

“娘娘即将临盆，想必是心神难安，陛下先去看看她吧。”洛清影看出了他的犹豫，上前一步劝道，“秦王殿下素来勤奋，虽无陛下在身旁鞭策，亦是不敢擅自懈怠。”

赵弘瑀别无他法，只好暂时放下赵元澍的事：“也好，那朕便先去看看淑妃。你先替朕去检查一下元澍的课业，待会儿朕再过来。”

“是。”洛清影微微躬了身子准备送他。赵弘瑀朝殿内快速瞄了一眼，起驾向延福宫去了。

待赵弘瑀一行走得远了，洛清影这才直起身来，往吉亨殿里走去。刚走到门外，就听见一串踢踢踏踏的脚步声。“父皇！”赵元澍似乎得了通传，知道赵弘瑀要来，欢喜雀跃着奔了出来。

自从除夕那日赵弘瑀与他一起放了爆竹，赵元澍对自己年轻的父亲似乎亲近了许多，也依恋了许多。他不再如之前那般惧他，只要赵弘瑀没有明显动怒，他便可以放心地与他玩闹。

“殿下。”洛清影一把撑住他，待他站定，才拱手让礼。

赵元澍站在白玉阶上，踮着脚尖伸长脖子朝洛清影身后打探：“父皇呢？”赵弘瑀似乎并没有来。赵元澍失落地瘪了瘪嘴。

洛清影看出了他的失望，俯下身来笑着安慰他：“淑妃娘娘身体不适，陛下先过去探望一下。殿下放心，陛下交代过了，一会儿便会过来看你。”

“嗯……嗯……”赵元澍似乎不太高兴，咬着下唇不清不楚地哼了几声。

“殿下，咱们先进去吧。”洛清影说着，拉起赵元澍的手就往屋里走，可他并没有挪脚的意思。

“殿下？”洛清影回头望着他。

赵元澍小小年纪，此刻却显得心事重重："太傅，父皇一定会来吗？"

"当然会。陛下是天子，君无戏言。"洛清影蹲下身来，替他拂去粘在衣襟处的丁香花瓣，慈爱地望着他，"陛下待会儿可是要来检查你的课业哟！殿下还是先随臣去准备一下吧。"

赵元澍虽是不甘心，可左右思量一下，还是勉强点点头："嗯。"

人是进了殿来，可洛清影明显察觉到他的心不在焉。问了几处小小的问题，本应是他烂熟于心的东西，可他却支支吾吾答不上来。

洛清影微微叹了口气，合上书，担忧地看着他，轻声提醒道："陛下待会儿来检查你的课业，若你是这样的回答，陛下应该会失望的吧？"

赵元澍立刻憋红了脸。他低下头去，一言不发。洛清影刚要再说，就听他委屈地小声道歉："太傅，我错了。"这个极其自尊但又能知错就改的性子，真是像极了赵弘瑀。

洛清影不知道赵元澍今日为何如此反常，便起身走了过去，跪坐在他的身边，循循问道："殿下为何如此难过的样子？能告诉太傅吗？"

赵元澍抬起头来，往日里明亮有神的眼睛似是蒙了一层水雾："太傅，等淑妃娘娘有了孩子，父皇会不会就不要我了……"

洛清影一惊，不禁问道："殿下从哪里听来的这些胡话？"

"没有人说。是我自己猜的……"赵元澍很是伤心，"父皇已经很久不来看我了……"边说着，他便滴滴答答开始掉眼泪。

洛清影看得心疼，将他拉至身前，慈爱地安慰道："陛下怎么会不要你呢？陛下最近国事繁重，分身乏术，所以才没能及时过来看你。殿下，你是陛下的嫡长子，是他全部的希望。不论什么时候你都要记得，你的父皇比任何人都爱你。至于淑妃的孩子，就像安定郡王一样，那同样是你的亲人。"

"真的吗？"赵元澍揉了揉眼睛，鼻间通红一片。

"当然了！臣几时骗过殿下？"

待赵元澍平复了抽噎，洛清影又凑近了些，满是爱意地盯着他的眼睛："殿下既然那么爱自己的父皇，便不能辜负他对你的期望。殿下要用心学好课业，早日独当一面，替陛下分忧。这样陛下就不会那么忙了，也就能多来看你了。"

孩子毕竟是孩子，心里想到的就会立刻表现于面上。听完这番安慰的话，赵元澍心里那些不安和委屈瞬间便灰飞烟灭。他破涕为笑："那我现在就好好听太傅授课，不让父皇失望！"

"好。"洛清影舒了口气，亦是欣慰地笑了起来。

赵元澍本就聪明，没了心事便又立即恢复了往日的状态，与洛清影一问一答，学得不亦乐乎。正学得尽兴时，赵弘瑀终于出现在殿门外，大步流星地迈了进来。

"父皇！"赵元澍噌地起身，几步冲上去抱住他的大腿。

赵弘瑀皱了皱眉，提着他的衣领将他拽开去："怎么这么没有规矩？"

赵元澍方才只顾着高兴，一时失了分寸。见赵弘瑀似乎不高兴了，便赶紧站直了身子，跪下去磕头参拜："儿臣参见父皇。"

"臣参见陛下。"洛清影也起身来拱手行礼。

"都起来吧。"赵弘瑀缓和了一下脸色，走到主位坐下，招手示意赵元澍过去，"方才听你和太傅说得热闹，太傅又教了你什么？说来让父皇听听。"

赵元澍三步并作两步走了过去，跪坐在赵弘瑀身边，刚要开口，就被赵弘瑀一把拉到身前仔细打量着他的脸，有些疑惑地问道："方才是哭了吗？眼圈怎么这般红？"被戳中了心事，赵元澍有些瑟缩地躲开了些。

赵弘瑀抬头望向洛清影，见他也是一脸讳莫如深，便不再追问，转而起身唤来落雪和红梅："去带你们殿下把脸洗干净，看着跟个花脸猫似的。"

"是。"落雪和红梅上前来，将赵元澍接了过去。

赵弘瑀这才得了空，走到洛清影面前低声问道："这是怎么了？"

洛清影迅速地将方才发生的事一五一十告诉他，随即又跟着问道："淑妃娘娘安好？"

赵弘瑀一直仔细听着赵元澍之事，冷不防被洛清影问及淑妃，忽然一愣。"嗯，没什么。"赵弘瑀似乎有些心不在焉，"昨夜大相国寺里供奉的佛祖托梦给她，让她去寺中敬香。淑妃这段时日本来就心神不宁，再加上这个梦就更是坐立难安了。"

"可娘娘临盆在即，如何能去大相国寺？"洛清影很是担心地问道。

赵弘瑀十分无奈地耸了耸肩："你知道的，我从不信怪力乱神之说。可女子待产时，这脾气总是拧得要命，我也是拗不过她，毕竟这个时候还是顺着她的好，省得惹出什么乱子。"

"那……你是同意了？"

"嗯。太后随她同去，御医局提点秦邈也会多带着些人跟着随行伺候。好在大相国寺并不是很远，应该没什么事。"洛清影未再置喙，只是默默地点点头。

赵弘瑀忽然转过头来，若有所思地望着他，试探着问道："她之前那般对德宁公主，你还要如此关心她吗？”

洛清影没想到赵弘瑀问得如此直接，他愣了片刻，继而认真答道：“淑妃身怀天子龙脉，有延嗣国祚之功，不容丝毫闪失。”

洛清影说得合情合理，可赵弘瑀心里却隐隐有些不舒服，他不喜欢听他如此打着官腔应付自己。他宁可洛清影直抒胸臆，狠狠骂上两句，那样的话，至少说明他愿意在自己面前将最真实的喜怒哀乐都淋漓尽致地展现出来，而不是像现在这样畏畏缩缩。

赵弘瑀不喜欢看他这样，也无意再深究德宁公主之事，便又换了话头问道：“最近你身边可曾出现奇怪的人？”洛清影不知他何以突然如此问，仔细想了想，又摇了摇头。

“那就好。”赵弘瑀舒了口气，见他一脸疑惑，便又解释道，“前些日子杜若来报，说是有人在御医局里伺机打探你‘死而复生’之事。我已经派人去查，也叮嘱杜若暗中留意，可到目前为止，依旧没能查出是何人所为。不论是谁，只要意图掀起旧事，就必然有所图谋。这件事关系到你我和赵弘嘉争斗的内幕，也关系到你的身世，所以你也要谨慎一些才是。”

大风起于青萍之末，这些细细碎碎的事情似乎正暗中慢慢结成一张巨网。洛清影闻言，心思越发沉重，神色随即凝重起来：“你的意思我明白，我会小心应付的。”

“好。”赵弘瑀拍拍他的肩头，一眼瞄见赵元澍已经洗漱干净又蹦蹦跳跳回来了。

方才洛清影已经将赵元澍哭泣的缘由告诉了他，他心里一软，不再如刚一进门时那样严厉。“擦干净了？小花猫？”赵弘瑀笑着将他抱了起来，使劲抖了抖，“你是不是又胖了？怎么这么重？”

赵元澍咯咯笑着：“父皇，儿臣是又长高了，所以才重了！”

“是吗？”赵弘瑀将他放下来，用手比画了一下，“好像确实是长高了些。”

“嗯嗯！”赵元澍十分骄傲地踮了踮脚。

赵弘瑀收起满面笑意，语重心长地摸着他的头又说道：“个子长高了，就该是长大了些。既然都长大了，就更该懂事些。你那些奇奇怪怪的想法都是哪里来的？”赵元澍被这么一责备，顿时老实了许多。他偷偷看向洛清影，又是一脸委屈。

“别看太傅！”赵弘瑀将他拉近了一些，“太傅没有告状，太傅是关心你，所以把你担心的事都告诉了父皇。”

“儿臣知错了……”赵元澍憋红了脸垂着头小声答道。

赵弘瑀本来也没打算骂他，见他这副模样便又蹲下身去，轻轻拉过他的手：“你还记得去年生辰时父皇与你说的话吗？”

赵元澍乌溜溜的眼珠迅速转了几圈：“记得。”

“父皇不仅希望你能做一个好儿子、一个好兄长，更希望你将来可以做一个好的君主。”赵弘瑀严肃而认真地望着他，“为人子，要孝顺尊长；为人兄，要爱护兄弟姐妹；为人君，要庇佑你的子民。你若连如何与自己的兄弟相处都做不好，以后父皇又怎么能放心地将这江山社稷传给你？”

“儿臣明白了。”赵元澍虽是懵懂，可从赵弘瑀的眼神中他第一次意识到自己的重要性，“儿臣不会再有嫉妒之心，儿臣会努力去做一个好兄长，就像……就像太尉大人那样。太尉大人说过，兄弟齐心，其利断金。他能做到，儿臣也能做到！”说完，他偷偷朝洛清影眨了眨眼。

赵弘瑀毕竟不是母亲，煽情的话他是决然说不出口的。对于赵元澍的感情，他点到为止。眼见赵元澍也大约明白了自己的意思，他便安心下来。“那父皇以后多让太尉进宫来，让他好好教教你！”赵弘瑀使劲点了点他的鼻子。赵元澍似乎有些不情愿，眨着眼睛不接话。

“怎么？不愿意？”赵弘瑀歪着头盯着他，“不是你自己说的要像太尉那样？”

“嗯……”赵元澍挠了挠后脑勺，为难地皱起眉头，“父皇，太尉太严肃了……儿臣害怕……”

一言既出，赵弘瑀忍不住哈哈大笑：“你这点倒是挺随我！”赵元澍不解其意，便朝洛清影投去询问的目光。

听赵弘瑀如此自嘲，洛清影也想起了旧事，他笑着解释道：“殿下有所不知，当年太尉曾是陛下的老师。”

“是啊是啊！”赵弘瑀佯装恐惧地摆了摆手，“那可真是朕最不愿回忆的日子！简直可怕！”

“太尉那么可怕吗……”赵元澍不禁好奇地问道。

赵弘瑀笑够了，拍着他的脑袋说道：“太尉只是严格而已，并不可怕。太尉是竭忠尽义之人，你要敬重他，多与他学，明白吗？”

“嗯，儿臣明白。”赵元澍使劲点点头。

自从方才洛清影告诉自己赵元澍为何伤心难过，赵弘瑀便打算今日不再严查他的课业。反正课业之事交与洛清影，他也是放心的。“元澍，之前太傅送你的纸鸢呢？”

赵弘瑀乍一问，赵元澍也有点蒙：“啊？嗯……儿臣让红梅收起来了。”

“那去让红梅找出来。”赵弘瑀站起身来，抬眼看着洛清影，轻松地伸了伸胳膊，“今日天好，咱们去放纸鸢，如何？”难得的好兴致，洛清影亦是点头赞同。

吉亨殿前的庭院中铺满了飘落的丁香落花，踩上去软绵绵的。赵弘瑀脱去厚重的外袍，带着赵元澍在那片空地上撒欢奔跑，不消片刻，那纸鸢便稳稳地飞上青空。纸鸢越飞越高，渐渐看不清它的花纹式样。

洛清影抬首望去，只觉得碧澄晴空之下，那一副小小的纸鸢似乎要挣脱细线，腾上九霄云外。

“父皇真厉害！比章延泽将军放得高多了！”赵元澍拍着手不停跳跃。

“知道为什么吗？”赵弘瑀低头看着他问道。

“不知道。”

赵弘瑀意味深长地笑了笑，目光瞥过立于廊芜之下的洛清影，又转向那空中的纸鸢。“若要纸鸢飞得高，便要将这手中的线握牢。你握得越牢，它飞得越高。”赵弘瑀说着，小心地拽了拽手中的线，那纸鸢果然在空中抖了几下，似乎要掉落下来。

“啊！父皇小心！”赵元澍大叫道。

“看见了吗？”赵弘瑀手下又收稳了些，纸鸢便又重新飞上云霄，“只要你抓稳了手里的线，你想要它飞多高，它便能飞多高。若是它不愿受这条线的牵制，便只会重重跌下云端去。”

赵弘瑀的话淡淡地传入洛清影的耳中。他不自觉地握紧了手，面上却没有任何变化。

赵弘瑀做梦也没想到，自己的第三个儿子竟然出生在大相国寺中。

消息传到时，赵弘瑀正听胡之恒回禀大理寺案件之事，他一得了消息，顾不上多言，立刻起身便要前去大相国寺。

胡之恒一步上前将他拦住：“陛下，不可。”

“为何？”赵弘瑀不解。

“陛下，大相国寺周围的戍卫力量本就不及宫禁。娘娘临盆，大相国寺内外已是捉襟见肘。陛下此时若是再过去，岂不是更加重了禁军护卫的难度？”

“可朕不过去，实在不放心啊……”赵弘瑀心里着急，见胡之恒又是这么坚决，一时不知如何是好。

“有太后坐镇，又有御医随行，更有佛祖保佑，娘娘一定会安然无恙。”胡之恒尽力安抚道，“臣以为，淑妃娘娘自己恐怕也是不愿惊扰圣驾的。陛下只需多派些戍卫军过去，加强大相国寺的戒备，其他一切都待娘娘銮驾回宫之后再说。”

赵弘瑀来来回回踱了几圈，最终还是同意了胡之恒的提议。他让崔迟亲自带了两队禁军赶过去，务必保证太后和淑妃的安全。

见赵弘瑀一副魂不守舍的模样，胡之恒踌躇片刻，突然上前一步跪下身来：“陛下，臣有罪。”

赵弘瑀正担心淑妃的安危，冷不防被他这一跪吓了一跳：“好好的这是做什么？快起来。”

“臣有负陛下信任，臣罪该万死。”胡之恒如啄米一般磕了几个头，并无起身之意。

赵弘瑀见状，明白定然是有隐情，便挥手屏退了一旁侍奉的侍婢，只留欢招一人在侧。“朝中上下都知道你素来奉公守法，严以律己。现在没有外人了，你倒是说说你怎么就有负于朕了？”

胡之恒直起身来拱手言道：“陛下，臣有个不情之请，希望陛下可以先赦免臣的罪。”

赵弘瑀不可置信地望着他，觉得甚是可笑：“好你个胡之恒，你这是要挟朕吗？朕还不知道你到底犯了多大的罪，就稀里糊涂要先赦免你，哪有这样的道理？”

没想到胡之恒竟毫无退缩之意，坚持恳求道：“臣请陛下赦免臣，是因为臣曾暗下重誓，一定要侍奉陛下终身，为我大殷盛世鞠躬尽瘁。如今心愿未了，臣不甘心就这么死了。”

赵弘瑀饶有兴趣地望着他：“这么说来，你倒是我大殷的大忠臣，无论如何也杀不得的了？”

“臣斗胆，请陛下恩准。”胡之恒又重重磕了个头。

赵弘瑀沉吟片刻，抬手示意他起身：“起来回话。朕答应你就是。”

得了皇帝的亲口承诺，胡之恒却仍旧跪在地上：“陛下，臣还是跪着回话吧。”

“随你。”赵弘瑀摆摆手，“到底何事？”

胡之恒抬起头来，直直对上他的眼神，毫无躲闪：“启禀陛下，去年太后去大相国寺敬香时，由臣随行侍奉左右。那一日，太后曾私下与臣暗示过，她说淑妃有孕，一朝若是得了皇子，希望由臣来做皇子的师傅。太后言下之意便是想拉拢臣，让臣站在淑妃这一边，为的就是能壮大淑妃和皇子的力量，以此来抗衡秦王殿下……”

“啪！”胡之恒还未说完，就听赵弘瑀一掌重重拍在御案上：“后宫勾结前朝，这是重罪！你身为朝臣，竟然知而不报！”

“陛下息怒！”胡之恒又俯下身去，急着辩解道，“臣恳请陛下听臣说完！若是陛下听完仍旧觉得臣罪不容诛，那臣便以死谢罪！”

赵弘瑀怒不可遏，大喝一声：“快说！”

“谢陛下！”胡之恒谢了恩，直起身来继续说道，“太后那日所言，臣亦是惶恐万分，当时便想着应该立刻告诉陛下。可臣转念一想，太后虽主持后宫，在宫中可谓只手遮天，但太后一系在朝中却无人握有实权。甄氏一族没有人手握行政之权，更枉论兵权。宫闱深重，没有陛下的支持，仅凭几个女子便想主导朝局，那简直是痴人说梦。太后或许也只是意识到自己的困境，所以才想着与前朝之人结盟，好让自己在后宫的位子坐得更稳一些而已。”

赵弘瑀似乎从方才的震怒中平静了下来，他紧紧盯着胡之恒，冷冷问道：“此话何意？”

胡之恒见他冷静许多，便也稍稍松了口气：“太后并非陛下生母，皆因陛下重孝道，才奉她为嫡母，尊为太后，统领后宫。太后如今的一切尊荣其实全赖陛下所赐，陛下想想，若您是太后，您能真的安心吗？”胡之恒顿了顿，等着赵弘瑀的回复。赵弘瑀不置可否，只扬了扬下巴示意他接着说下去。“太后心中没有把握，所以才会努力将一切可得的权力抓在手中不放。她将甄氏的女儿送入宫中，也是因为她想借着淑妃将陛下的心牢牢拢住啊。可是陛下对淑妃的态度一直模棱两可，太后心中更是焦急，万般无奈之下，她才出此下策，冒着勾结前朝的杀头之罪与臣联系。”

“照你的话来说，这一切还都是朕的错了？”赵弘瑀不悦地拧着眉反问道。

一见他又要动怒，胡之恒连忙又俯下身去：“臣不敢。臣迟迟未将此事禀明陛下，确有臣的顾忌之处。臣不想因为此事而伤了陛下与太后、淑妃之间的感情。陛下知晓实情，一怒之下会将太后和淑妃全部治罪，可淑妃娘娘怀有龙种，这个时候是绝对受不得任何惊吓的啊。何况，太后之事并非特例。诚如臣方才所言，臣绝非指责陛下，而是想说这一问题的症结在陛下身上。陛下可以处治太后、淑妃，可处治了她们之后呢？陛下还会再有宠妃，还会再有子嗣，若不能从根源上防微杜渐，这样的问题还会接连不断地出现。”

赵弘瑀听出他话里有话，垂下眉眼思索了片刻，复望着他意味深长地问道：“依你所见，这问题的症结到底是什么？”

胡之恒暗自深吸一口气，恳切言道：“陛下想要杜绝后宫勾连前朝，只需做到权衡制约即可。”

“权衡制约。”赵弘瑀默默重复了这四个字。

这四个字对他而言并不陌生。当年先帝便是视此策如圭臬，并完完全全用在了皇子们的身上。赵弘启做太子时，他用赵弘嘉去掣肘，当赵弘嘉成功排挤掉赵弘启之后，自己又变成了制衡赵弘嘉的棋子。

没有任何一个皇子可以在先帝的眼皮子下面掀起大波澜，先帝是如此严密监视着皇子们之间的势均力敌，以至于赵弘瑀那个时候刚一冒尖就被狠狠压制了回去。赵弘瑀真的是烦透了这四个字。

纵然赵弘瑀心中有万般反感，可面上却没有表露出丝毫的不耐烦。自己置身其中太久，与后宫、与洛氏皆是纠结难挨，或许真的需要跳脱出来再斟酌一番。而胡之恒恰恰是那个从头至尾冷眼旁观的局外人，对赵弘瑀来说，他的意见值得一听。“那你倒是说说，朕该如何权衡？又该制约何人？”

胡之恒不紧不慢地答道：“陛下要权衡的是皇子之间的势力，要制约的则是辅佐皇子的人。”

赵弘瑀冷冷笑了一声，戏谑地盯着他：“说到底，你还是来给太后做说客了。”

“臣不敢！臣一颗忠心只为陛下一人！”胡之恒慌忙叩了个头，“方才臣告诉陛下，臣曾发誓要辅佐陛下终身，绝非谄媚逢迎，乃是臣的肺腑之言啊！臣起于前太子赵弘嘉的府吏，鞍前马后为他做了不少事。赵弘嘉心胸狭隘，对自己的兄弟也毫不留情，尤其对陛下，更是无所不用其极。臣有眼无珠，没有早日看透他的面目，在他麾下多年，虽未犯下大恶，但所言所行难免有为虎作伥之嫌。然而陛下却不计前嫌，力排众议，拔擢臣于同侪之间，亲授臣以重任。若非陛下青睐，臣早已沉沦如草芥，更何谈能为国尽责尽忠？这些话臣不曾与任何人说起过，却始终铭记于心。臣明白，身为‘二姓’之臣，在朝堂之上难免会令人不齿，可臣并不在意，臣一心只为陛下而已！臣发誓只为陛下一人尽忠，肝脑涂地，万死不辞！”

赵弘瑀之所以重用胡之恒，一来是因为他在处理政务上的能力，二来也是想用他来稍稍平衡一下洛清篱和洛清影在朝中的势力。其他的，他并未想太多。

可胡之恒今日这番肺腑之言，却令他有些动容。所谓“二姓之臣”，在同僚看来便是大节有亏，无论私德再臻完美，也会被人看低三分。胡之恒在朝中若想站稳脚跟，除了赵弘瑀的鼎力相持，别无他法。或许也正是因为如此，他会比任何人更在意赵弘瑀的想法和心思，并将赵弘瑀的心思作为他一切行为的出发点。

想到这里，赵弘瑀缓和了一下语气，笑了两声：“朕和你说笑，你怎么还当真了？”

岂料胡之恒面上仍旧一副严峻神色：“陛下所言，字字句句，臣都不敢怠慢。”

“好，那你便仔细说说你的想法吧。”赵弘瑀见他如此固执，便不再与他较真，只让他将心中所想全说出来。

“是。”胡之恒微微俯首，“臣斗胆，论及皇子与朝中大臣，可能会有不敬之处，还请陛下见谅。”

“嗯，只要不是恶意中伤，朕都恕你无罪。”赵弘瑀点点头，但仍旧提醒他切不可触及自己的底线。

“臣谢陛下。”胡之恒一拱手，沉声侃侃而谈，“当今朝中，所有人都看得出陛下对秦王殿下的偏爱。秦王是陛下的嫡长子，是皇储的合法继任者，这本就毫无异议。然而陛下却刻意将太傅和太尉大人置于秦王麾下，这二位大人皆是位高权重，尤其太尉，手握几十万禁军，动则便有山呼海啸之威。陛下只顾及了秦王，以为有太尉相辅，便可保秦王安全。但陛下可曾想过，将太尉与秦王绑在一起，被保护的可不止秦王殿下一人。太尉本就势强，如今又有秦王殿下的恩荣加持，人人都知陛下偏爱秦王，于是人人都会更加敬畏太尉大人。如此一来，其结果就是太尉一人独大、权倾朝野。到那时，陛下再想制约他怕是为时已晚啊。”

胡之恒这话说到赵弘瑀的心里，可他嘴上却依旧反驳道：“太尉是什么样的人朕心里清楚，他绝不会因为个人私利而罔顾朝廷社稷。”

“陛下不要忘了，当日太尉遇刺，消息方一传到京中，禁军的将士们便骚动不已。尤其是那些常年跟随太尉的年轻将领，更是一怒之下试图闯入宫中。臣当时途经天波门，只是劝了几句，就被将军们群起而攻之。千钧一发之际，是太傅出面稳定了禁军将士的军心。太傅是谁？那是太尉大人的胞弟。说到底，禁军将士还是看在太尉大人的面子上才平息下去。”胡之恒回忆起那日情景，情绪激动，“陛下您想，当日若非太傅大人恰巧在宫中，将会闹出多大的乱子？将军们口中所说的面圣请命，一旦失控就是逼宫！陛下信任太尉，因为太尉曾为新朝之初的稳定立下汗马功劳。可一个人若是常年手握如此巨大的权力，他的心性会否改变？退而言之，不管太尉本意如何，事实上他已经在本属于陛下的禁军中烙下了太深的个人印记。”胡之恒这话说得重，却说到了症结上。赵弘瑀没有说话，可他面上的神情却已经透露出他的震惊与不安。

“陛下，事为之防，曲为之制。如今禁军的苗头已经显露，陛下就绝不能再姑息了。相较而言，太后之事不足为惧，只要没有前朝的支持，仅凭后宫之力根本无法左右朝局。陛下若是对太尉之事视若无睹，而单单计较太后之事，那便是舍本逐末了。”

一语既毕，赵弘瑀意外地保持着长久的沉默。他忽然明白当年先帝为何要严禁皇子涉军。天家父子，有多少不为人知的无奈。倘若遇上赵弘嘉那般狼子野心的皇子，一旦与禁军相勾结，便可以随时随地发动宫变，将自己的父亲从皇位上赶下来。当年，他便是看中了赵弘嘉的这条软肋，暗中将洛清篱拉入自己帐下。若是没有洛清篱的鼎力相助，凭着他在朝中的那点浅薄根基，绝无可能从赵弘嘉手中将皇位夺过来。

没有军权支撑的皇子是掀不起任何浪花的，在这一点上，他对胡之恒的观点毫无异议。也正是因为这一点，他才选择了让洛清影做太傅。他非常清楚洛清影与自己的感情，绝对可以称得上是生死之交。他或许无法直接控制洛清篱，可是却可以通过洛清影来将洛清篱牵制住，让他死心塌地地站在赵元澍身后，成为秦王最为可靠的后盾。

可他却忽视了最重要的一点，在秦王的光芒之下，洛清篱的权威将会更加崇高，对禁军的掌控力也将更强。事实已经证明，本应效忠皇帝陛下一人的禁军，已经开始三心二意。

胡之恒今日所言，让他猛地对自己的决定有了动摇。他有些怀疑，自己让赵元澍如此早地依靠禁军力量，到底是不是万无一失?

赵弘瑀的脑中有无数个想法浮起，然后又被自己一一否定。他努力想理清自己的思路，可一时间又难有什么结论。沉默许久，赵弘瑀才犹疑着开口说道：“诚如你所言，太尉对禁军已经有了绝对的把控。可放眼朝堂之上，除了他以外，没有人能够彻底节制禁军。如今西卫、南祇虎视眈眈，随时会侵扰我大殷。非常时期，朕绝不可贸然动太尉，更不能削弱他的权力。”

胡之恒竟没有反驳，他似乎很是赞同赵弘瑀的看法：“陛下所言甚是！若要制约太尉，并非只有削权这一个方法。陛下只须使大臣分庭相搅，那么便无人敢为非作歹了。”

赵弘瑀想了想，明白了他的意思：“你的意思是要朕培养另一批势力，以此来牵制太尉？”

“朝臣众星捧月可以，但只可捧陛下一人。至于陛下之下，那只能是平分秋色，绝不可有任何人独领风骚。”胡之恒使劲地点点头，“只有如此，陛下才可作壁上观，将一切尽数握于掌中。”

胡之恒叩首再拜，直起身子复说道：“臣以为陛下可以借着眼前之事做一些文章。”

赵弘瑀半眯着眼睛盯着他：“如何来做？”

“若是淑妃娘娘诞下皇子，便晋贵妃，封亲王。如此一来，太后便能得偿所愿。”

“贵妃、亲王只是封号，这个并不难。”赵弘瑀有些不解，“只是两个虚名而已，能有多大的用处？”

胡之恒摇了摇头，微微一笑：“陛下有所不知，对朝臣而言，除了要有处理政务的能力，更要有揣度陛下心意的能力。在陛下眼里，贵妃、亲王或许只是一个虚名，可在朝臣看来却代表了一个新的局面。新皇子诞生，必然会引来新的追随者。毕竟秦王殿下有太尉和太傅在，其他人也显不出什么，锦上添花总是比不过雪中送炭。”

赵弘瑀虽然内心是认同胡之恒的，可他顾虑实在太多。没有想通透之前，他绝不能做出任何决定。

胡之恒似乎看出了他的顾忌之处，便又说道：“陛下顾及社稷稳定，不愿直接对太尉动手，那么便可借新皇子诞生之际，明则权衡皇子间的平衡，实则以此削弱太尉之势。君子喻于义，小人喻于利，臣相信太尉若是真君子、一心为国、毫无利己之心，那么就应该不计个人之得失，为了大局主动做出一些小小的让步。”

赵弘瑀仔细揣度着胡之恒的话，迟迟没有开口。过了半晌，他一手抵着太阳穴，似乎有些困倦：“今日所言只你与朕知晓。朕会好好想想。今日有些累了，你先下去吧。”

胡之恒抬头望了一眼，见他确实没有再说下去的意思，便只好又磕了个头，默默退了出去。

第十五章

天意难违　姻缘错定

淑妃诞下龙子，母子平安。翌日早朝，赵弘瑀将这个喜讯告诉了众大臣，群臣按规矩纷纷向他朝贺。待到散朝，赵弘瑀便急急忙忙往延福宫奔去。

刚一入了宫门，就见满院子宫人来回穿梭，行色匆忙。赵弘瑀忽然心生不快，转过头来盯着欢招小声问道："朕记得元祐出生时也没这个阵仗啊？"

欢招见他面有不悦，赶紧解释："安定郡王是在宫中出生，出生之前一切早已安排妥当，所以看起来没这么慌乱罢了。"

"是吗？"赵弘瑀对这个说法似乎并不认同。但妃嫔诞子，本就是宫里的大喜事，赵弘瑀不想这个时候挑事儿添堵，便没再多说什么，直接进了殿去。

太后得了通传，立刻从内室迎了出来。"恭喜陛下，贺喜陛下！"甄太后竟也笑成了花儿一般，颤巍巍地将赵弘瑀一把拉住。

"太后同喜！"赵弘瑀亦是满面春风，"淑妃人呢？"

"在里面。"甄太后拽着他就往寝殿走去，"婉儿可是等了陛下许久了。"

淑妃的精神并不太好，似乎是过于疲累。她努力地扯着嘴角笑了笑："都怪臣妾任性，让陛下担心了。"

"不碍事。"赵弘瑀摇了摇头，"你们母子平安，便是赖了佛祖保佑。一切皆是天意，你不必自责。"

说完，他四下张望一番，问道："皇子呢？"

绿如见淑妃仍是有气无力，便代为回禀："回陛下，方才让乳娘去喂奶了。奴婢这就去将皇子抱过来！"

不多时，绿如便将小皇子抱了进来。赵弘瑀喜不自胜，逗弄了几下，然后兴奋地抱着他回了榻前坐下。

“这小子胆子倒是挺大。”赵弘瑀一手轻轻戳了戳他软糯的小脸蛋，笑着看向淑妃。没想到却见淑妃不知为何，竟忽而满面泪痕。

“好好的，这是怎么了？”赵弘瑀一惊，慌忙将小皇子交给绿如，继而轻轻抚着她的脸颊，关切之情溢于言表。

“没什么……”淑妃掩起袖子拂去泪珠，却依旧难掩悲伤。

甄太后见状忙走上前来，在淑妃身旁坐下，揽过她的肩头，轻轻顺着她的后心，一边轻抚一边说道：“这女子初孕虽是大喜，情绪却难以自制。婉儿本就比别人敏感一些，昨日在宫外临盆，过程并不是很顺，她遭了些罪，难免又受了些刺激。好在有佛祖庇佑，才得化险为夷，母子平安。现在陛下来了，她见了陛下，各种滋味浸润其心，这才抑制不住……”

“昨夜竟如此凶险？”赵弘瑀不禁一怔。

“唉……”甄太后低头叹息，“女子生产，哪一个不是鬼门关前绕一圈？”

闻及此言，赵弘瑀明白昨夜淑妃定是受了大罪，便抬手替她拭去脸上的泪痕，柔声哄着：“朕知道你受苦了，昨夜朕就应该去大相国寺陪着你的，让你一人独自面对一切，是朕的不对，朕给你赔个不是。”

过了片刻，淑妃的情绪似乎缓和了一些。她微微偏过头去，轻声说道：“臣妾岂敢怪罪陛下……臣妾这是喜极而泣……”

见她不再哭泣，赵弘瑀舒了口气：“好了，别哭了，再哭就要伤身了。”

“是啊，不能再哭了。”甄太后亦是附和着劝道，说到这处，她似是想到什么，忽然抬头期待地望着赵弘瑀，“陛下，小皇子还等着你赐名呢！”

赵弘瑀一拍脑门：“光顾着高兴，把这件大事给忘了！”

他转头望着淑妃，但见她目光涟涟，眼中还泛着泪光，便又凑近了些轻柔地宽解道：“朕早就想好了，此子赐名‘元辅’，封号为魏亲王。”

淑妃欣喜万分，方要谢恩，又被赵弘瑀拦住：“别急，朕还有封赏！”说完，他朝淑妃神秘地笑了笑：“淑妃素来端恭，侍奉太后，竭心尽力；操持后宫，事无巨细，如今又替皇室开枝散叶，立下大功一件。即日起，淑妃晋封为贵妃，掌贵妃金印，代领皇后之职，掌管后宫一切事宜。你觉得可好？”

淑妃闻言，几乎愣在当场。她面上泪痕未干，却似是又要哭出来。倒是甄太后最先反应过来。她压抑着心中的狂喜，拍了拍淑妃的肩头，轻声提醒：“还愣着做什么？赶紧谢恩呐！”

淑妃这才回过神来，她望着赵弘瑀，见他仍旧温柔地笑着，一时间心中五味杂陈、酸涩难忍："臣妾……谢陛下隆恩……"淑妃难以自持，方要俯身谢恩，两行珠泪又滚了下来。

"怎么又哭了？"赵弘瑀抚着她的肩头，耐心而温柔地凝视着她。

甄太后偷偷笑了笑，作势起身，被小玉一把扶住："看来贵妃是有满腹的话要对陛下说，本宫就不在这儿惹人嫌了。"

赵弘瑀跟着起身来："昨夜幸亏有太后在，才能安然无虞。太后也是辛苦了，暂且回宫休息，朕过些时候再去问安。"

"不用了！"甄太后摆了摆手，"本宫无事，陛下安心陪娘娘便好！"

一切皆如胡之恒预料。当淑妃晋升为贵妃，赵元辅册封为魏亲王的消息从宫中传出来时，前朝群臣立刻就意识到格局的变化。暂时看来，秦王不再一方独大，甚至从某些方面来看，拥有太后和贵妃鼎力支撑的魏王甚至要更胜一筹。

孝文皇后再怎么与皇帝陛下曾经沧海难为水，也难以抵挡日日伴君左右的淑贵妃。人走茶凉，这是人之常情，淑贵妃宠冠六宫，日日枕头风下，赵弘瑀对秦王赵元澍的恩荣还能维持多久，恐怕也是难说。

再者，赵元澍身边本就有洛清篱和洛清影相扶，别人再怎么献殷勤，在这二人的光芒之下也突显不出什么来。倒不如趁着机会多与新晋的魏亲王一边多亲近一些，也算是给自己多留些退路。

这朝堂之上一来二去的风向变动皆是被赵弘瑀看在眼中。太后、淑妃一开始还有些担心，怕太过招摇，惹得赵弘瑀不满。可赵弘瑀似乎全然没往心里去，并一反常态地默许了这一切。

有了赵弘瑀的默认，宫里的人自然也看出了端倪，顺风使舵般将之前刚刚晋升妃位的辰妃晾在了一边，争先恐后转向淑贵妃，恨不能剖出心肝来以示忠诚。

作为辅佐秦王的股肱之臣的妻子——宜阳郡主齐乐瑶的反应更是备受关注。一方面她的行动代表了太尉洛清篱的立场，亦即是秦王赵元澍的立场，另一方面她本就是皇帝的姐姐，身份尊崇，代表了皇室的态度。

齐乐瑶自知自己的一言一行皆是举足轻重，她与洛清篱商议之后，精心准备多日，在芸儿的陪同下亲自入宫去向淑贵妃贺喜。淑贵妃自是不敢怠慢，早早地便在延福宫中等候着她。

"姐姐！"齐乐瑶前脚刚迈进延福宫门，淑贵妃便笑意盈盈地迎了上来。

"臣妾参见贵妃娘娘！"齐乐瑶亦是满面春风地向她行了礼，然后拉着她转了几圈，不由得啧啧赞叹，"娘娘现在真是越来越有风韵了。"

“姐姐又取笑我。”淑贵妃挽着她，缓步往殿中走去，“我就是胖了些罢了。”

“娘娘这话可就不对了。”齐乐瑶连连摇头，又笑着说道，“娘娘现在这身段，简直就是多一分则腻，少一分则欠，不胖不瘦恰如其分。难怪除了娘娘，陛下对后宫其他人看都不看一眼。”

“姐姐这话真是令本宫羞愧难当。”淑贵妃听了奉承，心情大好，“这宫中上下谁人不知，太尉与姐姐才是真正的鹣鲽情深、鸾凤和鸣，令人羡慕不已。”

齐乐瑶小心地扶着她在主位坐定，这才轻盈地回身入了座。“唉？怎么不见魏王殿下？”齐乐瑶环顾四周，并未见到赵元辅的身影。

淑贵妃一听这话，面上的笑意微微停滞了一下：“这小子着实闹腾，常常令人措手不及。今儿一早便哭闹不止，哄了半天才止住了。刚刚奶娘喂了奶，这才睡下消停了。”

虽然淑贵妃极力掩饰面上的不适，可齐乐瑶还是敏锐地捕捉到了她的异样，并顺势哈哈笑着说道：“娘娘被折腾半日，想必也是辛苦。既然殿下好容易消停下来，臣妾便不去打扰了，待下回入宫再去见他。”

淑贵妃似有感激之意，连连点头：“多谢姐姐体谅。”

说完此话，淑贵妃有意调转话头，缓和一下略显尴尬的气氛：“今日姐姐入宫之前，是否又将太尉安顿仔细才能放心出门？”

听出她是有意调笑自己，齐乐瑶不好意思地羞红了脸：“上次入宫来得晚了，被娘娘取笑一通，没承想娘娘竟然还记着这事儿。”

“姐姐与太尉伉俪情深，在这宫中都传为佳话了。本宫哪敢取笑，实则是羡慕啊。”淑贵妃连声解释道。

见淑贵妃认了真，齐乐瑶忙笑着遮掩过去：“今日一早，陛下便宣夫君和太傅一道入了宫。臣妾不用担心他了，想必此时他也正在宫中。”

“哦？”淑贵妃轻轻应了一声，继而又不动声色地问道，“陛下同诏二位大人入宫，想必是有要事相商吧？”

齐乐瑶默默避开淑贵妃探寻的目光，故作轻松地答道：“臣妾是个妇道人家，哪里懂这些？朝堂上那些杂七杂八的事，臣妾一听就头疼，所以也懒得去问。”

淑贵妃听出话音，便也没再接着追问，只掩袖粲然一笑：“姐姐这才是大智慧，知道什么该问什么不该问，本宫也该好好学学才是。”

说完，她忽然又叹了口气：“自从上次德宁公主的事情之后，本宫一直于心不安。若是本宫当日不曾多事邀请她入宫，也就不会有这么多麻烦事了。不仅惹得陛下龙颜震怒，听说太尉还因此将太傅关了禁闭……都怪本宫一时疏忽，才酿成如此大错。”

虞朝颜之事牵连到洛清影，不堪入耳的传闻一时间充斥了朝堂内外，已经重重伤害到了洛氏的清名，幸得赵弘瑀有意偏袒才硬将此事压了下去。齐乐瑶再不懂朝政，也明白此事给洛氏带来了多大的麻烦，而且林林总总各种所谓的“巧合”，也让她清楚认识到这一事件背后暗藏着多大的恶意。所以她并不想旧事再提，便周旋着想尽早摆脱这个话题：“娘娘多虑了。既已尘埃落定，陛下又严禁私下再谈及此事，娘娘就不用兀自烦扰了。”

“岂是兀自烦扰？”孰料淑贵妃竟是一反常态地坚持说了下去，“本宫与姐姐皆是妇人，不懂朝廷上那些纷繁复杂的大事，只操心自家人。太傅与太尉乃是兄弟，太尉又是陛下的姐夫，说来说去都是一家人。既是一家人，便不说两家话。姐姐，今日无外人在侧，本宫只问一句，太傅真的与德宁公主毫无私情？”

“这是自然！”齐乐瑶不知她到底意欲何为，便一口咬死，“娘娘难道信不过太傅的人品？”

见齐乐瑶有些不悦，淑贵妃忙改口解释道：“姐姐，本宫不是那个意思。本宫只是觉得，若太傅与公主真的两情相悦，那咱们可以想想法子，宁拆十座庙，不毁一桩亲啊。”

齐乐瑶沉了一口气，刚要拒绝，没想到却被芸儿横生打断：“太傅为人正直，绝不会与公主不清不楚！若是有，那也是德宁公主一厢情愿罢了！”淑贵妃没想到芸儿竟直接跳出来维护洛清影，不由得愣了愣。

齐乐瑶反应过来，立刻沉下脸来回身训斥：“放肆！这是什么地方？也由得你胡说？”

芸儿自知失言，立刻跪了下来，磕头谢罪：“娘娘恕罪！”

淑贵妃饶有兴致地在她身上瞄了几圈，忽然轻声问道：“芸儿，你是不是喜欢太傅啊？”淑贵妃问得直接，芸儿不敢回答，只好又将身子埋得更深了些。

齐乐瑶望着淑贵妃探寻的目光，不由得心头一动。她早就知道芸儿对洛清影的心思，费尽心思想帮芸儿达成夙愿。自己虽然暗示过几次，可总被洛清影推拒开去。碍于洛清篱的面子，她不能硬来，可淑贵妃不同。若是有她开口，洛清影便不敢不从了。

想到此处，齐乐瑶犹犹豫豫地开口试探道：“喜不喜欢有什么用？太傅哪能瞧得见咱们这些庸脂俗粉？”

淑贵妃却不以为然地摇着头：“再清高也不能不食人间烟火吧？太傅也该娶亲了，有个温柔体贴的人在身边照顾他难道不好吗？芸儿若是有这个心思，本宫便替你做了这个媒！”芸儿受宠若惊，不可置信地抬头望着淑贵妃。

淑贵妃看出她的犹疑，便有意激将她：“怎么？芸儿不愿意？”

芸儿不敢乱说话，偷偷瞄了齐乐瑶一眼，却见她笑意盈盈似是鼓励自己，便大着胆子将自己的心声悉数吐露出来：“奴婢别无他求，只要能给太傅大人做一个铺床叠被的丫头便心满意足。”

“铺床叠被的丫头啊？”淑贵妃粲然一笑，“芸儿还真是为了太傅什么都愿意做呢！”

芸儿被戳破了心事，整张脸红得如炽烈的晚霞。她打定主意不再多说一个字，只低头乖顺地跪在齐乐瑶身后。

淑贵妃见她害羞，便不再戏弄她，可转而一想，又迟疑着说道：“之前的事倒是提醒了本宫，太傅的婚事一定是需要陛下点头的。而且太傅出身名门，位高权重，又深得陛下信赖，想做太傅的夫人恐怕必须得是皇室宗亲之女才行。”说完，她又深深叹了口气，一副惋惜的样子。

芸儿心里忐忑，以为淑贵妃要退却，便焦急地偷偷拽了拽齐乐瑶的裙角。齐乐瑶心知肚明，转身示意她少安毋躁，然后回身又试探着说道：“娘娘所虑，臣妾自然明白。芸儿自己也说了，不求正室，只求能有个名分留在他身边就好。”

淑贵妃怜惜地看着芸儿，有些犹豫：“让你做妾，你不觉得委屈吗？”

芸儿低头轻声答道：“娘娘，奴婢出生卑微，不敢妄想与太傅比肩，只要能陪着他，奴婢便死而无憾了。若得眷顾，太傅愿意接纳奴婢，奴婢发誓每月初一、十五都会去大相国寺供奉香火。”

淑贵妃似是放下心来，又是怜爱又是赞许：“真不愧是姐姐调教出来的人！好姑娘，有你这句话便是太傅几世修来的福气！你放心，本宫去向陛下说，一定在太傅身边给你留个容身之地。”

有了这句话，芸儿终于安下心来。她顾不得害羞，立刻向淑贵妃跪伏谢恩：“奴婢谢娘娘成全。”

淑贵妃刚要开口再说，忽然门外来传，说是御医院提点秦邈来了。

“娘娘身体还未复原？”等着秦邈的当口，齐乐瑶担心地问道，“看来娘娘这次真的是伤了元气。”

淑贵妃点点头："元辅出生在宫外，一应照料自然不比宫里。"

话说到此处，秦邈已经进了来。

秦邈身为御医局提点，是御医局的掌门人。可先帝在时，他与赵弘瑀没有什么往来，反而是杜若，虽为年轻后生，不仅医术精湛，更一直暗中帮了赵弘瑀不少忙。所以论亲疏远近，赵弘瑀自然是更偏爱杜若一些。因此各宫的娘娘们就多了些心眼，有些伤风脑热从不找杜若，只当他为皇帝一人用而已。

秦邈依礼行了礼数，然后按照规矩为淑贵妃诊脉。"娘娘已经恢复得差不多了，只不过娘娘体质虚弱，还需一段时间调理方可恢复如初。臣为娘娘再开几服温养的汤药，喝完这几服药臣再来为娘娘看诊。"

"辛苦秦大人。"淑贵妃微微笑着谢道，"还望秦大人多费些心。本宫早日痊愈，也好早日全心照顾陛下。"

"臣明白，娘娘放心。"秦邈已是一把年纪，须发皆白，他颤巍巍地磕了个头准备起身，没想到跪得久了，脚下不免有些踉跄。绿如眼明手快，一把上前将他搀住。

"臣失仪，娘娘恕罪。"秦邈立刻俯首赔罪。

"秦大人自己也该注意些身子才是。"淑贵妃并未在意，只是关切地安慰了几句。说到这里，她忽然转向齐乐瑶，疑惑地问道："姐姐这段时间可曾有什么异样？"

"异样？"齐乐瑶很是不解。淑贵妃抬起手来指着自己的腹部，略带戏谑地看着她。齐乐瑶瞬间明白她所指的是何事，一时间红了脸："臣妾不知……"

淑贵妃笑着说道："既然赶上秦大人过来，那就让秦大人替姐姐把把脉。若有需要留意之处，就烦劳秦大人再替姐姐也开些滋补的汤药。"

"娘娘开口，臣自当效命。"没等齐乐瑶说话，秦邈便顺着淑贵妃的意提着医箱走到她面前。

齐乐瑶不好拒绝，只得乖乖伸出手来。秦邈跪下身来，闭着眼睛号了片刻。

"怎么样？"齐乐瑶见他半天没反应，心中莫名有些忐忑不安。

自从自己小产之后，她一直坚持按照杜若开的方子按时喝药，就是为了能再尽快为洛氏延续血脉。虽然洛清篱嘴上不说，可她看得出来，那一次痛失爱子对他而言是难以言喻的苦楚。而自己能做的，就是尽快能有个一儿半女，让自己的夫君早日尽享天伦之乐。可是大半年过去了，自己的肚子没有半点起色。虽然之前也恶心过一次，让她和洛清篱都欣喜不已。可杜若来看过之后，只说是过于紧张引起的不适，让两人白白欢欣一场。如今秦邈这副玄而又玄的神色更是令她惴惴不安，莫不是自己再也无法生育？

秦邈终于睁开眼睛，他似乎是长长舒了口气，满是皱纹的脸上荡开难得的笑意："郡主，您已经有将近两个月的身孕了。"

"什么？"齐乐瑶不敢相信自己的耳朵，"可是……可是我……不曾有任何恶心的感觉啊……上一次我可是吐得厉害……"

秦邈故作玄虚地说道："郡主，女子怀孕的反应会因天气、心情、体质的不同而不同，并不是每次都一样。"

"哎呀！"淑贵妃惊喜地站起身来，快步走到齐乐瑶身边，俯身将她拉了起来，"今日这到底是什么好日子？喜事一桩一桩接连而至！"

"我……这……"齐乐瑶似乎还没有从方才的震惊中回过神来，她有些恍惚地望着淑贵妃，"娘娘，这是真的吗？"

"老臣以项上人头担保，绝无差错。"一旁的秦邈信誓旦旦。

淑贵妃亦是使劲点点头："这下好了，姐姐终于遂了心愿！太尉若是知道，定会欣喜若狂！"

说完这些，她又愣了一下："唉？太尉此刻不是正在宫中吗？事不宜迟，本宫这就陪姐姐去中孚宫，赶紧将这件大喜事告诉他。"

齐乐瑶张了张嘴，却被淑贵妃一路推着往外走去。"择日不如撞日，正好太傅也在，本宫就把这媒也一道给做了。"淑贵妃似乎比知道自己有孕更加高兴，一路说笑着往中孚宫走去。

赵弘瑀正在中孚宫大殿内和洛清篱、洛清影商议事项，忽然听得通传，说是淑贵妃来了，眉头不禁一皱。

"既是娘娘有事，那臣等便先行告退了。"洛清篱看出赵弘瑀的不悦，拱手言道。

赵弘瑀想了想："也好，反正此事已经说得很清楚了。事关重大，切不可有丝毫泄露。"

"陛下放心。"二人齐声应道，然后便躬着身子准备退出去。

岂料刚行至殿门处，就被淑贵妃堵了回来："太尉，你可不能走啊。"二人被唤住，不知所以，只得立于一旁向淑贵妃施礼。

淑贵妃神秘地笑了笑，扶着齐乐瑶进了殿去。洛氏二人面面相觑，只得跟着她们又重新回到殿中。一众下人不能入殿，绿如便带着芸儿在殿外等候。

淑贵妃向赵弘瑀行了礼，面上是忍不住的喜庆之情：“臣妾参见陛下。臣妾知道后宫妃嫔不可见前朝大臣，可今日臣妾冒着杀头之罪也要将太尉和太傅二人拦下。”

赵弘瑀笑了笑：“哪来什么杀头之罪？不过看来你今日并非找朕，而是特意要见太尉了。说吧，什么事？”

淑贵妃莞尔一笑，将齐乐瑶轻轻拉到洛清篱身边，又转身望向赵弘瑀：“臣妾恭喜陛下，贺喜陛下。”

“喜从何来？”赵弘瑀完全丈二和尚摸不着头脑。

洛清篱亦是不知所谓，他低头望着身边的齐乐瑶，但见她眼眶微红，竟似要哭出来一般。

淑贵妃眉眼含笑地答道：“陛下，您要做舅舅了。”

一番话说完，整个大殿之内竟忽然安静了下来。喜讯来得太突然，洛清篱整个人完全蒙了。

“哎呀！”还是赵弘瑀最先反应过来，他连连拍手，快步从丹樨上飞奔下来，“这可真是天大的喜事！”

洛清篱恍然若梦，他仔细盯着齐乐瑶，不可置信地问道：“真的？”齐乐瑶紧紧抿着唇轻轻点头。

“清篱，你怎么回事？”赵弘瑀从旁戳了戳他，“还不说点什么？”

洛清篱乐不可支，什么话也说不出来，只一手揽着齐乐瑶的腰身。一朝得偿所愿，他自然是万分惊喜，可又隐隐有些感慨。

他温柔地凝视着齐乐瑶，郑重地承诺道：“这一次我一定不让你再有任何差池。”齐乐瑶亦是百感交集，泫然欲泣。

赵弘瑀明白这二人定是想起了之前那个夭折的孩子，便笑着劝道：“苦尽甘来，古人诚不欺我。这孩子来得不易，你们也该开心些才是。郡主，你可别哭啊。你若是哭了，朕这个舅舅是不是也得跟着哭啊？”

这一句逗乐的话让齐乐瑶破涕为笑：“陛下这是取笑臣妾呢。”洛清篱紧紧握着齐乐瑶的手，一手轻轻替她抚着后背，极尽温柔。

待这几人终于恢复了平静，洛清影才从一边悄然上前来，向齐乐瑶和洛清篱拱手贺喜：“恭喜兄长，恭喜郡主。”

齐乐瑶还未开口回礼，便被赵弘瑀打断：“清影亦是同喜才对，以后你可就要做叔叔了。”

“陛下说得是。”洛清影笑着点头，“郡主有孕乃是我洛氏全族之喜。”

“你是叔叔，朕是舅舅，我们可都是亲戚啊。”赵弘瑀忍不住打趣。

淑贵妃见赵弘瑀如此兴奋不已，又趁机开了口：“陛下，今日还有一喜。”

“哦？还有何喜？”赵弘瑀睁大了眼睛，“你若再说出一喜，朕今日一定要重赏于你。”

淑贵妃嫣然一笑，轻声说道：“这喜事就在太傅身上。”一语言毕，她别有深意地望着洛清影，故意欲言又止。

洛清影见她大有欲擒故纵之意，一种隐隐的不安涌上了心头。

赵弘瑀似乎也听出了淑贵妃话里的深意，便不动声色地收敛了笑意：“此话何意？”

淑贵妃含笑瞥了齐乐瑶一眼，然后盈盈答道：“陛下有所不知，姐姐身边有一婢女名唤芸儿，聪明伶俐，人也漂亮，早对太傅大人芳心暗许。臣妾斗胆，今日借着姐姐和太尉的喜事，请陛下将芸儿许给太傅大人。”

赵弘瑀一愣，佯装不经意地瞄了洛清影一眼，果然见他面上顿时一片惨白。“朕明白你的好意。”赵弘瑀对淑贵妃微微颔首，接着又看向齐乐瑶，“郡主无须多心，朕只是实话实说。你调教出来的人朕自然是放心的，可太傅是我社稷重臣，他的妻子也必须是个知晓事理的大家闺秀。能让他明媒正娶抬进府里的人，这出身可马虎不得。芸儿或许千般好，可她毕竟只是你身边的一个小小婢女……”

听出赵弘瑀有意为自己推脱，洛清影暗自安下心来。他亦是恭敬地向淑贵妃和齐乐瑶拱手说道：“臣谢贵妃好意，谢郡主好意，谢陛下关心。所谓出身门第，臣并不计较。芸儿在太尉府中照料郡主饮食起居，臣也有缘见过几面。芸姑娘蕙质兰心，对府中事务竭心尽力，照顾郡主和太尉悉心周全，臣对她很是敬佩，亦很是感谢。可臣现在并无娶亲之心，亦无娶亲之念。若是此时将她娶进门，臣恐怕会耽误芸儿终身。还请陛下、娘娘、郡主谅解。”洛清影说得很直白，淑贵妃面子上明显有些挂不住。

洛清篱眼见好事要变坏事，立刻上前打了个圆场：“娘娘的心意臣亦是感动不已。清影何德何能，一己之事还要劳烦娘娘操心。清影身为朝臣，他的婚事还需谨慎一些。娘娘既然有提议，芸儿又是臣府中之人，不如还是让臣等回去仔细斟酌之后再做决定吧。”说完，他朝齐乐瑶使了个眼色，齐乐瑶明白他的意思，便默默噤声，并未接话。

见他兄弟二人皆是委婉推脱，淑贵妃不再与他们多言，而是转向赵弘瑀说道：

"陛下多虑了。太傅是朝中重臣，身份贵重，这一点臣妾当然明白。臣妾只是想为太傅纳妾而已，并非要太傅明媒正娶。太傅终日为国事操劳，一心为陛下分忧，身边却一直没个知心之人照顾，陛下难道能放心吗？太尉难道能放心吗？正如太傅所言，芸儿这些年在郡主身边对郡主体贴入微、悉心照料，臣妾也正是看中了芸儿这一点，所以想着能让她跟在太傅身边，好好侍奉太傅。"

赵弘瑀本是怕洛清影多心，怕他又误以为是自己指使淑贵妃逼他成亲，以便早日断了与虞朝颜的情思，所以一开始便斩钉截铁地拒绝了淑贵妃的好意，以洗脱自己的嫌疑。可淑贵妃一番言语绝非咄咄逼人，而是一贯的温婉柔和，单单只以情来鼓动人心，似乎又说进了他的心里，令他有些犹豫。

说罢，淑贵妃又转向洛清影，见他仍是一副毕恭毕敬的模样，便继续好言劝道："太傅已入而立之年，却又迟迟不愿娶亲，惹得多少王侯之女眼巴巴地望穿了秋水。太傅洁身自好，坦荡磊落，不觉有他，可时间久了难免会有这样那样的流言冒出来。君子怀璧其罪，太傅这般光风霁月、高情远致的君子，更该明白这个道理。"淑贵妃以退为进，令洛清影一时间竟无法回绝。

见他一副进退失据的神色，淑贵妃佯装惊讶地问道："太傅大人迟迟不婚，难不成是早已心有所属？若真是如此，那本宫便是唐突了，本宫与太傅赔个不是。"

淑贵妃这话别有深意，她暗暗向所有人提醒着虞朝颜之事。若洛清影再坚持拒绝，势必会引起赵弘瑀的不满和猜疑。赵弘瑀就算有心替他解决，可淑贵妃的话说到这个份上，他也不好再开口。

一旁始终沉默的洛清篱终于按捺不住。他深知洛清影的心思，明白他仍一心系于虞朝颜一人。淑贵妃这样步步紧逼，他根本无路可退。而赵弘瑀身处其中亦是几方为难。这个时候只有自己站出来，才能替洛清影解了这个围。

"陛下，娘娘。"洛清篱拱手说道，"清影一直不愿嫁娶，并非是他心有所属，而是臣的错。臣早年与清影有些误会，所以关系并不和睦。那时臣太年轻，不通世故，心胸狭隘，将清影寄养于明寂寺中。他从小诵经礼佛，这么多年下来可能也对红尘之事看淡了些……"

洛清影依旧垂着头，可心中却是一揪。当年，洛清篱宁可担上冷血的骂名，也要保护自己，所以才将自己寄养于明寂寺中。今日这个情势下，为了保护自己，他竟然再次将不属于自己的罪名又揽在了身上。

淑贵妃心思灵巧，又怎么会被这样的理由搪塞住。她舒了口气，竟似放下心来："既是这样，那本宫便安心了。既然太傅并非心有所属，那陛下便成全了这桩姻缘吧。太傅是陛下的重臣，臣妾身为后妃，理应替陛下操心朝臣们的终身大事。臣妾之意，只是让芸儿侍奉于太傅身边，有个照应而已。至于太傅夫人一位，臣妾不敢置喙，还是留给陛下去替他选吧。”

赵弘瑀举棋不定，又偷偷瞄了洛清影一眼，但见他低垂着眉眼，脸上没有任何表情。

见赵弘瑀还有些犹豫，淑贵妃又步步紧逼：“芸儿是郡主的侍婢，而且本宫问过她本人了，她对太傅仰慕许久，早就倾心不已。陛下就算不看臣妾的面子，也该看在郡主的面子上成全了她啊。”

齐乐瑶没想到事情会尴尬到这个地步。她本想着倘若淑贵妃开口，怎么也比自己生拉硬拽的强。赵弘瑀怎么也会看在她的面子上促成此事。反正赵弘瑀反对洛清影与虞朝颜来往，此时将芸儿推出去，正好也契合他的心思。洛清影能接纳芸儿，一来可以分散一些精力，早些忘却旧人，二来也算是在赵弘瑀面前表明一个立场，让他可以安心。

可洛清影虽然未曾直言拒绝，却也是用自己的态度委婉地表明了抗拒之意。如今这态势，淑贵妃面子上过不去，她定然不会善罢甘休。可这般步步紧逼，事情难以转圜。再说下去，不是赵弘瑀重起猜疑，就是洛清影心生不满。

芸儿怎么说都是齐乐瑶的人，此时齐乐瑶若再不说话，可能就会两边不讨好，两边全得罪了。想到这里，她不顾洛清篱的暗示急忙开口：“陛下，这件事都怪臣妾，是臣妾想得不周。娘娘心善，本意不过就是关心芸儿，想遂了这丫头的心思而已……”

“郡主！”齐乐瑶一边说一边努力想着如何把这件事给圆回来，却被洛清影一声呼唤打断，“方才娘娘所言处处为臣着想，臣感佩不已。既然有娘娘做主，那这件事便按照娘娘的意思去办吧。”

齐乐瑶一怔，不知他是何意，只愣怔地望着他，却见他默不作声地避开了自己的目光。

洛清影突然松口改了主意，这让赵弘瑀也有些意外。他不太确信地试探着问道：“你……想清楚了？”

“回陛下，娘娘身居内宫，却一心系着微臣这点小事，实在令臣感动不已。既是娘娘看中之人，又是郡主一手调教出来的，臣还有什么不放心的？”洛清影俯下身去答道。他低着头，看不见面上的神色。

淑贵妃见他终于接纳了此事，忍不住喜笑颜开：“这媒是做成了？剩下的全交给本宫好了，本宫一定将人风风光光给你送去府上。太傅是大忙人，只安心替陛下分忧便是。”

本因齐乐瑶有了身孕而欢欣不已的几人却因为芸儿的事莫名尴尬起来。赵弘瑀看出了眼前几人的心思，又见洛清影亦是一副恹恹的神色，便找了个借口将他们打发出宫。淑贵妃与他闲聊片语，也回了宫去照顾赵元辅。一时间，中孚宫大殿内只剩赵弘瑀与欢招二人。

欢招端来玉露汤送至御前，可赵弘瑀一副心事重重的样子，刚把碧玉碗送至唇边，又轻轻放了下去。

欢招方才一直在殿内侍奉，亲眼见着方才那一幕，自然也明白赵弘瑀在担心什么：“陛下是怕太傅大人又多心了吗？”赵弘瑀忧心忡忡地点点头。

自从欢招对自己说了那番掏心掏肺的话之后，赵弘瑀也不再视他如无物，有些心事无人可诉，便试着与欢招吐露些许真言。

“淑贵妃这一手令人猝不及防。朕怕清影多想，以为又是朕授意，便立即回绝了贵妃。可谁曾想她这一次竟然如此坚决，毫无妥协之意。朕被她说得哑口无言，她若再说下去，朕都担心清影会不会翻脸。”

欢招笑了笑，摇着头说道：“那个芸儿是太尉府的人，要说起来这其实就是他们洛家自己的事，肥水不流外人田，太傅要怪也怪不到陛下头上。再说了，太傅大人恪守尊卑之序，绝不会冲撞娘娘的。陛下多虑了。”

“他当初跟朕拧着来的时候，怎么不见他恪守尊卑之序？”赵弘瑀没好气地翻了个白眼。

“那还不是因为太傅仗着与陛下交情好，知道您也不会真的与他计较，所以跟您耍耍性子而已。”

“那倒是。”赵弘瑀不屑地撇撇嘴，“也就是朕心大，不愿与他计较，不然早该治他罪了。”

“是啊！归根结底还是因为陛下仁慈！”欢招谄媚地哄着。

“话虽如此，可不知为何，朕还是有些忐忑不安。”赵弘瑀又沉下脸来，“贵妃怎么突然对太傅这么上心？”

“这……”欢招转了转乌溜溜的眼珠子，“娘娘知道陛下器重太傅，所以也想借机向他示好吧……”

“示好？”赵弘瑀冷哼一声，“你见过谁示好是把人往死里逼的？”

欢招被问住，他想不出还有什么原因，只得耷拉着眉眼，一副看不透的神情：

“要说太傅也是奇怪，本来死活不愿接受这门亲事，怎么话锋一转突然又答应了呢？”

欢招不明白，赵弘瑀心里却明镜一样，他无奈地笑了笑：“贵妃说他是心有所属，所以不肯接受。太傅心里到底想着谁，你我皆是心知肚明。他或许是担心朕有其他想法吧，所以才违心地做了这个决定。”

说着，他又自嘲地叹了口气：“他在朕的面前越来越小心翼翼了，看他如履薄冰的样子，朕心里并不好受。朕还是更怀念那个在朕面前直言不讳、毫无遮掩的洛清影。”沉默片刻，赵弘瑀忽然问道：“你还记得前些日子胡之恒在这殿中说过的话吗？”

“奴才记得。”欢招点头答道，“那日胡大人极力劝说陛下要平衡皇子间的势力，牵制太尉的力量，奴才在一边直听得心惊肉跳，怎么可能不记得。”

“朕知道你与清影素来交好，胡之恒那般抵触清篱，你定然听着心烦。”

“奴才不敢。”欢招慌忙跪下，“奴才是与太傅大人关系好一些，可奴才只是陛下的奴才，绝不敢徇私。”

“起来吧，朕没生气。”赵弘瑀微微摇着头，“其实他那些话朕听着也别扭。他无非是想说，朕给了元澍太多，顾此失彼，让后宫中人心失衡。可元澍本就是朕认定的皇储，这江山社稷以后都是他的，现在多给他找几个帮手又怎么了？那些所谓皇子间必须势均力敌的说法，朕向来不认可。先帝始终牢牢控制着皇子们之间的均衡，可结果呢？只是斗得更凶而已。朕要保护元澍的安危，要送他平平安安登上皇位，就必须替他铲除一切障碍。这一点上，朕绝不认同胡之恒的看法。”

“陛下说得是，奴才也这么觉得。”

赵弘瑀顿了顿，又迟疑着说道：“可胡之恒有些话却是说到了朕的心里。”

“陛下是指……太尉之事？”欢招试探着问道。

赵弘瑀点点头：“先帝严禁皇子涉军，确实有他的道理。辅臣与皇子结为一体，相辅相成、相得益彰，元澍势强，清篱便也会势强。胡之恒也绝非危言耸听，最起码禁军硬闯天波门之事就真的很令朕担忧。”

欢招明白赵弘瑀心里最怕的是什么，他从亲王时便未曾接触过禁军，在军中根基向来很浅，若论亲疏，他对禁军的熟悉度恐怕远远不及洛清篱。“可是太尉向来以忠义当先……”

赵弘瑀苦笑着打断了他：“人都是会变的。朕变了，他就不会变吗？所谓黄袍加身，也并非没有先例。手握权力太久，野心也会膨胀。就算清篱没有想法，可他手下那些将士呢？朕曾经以为，清影与朕绝无二心，只要有他在，朕便可以借着他牢牢笼络住洛清篱。可事到如今，清影与朕也不再如之前那般交心……只靠着他来牵着洛清篱，已经不能令朕安心了。朕之所以晋封淑妃，便是采纳了胡之恒的意见，借助元辅的名义给洛清篱设置一些障碍。这也是目前唯一可行之策了。”

欢招听得心中难过，也不知再如何去接，只得点点头：“太尉和太傅一定都会体谅陛下的难处的。”

赵弘瑀不置可否，只又言道：“如今的情势，清影绝不能再与朕有任何的嫌隙，是时候与他好好谈一谈了。”

“那奴才去请太傅来？”

赵弘瑀摇了摇头，盯着他缓缓说道：“不，你去将西窗收拾出来。”

突如其来的一场闹剧终于落幕，洛清篱带着洛清影和齐乐瑶出了宫门。

齐乐瑶明白洛清影心中不快，她是个急性子，不想让他误会，刚一出得宫门便想要与他解释。孰料她还未来得及开口，洛清影先说了话：“兄长，郡主有了身孕，方才又站了许久，该是累了。你先与她回府去吧。”

“那你呢？”洛清篱担心地盯着他。

“我也该回去了。过些日子要入宫授课，我得先好好准备一番。”洛清影说完，又转身向齐乐瑶施了一礼，“郡主今日辛苦，还是早些回去休养才是。”

“清影，我……”齐乐瑶刚要解释，就被洛清篱打断。“郡主，咱们还是先回去吧。宫门处风大，别受了风。”

齐乐瑶一脸凝重地望着他，明白他是提醒自己这里耳目众多，不便多言，便只好顺了他的意思，轻轻点点头，转身准备上马车。

芸儿搀着齐乐瑶，一路唯唯诺诺，明显没了平日里的精明神气。方才她与绿如一直候在中孚宫外，殿中几人的声音断断续续飘了些出来，她大概猜到了事情的始末。而齐乐瑶从出殿到现在，亦是一副心事重重的样子，这令她心中的不安又增加了几分。

“明日我去找你。”洛清篱拍了拍洛清影的肩头，低声说道。

“嗯。”洛清影点点头，“郡主之事要紧，兄长还是尽快让杜若过府一趟。”

“这些我都会安排妥当，你放心。”洛清篱还想说什么，终是微微叹了口气，转身上了车去。

洛清影立在原处，默默目送着那一行人渐行渐远直至消失于御街的尽头。

“大人，上车吧。太尉他们已经走远了。”驾车的车夫将马车徐徐停在他身后，小声劝道。洛清影点头嗯了一声，然后才抬脚上了车，往回走去。

齐乐瑶一路上总在不停叹气："夫君，我……"洛清篱自然明白她担心什么，便轻轻地握住了她的手，一副了然于胸的神色："我都明白。待回府以后再说。"二人一路无话，沉默着回到了太尉府。

洛清篱一边仔细地扶着齐乐瑶下车，一边唤来吉叔叮嘱道："吉叔，快去御医局将杜若大人请来。"

吉叔一听，紧张不已："大人身体不适？"

洛清篱转过身来笑着宽慰他："我没事。你去请杜大人，就说郡主有孕，请他过来看看。"

"真……真的？"吉叔一时不敢相信，竟有些呆愣。

"吉叔，我何时骗过你？"洛清篱笑道，"快些去吧。"

"是是是！这就去！这就去！"天降喜讯，吉叔忍不住老泪纵横，"老天保佑，真是老天保佑啊！"

看着吉叔一边碎碎念叨，一边急匆匆跑开去，齐乐瑶低落的心情似乎也受到感染，面上终于又有了些笑意。

洛清篱搀着她小心翼翼地入了府，一路之上只说些有的没的，好让她轻松一些。进了揽月阁，入了内室，洛清篱扶她在一张竹榻上坐定："折腾半天你也该累了，先躺会儿。"

齐乐瑶笑着摇了摇头："我没事，你不用如此紧张。"说完，她探身望着跟在身后的芸儿又交代道："方才在宫中竟弄出一身汗来，你去帮我烧些热水，待会儿帮我擦擦身子。"

"是。"芸儿低着头应承了一声，悄悄地退了出去。

待芸儿走远，齐乐瑶这才舒了口气，转头望着洛清篱，面上甚是无奈："有些话还是不要当着她的面说吧。关于她和清影的事，确实是我考虑不周，才惹出这么大的麻烦。我想，清影一定恨死我了。"

洛清篱似乎也有些担忧，可他还是拉过齐乐瑶的手，轻声安慰道："芸儿常年在府中，我竟然没能看出她对清影的心思，也是我的疏忽。这件事你确实应当先与我商议，可你也是为了清影着想，并非恶意，他不会记恨你的。"

洛清篱的话并未让齐乐瑶有半分释然，她依旧十分懊悔："你整日忙于政务，哪有时间顾及闺房里的那些小秘密？芸儿与我朝夕相处，情如姐妹，她的那些心思我自然是看在眼里的。除夕时我便试探过清影的口风，可他那时斩钉截铁地回绝了我，我便明白他心里其实仍旧放不下公主。”

“原来那日你劝清影纳妾便是为了芸儿？”洛清篱恍然大悟。

“是的。”齐乐瑶点点头，“但清影没有那个意思，我也不好强求。于是这件事我便暂时放了下来，想着等时间久一些，清影或许对公主的感情就会淡一些，到那时我再想办法撮合。可没想到今日入宫，贵妃娘娘突然旧事重提，又说到了公主之事。芸儿一时情急替清影辩白了几句，就被娘娘看出端倪来了……”

“就算娘娘看出端倪，可好端端的怎么想起来要做媒？”洛清篱很是不解。

“突然就提到赐婚，我也很是诧异。”齐乐瑶思忖着答道，“当时秦邈来给娘娘问诊，娘娘顺便让他替臣妾把了脉，秦邈号了脉，发现我有了身孕。娘娘便说这是双喜临门，又恰巧你兄弟二人皆在宫中，择日不如撞日，不如今日便把这媒给做了。当时我初闻自己有孕，又惊又喜，脑中一片混沌，只能被娘娘牵着走，等到回过神来，才发现自己已经身在中孚宫了。”

“娘娘怎么突然如此关心起清影来了……”洛清篱眉头紧锁，似是有些走神。

齐乐瑶见他神色严肃，以为他是生气了，便慌忙认错：“要说我没有存一点私心，那也是不可能的。芸儿在我身边多年，对我事无巨细皆是悉心照料，她有喜欢的人，我怎么也得帮她遂了心愿。何况芸儿心细，善解人意，有她照顾清影，你不也能放心一些？所以当娘娘看破芸儿的心思时，我也是存了些侥幸。之前清影拒绝过我，我心里没底，若是娘娘出面，或许还能有戏……”

洛清篱并没有直接指责她什么，可他说的每一个字都令齐乐瑶后悔不已：“贵妃今日在殿上咄咄逼人，一再以公主之事含沙射影，清影若是执意拒绝，必然会引来陛下的猜疑和不满。他最终选择妥协，也是退无可退，不得已而为之。郡主，你可曾想过，若清影不愿敞开心扉接纳芸儿，就算他暂时被迫接受这门亲事，以后他们会幸福吗？如此硬来，我只怕清影和芸儿都无法得到解脱。”

齐乐瑶闻言，更加悔不当初：“是我的错……我该早些和你说……你说我现在要如何做才能弥补这个过错？我都听你的！”

洛清篱想了想，重重叹息：“娘娘金口玉言，又得陛下首肯，这件事已经没有任何转圜的余地了。先让清影自己冷静一下吧，明日我再去找他谈谈。好歹芸儿是你身边的人，聪颖可人，就像你说的，真有她在清影身边照顾着，我也能安心些。”

“嗯。”齐乐瑶抿着唇点点头，可面上仍旧掩不住地懊悔，“或许你的话清影还能听得进去。但愿他能想得通，否则以后我真不知要如何见他了。”

洛清篱抚着她的肩头，换了副神色宽慰道："你也是好心，就不用再自责了。这件事交给我就行，你现在要做的就是听杜若的话，严格按照他的叮嘱去做，好好照顾自己。"

"嗯。"齐乐瑶乖顺地点点头，顺势伏在他胸前。

平心而论，齐乐瑶虽然是存了私心，可她确实没有恶意。弄成现在这种局面，也并非是她愿意见到的。她很是懊悔，可又有些委屈。好在洛清篱并未指责她什么，这让她着实感动。

躲在洛清篱的怀中，她波澜起伏的情绪终于渐渐安定了下来。忽然间她似乎又想起什么，小声说道："今日入宫我本是去见魏王的，可却始终不曾见到他一面。"

"哦？"洛清篱微微俯首，轻轻抚着她，诧异地问道，"这是为何？"

齐乐瑶直起身来，犹疑了片刻："这话本不当说，可我总觉得有些奇怪。"

"怪在何处？"

"我向娘娘问起魏王，想要见见他，娘娘却说他哭闹半日方才睡下，一副不想让我见的样子。"齐乐瑶很是疑惑不解，"说不出来到底哪里怪，可我总觉得娘娘似乎并不爱她的儿子。"

"怎么会呢？"洛清篱似乎并不认同她的说法，"贵妃好容易才有了子嗣，所谓母凭子贵，魏王可是她立足后宫的根本。她盼了这么多年才盼来的，怎么会不爱呢？"

齐乐瑶咬着唇又想了想，依旧一副百思不得其解的神色："你说的道理我也明白，所以我才会觉得奇怪。若我是贵妃，必然要将魏王捧在心尖上，一刻都不能让他离开自己的视线。可每次一提到魏王时，娘娘的神情中总是隐隐有些……嗯……嫌弃？"说到此处，还未等洛清篱开口，她又纳闷地摇着头，似乎自己也不能相信这个说法："难道是因为娘娘其实心里还是对陛下有恨，所以才连累到皇子身上？……可是不应该啊……"

洛清篱见她自言自语般盲目猜测，便笑着又将她拉回自己怀中："娘娘的事我管不了，现在我只能管好你。不要再胡思乱想了，这个时候你最需要的就是休息。"

好容易再度有孕，齐乐瑶本该欢欣雀跃，可方才发生的事情实在太多，令她一时间难以招架，陷在其中不能拆解。

洛清篱的话将她从各种不安定的情绪中拉了回来，终于可以全心全意体察即将为人母的兴奋。齐乐瑶像只猫一样轻巧而又略带慵懒地圈住洛清篱的脖子："这一次我全听你的。不过我有必要去和陛下谈些条件。"

"什么条件？"洛清篱侧着头问道。

"他不许再给你派什么破差事！要是你有个什么差池，我一定饶不了他！"洛清篱一愣，继而大笑。

"你笑什么？"齐乐瑶有些委屈，咬着牙轻轻一拳捶在他的胸口上，"上次你出了趟京，差点连命都没了。陛下也真是，都是自家人，这种危险的差事就让别人去好了。那些朝政大事我不懂，我也不管，我只知道这一回谁也别想让你踏出京城一步！"

在外人眼中，齐乐瑶一向是个直爽的女子，少了些柔美，多了几分干练。齐乐瑶自己也承认，她学不来那些大家闺秀的婉约。只有在洛清篱面前，她才会如此细腻而敏感。

洛清篱自然能体会到她的心情。在极度的惊喜与不安中踌躇，如同惊弓之鸟一般。"好，我答应你，这一次不管陛下授予我什么样的重任，我都不会离开京城。"洛清篱轻轻拥住她，信誓旦旦地承诺，"我哪儿都不去，就在这里陪你。"

"嗯，你可答应我了，说话算话。"终于得偿所愿，齐乐瑶放下平日里刻意保持的稳重，一反常态地撒起娇来，"你就在这儿陪着我，等着咱们的孩子顺顺利利出生。"

"大丈夫一言既出，驷马难追。"洛清篱亦是眉开眼笑地哄着她，"我几时骗过你？"

齐乐瑶这才算放过他，掰着手指数着："还要好久啊……等孩子出生得是明年春天了……"

"怎么？这么着急做人娘亲？"洛清篱打趣道。

"难道你不急着做人父亲？"齐乐瑶娇嗔着白了他一眼。

"当然着急啊。"洛清篱搂过她的肩头，柔声说道，"可再着急也得一步一步来啊。待会儿杜若来了，你一定要听他的话，这段时间天大的事也不许操心。府里的事有吉叔，芸儿的事有我，明白吗？"

"嗯。"齐乐瑶乖巧地点点头，忽然想到一事，满怀期待地搂住洛清篱的脖子，"你说给咱们的孩子起什么名字好？"

洛清篱一愣，见她一副认真的模样，不禁又笑出声来："你啊……都不知是男是女，要怎么起名字？"

齐乐瑶亦是一愣，继而不满地微微蹙了蹙眉："那就都起了嘛！多起几个备用，反正以后还用得上。"

洛清篱不解地望着她，没想到她却忽然羞红了脸："你不想多些孩子吗？这样府里也热闹些……"

洛清篱这才后知后觉地明白齐乐瑶话中的意思。关于孩子的事情，他其实并未想得太多。然而齐乐瑶的一番话，却突然令他对他们的未来充满了憧憬和向往。儿女绕膝、天伦之乐，这是他从未期待过的日子。他又是开心又是感动，完全没有了素日里的威仪，只望着齐乐瑶不停地傻乐。

齐乐瑶本就害了羞，又见他这般没头没脑地盯着自己笑，便一把将脸埋进双手之中，重新躲进他的怀里，闷声闷气地抱怨道："你又取笑我。"

洛清篱一双手拥着她，连声辩解："我哪里取笑你了，我是高兴。"

这边夫妻二人正你侬我侬，那边吉叔在门外请示，说是杜若已经到了。洛清篱一听，慌忙起身，亲自走到外间将杜若请了进来。

杜若亦是满面春风，喜不自胜，连声向二人贺喜："下官听闻消息便马不停蹄地赶来了。老天保佑啊！恭喜大人！恭喜郡主！"

齐乐瑶忙欠身谢道："虽说是老天庇佑，可杜大人亦是功不可没。若非杜大人精心替我调理身体，我也不会恢复得如此迅速。"

"郡主所言不差。"洛清篱亦是感激之情溢于言表，他弯腰对杜若揖了一礼，"这段时日真是辛苦你了。"

"大人这是何意？下官承受不起啊！"杜若一把将他拉住，掩不住满心的喜悦，"大人不必多礼，下官还是赶紧为郡主诊脉要紧。"

"好好好！"洛清篱连连点头，"我不耽误你。"

一番看诊之后，杜若放下心来。齐乐瑶的脉搏站稳有力，暂时没有任何异常。杜若开了药方交给洛清篱，又仔仔细细叮嘱一番。洛清篱认真听着，一字一句都不敢落下。待一切清楚，他刚要将药方交给吉叔，又被齐乐瑶拦了下来："杜大人，若是想和解理气，须用何种药膳？"

杜若还未回答，洛清篱倒先紧张起来："哪里不舒服吗？"

"没有。"见洛清篱误会，齐乐瑶忙解释道，"我想熬些温散化瘀的汤，让你给清影送过去。"

洛清篱立刻便明白了，对于洛清影，齐乐瑶仍旧心存愧疚，难以释怀。或许在芸儿的事上，她已经铸成大错，无力回天。可她依然想着可以尽一切办法来做一些弥补，好让洛清影稍稍宽解一些。

“好。”洛清篱了然地点点头，“明日我便给他送去。”

翌日正逢朝会休沐，一大早洛清篱便带着吉叔准备出门。

昨日杜若走后，齐乐瑶叮嘱芸儿配齐了方子，小火熬了半宿，终于将药膳炖了出来。芸儿将药膳小心翼翼交给吉叔，又仔仔细细叮嘱了一遍。洛清篱也不催促，只立在门廊下默默等着芸儿说完。齐乐瑶见芸儿说得太过仔细，担心耽误了洛清篱的时间，便轻轻咳了一声。芸儿意识到自己说得久了些，又觉察到洛清篱在不动声色地观察着自己，便噤了声退了几步，俯身立于一旁。

洛清篱示意吉叔先走，待他走远了些，才轻声对芸儿说道：“你不必如此小心翼翼。我从没把你当作外人，以后还得多劳烦你费心照顾清影。”

芸儿没想到洛清篱会主动安慰自己，她喜忧参半，惶恐不安地跪下身去：“奴婢不知天高地厚，只顾一厢情愿，却未曾想过太傅的处境，害得太傅大人左右为难。大人，一切都是奴婢的错，奴婢这就请贵妃娘娘收回旨意，奴婢愿意终身伺候郡主，绝无二心。”

洛清篱无奈地摇了摇头，示意齐乐瑶将她拉起身来，看着她泫然欲泣的模样又叹息道：“娘娘金口玉言，她的旨意岂能说改就改？既已成定局，再说当初也于事无补。昨日郡主已经与我言明你的心意，你这般年纪，心中有思慕之人也是人之常情、无可厚非，没有人会怪你。至于清影，他既然答应接纳你，也就绝不会委屈你。你无须多想，待入了太傅府中，只如在这里一般尽心尽力，全心全意照顾他便好。”

洛清篱一番话毕，终于令芸儿惶恐的心安定了下来。

昨日从宫中回来之后，她便一直瑟缩在角落中。虽然齐乐瑶没有埋怨自己，洛清篱亦未曾有任何责怪之意，可整件事情终究是因自己而起。她甚至怀疑自己已经完全不被太尉府和太傅府待见，成了令人厌弃的罪魁祸首。

她满腹委屈，却无人可诉。虽然齐乐瑶一心向着自己，可如今这个局面，她也不便再为自己说什么好话。方才所说的那些话，并非是为讨好洛清篱，而是她真实所想。与其成为洛清影的负担，不如请贵妃收回成命。她最不想看到的，便是令洛清影为难。

“大人，郡主……”芸儿只哽咽着说了几个字，便咬着唇低下头去，再也说不出话来。

齐乐瑶望着洛清篱，感激之情油然而生。虽然昨日洛清篱并未横加指责，可她依旧难以完全放下心来。因为她不够周全的设想，让好事变作了坏事，更令洛清篱夹在其中左右为难。顾念夫妻之情，洛清篱或许可以原谅她的鲁莽，但芸儿只是一个婢女，她不能保证洛清篱不会迁怒于她。

齐乐瑶深知自己闯了祸，也没有脸面再去求洛清篱帮忙。可洛清篱今日却当着她的面对芸儿说出这样一番恳切之言，这既是给芸儿吃了一颗定心丸，也是彻底打消了她的担忧。

“大人的话你要时刻谨记于心。”齐乐瑶拉着芸儿，替她拂去脸上的泪痕。

“是。奴婢一定谨遵大人和郡主的教诲。”芸儿认真地点头承诺，脸色比方才好了些。

“嗯，那我便放心了。”洛清篱见主仆二人皆是定了心神，这才微微颔首道，“时候不早，我先走了。”说完，他便大步下了台阶，上了马车。

齐乐瑶在芸儿的搀扶下伫立门下良久，直到马车消失不见才缓缓舒了口气，轻轻拍着芸儿的手说道：“咱们回去吧。”

这一边，洛清篱到了太傅府门前，刚从马车里下来，就见洛清影快步从门内迎了出来。

“你这消息倒是很快啊。”洛清篱笑着走上前去。

“吉叔派人先过来说了一声，我才得以早些相候。”洛清影施了一礼，将他让进府内。

二人一前一后入了临渊阁，方一坐定，洛清篱便说道：“郡主知道我过来，让我给你带些药膳。我也不懂，芸儿都仔细交代给吉叔了。待会儿让吉叔告诉张妈便是。”洛清篱一边说着，一边暗中留意着他，一提到芸儿，果不其然见他脸色闪了闪。

“有劳郡主费心了。”洛清影很快便将那一抹异样隐了去。

“清影，芸儿之事郡主已经都告诉我了。”事已至此，洛清篱觉得也没必要再藏着掖着，“这件事为兄也有责任。芸儿跟随郡主多年，与她情如姐妹。芸儿钟情于你，郡主自然会偏袒她一些，想尽办法撮合你们。芸儿常年在我府中，可我却没有早些发现她对你的心意……若是我早些察觉，劝着些郡主，也不会让你这般被动了。”

“兄长何出此言？兄长何错之有？”洛清影连连摇头，继而又自嘲地苦笑道，“郡主和芸姑娘也并非恶意。这件事怪不得任何人，只能说是造化弄人罢了。”

见他这副神情黯淡的模样，洛清篱心中亦是不忍：“我深知你早已心有所属，可如今这情势却又逼得你束手无策、退无可退……”说到此处，洛清篱不禁重重叹了口气。

洛清影从未见过自己的兄长如此愁肠百结、郁结心头的模样，就连当初奉命迎娶齐乐瑶的时候，他也未曾如此纠结。一边是妻子，一边是兄弟，上面还有皇命难违。洛清篱夹杂其间无法兼顾，确实左右为难。

沉默片刻，洛清影微微垂下眼眸，缓缓开了口：“兄长曾经劝我不要贪图片刻欢愉，谋定而后动，为我与公主的未来做好筹谋。可如今我却越发觉得我与她之间前途渺茫，毫无期许。世间万般事，最怕的就是情深缘浅，我与公主或许便是错种了姻缘。天意不可违，我不敢再对未来抱有任何幻想。我现在唯一能做的，便是保护好公主。而我唯一的愿望，也不过是能求得她的平安罢了。”

洛清篱的心情并未因为这番话而得到丝毫缓和，他忧心忡忡地说道：“为了保护公主，你选择屈从贵妃的意愿。可不知为何，我却隐隐担心，昨日贵妃有心在陛下面前重提公主之旧事，明显是针对你而来，我怕芸儿的事只是个开始而已……”

洛清影点点头：“贵妃步步紧逼，她的用意再明显不过。一来，若我坚持拒绝，定会惹来陛下猜疑。二来，若我违心答应，可能又会因此而对郡主产生嫌隙，进而危及我与兄长的关系。贵妃的这步棋下得着实狠了些……”

听他如此分析，洛清篱依旧神色深沉，可眉间却莫名舒展了许多：“那你是如何想的？”

洛清影深深吸了口气，言语间甚是无奈：“郡主一向对我关心有加，我怎能妄加责怪她？何况，我既知贵妃险恶用心，就更不能中了她的圈套。唯一让我心存不安的只是芸姑娘，我怕是无法回应她的深情了。”

洛清篱听完这番话，眼中闪动着无限慨然：“清影，这些话本来是我今日要说与你的，可没想到你在如此困顿之时，竟已思虑得这般深刻。”

洛清影惨淡一笑：“那日在祠堂中，兄长已经为我说明了利害。如今我与洛氏休戚与共，我绝不会再因一己私事而犯糊涂，将整个洛氏置于危难之中。”

洛清篱欣慰地点头道：“你既然已经想得如此通透，我若再多言便显得矫情了。芸儿心仪于你，能守在你身边便是她的幸福。以后的事谁也说不准，既是天意，那便顺天而行吧。”

第十六章

物是人非　取舍两难

宫中很快便传来了旨意，六月初六乃是大吉之日，淑贵妃将芸儿入太傅府的日子便定在了这一天。

芸儿虽是贵妃选定钦赐之人，可她并非洛清影的正室，所以过门之日并未大肆操办，只用一台呢毡红轿将她抬了过去。

齐乐瑶为芸儿准备了丰厚的陪嫁妆奁，金银玉器、珍珠翡翠，应有尽有。洛清篱本不愿铺张，可一思及齐乐瑶的用心，他便只当没看见，由着她去了。

出府当日，齐乐瑶一早便起了来，亲自操持替芸儿梳妆打扮。

“这俏丽的脸蛋，任谁见了都得心动吧？”齐乐瑶望着铜镜中的人影，忍不住啧啧赞叹。

“郡主，您又取笑奴婢……”芸儿又羞又怯，绞着衣袖偏过头去。

齐乐瑶猜到她的心思，忍不住笑着扳过她的肩头：“你可是太尉府出去的人，谁敢取笑？”

芸儿明白她是刻意哄自己开心，好缓解一些紧张的情绪，便感激地望着她说道：“郡主为奴婢所做的一切，奴婢全都感念在怀。奴婢是郡主的人，无论何时，奴婢都不会忘记自己的身份，绝不会给郡主丢人。”

齐乐瑶收起面上兴奋的笑意，取而代之的是姐姐般的亲和：“好芸儿，我知道你担心什么，可有些事总有它的定数，谁也逃不了。今日是你大喜的日子，我也不与你论主仆，只论姐妹……”

“这万万使不得！郡主乃千金之躯，奴婢之命贱如草芥，怎能以姐妹相论？”芸儿一听此言，吓得连声拒绝。

齐乐瑶将她按下，欣慰地望着她，似是望着无价的珍宝：“你在我身边多年，与我朝夕相伴，我心中早已将你当作妹妹看待。如今你终于可以嫁给自己仰慕之人，我是真心替你高兴。你听我说，今日我与你只以姐妹相待，是因为我有些真心话想要与你推心置腹地说一说。”

见齐乐瑶一副郑重的神色，芸儿也便不再坚持，只默默点头：“芸儿静听郡主吩咐。”

齐乐瑶拉过她的手轻轻拍了拍，微微笑着：“当年我嫁给夫君的时候也是奉旨成婚。可我与你不同，赐婚之前我从未见过他，不知他到底是何模样，何种性情。过门之前，我也曾暗中打探过一些关于他的流言，并因此对自己的婚事产生过怀疑和不安。然而当我见到夫君，并与他生活在一处时，我才明白了一个道理。那些流言里的他都是不存在的，只有与我朝夕相伴的他才是最真实的。我愿意为了他付出最热烈纯粹的爱，用心去体会他的思想和感受，而他也终于体察到我所有的付出，并给予了我他全部的尊重和爱意。”说到这里，齐乐瑶顿了片刻，期许地望着芸儿，等着她的回应。

芸儿听出了齐乐瑶话中的深意，她带着害羞之意柔柔地开口：“能在太傅大人身边照顾他，是芸儿毕生的心愿。芸儿今日得偿所愿，必定会全心全意侍奉他，绝无他念。”

齐乐瑶满意地点点头，继而又神色凝重地嘱咐道：“你向来都是聪颖机灵的姑娘，我对你很放心。不过在你过门之前，我还是要叮嘱你一些。毕竟一直以来都只是你对他的一厢情愿罢了。你不能期待着他对你的感情立刻就有回应，一切都需细水长流才好。至于其他人，尤其是德宁公主，你也不要过于纠结。就像我说的，人言不可尽信，你要得到他的真心，就必须比任何人都尊重他、信任他，念他所念、想他所想。只要你能在他身边，时时刻刻悉心照顾他，总有一日他会体察到你的情意。你还年轻，一切皆有变数，我只提醒你，千万不可因爱生恨，白白葬送了自己的姻缘。”

听齐乐瑶说完，芸儿顿默良久。她的心事瞒不过齐乐瑶，而齐乐瑶方才所言，正是她最担心的事。芸儿往后挪了些，俯身郑重跪拜：“郡主所言，字字句句芸儿皆谨记于心。”

齐乐瑶将她扶了起来，语气越发严肃：“方才我皆是以一个姐姐的身份，对你做了些劝谏。而下面的话我则是以郡主的身份嘱咐你，你是从太尉府出去的人，是从我身边出去的人，你与太傅之间的姻缘是贵妃所赐，所以你的婚事绝非普通，一旦你与太傅有任何龃龉，都会让太尉左右为难，更会让太傅在陛下和贵妃面前难辞其咎。你我如今都已成为洛氏族人，便必须以洛氏安危为重，任何时候都不能意气用事。你不经意的只言片语的抱怨，就可能会让太傅在陛下面前陷入困境，你能明白我的意思吗？”

芸儿一愣，过了片刻终于领悟到齐乐瑶话里的分量。她直视着齐乐瑶投过来的目光，信誓旦旦：“郡主放心，芸儿一心只为太傅，绝不会做任何不利于他的事情。”

“好。”齐乐瑶欣慰地连连点头，“好芸儿，有你这句话我便放心了。我这话说得重了些，也知道会让你暂时受些委屈，可你要相信我，太傅不可能守着与德宁公主的那一点点回忆过一辈子。公主迟早是要回南祇的，她走了，所有的云雾便都散了。你一定要耐心地等，绝不能与太傅做意气之争。镜花水月终是空，到头来谁能与他相伴终身，那才是最重要的。”

“嗯，奴婢明白。”芸儿莞尔一笑，轻声应道，“奴婢会像郡主对太尉大人一样去对待太傅。想他所想、念他所念，只要他开心，奴婢做什么都心甘情愿。”

见芸儿又是一脸娇羞，齐乐瑶终于放下心来。

洛清影并非矫情之人，又念及郡主与洛清篱的情面，从芸儿入了府中之后，他便将她安置于玲珑阁中，对她以礼相待，不曾有过半分为难与嫌弃之意。

芸儿初入太傅府时的忐忑与不安，也随着日子的飞逝渐渐消散了，可她却未曾有一刻能衷心、真实地感受到幸福。

洛清影更多时候依旧还是住在临渊阁中，她也并非每日都能见到他。相见的时间屈指可数，而他每一次也都极力表现出为人夫君的温柔与包容。但芸儿能清楚地感觉到，他对自己的客气与尊重，其实都只是一种掩饰而已。在这相敬如宾的表面之下，他对自己并不曾有一丝一毫的动心，他只不过是凭借着极高的修养来演出一个丈夫应该有的样子罢了。

芸儿明白，他不会即刻就对自己的感情做出任何回应，因为他的心里始终都只有那一个人。可芸儿也必须承认，若是他此刻幡然回头，彻底抛弃那个人，与自己恩爱有加，那自己定然是会从心底里鄙视他的。洛清影越是坚守对那个人的爱，自己便对他越加爱慕与崇敬。

一切都如齐乐瑶预料的那般，希望与失望，所有的情绪皆在这如流水般的日子里不停地交替煎熬。

这一日散了早朝，洛清影前脚方迈入馆阁，后脚便被一名小公公唤住：“太傅大人，陛下有请。”

洛清影愣了片刻。自从被淑贵妃莫名其妙地赐婚以来，赵弘瑀从未私下见过自己，就连给秦王赵元澍授课，他都似乎有意避开了。洛清影曾想过，或许是这样互相试探的日子让他厌倦了，所以他也不愿再去解释什么。可后来再一想，只有朋友之间才会需要解释，而君臣之间只需要服从而已。

“大人？”小公公见他没反应，又轻轻唤了一声，“陛下还等着呢。”

洛清影这才回过神来，让手说道：“请公公带路。”小公公伺候他上了马车，垂下竹帘不再说话。

洛清影坐在车内，恍惚间只觉得转了很久，似乎超出了去宫门的距离。他掀开窗帘，发现果然不是去宫门的官道，便疑惑地问道：“公公这是要带我去何处？”

小公公坐在车外，头也未回地高声答道：“大人少安毋躁，一会儿到了便知。”

洛清影心下生疑，不知赵弘瑀又要的什么把戏。他本想再问，可见小公公一副讳莫如深的模样，想来定然也问不出一二，索性由他带着自己去了。

兜兜转转之后马车终于停了，小公公掀开竹帘笑眯眯地请道：“太傅，咱们到了，奴才扶您下车吧。”

洛清影俯身下了车，方一站定抬头望去，不禁愣在原处。虽然朱漆大门之上的牌匾已被摘去，但这确确实实是煜王府，赵弘瑀身为煜王之时的府第。

“大人请吧，陛下已经在里面等您许久了。”小公公谄笑两声催促道。

“有劳公公带路。”洛清影定了定神，跟着小公公进了府门。

他曾在煜王府内住了许久，这园内的一草一木他都再熟悉不过。一路行过之处，但见往日景物依旧，令人忍不住唏嘘长叹。

沿着主路没走多远，小公公便带着他七拐八拐进了一片竹林。直到远远看见密林掩映的院门，洛清影才默默停下了脚步。

把酒笑谈西窗下，不觉又是一年春。这西窗乃是王府中一排清幽竹屋，掩于竹林之中，独立成院。

当年的赵弘瑀在朝堂之上势单力薄，内忧外患，一腔心事无人可言。他曾说过，将洛清影安顿在西窗，便是要与他结一世之友，年年岁岁把酒笑谈，不去计较时光荏苒。

“大人？”见洛清影莫名其妙停了步子出神，小公公疑惑地跟着停下来轻轻唤了一声。

“公公留步吧。”洛清影上前几步说道，“我知道陛下在哪里，我自己去便好。”小公公犹豫了一下，最终还是乖乖退了几步。

洛清影穿过小径，来到竹廊之下，恍惚间竟有些错觉。这景致与他当年刚入王府时太过相似，连风吹过竹叶的窸窣声都一模一样。

似乎是听到门廊外的动静，赵弘瑀轻快地从屋内走了出来，立在廊柱之下。他除去了帝王龙衣，只着了一件乌檀底色的锦绣长衫，束腰宽袖，神采奕奕，着实有当年的飞扬之气。赵弘瑀静静望着他，轻然唤了一声：“先生，别来无恙。”

这一声“先生”将洛清影的记忆完全唤醒。初遇之时，赵弘瑀天性顽劣，以为洛清影是太尉洛骁之子，必然精通兵法之道，便嬉笑着强行拜了他为师。那个时候，赵弘瑀对他总以“先生”相称。时过境迁，随着交情日益深厚，赵弘瑀越来越视他如知己，才渐渐直呼其名，不再称为先生。

可眼下赵弘瑀这般装束，又是这样称呼，一时间竟令洛清影无所适从。赵弘瑀也不着急，只立在原地，好笑地打量着他脸上惊讶的神色。

“你这是唱的哪一出？”过了半天，洛清影才回过神来，他掩饰着心内的起伏，微微偏过头去，“不是说诏我入宫？怎么跑到这里来了？”

赵弘瑀没有直接回答，而是上前来将他拉入屋中：“来，你自己看。”

洛清影忽然觉得心跳漏了一下。屋内所有的布局与当年一模一样，毫无相差，就连那书案上的陈设都是按照他的喜好摆好了位置。一张薄如蝉翼的绢帛被一方碧玉麒麟规规矩矩地压在书案上，风一吹过，绢帛边角迎风而舞。

“怎么样？”赵弘瑀眨了眨眼睛，得意地朝他扬了扬下巴，“我对你的喜好记得还是不差的吧？”

洛清影虽然此刻内心早已波澜汹涌，但他却不愿让对方看出端倪，便强作镇定地指着书案说道：“你如此大费周章，难道是想找我再来替你抄写佛经吗？”

当年洛清篱不愿让自己的弟弟涉足官场，横加阻挠。赵弘瑀急中生智，声称自己要抄写佛经为国祈福，而洛清影恰巧常年寄身于寺院中，正好可以助他一臂之力。明知赵弘瑀只是拿为国祈福做幌子，可事关社稷，洛骁和洛清篱皆是无法拒绝，只好让洛清影留在了煜王府中。

赵弘瑀性子闹腾，哪能真的坐定？说到底，那些呈给先帝的佛经，绝大部分都出自洛清影之手。

赵弘瑀知道他是故意揶揄自己，便将他推到书案边，摁着他坐下来，自己又绕到书案的另一侧坐下：“抄佛经不好吗？我倒是很喜欢那段日子。”

“有什么好的？”洛清影神色复杂地瞄了他一眼，“人为刀俎我为鱼肉，整日里皆是心惊胆战，那样的日子，想想还是后怕。”

赵弘瑀没应声，只是伸出手来摩挲着那方碧玉麒麟。洛清影见他不说话，面色也变得深沉起来，他不知自己是不是说错了话，便也噤了声默默坐在一旁。

过了良久，赵弘瑀才抬起头来，痛心地问道：“如今没有了赵弘嘉，没有了那些与我们为敌的人，可你每日里却依旧还是心惊胆战，对不对？”

洛清影想要说些什么，可话到嘴边又吞了回去。赵弘瑀的眼神和当年完全不一样了。那年坐在这西窗里的少年，眼神清澈明晰，如三月暖阳沁人心脾。而现在的他，眼神太过凌厉，令人望而生畏。即便是洛清影，也不得不折服于这目光中巨大的震慑之力。正如那日他闯入宫中为虞朝颜求情时，赵弘瑀不必多言，只需冷面无声端坐于上，他便只能惊慌失措伏地跪拜。

“你不必解释，我心里都明白。”赵弘瑀笑了笑，眼中却没有丝毫欢喜之情，“我之所以费尽心思将这里布置成这个样子，又让你到这里来，只是因为我近来甚是怀念煜王府的那段时光。你说得没错，那个时候每天都活在刀尖上，战战兢兢，谨小慎微，一步走错便会身首异处。可那个时候你我却能分享心底里最隐秘的事情，关于那些不为人知的心酸过往和身世沉浮。时至今日，你却已经不再愿意将自己的心事吐露与我了。造成这样的局面我有不可推脱的责任，我今日找你来，便是真心实意向你道歉。”说到这里，他稍稍顿了片刻，偷偷去看洛清影的反应。

可洛清影却垂下头去，似乎并没有什么话要说。其实赵弘瑀说的这些话，他早就想过千遍万遍，可是他想不明白。直到洛清篱在除夕之夜劝诫他，让他时刻都要认清与赵弘瑀的君臣之分，他才意识到这所有问题的根源。然而这个根源却是谁也没有办法去改变的。他不能，赵弘瑀亦不能。洛清影没有想到赵弘瑀竟然如此执着，而关于这些事情他已经不愿意再多说。

“你没有做错什么，不必说什么道歉的话。”

赵弘瑀有些失落地盯着他：“我是诚心以待，只想听听你的心声，此情此景，难道你还是什么都不愿说吗？关于虞朝颜的事，还有芸儿的事，难道你对我的做法就没有一丝不满？”

“没有。”洛清影摇了摇头，“易地而处，换作我是你，我也会这么做。”

赵弘瑀对这样的回答并不满意，不知为何，他竟似有些气恼：“我不想听这些冠冕堂皇的话。我把你当朋友，但在我看来，朋友二字如今已经成了你的负担。你明明心中有气，却顾忌着与我的情义而不去发作。所谓朋友，该是荣辱与共，同甘共苦，若是这段友情需要用你的牺牲来成全，那就没有存在下去的意义了。”赵弘瑀单刀直入，毫无婉转之意，直戳到问题的症结处，这让洛清影忽然难以应对。

“看你如此为难的样子，我便全明白了。”赵弘瑀苦笑着言道，“也是，为人君者皆是孤家寡人，哪会有什么朋友？一面用君臣之义划清你我的界限，一面又要用朋友的名义来束缚住你，这一切本来就是强人所难。”说着，他又环视一周，继续自嘲道，“我也真是可笑，就算这里的摆设能和当年分毫不差又怎样？我早就不是当年的煜王，你也不是当年太尉府的二公子了。物是人非事事休，我又在强求什么？作为君主，我能以术势治理所有的臣子，却唯独不愿与你互猜心思。自从虞朝颜一事之后，你便忽然与我变得生疏拘谨了许多。后来贵妃将芸儿赐给你，我知道你绝非心甘情愿，或许你是因为顾忌郡主和洛清篱的面子，或许你是担心我会再次猜忌你，所以你才不得已而为之。那日你走后，我也很是担心，我怕你会误以为这件事是我授意贵妃有意为之，所以我想早些和你解释，可思前想后，我还是决定作罢。这样小心翼翼、如履薄冰的日子，我也厌倦了。你若信我，我什么都不用说；你若不信我，我说破了天去亦是无用。”

说到此处，赵弘瑀的眼眶微微泛红，他重重叹了口气，努力稳住自己的情绪：“清影，你若真是觉得疲于应对，便直言告诉我，我会放你走。回明寂寺也好，归隐林泉也罢，我绝不阻拦。洛清篱说得对，你心太重，思虑太多，不适合待在这云波诡谲的朝堂上。当初我让你回来，就是个错误的决定，现在弥补，一切都还来得及。是去是留，皆在你的选择。”

直到赵弘瑀说完最后一个字，洛清影依旧没能缓过神来。站在煜王府门前的那一刻，他就明白赵弘瑀绝不是单纯来找自己“叙旧”而已。这里的一切都会令他感怀起往昔的情义，而这正是赵弘瑀所希望的。只要他还念及往日的恩义，赵弘瑀便能够再度以友情的名义牢牢将他绑架在这个四危之境。然而这一次，赵弘瑀却出乎意料地没有假以任何借口来挽留他。赵弘瑀很聪明，他看透了洛清影的心思。对于洛清影而言，所谓的情义早就成了牵制他所有行为的枷锁。而这样的友情也早就变了质，成了朝堂上、宫闱中权力算计的工具。

洛清影心如乱麻。每日皆是心力交瘁，他何曾不想一走了之？可今非昔比，身在朝中已久，早就置身于盘根错节的权力争斗之中，牵一发而动全身，想要抽身又谈何容易？

沉默半晌，洛清影终于犹疑着开了口：“我若是走了，元澍怎么办？”

听到他提起赵元澍，赵弘瑀的嘴角轻轻抽动了一下。他不动声色地掩饰过去，故作轻松地说道：“你都走了，还要操心这些事吗？”

见洛清影仍旧一脸凝重，赵弘瑀又轻声宽慰："你知道我是多么看重元澍，我将他交给谁，便是将社稷安危交给谁。所以这个人选绝不能有丝毫差池，想来想去，满朝文武只有清篱能堪此重任了。清篱沉着冷静、智勇双全，足以应付各种局面，有他在，你总该放心了吧。"洛清影皱了皱眉，欲言又止。

"怎么？你觉得不好？"赵弘瑀见他似乎另有他意，便试探着问道。

如今秦王赵元澍还未被册封为皇储就已经危机四伏，若是有朝一日真的成为太子，不知还会有多少危险在等着他。而赵弘瑀对洛清篱的态度又是如此微妙，他并不完全信任他，但却又不得不依赖他。各方势力交错杂糅之下，洛清篱自身本就岌岌可危，若再加上赵元澍，那就真不知会演变成何种局面。

洛清影是这样想的，却不能如此直白地将自己的隐忧和盘托出。他沉思片刻，果断地摇头否定："如今西卫与南祇贼心不死，蠢蠢欲动，若是时局有变，兄长身为殿前司都指挥使，必须要专心应对边境战事。一旦战局纠葛，他便难以从繁复的军务之中抽出身来，哪还有精力去教导、保护元澍？"

"嗯……你说得有理，看来我还需再给元澍物色一个好的人选。"赵弘瑀若有所思地点点头，继而又尴尬地笑了几声，"说这些干吗？想我大殷人才济济，合适的人选总能找得到的。你既然要走，便无须再为这些事情操心了。不在其位不谋其政，这些烦心事就让我自己去解决吧。"

洛清影一愣，眉心微微动了动。他垂下眼眸轻声说道："我何时说要走了？"

"嗯？"赵弘瑀以为自己听错了，直起身子凑近了些问道，"你说什么？"

洛清影叹了口气，抬起头来无奈地望着他："我什么时候说过要走？"

赵弘瑀睁大了眼睛，语无伦次："不是……你……方才不是你问我若你走后，由何人保护元澍的吗？"

洛清影按下他因为慌乱而不断比画的手，缓声说道："事实证明，能保护元澍的最佳人选就是我，我岂能一走了之？"

赵弘瑀眨了眨眼睛，一瞬间欣喜之情跃上眉梢。然而他又忽然收起这狂喜之情，连连摆手解释："不不不，清影，你没有理解我的意思。我的意思是不论去留，我都不想你有一丝一毫的勉强。你无须为元澍担心，也无须为洛清篱担心，更不用考虑什么君臣道义，你只须遵循你内心的意思。"

"这便是我内心的意思，我没有任何勉强。"洛清影淡然一笑，"你方才说过，你将元澍交给谁便是将社稷安危交给谁。一直以来，你都放心地将元澍交由我来教导，这样的信任，我不敢辜负。"

方才滔滔不绝的赵弘瑀忽然语竭，只愣愣地盯着他，半晌才憋出一句话来："我将元澍交给你，只是因为你是我唯一的朋友，是我在这个世上唯一可以全心全意信赖的人。只要你在，我心里就会踏实。"

"嗯。"洛清影笑着轻轻应了一声，再没有说话。

赵弘瑀心中悬着的石头落了地，终于松了一口气。他忽然来了兴致，大笑着打破了二人之间的沉默："将这里收拾出来可是费了不少功夫！今日你我便在此处把酒言欢，也好了却当年我'把酒笑谈西窗下'的心愿，你看如何？"

"甚好。"洛清影点头称是。

赵弘瑀见他赞同，便转身朝着门外喊道："欢招！"

"陛下，奴才候着呢！"欢招听了声立刻颠颠地跑了进来，"奴才都准备好了，珍馐佳酿，稍等便来！"

洛清影本来酒量就不高，再加上心事重重，没几杯下肚脑中便嗡嗡作响。赵弘瑀与他说笑片刻，见他实在无力应对，就令几名宫婢将他扶入卧房侍奉他休息。

"陛下，您还要在此处等着吗？"欢招近身上前问道。

赵弘瑀摇了摇头："不了，回宫吧。"

刚抬脚行至门口处，他又停下来吩咐道："安排几个心细的人在这里照顾太傅，待他醒了再好生送他回府，绝不可有任何疏漏。"

"陛下放心，奴才一定安排妥当。"欢招忙不迭地应着。

赵弘瑀神色复杂地朝内室望了一眼，却又没再说任何话，转身大步迈了出去。

回到中孚宫，赵弘瑀先是换了衣衫，接着便又一头扎进御案上那一摞摞的奏章之中。

欢招端了醒酒的葛花汤进来，小心翼翼地放在赵弘瑀手边："从王府回来之后，陛下似乎就一直闷闷不乐，难道太傅还是要走？"

赵弘瑀手中的朱砂笔抖了抖，欢招一见这情势，忙跪了下来："奴才又多话了……陛下息怒！"

赵弘瑀将笔轻轻搁回笔架上，转身望着欢招，面上并没有什么表情："他不走。"

欢招听着赵弘瑀的语气，似乎并无什么怒气，便疑惑着抬起头来问道："既是不走，说明太傅还惦念着与陛下旧日的恩义，陛下该高兴才对，为何要不开心？"

"恩义？他所做的决定与恩义全无关系。"赵弘瑀冷冷地笑了两声，不知是嘲笑欢招的无知，还是对自己的嘲讽，“他之前曾因为朕利用了洛清篱而负气离去，所以朕一直害怕他在遭遇了这么多伤心事后，会再次动了远离的念头。他上次离开，是因为他完全信赖朕，将朕当作朋友，而朕的所作所为却让他心灰意冷。可如今在他心中，朕早就不是那个可以与他推心置腹的人了。在他看来，朕本就暗藏心机，所以不论朕做什么，他都不会意外。他对朕没有了期许，自然就不会感到失望。如今他是去是留，并非取决于他与朕之间的恩义，而是为眼前的时局所迫。”

欢招不太理解他的话，疑惑着问道：“陛下若非以故旧之情打动他，为何要大费周章将他带去西窗？”

“你以为朕真的是要用与他的交情来挽留他吗？”赵弘瑀无声地笑了笑，“朕去西窗其实是想做一个了结。方才在那里，但凡朕提起故旧之情，他便试图遮掩过去，并没有继续说下去的意思。对他而言，旧日之情已经成了心中的负担。一直以来肝胆相照的君子之交早已蜕变，徒留了一个‘知己’的虚名而已。他既然不信朕，朕便用一个委婉的方式提醒他，若是他走了，能接替他的只有洛清篱。宫中的形势他比谁都清楚，所以洛清篱将来面对的危险他更是心知肚明。既是这样，他怎能心安理得一走了之，留下洛清篱来替他应对这些危机？朕不与他说情，只与他分析利害。朕要让他明白，他现在根本就无路可退，他要保证洛清篱毫发无损，就必须要保证元澍的安危。朕好歹与他相交一场，深知他的为人。他是个有担当的人，所以朕相信今日之后，他心中便会时时警醒，绝不会再有什么违逆之行。”

待赵弘瑀说完，欢招并没有立刻回应，而是神色忧虑地暗自叹了口气。见他这副神伤的模样，赵弘瑀以为他是对自己的做法有些微词，隐隐不悦：“怎么了？如此魂不守舍的样子。”

“奴才没事。”欢招摇了摇头，“奴才就是有些难过……明明那个时候陛下与太傅那般要好……”

知道他只是单纯感怀，赵弘瑀收起怒气，言语间似是自我安慰：“其实这样也好。这恩义二字不仅束缚了他，也束缚了朕。朕以前总拿与他的交情说事，可交情总有疏远的时候，一旦疏远，朕就掌控不住他了。现在只将利害轻重说与他听，虽然不甚光明磊落，却一劳永逸，简单直接。以后朕再面对他的时候，也无须瞻前顾后、投鼠忌器。想得少了，自然也就没那么烦心了。”

“可是……”欢招支吾片刻，终是没能忍住，“奴才想不明白，太傅曾经为了陛下连命都能豁出去，能以生死相托的知己之交说没就没了？”

“所谓知己，必是先知其所想，才能视其如己身。不能知其所想，断不敢轻言生死相托。所谓朋友，须是志同道合、立场一致。如今我与他立场不同，又何以为友？”赵弘瑀摇了摇头，甚是无奈，“朕今日也算彻底想通了，虽然这感觉并不怎么好，但总归不用再纠结于一处，难以取舍了。很多事，加了感情便会变得复杂，索性一是一、二是二，公事公办吧。于他、于朕，皆不啻为一种解脱。世间之事，有失必有得，朕或许失去了唯一交心的朋友，却得到了一个尽心尽力、绝无二心的臣子，这么看来，也没什么不好。”说完此言，他转过身去，重又提起朱砂笔，准备批阅奏章。

“那……陛下以后要如何对待他？”欢招毕竟对洛清影还是另眼相看的，他心中不忍，便又冒死追问道，“太傅以后就和其他大人一样了吗？在陛下心里毫无亲疏远近之分？”

赵弘瑀没有抬头，顿默之后低声说道：“你下去吧，朕累了。”

欢招知道再问下去只会惹他反感，便将茶盏收拾干净，默默退了下去。方要退出殿门外，赵弘瑀忽然又将他叫住：“待会儿等清影回了府，你便找人去将西窗原样不动地封上。以后，不许任何人再去那里。”

欢招愣了片刻，猛然间明白了赵弘瑀的用意。他微微叹了口气，然后俯首应承道：“是。”

另一边，赵弘瑀的御驾刚刚离开煜王府，洛清影便醒了过来。他虽有醉意，却远远未达不省人事的程度。他的醉态半真半假，很大一部分是演出来的。洛清影自己都不敢相信，他竟然如此害怕与赵弘瑀在这样的环境中面对面地坐着。

把酒言欢？欢从何来？洛清影无奈地笑了起来。若这友情还一如往昔那般纯粹，又何至于被一次次拿来变成虚伪的说辞？在友情的名义之下，他和赵弘瑀都不得不变得畏首畏尾，生怕一不小心就会落上背叛的骂名。可事实上，在君臣明晰的界线之下，友情早就没有了存活的可能。

洛清篱告诉他，与天子交，如履薄冰。但是洛清影现在却清醒地认识到，这个世上本就没有人可以与天子相交。方才赵弘瑀坐在他面前，努力还原着当年的模样和神情。可他那小心翼翼试探的口吻，和洛清影自始至终的慎重，令一切谎言不攻自破。心防不解，再怎么粉饰太平都只会令人觉得可笑，更是可悲。

洛清影抬眼望着头顶上的帷幔，似乎还是当年那副，只不过久无人用，竟渐渐有些褪了颜色。他躺得久了，身下不觉麻木，便挣扎着起身来。

“大人，您醒了？”一旁的侍婢忙近前来扶着他。

“嗯。”洛清影坐在榻边努力收回神思，摇晃着站起身来。

“大人小心些。”那侍婢刚要再去扶他，被他轻轻躲了开去。

“大人若是不舒服便再歇息片刻。”侍婢柔声说道，“陛下吩咐了，待大人休息好了再送您回府。”

“无妨。”洛清影勉强笑了笑，“我已经没事了，这便回去。”侍婢点头应承，然后便忙着去安排车马。

洛清影深吸一口气，环顾四周。这里的东西，已经没有一样是属于他的了。而如此真实却又虚幻的西窗，以后怕是再也见不到了。

齐乐瑶有孕不久，芸儿便嫁入了太傅府中。别后未曾相见，芸儿心中难免有些担忧。她在齐乐瑶身边待久了，齐乐瑶什么事都依赖着她，如今她这一走，也不知齐乐瑶能否习惯。芸儿焦躁难安，可又不敢告诉洛清影，只好窝在玲珑阁中独自煎熬。

虽然洛清影这段时日有意多待在馆阁中，归家的时间少了许多，但他本就是惯于体察细微之人，很快就留意到了芸儿的变化。

这一日，他让张妈去将芸儿请了过来，准备带她一同去太尉府。芸儿惊喜万分，又一想是与洛清影同行回去，面上不觉有些羞涩。洛清影怕她误会，便与她解释道：“你已经与郡主多日未见，想来心中亦是牵念，正好今日我与兄长有事相商，便顺道送你回去与郡主见上一面。”

洛清影刻意着重了“顺道”二字，芸儿听在耳中，立即便明白了他的意思。送她回去，并非是因为他体察到她的心事而特意为之。她似乎并未在意洛清影的隐意，乖巧地说道：“大人整日操劳政事，却还能分出心来替妾身着想，妾身谢过大人。”

洛清影没再说什么，只微微点点头，然后便大步出了门去。

洛清篱提前得了消息，早早地便与齐乐瑶在揽月阁中等着。洛清影这边刚带着芸儿出现在院门口，齐乐瑶便连忙起身迎了出去。洛清篱顾着她有孕在身，便也迅速随着她迎了上去。

齐乐瑶笑盈盈地看着这二人向自己和洛清篱问了安，随即上前拉住芸儿说道：“看来还是清影对你更好些，这些日子不见，咱们芸儿可是丰腴了不少。”

齐乐瑶身份贵重，自然开得起洛清影的玩笑，可芸儿却不敢。她难为情地侧过脸去，没有答话。

洛清篱看出芸儿的尴尬，忙上前来打了个圆场：“难得芸儿回来，你不是有好些话要与她说吗？”

齐乐瑶心领神会地点点头，笑眯眯地看着芸儿："走吧，我让她们在花园中寻了一处风凉水快的好地方，咱们姐妹去那里好好说说体己话。"

"是。"芸儿娇滴滴地应了一句，还未来得及向洛清篱告辞，便被齐乐瑶拉走了。

待齐乐瑶的笑声渐渐远了，洛清影才默默舒了口气。洛清篱早就看出他的局促，忍不住笑着拍了拍他的肩头："走吧，吉叔已经备好了茶，我们进去说。"

心思被他看破，洛清影只好默不作声地跟在他身后缓步进了阁中。待二人坐定，洛清篱挥手屏退书房内侍奉的下人。他抬头看了洛清影一眼，见他似乎有些走神。

"郡主的性子你是知道的，方才她若是说了哪些话让你不悦，你千万别往心里去。"

"兄长说的哪里话？"洛清影猛地回过神来，尴尬地笑了笑，"我没有不悦，只是不太习惯而已。"

洛清篱以为他是面子薄，便微微点头笑着问道："芸儿对你可还好？"

"有她在，府中上下也安顿了许多。"虽知洛清篱是关心自己，可洛清影依旧不太愿意继续这个话题，便刻意回避开去。

洛清篱刚想开口，又被洛清影抢了先："对了，近来郡主如何？杜若可曾来看过？有过什么嘱咐？"

听洛清影连珠炮一般发问，洛清篱明白他是故意避开话头，便顺着他说道："杜若三五日便会过来一次，你放心，郡主无恙。"

"那就好。"洛清影点点头，想要再说，可一时间却又尴尬着僵在原处。

兄弟二人间少有地沉默下去。洛清篱自然是察觉到这隐隐的局促，便笑了几声缓和了一下气氛："这些家长里短之事还是交给郡主她们吧，你我二人还是先说正事。"

一听洛清篱不再追问他与芸儿的事，洛清影暗自松了口气，他敛容正色问道："南衹那边的事进展如何？"

那日齐乐瑶入宫觐见淑贵妃，赵弘瑀亦同时诏洛清篱与洛清影入宫，便是当面将暗中扶持虞昉归国的计划告诉了洛清影。自此以后，对于南衹的动向，洛清影更是倍加上心。

"还算顺利，一切都在按计划进行。虞昉这些年攒下了不少人脉，朝堂上下能真正替他卖命的人为数不少。"洛清篱缓声说道，却又微微拧了拧眉。

“虞恪残暴成性，对属臣亦是严苛无情，南祇朝臣活在他的淫威之下必是日日胆战心惊。对他们而言，仁慈的虞昉或许是个更好的人君之选。为虞昉涉险，也就是为自己谋一线生机。”洛清影说着，忽然注意到洛清篱面上的变化，便又稍稍顿了顿问道，“既然一切顺利，兄长为何依旧愁眉不展？”

洛清篱担忧地望了他一眼：“关于那个南祇细作，到现在还是没有查到任何线索。虽然目前并无任何实据能证实有这个人的存在，但不知为何，我总是安不下心来。一日查不出来，便如骨鲠在喉。”

洛清影想了想，缓言安慰他道：“诚如兄长所言，这个‘细作’到底是否存在，我们并不能确定。若是虚惊一场，并无此人，那自然是查无可查的。倘若真有此人，并成功隐身于我大殷的朝堂之上，又能与虞恪遥相勾结、瞒天过海，那必然是谨小慎微、深藏踪迹，短期内难以发觉。兄长不必太过担忧，既然网已经布下了，我们还是静观其变的好。”

洛清篱叹了口气，甚是无奈：“这个道理我何尝不明白。可敌在暗我在明，一旦有任何疏忽，便会祸起萧墙。这件事我会再叮嘱南祇那边的人，一定要尽快查明，彻底消除隐患。”

“嗯。”洛清影点点头，“若要人不知，除非己莫为。倘若真有此人隐匿在庙堂间，不管他藏得多深，总会露出马脚的。”

洛清篱亦是赞同，他沉吟片刻，忽又说道：“对了，今日我叫你来，是有一事要与你商量。”

“何事？”

“昨日我收到了延泽的来信。”

“莫非李崇勋又有所动静？”

洛清篱摇了摇头：“李崇勋没什么动静，倒是漠凤……据说漠凤病了，苏祓已经离开天雄回了楼凡，近身照顾他去了。”

“病了？”洛清影心头一紧，“是否严重？”

“暂时还没有确切消息，可看样子不容乐观。漠凤驰骋疆场大半生，征战杀伐落下不少旧伤，如今上了年纪，想必也是难挨。”洛清篱说着，见他一副担忧的神色，便连忙安慰道，“我就知道你听了这个消息心里一定着急，毕竟漠凤是你的亲舅舅。可西卫路途遥远，又与大殷水火不容，再急也只能等着。延泽说了，一有消息他立刻会书信与我，你放心吧。”

洛清影虽知他所言俱是事实，可心中仍旧伤感不已：“漠凤是我在这个世上唯一的长辈血亲，如今他病了，我却不能侍奉在他身旁……远隔千里，就算我再牵肠挂肚亦是无计可施。夫孝，乃为德之本，始于事亲。为人侄者，却不能尽道，是我无能。”

“你怎么能这么说？”洛清篱并不认同他自我贬低的想法，“当日父亲卧病在床，是你衣不解带、夙夜不寐伺候在病榻旁。如今漠风患病，你有心尽孝，却迫于现状无法亲力亲为。孝悌之义在心，现实如此，想必漠风也能理解你的苦衷。”

“嗯，兄长教训得是，是我思虑过多了。”洛清影知道他是有意宽解自己，便笑着点点头。

洛清篱见他面上和缓了一些，这才安下心来，继而又忧心忡忡地言道：“漠风身居要位，手握重兵，他这一病，恐怕便是李崇勋收回兵权、重掌朝政的大好时机。若是李崇勋趁机夺回兵权，西境怕是又要乱起来了。”

洛清影被他这一言提醒，忙问道：“兄长可曾将此事告知陛下？”

洛清篱慎重点头：“昨日我已连夜入宫将此事禀告了陛下，陛下下令让延泽紧盯西卫朝局之变，并加强天雄戒备。西卫若有风吹草动，想必虞恪也不会再沉寂下去。看来，我们在南祇布下的棋局也该动一动了。”

洛清影含糊地应了一声，似有难言之隐。洛清篱立刻便猜到了他心中所想：“你在担心公主？”

被看穿了心事，洛清影有些慌乱。那日他在祠堂内许下承诺，绝不会再因私废公，可事情到了眼前，他还是忍不住会牵肠挂肚。他不敢面对洛清篱，自觉羞愧难当：“我深知不该再纠结于此，可事到临头却还是放不下。南祇一旦有乱，公主前途未卜，我竟不知该如何保护她。”

“覆巢之下焉有完卵？”洛清篱叹息着说道，“若南祇朝堂分裂，政局动荡，她身在其中亦是难以摆脱。虽说现在她留在燕安可保一时安全，但时局走向又岂能为人意所左右？未来到底如何，谁也说不清楚。”

“我明白。”洛清影抬起头来，“说到底，连虞昉都只是这纷繁的棋局中的一枚棋子，更何况是她？兄长放心，我心中早已有数，只不过一时感伤，不会自乱阵脚。”

洛清篱本还想再安慰他，可见他眼神虽是哀伤，却是一如既往的坚毅，便又作罢，不再多言。他端起几案上的茶盏，轻轻吹凉，抿了几口，忽然转了话头：“近来秦王殿下如何？”

洛清影不知他为何突然问及赵元澍，愣了片刻仔细答道：“殿下甚是勤勉，近来学问大有长进。”

“嗯。”洛清篱模棱两可地嗯了一声。

洛清影看出他有心事，又小声问道：“兄长似乎有些担心？”

洛清篱放下茶盏，轻轻点头：“自从魏王册封亲王以来，朝中有不少大臣已经暗自投靠了魏王一系。如今太后、贵妃的势力日渐强盛，秦王在朝臣心中的地位忽然变得微妙起来。这一切都逃不过陛下的眼睛，可不知为何，他却无意遏制这一势头，这让我很是不安。”

洛清影大致猜到他所忧为何，便又问道：“兄长是担忧陛下对秦王的恩宠已经淡薄了？”

洛清篱轻轻叩着几案，神色凝重：“盛极则衰，这一切并非没有可能。秦王虽是陛下的嫡长子，可皇后早逝，无人可以在后宫之中扶持他。同是亲王，魏王却有淑贵妃和太后为其羽翼，子以母贵，如今魏王的母亲才是整个后宫中地位最尊荣的人。淑贵妃蕙质兰心，日日得见圣颜，长此以往，陛下难免不会因此而疏远了秦王。”

听着洛清篱的担忧，洛清影心中很是为难。洛清篱沉浸在内心的忧虑之中，并没有留意到洛清影面上的变化：“皇储之事，关乎宗庙社稷。前有先帝为鉴，今有南祇为训，绝不可重蹈覆辙。若陛下真的有所动摇，我便不能坐视不理，必须要劝谏陛下，早日厘定皇储人选。一旦太子定下，人心也就安稳了。”

“不可！”洛清影急急脱口而出。

“为何？”洛清篱见他一副焦急慌乱的神色，不由一愣。

其实，关于赵弘瑀对赵元澍的态度，洛清影始终坚信不疑。就算前些日子两人在西窗“叙旧”时说得不尴不尬，可赵弘瑀却仍旧明确表明了他对于皇储人选的坚定态度。太子之位非赵元澍莫属，不疑有他。

但就目前的情势来看，赵弘瑀似乎又并不愿意让赵元澍的势力过于引人瞩目，这自然有诸多隐衷，其中一条便是对禁军势力的担忧。除非局势突变，而且这变化之剧烈足以让赵弘瑀暂时放弃对禁军的执念，否则他绝不会轻易立储。更重要的是，既然赵弘瑀一直对洛清篱有所顾忌，那么册立太子的请求就绝不能由洛清篱的口中说出。一旦由他提出，赵弘瑀难免不会怀疑他是为了给自己谋取更多的权势。

洛清影犹豫不决。之前，他为了维护洛清篱与赵弘瑀之间的合作关系，对洛清篱隐瞒了一些事情。可如今情势越发险峻，若是再不提醒洛清篱，让他留意自保，恐怕会惹上不必要的麻烦。

再三权衡之下，洛清影终于开口解释道：“陛下对皇储的人选从未有过犹疑，这一点兄长大可放心。陛下曾对我说过，他之所以现在不册立太子，只是因为不想让秦王过早成为众矢之的。他只是想保护秦王而已。”

然而洛清篱却并不认同他的说法：“或许陛下当日是那么想的。可人心难测，如今贵妃一派对皇储之位虎视眈眈，若是他们也利用了陛下的这份心思来大做文章，那么秦王可就危险了……所以，关于皇储一事，我身为朝臣，向陛下进谏，责无旁贷。”

洛清篱毫无征兆地对太子之位变得如此执着，这让洛清影很是纳闷，他细细想了想，忽然问道：“兄长为何突然对皇储之事如此上心？难道是与西卫、南祇的事情有关吗？”

洛清篱神色忧虑地望着他，低声说道：“你说得没错。陛下年轻，春秋鼎盛，若是平常时日，早一日立储、晚一日立储并无大碍。可西卫、南祇两国屡屡挑衅，虽未曾得手，却祸心不死。这太平日子还能维持多久，谁也不敢说。若是战事再起，这朝堂上最重要的便是一个‘稳’字。陛下不立储，本就人心不安，他如今对秦王和魏王两位皇子的态度又是这般模棱两可，一旦时局有变，就会人心不稳。太子一日不定，狂悖之徒就一日不会死了这份野心，外族侵犯于外，皇子互戕于内，到那时便是内外交困，无法挽回了。”

洛清篱思虑长远，洛清影一边仔细听着他的话，一边筹谋于心。洛清篱所言非虚，而且确实是眼下最令人担忧的危险。若是以此来劝说赵弘瑀，确实可行。只不过如今赵弘瑀疑心太重，不论是对洛清篱，还是对洛清影皆不敢推心置腹。或许是自己的言行确实令赵弘瑀太过失望，才会让他对自己过于担心，一次又一次来试探。但不管怎么说，现在绝不是劝谏的最佳时机。

待洛清篱说完，他认可地点着头，郑重说道：“兄长所言极是，太子之位关乎国祚绵延，必须及早确定。可是劝谏陛下册立秦王为太子，就会与太后、淑贵妃结下梁子。兄长手握重兵，当务之急乃是帮助陛下平定外患，切不可深陷宫闱之争而无法脱身。这件事还是交给我吧，由我去说或许更好一些。”

一语既毕，见洛清篱仍旧眉头紧锁，放不下心来，洛清影又笑着劝道：“兄长以前常告诫我，谋国者须长于谋身。如今兄长身为武将之首，统领禁军，一言一行皆是引人侧目。越是身居高位越要谨言慎行，册立太子之事过于敏感，兄长还是不要参与其中了。”

洛清篱目光如炬一般洞察着他面上的笑意，沉默片刻忽然问道：“清影，陛下与你说过什么吗？”

洛清影一惊，连忙摇头：“没有。”

见洛清篱似乎半信半疑，洛清影又接着解释道：“陛下虽然没有说过什么，可如今朝中势力纷争，所有人都睁大了眼睛在暗处蛰伏。兄长位高权重，又是辅佐秦王的重臣，说白了就是与秦王一荣俱荣、一损俱损。若是一个不小心就会被人构陷，以为你是为了谋取自己的权力才力主册立秦王为太子。人言可畏，三人成虎，这些话传到陛下耳中，就算陛下再信任兄长，恐怕也会在心里斟酌一二。一旦陛下对兄长有了忌惮，不仅兄长会有危险，就是秦王殿下也会受到牵连。而我是秦王殿下的老师，本也有立场来劝谏册立太子之事。我经常入宫授课，会找个合适的机会私下劝劝陛下。只是闲谈，也好避免直接将这件事呈于庙堂之上，一来二去没个退路。”

“这……”洛清篱有些惊讶地望着他，继而又欣慰地笑开去，“你说得有理，便按照你说的去办吧。”

洛清影听他终于松口，不再执念去劝谏，也暗自松了口气：“这件事就交给我吧。兄长的心思还是全部放在西卫和南祇身上的好。”

“嗯，也好。”洛清篱颔首赞同，末了又提醒道，“你与陛下闲谈时也要注意分寸，绝不可让陛下对你有任何成见。”

“我知道，放心吧。”

洛清篱心中虽然还是有些担心，可见他一副镇定从容的模样也只好安下心来。洛清篱朝门外望了几眼，转身说道：“与你说了这么久，也不知郡主她们如何了。你也难得过来一趟，不如随我一起去花园转转？”

“这……”洛清影明显地顿了一下，吞吞吐吐地推脱道，“我与兄长在此处闲聊亦是畅快，就不去叨扰郡主了吧？”

洛清篱看着他面上的窘迫，不由得叹了口气：“你是在躲避谁？芸儿吗？”

洛清影知道无法隐瞒，便无奈地说道：“我不知道该如何面对她。”

洛清篱向前探着身子，紧紧盯着他问道：“我听闻近日你总是在馆阁待到很晚才回府，也是因为她吗？”

洛清影迎着探寻的目光，眼神闪避着低下头去：“陛下前些日子下旨要整理编辑馆阁中的书目，所以最近确实忙了一些……”

洛清篱将他面上的细微变化尽数看在眼中，虽不忍心再逼他，可终究还是下决心开了口：“清影，一味逃避解决不了任何问题。她对你一往情深，若你始终视而不见，一定会伤了她的心。你试着去接纳她，一来是成全了她，二来也是解脱了你自己。”

“兄长，我……”

见洛清影着急张口辩解，洛清篱摆摆手制止了他：“你心里想的什么我又岂能不知？我不是要强迫你，只是担心你钻了牛角尖无法抽身而出。你嘴上不说，可我看得出来，如今你回太尉府的次数屈指可数，就是在有心回避我。你要记得，不论何时我都是站在你这一边的，所以你不必因为芸儿与郡主的关系而顾忌我的想法。你无须为了任何人委曲求全，毕竟作为兄长，我唯一在乎的就是你的终身幸福。”

洛清影没想到洛清篱竟然将一切看得这般透彻。他确实担心洛清篱会因为芸儿的事对自己心生不满，毕竟郡主与他情深意浓，怎么说他也会顾及自己妻子的颜面。如今看来，倒是自己以小人之心度君子之腹了。他感动不已，可又不知该说什么。

定了定神，洛清影欠身揖了一礼：“我会尽力试着去做些改变，不再让兄长担心。”

“嗯。”洛清篱眼含笑意望着他，“如今父亲不在了，什么事都还需你我兄弟一力共担。”

“是。”这一番话让洛清影卸下了心中的千斤重担，他站起身来指着门外说道，“兄长，我随你去花园转转吧。”

洛清篱欣慰地舒展笑颜，猛一拍手：“好，难得天气晴好，我们也去走走。”

二人信步随行进了花园，远远便听见清脆的笑声从亭中传来。

“夫君？你们怎么来了？”齐乐瑶眼尖，一眼瞧见这兄弟二人。

“只许你们在这里乘风纳凉图个爽快，就不许我们也来凑凑热闹？”洛清篱打趣着走上前去。

“当然不是。”齐乐瑶似是心情大好，转头吩咐婢女，“再加两副软垫。”

待婢女安顿好洛清篱的位子，齐乐瑶悄悄示意她将另一副软垫放置在芸儿身旁。

芸儿有些僵硬地往一侧躲了躲，洛清影却似乎并未在意，直接在她身边坐了下来。齐乐瑶看在眼中，望着洛清篱，偷偷朝这二人指了指。洛清篱明白她想说什么，却只是坐在一旁笑而不语。

齐乐瑶见洛清篱没有接话的意思，便忍不住先开了口：“这般郎才女貌真是让人艳羡。”

她虽是有心帮芸儿说话，可芸儿清楚，说得多了，洛清影难免会心生抵触。想到这里，芸儿忽然起身请辞："郡主，方才入园时瞧见荷塘里的莲花已经开了，我想去看一看。"说完，她不待齐乐瑶首肯，便要匆匆退出去。齐乐瑶见她如此仓皇而逃，不免有些尴尬，只好作势笑了两声遮掩过去。

没想到洛清影却跟着起了身来唤住她："芸儿！想来我也很久不曾见过园中的莲花了，我陪你同去吧。"芸儿又惊又喜，一时未能回过神来，只愣怔地站在原处。

洛清影转过身去朝洛清篱和齐乐瑶揖了一礼，然后快步来到她面前："走吧。"芸儿不敢置信，仓皇间抬头望了他一眼，却见他嘴角荡着一抹淡淡的笑意。

望着这二人渐远的身影，齐乐瑶惊讶地转首看着洛清篱问道："夫君方才与清影说了什么？他……他怎么突然对芸儿这般好？"

洛清篱温柔地笑了笑："我什么也没说，是你对他们二人的事过于担忧了。清影又不是顽石，芸儿如此体贴入微，他都是看在眼中的。朝夕相处、日久生情，他们之间的事我们就不要过多干涉了。"

齐乐瑶听出他话中的劝阻之意，忍不住喟叹："是啊，自己的日子只有自己活得明白，我们就算再着急也是于事无补。清影心思通透，总会想清楚的。天边月虽好，却总是遥不可及，倒不如好好珍惜眼前人，相守相知，不辜负一片情意。"

"所以说，我们就不要在这儿长吁短叹了。"洛清篱笑着点着她的眉心，"如此美景，若不用心感受，岂不辜负了？"

齐乐瑶终于安下心来，可芸儿的心仍旧悬在半空。她小心翼翼地跟在洛清影身旁。满池菡萏缤纷，濯濯青莲暗香，可她却毫无心情去欣赏眼前的美景。

行至一处回廊，洛清影忽然顿了步子。芸儿不知所以，亦是慌忙随着他停了下来。

洛清影开口说着，眼睛却一直望着远处的风景："方才你有意为我解围，我十分感谢。"

芸儿羞赧地垂下头去："郡主一心为我，还请大人不要往心里去。"

"郡主是好意，我怎么会怪她。"洛清影收回目光，转身望着芸儿，却是一副欲言又止的模样。

芸儿不忍他如此为难，便轻声问道："大人可是有话要说与我听？"

洛清影张了张嘴，却又生生忍了回去，只笑着摇了摇头："没有。"

芸儿的眼神倏地黯了下去，却又很快回复了神采。她上前一步，伸出手来，洛清影本能地闪躲了一下。芸儿收回手来，指尖拈着一片柳叶。

“大人站得久了，柳叶都沾在衣襟上了。”芸儿将那片柳叶放在手心处，轻声说道，“芸儿别无所求，只求大人不像轻轻拂去这柳叶一样将我撇开，我便心满意足了。”

洛清影一愣，却碰上她热切的目光。他迅速躲了开去，轻声说道：“我并无你想的那般好，你无须轻贱自己。”

第十七章

东风摧枝　情深缘浅

万物终有尽，若非天意，便借人力。

虞恪终于有了动静，他的使者在神策军的陪同之下再一次来到了燕安。使者向赵弘瑀面呈了一封书信，赵弘瑀看完，不置可否，差人先将他带了下去，只留负责送人的神策军副将在内。

“陛下，曹晖将军有书信呈上。”

这一切似乎都在赵弘瑀的预料之内。欢招将书信接了过来，交到他的手中。“曹晖还有什么嘱咐你的吗？”赵弘瑀一边拆着锦袋，一边问道。

“回陛下，将军说一切都在书信里了。”

“嗯。”赵弘瑀别过头去吩咐欢招，“带他下去好生休息，随时待命。”

“是。”欢招领了命，轻快地走下去，将那名副将引了出去。不多时，他将一切安排妥当，又悄然回到殿中。

“你来看看吧。”赵弘瑀侧倚在御座上，指着平铺在御案上的两封信说道。

赵弘瑀一向有严明的准则，内务宦官绝不可染指朝廷之事。如今他突然下令，欢招一惊，以为他是有意试探自己，便慌忙退了几步跪下推却：“军国大事，奴才不敢擅自阅览。”

赵弘瑀一手揉着太阳穴，一手将那两副绢布扔了过来：“让你看你就看。”

欢招捧着这两封信，极快地观览了一遍，看到最后，他抬起头来担忧地问道：“这……陛下如何打算？”

“你说呢？”赵弘瑀盯着他，冷冷地笑了几声，“这虞恪也真是谨慎，面上只说是让公主回去照顾贤妃李氏。要不是曹晖探得实情，朕还就纳了闷了，李氏是虞昉的生母，就算她病了也得是让虞昉回去照顾，怎么偏偏要让公主回去？原来他是要用虞朝颜与西卫和亲，将公主嫁给李崇勋，这一来二去结下了姻亲，西卫和南祇的关系也就越发牢固了。”

欢招沉思片刻，犹豫着说道：“朝廷的大事奴才不懂，奴才只想到一点，这件事该怎么和太傅大人说？”

赵弘瑀不耐烦地瞥了他一眼：“怎么说？直接说啊！又不是朕要把她送走，是她的母国来要人了。”

“是是是，奴才糊涂了。”欢招看出他的不悦，立刻啄米一样地磕头认错，“这种大事自然是无须和太傅商量的，只让他遵命即可。可太傅这个人心重，奴才担心他千万别又想多了。陛下好容易才让他踏实安心地辅佐秦王殿下，这万一又横生枝节可怎么好？”

赵弘瑀一手杵在御案上，轻轻敲着自己的脑门，过了良久忽然抬头说道：“你去找安歌，让他速速将虞氏兄妹送进宫来。一定要隐秘，不可让任何人知道。”

“是。”欢招将绢书叠好，重新放到赵弘瑀手边，然后便躬着身子准备去办差。

“等一下。”赵弘瑀又叫住了他，“书信里的内容你不可告诉任何人，暂时先保密。”

“是，奴才明白，奴才一定守口如瓶。”欢招使劲点点头。

安歌收到消息，立刻亲自前去安排，以最快的速度保护虞昉和虞朝颜悄然入宫。

旨意来得如此突兀，虞氏兄妹亦是摸不着头脑，只速速随着欢招入了中孚宫，齐齐跪下叩头。

赵弘瑀示意二人起身，又瞄了欢招一眼。欢招心领神会，随即将侍奉在侧的宫人悉数清了出去。赵弘瑀未语先叹息，更是惹得阶下二人心惊不已。

虞昉忍不住开口问道：“陛下突然诏外臣前来，不知有何要事？”

赵弘瑀面容纠结，来回踱了几步才犹豫着说道：“虞恪来了书信，说是贤妃生了重病，卧榻不起已有月余。”

“什么？”虞昉大惊，面容瞬间变得惨白，“母妃她……”

身后的虞朝颜闻此噩耗，难以自持，一步上前拉着虞昉哭了出来：“娘娘怎么会突然生这么重的病？”

见这二人情急伤心乱作一团，赵弘瑀忙开口止住：“你们先别慌，这件事尚且存疑。”

虞昉闻言，似是黑暗羁旅之人见到了火光："陛下何意？"

赵弘瑀没有直言，而是示意虞昉先安抚好怀中啜泣的虞朝颜。

虞昉无奈，只得先将自己的妹妹抚慰下来，待她从噩耗中回过神来，赵弘瑀才又说道："贤妃孤身一人留在宫中，接连遭遇如此多的打击，幽思郁结，身体定然是会撑不住的。据潜入南祇的密探回报，贤妃确实病了，可病情并无那般险恶。想必虞恪也是不愿担上谋害先皇妃嫔的罪名，所以请了御医仔细照料。你二人暂且可以安心。"

"既然如此，那虞恪此举意欲何为？"虞昉闻言，悬在半空的心沉下了一大半。他一边想着，忽然又紧张起来，"他是想找个理由命我回去，好借机除了我？"

"这些日子以来，朕放了很多消息出去，都是说你在大殷被严苛对待，生不如死。虞恪暂时还不会想把你这个烫手的山芋接回去。"赵弘瑀摇了摇头，继而默默地注视着虞朝颜。

虞朝颜被盯着不知所措，她抬头询视虞昉，却见他也一头雾水地看向自己。

"虞恪编造这个理由的目的是想接公主回去。"赵弘瑀凝视着虞朝颜，一字一句地说道。

"我？"虞朝颜不明所以，她快速地想了一遍，却仍旧想不通虞恪为什么要让自己回南祇。

"是的。"赵弘瑀微微颔首，"他让你回去并不是侍奉贤妃，而是别有所图。"

"虞恪又要玩什么花招？"虞昉实在忍无可忍，大声吼道，"他若是想要对朝颜不利，我绝不答应！"

"你不答应？"赵弘瑀扬起一抹嘲讽的笑意，"你有资格和他谈条件吗？你现在自身难保，还想保护别人？"

虞昉受了刺激，可赵弘瑀说的全是事实，他无力反驳，只好恨恨地垂下头去。虞朝颜泪眼蒙眬地将虞昉挽得更紧了些，惶恐地问道："他要我做什么？"

赵弘瑀停顿了片刻，神色越发严肃起来："与西卫和亲。"

"什么！"虞昉简直不能想象，他抱住虞朝颜，又是哭又是笑，"和亲？父皇只有朝颜一个女儿，他怎么忍心让自己唯一的妹妹嫁到那种蛮荒之地，成为朝廷媾和的工具？真是禽兽不如！"

赵弘瑀没有说话，只是静默着等待虞昉将怒火发泄完毕。虞昉骂得狠了，忽然意识到自己身在中孚宫大殿上，如此失态实在是丢人现眼，便忍着怒火将剩下的咒骂咽了回去。

见他平静了下来，赵弘瑀这才说道：“话虽如此，但公主自小由贤妃抚养长大，如今贤妃染疾，公主应尽孝悌之义，守护病榻之侧。虞恪以此为由让公主归国乃是合情合理，朕没有理由拒绝。公主，朕有心保护你们，但事已至此，最终还得由你自己决定。”

虞朝颜似乎已经从初闻之时的胆战心惊中缓了过来，她不再嘤泣，说话间却仍旧带着一丝丝哽咽：“回陛下，外臣愿意回去。”

“朝颜！”虞昉不忍见她受苦，却也无计可施，只能痛苦地拉着她。

“昉哥哥，陛下说得对，我身为南祇公主，绝不能成为一个不忠不孝之人。”虞朝颜抬头望着他，“我回去以后还能见上贤妃娘娘一面，若她真的病了，我也能宽慰她一些。你放心。”

“可是……我不能眼睁睁见你成为虞恪的傀儡啊！”虞昉仍是悲痛欲绝。

虞朝颜低着头想了想，终是摇了摇头：“我若不回去，虞恪很有可能会对贤妃娘娘下毒手。他那般心狠手辣，什么坏事做不出来？何况他的理由如此冠冕堂皇，我若执意不回，岂不是连累陛下也要担上阻人尽孝的罪名？”

“这……”

虞昉难以取舍，却听虞朝颜又说道：“昉哥哥，你若不愿我做他的傀儡，就好好待在燕安，竭力配合陛下的行动，早日回国夺回皇位。”

虞昉闻言，一时语竭。虞朝颜所言直中命门。他自己还需仰人鼻息、受人庇护方可残喘求生，又哪来资格妄言保护自己的妹妹？

赵弘瑀的眼中隐隐生出一丝赞许之意，他干咳几声打断了阶下凄然对视的兄妹二人：“公主虽为女子却有如此见地，实在令朕钦佩不已。”

“陛下……”虞昉转身还想再求，可赵弘瑀却没给他接着说下去的机会。

“楚王，方才公主所言确为朕之所忧。虞恪手段狠毒，朕绝不能让你落入他的手中。朕费尽心机做足了样子，才让他相信你在大殷生存艰难，早晚会客死异乡。他想借朕的手除了你，所以才会放心将你留在大殷。”赵弘瑀一边说着，一边留意着虞昉面上的变化，“他这次设下陷阱让公主归国，若是朕一力阻止，坚决不让公主以身犯险，他一定会起疑，会猜到朕明则对你手段残酷，实则是为了保护你。到那个时候，恐怕他要接回国的就不是公主，而是你了。”赵弘瑀停顿片刻，果然见他不似方才那般坚决，直暗暗摩拳，左右摇摆不定，便接着说道，“朕与你说过，若是不想再过人为刀俎我为鱼肉的日子，就只有一条路，那就是杀回去，夺回原本属于你的一切。如今朕已经在南祇安插好了棋子，只待时机一到便助你归国。难道你甘心让唾手可得的成功毁于一旦吗？”

待赵弘瑀说完，虞昉的脸色明显变了过来。他恨恨言道：“终有一天，我会让虞恪为他的所作所为付出代价！”说完，虞昉又忽然陷入了深深的无力感中，他抓住虞朝颜的手臂，似乎要嵌进她肉里去：“朝颜，皇兄对不住你！”

虞朝颜顾不上疼痛，猛地摇着头：“只要皇兄能成功，我愿意去和西卫和亲。不论我在何处，我都会盼着你荣归南祇的那一日！”

眼见二人又要抱着哭作一团，赵弘瑀不禁皱了皱眉：“既然公主决定归国，朕这便命人去做好安排。这一次朕一定会吸取教训，确保公主安全离境。”

虞昉自觉不能在大殿之上过于悲愤失态，便强忍着回过身来，对赵弘瑀深揖一礼：“陛下对外臣倾力照拂，外臣纵是万死也难报大恩。”

一旁的虞朝颜亦是跪倒在地，涕泪交加：“陛下，待我走后还请您照顾好皇兄。朝颜纵是粉身碎骨也难报陛下对我兄妹再生之恩。”

“唉，说这些做什么。”赵弘瑀示意她起身，又宽慰道，“朕也不是什么圣人，不想粉饰门庭。虞恪是你们的敌人，也是朕的敌人，帮你们亦是帮自己。朕只希望你我能同心协力、渡过难关。”

“陛下所言甚是。陛下有何差遣，臣自当尽力，绝不会有半分推卸。”虞昉信誓旦旦地许下承诺。

赵弘瑀似是松了口气，继而又若有所思地望着虞朝颜说道：“公主，你可愿助你皇兄一臂之力，令他早日夺回大宝？”

虞朝颜一愣，她还未来得及回答，便听虞昉问道：“陛下何意？”

赵弘瑀想了想，耐心地解释道：“虞恪上次偷袭楚王和清篱一行，就是想借机联合西卫李崇勋对我大殷发难。可李崇勋亲政不久，对朝局把控不足，他不愿涉险，所以才使得联盟偃旗息鼓。如今虞恪将公主嫁过去，意图十分明显，就是想借此姻亲增进与西卫的关系，加深这一盟约。我们何不将计就计？既然公主嫁给李崇勋，便可以趁机试探他的底线，找到他的弱点，并伺机说服他，瓦解他与虞恪的联盟。只要大殷免于腹背受敌，就可以安心与虞恪周旋，早日助楚王达成心愿。”

赵弘瑀言毕，却见虞朝颜一言不发，眉头深锁。他佯装失望，无可奈何地浅浅叹息一声：“当然，朕也明白，若让公主行此事，必定会令你身处险境。如此危险之举，朕也不愿强人所难，只凭公主自己决定。”

“这……”虞昉听得心惊，忍不住担忧地望着身边的虞朝颜。若是虞朝颜能从旁相助，他自然是高兴的。可虞朝颜孤身一人深入西卫王庭，面对的又是那般穷凶极恶之人，行差一步便万劫不复。所以虞昉心中纵有千万个意愿，也不能生硬地逼着她做下决定。

虞朝颜看出了虞昉的困顿，她垂眸沉思片刻，似是下定了决心：“看来我还不是废人一个，还能有机会帮到皇兄。既是天赐良机，我为何要浪费？若是能瓦解李崇勋与虞恪的联盟自然是好，若是我做不到，好歹也能给他们使点绊子，让他们互相之间多些猜忌。”

“朝颜……”虞昉立刻便明白了她的意思。他感动不已，却暗自又为自己方才的私心愧疚难安。

“好！公主胸怀大义，果真是巾帼不让须眉！”赵弘瑀一拊掌，忍不住赞许道。

“陛下谬赞，外臣愧不敢当。”虞朝颜俯下身去，“贤妃娘娘养我成人，皇兄视我如一母同胞。如今娘娘和皇兄有难，我又岂能坐视不理？之前我只恨自己是女儿身，无法替皇兄报仇，如今上天给了我机会，我绝不会错失良机。”

赵弘瑀甚是满意地点点头，继而又沉下声音叮嘱道：“公主的心情朕能理解，不过要想成功，公主还需谨记一些事情。公主归国之后切不可让虞恪知道楚王在我大殷的实情。若是他有心试探你，你不可过分渲染朕对楚王的苛待，只说朕放任自流，不愿干涉，无人问津即可。说得过了，他反而会疑心。”

虞朝颜闻言，心领神会：“过犹不及，我明白。”

“虞恪以贤妃为由，虽然我们探知了实情，可为了做得真一些，楚王也该给贤妃写封家书才是。”赵弘瑀说着，将欢招唤了进来，“楚王有封书信要写，你带楚王去重华殿，那里清静。写好了再给朕拿过来。”

虞昉一愣，不知赵弘瑀为何如此着急安排。赵弘瑀看出他的疑惑，笑着解释道：“若是单纯的家书，朕不会擅自过目。可虞恪奸诈狡猾，朕怕你写的时候会不小心露出破绽，所以你先去写，待朕看过无误，再让公主替你带回国去。”

赵弘瑀嘴上如此安慰，理由也是正大光明，可他心里最担心的还是怕虞昉会有什么隐瞒着自己。虽然目前虞昉被迫依附于他，与他合作，可虞昉终究是南祇的皇子，他绝不会彻底敞开心扉，而赵弘瑀也没必要对他掏心掏肺。

“是，外臣这就去写。请陛下稍候片刻。”虞昉领了命，准备跟着欢招离开。

虞朝颜自然是跟在他身后要一起离去，没想到却被赵弘瑀叫住了：“公主就无须过去了。写信需要安静，你若是在楚王身边，他怕是悲痛难忍，无法写下去的。”

虞朝颜停下脚步，无言地望着虞昉，继而又转回身来答道：“是。”

虞昉见她有些犹豫，以为她是惧怕与赵弘瑀单独相处，便轻声宽慰道：“陛下说得是，你就先在此处等我片刻，我写完便立刻回来。”

“嗯。”虞朝颜低着头应了一声。

虞昉重重叹了口气，转身走出殿外。

待他走远，赵弘瑀才回到御座上坐下。虞朝颜局促不安地立在阶下，低着头一声不吭。

赵弘瑀盯着她看了半晌，这才开口问道：“你知道朕是为了什么才将你单独留下？”

“外臣知道。”虞朝颜轻轻点点头。

想到之前发生的种种，赵弘瑀猛然间有些感慨：“你不必如此拘谨。当日你与太傅之间的是是非非，朕不愿再提。以后你去了西卫无人照应，还须处处小心。”

“外臣谢陛下关心。”虞朝颜依旧低头站着，看不见脸上的表情。

赵弘瑀犹豫片刻，见她一副与自己故作疏远的样子，竟与洛清影有几分神似。“你若有个三长两短，我怕太傅会伤心。”虞朝颜没有说话，然而不停抽搐颤抖的肩头却出卖了她。

赵弘瑀可以稳坐朝堂操纵人心，可唯独不知如何安慰姑娘。一见虞朝颜又要梨花带雨，他不禁有些头疼：“朕知道你心里委屈，别哭了。”

虞朝颜抬起手来拭去面上的泪痕，哽咽不止：“终是我辜负了他。”

“这也不能怪你。”见她这般凄楚可怜的模样，赵弘瑀忍不住软下了心肠，“只能说你和他注定无缘。既是天意难违，任何人也奈何不得。”

虞朝颜努力抑制着内心的伤痛，却如何也止不住断线般的眼泪。“方才陛下问我自己的选择，我有一丝的犹豫，并非是因为我贪生怕死，不愿为了皇兄涉险，而是我怕……若要设法瓦解虞恪和李崇勋的联盟，我就必须要对他曲意逢迎、强颜欢笑，取得他的信任和欢心。太傅对我情深义重，我这样做便是背弃了与他的誓言，背叛了与他的情意……”说着，虞朝颜忽然又跪下身去，重重磕了一个头，“陛下，我想请您帮我一个忙。在我离开燕安之前，千万不要告诉太傅和亲真相，我不想让他伤心。”

赵弘瑀沉默不言地凝视着她瑟缩一团的身影，心情变得复杂难耐。他将虞朝颜单独留下来，本就是想劝她暂时对洛清影保密。一则，他不知洛清影得此消息之后会做出什么样的举动，他不愿再横生事端；二则，他有意将计就计让虞朝颜成为自己安插在李崇勋身边的棋子，若是洛清影知道内情，一定会与他生出更多嫌隙。于公于私，他都不能将此事告诉他。可是他没有想到，虞朝颜竟然自己提出要隐瞒洛清影。她的理由再简单不过，只是不愿意见他痛心。

赵弘瑀忽然想不明白，身边的妃嫔与自己相伴多年，从无一人真心为他想过。但虞朝颜才和洛清影见过寥寥数面，却可以为了他放弃一切。真情究竟是什么？相比之下，自己的小心算计显得讽刺起来。

可是他心里清楚，他要的是一个确保无虞的有利结果，而不是一份风花雪月的浪漫爱情。

"但若瞒着他，朕会觉得愧对于他。"赵弘瑀将心中那一丝丝动容剿灭，依旧按照心中既定的打算继续说道，"毕竟等你回国以后，和亲的消息便会传出来，到那时就再也瞒不住他了。刻意欺瞒，朕岂不是不义？"

虞朝颜见他不肯答应，便又膝行几步，直至丹樨之下，跪地恳求："我知道这样做只是掩耳盗铃、自欺欺人罢了。是我对不住他，他晚知道一天，便可少伤心一天，我能为他做的只有这么多了。何况待我走之后，日久情疏，他的伤痛或许就能淡下去许多。外臣既是做了决定要助皇兄复位，就绝不想有任何后顾之忧，请陛下成全！"

赵弘瑀望着她投过来的目光，那里面有期待亦有绝望。"好吧。"沉默片刻，赵弘瑀终于松口，"你说得对，朕了解他的性子，看似云淡风轻，实则将一切都埋在心底。他对你如此深情，若是闻此噩耗，一定会痛不欲生。悲痛欲绝之下，他若难以自制，再做出什么糊涂事来，惹得虞恪有所警觉，那就真是不好收拾了。朕答应你，在你离境之前绝不对他透露半分。"

虞朝颜心中唯一的牵绊终于落定。心愿已了，她再无所求，只闭着眼睛再次跪谢："外臣谢陛下体恤之恩。"

虞昉写完家书回到中孚宫大殿，将写成的书信呈了上去。赵弘瑀详细看了一遍，确认无误，才将书信留了下来，并让安歌将这二人带了回去。

他盯着殿外出神，心不在焉地叮嘱欢招："公主和亲之事暂时保密，不可告诉任何人，尤其是清影。待公主走后，朕会亲自告诉他。"

"这……"欢招有些担心，"陛下现在不说，恐怕以后太傅会怨恨陛下的。"

"怨恨？"赵弘瑀抽回神来，盯着他躬着的身影，眼神暗了一下，"他怨朕也无济于事，是老天不让他和虞朝颜在一起，和朕有什么关系？要怨就怨上天吧。”

“也是。”欢招摇着脑袋叹着气，“好不容易公主留在了燕安，没想到这么快又要走了。奴才担心太傅会撑不住。”

“撑不住也得撑！”赵弘瑀莫名有些恼火，一掌拍在御案上，“他是什么人？他是庙堂重臣，不是市井小民！他该挂念的是朝堂大事，不是莺莺燕燕的风花雪月！若他连这点挫折都撑不过去，那朕就是错看了他！”

见赵弘瑀动了怒，欢招连忙跪下身去认错：“陛下说得对！太傅心怀全局，胸中自有林壑，怎会被这些小事击倒？是奴才糊涂了。”

赵弘瑀不耐烦地瞄了他一眼，按下怒气淡淡说道：“说白了，这些事朕也无能为力。朕要做的事情，绝不能因为顾念某些私人情感就半途而废。做人需要懂进退、知取舍，哪些是大义，哪些是小情，为人君的必须要分清，为人臣的也应该要拎得清。大事面前，朕会一视同仁，不想偏袒任何人。你也一样。”

欢招闻言，心中咯噔一声。赵弘瑀最后说的那四个字里带着浓浓的警示意味。欢招不敢擅动，吓出一身冷汗：“奴才该死！陛下说得是，是奴才僭越了。众位大臣再精贵，那也是陛下的臣子，必须唯陛下马首是瞻，与陛下同心同德，绝不能为了一己私事而坏了陛下的大事。”

赵弘瑀见他如此唯唯诺诺，也知道他是听懂了自己的意思，便没再多说什么，翻开奏章，低头吩咐道：“你去把洛清篱和洛清影请来。这次护送公主归国，朕还得好好和他们商量一番，定个妥当的计划。”

“是。”欢招爬起身来，不敢再多嘴多舌，只恭敬地答了话，然后便麻溜地退出去。

“慢着。”赵弘瑀忽然又叫住了他，“若是他们问起何事，你就权当不知，什么都不要说。”

“是，奴才遵旨。”

忽然被急召入宫，洛清篱和洛清影皆是一头雾水。向欢招探听何事，欢招又是一副讳莫如深的模样。二人不明就里，只好惴惴不安地入了宫来。

刚踏进中孚宫的正门，这二人便察觉到了异样。宫人们悉数被屏退，只有赵弘瑀一人在殿中等着他们。待洛清篱和洛清影行完觐见之礼，赵弘瑀才低沉着嗓子开口言道：“事出紧急只好临时把你二人招来。”

洛清篱与洛清影暗中对视一眼，上前一步问道：“敢问陛下发生了何事？”

赵弘瑀深深吸了一口气，神色纠结：“虞恪遣使入京，要接德宁公主回去。”

一言既毕，阶下二人皆是大惊失色。洛清篱连忙追问：“他为何突然要让公主归国？”

“贤妃李氏身染重疾，卧榻不起，病势缠绵，已经几个月了。”赵弘瑀抬手示意他先不要着急，“若是这个节骨眼上贤妃死了，虞恪恐怕又要担上谋害先皇妃嫔的罪名。所以他才让公主回去随身侍奉，也能稍解贤妃思子之苦。”

洛清篱垂目思索片刻，复问道：“虞恪可有让虞昉归国之意？”

“没有。”赵弘瑀冷笑着哼了一声，“他如此奸诈，怎会轻易将虞昉这个烫手的山芋接回去。他倒巴不得朕对虞昉再狠一些，好直接让虞昉客死异乡。”

洛清篱稍稍安下一些心来，忽然又想到身旁的洛清影，忍不住担忧地偷偷瞧了一眼。洛清影僵在原处，面色苍白，只眉心微微跳动了几下，眼神失焦一般地望着前方。

赵弘瑀似乎并未留意这些，抚摩着案边缓缓说道：“朕有心将公主留在燕安，可若拒绝了虞恪，他就会认为朕是有意庇护她，进而也会怀疑朕对虞昉的真实态度。虞昉是朕揳入南祇朝堂的一根重要的钉子，朕绝不能用他的安危来冒险。”

洛清影迟迟没有反应，洛清篱只好转回身来拱手言道：“陛下思虑周全，看来公主归国已成定局。”

“是啊。”赵弘瑀无奈地叹了口气，“思来想去，这是唯一的选择。朕方才已经见过虞昉和虞朝颜了，他们兄妹二人皆无异议。所以朕才找你们二人前来，想仔细商定一下护送公主归国的计划。毕竟有前车之鉴，这一次还需更加谨慎一些。”

“陛下说得是。”洛清篱有些敷衍地答着。

赵弘瑀的理由合情合理，既然乾坤已定，洛清篱没有必要再去争执，他唯一担心的便是身边的兄弟而已。

赵弘瑀虽然自始至终没有直面洛清影，一双眼睛却暗中紧紧盯着他。忍了片刻，赵弘瑀终是没忍住心里的忧虑：“清影，你还好吧？”

洛清影被这一声呼唤惊得收回神来，他使劲眨了眨眼睛，嘴角忍不住抽搐了几下。

“清影……”洛清篱靠近了几步，惴惴不安地又唤了一声。

洛清影喘了一口大气，胸口起伏几下，然后敛着神俯身拱手答道：“回陛下，臣无事。”

“朕知道你与公主之间的情意，朕也想替你留下她，可……”

赵弘瑀还未说完，就听洛清影又说道：“陛下无须挂怀。公主归国之事涉及众多环节，切不可徇私而坏了陛下的长久大策。”

赵弘瑀一愣，停在半空的手臂猛然僵住。他默默点点头，干笑了几声：“你能如此替朕着想，朕很是感动。”

洛清影垂下手去，可两只手却不受控制地轻轻颤抖。他极力掩饰着这一切，转身又望了洛清篱一眼，示意他宽心。

“既是如此，那言归正传，还是说说护送公主之事吧。”赵弘瑀看着洛清篱，语气十分郑重，“这一次绝不可再出现任何差错。”

“是。”虽知洛清影是在假装镇定，可在大殿之上洛清篱也无法多言相劝，只好转身先听赵弘瑀的差遣，“臣一定亲自将公主安然无恙地送回南祇。”

“这一次就不用你亲力亲为了。”赵弘瑀摆摆手，“上次送人差点要了你的命，现在郡主好容易又有了身孕，你还是在府中好好陪着她吧，免得她牵肠挂肚。她若再有个差池，朕就真是千古罪人了。”

“陛下何出此言？为陛下分忧乃是臣的职责。”洛清篱仍旧坚持由他亲自护送。

“朕已经决定了，你不必再请。”赵弘瑀亦是十分坚决，“你只说由何人去送最合适？这个人要胆大心细，还要口风极严。朕可不想让公主的行程弄得人尽皆知。”

洛清篱思索片刻，心里有了人选：“陛下觉得铁骑校尉安歌是否合适？”

赵弘瑀若有所思地点着头：“嗯，这个安歌倒是可行。上次你坠崖遇险，多亏了他找到崖底暗河，才能顺流寻到你们。他做事认真踏实，又处事周全，让他去朕放心。”

“是，臣领命。臣这便去找安歌，让他做好准备。”

赵弘瑀已经交代清楚，洛清篱这便领了旨意准备退下。他侧过身去暗暗示意洛清影，让他与自己一同辞别。

可还未等洛清影做出任何反应，就听赵弘瑀又说道：“清篱，时间紧迫，你先忙你的去吧。朕有些话要和清影单独谈一谈。”

洛清篱无奈，虽然满心放不下，却亦是无计可施，只好躬着身子退出殿外。

待洛清篱离开之后，大殿内越发显得空空荡荡。洛清影不作声，赵弘瑀一时也不知该如何开口，气氛顿时变得尴尬起来。

毕竟是自己让人留下的，赵弘瑀思来想去，决定先开口：“公主的事，我很遗憾。”

“陛下已经尽力了，臣无所怨。”洛清影垂着手，微微低下眼眸。

“现在没有外人了，不必再以君臣相称。”赵弘瑀以为他是有心隔阂，不满地皱了皱眉。

洛清影这才反应过来。他并非是有意以君臣的称呼故作疏远之态，实在是因为乍闻虞朝颜要离开而六神无主。他虽极力掩饰做出平常姿态，但仍旧神思难定，根本不曾意识到洛清篱已经退了出去。

“……是。”没有洛清篱在旁，他反而更加不安。

赵弘瑀见他脸色煞白，不由得问道：“你还好吗？要不要坐下休息一会儿？”

“我没事。”洛清影摇摇头。

“唉。”赵弘瑀明知他是强撑，却也没坚持戳破他，叹着气说道，“方才公主来过，就站在你现在站着的位置。虽然之前发生过一些不愉快的事，可我对她并无偏见，她这一次的表现更是令我刮目相看。贤妃李氏对她有抚育之恩，即使身处逆境，她却仍旧以孝悌之义为先。危机来临之际，她竟然比虞昉更有担当。身为天之骄女，她荣耀在身，却也深知自己肩上的责任。”

赵弘瑀这番话明则大肆褒扬虞朝颜，实则也有提醒洛清影之意。连一介女子都可以为了大局而舍弃儿女私情，他堂堂一国重臣难道做不到？可大悲之下，他无法再说出些冠冕堂皇的话语，只好轻轻点了点头。

赵弘瑀也不逼他，自顾自地继续说道：“公主到底是姑娘家。她对你情思深重，自知离别在即亦是情难自禁，方才哭得像个泪人一样，让人看着心疼。”

洛清影眉心微微抽动一下，不觉咬紧了牙关。赵弘瑀以为他会说些什么，但见他喉间滑动了几下，依旧还是沉默无语。

赵弘瑀顿了顿，忽然意识到自己高坐御阶上，与阶下站立的洛清影泾渭分明，这种状态或许给他带来了压迫感，所以他才一直隐忍不发。于是赵弘瑀站起身几步下了御阶来到他的身边，满面愁容地望着他：“你这个样子怎么能让人放心？”

洛清影对上他关切的目光，无奈地苦笑道：“我早料到是这样的结局，却没想到这一天来得如此之快。”

赵弘瑀点点头，亦是无奈：“我也没想到。或许这就是天意吧。”他又不放心地盯着洛清影，犹豫着说道：“我虽敬佩公主，可她终究是外人。我最担心的还是你……”

“我真的没事，你不用担心。”洛清影打断了他，“既然公主都能明辨轻重，我又怎能自怨自艾、顾影自怜？多事之秋，朝堂上下还有很多事等着我去解决，我不会因私废公，你放心吧。”

“我不是担心你会不会误了朝政，我是担心你心里那个坎过不去。”赵弘瑀着急解释，可见他一副神色恹恹的样子，又重重叹了口气，摆手言道，“算了算了，你不愿说我也不逼你。反正你若不开心了，就可以来找我聊聊。”

洛清影不愿说，并非是对赵弘瑀设了心防。只是目前这个状况，他自己都还是蒙的，又怎能说得清楚？他知道赵弘瑀是好心宽慰自己，不想他误以为自己刻意疏离，便又轻声问道：“公主何日启程？”

赵弘瑀一愣，想了想答道：“尽快吧。待清篱那边安顿好，朕便送她走。”

洛清影静默片刻，踌躇几下终于鼓起勇气：“归程那日我可否送送她？”赵弘瑀抿着唇望着他，不置可否。

洛清影知道这是自己最后一次机会，便又大着胆子恳求道：“我保证绝不会说不该说的话，做不该做的事。只最后一面，我仅仅是想送她一程而已。”

见他如此着急剖白自己的心意，赵弘瑀忍不住生出一丝心酸：“我自然是信得过你的，可公主的自持力如何我却无法保证。归程之时人多事杂，她若见了你，万一做出什么冲动之举，这后果便不堪设想。恕我不能冒这个险。”

洛清影没有想到他会如此果断地回绝自己，极度的失望和悲伤再一次涌上心头。万念俱灰之下，最后一丝希望被无情抽离，他难以支持，脚下有些不稳。赵弘瑀离得很近，自然能听到他急剧变化的呼吸。

“你啊……明明心痛难忍，却还要装作无事人一般。”赵弘瑀一把将他稳住，望着他沉如死灰一般的面容，不禁摇了摇头，“归程那日你就不要送了，离别就在眼前，多送一程便多一分伤感。公主离京前一晚，你去与她见一面吧。”

一步地狱，一步天堂。洛清影不敢相信自己的耳朵，他睁大了眼睛望着赵弘瑀。

赵弘瑀苦笑一番，继而拍了拍他的肩头：“无须思量别离之事，权当与心爱之人的一次约会。”

洛清影感激地望着他，直盯得赵弘瑀不好意思起来。踌躇片刻，他仰首恳求道：“我想带她去大相国寺。”

赵弘瑀垂眸思索片刻，面上隐隐有些为难。洛清影不敢说话，只静静等着他的回答。

“好吧。”赵弘瑀叹息一声之后终于开口，“我让安歌直接将她送去大相国寺，并暗中派人保护你们。”

洛清影竟似红了眼眶，哽咽说道："谢谢。"

"快起来吧！"赵弘瑀又俯身将他拉起来，"我不知道该怎么安慰你，只愿我做的这些能稍稍弥补你内心的缺憾。待她走后，一切尘埃落定，风物长宜放眼量，你我还需往后看。"

"我明白。"洛清影轻轻点头，"有些事不能有始无终，我与她见上一面，就算是做一个了结。"

第十八章

亲卿爱卿　是以卿卿

到了既定的日子，洛清影独自一人早早来到大相国寺前等候。金乌西坠，天幕刚染靛青色，一辆精致的马车便缓缓停在了大相国寺的门前。

洛清影暗自定了定神才走上前去，停在竹帘前轻轻唤了一声：“公主。”

一双素手轻挑开竹帘，虞朝颜躲在帘后含笑望着他，眼眸潋滟，如杏花雨丝。

洛清影伸出手去，亦是温柔地笑着，一眼万年。

虞朝颜搭着他的手探出身来，轻敛裙角，袅袅落地。自从相识以来，她似乎从未如此精心装扮过。天青色的齐腰襦裙之上绣着锦绣团花，丝绢束腰，尾结宫绦，衬得整个人娇小纤细。如雪般的面上，一双柳叶眉细淡悠远，唇间一点朱红，动人心魂。尤其是那对充溢着思恋之情的眼眸，明灭闪烁，未语先动容。

洛清影愣着看了半晌，忽然意识到自己太过失仪，恋恋不舍地收回眼神。“公主……”他方唤了一声，就听虞朝颜说道：“大人，今日我们不说伤心事，谁都不许哭，好不好？”

洛清影低头看去，但见她眼中满是柔情，随即便明白了她的苦心，笑着点头：“好。”

虞朝颜看出他眼中的炽热之情，羞怯着别过头去，望着点点风灯问道：“这是何处？”

“这里是大相国寺。”洛清影抬手指着寺门处，“那日在驿馆，我与你说起过燕安四时之景，你可还记得？”

“大人说的每句话我都记得。”虞朝颜挽过他的手，害羞地盈盈笑着，“那日我归国在即，你哄骗我，说带我来大相国寺看萤火。那时我不信，可没想到今日却真的实现了。”

洛清影亦是想起那日的情景，不免有些叹息，继而又想起方才答应了她不说伤心事，便强作欢颜逗她："我从不骗人。"

"是是是，你未卜先知。"虞朝颜不与他计较，直拉着他的手快步往寺门处走去，"萤火在哪里？我要去看！"

洛清影不愿扫了她的兴致，拽着她一路小跑。兜兜转转，洛清影终于停下脚步。他回过身来，双手抚在虞朝颜的肩头，将她向前推了几步，指着前方说道："你看！"

虞朝颜抬起头来一眼望过去，瞬间被眼前的景色惊得说不出话来。竹林葱郁，宛自成海，漫天流萤，如梦如幻。虞朝颜情不自禁地抬起一只手来，想要去触碰，那点点萤光却倏然散开，丝丝余光残留，在黑夜中舞出璀璨的线条。

她有些失落，刚要收回手，就听洛清影附在耳边轻声说道："快看。"两只流萤大着胆子飞了回来，在她指间流连缠绕。

"好美。"虞朝颜喃喃地说着，兀自出了神。

"随我来。"洛清影见她沉醉其中，便轻轻唤了声，拉着她往前走去。

竹林深处有一座石山，虽不高，却也颇有意趣。洛清影小心翼翼地拉着她，顺着蜿蜒的石阶爬上顶端，在开阔处站定。虞朝颜盯着眼前的奇景，似乎还未从震撼中抽回神来。

"公主？"洛清影见她一言不发，便又轻轻唤了一声。

虞朝颜心头一热，忽然转身扑进了他的怀中，嘤嘤啜泣。

"说好的今日不说伤心事，怎么又哭了呢？"洛清影轻柔地抚着她的后背，努力想让她开心起来，"你说话不算话哦。"

过了片刻，虞朝颜才渐渐止住眼泪，松开双手，微微拉开与他的距离，哽咽着说道："我不想让你以后回忆我的时候全是伤心的记忆，所以才强迫自己一定要开心，哪怕是强颜欢笑。可一想到明日一别便是天涯永隔，此情此景再难见，我就无法抑制自己的内心，怎么办？"

洛清影凝视着她，眼中似有千言万语。他温柔地又将她拉回身前，轻声说道："遇一人，倾一世之心，结一世姻缘。从此不恨情深缘浅，因为姻缘早已定下，不会随聚散而亡佚。就算天涯永隔又何妨？"

虞朝颜安心地枕在他的肩头，仿佛一切都归于初始的宁静。灵动闪烁的萤火在二人身边跳跃翻飞，美得那么不真切。

忽然间她又想到了什么，眼神复黯淡下去："陛下告诉我你已经有了妾室。"

洛清影身子一僵。

虞朝颜感受到他的失措，便又轻轻将搂着他的手收得更紧了些：“陛下说你是因为一些原因被迫接受了这门亲事，他怕我误会你，所以提前都告诉我了。我没有责怪你的意思，我只是在想，陛下口中的‘一些原因’里应该也包括我吧？”

“这一切跟你没有关系，是我自己做得不够好。”洛清影微微拧起了眉。

“其实陛下是好心，他告诉我那个姑娘仰慕你许久，对你体贴入微，让我可以了无牵挂地离开。”说到那个女子，虞朝颜刚刚平复些的心绪又起了波澜，“大人，我走以后你不要再沉溺于往事，和那个姑娘好好过日子，总有一天你会儿女满堂、尽享天伦之乐。”

洛清影紧闭着嘴唇，心中五味杂陈。见他没有说话，虞朝颜直起身来默默地望着他。他那眼神中明显有许多难言之痛。

“大人，你心胸宽广，凡事看得都比我要透彻许多。我不能在你身边与你相守到白头，你也不能守着这一点点回忆度过余生，那样对你不公平。”

洛清影苦笑着叹息道：“我心胸并不宽广，却恰恰只能容下一个你而已。”

虞朝颜心中一震，不知再如何去说。她眨了眨眼睛，眼泪又扑簌簌地滚了下来，她顾不得许多，一头扑进他的怀中：“大人，你不要对我这样好！你这样会让我内疚一辈子的。”

“你无须内疚，这一切都是我心甘情愿的。”洛清影轻轻抚着她，“就像你对我，也是心甘情愿，是不是？你不用担心我以后会怎样，我答应你，我会努力让自己开心。人生在世处处艰辛，岂止离别是悲欢？开心、认真地过好余生的每一天，便是我们对彼此最好的承诺。”说着，他从腰间取下玉珏，郑重地交到虞朝颜的手中。

“这是什么？我曾见你佩戴过，貌似从未离身。”虞朝颜轻轻抚弄着那块玉珏，只觉得温润细腻如羊脂一般。玉珏被金丝紧紧箍在一起，仔细一看，中间有一道细长的裂纹，好像曾经断裂过。

洛清影点点头，认真说道：“这是我母亲的遗物，我把它送给你。”

虞朝颜一听，立刻红了脸推却开去：“既是伯母的遗物，如此贵重之物我不能收！”

“公主，你没有明白我的意思。”洛清影极力将玉珏塞在她的手心里，一双清澈的眸子望向她，眼中流转着无限的情意，“正因为是母亲的遗物，所以才要给你。”虞朝颜看着他，随即便明白了那眼神中潜藏的深意。

“母亲在我出生时便故去了，可惜一场意外让它碎成两半。后来有人帮我请了能工巧匠将它修复如初。”洛清影轻抚着虞朝颜的手，低头缓缓说着，“母亲唯一留给我的东西就是这玉珏，所以它对我来说如同无价之宝，如此珍贵的东西只能送给与它同样重要的人。”

“不……”虞朝颜虽是感动，却仍旧有些犹豫，“这样的无价之宝你就该好好留着，日后送给……送给与你结发之人。”

洛清影笑了笑：“所以我将它交给你啊。”

话已到此，虽然洛清影说得婉转，却已经完全挑明了自己的心意。虞朝颜心中半喜半悲，咬着嘴唇，一双美目中又盈满了晶莹：“可我……我无法陪在你身边……”

“那又如何？”洛清影揽过她的肩头，微微笑着安慰她道，“我不是说了吗，只要心中有彼此，在哪里都一样。我洛清影此生只有一个妻子，不管你身在何处，我都认定你了。”

“我会辜负你的。”虞朝颜紧紧揪着他的衣襟哭出声来，“我怕以后你会恨我。”

“不会的。”洛清影摇了摇头，“我知道你担心什么。你是公主，以后一定会嫁做他人妇，这些我早有预料。你说你唯一的愿望便是让我幸福，我亦如此。所以你不必背负愧疚之意，只要好好活着，便不会辜负我。”

虞朝颜默默点头，然后又抽噎着说道：“你送我如此贵重之物，我却没有什么可以送你。这样不公平。”

“怎么没有？”洛清影轻轻拍着她，感觉到她渐渐平复下来，“那支金羽箭你忘了？”

“当然没忘！”虞朝颜使劲摇了摇头，“我将它送与你的时候，你还嫌弃不要来着。”

“我何时嫌弃过？”洛清影急着辩白，“我只是怕公主误将欣赏当作喜欢，错付了真心而已。”

虞朝颜听他如此着急解释，顾不得面上泪痕未干，忍不住哧哧笑了两声，又气鼓鼓地说道：“我才不会那么傻，欣赏和喜欢我还是分得清的。”

“那就好。”洛清影欣慰地点点头。

“可是那金羽箭没有玉珏这般珍贵，我……”

“只要是你送的，在我心里就是无价之宝。”

听着这般甜蜜的话语，虞朝颜破涕为笑，忍不住抬手捶着他的胸口：“都说大人性情冷清孤傲，是遗世独立的君子，可如今看来也如油嘴滑舌之徒一般，尽说好听的。”

洛清影笑着拉开她的手：“君子也是人啊，君子也会对喜欢之人动心啊。这世间哪有什么不食烟火之人，只不过是未遇到能让他甘愿浮沉于红尘俗世的人而已。”

“嗯。”虞朝颜乖顺地点点头，静静伏在他怀中，感受着他身上传来的温度，“我心匪石，不可转也；我心匪席，不可卷也。这句话我一直记着，不可转、不可卷，大人如此，我亦如是。”

虞朝颜摩挲着手中的玉珏，伏在他颈间低声细语：“我发誓，当我离开人世时，我会将玉珏一同带入陵墓之中。生不同衾，死则同穴。”

洛清影明白她一片深情无法抒怀，便温柔地应声道：“好。”可他不知，虞朝颜早已泪眼模糊。

不知过了多久，蝉鸣蛙叫亦是渐渐隐去。夜已深沉。安歌不知从何处冒了出来，为难地抱拳催促：“大人，夜色已深，末将该送公主回去了。”

“嗯。”洛清影了然地点点头，“你去寺外等着，我这就送公主出去。”

“是。”安歌领了命，一路小跑下了石山去。

既知离别之时已到，虞朝颜惶恐地紧紧抓住了洛清影的手，连连摇头。洛清影抬手拂过她的脸颊，试图拂去她面上的不安：“这一刻终是会来的。你既知我的心意，便无须再害怕。”

虞朝颜顿了顿，举起手中的玉珏。月华之下，熠熠生辉。“你说这玉珏曾经碎过，可如今再度重圆，这是不是一种巧合？或许这是痴人说梦，可我还是愿意带着这样的梦走下去。”

洛清影拿过玉珏，俯身仔细地挂在她的衣带之上：“它在你身边就如同我在你身边一样。”

虞朝颜垂下头去，低喃道：“我们走吧。”

安歌将马车停在大相国寺门前，看着这二人缓步出了来。他顺势退到一旁远远候着，让他们把相思之情诉尽。

洛清影拉着虞朝颜来到马车边，伸手要送她上去。强忍了一路的情绪终是无法忍住，虞朝颜一个箭步冲上去又紧紧抱住了他：“我不想走。”

洛清影亦是悲难自抑，却又不得不咬牙硬挺。他深深地吸了几口气，将心内起伏的波澜重重压了下去。“你说过，不想让我以后回忆起你的时候脑中都是哭泣的模样。”洛清影捧起她的脸，替她拭去泪痕，“别哭了，不然我会担心。”

虞朝颜使劲点点头，可泪珠子却如何也止不住。“我不哭了！哭得眼睛花了，都看不清你了。”她用力擦了擦眼睛，又紧紧握着他的手叮嘱道，“我走了之后，你一定要好好照顾自己，不然我也会担心。”

“好，我答应你。”洛清影牵起嘴角，眼眶却抑制不住地泛了红。

他怕再待下去自己的情绪会失控，便抬手说道：“明日离京，山高路远，好自珍重。”

“嗯。”虞朝颜再也没说一句话，一扭头搭着他的手转身上了车去。

安歌见状，忙上前来向洛清影揖了一礼：“大人放心，末将一定将公主安全送回南祇。”

洛清影点点头，目送着马车一路远去，渐渐隐进无尽的黑暗中去。“漫漫长夜辞旧梦，从此春风不相逢。”他喃喃自语，眼角终于落下一道泪光。

夜幕深重，可中孚宫大殿内仍旧闪动着烛火。

赵弘瑀一手撑在御案上，抵着太阳穴望着宫灯灯纱上映着的火苗剪影出神。

“陛下，崔迟将军求见。”欢招见他一动不动，以为他是打盹睡着了，不敢大声出气，蹑手蹑脚地靠近前来小声禀告。

“嗯，让他进来。”赵弘瑀晃悠悠地直起身来，挥手示意欢招去带人。

不多时，崔迟便走了进来。他跪在阶下，压低了声音说道：“陛下，公主已经回了驿馆。”

“知道了。”赵弘瑀心不在焉地答了一句，然后探寻似的盯着他，“还有呢？”

“回陛下，臣派人全程盯着太傅和公主，他二人除了叙旧并未说起其他之事。”崔迟明白赵弘瑀眼神中的含义，便俯身认真回答道。

赵弘瑀极轻地舒了口气，想了想仍是不太放心：“你们可有被人察觉？”

崔迟连声保证：“臣令人极尽隐秘之能，不曾被太傅和公主察觉，也未被安歌的人察觉。”

“那就好。”赵弘瑀彻底松了口气，望着崔迟恩威并施，“这件差事你办得很好，朕会重赏你。但你要记住，切不可让任何人知道。若是走漏风声，朕唯你是问！”

翌日清晨，天气晴好，万里无云。安歌护送德宁公主一行浩浩荡荡地离开了京城燕安。然而早上的朝会洛清影却没有出现，太傅府来人回禀，说他是病了。赵弘瑀明白他这病不在肌体，而是在心里。然而心病应需心药治，这心药的方子不在自己手里，只在洛清影自己心中。除非他自己能想得开，否则用尽药石亦是难医。

赵弘瑀没有过多询问，只派欢招亲自去太傅府慰问一番，让他在家好生养病，不必着急为秦王授课。

可洛清影这次却似乎病得很重，已经月余不曾露面，也没有任何消息。赵弘瑀心里不安，私下问过洛清篱，可他也是语焉不详，只说去探望过几次，病势缠绵，久治不愈。

赵弘瑀又让杜若亲自去照拂，杜若回来禀告，说洛清影是忧思难解、郁积成疾，他想尽办法也没有什么起色。

赵弘瑀大怒，以为洛清影为了一个女子竟沦落到如此地步，令他失望透顶。可他又着实放心不下，思来想去决定亲自上门去探视一番。赵弘瑀未大肆声张，只命崔迟挑了几名健壮机敏的戍卫军随行。

太傅府中四处弥漫着浓重的药香味，下人穿梭各处，乱糟糟的没个章法。赵弘瑀皱着眉头指着一个小童问道："太傅怎么病得这么重？"

小童吓得哆哆嗦嗦，一个劲儿磕头："回陛下，大夫和御医都来瞧过了，开了许多药剂，却丝毫不见效。"

赵弘瑀知道问也问不明白，索性闭口不言，阴着脸进了临渊阁。刚一入门，就看见芸儿搀扶着洛清影迎了上来。

"臣参见陛下。"洛清影虚着步子行了礼，芸儿亦是跟着叩拜，继而又扶着他起了身来。

纵是再气恼，见他这般怏怏病态，赵弘瑀也瞬间软下心肠，忙上前去关切地问道："怎么就病成这样了？"

"今年入夏以来天气燥热异常，我耐不住热，所以才引得旧疾复发，无妨。"洛清影轻轻咳了两声。

赵弘瑀瞧了他一眼，见他面上虽是苍白了些，但似乎并无传言那般病势汹汹，便放下心来："许久未见，朕今日过来是有些事要跟你说说。"洛清影心下明白，转首示意芸儿。芸儿心领神会，领着下人们出了门去。

终于没有外人在侧，赵弘瑀放下了架子，搀着洛清影缓步朝内室走去，扶他上了榻，又拿了两个软枕垫在他的腰后，好让他舒服一些。见赵弘瑀这般仔细，洛清影忍不住笑了笑。

“你还笑？”赵弘瑀抛了个白眼，“一个月不见人影，也没个音信。我问清篱，他支支吾吾，问杜若，杜若也愁眉苦脸吞吞吐吐，你可真是把我吓死了。”

洛清影知道他心中不满，便悄悄转了话头问道：“元澍近来可好？”

“还行吧。”赵弘瑀点点头，“你不在，我近来又忙得厉害，没太多机会揪着他的课业。不过我去看过他几次，每次都见他乖乖读书习字，问他一些问题，倒也答得头头是道。”

“他天资聪颖，又有极强的自制力，你不用太过担心。”

赵弘瑀没有接话，只是疑惑地望着他，继而犹豫着问道：“你真的是因为公主的事才病得这般重？”

洛清影淡然一笑：“既知不可为，为何偏要为之？我虽性子倔了些，可也没执拗到那个程度。说不难过那是假话，只不过伤心之余，这路还得接着往下走。”

“那你为何病了这么久，迟迟不能痊愈？”

“我本来身子就不太好，你也是知道的。再加上前些日子遇上如此多的烦心事，几处纠葛重压之下，病势才会反反复复，痊愈得慢了些。不过……”洛清影眼神闪了一下，似乎有些犹豫。

“不过什么？”赵弘瑀没有错过他面上细微的变化，轻声追问。

洛清影看着他，小心翼翼地答道：“我也是想借着这个机会好好想一想眼下的事情，所以……”

“原来你是打着生病的旗号在家中偷闲！难怪方才我一眼瞧见你的时候，觉得你并没有想象中那般虚弱。”赵弘瑀明白过来，佯装生气地轻轻推了他一下，“你倒是能休养生息了，把那么多烦事杂事都甩给我一人！”

赵弘瑀手脚再轻，好歹曾是习武之人。洛清影没有防备，捂着肩头弯下腰去。

“没事吧？”赵弘瑀吓了一跳，一把将他扶住。

洛清影摇了摇头，抬眼笑了笑：“没事。”

赵弘瑀似乎很久没有在自己面前这样真实过了。即使之前他邀请自己去西窗“叙旧”，但眼神中始终深深隐藏着一种生疏，一言一行皆是试探。

赵弘瑀感受到他的目光，尴尬着坐了回去，良久才叹息着说道：“你这次一病倒也让我认清了某些事实，之前我不该那样怀疑你。你心细如发，心思敏锐，想必一定能感受到这些。御极日久，我每日里要考虑的事情太多，应对的危机太多，渐渐地便越来越谨慎小心，一步不敢踏错。可你这一病却让我明白，我在无形之中给了你太多压力，你纵然再坚强，也总有撑不住的一天。若你有个三长两短，我便是万死也难辞其咎……”这一番话皆是发自肺腑，洛清影能深切感受到他言语中的真诚。

“我哪有那么脆弱？身为人君，别动不动就言死，不吉利。”

赵弘瑀不好意思地笑了笑：“以后不说了。”说完，他又收起笑意，踌躇着欲言又止。

“怎么了？”洛清影看出他似有难言之隐。

“清影，有件事……”赵弘瑀顿了顿，踌躇为难了好半天才鼓起勇气，“公主这次回去并非是照顾贤妃，那只是虞恪的借口罢了。虞恪让她回去，是要将她嫁给李崇勋，使西卫和南祇结为姻亲之国，巩固他们的联盟。”洛清影一愣，反应不及，一口气憋在胸中，忍不住剧烈咳嗽起来。

赵弘瑀慌了手脚，忙上前拍着他的后心替他顺气：“你别急，这件事我不该瞒着你，是我不对。可公主当日执意要我对你隐瞒真相，我可怜她的一番苦心，只能答应了她。”

过了许久，洛清影的咳嗽才渐渐平了下去。赵弘瑀轻轻替他顺着气：“我就知道你听了这个消息一定会这样……可纸包不住火，这件事就算我不说，你迟早也会知道。公主大义凛然，为了虞昉和贤妃的安全，她宁可牺牲自己。她说你晚知道一天就晚伤心一天，她如此为你着想，你切莫自怨自艾，辜负了她的良苦用心。”

洛清影低头不语。他想起那晚在大相国寺，虞朝颜用尽了全力笑着面对自己，可心里却如秋霜叶落，萧瑟凄凉。那副娇俏的身躯担下了所有的重责，即使内心濒临崩溃，却依旧独自强撑。

“清影……”赵弘瑀见他闷声不吭，以为他又情难自禁。

没想到他忽然抬起头来，嘴角虽有些抽搐，但面上却沉静了许多。“既然是公主自己做了这个决定，我便要尊重她、支持她。你放心，我不会就此沉沦。”

赵弘瑀大为意外，他掩不住心中的惊喜，大声说道：“我就知道你不会让我失望！”

洛清影无奈地笑了笑：“往事不可追，亦不可留，无论如何，这条路是我自己选的，我就要义无反顾地走下去。”

“嗯！”赵弘瑀拉着他的手，如释重负一般，“我和你一起走！”

洛清影点点头，继而又说道：“我有一件想求你，请你务必要答应。”

“你我之间哪有什么求不求的？你说吧，何事？”

“这件事若无你首肯，断不能行，所以我是真心求你。”洛清影认真地恳求道，“从今以后，不要再想着为我娶妻。”

赵弘瑀一愣，继而明白过来：“你啊，终究还是放不下公主。”

“我并非放不下，只不过有些事总是需要一个结局。”

“那你就再也不娶？为了她，一辈子都空着正妻之位？你这样也太委屈自己了。”

洛清影毫不在意地摇了摇头：“你不也一直将中宫之位空悬在那里？”

“我和你不一样。”赵弘瑀皱着眉反驳。

“有什么不一样？”洛清影看着他说道，“皇后，除了要有高尚的德行以配其位，还要能与皇帝举案齐眉、心心相印。如今你觉得无人能胜任，便宁可空着。我也一样，在我心里，她是我唯一想明媒正娶的人。我将母亲留给我的玉珏送给她，虽然上天不赐怜悯，可我依旧认定了她。如今她走了，我也早就认清了事实，不再心存妄想。只是这最后一点点信念，希望你能成全。”

赵弘瑀默不作声沉思片刻，终是无奈地松了口：“好吧，我答应你。若是有人再给你提亲，我便帮你回绝了。”

“多谢！”洛清影作势起身要谢，被赵弘瑀一把摁了回去，他只好点头以示谢意。

“哪来那么多虚礼？”赵弘瑀微微蹙着眉，“我能帮你的就是打打马虎眼而已，真正能让你自己得到解脱的只有你自己。不过好在有芸儿在你身边，不然洛清篱不知会担心成什么样子。”

“洛氏一族有他撑着，我确实占了些便宜，有些事可以躲一躲。郡主有了身孕，宗族血脉也算是有了延续，父亲在天之灵也能安息了。”

赵弘瑀凝重地看着他，想了想终是说道：“洛骁的英灵可以告慰了，那陆骞呢？明面上你是洛氏子孙，可实际上你是陆骞唯一的子嗣，你忍心让陆氏祠堂中的香火就这么断了？陆骞忠贞为国，不惜一死，你是他唯一的希望啊。”

洛清影闻言，神色黯淡了一些：“你说的这些，这一个月来我都想过。我肩上扛着什么，我心里明白。该是我的责任，我绝不会推脱。只不过……我需要一些时间。”

言尽于此，赵弘瑀知道他心中有数，便也不再逼迫，只笑着拍了拍他的手臂：“慢慢来，一切都会好起来的。”

“嗯。”洛清影会意地点点头，忽然又说道，“说了这些，喉间甚是难受，你能帮我再倒些水吗？”

“好。”赵弘瑀说着，起身又去取水。

方才着急缓解洛清影的咳疾，他不曾留意壶中水温。如今仔细一摸，竟然是凉的，他不禁怒从中来：“杜若之前不是再三叮嘱你不要喝冷水吗？这府中的下人都是怎么办事的？”

见他动了怒，洛清影忙撑起身子解释：“我这一病，芸儿一心照顾我，顾不上其他。府里没了掌事的人，今日又赶上你来，许是一时慌乱忘了换水，你也不要怪他们。”

“要不是顾及你的病情，我一定把他们都打得皮开肉绽！”赵弘瑀瞪了一眼，猛地推开门唤道，“来人！赶紧送些热水过来！”

洛清影听着外面步履嘈杂，知道一定是有人领了命，便安心地倚了回去。

不多时，一名小童便将一壶热水送了进来。赵弘瑀倒了水，快步回到榻边坐下，将茶盏递给他。待洛清影喝完，他接回茶盏，忍不住抱怨：“方才进门时见你这府中乱糟糟的，下人竟然在院中跑来跑去，没个规矩。”

“平日里并不这样。大约是我这次确实卧床太久，没了约束才会如此。”洛清影不在意地说道。

“难道一家之主病倒了，这家就得乱作一团？”赵弘瑀翻了个白眼。

洛清影意味深长地看着他：“一家之主，定一家之规，主一家之事，担一家之责。他若是生了意外，这家定然是要乱的。可惜我没有子嗣，不然即使我病倒，也会有人替我继续担着这份责任，管好府中一切事物。”

赵弘瑀听出话中的深意，忍不住凑近了些细细打量着他面上的神情：“你这话里可是暗藏了玄机啊。”

洛清影微微一笑：“我能藏什么玄机？不过就是顺着你的话解释了一个放之四海而皆准的道理而已。”

“放之四海而皆准？”赵弘瑀扬了扬眉，“那就是放在庙堂上也一样了？清影，你到底想说什么？”

洛清影收起笑意，语气变得严肃起来：“你曾说过，为了不给元澍树敌，所以不愿早早立储。可如今情势已变，不说宫中贵妃和魏王这些新贵，只说西卫和南祇，他们做出和亲之举，明显就是针对我大殷而来。对大殷的臣民而言，他们的陛下春秋正盛，即使储位不定，只要政局稳定，便无事可忧。可一旦边境再燃狼烟，外则敌寇入侵，内则国无储君，人心定会不稳。作为宗庙社稷的继任人选，太子象征着国祚的连绵延续。太子之名不仅是一个殊荣，更是一份责任。你是一国之主，就要保证一国的安定。所谓安定，始于人心。身为皇子，元澍不是普通人家的孩子，是时候让他担起他的那份责任了。”

洛清影说得深沉，赵弘瑀一直垂眸聆听。待话说完，他用指腹不停摩挲着茶盏的边缘，沉默不言。

洛清影也不着急，仔细察言观色一番，然后又接着说道：“就像德宁公主，身为皇族，她生来就是维持朝局稳定、达成利益结合的筹码。这是她的宿命，也是她的责任，她不能逃避，也不能推脱。每个人都有自己的立场和职责，你不能为了庇佑元澍，就总将他藏于你的羽翼之下。”

良久，赵弘瑀长长叹了口气，他抬起头来，神色变得郑重肃穆：“你说的这些倒是我未曾想过的。你说得对，储君之位不仅是一份荣耀，更是一份责任，关系到社稷根本。我一味想护着他，却忽视了他生来就该承担的责任。既是危机已在眼前，我确实该提前做好准备。”

“嗯。”洛清影如释重负，暗暗松了口气。

“不对啊！清影，你什么时候说话也变得这么曲意委婉了？”赵弘瑀一拍脑门，恍然大悟，“这些话你其实憋在心里很久了吧？”

“也没有很久。”洛清影笑着摇头，“不过就是在府中静养的这月余想明白的。”

“既是你深思熟虑过，为何不直接入宫告诉我？”赵弘瑀本就聪明，方一回头就缓过味儿来，看破了个中蹊跷。

洛清影明白瞒不过他，只得为难地解释道：“我确实是有意想引你来这里，与你说这一番话。我是元澍的老师，与他关系密切。若是我直接提出立储之事，难免会有人怀疑我是存了私心，要借此为自己蓄势，更有甚者会借此非难元澍，我不想让你陷入两难之境。宫中耳目众多，所以我就想着尽量避开在宫中的时候，私下和你先商议一番再做定夺。何况，我也知道你迟迟不愿册立太子的隐情。你是君主，也是父亲，立储虽是国事，但也是你的家事。我不想让这件事一抛出来，就立刻成为大殷朝堂上最敏感、最核心的论题。支持与反对的臣子们你来我往，唇枪舌剑，一切都没了转圜的余地。所以我还是想先与你推心置腹地聊一聊，听听你的想法。若你不同意，我就当没有说过。”

赵弘瑀闻言，立刻明白了他的用心：“你不想在宫中正式与我说，其实还是在为元澍着想。不过既然我都来了，你又何必故意让下人们毫无章法、乱作一团，在我面前费劲地演这么一出？没有外人的时候，你跟我说话还需如此小心翼翼吗？”

洛清影望着他较真的模样，忍不住笑了起来："淑贵妃常伴君侧，又诞下魏亲王，恩荣俱盛。不管她是不是与太后为伍，我相信你对她还是有情的。虽然立储之事我绝非针对她和魏王，但不可否认的是，魏王的身后确实有人对太子之位虎视眈眈。她是你的妃嫔，与你有夫妻之情，所以我要顾及你的感受，只好多绕些圈子，尽量把话说得委婉一些了。"

听他这么一解释，赵弘瑀揶揄地笑道："看来这宫中妃嫔多了也不好，朝臣们投鼠忌器，要保全妃嫔们的面子，还要照顾我的感受，以后怕是个个都不敢说话了。"说完，他又上下打量了洛清影一番，认真地说道："你总是能在最关键的时刻提醒我最重要的事情。这朝堂上可真是离不开你，你赶紧好起来，回来帮我吧。"

"嗯。"洛清影心领神会，"明日我便去上朝。"

"那倒不必。"赵弘瑀连忙摆手，撇了撇嘴，"你这病势虽然半真半假，但也确实是病着。再说了，即使你在府中休养，也没闲着，还不是把上上下下、里里外外的事都想了个遍？再休息几日吧，下个月初来点卯！"

"好，我听你的。"洛清影点点头，"你出宫已久，还是早些回去吧。这些日子我若有事，会差人入宫送信给你。"

二人一路有一搭没一搭地说着，缓步来到了府门前。赵弘瑀瞄了一眼站在一旁的芸儿，拉过洛清影，凑在耳边极轻地说道："陆氏血脉的延续系于你一身，你可要想清楚。"

洛清影一怔，还未反应过来，就见赵弘瑀退了几步，哈哈笑了几声："太傅留步，这些日子就安心养病吧。如今你也有了妾室，该是有个子嗣了。等你有了孩子，若是男孩，朕就让他去给元澍伴读，若是女孩，朕就将她嫁给元澍，做个王妃。你意下如何？"

洛清影明知他是故意，可碍于场合又不能拒绝，只好拱手作揖："承蒙陛下抬爱，臣何德何能，不敢造次。"

赵弘瑀心情大好，又偷偷扫了一眼，果不其然见芸儿满面羞红。

"欢招，回宫！"赵弘瑀狡黠地冲着洛清影眨了眨眼，大步上了御辇。

虽然赵弘瑀今日表现出了无比的诚挚，眼底少了无端的揣测和疑虑。可洛清影谨记自己臣子的身份，依旧不敢贸然直言。

不过赵弘瑀玲珑心思，一眼就看穿了他的心思。既然被人看破，他也只好顺水推舟做了解释。可他却刻意隐瞒了一件事，那就是在整个过程中，他都极尽所能、巧妙地避开了赵元澍与洛清篱之间的关联。

战事一起，洛清篱身为太尉，必须要身先士卒为国御敌。军务繁重，他到时很有可能无暇顾及赵元澍，更不要说保护他。虽然这也是十分重要的一个原因，可洛清影却只字未提。有些话说多了，只会引起更多的误会。

洛清影很是欣慰，因为赵弘瑀终是将他的话听了进去。可他心中更多的则是一种难言的失落。

挨到月初，洛清影正式归了朝。他先是去请见赵弘瑀，然后便马不停蹄地赶去吉亨殿看望赵元澍。虽然这一个月来他未曾入宫授课，可赵元澍的课业却丝毫没有耽误。赵元澍虽然顽皮了些，但脑子灵活，悟性极高，小小年纪便知进退、严守己，知道怎么做不会惹赵弘瑀生气。

赵元澍许久未曾见到洛清影，乍一看到他，自然是高兴得不行，围着他团团转。洛清影方才讲了小半个时辰，赵元澍便主动让他休息，说是太傅大病初愈，不能过于操劳。

赵元澍这话说得稚嫩纯真，却让洛清影不由心头一暖。他没有子嗣，就把赵元澍当作自己的儿子一般疼爱。该管教的地方他坚持原则，毫不松懈，可宠的时候他也是将赵元澍捧上了天。如今见他如此关心自己，洛清影由衷地感受到了一种暖心之意。如师如父，即是如此。

可这种突如其来的温暖也让他不禁想起了那日赵弘瑀在太傅府中说的话。赵弘瑀说得一点没错。虽然自己名义上是洛骁的儿子，可身体里流动着的却是陆骞的血。陆骞蒙冤自尽，洒尽一腔忠义热血。自己是他的儿子，自然就承担着延续陆氏宗族的使命。就像他自己当日对赵弘瑀所说，每个人生来就承担着自己的责任，不可逃避，不可拒绝。

更何况，当年洛清篱冒着灭族的危险才从屠刀之下救出了他的性命。洛清篱曾费尽心机让他远离官场，不就是为了能让他远离是非恩怨，平安顺遂地度过一生？洛清篱向来希望看到他家内和睦、儿女双全，若是他执意封锁自己的内心，据芸儿于千里之外，恐怕会让洛清篱失望的。

可若单纯将芸儿当作生儿育女的工具，这又是大大违背了他的良心和道义。芸儿没有错，不该成为这段感情的牺牲品。

洛清影矛盾不堪，难以抉择，忽而有些走神。良久，他收回思绪，见赵元澍正安安静静伏在书案边认真地抄写文章，烦躁的情绪又渐渐平静了下来。

或许，一切都需要时间来抚平。

洛清影归朝的第六日，赵弘瑀在朝会之上直接宣布，册立秦王赵元澍为太子。洛清篱事先从洛清影那里得了消息，自然支持赵弘瑀的决定。

诏令乍出，群臣都有些蒙。这段时日淑贵妃和魏王赵元辅恩宠日盛，反观秦王赵元澍的后盾——太傅洛清影和太尉洛清篱的光芒则相形见绌。尤其是洛清影，先是因为德宁公主被赵弘瑀叱责一顿，之后又莫名其妙生了一场大病，躲在府中月余，不曾出门一步，俨然销声匿迹一般。明眼人都看得出来，赵弘瑀对洛氏兄弟的宠幸日渐淡薄，关系也日渐疏离。在这一近一远的博弈之中，赵元澍似乎不再独占鳌头、一枝独秀，而赵元辅则成了炙手可热的新晋人物。

赵弘瑀事先毫无立储的征兆，也未与任何大臣商议过此事，宫中也未传出任何消息。这一封诏命完全就是赵弘瑀一意为之。群臣不敢揣度圣意，不知赵弘瑀这到底是直接告知还是有意试探，皆是瑟缩着不敢言语。

这些人中最为震惊的便是胡之恒了。他明明已经说动赵弘瑀，让他在皇子中间保持微妙的均衡，可不知为何，赵弘瑀却突然一石惊破湖底天，直接要册立秦王为皇储。

时间紧迫，他想不出这其中到底出了什么岔子，仓促间想站出来劝说几句。然而他只站出队列，还未开口，就被赵弘瑀伸手止住："皇储之事关乎国本，若非深思熟虑朕也不敢轻易做出决定。胡爱卿想说什么朕都明白，但是这件事朕意已决，绝无更改。"

胡之恒本想再说，可一时之间并未想透彻，又见赵弘瑀神色坚决，怕说错了话逆了龙鳞，反而坏了大事，便犹豫着退了回去。

可有些大臣却并未看清其中的蹊跷。他们只知道赵弘瑀曾私下放出过话来，要让胡之恒兼任魏王和安定郡王的老师，现在胡之恒出面，必定是为魏王争取立场。他们以为胡之恒因为顾忌与魏王的特殊关系不便多言，只能以退为进给其他同僚发出信号，让其他人来继续劝谏。这些自以为是的臣子大胆站了出来，纷纷对赵弘瑀进行劝阻。所说大意不过就是秦王年纪尚小，不宜过早册立太子，滋生骄纵之气，会伤了与其他众皇子的兄弟情谊。

赵弘瑀一开始只是冷着脸听着，到最后实在忍无可忍，一掌重重拍在御案上。"元澍本就是朕的嫡长子，是太子的不二人选，即使朕现在不册立他为太子，将来迟早也要立他，你们所谓的滋生骄纵之气都是哪里来的歪理邪说？朕让他早些成为太子，不是要让他凌驾于众皇子之上，而是要让他尽快承担起太子的重任！"赵弘瑀脸色铁青地怒斥道，"难道在你们眼里，太子就是兄弟间尊卑排序的工具？你们可真是好啊，这么多年的圣贤书朕看也是白读了！”

“陛下息怒。”洛清篱见状忙一步上前劝解道，“册立太子本是国之喜事，陛下何须动怒？切莫伤了龙体。”

赵弘瑀闭上眼睛深吸几口气，听阶下再无嗡嗡之言，才缓缓睁开，看着洛清篱问道：“他们竟然说册立太子不利于皇子和睦，这等荒谬言论简直闻所未闻！传言出去岂不是贻笑大方？到时人人都会以为我大殷朝堂上养着的都是些不明事理的糊涂蛋！”

“陛下所言甚是。诚如陛下所言，太子关乎国本，册立太子一事既是陛下的家事，更是国事。诸位大人未能体会到陛下的长远计议。”洛清篱拱手说道。

这番话似乎还算顺耳，赵弘瑀晃了晃身子，抬手示意他继续说下去：“太尉如此说，想必是有了自己的想法，那你倒是说说吧。”

“是。”洛清篱瞄了洛清影一眼，继而沉稳地答道，“臣斗胆猜测，陛下突然册立太子，应是和眼下的外境情势有关。去年，南祇曾恶意挑衅，并暗中联合西卫，意在对我大殷发难。幸赖陛下睿智，从容周旋于这两国之间，才得以解除危机。然而这两国贼心不死，一直对我大殷虎视眈眈，试图再掀起争端。陛下洞察先机，看出了这一隐忧。陛下正值盛年，若是平常时候，晚些再册立太子亦是无妨。然而目前外境的形势却不容乐观，外境不安必然引起民心不稳。太子是国本，亦是国祚延续的命脉。陛下是想借册立太子一事来稳定民心，同时彰显捍卫我大殷宗庙社稷的决心。”

“说得好！太尉所言正是朕所想。”赵弘瑀满意地拊掌赞许，继而睥睨众臣，“朕给你们发俸禄，养着你们这些人，不是为了让你们吃饱了没事天天就盯着眼面前那些个鸡毛蒜皮的小事。身为朝臣，不能探知朝廷的危机，不能为君主分忧，朕养你们有何用？好好向太尉学学，没事别总围着皇子们转，为朝廷建言献策、抚恤百姓，才是你们的本职。朕不希望看见你们本末倒置、舍本逐末。”

赵弘瑀此言大有敲山震虎之意，阶下群臣心知肚明，立刻齐齐跪下叩拜：“陛下教训得是，陛下圣明，臣等谨遵圣谕。”

眼见大势已定，赵弘瑀的脸色这才缓和一些，他转首看着胡之恒又叮嘱道：“胡爱卿，太子之事既定，可其他皇子们的事也不能耽误。之前朕就属意由你来教授元辅和元祐的课业，如今虽然元辅尚在襁褓，可元祐已到开蒙的年纪。明日开始，你便定时去给他授课吧。”

胡之恒虽然对册立太子之事震惊不已，然而赵弘瑀下了令，他不敢不从，只得迅速磕头应承：“陛下放心，臣一定竭尽所能辅佐安定郡王。”

“嗯，好。”赵弘瑀点点头，站起身来，他一眼瞄到洛清影身上，见他正微微笑着看着自己，便得意地扬了扬眉毛，“既然皇储之事已无异议，即日起便责成礼部，择日为秦王赵元澍行册立太子大典。”

退了朝后，赵弘瑀前脚刚一迈入中孚宫的大门，后脚就听见欢招来报，说是太傅洛清影求见。

“我今日这出戏做得如何？有你演戏的技艺精湛吗？”洛清影刚一进门，赵弘瑀便大笑着迎了上去。

洛清影知道他心情好，便顺势揖了一礼，恭敬地答道：“陛下恩威并施，臣五体投地。臣那点拙劣的伎俩岂能和陛下相提并论？”

赵弘瑀毫不在意地摆摆手：“别揶揄我了。我点明让洛清篱发表意见，由他出面说明个中利害。太尉都定了音，谁还敢再兴风作浪？不过方才在殿上，我真的很生气。”

“为何？”洛清影佯装不解。

赵弘瑀知他是明知故问，也不生气，只愤愤说道：“这些人平日里满嘴的三纲五常、仁义道德、君子操行，为国为民、大义凛然，可私下里却一门心思扑在后宫那几个人身上，为了私利完全不顾及朝政大局。”

洛清影淡然一笑：“古人云，上有所好，下必甚焉。你是皇帝，你对谁好，下面的人自然会巴结谁。为了在朝堂上站得稳，谁不是打破了脑袋想去揣度皇帝的心思？”

洛清影这话说得平淡，可赵弘瑀听在耳中却有些刺耳。若不是之前他默许了胡之恒的建议，纵容朝臣们去攀附魏王，又何来今日朝堂上的纷争？顿了片刻，他掩去面上的尴尬神色，沉下声来：“你说得对。为臣者不求为国效力，只懂蝇营狗苟、结党营私，如今这朝堂上的风气正是我最不愿看到的。”

洛清影又宽慰了几句，赵弘瑀一边听着，一边心不在焉地点着头。

洛清影看出他心中有事，便打住了话头：“若是你还有其他事情要处理，我就先回去了。”

“倒也没什么大事。”赵弘瑀收回神来，可言语间却吞吞吐吐、含糊不清。

洛清影见他一副欲说还休的模样，没有再问，只微蹙双眉盯着他。能让赵弘瑀如此为难的事，只能是关于德宁公主了。

果不其然，赵弘瑀踌躇半晌，这才小心翼翼开了口：“昨日收到线报，德宁公要往外冲。

“干什么？不要命了！”见他好容易醒过来又要折腾，赵弘瑀一怒之下将他推回榻上去。

“郡主小产！我要回去！”洛清影试图再起身，又被赵弘瑀重重摁了回去。

“这件事我已经知道了。”

“知道你还拦着我！”

“我不拦着，难道还要看你再晕一次？”赵弘瑀又气又急，“我已经让御医们都去了。事已至此，你回去又能怎样？还不是于事无补！一个在外生死不明，一个在太尉府里刚从鬼门关外绕了一圈回来，这边你又倒了。这南祇还没怎么样呢，咱们自己就全军覆没了！你要走也行，但别再晕倒在我这皇宫大内里，我落个眼不见心不烦还不行吗？”

赵弘瑀的语气是冲了些，可句句说得在理。齐乐瑶小产已成事实，府中有杜若和齐重卿在，就算他洛清影回去，一个大男人又能做些什么？若是齐乐瑶看见他，好容易平复的情绪又崩溃，那就真是一团乱麻，扯也扯不利索了。

见他不再闹着要走，赵弘瑀叹了口气坐在榻边：“郡主那边有齐重卿在，你不必担心。你最近就住在宫里吧。你若一个人回了太傅府，我真的不放心。”

“我睡了多久？”洛清影没接他的话，转头问道。

“大约半个时辰吧……”赵弘瑀依旧轻声说着，“不算久，胡之恒还在外面候着呢，他方才急匆匆入宫，怒不可遏，劝我立刻发兵，绝不可姑息纵容虞恪这种卑鄙的行为。方说到一半，便听闻你晕在宫门口，我这才赶紧让人将你抬了进来。你若身体受不住，我便先与他商量。等你缓一缓，我再把商议的内容说与你听……”

“走吧，我没事，方才就是急火攻心，一时难以纾解而已。”洛清影起身下了榻，“别让胡大人等太久。我们必须要仔细商议一番。”

事态确实万分紧急，赵弘瑀见他如此坚持，也知道劝不住，便只好随他一同去了正殿。

进了正殿，胡之恒向赵弘瑀行了礼，然后走到洛清影身边拱手言道：“下官已经听闻郡主之事，还请大人节哀。方才在天波门，多亏大人及时出现，才劝止了禁军的将军们，否则还不知要闹出多大的乱子来。”

洛清影听他这话似是暗藏讽刺，可大事在前，他无暇多虑，便点点头道：“将军们并非有心闹事。他们赤胆忠心，无论如何不能接受南祇在我大殷境内如此肆意妄为，伤我重臣，损我陛下圣名。”

主已经离开南祇定襄，去了西卫楼凡。”

“嗯，知道了。多谢。”洛清影并没有表现出太多的激动情绪，只是微微点点头。

赵弘瑀有些担心，他想了想，终于还是决定直接问出来：“你……还好吧？若是伤心就不要忍着，这里也没有什么外人，我又不会笑话你。”

见他这般谨慎小心，洛清影觉得有些好笑：“那你希望我是什么反应？”赵弘瑀一愣，不知他是何意。

洛清影望了他一眼：“她走之前，该说的话都已说清。我们都希望彼此的将来是幸福的，该记在心底里的，我一刻不敢忘记，该放下的，我也不会纠缠不休。既然知道她此次归国是为和亲，那就必定有这么一天。这都是意料之中的事罢了，我又何须兀自嗟叹。”

赵弘瑀张了张嘴，又狠狠叹了口气：“你能彻底想通，真是令我刮目相看。”

“食君禄，奉君事。当务之急是要保证太子册立典仪的顺利，这些日子我会多去礼部几趟，如有不决之事会尽早告诉你。”洛清影说着，退了一步，“今日你毫无征兆地宣布立储，想必会有不少人和事要应付，我就先回去了。”

“也好。”赵弘瑀明白他话中所指，“前朝的异议被我硬生生摁了下去，这后宫怕是还会有其他的声音。我会仔细周旋，你只管将典仪之事做好。”

“是。”洛清影拱了一礼，便缓步退了出去。

赵弘瑀目送着他出门，待他走远，目光却仍旧久久未曾收回。欢招端着一只碧玉碗走了进来，见赵弘瑀出神的模样，不禁偷偷笑了笑。

“你又笑什么？”赵弘瑀接过碧玉碗，喝了几口。

“陛下，今儿这莲子银耳羹不甜了吧？”欢招机灵地眨了眨眼，“自从上次陛下嫌弃这汤太甜，奴才天天叮嘱御厨的人，绝对不能多加香蜜。”

“就你心眼多。”赵弘瑀重重将碗塞回到他手中，汤汁四溅，荡了欢招一脸。

欢招用袖子囫囵擦了擦脸，嘻嘻笑着：“奴才瞧见陛下和太傅和好如初，心里高兴。”赵弘瑀瞪了他一眼，直让他把剩下的话都噎了回去。

停了片刻，赵弘瑀低声说道：“公主走了，人不在眼前，总是好一些。他心里明白，已成定局的事，再怎么折腾也是回天无力。朕说过，他是个有担当的人，绝不会逃避自己的责任。就像他刚才说的，食君禄、奉君事，在他心里，还是把朕当成了君主。”欢招抬头看着他，却正好迎上他深沉的目光。

“之前朕对他太严苛，他就总躲着朕，现在公主人都走了，他还能掀起什么风浪？时间久了，自然也就淡漠了。他能记得什么该做，什么不该做，能一心为着元澍做事，朕又何必再给他脸色看？朕待他亲善一些，他自然也会有所反馈。”赵弘瑀苦笑着摇了摇头，“至于什么和好如初，那都是骗人骗己的话。玉石一旦碎了，找再高明的工匠也修不回原来的样子。”

欢招咬着嘴唇点点头：“反正不管怎么说，太傅在您面前不似先前那般畏缩，陛下看着心里也好受些。”

“畏缩也好，大胆也罢，朕都不在乎。只要他一心一意为朕做事，怎么样都行。从立储这件事来看，他还是保持着一如既往的清醒，他能如此，朕也就无须太过担忧了。”赵弘瑀说着，摆了摆手，“你出去吧，朕还有公务要办。”

“是。”欢招捧着碧玉碗，躬着身子悄悄退了出去。

第十九章

宗嗣绵延　天家薄情

册立皇储，这是何等重要的大事。刚一散了朝，后宫中便迅速传了开去。

“太后，陛下怎会如此仓促立储？”淑贵妃不可置信地望着甄太后。

甄太后怒不可遏，转头质问小玉：“那日你去见胡之恒，他不是说后面的事由他来做？这就是他努力的结果？”

小玉惶恐地跪下身去，低声答道：“奴婢也不知。那日胡大人一副胜券在握的样子，说陛下不愿见到后宫干政，让太后和娘娘坐观其变即可。”

“废物！”甄太后恨恨骂了一句，刚要再说，眼前一晕，脚下不由得一飘。

“太后！”淑贵妃一步上前将她搀住，紧张地唤了一声。

小玉慌忙起身，将甄太后扶到座上坐定。待她脸色稍稍和缓一些，淑贵妃才神色凝重地说道：“太后莫要着急。元辅出生时，陛下连着册封他为亲王，晋升我为贵妃，眼见着朝廷命妇们络绎不绝地入宫道贺，他也没有任何阻拦和不悦。这都是胡之恒从中周旋的结果，他就是要借此让陛下对皇子们权衡制约，来达到削弱元澍势力的目的。陛下春秋鼎盛，一直没有早早立储的打算。胡之恒自觉时间充裕，所以想不动声色地一步步瓦解掉秦王的力量。可陛下突然之间宣布册立秦王为太子，事先未与任何人商议，甚至不曾有一丝一毫的风声泄露出来，这才打乱了胡之恒的计划。”

“娘娘圣明。”小玉连连点头，“当日胡大人确实说过，陛下与太傅之间关系非同一般，无法一举打压成功，只能一步步蚕食掉他们的势力。”

“嗯。胡之恒之前的策略没有问题，问题还是出在陛下身上。”淑贵妃若有所思，她转头望着甄太后，轻声安慰道，“太后，如今形势急转直下，我们绝不能自乱阵脚啊。”

甄太后喘了口大气，依旧不敢相信既成的事实："陛下怎么会这么突然要立储？这里面一定有蹊跷。你们方才也听到了，陛下在朝上态度是前所未有的强硬，把那几个冒头的直接给骂了回去。这么一来，这朝中的风向又要变了。"

淑贵妃半天没有接话，似乎想着什么。甄太后忍不住唤了她一声："婉儿？"

淑贵妃这才回过神来，一边轻轻拍着手中的扇面，一边细细想着："臣妾记得前些日子陛下曾去太傅府探了次病……"

"你是怀疑这件事跟太傅有关系？"甄太后沉吟片刻，又摇了摇头，"陛下因为德宁公主的事和他闹得很僵，他这个时候能自保都已经很难，怎么会贸然向陛下进言立储？他不怕陛下怀疑他是为了借机扩大自己的势力？"

淑贵妃也有些犹豫，可又坚持说道："陛下处处袒护太傅，就连公主在宫中惹出那么大的麻烦，还不是替他遮掩了过去！德宁公主的事只是意外，如今她人已不在朝中，太傅自然犯不上再为她得罪陛下。陛下重情义，虽然与太傅闹了些不愉快，可旧日之情摆在那里，陛下就算再不悦，也会对他另眼相看。进言立储，或许是他重新获得陛下信任的关键一步。陛下本就偏爱秦王，太傅再巧言几句，拿什么外境不宁、人心不稳作为幌子，就顺利赢得了陛下的赞同。"

"若真是如此，那可就不妙了。"甄太后面色沉重，"一来，太傅在陛下面前卖了个天大的人情，顺了陛下的心意，促成了陛下的心愿。二来，秦王成为太子，太尉和太傅便是如虎添翼，有如此强大的后盾，元辅再想出头可就难了。"

淑贵妃忽然转身叫过绿如，仔细叮嘱道："太傅纳妾已经有一段时日了，这几天你出趟宫去，就说是奉了本宫的意思去探望芸儿。"

"好端端的怎么想起她来了？"甄太后十分不解，继而又似乎恍然大悟，"你难道是想……？"

淑贵妃点点头，轻声解释道："当日臣妾看破芸儿对太傅的心意，不惜得罪太傅、太尉，也要做主将她许给太傅做妾。臣妾帮她完成心愿，她必然会念着臣妾的恩情。臣妾想着，这样的人若是留在太傅身边，我们再多点拨点拨，总能为我所用。"说完，淑贵妃又向甄太后请求道："太后，臣妾还有一请。可否让小玉姑娘再去一趟胡之恒的府上？"

"你要做什么？"甄太后突然有些紧张。

淑贵妃察觉到甄太后的疑虑，忙解释道："太后，皇储既定，朝中格局生变，下一步该怎么做，我们也该再与胡之恒商议一番。"

甄太后听了这话，放下心来，她掩饰着面上的尴尬之情，不住地颔首："你说得对，该是再去找他了。”

淑贵妃走到小玉身边，对她说道：“小玉，你见到胡之恒之后记得告诉他，本宫替他安插了芸儿这个棋子在太傅身边。后宫中人不方便抛头露面，若有必要，让他权衡处之。”

“奴婢明白，贵妃娘娘放心。”小玉领了命，退下几步。

甄太后默默看着淑贵妃的一举一动，见她吩咐完毕，便轻轻拉过她的手，欣慰地赞许道：“往日本宫只觉得你温柔可人、蕙质兰心、善解人意，竟未能看出你如此沉稳果决，大事临于前却毫不慌张。本宫老了，也糊涂了，方才只顾着生气，差一点自乱阵脚。如今青出于蓝而胜于蓝，本宫没有看错你，有你在这后宫之中，本宫便放心了。”

淑贵妃低头笑了笑，只是这笑容之中却隐着浓浓的苦涩：“太后谬赞，臣妾愧不敢当。就算不为臣妾自己，为了臣妾的孩子，臣妾也该拼死一搏。否则，当初臣妾所做出的舍弃便是白白浪费了。”

甄太后叹了口气，明白了她话中的隐意，随即柔声劝慰：“本宫知道你心里的苦，你为这一切付出了太多，委屈你了。”

“臣妾不委屈。”淑贵妃跪在甄太后脚边，掩面无声啜泣，“能否重振甄氏一族，全指着太后。臣妾深知自己肩上的重任，能为太后效命是臣妾的福气。只是夜深人静时，臣妾常辗转反侧不能入眠，想起那个孩子，不禁心生万般愧疚，泪湿衣衫。”

“好孩子，你受苦了。”甄太后弯下身子作势要扶她，一旁的小玉和绿如忙上前来将她扶起，“本宫相信，我们今日所做的一切牺牲，来日必有报偿。”

淑贵妃默默拭着眼泪，没有作声。甄太后亦是神色恹恹，她挥了挥手吩咐道：“绿如，你们娘娘今日太累了，你先扶她回去好好休息。”

“是。”绿如微微屈膝，然后搀着淑贵妃缓步退了出去。

待她二人走远，甄太后才长长地叹了口气，对小玉说道：“你去见胡之恒时多带些银两，就说是给孩子的。记得再问问她最近情况如何？乳娘们照顾得是不是周全？”

小玉心中明了，亦是神色黯然：“是，奴婢会好好交代给胡大人的，太后放心。”

“嗯。”甄太后似乎依旧沉浸在一种莫名的伤感中，“小玉，你说我是不是对婉儿太狠心了？”

小玉不知如何回答，只能缓声劝慰："太后，贵妃身为甄氏的女儿，又入了这皇宫。一入宫门深似海，有些事是她逃不过的。贵妃娘娘通晓事理，绝不会怨恨太后的。"

"但愿吧。"甄太后无奈地摇着头，眼中闪动着数不尽的哀怨，"自从弘启不明不白地死了之后，我这心中便一日不得安宁。那时先帝宠幸赵弘嘉，立了他为太子。可赵弘嘉是什么出生？一个宫女生出的贱种，竟然也能与弘启相提并论？赵弘嘉既为太子，一人得道鸡犬升天，他那个卑贱的母亲竟然也耀武扬威，践踏到本宫的头上。本宫就算失了嫡子又怎样？本宫照样还是先帝的皇后！可是虎落平阳被犬欺，先帝怀疑弘启勾结西卫、谋朝篡位，我甄氏一族流放的流放，禁闭的禁闭，我这个皇后也被禁足在凤鸣宫里。那些日子里，本宫万念俱灰，终日以泪洗面。"

"是啊。"小玉亦是忆起往事，不由得感叹道，"那时的凤鸣宫就是后宫中的禁地，从无人会踏足。幸好咱们陛下恪守孝道，每个月都会按制来宫中拜见您。虽然只是寥寥数语，但终是令人心暖。锦上添花易，雪中送炭难啊。"

甄太后摇着头笑了几声："齐重卿虽是个武夫，却将一切都看透了。陛下的母系一族齐氏因为弘启的案子受到了牵连，先帝一怒之下将齐氏全族发落，只有齐重卿因为曾救驾有功而留在了京城。陛下的生母惠妃因此也与先帝心生嫌隙，后来因为难产撒手人寰。齐重卿不忍看着尚在襁褓的小皇子孤身留在宫中，便求先帝将他带出宫去，养在身边。先帝明白小皇子若留在宫中，难保不会遭人暗算，于是同意了这个请求。陛下从小在淮安侯府长大，跟着一帮禁军舞枪弄棍。齐重卿处处护着他，又让他远离朝政，这才得以平安长大。齐重卿不求他显达于人前，只教导他本分做人、做事，不得罪各方势力，所以才会让他定期来拜见本宫。"

"可这宫中早有传言，说惠妃是被先帝赐死的……"小玉试探着说道。

"唉，这宫闱深重，藏了多少隐秘事！"甄太后叹息道，"惠妃因为族人与先帝有了二心，她不像齐重卿心思深沉，总是把心里想的放在脸上。先帝又怎能放心让这样的女人来抚养自己的儿子？只不过这都是陈年旧事了，人都死了，说这些还有什么用？当年陛下身为煜王，竭尽全力在赵弘嘉的淫威之下求得一线生机，却怎么也逃脱不了人为刀俎我为鱼肉的困境。退无可退，他只有一个选择，在朝堂上培植羽翼，在后宫内寻找同盟。当他试探本宫之时，本宫便已经明白，要想反败为胜，只有与他合作。"

小玉点点头道："太后卧薪尝胆，深谋远虑，确实令人佩服。"

"我儿弘启之死与赵弘嘉有千丝万缕的联系，若不是他向先帝告密，说太傅陆骞与西卫有染，为了推弘启上位，密谋发动兵变，先帝又怎么会将弘启软禁？若不是他教唆弘启，弘启又怎么会策动宫变？说到底，本宫之所以与当今陛下联手，就是为了借他之手除了赵弘嘉，为我儿报仇！”甄太后恨恨说着，“如今虽然赵弘嘉终于倒台，可本宫心中仍旧不平！弘启什么都没做，却被人陷害，百口莫辩，抑郁而终。这天下本就该是他的！这荣耀本就应该是我甄氏的！”

小玉见她气息不稳，忙上前扶住她，犹豫着说道：“可……太后您是当今陛下的嫡母。陛下虽不是您所出，可处处对您尊敬有加。他的儿子都是您的孙子，您又何必……”

“你知道什么！”甄太后一把将她推开，“他与我不过是互相利用罢了！不管怎样，下一任的皇帝身上必须有我甄氏的血脉！”

自从赵弘瑀在朝堂上大发雷霆之后，朝中上下人人都谨言慎行起来，谁也不敢再贸然谈论两位皇子之间的关系。而礼部更是小心谨慎，以最隆重的方式完成了册立太子的典仪。

赵元澍虽年幼，但大典之上却毫无慌乱之状，在导引官的带领下，认认真真地完成了各项流程，入紫宸殿，受太子册宝。

赵元澍身着厚重的朱明衣，头戴沉重的远游冠，跪在御阶之下聆诏，不出片刻额上便沁出了汗珠。洛清影身为太傅，俯首立在御阶旁，目不转睛地盯着他，直怕他坚持不住。待到长长的册命诏书宣读完毕，洛清影才暗中松了口气。

赵元澍站起身来，抬头望着御座之上的父亲，眼神坚毅。赵弘瑀亦是欣慰地笑着，抬手示意他走上丹樨。待赵元澍在赵弘瑀身边站定，洛清影才以太傅之尊，领百官行奉贺之礼。是日礼毕，储君既定，纷扰多时的秦、魏二王之争终于暂时平息了下来。

令赵弘瑀感到意外的是，后宫中的甄太后一系竟然没有任何动静，似乎无意在这件事上再做无谓之争。可赵弘瑀并没有更多的精力来考虑宫中之事，因为西卫的国书再一次被递了上来。

大殷朝册立太子，西卫作为邻邦，听闻此事亦是派出了特使前来恭贺。而此次入京的特使不是别人，正是上将军漠凤之子漠竹。

对赵弘瑀君臣而言，漠竹绝非陌生人。当年漠凤为了套出洛清影的真实身份，便是让漠竹乔装打扮，偷偷潜入燕安，找到了赵弘瑀，向他开出条件，帮他铲除赵弘嘉，夺得太子之尊位。赵弘瑀被册立为太子之后，漠竹又成了西卫的特使，入朝来贺。如今，在三国的关系如此扑朔迷离的关键时刻，漠竹又一次受命亲临燕安，到底是来一探虚实，还是来传递友好和平之意，赵弘瑀心里没有定数。

“陛下，漠竹此次前来意图未明，我们还需提前做好应对。”洛清篱皱了皱眉，“若此次入朝的主意是漠凤所定，那还好说，可若是李崇勋的意思，便是来者不善了。”

“嗯。”赵弘瑀若有所思地摸着下巴，“南祇刚把公主嫁过去，西卫就巴巴地来人了。这出戏唱得可真是让人丈二和尚摸不着头脑。依朕看，他们没存什么善心，就是来探听虚实的。”

“陛下所言甚是。”洛清篱亦是同意他的想法，“臣这边会配合礼部鸿胪寺做好一应准备，绝不会让漠竹有任何机会探到任何消息。”

“你办事朕自然是放心的。”赵弘瑀笑了笑，可面上却有些勉强。

“陛下？”洛清篱看出端倪，大约猜到了他心中所想，便试探着问道，“此次漠竹入朝，是否要让清影避开？”

洛清篱的话直接戳中了赵弘瑀的心事，他叹了口气，面容纠结：“于私而言，漠凤是清影的亲舅舅，漠竹是清影的表兄弟。朕知道漠凤上了年纪，这些时日一直病着。清影重孝道，嘴上不说，可心里一定万分焦急。若是不让他与漠竹相见，确实不近人情。可于公而言，目下这个纷乱的局势已经令人焦头烂额，朕不想在这个时候出任何的岔子。清影身份特殊，若是这个时候出了任何意外，后果将不堪设想……”

“臣明白陛下所虑。”洛清篱想了想说道，“可漠竹打着恭贺太子之名来朝，清影身为太傅，想躲亦是难。”洛清篱一边说，一边暗中察言观色，盯着赵弘瑀的反应。

“嗯……”赵弘瑀闭目仰天沉默了片刻，“清篱，你深知清影的身世代表着什么。一旦有任何疏漏，便会十分危险，牵一发而动全身。”

赵弘瑀所言皆为事实，洛清篱也是心如明镜。可他仍旧有些失望，默默垂下眼眸，暗自思忖着如何能说服陛下。

赵弘瑀并未注意到这些，继续自顾自地说道：“命运对他太过残酷，朕不忍心再对他多加苛求。朕可以网开一面，让他与漠竹私下见上一次。他若有什么问候，就让漠竹替他带回去。只不过他二人若要见面，必须事先做好周密部署。这件事只能交给你，你一定不能掉以轻心。”

洛清篱很是意外。他没想到赵弘瑀变化如此之快。“是！臣谨遵圣谕！”洛清篱压下心中的惊喜，面上依旧从容若定。

赵弘瑀点点头："你待会儿回去先跟他打个招呼，让他心中有个数。至于其他的，朕会亲自找他，再仔细叮嘱一番。"

洛清篱遵了旨意，缓步退出殿去。待出了宫门，洛清篱一头扎进殿前司，将任务大致分派下去，然后派人去馆阁请了洛清影，说是有事与他回府商议。

洛清影得了消息，不知是何要事，马不停蹄到了太尉府中。

甫一见面，洛清篱便将他拉进书房中。书房中空无一人，门外也是无人侍奉。洛清影一见这情势，明白他定是有重要的秘事要告诉自己。

"清影，漠竹要来了。"洛清篱盯着他，一字一句地说道。洛清影似乎有些错愕，一时未能反应过来。

"和上次一样，他还是西卫的特使，专程入朝给新太子贺喜。"洛清篱见他有些愣怔，便低声解释道，"西卫国书已送到。方才在宫中，我试探了陛下的意思，陛下同意让你和漠竹私下见上一面，以叙亲情。"

洛清影这才回过神来，长长舒了口气，言语中尽是掩不住的感激："多谢兄长为我着想，清影感激不尽。"

洛清篱亦是如释重负一般地拍着他的肩头："自从你知道漠凤病了之后，就一直在为他担心，不是吗？你虽未明言，可我都看在眼中。血脉亲情难以割舍，这是人伦。你的生父为了朝廷舍生取义，你自己也为了国事，不得不割舍下自己的感情。自从我有了家室之后，便不能再如往常那般一心一意地关心你。这些日子我想了很多，愈加后悔，只恨自己没能照顾好你。让你受了委屈，是我这个兄长的失职。公主和芸儿的事已成定局，我无能为力。可是这件事我却想能为你尽力争一争，帮你完成心愿。幸好陛下仁慈，也能体谅你的难处，才做了通融。"

洛清影心生暖意："兄长，之前的事情不能怪你，一切都是我自己的决定，兄长无须苛责自己。兄长将为人父，自然是要全心全意照顾好妻儿。我不能与你共撑家族之事，反而还要你为我操心，实在是无地自容。"

洛清篱欣慰地望着他："好，我不多想，你也无须忧虑太甚。你只要记住，不论何时，你都是我洛清篱唯一的兄弟。"

"是！"洛清影使劲点头，"你我兄弟相扶相持，荣辱与共，勠力同心。"

夜色深沉，朝官大宅聚集的街坊也渐渐静了下去。一个黑影从胡之恒宅院的后门闪过，倏然隐匿在一片浓浓的阴影中。

"小玉姑娘？怎么这么晚过来？"胡之恒探头看了一眼，四下无人，赶紧将那个黑色的人影让进书房中。

“时间仓促，长话短说。”小玉方才走得匆忙，忍不住喘着气，“太后让我问你，太子既定，魏王之后的路该如何走？”

小玉问得着急，可胡之恒似乎却毫无担忧之意：“太后和贵妃只要守在宫中，我自有主张。”

小玉明显被这敷衍的话激怒了，她上前一步质问道：“之前你说陛下对太傅太过信任，不可强行将太傅扳倒，只能蚕食。太后信了你的话，结果却是坐以待毙，让秦王占了先机！太子的名分已定，可胡大人却看起来没有任何可行之策。太后如今已经很是不满！”

胡之恒却未动怒，只是晃了晃脑袋说道：“太后既知太子名分已定，就该知道现在大势已成，逆势而为只会白白送死。”

“那依大人之见，难道太后还要继续坐以待毙？”小玉恨恨地问道。

胡之恒捋着胡须，眯着眼睛似笑非笑：“我让太后坐等，并非坐以待毙，而是坐山观虎斗。”

“坐山观虎斗？”小玉不解地盯着他，眼中充满了警惕。

“你还记得当日我让你问太后的那件事吗？”

小玉想了想，疑惑地问道：“是关于太傅死而复生之事？”

“是。”胡之恒点点头，“关于那件事，太后知之甚少，可不代表没人知道。功夫不负有心人，我找到了一位知情人，他虽然没有帮我查到全部的事实，但其中的一点却足以毁了太子的一切。”

“可是……”小玉犹豫片刻，还是不解，“陈年旧事和眼下太子之事有什么关系？”

“关系大了。”胡之恒神秘地笑了笑，“西卫朝贺的使节就要到了。西卫使节入朝的日子，就是太子一系彻底倒台的日子。”

“胡大人，你到底有何打算？为何不能提前告诉太后？如此隐秘，你就不怕太后怀疑你？”

胡之恒打量着小玉，见她神色凝重，便又换了副亲和的语气说道：“如今储君方立，陛下正等着看谁会最先坐不住。这个时候，后宫中若有一丝一毫的不安分，便会立刻成为陛下杀鸡儆猴的靶子。你回去告诉太后，若是她信得过臣，就听臣的劝告，什么都不要做。臣的身家性命都在太后手中，既是上了这条船，臣就没想过回头。之所以不告诉太后细节，是因为这件事关系太大，牵连众多，太后知道得越少便越安全。”

小玉低头思索片刻，觉得胡之恒说得有理，她虽是有些不甘心，却也无计可施：“好吧。我会回去如实向太后禀告。”

“多谢小玉姑娘。”胡之恒拱手谢道。

顿了顿，小玉又想起一事：“贵妃娘娘让我给你带句话。她之所以不惜得罪陛下和太傅，坚持为芸儿做媒，让她成为太傅的妾室，就是为了送一份人情给芸儿。她在太傅身边，或许什么时候还能用得上。”

“太好了！”胡之恒猛地一拊掌，吓了小玉一跳，“娘娘这个安排真是妙极了！还望小玉姑娘回去转告娘娘，若臣需要，定会提前派人请娘娘帮忙。”

“这个没问题。”小玉笑了笑，“都是为太后做事，自然责无旁贷。”

“对了，还有一件事。”小玉说完，从袖中取出五锭金子，“这是太后让我带给大人的。她说让你一定要照顾好那个孩子。”

胡之恒眼神一暗，叹了口气：“好。她一切安好，你回去转告太后，让她老人家安心。”

小玉舒了口气，似乎又警惕地问道：“除了太后，还有别人来问过那个孩子的事情吗？”

胡之恒一愣，继而明白了她的意思：“你是想问贵妃娘娘是否派人来过？”小玉咬着唇点了点头。

“没有。”胡之恒斩钉截铁地答道，“贵妃并没有来找臣询问孩子的事情。”

“嗯，好。”小玉有些伤感，静默片刻又向外张望一番，“天色不早，我得早些回去。太后交代的事情，还请胡大人多多费心。”

“请太后放心，臣绝不会辜负太后的期望。”胡之恒又眯着眼笑道，眼角中闪过一道寒光。

为了迎接西卫的使节，洛清篱忙得不可开交。虽然夏耒主动请缨，让他把任务全部分派下去，自己替他在殿前司中盯着即可，可洛清篱却坚持由自己来确认每一个细节。他整日泡在殿前司中，无暇分出神来关心孕中的齐乐瑶。

这一日，洛清篱正在核验各处人手配备，突然守卫军士来传，说是太傅过来了。洛清影很少来殿前司，洛清篱不知他所为何事，随即起身迎了出去。方一出门，就见他手里拿着一幅卷轴笑盈盈地快步而来：“方才进来时，见各处虽是人来人往，却乱中有序，毫无嘈杂慌乱之状。兄长果真治军有方啊。”

洛清篱见他心情似乎很好，便放下心来，笑着摆摆手：“什么时候你也学会吹捧了？军中本就是纪律严明之地，若是乱作一团，那才是我的失职。”

“兄长教训得是。”洛清影故作严肃地作了一揖。

洛清篱也不与他认真，将他带入屋内问道：“你今日怎么过来了？”

“我是来给兄长送东西的。”洛清影说着，将卷轴塞进洛清篱的手中，“方才我去了太尉府，吉叔告诉我你这些天早出晚归，一直在殿前司，几乎就没怎么在家中待过，我就索性直接过来了。”

“这是？”洛清篱疑惑着将卷轴展开，话说到一半又突然止住，“这不是当年我……”

“是啊。”洛清影笑了笑，“这就是当年我只身去煜王府时，你亲手为我抄写的孙子兵法。”

洛清篱的面上忽而有些尴尬，似乎并不愿将这件事说出来。洛清影自然明白兄长的心思，便接着说道：“幼年时，你为了保护我，将我送去明寂寺。你为了隐瞒我的身世，刻意疏远我，只许我每月十五那日才能回家见父亲。我那时最羡慕的，就是父亲会亲自教授你兵法。我也想与父兄坐论兵道，便偷了兵书回寺里。你知道了，虽然明面上狠狠责骂了我，可暗地里却让章延泽给我送来了整套兵书。后来我结识了陛下，决心追随他。父亲怕我身陷宫闱之争，极力阻止。可你却什么也没说，只告诫我一旦自己做出了选择，便绝不能退缩。你亲自将兵书抄在绢帛上，在我离家那日让章延泽交给我。兄长，你默默为我做的这些，我都知道。”

“好好的说这些做什么？”既被戳破，洛清篱忽然觉得有些难为情。

“这封绢书饱含着兄长对我的期许。如今你的孩子即将出生，想来想去，我也没有什么可送，便将这兵书送给他吧。”洛清影认真地说道，“自从上次在太尉府与你聊过，我才知道兄长竟因为芸儿的事自责那么久，我想郡主应该也是如此……我将兵书送过来，也是想告诉郡主，我从未记恨过她，也希望她能尽早解了心结。”

洛清篱惊讶地望着他，继而又似乎很是欣慰：“你如此为我和郡主着想，我不知该说些什么。”说完，他似乎又想到什么，疑惑地问道：“你既是想宽慰她，为何方才不直接送到家中去？”

洛清影有些不好意思地解释道：“有些话我不好直接说与她听，怕她反而多心。所以我想麻烦兄长转交给她，并将我的心意也告诉她。”

“好！”洛清篱笑着答道，“这份礼物意义重大，我代郡主谢谢你。”

西卫的使节还未入京，大殷皇室中却出了一件大事。魏亲王赵元辅身患重病，不幸夭折了。

事发突然，赵弘瑀毫无防备，如晴天霹雳一般。待他赶到延福宫中，赵元辅的小手已经变得冰凉。淑贵妃瘫坐在榻边，亦是哭得昏天黑地，撕心裂肺。甄太后闻此噩耗，还未能迈出凤鸣宫的大门便直接晕厥不醒。一时间后宫中乱了套，御医局的御医们往来穿梭，鸡飞狗跳。

午夜时分，淑贵妃才终于幽幽转醒。她云鬓纷乱，妆容已花，一见赵弘瑀守在身旁，便一个起身扑进他的怀中，未及开口又是泪如雨下。

赵弘瑀见她醒了，终于安下心来，抚着她的脊背，哽咽着喃喃道："醒了就好，醒了就好。"

淑贵妃忍着心中剧痛，紧紧揪着赵弘瑀的衣衫，断断续续地说道："臣妾……罪该万死……未能……未能尽到抚育之责……"

"怎么能怪你？"赵弘瑀亦是心痛难忍，"你是他的母亲，这世上没有人会比你更爱他。元辅走了，最伤心痛苦的人就是你。你不要自责，该自责的人是朕。朕只顾着前朝之事，没有时间照顾你们母子。"

"不，陛下无错。"淑贵妃直起身来，梨花带雨地凝视着他，"陛下是一国之君，朝政之事理应排在首位。臣妾身为陛下的妃嫔，就该替陛下照顾好子嗣……这一切，都是臣妾失职……臣妾没有照顾好元辅，臣妾枉为人母！"

"这不是你的错。"赵弘瑀见她似有癫狂之态，忙轻声安慰道，"方才朕问过秦邈，元辅高烧多日不退，就算是大人也会熬不过去，何况他还那么小……"

"臣妾九死一生才生下他，难道所谓母子之情竟只是生他一场？上天为何如此薄情？连抚养他的机会都不愿给我？"淑贵妃紧紧拉着赵弘瑀的手，沉痛之下竟似掩丝丝怨恨，直将指甲深深掐进他的血肉之中，"十月怀胎，一朝坠地，不曾有片刻温情，就这样将他从我身边夺走。上天何其残忍！"

赵弘瑀手中吃痛，可见她这般模样，心中亦是痛惜不已。失去爱子，作为母亲，她会伤心，可作为父亲，难道他就不会难过？他完全能理解淑贵妃的心境，却又被她眼中亦悲亦怨的神色震撼。

"是朕没有照顾好你……你若是怨，就怨朕吧……"淑贵妃情难自禁，只张了张嘴，便又身子一歪，软软瘫在赵弘瑀的颈间。

赵弘瑀见她又晕了过去，忙急着喊道："秦邈！秦邈！快！"

一直在外间待命的秦邈立刻迈着小步冲了进来，等绿如帮忙将淑贵妃重又放回榻上安置好，他才跪在榻边开始诊脉。

"如何？"赵弘瑀心神不宁地问道。

秦邈定了定神，低声答道："陛下放心，娘娘只是一时情急才晕了过去，无性命之忧。"

"嗯，嗯。"赵弘瑀长舒着一口气，连连点头，面上却依旧满是忧虑。

绿如见状，大着胆子跪下请示道："陛下国事繁忙，若是娘娘醒着，定然也不愿让陛下分神。娘娘这里奴婢会照顾好的，陛下还是先去忙您的大事吧。"

赵弘瑀一愣，转首望着榻上的淑贵妃。她虽是昏迷不醒，可眉间眼角却郁结着满满的伤痛之情。"朕在这儿你们也是束手束脚。朕去外面等着吧。"

赵弘瑀出了延福殿，径自来到了庭院中。遭此变故，他的心境忽而变得十分落寞。丧子之痛竟是如此锥心蚀骨，他第一次真正体会到失去骨肉至亲的痛苦。

母妃齐氏去世时，他方在襁褓之中，不知人事；先帝辞世时，他满怀着对先帝的仇恨，因恨而蒙蔽了内心，未能体察到亲情的羁绊。面对生死，一切竟变得如此脆弱。

"今日是什么日子？"赵弘瑀沐浴在清辉之下，整个人都有些恍惚。

"今日是九月十六。"欢招在一边小声地答道。

"难怪今晚的月亮如此之圆。"赵弘瑀兀自出着神，喃喃自语，"月圆人难圆，这可真是讽刺啊。"

"陛下……"欢招扑通一声跪下，一边抹着眼泪一边劝道，"殿下已经往生，您千万要看开一些……"赵弘瑀没有说话，只是默默盯着头顶的明月出神。

说话间，秦邈躬着身子走了出来，在他面前跪下："陛下，娘娘已经醒了，但情绪依旧过于激动。臣开了些定气安神的药给娘娘服下，陛下暂时还是不要再见娘娘了。臣担心她见到陛下又会悲痛难抑。"

"嗯，朕知道了。"赵弘瑀点点头，示意他起身，"你去忙吧。贵妃就交给你了，千万不要再出任何岔子。"

赵弘瑀一路无言地往回走，欢招紧紧跟在他身后。隔着不远的距离，欢招能听得见他紊乱而急促的呼吸。

中孚宫中此刻正是灯火通明。赵弘瑀一脚踏进大殿正门来，只觉得这殿中左右摆设的宫灯竟是如此刺眼。

他下意识抬手去挡，橘色的烛火跳动着在眼中印出一个又一个光圈，模糊不清。光影之中，一个身影快步走近。赵弘瑀使劲眨了眨眼睛，那些奇怪的光渐渐隐去。

"陛下，你没事吧？"

赵弘瑀有些愣怔，半天才回过神来，勉强地扯出一丝惨淡的笑意："你怎么来了？"

洛清影不安地盯着他，见他嘴上虽似个正常人一般地问着话，可整个人却俨然已经魂不守舍。"方才回府时，遇见御医局的御医们神色匆忙地往宫里赶，我才知道出了这样的事……"洛清影说着，伸出手来扶着赵弘瑀往里走。

"你既然来了，怎么不让人通传一声？一个人在这里等了这么久。"

洛清影仔细观察着他的面色，竟是前所未有的惨淡。"我来的时候宫人告诉我你去了延福宫，我就没让人去找你，只等着你安顿好一切，与你见一面。"

欢招明白，有些话赵弘瑀只会和洛清影一个人说，而洛清影又是这个世上最能体会赵弘瑀心境的人。眼见他来了，欢招悬着的心又踏实了一些，便躬着身子悄悄闪开去。

没想到赵弘瑀并不愿意进殿，他轻轻挣脱开来，皱着眉头说道："这里太闷了，你陪我去花园里坐坐吧。"

"好。"洛清影应道，转而示意欢招，让他不用担心。

欢招感激地点点头，赶紧请示道："陛下，奴才让人把院中的亭子收拾一下。"

"不用了。"赵弘瑀面无表情地说着，抬脚就往外走去。

赵弘瑀走得很快，洛清影一言不发地跟在他身后。到了亭中，赵弘瑀猛地停住脚步，转头望着洛清影问道："清影，我是不是做错了？"洛清影知道他心里想的什么，却没有直接回答。

"直到方才我去延福宫亲手触到元辅冰凉的肌肤，我才意识到，从他出生到现在，我竟从未真真正正地将他当作我的儿子看待过。"赵弘瑀忽而情绪激动起来，他睁大了眼睛望着洛清影，满眼的难以置信，"为了压制太后和贵妃，我刻意地让自己与他保持距离，刻意地不去多想他。可事实上，他只是个孩子，是我的儿子！为什么我会莫名其妙地把他看作洪水猛兽？身为人父，竟无半点慈爱，我是不是错得太离谱了？"

"这只是个意外，不能怪你……"

洛清影刚一开口，就被他狠狠打断："方才在延福宫，贵妃说这件事不怪我，可她心里一定恨透了我。现在你也说不怪我，我知道，你只是为了安慰我……"

"我并不是安慰你，我只是说了一个事实。"洛清影不忍见他这样无休止地自我拷问下去，便抬高了声音，义正词严地阻止了他。

赵弘瑀错愕地待在原地，怔怔地望着他，听他继续说道：“幼儿体弱，本就容易受到外界的伤害，夭折于襁褓之中，也并非个例。御医们尽力了，娘娘尽力了，你也尽力了。人各有命，只能说元辅与你的父子之缘太浅，这是他的命，不能怪任何人。”洛清影见他似乎平静了些，便缓了一口气，尽心劝道，“你问我你是不是做错了，我可以肯定地回答你，没有。你刻意疏远他，并不是因为你不爱他。父母之爱子，则为之计深远。你最清楚皇子之间的关系，也最明白元辅一出生就自陷困局。他的母亲和他的祖母千方百计想让他击垮他的哥哥，利用他的身份来满足她们的私心。你不愿让他成为傀儡，也不愿看见他们兄弟反目，所以你才会故意远离他，就是为了不给别人制造利用他的机会。作为父亲，你给每个孩子都安置好了各自的位置，让他们明白彼此之间的殊与同。秩序既定，各安其位，这不是错，而是真正在保护他们。”洛清影一口气将话说完，默默等着他的回应。

赵弘瑀苦笑几声，眼中泛着红：“你说的这些我何尝不懂。他们是皇子，生来就与普通人家的孩子不同。天家本无情，有的只是严格的尊卑秩序。父父子子，君君臣臣，我一路走来，经历了如此之多，又怎能不明白？在这个怪诞的圈子里久了，我似乎已经感受不到所谓温情到底是什么。大臣们需要我为他们的决策做主，后妃们需要我为她们的尊荣加冕。我是个君主，上承天命，下御四极，手握无上的权力，而这一切的代价，便是牺牲作为一个人的真心。”

“世间万物，有舍方有得。你选择为天下苍生立命，便要放弃作为普通人的七情六欲。”洛清影望着他，眼中隐着深深的不忍，“现在的你与我初识的你有天壤之别。从意气风发的少年脱胎换骨，成为大殷臣民所仰赖的君主，你做了很多，也牺牲了很多。”

赵弘瑀默默听着，转身遥望云端：“我从不为自己这些年来的选择而后悔。可是今日之事却让我想起了一些人……”

洛清影看着他的侧影，猛然间产生了一种错觉。时空交错，仿佛又回到了当年章延泽府中的院子。那一年，似乎也是这样静谧的夜晚，赵弘瑀第一次在自己面前痛哭流涕。他查到了自己母妃去世的真相，而那真相的残酷却要将他溺毙。

“你知道的，我出生时母妃便难产而死。那时我毫无记忆，也没有留下任何痛苦的回忆。”赵弘瑀转回身来，黑色的瞳孔在月光下闪动着灼灼的光芒，“后来，我查到了真相。因为赵弘启一案，先帝与母妃心生嫌隙，他不能容忍怀有二心的女子来抚养自己的儿子，便在母妃血崩之时放任自流，眼见着她在自己眼前耗尽了生命。我一度恨透了先帝，他的袖手旁观导致了母妃的死，他才是那个最无情的刽子手。”

“先帝其实还是看重你的，否则也不会在最后的时刻选择将社稷交给你。”洛清影轻声安慰道，“事情已经过去这么多年，先帝也已经不在了，你早该将这一切放下。”

岂料赵弘瑀却痛心地摇了摇头：“其实这并不是真相的全部。先帝临终时，只有我在他身边。我逼问他真相，就是想让他承认对母妃所犯下的罪行，为母妃讨回一个公道。然而先帝却告诉我，这么多年我其实一直都恨错了人。没错，不施援手的命令是他下的，可他的目的却是为了保护我。”

“保护你？”洛清影不禁愣住了。在赵弘瑀夺嫡最为艰险的时刻，自己却远在神策军营中昏迷不醒。就是在自己“假死”的那短短月余，赵弘瑀彻底击垮了赵弘嘉，成了大殷最为强势的皇储。

洛清影相信，那一个多月的时间里，赵弘瑀一定经历了人生中最黑暗的时刻，才能得以涅槃重生。而这一切，他却从未向自己提起过。

“是的。”赵弘瑀点点头，脸上的笑容越发苦涩僵硬，“母妃因为家族被流放而对先帝怀恨在心，即便是怀了身孕，也几次三番要伤害腹中胎儿。对先帝的恨成了一种执念，以至于她竟将这无以复加的恨意转嫁到自己的亲生骨肉身上。先帝命人对她严加看管，待我一出生便除去了她。先帝说，若是母妃不死，她一定会害死我。从那以后，我便再也不信所谓骨肉亲情。至亲又如何？我未出娘胎，母妃便要我死。待我长大之后，我的亲兄弟又视我如眼中钉、肉中刺，誓要拔除干净。我从未享受过片刻的天伦之乐，家人对我而言，甚至不如陌生人。至少，陌生人没有想要我的性命。”

初闻此事，洛清影本就忧心忡忡的心越发沉重：“这是你第一次告诉我关于你身世的全部隐情，我很遗憾那个时候没能陪在你身边，替你分担这些伤痛。我能明白这件事对你的震撼，但你绝不能因此而否决了所有的亲人。想想淮安侯，若不是他，你又怎能在宫外安然无恙地顺利成长？再想想元澍，每每提到他，你的关爱之情都溢于言表。从我认识你开始，便在你身上发现了与其他皇子最大的不同。你热情而有活力，善良而富有同情心，你会为了水患流民无家可归而难过，也会为了战火四起百姓离散而忧心。你用最仁慈的心对待天下的百姓，你绝不是一个冷漠无情的人。”

“民富则国稳，国稳则君安，心怀苍生，这是身为人君的使命。作为君主，我不遗余力地将每一件事做好。可脱下这层外皮，我又是谁？”赵弘瑀的眼神沉寂下去，他顿了顿，似乎在内心里做了一番沉痛的挣扎，“说起元澍，你一直觉得我对他的一切太过事无巨细，总试图将他与一切风险隔离开来。也许在你看来，这是我对长子的偏爱。可扪心自问，这份父爱里又藏了多少愧疚？”

洛清影迎着他的目光，心中的某一处突然断裂开来：“你是说……孝文皇后的事情？”

赵弘珥重重叹息一声：“其实你早就猜到了，是不是？只不过你一直不愿相信我会做出这样残忍的事情来。你猜得没错，匡青青的死和我母妃一样。只不过她从始至终都不曾想过要对腹中的孩子不利。是我信不过她，所以才……元澍一出生，我便下令将她秘密处死。”

洛清影默默望着眼前神色萧索的人，他虽然口中说着残酷无情的话，可眉宇间却凝结了无尽的哀思。

“那个时候，我不在你身边，你孤立无援，被逼入绝境。匡筠与赵弘嘉有着千丝万缕的关系，先帝将他的女儿许配给你，本意是为了缓和你与赵弘嘉水火不容的关系，可暗地里也给了赵弘嘉监视你的机会。你担心匡青青是赵弘嘉安插在你身边的眼线，为了自保不得不痛下狠手。这些我都能理解。”

“清影，你总是对我太过宽容，什么事都替我找理由。”赵弘珥苦笑不已，“我曾那样厌恶先帝的所作所为，可做下这样的事情，我便和先帝成了一样的人，甚至比他更为残忍。冥冥中自有天意，一切的恶果都只是因为我当初种下了恶因。我永远都忘不了匡青青临终之前看我的眼神，有哀伤，有不解，更多的则是怨恨。元辅的离去，或许就是她对我的报复吧。”

洛清影一时无语，他想安慰赵弘珥，却突然发现一句话也说不出来。见他面上掩饰不住的错愕，赵弘珥淡淡笑了笑：“还记得以前在王府的时候，你与我发生了争执，你骂我，说我身上流着的是天家血脉，无情冷酷。如今看来，你没骂错，我也无须觉得冤枉。”

“那时无知，说的话你竟然当真？”洛清影摇了摇头，“我承认，你绝非是滥用爱心的大善人，但这并不能说你就是个无情之人。你知道自己身处何处，是何境遇，能理智地分辨身边的每一个人，并做出最妥当的决定。心有大爱，便是为人君最珍贵的品格。高处不胜寒，看似光鲜，可你每时每刻都是在刀锋上行走，所以你面临着人世间最难以抉择的困境。所幸的是你有最强大的勇气、最睿智的思想，爱憎分明，从不畏惧一切未知的艰险。这是我最佩服你的地方，以前是，以后也是。”

这些话不啻为一把锐利的剑锋，剖开了赵弘珥困顿难解的心思。他本以为洛清影知道真相之后会更加疏远自己，毕竟在做了这么多事情以后，他已经无法再觍着脸说自己与他是生死之交。

“清影……”赵弘瑀又惊又喜，却又生生哽咽在喉。

“这里无人，你若觉得难受就哭出来。”洛清影抬起手来碰了碰他的手臂，眼睛里充溢着兄长般的慈爱。

赵弘瑀仰起头来使劲眨了眨眼，将涌出眼眶的热泪又逼了回去：“生老病死、生离死别，我们已经经历了那么多次，可当它再一次降临，我却仍旧无法抵抗它所带来的痛苦。”

“牲畜无泪，因为它们不懂情。只有人心才能体会到所有的情感，这是生而为人的天赋。”洛清影盯着他的眼睛说道，“你是君主，但也是活生生的人，不要太逼着自己。”

赵弘瑀没有说话，只愣愣看了他半晌，然后缓缓坐在石凳上，双手撑着额头，将脸深深埋了下去。

洛清影默默退开几步，缓步出了亭去。话已经说得明朗，赵弘瑀是个聪明人，该想明白的道理他早就想通了。当理性的疙瘩被解开，只剩下情感上的伤痛需要宣泄。这个时候，让他一个人待着才是最好的选择。

欢招远远守在廊下，见洛清影一个人出了来，忙迎上前来紧张地问道：“太傅，陛下他……？”

“陛下没事，你放心吧。”

欢招得了这个话，心里才稍稍踏实些。他伸长了脖子朝竹林深处望了望，却没看见任何动静。

“你去让宫人们准备些热水。”洛清影不顾他想，认真嘱咐道。

“热水？”欢招不解。

“嗯。”洛清影点点头，“陛下今日太过伤神，就寝之前让他热汤沐浴，好解解乏。不然……”洛清影暗自思忖着，夜中迎风痛哭，很容易沁了凉。想到这里，他仔细说道：“不然我怕他明日会头痛。”

“是是是，太傅想得周到。奴才这就去准备。”欢招连连点头，刚要转身又顿住了脚，“对了，杜御医已经到了……您看？”

洛清影想了想：“你让他先去偏殿稍等片刻，陛下待会儿回来再请他诊脉。”

“是。”欢招领了命，一刻不敢耽搁，一溜小跑开去。

待他没了人影，洛清影才又转回身来悄然走进亭来。赵弘瑀似乎已经平复了许多，他听见脚步声，忙站了起来，却退了几步，似乎不愿被人看见红肿的眼睛：“谢谢你今日来看我。”

洛清影一愣，继而淡淡笑了笑：“换作是我遇上这样的事，你也会来安慰我的。”

“不，你没明白我的意思。”赵弘瑀捂着嘴轻咳了几声，摇了摇头，“所有的朝臣都会来安慰我，可那些慰问只不过是臣对君所负有的责任罢了。只有你，会把我当作血肉之躯，真正体会到我心里的痛处。”

“我只不过是比他们多了解你一些而已。其实朝臣们对你都还是很敬重的，他们对你的关心，也不仅仅只是出于君臣之义，他们也会为人子、为人父，也会体察到你的伤心之处。”洛清影轻轻将话锋带了过去。他知道，此刻的赵弘瑀是因为承受了丧子之痛才会如此脆弱，才会对自己说出这样一番感人的话来。可他并不想让自己因此而又凸显出来。虽然惊闻魏王夭折的噩耗之后，自己下意识的反应便是往宫中赶，可他却固执地认为，自己这么做只是在尽一个人臣的本分，或者说，是尽一个曾经与君主有过生死之交的人臣的本分。他来安慰赵弘瑀，却又在赵弘瑀号啕之时悄然离去。因为他明白，任何一个君主都不会喜欢自己最脆弱无助的一面暴露在臣子面前，哪怕这个人是他曾经最好的朋友。

“不管怎么说，还是要谢谢你。你说的这些话我都听进去了，你放心，我绝不会垮下去。”赵弘瑀望着他，一字一句地说道。

“嗯。”洛清影点点头，微微侧身让出一条路来，“杜若已经来了，以防万一，还是让他给你瞧瞧吧。”

“好。”赵弘瑀快步走过他的身边，却又忽然停住脚步，眼睛一直望着前方，“再过几日漠竹就该到了。国事繁重，我没有精力再去操心元辅的丧仪。我想让淮安侯代为主持丧仪的一切事务，你觉得可好？”

洛清影略一思索，颔首答道：“淮安侯地位尊荣，由他代为出面，应该可以安抚贵妃和太后了。”

“嗯。”赵弘瑀微微侧过脸来，却依旧没有与他正面而对，“今日让你为我操劳许久，我很是愧疚。时候不早了，你就不用再随我回去了，直接回府去，早些休息。我待会儿让欢招去送你。”

洛清影明白他是不想让自己看见他狼狈不堪的模样，也就不再坚持：“不用劳烦欢招了，还是让他专心侍奉你吧。你若有事，随时让人来找我。”

“嗯。”赵弘瑀轻轻点点头。

洛清影略一拱手，退了几步，便转身离去。

出了宫门，他深深吸了一口气。月明星稀，皓月落清辉。洛清影相信，今晚的赵弘瑀必将彻夜无眠。而他自己亦是如此。

姗姗而来的真相，与措手不及的灾祸，皆是令人五内俱焚。

第二十章

隐衷难叙　白首难为

暑热蒸腾已过，只剩下最后些许淫威，却终究敌不过燕安城中飘起的第一缕秋风。树叶微黄，云淡天高。漠竹带着他的人马在这个时节入了城。

按照惯例，赵弘瑀在紫宸殿中迎接了外使。因为漠竹一行是打着恭贺太子之名而来，赵弘瑀便让赵元澍与自己一道在大殿之上接受了奉贺。

漠竹为赵元澍送来了西域的奇珍异宝，赵弘瑀替他收了下来，并还以重礼。所谓奉贺，便是礼尚往来、有来有往，谁也不靠着这点鸡毛蒜皮占便宜。互相给足面子，走了个隆重的过场，歌舞升平、觥筹交错之后才是一针见血的较量。

漠竹入京翌日，赵弘瑀便将他请到了中孚宫中。漠竹入了殿，按照仪制向赵弘瑀行了礼，抬眼一看，却只有赵弘瑀和洛清篱二人在场。

漠竹悠悠然地笑了笑："外臣也不是生人，陛下这般阵仗，怕是有话要单独交代吧？外臣洗耳恭听。"

赵弘瑀不置可否，亦是扬眉笑道："多年不见，你这张利嘴一点没变。"

见赵弘瑀并未直入主题，漠竹收起咄咄之意，感慨叹道："昨日大殿之上，外臣见陛下的容貌竟然与当年并无二致。只不过，那年外臣来时，陛下还是太子，如今却已经是独掌生杀大权的天子了。"

"你太恭维朕了，如今每日费心劳神，没有片刻清闲，朕比当年已经老了许多。"赵弘瑀说着，抬手示意阶下二人，"都坐下吧。今日没有外人，找你来不过是叙叙旧。"

待三人都坐定，漠竹饱含深意地望着洛清篱问道："一别数年，故人可安好？"

洛清篱自然明白漠竹所问之人是谁，便微微欠身答道："幸得陛下眷顾，一切安好。”

赵弘瑀听着这二人一问一答，心如明镜，便转身吩咐欢招：“你们都出去吧，这里不用人侍奉。让崔迟带着人守在院内即可。”

厚重的宫门紧闭，殿内瞬时暗了许多。赵弘瑀提前做了准备，早早命人将殿中的宫灯一一点上。

“朕知道你想问什么。”赵弘瑀紧紧盯着漠竹，“朕今日不让他来见你，是怕宫中人多眼杂，走漏了风声。他如今身为庙堂上首屈一指的重臣，辅佐太子，配合太尉，他的一举一动都被人看在眼中，希望你能谅解。”

“陛下思虑周全，外臣绝无异议，一切听凭陛下安排。”漠竹恭敬地拱手答道。

赵弘瑀抬手阻止了他，继而又严肃提醒他：“朕说这些也是想提醒你，既然在燕安暂住，就不要坏了规矩。该见不该见，何时能见，朕会一一做好安排，希望你不要擅自行动。”

漠竹一怔，继而恍然大悟：“原来陛下是要敲打外臣啊。陛下放心，他既是我的亲人，我便会一切以他为重，绝不会乱了规矩。”

“那就好。”赵弘瑀满意地点点头。

漠竹看着他，又转而看了洛清篱一眼，探寻着问道：“陛下如此大费周章，不会就为了提醒外臣这件事吧？”

“自然不是。”坐在对面的洛清篱开了口，“陛下只想问你一件事，如今西卫国内的情势到底如何？漠凤上将军已经卧病许久，听闻现在已是闭门不出。想来李崇勋野心勃勃，一心想要夺回兵权。之前他试图趁上将军入宫之际行刺，幸亏上将军事先得到消息才幸免于难。李崇勋行迹败露，必定不会善罢甘休，漠凤将军可有做好对应之策？”话一出口，漠竹的脸色顿时沉了下去。

这一细微变化未能逃脱赵弘瑀的眼睛，他倾着身子低声问道：“漠竹，西卫国中是否有变？”

这目光中凝聚了无尽的压迫感，漠竹别过头去，沉默片刻方才迎面答道：“陛下和太尉既然已经对我国中情况了如指掌，便可看出事态趋势。李崇勋是西卫的皇帝，他亲政之后必定会揽回一切权力。父亲身为辅臣，还权失势是早晚之事。父亲当年因为陆骞大人的缘故，不愿与大殷为敌，后来，他又与自己的外甥定下盟约，力保两国和平。李崇勋好战，若是父亲倒下，这情势必定会急转直下。”

“上将军既然心知肚明，难道没有提前想好应对之策？将军与李崇勋已有过节，若是李氏重掌大权，将军怕是自身难保啊。”洛清篱忍不住提醒。

“父亲又怎能不知自己的处境？”漠竹咬着牙说道，“实不相瞒，这次来访本就是父亲的意思。他让我一定要想方设法求得陛下的承诺，一旦西卫无法栖身，还请陛下能好意收留。”

“什么？”赵弘瑀吃了一惊，简直不能相信自己的耳朵，“漠凤戎马一生，为西卫立下赫赫战功，又在主少国疑的危难时刻力撑朝局。英雄一样的人物，晚年竟想着流亡他乡了吗？”

漠竹听出他话中的嘲讽，只能硬着头皮说道：“也怪我们这帮后辈无能，无一人有父亲的雄才大略，也无一人能继承父亲的衣钵。英雄暮年，无以为继，即使壮心不已，亦是晚景凄凉。”

“我大殷可不是专门收容你们这些失败者的避难所。”赵弘瑀怒其不争，不禁冷哼一声，却没想到激怒了漠竹。

他噌地站起身来，目光凌厉：“陛下不要忘了，当年若非父亲暗中相助，这大殷的皇位上坐着的可不一定是你。”

“放肆！”赵弘瑀亦是怒目圆瞪，拍案而起。

洛清篱一见情况不妙，立刻起身安抚漠竹：“漠竹大人，陛下绝非见死不救，只不过事关两国邦交，若还能有其他转圜，上将军一把年纪又何须背井离乡？”

一席话毕，漠竹也意识到自己说得过于露骨，他稳了稳情绪对赵弘瑀深揖一礼：“外臣失言，请陛下责罚。”赵弘瑀瞪着他，努力压抑着心中的怒气。

漠竹见他没再直接发火，便又跪下身去言辞恳切地说道：“父亲也知道自己这一请求实在太过唐突。诚如陛下所言，父亲在朝中一力支撑多年，手握重兵，是西卫的中流砥柱。然而，持威多年也会让人变得张扬跋扈。父亲得罪了一众宗室，更因为对待贵国的态度而惹恼了新君李崇勋。去年，陛下手下的章延泽一封书信递到父亲手中，让他知道了李崇勋与虞恪暗中勾结的事实。父亲撑着病体，强按下朝中一切主战的言论，才能免除贵国与西卫的一场战事。陛下或许得到了喘息的机会，可李崇勋却再也不能容下父亲。君让臣死，臣不得不死。父亲也曾想慨然面对这一切，可他说自己还有一些未尽之事要做，不能就这么死了。”

“他要做什么？”赵弘瑀的怒气消下去许多，拧着眉问道。

漠竹望着他，眼中涌起一阵哀伤：“家父说他一生中只有陆骞一位挚友，也只有漠凰这一个妹妹。他想活着来大殷，亲自祭奠自己的亲人和朋友，再来看一看唯一的外甥。父亲早年征战沙场，留下许多疾患，去年以来一直病势缠绵，用尽药石也不见好转。外臣心里明白，他时日无多，恳请陛下看在家父曾有助于两国安宁的情面上，仔细考虑外臣的请求。”

赵弘瑀听得真切，漠凤现下在国中确实处于进退失据的困局。或许他真的是走投无路，才会出此下策。

赵弘瑀望了洛清篱一眼，见他亦是面有难色，便又坐下，意味深长地看向漠竹：“你先起来吧。你说的这些朕都能理解，可是你要知道，若是李崇勋有意除掉漠凤，朕也无法助他逃脱。毕竟这是你们君臣之间的事，朕总归是外人，不便插手。”

说完，他颇有深意地瞄了洛清篱一眼。洛清篱心领神会，走上前去将漠竹扶起身来：“事到临头，追悔莫及无用，刻意躲避亦无用。陛下说得对，若是李崇勋誓不罢休，上将军走到哪里也逃脱不得。”

“可是……父亲为朝廷鞠躬尽瘁，难道就该落得个凄惨的结局？”漠竹想不通，更是愤恨难平。

洛清篱想了想，又委婉地问道：“既是逃脱不得，上将军难道就没想过反击？”

“你是说？”漠竹一惊，忽然明白了这话的深意，他义正词严地拒绝了洛清篱的试探，“父亲此举虽有苟且偷生之意，为大丈夫所不齿，可父亲并非龌龊小人。身为人臣，什么能做、什么不能做，他绝不会触碰底线。君便是君，君臣绝不可易位。”

“我的意思并非要上将军取而代之，或许……另立新君也未尝不可。”洛清篱闻言，又换了个说法。

漠竹冷冷笑了几声，转而朝赵弘瑀揖了一礼：“以臣子之名擅拥君主，挟天子令诸侯，这与取而代之有何区别？陛下身为人君，想必比外臣更能体会这其中的恶劣。家父虽然与西卫皇帝心有不和，但这绝非是因为家父生有二心。从始至终，家父绝无背叛之心，所有的不和皆是来源于对战、和的分歧。当然，家父作风过于强硬，亦是他被人诟病的缺点。或许外臣方才所言让陛下产生了误会。此次外臣入殷奉贺，实乃家父力主。出发时，家父叮嘱过，若是陛下有所顾忌不愿收留，他绝不强求。另外，家父还让外臣给陛下带一句话，他已是风烛残年，大势所趋，无法再与李崇勋抗衡。这次入殷，是他为两国和平所能做的最后努力了。他想尽力向外彰显两国的友好，给南祇一些压力。可今后两国是战是和，他已无能为力，一切只能看陛下自己了。今日所言已尽，外臣告退。”说完，不待赵弘瑀君臣二人有所反应，漠竹抖了抖衣袖大步走向宫门处，大力推开厚重的朱漆门扇扬长而去。

赵弘瑀哭笑不得，指着殿门处叹道："你看看，这西卫的人可真是猖狂。即使穷途末路，可一言不合依旧直接给朕尥蹶子。"

洛清篱回过身来安慰他道："陛下，这漠凤以武将之身控制西卫朝堂这么多年，若是他有谋逆之心，早就可以动手了，何必等到今日？所以臣认为漠竹最后所言并非故作清高。鸟之将死，其鸣也哀，人之将死，其言也善。漠凤到了最后，或许真的只是想留着一口气，得个善终罢了。"

"也是。"赵弘瑀若有所思，"越是手握大权的人，越是留恋权势，越是怕死。古往今来，寻求不死仙丹的不都是那些位高权重之人？漠凤这一生看惯了生死，到最后落到自己身上却失了风度。"

洛清篱点点头，沉思片刻又担忧地说道："方才臣试探他，就是想看看能否鼓动西卫自己出些乱子，现在看来却是没戏。可若是漠凤屈从于李崇勋，那我们之后的境遇就会越加艰难。"

"是啊，朕所担心的正是这一点。"赵弘瑀眉头紧锁，面上越发沉重，"按方才漠竹所言，这次来朝乃是漠凤力主。他知道李崇勋和虞恪早已勾结，便想用这种方法给虞、李二人的联盟使些绊子。可如今这情势，德宁公主嫁入西卫，他两国的联盟已经稳固下来，漠凤所为只能是杯水车薪，解决不了什么问题。对了，南祇那边有什么消息了吗？"

"基本已经就绪。"洛清篱答道，"能解除和攻克的人物，我们几乎都打通了关节。只不过虞恪太过狡诈，到现在我们还未找到他弑君篡位和谋害手足的实据。"

"这些都不重要了。"赵弘瑀摆摆手，"记得朕为煜王时你曾告诫过朕，权势之争不是过堂问案，不需要人证物证，只需一个小小的猜疑便可置人于死地。逐鹿纷争，虚虚实实，没有实据，那便诛心。你让人放些谣言出去。"

"此时若是放出谣言，臣怕会引起虞恪的怀疑。他若仔细纠察，难保不会发现我们留在南祇的细作……"洛清篱有些犹豫。

"你先让曹晖的人去办这些事，并且交代好南祇朝中的内应，让他们先不要妄动，不要跟风，不要多言。时机未到，他们只需继续韬光养晦就好。"赵弘瑀似乎有些焦躁，"一个虞昉已经够朕头疼的了，再来一个漠凤，这不是逼着西卫、南祇一起与我为敌吗？"

洛清篱明白，先前魏王夭折已经让赵弘瑀心神难安，如今漠竹又带来这样的坏消息，就算他再沉稳恐怕也按捺不住内心的失落与焦躁。想到此处，洛清篱没有立刻表态，而是委婉劝道：“陛下无须太过担忧。虽说漠凤以后无力控制朝局，可这一次漠竹不还是奉了他的命才来的燕安？这就说明漠凤手中暂时仍有决策之权。只要西卫没出乱子，我们便可以先放一放，只让章延泽随时待命即可。臣以为，目下我们的重点依旧是南祇。南祇与西卫的联盟看似稳固，可虞恪与李崇勋皆是见利忘义之徒。乌合之众不足为惧，只要一方先自乱阵脚，另一方也就偃旗息鼓了。”

“嗯，朕有些心烦意乱。该怎么办你先与曹晖拿个主意吧。一定注意掩藏行踪，不要暴露了便好。”赵弘瑀撑着额头，只觉得额角青筋跳得厉害，脑中嗡嗡作响。

洛清篱见状，忙上前一步关切问道：“陛下，怎么了？若是不舒服，臣这就去找杜若来。”

“不用，不用。”赵弘瑀连连摆手拒绝，“朕就是这几日睡得不太踏实，精神有些不济。待会儿小憩片刻便好。”

“这些时日为了准备漠竹入京之事，陛下操劳甚多，可……”洛清篱犹豫片刻，终于还是决定将心里的话说出来，“臣斗胆劝陛下一言，切莫为了分散心中的悲痛而逼着自己埋首于政事。陛下是大殷臣民的君主，以一人之身系万民之福祉，陛下千万要爱惜自己的身子。”

赵弘瑀心中一震。他没想到洛清篱竟看透了自己的心思，便强撑着笑意叹息道：“这一切都逃不过你的法眼。元辅走了，朕才体会到什么是锥心蚀骨之痛。可叹朕纵为天子，坐拥四海，却掌控不了世间的变化无常。”

“陛下心中之痛，臣能体会。”洛清篱缓声安慰道，“那日臣在神策军中疗伤，看见清影传来的家书，说郡主意外滑胎，一时间便觉得天崩地裂一般。臣尚未见得那孩子一面，便已如此悲痛。陛下与魏王朝夕相处多时，感情深厚，闻此噩耗定然痛如万箭穿心。臣是过来人，有感而发，或许能替陛下解解愁。人生际遇皆是缘分，只能说臣与那个孩子缘分太浅，所以留不住他。若人生真有今生来世，或许他现在已经找到与他父子缘深的人家投胎转世，承欢膝下，尽享天伦。如此一想，臣便能释然了。”

赵弘瑀凝望着他，眼中泪光一闪，又倏然隐了去。沉默良久，他才似乎有些释然：“清篱，今日你一言才真正解了我心内的伤痛。是啊，或许上天早已预料到，他若成了朕的儿子，此生都将淹没在无休止的斗争中，无法求得片刻安稳。早些离去，便是早些解脱。若有来世，朕只希望他可以去寻常人家，哪怕每日耕田放牧也好，只求平安，不求富贵。"

宫中悲未尽，前朝事又起。赵弘瑀这些时日以来确实是日日难以入眠。辗转反侧之时，脑中想起的皆是往日的一幕幕旧事。而洛清篱的话却如石破天惊一般敲醒了他，对于生在皇宫大内的孩子们来说，活下去是一种幸运，活不下去也未必就是不幸。

待洛清篱走后，赵弘瑀愣愣地坐在空荡荡的大殿中沉思良久。欢招不敢打搅他，只能猫着腰躲在殿门外，支棱着耳朵听着里面的动静。待到他唤了一声，欢招才亦步亦趋地进了殿门去："陛下，需要奴才为您添点什么吗？"

赵弘瑀仿佛没听见一般，利索地起身走下御阶："随朕去看看贵妃吧。"

自从那晚见过淑贵妃之后，赵弘瑀便以公务为借口，再也没有踏足过延福宫。他不知道自己在逃避什么，他只是不想再面对淑贵妃那饱含着怨和恨的心碎目光。

一脚迈进延福宫的宫门时，赵弘瑀逡巡着有些犹豫。欢招跟在一旁，不知自己该劝还是不该劝。主仆二人僵持了半天，岂料淑贵妃已经在绿如的陪伴下迎了过来。

"陛下既然来了，为何不让人通传一声？"淑贵妃素面朝天，脸色依旧苍白，整个人却比那日平静了许多，"方才若不是绿如眼尖瞧见了，臣妾都未能及时迎驾。"

赵弘瑀见躲不过，只好尴尬地笑着走上前去解释："朕也是刚到，见宫中四下寂静无声，以为你是午憩，便想着待会儿再来看你。"

淑贵妃垂下眼眸，带着浓浓的哀戚："自从元辅走后，这宫中便突然沉寂了。"

赵弘瑀见她又要落泪，轻轻将她揽住："这些日子朕一直忙于应付西卫使节，没能抽身来看你，是朕不好。走吧，朕今日无事，陪你坐坐、说说话。"

淑贵妃低着头若有似无地应了一声，随他默默地朝殿中走去。入了殿，赵弘瑀扶着她在坐榻上落定，然后才缓缓在她身边坐下。绿如心细，利索地奉上热茶之后便悄悄地退了出去，与欢招一同在殿外候着。

赵弘瑀一抬眼，见几案上摆着些木马、铃铛之类的玩具，忍不住拿起一个银铃，却心中一酸："这些东西怎么还放着？宫人们也太粗心了……"

"陛下勿怪，是臣妾不许她们收起来的。"淑贵妃从他手中拿过银铃，仔仔细细抚摸着喃喃道，"这个银铃是元辅最喜欢的，每次臣妾一摇，他就会咯咯地笑……"

淑贵妃呆呆地望着手中的银铃，眼泪又扑簌簌地掉了下来。赵弘瑀心头一抽，忙将她揽在自己怀中，不动声色地将那个银铃轻轻拿了开去："元辅已经走了，你又何苦这样折磨自己呢？"淑贵妃伤心，只倚在赵弘瑀肩头嘤咛着潸然泪下，不能言语。

赵弘瑀尽可能地柔声劝慰道："元辅之事已经令朕肝肠寸断，你若一直这样，朕又怎么能放心？你是在怪朕没有来看你吗？"

过了片刻，淑贵妃似是止住了抽噎。她直起身来，抬头望着赵弘瑀，平日里明艳的双眸里布满了血丝："朝中事务本就繁杂，又逢西卫遣使来恭贺太子，陛下已经忙得不可开交。臣妾愚钝，却并非不明事理。陛下让淮安侯亲自主持元辅丧仪，便说明了他在您心中的分量。臣妾身为元辅的母亲，岂能再有任何怨言？"

说着，淑贵妃又以袖掩面，神色黯然："臣妾方才失仪，绝非怨恨陛下。只是多日未见圣颜，一朝得见，内心之情汹涌而起，竟不能自已。"

"你能这么想，朕很是欣慰。"赵弘瑀拉过她的手，捂在自己的掌心中，温情脉脉地凝视着她，"这些天朕虽无暇过来探望你，可一副心思却全在你身上。太后病了，朕又分身乏术，只留你一人在这深宫之中，朕实在是于心不安。朕是元辅的父亲不假，可朕亦是大殷子民的君父，有些时候，朕也是无可奈何、身不由己。"

"陛下不用再说了，臣妾都明白。"淑贵妃含着泪又抬起头来，强压着心中的伤痛扯出一丝丝笑意，"陛下是臣妾的天，亦是臣民的天。臣妾不怨陛下，只恨自己命途多舛罢了。"

"好了，不说了。"赵弘瑀叹了口气，又将她拥进怀中。

淑贵妃的一番话虽是心酸，却毫不矫情做作，通情达理，令人心生怜惜。赵弘瑀轻抚着她，缓缓说道："逝者如斯，你我要学会释怀，元辅才能真正地安息。以后的路还长，朕答应你，一定会一直陪着你，好不好？"

"嗯。"淑贵妃反手将他搂住，泫然欲泣，"陛下，以后我们还会再有孩子吗？"

"当然了。"赵弘瑀笑着哄着她，"我们会儿孙满堂的。"淑贵妃紧紧咬着唇，用力地点头，安心地阖上了双眸。

眼见着淑贵妃虽是伤心，却不再如之前那般癫狂，赵弘瑀便多坐了会儿，并陪着她用了晚膳才离开。

待送走了赵弘瑀，淑贵妃久久伫立在窗下，沉默不语。绿如担心她又想些不该想的，悄悄走上前去劝道："娘娘，陛下走了许久了。"

“我知道。”淑贵妃转过身来，面上的表情却忽而变得有些狰狞，“绿如，你是不是觉得本宫是个心肠恶毒的人？”

绿如吓了一跳，听她这般问，立刻知晓她意指何事，便低声宽慰道：“您也是没有办法……换作哪个母亲能忍受这样的事情？自从魏王出生以来，奴婢常常半夜时分听见您躲在被中偷偷哭泣……”

淑贵妃凄凉地笑了笑，又无奈地闭目摇头：“是啊，要恨只恨我生的是个女儿，亲生骨肉一出世便被人活活拆散。我每日里人前强颜欢笑，不敢露出半分马脚。只有到了夜深人静之时，才敢思念我亲生的孩子。我没有摸过她，没有抱过她，甚至连看都没能看上一眼，更不知道她现在到底流落在何处！越是想念她，我对那个叫作赵元辅的孩子就越是憎恶。一个来路不明的野孩子，凭什么冒名顶替得到本属于我的孩子的一切？太后急于用皇子来牵制住陛下，可结果呢？真是讽刺至极！”

“是啊。”绿如忍不住跟着深深叹息，“太后太心急了，她不该如此对您。奴婢看得出来，陛下对您其实还是用了心的。您还年轻，与陛下朝夕相处，日子久了感情也会越加深厚。就算一开始是个公主怎么了？陛下膝下无女，一朝有了公主，指不定他会开心成什么样子。到那时，陛下对您就会越发另眼相看，再添子嗣那还不是轻而易举的事？您有了陛下的宠爱，再添个皇子，将太子扳倒那就会水到渠成，容易多了。”

淑贵妃冷笑一声：“太后上了年纪，哪里等得了这么久？她想险中求胜，却要我母女分离，还不准我探听女儿的下落。陛下既立秦王为太子，元辅也就成了失败者。留着元辅，只会让我的处境愈加尴尬。本宫绝不能将这样的一个失败者留在自己身边掣肘。他不死，本宫只好亲手送他一程。”

淑贵妃咬牙切齿，恨从心内生。绿如见状，忙凑近了些低声说道：“娘娘，那些朱砂奴婢已经清理干净了。至于御医秦邈那里，奴婢也再三叮嘱，绝不会出什么岔子。”

淑贵妃满意地点点头：“偷换公主时秦邈便已上了贼船，他有把柄在我手中，谅他也不敢弄出什么花招来。”

“那……太后那儿？……”绿如又试探着问道。

“本宫已经看明白了，想在宫中站稳脚跟，除了依靠陛下绝无他法。元辅一死，陛下定然会对我心存愧疚。只要陛下心中有我，一切便都能迎刃而解。”淑贵妃盯着绿如一字一句说道，“本宫新丧幼子，痛不欲生，太后那里晚些时日再去探望吧。今日胡之恒送了口信入宫，眼下有件事须你尽快去做。”

漠竹此行的主要目的便是替自己的父亲寻得一个庇护之所。然而自从上次赵弘瑀明确拒绝之后，漠竹便再也没有提及此事。出使一事成了虚差，漠竹一行再留在燕安也没有实际意义。漠竹只剩下最后一件事，那便是等着与洛清影见上一面。此事一了，他就要立刻归国了。

心急如焚的并不只有漠竹一人。洛清影这边亦是焦急万分，可赵弘瑀不发话，他私下绝不敢有什么举动。国朝大事，岂能与小家之事同日而语？

或许是因为受赵元辅一事的影响，赵弘瑀的情绪近来一直不是很高，因此安排洛清影与漠竹见面一事便暂时缓了下来。

这一日，洛清影入宫为太子授课。赵元澍近来功课精进，神思敏捷，问的问题也是愈加刁钻。洛清影深入浅出为他解惑，说到兴起时竟未留意天色。待他回府时，已是暮色沉沉。他才入府门，正遇上芸儿也刚刚落轿回门。他有些讶异，便停在门内等了她片刻。

芸儿见他有意等着自己，心里不住欢喜，碎步轻挪走上前来问了安。

“你是去探望郡主了吗？”洛清影随口问道。

“不是。”芸儿粲然一笑，害羞地偏过头去，“大人一心扑在公务上，已经忘了今日是初一了。”

初一、十五都是芸儿去大相国寺敬香的日子，风雨无阻。

“哦。”洛清影恍然大悟，却又有些疑惑，“只是敬香而已，何以如此晚归？是否遇上了麻烦？”

芸儿见他如此细心关心自己，心中泛起一丝甜蜜：“大人不必担心，并无任何麻烦。只不过是碰巧遇上了贵妃娘娘身边的绿如姑娘。”

一听到绿如的名字，洛清影不禁警惕起来。可一想府门处人多眼杂，便不着痕迹地点点头：“天色已晚，先进去吧。”

芸儿应了一声，跟在他身后往里走去。没走多远，方至临渊阁外，她停下了脚步，轻声说道：“想必大人还有公务在身，我就不打扰你了。”说完，她屈膝行礼，转身便要往玲珑阁的方向走去。刚走两步，又听洛清影唤了一声，似是有话交代。芸儿不解地回过身来，不知他还有什么事要吩咐。

洛清影略有尴尬地笑了笑：“今日我也没什么事。”

芸儿一愣，一时没能明白他的意思。过了片刻，她忽然回过神来，不禁又惊又喜，却又不敢相信。洛清影这话虽是委婉，却明显是要留人的意思。

“走吧。”洛清影偏过头，抬脚往临渊阁中走去。芸儿踟蹰了几下，深吸了一口气，便也紧紧随着他而去了。

进了书房，洛清影在书案边坐下，抬眼却见芸儿仍旧局促地立在一侧。

“坐下说话吧，这里也没别人，不用如此拘谨。”洛清影故意让语气轻松一些，试图缓和这略显尴尬和生疏的气氛。

芸儿缓步走到一侧坐下，虽是受宠若惊，却又不知该说些什么，只好默默垂下头来。

“你方才说遇见贵妃身边的绿如了？”洛清影抬手取过案上的一册书，信手而翻，似是不经意地问道。

芸儿正愁不知该说些什么，一听洛清影问话，便连忙点头：“是的。”

洛清影不自觉地拧着眉追问道：“她怎么会去大相国寺？”

这话问得直接，芸儿以为他心有不满。自己与他的姻缘是由淑贵妃一手撮合成的，芸儿知道他并非心甘情愿纳了自己为妾，所以难免会对贵妃和贵妃身边的人有些抵触。

“大人是不喜欢我与贵妃身边的人有所接触吗？”芸儿怯生生地望着他，“大人若是不高兴，以后我会注意避开的。”

洛清影一愣，立刻明白她是误会了自己的意思，便缓和了一下面上的神色，摇了摇头：“你怎么会这么想？与何人往来，皆是出自你自愿，我不会干涉。我只是好奇，绿如身为贵妃的贴身侍婢，怎么会突然去了大相国寺？”

见他并无不悦，芸儿知道自己多了心，便松了口气。她轻轻叹息一声，言语间尽是伤感：“自从魏王殿下走了之后，据说贵妃娘娘夜夜无法入眠，日日以泪洗面。临盆之前，娘娘曾得大相国寺的佛祖托梦，而且魏王又是在寺中出生。无论如何，总是母子一场，娘娘想要亲自去到大相国寺中敬香，向佛祖祷告，乞求殿下来生不要再受疾病之苦。怎奈娘娘悲极伤身，无法行走，只好让绿如替她去了一趟。”芸儿一言既毕，伤感之情越加沉重，忍不住又连连叹了几口气。

洛清影见她黯然神伤，不由宽慰道：“有些事强求不得，亲子之缘亦是早有注定。你也不用太过伤感，娘娘有陛下关心，一定会好起来的。”

“嗯。”芸儿若有所思地望着他，“只要陛下在娘娘身边，她的未来便仍可期许。”芸儿这话虽是说的贵妃，可却不经意又流露出了她自己内心的期待。

洛清影自然听得出她的言外之意，却假装不懂，含混地点点头：“所以你今日晚归，便是因为宽慰绿如姑娘？”

芸儿见他刻意逃避自己的情意，忽然想起今日绿如在寺中与自己所说的话，心中隐隐作痛。她不愿相信绿如所言，可眼前的一切却证实了绿如敏锐的洞察。

洛清影的逃避，永无止境。

芸儿不能让他看出端倪，便极快地将面上的失落之意遮掩过去："绿如跟在贵妃身边，这些日子亦是不好受。我稍稍劝解了一些，但愿她能听得进去。"

"你如此善良，对别人的痛苦感同身受，你的用心一定不会白费的。"洛清影感慨赞许着，继而又低声提醒她，"不过如今太子新立，朝中局势多变，你又是太傅府的人，以后还是要多加留意一些，不要与宫中之人走得太近。你虽是无心，倘若被有心之人听了去，难免会小题大做。"

不论是对于芸儿此举的赞赏，还是对她的叮嘱，洛清影皆是发自肺腑为她着想。但这话在芸儿听来，却莫名有些讽刺。

他委婉地邀请芸儿到他书房时，她的内心中激荡起无以复加的惊喜。她以为洛清影是找了一个由头，想主动与自己化解生疏与隔阂。芸儿雀跃不已地等待着他与自己说一些温情的话，哪怕是一点点关切也好。然而，洛清影所有的关注却只在一件事上，那就是对贵妃的提防，以及对过分亲昵贵妃的行为的委婉批评。芸儿心中委屈，咬着牙低着头轻轻应了一声。

洛清影见状，忙又解释道："芸儿，我并无责怪你的意思……"

"我知道。"芸儿抬起头，强扯笑意打断了他的话，"大人所言皆是为我考虑。"

见她含笑的双眸盈盈闪烁，洛清影知她心里定然还是委屈，刚要张嘴再解释，就见她猛然站起身来："大人，你今日忙了一天，也该累了。我这就去让张妈准备饭菜，用了晚饭，你就早些休息吧。"

洛清影怔怔地望着她，沉默片刻终是放弃了再继续解释。言多必失，有些话说多了，好事也变成了坏事。"也好。"他点点头。

芸儿微微笑着，缓步退了出去。方一出门，鼻子一酸，视线顿时模糊了起来。

又过一日，赵弘瑀那边终于有了动静。洛清影亲自入宫聆听一番叮嘱，之后又匆忙回了太傅府，将临渊阁内内外外不相干的人等一并屏退，静候夜色降临。

青幕既垂，安歌带了四名禁军卫士，亲驾一辆马车，停在太傅府门前。他引着一个黑色的人影下了车来，一路带着他直接往里走去。

几人刚一进门，身后的两扇木门便被重重关上。人影密不透风地裹在黑色的斗篷中，紧紧跟在安歌身后，一路无话。

临渊阁内悄无声息。安歌驻了脚步，抬手一挥，那几名禁军卫士便如鬼魅一般四散开去，淹没在夜色中各把一角，将临渊阁严密看守起来。

待一切妥当，安歌才拱手对那黑影说道：“尊使自行进去吧，末将就在这处守着。”黑影微微俯首，转身迎着屋内的烛火走了进去。

“你来了。”洛清影听见动静，快步迎上前来。

来人昂首脱下斗篷，黝黑的皮肤在烛火中泛着红光，正是漠竹。“今日得见你一面，估计是我此次东来最大的收获了。”漠竹将斗篷撂下，自是满面笑意。

“一别数年，你可还好？”洛清影顾不上讲究什么礼仪，快步将他拉进书房中。

“还算好吧。”漠竹苦笑着点点头，“日暮西山之势罢了。”

洛清影立刻听出他话中之意，了然地颔首言道：“幼君成年，还政于君，这些都是不可避免的事。上将军身体可好？”漠竹没有直接回答，只是微微叹了口气。

见他如此反应，洛清影不禁很是担心：“之前我便听闻他身患重病，章延泽递了书信来，说是苏祓姑娘也已回去照顾他。只可惜我远在燕安，消息堵塞，无法近身侍奉他老人家。”

“不论是在朝中的势力，还是父亲的身体，都已逐渐恶化，没有丝毫好转的迹象。”漠竹凝神望着他，面上的笑意尽皆淡去。

“既是如此，你又怎能在如此紧要关头离开朝廷中枢？”洛清影拧眉问道。

“看来你的皇帝陛下什么都没告诉你。”漠竹冷冷嗤鼻。

洛清影见他似有不满，立刻解释道：“我身份特殊，知道自己的界限在哪里。陛下并非有意隐瞒，否则他也不会让你我见面。只不过有些话他不想借由他的口来告诉我。他愿意说，我便听着，他不想说，我便不问。”

“你这么说也不无道理。我这次入殷的目的并不光彩，你们皇帝陛下考虑到你的面子，所以没有直接告诉你。”漠竹顿默片刻，无奈地耸耸肩，“我这次来，主要是奉了父亲之命，请求入殷避难。”

“避难？”洛清影一惊，继而便全部明白了。

“是啊，避难。”漠竹自嘲道，“说白了就是逃命。父亲一世英雄，到了最后却只能靠着流亡而活命。”

洛清影本想继续追问漠凤眼下的形势到底危急到什么程度，可话到嘴边又打住了。若非与李崇勋已呈水火不容之势，他也绝不会出此下策，走到这一步。

“父亲并非贪生怕死，他只是心有不甘。”漠竹望着洛清影，恨恨说着，“他有心愿未了。”

“什么心愿？”洛清影猜到了大半，却依旧犹疑着问道。

漠竹顿了顿，沉了一口气：“他想见你，还想祭拜姑姑和姑父。”

心中像是被狠狠捅了一刀，洛清影怔怔地看着他，喉间涌起一阵酸涩。

漠竹点点头，凌厉的目光变得柔和起来：“父亲征战沙场，一双手早就被血染透。面对朝中敌对之人，杀伐决断他也从未有过片刻犹豫。可唯独对你，他却始终牵肠挂肚，难以心安。这几年来，父亲病得很重，老得很快，当年纵横铁血的人物，如今却越发放不下心里那仅存的一丝丝牵挂……清影，不论你身处何地，在父亲心里，你就是他的家人、他的孩子。”

洛清影迎着漠竹悲凉的目光道：“那……陛下怎么说？”

漠竹的眼神越发凄怆，仰头朝天笑了几声，继而反问：“你若是赵弘瑀，你会怎么做？”

洛清影没想到漠竹会回马一枪将问题抛了回来。漠凤身为西卫上将军，与李崇勋的君臣之缘怕是已尽。闹到这个地步，他若入殷，李崇勋定会认定他是叛逃。赵弘瑀如果收留了他，无异于直接与李崇勋撕破脸皮。就算他洛清影此时脑子再混沌，这个局面他还是能看清楚的。

眼见洛清影眼神越发纠结，漠竹反倒似释然一般笑了起来：“看你为难的样子，不用说我也明白了。”

“陛下身为一国之君，凡事必然要以朝局的安危为重。”洛清影看不懂他的表情，又怕他误会，便着急解释道，“可若从我自身而言，我自然是愿意让上将军来燕安颐养天年……”

“你不必解释了。”漠竹抬手阻止了他，“你心里想什么，父亲早就猜到了。他说得没错，你与姑父是一样的人。若是忠孝不能两全，你们都会义无反顾地选择忠义。”

洛清影的嘴角微微抽动，眼中满是愧疚：“侍亲为孝、事君为忠，然而身为人臣，我有该秉持的道义。清影不孝，但求上将军他老人家能够理解。”

“你不用担心，他没有责备你的意思。”见他纠结难安，漠竹不忍地拉过他，“父亲告诉我，自从那年你以一己之力劝说他退兵之后，他便明白了一件事情。你虽然身上有一半西卫的血脉，却从未视自己为西卫之人。你是大殷的子民，是赵弘瑀的臣子，你所有的决定都不曾有一星半点是为了自己的私欲。”

岂料洛清影却坚定地否认了他的说法："我的母亲是西卫人，我身上流着漠氏的血，我又怎会忘恩负义，否认自己的血脉？我劝他退兵，并非只是为了大殷。狼烟一起，生灵涂炭，我不想见到大殷的百姓受难，也不愿西卫的百姓惨遭战火的蹂躏。"

"这点我当然明白。"漠竹没有反驳，而是点头叹道，"你曾说过，抚育之恩与生养之恩并重。然而事实上你生于此，长于此，情感上必然也会更加偏向于此。这些都是人之常情，绝非忘恩负义。父亲对这次出使的结果早有预料，也没抱着太多的侥幸，他最大的愿望便是能让我与你见上一面而已。他不希望逼着你做什么违心的决定，也不希望你因为这件事而开罪你的君主。他知道此生再见你一面已是不能，今日我能见到你，便是替他与你做个诀别。"

"上将军他……"

"清影，父亲更愿你能唤他舅父。"漠竹意味深长地打断了他。

洛清影心头一酸，扑通跪了下去，向着西方磕了三个头："舅父，清影不孝。"

漠竹见状，眼圈也忍不住红了起来，他使劲眨了眨眼睛，弯腰将人扶起："你有这份心意就够了。"说话间，漠竹触到洛清影的手心处，感受到他掌心里那条狰狞的伤疤。漠竹猛地将他的手拉到眼前，痛惜地问道："这是当年我砍伤的吗？"

洛清影笑了笑，将手抽了回去："误伤而已。"

漠竹眼色一黯，想起当年的情景："那时赵弘瑀不愿将你交出来，欺骗父亲说你已死。父亲一怒之下发兵天雄，为了平息他的怒火，洛清篱单刀赴会，愿意一命偿一命，以他的命换取父亲的退兵。父亲想要成全他，让我送他上路。没想到我这一剑挥下去，没砍掉他的脑袋，却差点废了你的双手。"

"两军对垒，战事一触即发，兄长却趁着夜色孤身出城去，怎么想也是令人生疑。我只好偷偷跟着他，一路尾随。"洛清影似乎也想起了陈年旧事，忍不住感慨，"老天有眼，幸好被我拦下。兄长对我有再生之恩，别说是一双手，就算是要了我这条命，我也在所不惜。"

听洛清影这般说着，漠竹的心不禁揪紧："在你眼中，洛清篱与亲兄弟别无二致。我那时有意伤他，想必你也对我心生恨意。"

"兄长义薄云天，几次三番为了救我不顾自己的安危。那日确实险些酿成不可挽回的大错，幸好老天有眼，才让他逃过一劫。"洛清影笑着摇了摇头，"舅父气急要你杀了他，追根究底还是因为我。若他受伤，也是受我连累，要是恨的话只能恨我自己，又怎会迁怒于你？平心而论，你们都是我亲人，我绝不愿意见到你们任何一方受到伤害。”

听他这么一说，漠竹也跟着释然了：“其实父亲与我也是一样。虽然你为大殷效力，与我们的立场难免对立，但我们绝不希望你有任何意外。不论何时，我们的羁绊都深深嵌入血脉之中，不容忽视，不可移除。”说到这里，漠竹顿了顿，语气又渐渐沉重起来：“可也正是因为如此，父亲才会担心你。”

“担心我？”洛清影不解地问道。

“是。”漠竹点点头，“如今你是辅佐太子的重臣，赵弘瑀重用你，同僚们尊敬你。可你骨子里流着漠氏的血，这一点无人可以否认。若是一朝真相曝于天下，你又该何去何从？”

洛清影无奈地叹了口气，目光却深沉而坚定：“若说天理昭昭，我最不该信。陆氏一门忠心为主，却落得如此凄惨下场。前车之鉴，令我不得不时刻警醒。然而我却不能因此畏缩不前，逃避本该属于我的责任。我与陛下有君子誓约在先，又有君臣之义在后，就算前途再艰险，我也不能退却。大丈夫顶天立地，舍生取义，父亲能做到的，我也能做到。”

“父亲从不担心你在道德节义上会有任何值得诟病之处。”漠竹面露赞许之意，可言语间仍旧充满了不安，“他只是单纯担心你个人的安危。当初李崇勋初登大宝尚为垂髫稚子，主少国疑，一切皆需父亲主持大局。为了维护李氏皇权，父亲与一切野心之徒殊死搏斗，立下汗马功劳。李崇勋对父亲亦是尊敬有加，名为君臣，实则亲如父子一般。随着李崇勋年岁渐长，他对实权的渴求越来越强，对手握重兵、如日中天的父亲越来越提防。当信任被打破，背叛和憎恶会吞噬人心。曾经越是亲密无间，一旦反目，彼此之间的忌惮反而会越深，任何的猜忌都足以使局势完全失控、无法挽回。所谓君臣，不走到最后，永远不会知道结局。或许你与赵弘瑀感情深厚，不同于一般君臣。可那又怎么样呢？一旦为君，便只为权力而活。李崇勋如此，赵弘瑀也一样。在他们面前，任何危及社稷安危的人都要除掉，绝无例外。现在他给予你的尊荣越高，一旦反目，你摔得就会越狠。这些你真的有好好想过吗？”

“所谓君臣，不走到最后，永远不会知道结局。”不知为何，这句话让洛清影禁不住倒抽了一口凉气。

“你们担心的这些我想过。”他定了定神，将心底的不安压了下去，故作轻松地笑着说道，“可就像你说的，不走到最后，谁也不知道到底会发生些什么。与其面对不可预知的未来举棋不定，不如认真做好当下该做的事。”

漠竹扬起眉毛，质疑地望着他：“当下？”

“嗯。”洛清影点点头，“既然陛下无意接纳舅父，那你们接下来有什么打算？”

“还能有什么打算？”漠竹苦笑，“我说过，父亲请求避难并非是因为贪生怕死。既然天意不容父亲了却心愿，那我们只能留在西卫背水一战。不管怎么说，父亲为李崇勋出生入死大半辈子，他若还顾念一丝旧情，或许会网开一面。”

“可若李崇勋不依不饶呢？”

“君让臣死，臣岂能不死？”漠竹淡然一笑，“父亲或许过于跋扈，但绝无僭越之心。他戎马一生，纵横捭阖，几乎从未遇上敌手。然而不论他何等荣耀，何等威武，这一切都是仰赖李氏所赐。”

漠竹点到为止，洛清影自然也明白了这话中深意，他长长叹一口气：“既然舅父已经深思熟虑过了，那一切便只待天意吧。”

“嗯。”漠竹点点头，忽然间似乎又想到什么，“对了，父亲让我提醒你，李崇勋虽然野心勃勃，但眼光短浅，只他一人不足为患，你们最该提防的该是南祇才对。虞恪费尽心机主动示好，将自己的亲妹妹嫁入西卫，他才是鼓动一切骚乱的根源。”

一提到联姻，洛清影忽然间想到了虞朝颜。一别数月，一切都如上辈子一般遥远。

漠竹不知道这些隐情，只觉得他似是有些分心走神，便疑惑着唤了他几声。

“嗯？嗯。”洛清影回过神来，微微偏过头去，遮掩住面上的异样，顺着他的话说道，“南祇与你们如今结为姻亲，狼子野心不言而喻。”

漠竹仔细盯着他打量片刻，见他似乎恢复正常，才又继续说道：“虽说父亲在朝中已无当年呼风唤雨之势，可也绝非完全坐以待毙。若是有必要，父亲愿意尽最后一份力，帮你们斩断虞恪与李崇勋的联系。”说着，他抬起手来，干脆利落地做了一个手刃之势。

洛清影瞬间明白他的隐意，立刻斩钉截铁地拒绝道：“不可以！”

漠竹被他这一吼吓了一跳，却又十分不解：“你不知道，这个南祇的公主诡计多端，不知用了什么方法，一嫁过来便深得李崇勋的宠爱。父亲担心长此以往，虞恪便可以借助她牢牢地掌控住李崇勋。既然如此，不如早些除了她，以免后患。”

“舅父目前的处境已是自身难保，如你所说，南祇公主深受恩宠，若是这个时候舅父对她下手，只会平添李崇勋的憎恨。”洛清影急切地想要阻止他，“何况，若是虞恪有意拉拢李崇勋，即便你们除掉一个公主，还会再有新的公主嫁过去……除掉和亲的人，并不能根除南衹与西卫的联盟。”

漠竹犹疑着想了片刻，咬着牙说道：“确实……以父亲目前的处境来说，如此棋行险招并非上策。”

“这件事你和陛下说过了吗？”洛清影忽然有些担心，着急地追问道。

“没有。”漠竹摇了摇头，“这个人情父亲并不想留给他，以免让他觉得我们是为了请求避难而有意献上投名状。”

“那就好，那就好。”洛清影口中默念，悬着的心依旧后怕地怦怦直跳。

他不敢想象，若是赵弘瑀知晓漠凤有如此打算，不知会不会同意他的想法。可他并不知道，赵弘瑀其实早与虞朝颜暗中定下了盟约，虞朝颜的一举一动都旨在取得李崇勋的信任，瓦解他和虞恪的结盟。换言之，虞朝颜也只不过是赵弘瑀将计就计安插在西卫的重要棋子。

漠竹自然不知道洛清影心中到底天人交战所谓何事。在他看来，洛清影或许纯粹只是为漠凤而担忧。

“你放心，父亲自有分寸。”漠竹拍着他的肩头宽慰他，继而又怅然地说道，“今日之后，或许我们再无相见之日。你对父亲还有什么想说的话吗？我可以替你转达。”

洛清影沉思片刻，拱手谢道：“舅父卧病在榻，我却不能亲自前去探望。我与舅父只匆匆见过几面，很多话想说而不曾说。如今你既然来了，我想给他老人家写封家书，劳你转交，不知可否？”

“当然可以。”漠竹笑道，“父亲若是收到你的亲笔信，定然欣喜万分。”

“那好！”洛清影亦是开怀点头，“我有许多话想告诉舅父，一时半刻怕是无法写尽。你不能在此处久留，我会尽快写好，然后让安歌给你送过去。”

“甚好！”漠竹欣慰地望着他，“父亲无法前来凭吊姑父、姑母，有你这封信，也算是能一偿他的夙愿了。”

一夜秉烛对谈，漠竹的脸在烛火的跳动中泛着铜色的光芒，洛清影望着他，忽然从心底升起从未有过的温暖。眼前的人既陌生，又熟悉。陌生，是因为在他二十五岁之前，甚至不知道漠竹这个人的存在。熟悉，是因为一种不言而喻的血缘羁绊，催化出似曾相识的微妙感觉。即便待漠竹匆匆离去之后，这种震颤仍旧萦绕在洛清影的心头，挥之不去。

他毫无睡意，在书房内来回踱步，方一坐下提笔，却又犹豫不决地搁了回去。千言万语，竟不知该如何说、如何写。洛清影如坐针毡，思前想后终于拿定主意，在细密柔软的绢帛之上开始落笔。

方写了十几个字，忽然听得门前响起一阵轻盈的脚步声。他心下一惊，迅速将绢帛揉成一团，握在手心中。抬眼望去，原来是芸儿端着一盏热汤站在门口。

洛清影暗自松了口气，故作镇定地问道："这么晚了，怎么还不去休息？"芸儿尴尬地低下头去，方才书房内仓皇的那一幕她已经悉数看在眼中。

"夜已深了，我看大人还未休息，便煮了些安神汤给你送过来……"芸儿小心翼翼地解释道，"我想着这个时候应该也不会有外人，所以就没有敲门……"

"嗯，谢谢。"洛清影不动声色地将那手心中的绢帛塞进衣袖中，示意她将安神汤放下，"天色不早，你回去歇着吧。"芸儿缓缓点头应了一声，抬起头来欲言又止地望着他。

"怎么？还有事？"洛清影看出她面上神色的怪异，不由问道。

"没有了。"芸儿勉强着笑了笑，又情意绵绵地望着他，"朝中之事再忙也要注意身子。你大病初愈，少熬些夜，早些休息。"

"我知道。"洛清影感谢地点点头，"忙完这些我便去歇着。"

"那我便不打扰大人了。"芸儿说着，眼中却满是恋恋不舍之意。

洛清影不忍直接回绝她，便假装没有看见一般，将脸别向一边去。芸儿见他如此，纵有满腹话想问，终是没能开口。她回身走到门口，又转回头来望了他一眼。洛清影如雕像一般直直坐着，动也不动，似乎在等着她出去。芸儿心内一揪，扭头迈出门去。

洛清影并非是厌烦芸儿，只不过她来得不是时候，正赶上自己要给漠凤写家书。自己的身世是天大的秘密，绝不能泄露半分。洛清影不能让她发现异样，只好冷着脸催促她赶紧出去。

待芸儿出门后，洛清影起身走到门前，将门扇重关好。转身间，他一眼瞥见几案上的安神汤，伸手摸了摸碗边。一阵温热透过手心传了过来，洛清影无声地笑了笑。他绝非铁石心肠之人，这些日子以来，芸儿所做的一切他都看在眼中。虽然自己暂时无法做出回应，但这份暖心的温度却实实在在令他有了家的感觉。

或许是漠竹的到来，让他更加珍惜这份来自家人的温暖。他定了定神，收回手来，将那幅绢帛又展开，伏案疾书。

可是他的这份感怀却并未如实地传达到芸儿心中。越是身边亲近的人，越是误解愈深。芸儿只以为自己撞破了洛清影极力隐藏的秘密，而他竭力掩饰的反应更是令人心寒。他从未相信过她，即便同住一个屋檐之下，他的心里依旧设置了重重障碍，不曾敞开半分。

芸儿远远地在廊下站着，透过树缝正好可以看见临渊阁的窗户。阁中烛火未熄，洛清影的身影投在窗棂之上，手中那一支笔轻巧灵动，抑扬顿挫，芸儿看在眼中，每一笔落下，却都似是一把尖刀剜心而过。

东方渐白，院中的阴郁黑影幽幽散开。洛清影直起身子，望着书案上的灯花，使劲揉了揉酸涩的眼睛。一夜未眠，可此时却无任何困倦之意。

鸡鸣之声远远传来，已是晨起入朝时分。洛清影将绢书仔细吹干，封进一只中空的铜管内。他本想将书信直接交给安歌，可又怕上朝时不便。以防万一，他转身将书信锁进书架上的楠木匣内，准备下朝之后直接让安歌过府来取。做完这些，他才长长地舒了一口气，唤来下人，准备洗漱更衣入朝去。

太傅府门前人声马声渐渐远去，芸儿这才从廊下缓步挪了出来。她驻足在临渊阁门外，拧着眉犹豫半晌，最后还是推了门直接走了进去。

洛清影一夜无休，她亦是彻夜未眠。透过薄薄的窗，她默默凝视着他的一切动静。虽然不曾看得真切，但她还是大概猜出了洛清影藏物之处。手指滑过垒放整齐的书册，最终停留在最拐角处的楠木匣上。芸儿愣了片刻，然后踮着脚尖将木匣搬了下来，放在书案上。

芸儿跪坐下来，俯身摩挲着木匣上的花纹，借着微弱的光，仔细分辨着匣上的纹路。看得越是清晰，扎在心上的刀子就剜得更深。楠木上乘，雕刻精致，其上的装饰却毫不烦琐，只有一种，那便是朝颜花。一瞬间，似乎有什么东西在脑中炸裂开去，双手也止不住地颤抖。芸儿拼命想要去打开它，却发现匣中的秘密被一把小巧的银锁紧紧护住。

哀伤和悲戚急速酝酿成危险的愤怒。芸儿再也顾不得其他，转身出门取来一把铁斧。一切似乎都变得癫狂起来，所有的行动都失去了理智的引导。芸儿咬着牙，用尽全身力气挥着斧头砍下去，只听到哐啷一声，银锁断裂开去。

事已至此，绝无回头的可能。芸儿深吸一口气，抬起颤抖的手指将木匣缓缓打开。木匣沉重而隐秘，打开它，便是打开了洛清影从不曾对自己敞开过的内心。

屋内悄然无声，连方才金属碰撞的回声都渐渐隐去，只剩芸儿急促的呼吸。她一把抓起那支细长的铜管，放在耳边轻轻摇了摇，似乎能听见绢帛摩擦的窸窣声。

她不死心，就算是死也要死个明白，她要亲眼见证洛清影在这封信上到底倾诉了怎样的思念之情。

可是这铜管似乎是隐藏着精密的机关，芸儿无论怎么拧，也无法撬动分毫。她越发心浮气躁，举起铜管朝书案角上狠狠砸去，却依旧没有任何成效，反而将木匣推倒在地。

巨大的声响震得芸儿一惊。她愕然地盯着散落在地的楠木匣，猛然意识到自己方才到底做了什么。芸儿不敢置信地望着这满地狼藉。这个楠木匣承载了洛清影所有的秘密，虽然他隐瞒着自己，可是却绝无恶意。嫉妒让一切变得不可理喻。芸儿错愕不已，惶恐不安。

她赶紧俯身，将木匣捧起来，却不想看见一支金羽箭从红色的锦缎中滑了出来。芸儿伸手捡起金羽箭，想要拂去粘落在箭羽上的灰尘，手指过处却摸到细微的刻痕。她将箭身举在眼前，迎着光线仔细看过去。

“朝颜”。芸儿一动不动地盯着这两个字，半晌才惊颤着笑出声来。笑声里浸透了悲哀，悲哀过后，涌上来的是无法遏制的愤怒。这一方贵重精致的楠木匣，里面珍藏的只是一个人的名字而已。正如洛清影的心，其实一点也不复杂，从始至终都只容得下那一个人罢了。

一瞬间，这支金羽箭深深刺痛了芸儿的眼睛，仿佛在肆无忌惮地嘲笑她的懦弱。她猛地一甩手，将它远远抛了出去，像是摆脱某种可怕的污秽。

什么家人？什么试着接受？芸儿忽然意识到这一切不过是洛清影敷衍自己的说辞罢了。他要她给他时间，却又不给她任何承诺。

一天是等，一月是等，一年是等，一辈子也是等。能等到什么？只要洛清影不想接纳自己，就算海枯石烂，一切仍旧是枉然。

芸儿紧紧攥着手中的铜管，手心里沁出了汗来。那日绿如在大相国寺中说过的话清晰在耳边徘徊：“男人都一样，苦等是等不来的。你若想要他对你好，就不能对他太过纵容。该使些手段的时候绝不能心软。郡主帮不了你，只有娘娘可以助你一臂之力。”

第二十一章

岂日无衣　与子偕行

洛清影根本没有意识到，自己离开太傅府的这短短几个时辰，却酝酿出了他这一生中最大的悲剧。此时此刻，他仍旧对发生的一切全然不知，兴致勃勃地去到殿前司找到安歌，然后带着他一同回了太傅府中。安歌见他心情似乎很是轻松，便与他说了些军中近日的事务。洛清影确实比往日兴致高了许多，有问有答，一路与他说笑着入了府。

“大人，末将就在这里等着您吧。”安歌懂得分寸，书房向来是文官的私密禁地，他无意打破这心照不宣的默契，便在临渊阁外驻了足。

“也好。”洛清影点点头，“你稍等片刻，我去去就来。”

安歌一手按着腰间的宝剑，昂首立在廊下，习惯性地环顾四周，默默等着。不出片刻，却见洛清影神色惊慌地窜了出来，一只手中似乎还握着件细长的物什。

“大人，何事如此惊慌？”安歌几步上来将他扶住，定眼一瞧，他手中之物似是一支精致的长箭。

“来人！来人！”洛清影顾不上解释，提着一口气大声喊道。

“大人，怎么了？”张妈听见叫声，忙带着几名小童赶了过来。

“方才是谁进了书房？”洛清影一反平日里温文尔雅之态，厉声质问。

“没人进去啊……”张妈被吓了一跳，拍着脑袋仔细想着，“书房重地，大人不在的时候，下人们哪有这个胆子进去？”

安歌从未见过洛清影这般仓皇失措的样子，一时间又不知道到底发生了什么事，便赶紧上前低声问道：“大人，到底发生了什么事？”

洛清影这才稍稍凝下神来，转身紧紧盯着他，面目竟有些狰狞：“那封信不见了。”

安歌闻言亦是大吃一惊，他凑近了些试探着问道：“是给漠……”

洛清影轻轻点头，脸色煞白，双手抑制不住地轻轻战栗。

“会不会是方才您出门时太仓促，记错了位置？”安歌虽然不知这封信到底写了什么，但眼见着洛清影如此着急，不用问也猜出这信中的内容关系重大。

“不会。”洛清影斩钉截铁地否认道，“我记得十分清楚，是将它放入楠木匣中。这木匣上的锁已经被人撬开，里面的东西散落一地……”

“如此说来便是有人有意盗取了？”安歌眼神一紧，下意识瞪着张妈问道，“你好好想想，到底有没有人进去过？”

“早上大人走了之后，真的没有人闯进来……”张妈咬着下唇拼了命地回想，却依旧没有半点头绪，“倒是大人走了没多久，小夫人也跟着急匆匆地出门去了……”

“芸儿不在府中？”一听芸儿匆忙出门，洛清影莫名心中一沉。

“不在。”张妈摇头答道，“小夫人出门时行色匆忙，奴婢叫了她几声，她似乎完全没有听见一样……”

“她走了多久？你可知道她去了哪里？”洛清影紧追不放。他忽然忆起昨夜书房中的情景，芸儿既哀又怨的眼神在他眼前闪过，一个危险的念头忽然在脑中炸开来。

“小夫人一句话都没说，奴婢不知道她去了哪里。”

话已至此，洛清影不用再多问。他将金羽箭轻轻举到眼前，屏气凝神思考着一切可能。芸儿一定是见到了这支刻着虞朝颜名字的箭，所以才会一怒之下出了门去。可是她为什么要拿走那封信？又会将信送给何人？洛清影实在想不透，眼下事态紧急，不容他再多做揣度。“安歌，你速去找到太尉，将这件事告诉他，让他立刻回府看看芸儿是否去找了郡主。若是芸儿不在府中，你让他切莫着急，不要轻举妄动，一定等我回来。”

“是。”安歌迅速抱拳领命，刚要抬脚却又退了回来，“可是……太尉若是问起您来，我该怎么说？”

洛清影想了想，快速说道：“我这就入宫去见陛下，但愿在事态失控之前还能有弥补的机会。”

“末将遵命！”安歌使劲点点头，腰间一提气，转身飞也似的冲了出去。

洛清影稍稍定神，转身回屋，将金羽箭重新放进楠木匣中，又将木匣掩上，这才快步出了门去。

方一出门，远远瞧见一队轻骑踏尘而来。马蹄落定，为首下来一名身着藏青官袍之人。洛清影定睛一瞧，原来是大理寺的右治狱鲍申。鲍申二话不说，只伸出手来一挥，左右带刀卫队一拥而上，将洛清影团团围住。

"鲍大人，这是何意？"洛清影沉下脸色问道。

"太傅大人，下官只是奉命行事。"鲍申毫无诚意地耸肩摊手，"大人若有疑问，还请您到了大理寺再问吧。"

"奉命？"洛清影冷冷笑道，"奉何人之命？"

"下官是大理寺的右治狱，自然是奉大理寺之命。"鲍申扬了扬眉，挑衅地望着他。

"这么说来，你是奉了胡之恒的命吧？"洛清影不愿与他纠缠，抬脚便要走，"本官身居一品，什么时候也轮到你们来随意羁押？让开！"岂料鲍申毫无退却之意，反而示意卫兵将他重重拦住。

"鲍申，本官这就要入宫面圣！若是耽误了时辰，你有几颗脑袋能担待得起？"洛清影试图推开拦在自己面前的刀，岂料那人竟纹丝不动。

"面圣？"鲍申一步抢在他面前，恶狠狠地说道，"乱臣贼子还敢口口声声说面圣？我尊你一声太傅那是抬举你，识相的就别逼我动手。"

"乱臣贼子？"洛清影咬着牙哼了一声，"你可知道诽谤朝廷重臣是什么样的大罪？"

鲍申毫不在意地别过头去："大人如此不愿合作，那下官只好得罪了。"说完，鲍申退了几步，身边的两名卫兵逼近而来。洛清影心有急事，不愿与他们纠缠，更不愿束手就擒，怎奈对方人高马大，几下便将他压制住。

"大人，请吧！"鲍申诡异地斜眼笑着，伸手一指，便要将人带回大理寺。

洛清影方要再与他争辩，却听忽然传来一阵急促的马蹄声："住手！"

还未待马停稳，崔迟便一跃冲到洛清影身边，一掌推开押着他的人："鲍大人可真是胆识过人啊！连太傅都敢随意捆绑！"崔迟转头恶狠狠地瞪着鲍申，刻意将"胆识过人"四个字咬得奇重无比。

"崔将军莫怪！"鲍申一见来人是虎贲将军，又见他身后跟着一队戍卫军，立刻变了脸色，哈腰赔笑，"下官人微言轻，哪敢直接冲撞太傅？下官不过是遵从上面的旨意行事而已。"

"上面的旨意？"崔迟噌地一声抽出腰间的长剑，一把架在鲍申的脖子上，

"那就巧了，本将也是奉了上面的旨意来请太傅大人入宫。不知鲍大人上面的长官和本将的长官，哪个说话更有用？"

鲍申眼珠一转，立刻跪了下去："崔将军真是会说笑！谁不知道虎贲将军直接受命于陛下？陛下要人，臣就是有天大的胆子也不敢拦着啊！"

"哼。"崔迟见他一副小人㞞样，也不再与他废话，收起剑来转身对洛清影说道，"太傅，陛下让末将前来接您即刻入宫。"

"多谢，多谢。"洛清影这才从慌乱中回过神来，连声谢道，"我这就随你去。"

"大人！"崔迟见他要走，忽然大叫一声将他叫住。洛清影回头看着他，但见他一副难言之状。

"大人。"崔迟上前几步挨在他身边，将嗓音压得极低，"事态危急，还请大人心中做好准备。"

洛清影一惊，虽不知崔迟所言到底何意，却大致有了猜定。"多谢将军。"洛清影微微颔首，目光坚定，"我会小心应对，请将军带路。"

洛清影一路随着崔迟入了宫，却没有往中孚宫的方向走，而是直接进了中孚宫西侧的琼琚殿。

"崔将军，这是何意？"洛清影大惑不解，不知崔迟为何要将自己引来此处。

崔迟明白他此刻对事情的来龙去脉定是茫然无知，可自己又不便过多解释，便后退几步让手说道："大人少安毋躁，是陛下让末将将您带来此处。末将有皇命在身，不能置喙，大人若有疑惑，还请待陛下移驾此处之后再行求问。"

见他面上多有为难，洛清影知道不可再问。想到方才是他及时出面替自己解了围，洛清影便客气地谢道："多谢将军提醒，那我便在这里等着陛下。"

崔迟没再多言，转身退了出去。洛清影看得仔细，这不算宽阔的庭院内外已经由重兵把守。外面的人进不来，里面的人也一样出不去。

他一人困在这大殿内，心里七上八下惶惶不安，来回踱着步子，努力想把一切事情捋清楚，把所有的情节都串联起来，可想来想去亦是茫然。但有一件事情却已明晰，既然赵弘瑀亲自下令将自己带入宫中隔离起来，那么自己写给漠凤的信就已经不再是秘密了。

洛清影正沉浸在无比的煎熬、焦躁和后悔中，完全想象不到隔了一堵宫墙的赵弘瑀正面临着什么样的艰难局面。

散朝之后，当胡之恒将洛清影的亲笔书信呈交至自己眼前时，他震惊到无法言语。物证凿凿，胡之恒坚决指认出洛清影的身份，并一力请求将叛臣之子立即缉拿归案。

祸事既至，赵弘瑀很快从这巨大的旋涡中清醒了过来。他没有心情与胡之恒争辩，可胡之恒说得义正词严，让他毫无拒绝的立场。

眼见赵弘瑀迟迟不愿下令，胡之恒便重重跪下身言辞恳切地说道："臣知道陛下一向待太傅如亲友，可是太傅身为叛臣陆骞之子，不念陛下圣恩，反倒与漠凤私下往来书信，交往甚密。太傅狼子野心不可不防。臣斗胆，入宫面圣之前已经派了大理寺的右治狱前去太傅府捉拿人犯。"

"谁给你的胆子敢不经过朕的允许就直接扣押朝中重臣？"赵弘瑀一时间怒火中烧。他几步冲下御阶，一脚重重踹在胡之恒的肩上。

"臣不敢！臣并非对太傅不敬！只不过物证确凿，太傅身在曹营心在汉，实在有负于陛下的信任！臣深知此事关系重大，又怕走漏消息让太傅逃脱，只好出此下策。请陛下息怒！"胡之恒挪了几步，将头深深埋在地上，大声辩解。

赵弘瑀手中紧紧攥着那方绢帛，牙根咬得嘎吱作响，他忍着冲天的怒气压低了嗓门："此事关系重大、牵连甚广，事关我大殷的股肱之臣，若是要查也只能由朕亲自去查。崔迟，你现在立刻带人去太傅府，将太傅请去琼琚殿好生安顿，没有朕的命令，不许任何人接近他！"

"是！"崔迟抱拳领命，大步流星地退了出去。

待崔迟走后，赵弘瑀凝神片刻，仔细盘算着下一步该如何去做。

"陛下……"见赵弘瑀沉默不语，胡之恒偷偷抬头望了一眼，试探着唤了一声。

一腔怒火已经被有力地压制回去，赵弘瑀俯下身去，将手中的绢帛递到胡之恒眼前，低声问道："若按信中的意思，洛清影乃是漠凤外甥，身份十分特殊，那么他与漠凤的联系必然会极其秘密。如此隐秘之事，你又如何得知？"

"这……"胡之恒对上赵弘瑀审视的目光，忽然又缩了回去趴在地上。

"说！"赵弘瑀不与他废话，直起身来冷冷盯着他的背影。

"陛下息怒。"胡之恒似乎很是紧张，他喘了几口大气才瑟缩着说道，"这封书信是贵妃娘娘身边的绿如送过来的。"

"贵妃？"赵弘瑀一惊，继而又问道，"她又是从何处得到的？"胡之恒顿了顿，不敢开口。

“你是朕的臣子还是贵妃的臣子？”赵弘瑀没有动怒，只是淡淡问道，可这一句话中的压力却直让胡之恒喘不过气来。

“陛下恕罪！陛下恕罪！绿如姑娘说这是太傅的妾室芸儿交给贵妃的。贵妃见到信中内容，立刻便意识到兹事体大，不敢有丝毫隐瞒，这才立刻交给了臣。”

赵弘瑀咬着牙笑了笑：“交给你？看来太后和贵妃还真是倚重你啊！”

“臣不敢！”胡之恒爬了几步，匍匐在赵弘瑀的脚下，“后宫不得干政，贵妃谨记祖宗家法，而臣身为大理寺卿，正有肃清朝堂的职责，所以贵妃才将这重要的物证直接交给了臣。臣始终记得陛下的教诲，不敢忘记陛下待臣的恩情，臣对陛下毫无隐瞒、绝无二心！请陛下明鉴！”

“那好！朕再信你一次。”赵弘瑀低头看着他，语气里尽是威胁之意，“这件事朕自会处理，你先回去管好你那衙门里的人，任何人不得肆意妄论。没有朕的旨意，所有人不得接触此事。”

“是。”胡之恒面上一阵红一阵白，顿首再拜，然后才踉跄着起身退了出去。

眼见着胡之恒消失在门外，一直侍奉在殿内的欢招这才惊惶着小心翼翼地开口问道：“陛下，这……这是真的吗？”

赵弘瑀没有直接回答，而是恨恨叹了口气，将手中的绢书扔给他，轻轻嗯了一声。

“那……那太傅他……”欢招快速眨着眼睛，心被提到了嗓子眼，连声音都忍不住颤抖起来，“太傅一直在欺骗陛下？……还有太尉……太尉一定也逃脱不了干系啊……”

“你怕了？”赵弘瑀心烦地瞪了他一眼。

“奴才不是怕……”欢招见状，赶紧解释，“太傅和太尉的为人一向有目共睹，这……知人知面不知心，他们怎么能将这天大的事瞒着陛下？”

赵弘瑀知道没有时间跟他细细说明，便抬手指着他道：“太傅的身世朕一直都知道，而且是太尉亲口告诉朕的。”

“那太尉和太傅就没有欺君之罪了！”欢招刚要喘口气，忽然又惊了一跳，“不对，虽然没有欺君之罪，可叛国通敌的罪过就更大了……”

“通敌？”赵弘瑀不以为然地哼了一声，“你既知太尉和太傅的为人，就该知道他们绝不会做出这样的事来！陆骞之事本就存疑，可这陈年旧事没了人证物证，谁也无法说得清楚，朕不想惹出事端，才一直替太傅隐藏真相，以免被人利用。”

听了这一番解释，欢招这才明白过来。可转念一想，他的心依旧悬在半空：

“如今这真相被胡大人揭穿，朝堂上下定是瞒不住了……”

赵弘瑀若有所思地看着他，继而又低声叮嘱：“事到如今，朕只能尽全力保住清影的性命。你亲自走一趟，找到太尉，将此事告诉他。你让他少安毋躁，如今清影人在宫中，暂时不会被押解到大理寺受审。另外你让他立刻去一趟驿馆，亲自向漠竹说明情况，他知道该如何与漠竹说。事态紧急，漠竹的安全必须要得到保证，你让他一定保护好使节的周全，千万不要再出岔子。没有朕的命令，谁也不许提审！”

“是！奴才这就去！”欢招连连点头，来不及说完就转头往外跑去，刚走几步又回过头来问道，“陛下，那您……？”

赵弘瑀的神情忽然变得深邃而沉静，他半眯起眼睛，冷冷说道：“之前有些想不明白的事情忽然间就茅塞顿开了，朕必须要去求证一下。”

欢招不明所以，本想再问，可眼下还有更重要的事情待办，只好使劲点头：“陛下少安，奴才去去就回！”

赵弘瑀已经很久没有如此疾行了。他甚至顾不上喘息，直接冲进了延福宫内。岂料淑贵妃并不在宫中，只有几名侍婢正在殿内清洒扫除。赵弘瑀立刻便猜到她的去向，不待问话，掉头就走，一路不停到了凤鸣宫前，不待通传，大步冲了进去。

“陛下？”甄太后向门而坐，首先看见了他。赵弘瑀面色不善，只冷冷地环顾四周，果不其然见淑贵妃正坐在一旁。

“陛下怎么来了也不让人通传一声？”淑贵妃感觉到他身上的杀气，也预料到他会有此反应，便微微笑着站起身走上前来，柔情似水地望着他问道。

“贵妃说笑了。”赵弘瑀盯着他，脸上毫无表情，“你让绿如直接去找胡之恒的时候不也没有向朕通报？”

话一出口，甄太后立刻听出了其中的危险。淑贵妃一早来到凤鸣宫，就是向她说了洛清影与漠凤书信一事。只不过话还未说透彻，赵弘瑀就闯了进来。

“陛下，方才婉儿已经将事情的来龙去脉告诉本宫了，这件事……”甄太后刚要上前打个圆场，却被赵弘瑀抬手制止。

“你可知道这封书信牵涉到多少人的性命？你可知道太傅的身世一旦被揭穿，会给朝局带来多大的震撼？”赵弘瑀步步紧逼，连声质问着淑贵妃，“你拿到书信之后竟然不是直接交给朕，而是转手交给了胡之恒！”

“陛下，臣妾并非……”淑贵妃虽然早就预料到了赵弘瑀的反应，却没料到他的怒火如此之大。一时之间，她有些退缩了。

“并非什么？”赵弘瑀眉头紧锁，难以抑制心中的愤怒，猛抬手朝着她如羊脂一般细腻的脸蛋上重重掌掴下去，“你是朕的贵妃！朕是皇帝，更是你的丈夫，难道在你眼中，朕竟然比不上一个外人靠得住？你真是太让朕失望了。”

淑贵妃反应不及，一头倒在地上。甄太后见状惊呼一声，刚要上前阻拦，却被小玉猛然拽住。甄太后回望小玉一眼，似乎明白了她的担忧，隐忍着止住了脚步。

绿如上前想要扶起淑贵妃，却被她一把推开。淑贵妃顺势跪在地上，紧紧抓住赵弘瑀的衣角，痛哭言道：“臣妾绝不敢有意隐瞒陛下！今日一早，芸儿带了一支密封完好的铜管入宫，她告诉臣妾，那里面是太傅写给德宁公主的私信，让西卫特使代为交给公主。臣妾自然不信，太傅为人正直，做事谨慎，怎会做出这样令人不齿之事？可芸儿声声凄然，臣妾实在不忍。毕竟这门婚事是臣妾有意撮合的，若是太傅固执己见不肯接纳芸儿，臣妾也是于心难安。于情于理，臣妾都有责任为芸儿做主，所以臣妾命人打开了那密封的铜管，取出了里面的绢书。不看则罢，一看到那其中的内容，臣妾吓得魂飞魄散……太傅称漠凤为舅父，还说自己的生父乃是前朝太傅陆骞……臣妾不懂朝政，不敢擅自做主，可臣妾也知道后宫不能干政，情急之下这才想到了胡大人。胡大人掌管大理寺，本就有纠风肃纪、清查案件的责任，所以臣妾才将绢书交给了他，由他秉公处理……臣妾不懂，臣妾到底哪里做错了？”

眼见着两人越说越怒，甄太后再也无法袖手自保，忙走过来意欲将赵弘瑀拉向一边：“她这么做也是为了替陛下分忧，她将信送给谁并不重要，重要的是她协助陛下清除朝中奸佞的决心啊！就算她直接将书信交给陛下，陛下不也一样要秉公处理？难道陛下还会有意替太傅隐藏真相不成？”

“看来这一切早就在太后和贵妃的运筹帷幄之中了！说到底你们的目的就是要让太傅的身世大白于天下，好让他彻底从朝堂上消失，对不对？”赵弘瑀怒气冲冲地挣脱甄太后的手，指着淑贵妃厉声喝道，“也是，朕真是小看你了。当初你极力促成太傅与芸儿的婚事，朕本以为你是真心实意关心他，为他着想，替他寻觅佳侣，可没想到芸儿根本就是你有意在他身边埋下的一个眼线、一颗棋子，是你中伤太傅的暗器！”

“陛下何以如此责备臣妾？”淑贵妃闻言泪如雨下，她哀怨地望着赵弘瑀，双手紧紧揪住自己的心口，“臣妾身在宫中，只在这方寸之间，哪里能知晓太傅的身世？臣妾当初只是一心想替他找一个可心之人，并未想过其他。陛下如此责怪臣妾，臣妾纵然浑身是口也难以自明！”

眼见赵弘瑀毫无怜香惜玉之情，甄太后只得跟着劝道：“洛清影将自己的身世隐藏得如此之深，婉儿又怎么能未卜先知？她偶然之间撞破了真相，虽是后宫妃嫔，但也能明白这其中的奸险，所以才立刻将物证送往大理寺，由大理寺卿上奏。要怪只能怪洛清影他自己心术不正，隐瞒自己是叛臣之子的真相，勾结外敌、欺瞒陛下，犯下如此欺君之罪，简直十恶不赦！”

赵弘瑀不可置信地盯着甄太后憋红的脸，突然轻蔑地笑了几声。甄太后不知何意，但见他神色怪异，不觉心中有些发毛。

“太后，这个世上谁都可以骂洛清影，唯独你不可以。”说完，他转首看向淑贵妃，毫不掩饰内心的厌恶，“太傅是太子之师，他若出事，太子必定会受到重创。你很聪明，但却让朕大失所望。”

“陛下……”淑贵妃没有想到赵弘瑀会如此直接地揭穿自己的意图，丝毫不留情面。

“后宫妃嫔私下结识前朝大臣乃是重罪。”赵弘瑀不愿再听她解释，“来人，将贵妃禁足于延福宫，没有朕的诏命谁也不准探视。所有侍婢暂且一律关押，待朕查明之后再做处治。”

赵弘瑀的决定彻底超出了淑贵妃的预期。洛清影身世败露，自己无法逃脱干系，她心中早有准备。可是她没有想到自己的行为彻彻底底激怒了赵弘瑀，他的反应如泰山崩顶，让她无力承受。

淑贵妃错愕地望着赵弘瑀，见他的眼中除了愤怒，还有一丝莫名的失落和悲伤。她知道这种状态下多说多错，自己再怎么费力解释赵弘瑀也听不进去半分，只会加剧他的怒气。淑贵妃擦了擦眼泪，委委屈屈地朝赵弘瑀看了一眼，然后扶着绿如踉踉跄跄地出了门去。

“婉儿……”甄太后放心不下，想要追上去，却又想到赵弘瑀仍在殿中，便忐忑不安地回过身来。

赵弘瑀似乎比方才进门时冷静了许多，面目不再如先前那般狰狞。他抬眼与甄太后对视，缓缓说道：“你们都下去吧，朕想单独和太后说说话。”

甄太后心中一惊。不论是为洛清影指婚，还是此次将密信送给胡之恒，虽然她从未直接出面，也没有参与，但明眼人都知道她与淑贵妃的关系，明白她在整个后宫中的立场。赵弘瑀从方才闯进来开始一直都将矛头直指淑贵妃，不曾与她有任何正面冲突。甄太后本想借着这个机会替淑贵妃求求情，但看赵弘瑀这意思，却是要在今日与她将话挑明了。

小玉见赵弘瑀一副来者不善的神色，不觉很是担心。她偷偷瞄着甄太后，希望她能给出一些指示。

"怎么？朕的话在这凤鸣宫中竟然不管用了？"赵弘瑀将这主仆二人的一举一动都看在眼中，不满地拧紧了眉头。

"看陛下说的……"甄太后干咳一声，悄悄给小玉使了个眼色，将这尴尬之意掩饰过去，"小玉这孩子就是怕本宫身子不好，有些担心罢了。没事，本宫与陛下母子之间说说家长里短而已，你们先出去吧。"

"是。"小玉虽是放心不下，却也听出话头，只好躬着身子引着几名侍婢退了出去。

一时间，吵吵嚷嚷的烂摊子终于恢复了宁静。甄太后小心翼翼地看着赵弘瑀，心中默默盘算着到底该如何开口。谁料赵弘瑀却毫不在意地哼着冷笑一声，开口说道："太后恐怕从未将朕看作自己的骨肉，又何来母子亲情？今日无人在侧，就不用再费力演戏了。"

赵弘瑀说得直白，甄太后立刻便掂量出他此话的分量。"听这意思，看来陛下今日是要与本宫秋后算账了。"甄太后笑了笑，缓步回到位子坐定，"只是本宫不明白，本宫尽心尽力替陛下操持后宫之事，到底哪里做得不好，竟让陛下说出这样的话来？不知先帝在天有灵听到这些话，心中作何感想？"

赵弘瑀亦是笑笑，继而微微垂下眼眸盯着她："朕自登基以来，对太后您尊荣甚重，但不知朕到底哪里做得不够，竟一直无法得到太后的信赖？"

甄太后闻言，不由拧起眉眼，眼角的皱纹深深拧作一团："陛下此话从何说起？"

"自然是从去年太后独自去大相国寺敬香说起。"赵弘瑀一边说着，一边拨弄着腰间的环佩，却因为刻意压制心中的怒火，似要将这环佩拧碎一般，"太后亲点大理寺卿胡之恒同行，不知是否还记得？"

甄太后闻言，立即警觉起来。那日她去大相国寺敬香，明则礼佛，实则借机笼络胡之恒。此事机密，除了甄太后和胡之恒两人之外绝无第三人在场。可赵弘瑀这话却是意有所指，难道他已经洞察了一切？

"本宫常去大相国寺礼佛，无非就是乞求国泰民安，替陛下、替社稷求福。既是常去，本宫哪里还能记得清？"

"是吗？"赵弘瑀不以为意地笑了笑，"既是如此，朕也不便强求。只不过想提醒太后一句，太后就算地位再尊崇，也仍旧是后宫之人。您上了年纪，身子不好，就踏踏实实在这凤鸣宫中颐养天年吧，不要总想着前朝那些事情。那些事不该由您来操心。”

甄太后暗暗握紧了拳头，面上却依旧极力地保持着和颜悦色：“陛下如此关切本宫，本宫甚为感动。”

“所谓孝道，贵为天子亦不敢怠慢。”赵弘瑀盯着他，面无表情地说着，听似宽慰，内则却充满了威胁，“太后只要恪守后宫之规，不做多余之事，不说无用之言，朕绝不会有任何为难之意。”说完，他重重按住腰间的环佩，不再多言，转身便要离开。

“陛下打算如何处治婉儿？”见他要走，甄太后猛地直起身来追问道。

知道她仍不死心，赵弘瑀心中再次涌起怒意，咬着牙转回头来盯着她。

甄太后知道自己再说下去定会惹怒他，可事关贵妃的安危，她不得不硬着头皮说下去：“本宫知道婉儿这次所作所为有些不妥……可她也是想替陛下清除祸患啊……陛下看在她一心替你分忧的面子上……”

“祸患？”不待她说完，赵弘瑀几步上前，眼神凌厉，似要将她生吞活剥了一般，“请问太后，所指何人？”

“这……”甄太后犹豫几下，刚要张口却又被他打断。

“朕方才说过了，这世上所有的人都可以指责洛清影图谋不轨，唯独太后你不可以。”甄太后愣怔着看着他，不知他所言何意。

见她一脸懵懂，赵弘瑀忍不住嘲讽道：“若是弘启泉下有知，不知会对太后今日所为作何感想？”猛然间提及赵弘启的名字，甄太后心中一冷，却也让她忽然明白了过来。

“当年，宁王赵弘嘉暗中指使朝中大臣告发太子弘启，声称太傅陆骞与西卫上将军漠凤私下勾结、通敌叛国，太后记性不好，不会连这件大事都忘记了吧？”

甄太后抽了一口冷气，忽然觉得后心战栗，整个人置身冰窟一般。

可赵弘瑀却丝毫没有放过她的意思，继续质问：“陆骞为人如何，身为太子生母，太后您自然心中有数。他被人构陷，百口莫辩，绝望之下不忍连累太子，只好举家赴火，以死明志。陆骞自尽，担下了所有罪名，这才得以替您的儿子摆脱了通敌之罪。关键时刻，幸得老太尉洛骁和洛清篱明理知义，施以援手，才让忠义血脉免于断绝。若非陆骞，弘启又怎能洗清嫌疑？如今您却口口声声斥责他的儿子是祸患。太后，朕想问您，您于心何安？”

这番话直接击中了甄太后心中最脆弱的地方。当年赵弘启被指控通敌谋反，她无论如何也不能相信。赵弘启虽然资质上平庸了些，但恪守君臣父子本分，绝无半点僭越之心。可是先帝向来多疑，只因为这些莫须有的构陷便轻易地疏远了他，令他在朝中举步维艰。她沉思许久，却又犹疑着摇头：“可是……可是当年朝中一直对陆骞的死多有非议，有人说他是以死自剖清白，也有人说他是阴谋败露、走投无路才……”

赵弘瑀觉得可笑，立即打断了她：“陆骞辅佐太子，他所做的一切努力皆是为了弘启。宁王一党污蔑陆骞与漠凤私下交通，说他意欲借助漠凤的兵力来推翻先帝，辅助太子弘启登基。臣子九死一生为了主君而搏命，一旦成功就是无上的功勋，既是天大的功劳，他又怎么会背着主君偷偷去做，而将主君蒙在鼓中？退一万步而言，陆骞若真有通敌之举，幕后主使也该是当时的太子赵弘启。若非弘启首肯，他绝不会铤而走险。太后您是弘启的生母，自然知道他的脾气秉性。难道你也认为弘启会做出私通敌国那样大逆不道之事？”

“不！”甄太后立刻斩钉截铁地否认，“知子莫若母，这个世上只有本宫最懂弘启。他虽然没有你这般伶俐，却是个踏实的好孩子。他孝敬父母，恪守君臣尊卑，秉节嫉邪，绝不会容忍私通敌国、引狼入室这种卖国恶行！”

“所以说，若是陆骞真有不臣之心，不说先帝，就是弘启也定然不会容他。可是纵观弘启的一生，他从未说过陆骞半个不字。”赵弘瑀痛心疾首地看着甄太后，一字一句说道，“朕相信，弘启与太傅陆骞一定是彼此信任、互相尊敬，所以陆骞才会在最后时刻将所有的罪责都揽在自己身上，舍弃自己全家的性命，拼死护住了弘启。只不过弘启性子太过软弱，经过这次打击之后便一蹶不振，被赵弘嘉抓住把柄，屡屡开罪于先帝，惹得先帝对他失望透顶，落得个郁郁而终的结局。赵弘启的命是陆骞用全族的血保下来的，若不是陆骞，他早就被人栽赃嫁祸，无法辩白。若无陆骞的牺牲，就算是死，他赵弘启也必须顶着一个谋逆的罪名，受万世唾弃。”

甄太后一手揪着衣襟，一手撑在几案上，哭得上气不接下气：“弘启临死之前一直都是满腹委屈。他受人冤枉，抑郁难解，身为母亲，我却无法替他申冤……”

“赵弘启委屈，难道还能比陆骞更委屈？”赵弘瑀愤恨言道，“明明忠心为主、一心为国，却生生被人构陷为通敌叛国的贼人！他若不是陷于赵弘启和赵弘嘉的权势斗争中，又怎会无辜丧命？他是漠凤好友不假，他娶了漠凤之妹也不假，可他从未背叛过自己的母国，从未做过一丝一毫对不起大殷的事情。漠凤重义，眼见昔日好友受难，不忍袖手旁观。为了防止两国刀兵再起，陆骞临死之前将自己刚出世的儿子交给老太尉洛骁抚养，让他以子为质来胁迫漠凤退兵。这么多年来，洛氏一族偷偷保护着忠臣之后，还要暗中与漠凤博弈，维持两国之间的和平。太后您以为这些人冒着夷族的危险做这些事都是为了什么？是为了个人的私利吗？是为了家族荣耀吗？不是！他们只是在践行为人臣子的责任而已！家国之间，他们义无反顾地选择了国，舍弃了家。太后，权势之争不该以这些忠义之士的血为代价，朕耗不起，大殷也耗不起。”

甄太后紧紧闭着眼睛，重重捶在案上，口中默默念道：“可是本宫不甘心……”

赵弘瑀眼见着鬓发霜白的甄太后痛哭流涕，悲伤难抑，心中不免升起一丝丝怜悯：“朕知道，弘启不能继承皇位是太后终身的遗憾。朕不是太后亲子，太后对朕难免心生隔阂，所以太后一直希望朕可以与贵妃生下皇子，并且册立她的儿子为太子。也正因为如此，太后才会百般与元澍为难，不惜一切代价重伤太傅，以便能扳倒元澍。贵妃所作所为的背后深意朕都明白，朕只是不敢相信，原来在太后心中，甄氏的血统高于一切。太后，您可曾想过，您现在的所作所为和当年的赵弘嘉有何分别？您是先帝的皇后，母仪天下，难道不应该以大殷的宗庙之福为重吗？皇子相争，朝局不稳，百姓就不会安生，社稷也不会安稳。身为太后，难道您的眼中就只有甄氏的那一点点荣耀？您这样做，不怕陆骞白死，不怕弘启九泉之下也难以安宁？”

甄太后喘了几口气，探着身子拉住赵弘瑀的衣袖，哀戚之意溢于言表：“本宫这些年一直沉浸在弘启的死中不能自拔，弘启他那般听话，只怪赵弘嘉心肠太过歹毒，更怪先帝太过无情……不然他也不会枉死。”

赵弘瑀近身前来，轻轻蹲下去，盯着她的眼睛说道：“您不要责备先帝。他是父亲，更是君王。他要对江山社稷负责，要为大殷的百姓选择一位坚强有力的继任之君，所以他必须要比一般的父亲更加严苛。弘启达不到他的要求，他比任何人都伤心。至于赵弘嘉，他所做的事情和您一直筹谋的事情本质上是一样的，不安于现状，为了本不属于自己的东西而不择手段。朕也是先帝的儿子，也是一路踏着腥风血雨走过来的。比起弘启，朕毫无优势可言。可是面对赵弘嘉，弘启输了，朕却赢了。太后，你若真要怪，就怪自己的儿子不争气。生于帝王之家，成王败寇，愿赌服输，没什么好说的。”

甄太后抬起浑浊的眼睛，使劲看着眼前的年轻人，竟似从未认识过他一般。

赵弘瑀叹了口气，又站起身来，居高临下地望着她：“太后无须用这样的眼神看朕。能从不被待见的庶子之位一步步走到今天的位置，朕是什么样的人，有什么样的手段，您早就该看清才对。您问朕会如何处治贵妃，朕这便告诉您。在朕最孤立无援的凄凉日子里，是洛清影第一个走到朕的身边，毫无保留地支持朕。这样雪中送炭的情义，朕永远感佩于心。贵妃有意对他不利，便是要陷朕于不义。元澍是朕的嫡子，是大殷的太子，可贵妃却一直视他为敌，处处与他争锋。贵妃针对元澍，就是针对朕。说实话，朕也曾想过好好待她，可是她心思太深，竟差点蒙蔽了朕，朕不能容许这样的人留在宫中。朕曾试图做一个有情有义的好夫君，可今日之事告诉朕这就是一个笑话。朕要谢谢太后和贵妃，让朕真真切切看透了人心。”

“陛下！”甄太后见他要走，顾不得仪容，急着上前将他拖住，“当日陛下与赵弘嘉对立，若非本宫在先帝面前替你说尽好话，你又岂能如此顺利地将他除掉？陛下难道就一点不顾念往日本宫对你的恩情了吗？”

赵弘瑀转首看着她，眼中是无法掩饰的鄙夷：“是，若非太后出手相助，朕或许没有办法那么快地除掉赵弘嘉。可是朕并非忘恩负义之人，自登基之后，朕尊崇您为太后，好生奉养在宫中，一人之下万人之上。可是您做了什么？您让朕的妃嫔与骨肉相残，惹得后宫内鸡犬不宁，如今更是要拉着前朝重臣来陪葬！太后，松手吧，给您自己留些最后的尊严。”

甄太后虽是心思狭隘，却绝非没脸没皮之人。她做了大半辈子皇后，即使在最潦倒的时候也极力维护着中宫的权威。如今听闻赵弘瑀此言，她明白大势已去。赵弘瑀下定了决心，多说无用，反而惹人看低。

“陛下既然不愿再念往日之情，本宫也不会强求。”甄太后颤抖着收回手来，极力压抑住声音中的绝望，“本宫的儿子当年一败涂地，本宫自己竟也落得一样的境地，真是命也。”

赵弘瑀微微别过头去不再看她：“即日起，您便在这凤鸣宫中养老吧，朕会看在先帝的份上依旧好生尊奉您。朕真心劝您，在剩下的日子里，尽力化解掉对先帝的一切怨念。所谓皇后、太后，其实都是仰赖先帝赐予您的尊荣罢了，没有先帝的恩赐，您什么都不是。”说完，他头也不回地走出殿去。

一直在外面守着的小玉一个箭步跑了进来，见甄太后神色萧索地趴在几案上，立即上前将她扶起：“太后，这是怎么了？陛下怒气冲冲地出了宫门，他都说了什么？”

甄太后直直地望着赵弘瑀离去的方向，捂着心口张着嘴，却一句话也说不出来。小玉一慌，忙要起身去找御医，被甄太后一把拽住。

“不必了，本宫无事。”甄太后戚戚然然地笑了笑，“小玉啊，你还记得赵弘嘉做太子时，咱们在凤鸣宫中是如何度日的吗？”

“记得……”小玉紧紧扶着她，生怕她一口气喘不上来晕了过去，“身不由己，暗无天日。”

“嗯。”甄太后拍了拍她的手，“今日起，咱们的日子怕是要比那时更凄惨了。”

“为什么？”小玉睁大了眼睛，不解地问道，“陛下真的因为太傅之事就这样迁怒于您吗？太傅只是外臣，您可是陛下的嫡母啊！”

甄太后默默垂头整了整衣衫，坐直了身子，努力保持着太后的尊严：“陛下之所以动怒，并非其他，而是因为咱们意图染指他的皇权。太子之选只能由皇帝一人来定，任何人想要煽动反对的声音，都会惹怒他。”

见小玉默不作声，甄太后又万般无奈地凄凉笑道：“以前我只怨先帝无情，如今看来，咱们这个陛下比他的父亲有过之而无不及。他太清楚自己需要牢牢掌控的是什么了，所以任何事都逃不过他的法眼。他若不细究，那只不过是因为还在他能容许的范围之内。可一旦越过雷池一步，他便绝不会手软。”

“那太傅的事……就这么算了？”

甄太后一愣，继而苦笑：“若真如陛下所言，陆骞是弘启的救命恩人，本宫又怎能对他唯一的后人狠下毒手？本宫半生都在怨恨他人，却没想到自己造的孽才是最多的。”

“太后，您怎么能这么说自己？”小玉不忍，难过至极。

甄太后安慰似的拍了拍她，不似方才那般颓废，反而面容祥和：“咱们的陛下最懂如何操纵人心，三言两语便将本宫坚持了一辈子的骄傲尽数毁去。本宫怨恨先帝，可若无先帝，本宫什么也不是；本宫替弘启委屈，可事实证明，弘启只是宫闱权斗之中的失败者。本宫一直以来拼命所求的东西到底是什么？现在本宫自己也看不明白了……”

“那贵妃娘娘怎么办？”小玉不安地问道。

“婉儿是本宫带进宫的，一入宫门深似海，若不是被困于这方寸天地，她也不会像现在这般痛苦……”甄太后想了想，默默说道，“陛下看在先帝的面子上不会为难本宫，可是对于婉儿……他绝不会允许枕边之人心思复杂、别有用心……天子之怒，流血漂橹。陛下心中有怒，总要找个渠道发泄出来。庙堂之臣涉及朝局，他不会轻易迁怒于谁，可怜婉儿必定会成为牺牲品。本宫这条老命已经无所谓了，我一定要竭尽全力救出婉儿，就当是稍稍赎去一些罪孽。本宫不怕死，可本宫却担心，这件事只是个开头而已。”

赵弘瑀一路风风火火回了中孚宫去，欢招尚未回来，宫中悄无人声。他站在大殿外来回踱了几步，一抬头看见崔迟大踏步地进了来。

“如何？”赵弘瑀迎上前去急切地问道。

“回陛下，太傅已在琼琚殿中安顿下来。”崔迟俯身答话，言语间却又吞吞吐吐。

见他如此，赵弘瑀忍不住着急催促：“还有何事？一并说来！”

“方才臣去太傅府时遇上了大理寺的右治狱鲍申鲍大人。若非臣去得及时，太傅现在怕是已经被五花大绑押入大理寺待审了。”

赵弘瑀闻言，心中怒火又起，他强压着内心的愤怒，剧烈喘了几口粗气：“知道了。朕先去看看太傅，你守在这里等着欢招回来。他去通知太尉了，想必太尉闻知情况也会入宫来。若是他来了，你就立刻去琼琚殿找朕。”

“是。”崔迟铿锵抱拳领命。

赵弘瑀点点头，刚走两步，又回身吩咐：“你速派一队人马去将太傅府围起来，不许任何人进出。尤其是芸儿，找到之后将她直接带入宫来，朕要亲自审问。”

“是！”

赵弘瑀平整了一下心情，这才抬脚急匆匆往外行去。他方一入殿，洛清影便听见动静，立刻迎了出来。赵弘瑀虽是背阳而来，但却丝毫遮掩不住浑身上下沉寂如霜的阴郁之气。

洛清影心中一个咯噔，忙俯身跪下请罪：“臣一时疏忽犯下大错，连累了太子和兄长，请陛下责罚。”

赵弘瑀见他如此小心翼翼，明白他是误会了自己的意思，连忙俯身将他扶起来，稳下情绪安慰他：“允许你和漠竹见面是我的意思，若是有错，我也一并该罚。再说了，明枪易躲暗箭难防，谁能想得到祸起萧墙啊？这不能怪你，你不要多心。我生气是因为被身边的人蒙蔽，还傻乎乎地差点相信了那些鬼话。”

洛清影不是十分清楚他话中的意思，而且现在整件事对自己来说还是云山雾罩，便又说道：“我今早出门时本想将书信带在身边，可一想上朝会有诸多不便，便搁在家中紧锁起来。本打算退朝之后叫上安歌，让他亲自过府来取走，可没想到回府时才发现锁着书信的木匣被砸开，里面的书信不翼而飞……一时间我方寸大乱，问遍了家中仆人，才知道是芸儿拿走了。这封书信是我求漠竹代为转交给漠凤的家书，内容与我家族之事有诸多关联，一旦被有心之人拿了去，必将惹来滔天巨祸。事不宜迟，我让安歌去通知兄长，又准备即刻入宫来向你说明情况，怎料方一出门便遇上大理寺的鲍申，二话不说要带我回去，话里话外指认我为叛臣之子。事已至此，我明白这封书信定是落在了胡之恒的手上，而且他大半已经知道了里面的内容。可我想不明白，他是怎么拿到这封信的？芸儿到底做了什么？"

"哼。"赵弘瑀鼻间低低冷哼一声，转而又万分懊恼地重重捶手，"这还得感谢我那个好贵妃。当初她极力促成你与芸儿的姻缘时我便觉得奇怪，她怎么会突然对你的私事如此上心？现在我明白了，她就是想在芸儿面前落一个人情，让芸儿死心塌地地按照她的话去做，好监视你。"

洛清影忽然想起一事，恍然大悟："原来这一切都是贵妃早就计划好的。漠竹与我见面之前，芸儿曾去过一趟大相国寺。我记得她那日晚归，我便问了几句，她说是遇上了贵妃身边的绿如，所以多说了些话。想必就是那时绿如怂恿她，让她仔细留意我的行为……"洛清影的面色渐渐沉了下去，悔恨和懊恼之情不断灼烧着他的内心："我将书信封入密筒之中，芸儿无论如何是打不开的……可我不该将密信与公主送我的金羽箭藏在一处。芸儿不知书信内容，可一见到那支箭，一定会生出误解来。气急之下她才会失去理智，直接将密信交给贵妃。"

赵弘瑀见他又要将一切揽在自己身上，连忙抬手按住他的肩轻声劝慰："好了，既然明白了事情的来龙去脉，你就不要再一味追究自己的责任了。这件事我与你都有疏漏，否则也不会让人钻了这么大的空子。当务之急还是想想该怎么解决。"赵弘瑀声音低沉，脸色越发难看："方才我已经痛斥过贵妃，暂时将她关在延福宫内。反正她也插翅难逃，待处理完棘手之事，我一定严惩不贷。至于太后嘛……我与她交了底。你是陆骞的儿子，陆骞对赵弘启有再生之恩，太后若还清醒便不会再与你为难。宫中应该不会再生什么事端，可是我最担心的还是朝堂之上你该如何面对责问？毕竟陆骞一案时隔久远，相关人证物证都已不在，空口无凭无法翻案。而你与他的关系确凿，必然会被责为叛臣之后。我要保你，一时半刻却又想不出任何办法来……"

见他愤恨交加的难过样子，洛清影心中更加自责。"捅出这么大的篓子，我已经不奢望自己还能安然脱险。如今我最担心的是元澍和兄长。若是兄长受了牵连，元澍在朝中的根基也会受到重创。"洛清影说着，忽然跪下恳切请求道，"依照眼下的事态，我若想全身而退已是不能。我的身世一旦暴露，朝局震动。西卫和南祇一定会乘虚而入，制造事端。无论如何你一定要保住兄长和元澍，否则就真是腹背受敌了。”

赵弘瑀听出他话中的端倪，一把将他拽起来，警惕地问道：“你要做什么？”

“我……”“不行！”两人几乎同时开口。

洛清影被这一吼惊得一愣，赵弘瑀忽然从脖子红到了脸，似乎怒不可遏。

他负手似无头苍蝇一般来来回回走了几步，指着洛清影大声吼道：“我知道你在想什么！你想跟你亲爹一样，以死自证清白！我不同意！陆骞无奈求死，是因为他有眼无珠，追随了赵弘启那样软弱之人。你不是陆骞，我也不是赵弘启！在最难的时候我们都一路过关斩将活了下来，现在我已经不再是当年那个受人欺凌的煜王，我完全有能力保护我的朋友！我在这儿绞尽脑汁想办法救你，你却毫不吝惜自己的命！你想都别想！”

洛清影亦是不肯退让，他努力让自己的语气变得更加柔和，好不给赵弘瑀火上浇油：“虽然你与当年不可同日而语，你已执掌生杀之权，可你仍旧受制于大势。你可记得初识之日，你与我谈起兵法，那时我便说过五行无常胜，四时无常位，审时度势，正奇相合，随机应变方是上策。大势所趋，人力不可阻。陆氏沉冤一日不得雪，我便一日是叛臣之子。身为人君，你若明目张胆袒护我这个乱臣贼子，朝臣们会如何看你？百姓们会如何议论你？与我一人之身相比，明主的声望才是更重要的。”

洛清影声音不大，却似一盆冷水彻底浇得赵弘瑀透心凉。他咬着牙忍着气，张了几次嘴，又顿了几次，来来回回折腾半天才狠狠叹息了一声，抬眼真挚地看着他，言语间竟带着一丝恳求的意味：“事发突然，我也有些心慌意乱。你的话虽有道理，但我并不想放弃。当初若不是我，你也不会被牵扯进这险象环生的朝堂。我既带你来，就算不能保你荣华富贵，也要安安全全将你送走。否则我有何面目去见洛清篱，又有何面目面对洛骁和陆骞二位大人的在天之灵？”

洛清影刚要开口，只听崔迟在外低唤一句：“陛下！”

“好了，先不说了。”赵弘瑀安慰似的笑了笑，“这件事我一定解决好。你不要胡思乱想，你只要相信我就行。”

第二十二章

内外交困　步履维艰

赵弘瑀离开琼琚殿，立刻折回了中孚宫内。刚一进门，就远远瞧见洛清篱已经等候在大殿门外了。

“陛下！”

洛清篱三步并作两步迎了上来，岂料赵弘瑀神色严肃地猛一挥手：“去里面说。”

待二人入了殿，屏退殿内侍奉的一干人等，赵弘瑀这才焦急问道：“如何？都安排妥当了？”

“回陛下，漠竹那边臣已经大致说明了情况，并派安歌亲自带人将驿馆隔离起来。”

“好。”赵弘瑀点点头，似乎松了口气，“朕方才也让崔迟去将太傅府封锁了起来，尤其是那个芸儿，找到之后立刻送入宫来。朕虽然心里已经有了大致猜测，但有些事还需要亲自审问清楚。一旦查清，涉及相干人等，绝不轻饶！”

洛清篱忧心忡忡，着急问道：“陛下，这到底是怎么回事？欢招公公向臣说了个大概，臣现在还是稀里糊涂、不明就里。”

“唉！”赵弘瑀又恼又恨，重重吐了口气，“祸从萧墙起啊！芸儿受了贵妃挑唆，以为清影私见漠竹是为了让他替自己给德宁公主传信，一怒之下将密信偷了出来交给贵妃。贵妃早有计划，于是传信给胡之恒，打了朕一个措手不及。你入宫之前，朕已经将太后和贵妃都软禁在宫中，她们暂时不会再兴风作浪了。”

洛清篱听着，心中猛地一沉。事情的起因竟然是芸儿，这令他悔恨交加：“我早该明白，硬生生将芸儿嫁了过去迟早会出事。出了这样的事，作为兄长我难辞其咎。”

赵弘瑀自然能理解他心中复杂的情绪，妻子身边的人害了自己的兄弟，换作任何人都会难以接受。“方才我见过清影了，他暂时很安全，你也可宽些心。事已至此，如若真论起来，我们每个人都有错，你不必将所有罪责都揽到自己肩上。”赵弘瑀缓声安慰他，“嫉妒会释放出人性最险恶的一面，芸儿为了一己之私，却害了清影。如今之计是要如何保住清影的性命。还有你，陆骞罪名难洗清，你也没法脱身。朕不能让你和清影连受重创，朕要好好想想，想出一个万全之策来。”

“陛下，恐怕已经没有时间让您想出一个万全之策了。”洛清篱心情沉重地望着他，低声说道，“入宫之前臣接到天雄急报，李崇勋将漠凤革职入狱，并派颍王李崇贵亲率大军五十万发兵天雄。”

“什么？”赵弘瑀如同遭到晴天霹雳，生生惊出一身冷汗。

“章延泽的军报已经发到殿前司，想必待会儿就会呈到御前。”

“李崇勋终于按捺不住了！”赵弘瑀狠狠握紧了拳头，“漠竹离京，正是他铲除漠凤的最佳时机。看来这一切他早有预谋，漠凤一倒，就再也没有人能牵制住他了。”

“陛下少安毋躁。”洛清篱俯首又说道，“李崇贵虽为皇室贵胄，但并无实战经验。章延泽早有准备，三日前在天雄关外五十里处以一万轻兵埋伏，重伤西卫五万先锋。西卫伤亡惨重，锐气大挫。”

“好！”赵弘瑀闻此消息精神大作，顿时从方才的萎靡烦躁中恢复了过来，“朕果然没有看错章延泽！你回去后立刻告诉他，让他绝不要手下留情，务必要彻底挫灭李崇勋的嚣张气焰。”

“是，臣一定转达给他。”洛清篱点头，继而又有些担忧，“章延泽还说了一件事，令臣不安。”

“何事？”

“这件事章延泽并未直接写在奏报中，而是单独给臣写了封信随附在后。”洛清篱想了想，从袖中掏出一方帛书呈了上去，“请陛下亲自过目吧。”

赵弘瑀迅速接过帛书，方看了几眼竟又止不住心惊起来：“这么说，李崇勋也知道了清影和漠凤的关系？”

“恐怕是的。”洛清篱皱着眉头说道，“按照章延泽信中所说，李崇勋给漠凤定的罪名里就有一条是里通外国。他认定漠竹此次入殷就是为了与漠凤的外甥、大殷太傅洛清影商议谋反之事。”

“可李崇勋是怎么知道的？”赵弘瑀很是不解。

“清影的生母是漠凤的妹妹，想必当初她毅然随陆骞入殷时，就已经有不少知情之人了。毕竟漠凤那时已经是西卫的将军，树大招风，难免不被人盯着。虽然这么多年过去了，这件陈年旧事几乎被人遗忘，但若是被有心之人再度翻出来，只要细细探查，就一定有线索可寻。李崇勋有意与漠凤过不去，定然会对漠凤身边可疑之事倍加用心。”洛清篱细细想着，猜测着缓缓说道。

“嗯。”赵弘瑀无奈地点了点头，却又忽然沉下脸色，“李崇勋怎么会莫名其妙去查漠凤的妹妹？你不觉得奇怪吗？”

洛清篱一惊，继而明白了他的意思：“陛下是认为有人提醒了他？”

“之前虞昉在大殷境内遇险，朕就觉得是有人暗中与虞恪通风报信。虞恪与李崇勋近些年来关系紧密，或许是虞恪安插在朝中的人觉察到了什么，给虞恪传了消息，虞恪才会去提醒李崇勋？”

赵弘瑀的想法乍一听似乎匪夷所思，可仔细一想却又并非绝无可能。彻查南祇细作一事迟迟没有进展，此人若不是子虚乌有，那便是隐藏极深，而且对中枢之事知根知底。如此想来，洛清篱心中不免有些慌乱：“陛下所言确有可能。只怪臣办事不力，至今未能查到南祇细作的底细。”

“不急，不急。”赵弘瑀一边摆着手，一边又低头踱着步子，似乎陷入沉思之中，片刻之后他停下脚步，认真叮嘱道，“清篱，你立刻安排一名可靠之人秘密护送虞昉去神策军，将他交给曹晖。天雄一乱，南祇定会应声而起。之前联络的那些南祇官员是否落实？”

“启禀陛下，基本可以为我所用。”

“好！”赵弘瑀抿着嘴轻轻颔首，“西卫兵强马壮，野心勃勃，与我一场硬仗在所难免。可南祇不比西卫，并无好战传统，只要虞昉能成功归国与虞恪一较高下，我们便可免于腹背受敌。”

“陛下说得是。对于虞恪只有一条，那就是釜底抽薪。虞昉一旦出面，民心势必不稳，他们便无力再对外征讨了。”洛清篱拱手应道，“另外，章延泽对西卫反击越狠，对南祇的震慑就越猛。南祇国内人心越不安，主和派就更占上风，虞昉的胜算就更大。陛下放心，臣立刻就去办。”

“战事一起，朝中一致对外，朕会趁机将清影的事情拖一拖。他的事一拖，暂时也就不会威胁到你的安全，你只专心对外应敌，其他的事情交给朕来处理。”赵弘瑀说着，又将章延泽的私信递回给他，面上隐隐生出一丝难言之意，“这件事的罪魁祸首就是芸儿，想必郡主知道以后会自责不已。她有孕在身，不能激动，你回去好好宽慰她些。”

洛清篱愣了愣，不由心内一顿纠结：“臣谢陛下关心。这些事臣会好生处理，陛下不用担心。”

“好。”赵弘瑀面有欣慰之色，“你速去殿前司做好安排，有任何事随时来报。”

“臣遵旨！”方要抬脚却又犹豫了片刻，“陛下，清影他……”

赵弘瑀望着他淡淡一笑：“事态紧急，也为避免嫌疑，你暂时就不要去看他了。你放心，只要他在宫中，便无人能伤得了他。朕向你保证，一定护他周全。”

洛清篱顿了顿，还想再说些什么，却止在喉间，只朝着他深深揖了一礼：“有陛下这句话，臣便安心了。”

目送着洛清篱匆忙离去，赵弘瑀的心上没有丝毫轻松之意。该来的总会来，这个道理他一直都明白。可他今日却真正体会到了祸不单行这四个字的意思。内忧未定，外患又起。但他很清楚，所有麻烦的根源一定潜伏在大殷的朝堂之内。

他瘫坐下去，双手撑着额头闭目片刻，忽然听得一阵急速的脚步声，抬头望去，原来是崔迟。

“都办好了？芸儿人呢？”不待崔迟开口，赵弘瑀立刻起身直接问道。

“回陛下，一切妥当。臣已经将芸儿押入宫中，就在殿外候着。”崔迟俯身回答，“臣带着戍卫军赶到太傅府时，芸儿正在府中。可说来奇怪，她好像并不知道发生了什么。”

“不知道？”赵弘瑀拧起了眉，随即挥手下令，“带她进来。”

“是！”崔迟领命出门去，不多时便将芸儿押了进来。芸儿惊慌失措，平日里整齐利落的发髻也有些散乱，面上更是惨白一片。

赵弘瑀居高临下地瞪着她，整个人被一阵肃杀之气包围着。芸儿何曾见过这种阵仗，紧张之下竟失了仪，愣愣地站在阶下，忘了行跪拜之礼。

“跪下！”崔迟一声低喝，芸儿这才惊醒过来，应声跪下瑟缩一团。

“你出去吧。”赵弘瑀挥手示意崔迟退下。

赵弘瑀盯着芸儿的背影瞧了片刻，方才阴沉着开口问道：“你为何存心要害太傅？”

“回陛下！奴婢没有！”一听这质问，芸儿忙抬起头来要解释，可刚一直起身来，便觉察到自己这样的行为太过失礼，又重重伏下身去。

“直起身来答话。”赵弘瑀的声音依旧阴郁，听得芸儿不寒而栗。

“奴婢遵命。”芸儿缓缓起身，眼下挂着两道沉沉的泪辙，“奴婢不敢欺瞒陛下。奴婢真的不知道那封信中到底写了什么……若是知道，奴婢死也不会将它交给贵妃娘娘……”

“好端端的，你为何要偷取太傅的信件，还要送给贵妃？”赵弘瑀盯着她厉声问道，“朕念在太傅的面子上，只与你问话。若是你敢有丝毫隐瞒，休怪朕不顾情面，直接将你送去刑部大狱，让你尝尝酷刑的滋味。”

芸儿被这么一恐吓，更是丢了魂魄，抽抽噎噎地小声说道：“陛下，奴婢不敢有丝毫隐瞒。陛下知道，奴婢仰慕太傅已久，可太傅却始终对我无意，幸得贵妃娘娘做媒，奴婢才能达成心愿。奴婢感激贵妃，贵妃也时常派绿如姑娘来看望奴婢，与奴婢说些贴心话。前些日子太傅重病，陛下来府中探望之后，绿如姑娘曾询问过奴婢此事，还提醒奴婢要劝着些太傅，不要在皇储之事上说太多话。她说贵妃一直器重太傅高风亮节，不在朝中结党营私，她不愿见太傅被困于皇子之争，自毁前程，所以才暗中好言相劝。奴婢深为感动，又自觉娘娘与我有恩，便轻信了娘娘的话。后来，奴婢在大相国寺遇见绿如姑娘，她又极为神秘地提醒奴婢，说西卫使臣入京，要奴婢提防着太傅一些，以防太傅通过使节再与德宁公主私下联系。奴婢起初怎么也不信，太傅是陛下的重臣，怎么会做出这样糊涂的事情来？可后来……后来府中突然紧张起来，暗中增加了许多守卫，奴婢觉得奇怪，便留了些心眼，这才发现果然有陌生人与太傅相见。奴婢心中疑窦丛生，待那人走后便去见了太傅，想探探口风。没想到太傅被奴婢惊扰之下，一时间慌乱异常，将一幅尚未写好的绢帛藏入袖中。奴婢见太傅刻意隐瞒，就鬼使神差地信了绿如姑娘的话。待太傅走后，奴婢潜入书房，找到了他藏信的木匣。那信密封在铜管之内，奴婢无法打开，不得见其内容。奴婢犹豫再三，不知是否该将密信交给贵妃。迟疑之时，奴婢却在匣中发现了德宁公主送与太傅的金羽箭……所以……”

“所以你以为太傅与德宁公主藕断丝连，一怒之下，你就不管不顾，直接将密信交给了贵妃？你口口声声仰慕太傅，难道在你心中，他就是如此下作之人？”赵弘瑀怒不可遏，重重一掌拍在御案上。

“奴婢悔不当初，可那时已经失去理智。”芸儿捶着胸口，“自从奴婢进了太傅府之后，无一日不曾失落。奴婢本想将密信交给郡主，可转念又想，郡主碍于太尉与太傅的兄弟之情，即使发现了什么也不好替奴婢说话。万般无奈之下，奴婢才选择将密信交给贵妃。”

“这么说，贵妃确实知道信中内容了？”赵弘瑀的面色越发冷峻，“她知道之后没有及时告诉你吗？”

“没有。”芸儿摇头答道，“娘娘脸色大变，却也没说什么，只说太傅做事太过出格，必须得到教训。然后她便让人送奴婢回去，说一定会替奴婢做主。”

“她可真是为你做主了！”赵弘瑀翻了个白眼，牙根咬得直响，“你恨太傅，她便直接遂了你的愿，要他的命！朕当初真是不该同意太傅纳你，一念之差，竟是害了他！”

芸儿失声痛哭，却又无法压抑心中的愤懑，撕心裂肺般哭诉道：“奴婢确实不该怀疑太傅！可当奴婢看见那支金羽箭时，内心里便如烈火煎熬。奴婢待他百般好，全心全意照顾他，到头来竟然还比不上公主送给他的一支箭吗？”

赵弘瑀冷冷地盯着她，半天才甩出一句：“你不配用公主的箭来自比。”

被如此直白地贬低，芸儿羞怒交加，却又不敢造次，只能忍着怒气默默流着眼泪。

赵弘瑀毫不在意，继续说道：“公主爱他，宁可为他牺牲一切。”

“奴婢亦可为太傅去死。”芸儿抑制不住，高声喊道。

赵弘瑀抬手制止她，面上的神色无比凝重：“朕相信你可以为他赴死。可是芸儿，在很多事情面前，生死并不值得一提。真正的爱，是要懂得去成全他。公主爱他，可以为了他的安危、为了他的理想，心甘情愿放弃与他相守一生的誓言，成全他与别的女子白首到老。可是你呢？你的心中除了嫉妒之外还有什么？你爱的不是太傅，你连最起码的信任都不曾给他，从始至终，你爱的只是你自己而已。”

“不……”芸儿错愕地望着他，心中一直坚持的东西正在轰然崩塌。

赵弘瑀没有给她任何喘息之机，继续将她逼近心中的死角：“你所谓的爱只不过是一个幌子，借着这个名义，你想做的事只不过是独占和控制。被你这样的人钟情，是他这一生中最大的不幸。”说完，赵弘瑀高声将崔迟唤了进来：“将芸儿带去太尉府交给郡主。”

“是。”

赵弘瑀叹了口气，转头又看着瘫在阶下、失魂落魄的芸儿：“无论朕怎么恨你，你好歹是郡主身边的人。她是朕的姐姐，朕还须照顾她的颜面。该怎么处治，就让郡主自行发落吧。”

芸儿不敢再申辩，却鼓起勇气望着赵弘瑀哀切恳求道：“陛下，奴婢可否再见太傅一面？”

赵弘瑀淡漠地转过头去：“朕觉得他并不想见你。”

芸儿羞愤难当，自知罪孽深重，没有颜面再奢求什么，只好行了大礼，默默垂泪转身，随崔迟走出殿去。

赵弘瑀长长叹了一口气，浑身无力地瘫在御座上。依着对洛清影的了解，他本就对芸儿怀有愧疚之情，若是见了面，一顿哭诉，说不定就会软下心肠来。索性自己就做了这个恶人，让他们再无见面的机会。至于齐乐瑶，那是一个以洛氏安危为重的聪明女子，大是大非之前，她绝不会糊涂。芸儿本就是这错综复杂的关系中微不足道的一颗棋子，既然知道了真相，赵弘瑀绝不会再为她耽误任何精力。然而不知为何，他心里却是从未有过的无力。方才他斥责芸儿，说她的自私绝非是爱时，他脑中一闪而过的却是淑贵妃的脸。难道自己聪明一世，却真的也犯了糊涂？赵弘瑀自嘲地笑着，缓缓站起身来。

洛清影身世一案，明面上证据确凿，一时间在朝中掀起轩然大波。然而西卫既动，烽火已起，赵弘瑀在朝会上直接定下基调，暂缓处理洛清影一案，并严令朝中上下勠力同心、一致对外，先解决边境燃眉之急，再行处治内部事务。

虞昉虽然已经到了神策军，但一时之间还未能与境内旧臣取得呼应之势。虞恪蠢蠢欲动，号称集结了四十万大军，与神策军对峙于南境，战事一触即发。

西卫发兵五十万，南祇发兵四十万，若是两国同时发难，大殷腹背受敌，将会同时面临这可怕的九十万大军。或许是因为南祇朝堂始终不能君臣同心，或许是因为这四十万大军为倾国之力，不得不谨慎为之，又或许南祇还想继续观望西卫与大殷的战局，好坐收渔人之利，总之虞恪的兵马虽咄咄逼人，却仍紧绷着最后一根弦，按兵不动。这就为赵弘瑀赢得了喘息的机会。

他明辨主次，压下所有反对意见，坚持御敌为先，同时又雷厉风行地任命太尉洛清篱全权负责禁军与边军的配合、协调。洛清篱留下十万禁军戍守京师，将剩下的二十万禁军以最快的速度补充到天雄军和神策军中，全面统筹战局，制定方略。

章延泽亦是不负众望，他不与风头正旺的西卫军正面蛮战，而是连使妙计，以伏击为主，将骄傲的西卫前锋军打得落花流水，抱头鼠窜。李崇勋在战场上越是失利，对虞昉渗透南祇的朝堂就越加有利。不出赵弘瑀所料，南祇国内已经陆陆续续传出反对的声音，后院起火，这是虞恪最担心的事情。

连日来，天雄、神策的军报一封接着一封送到御案上，赵弘瑀一心只系前线的战况，根本没有精力顾及其他。待到章延泽基本压制住李崇贵的攻势，他才能有些喘息的机会。

这一晚，赵弘瑀毫无胃口用膳，好容易端起碗箸，忽然想到已有小半个月不见洛清影，便又放下碗来，起身往琼琚殿的方向去了。

琼琚殿中灯火通明，却无一人。赵弘瑀心下一慌，忙回头去找，兜兜转转半圈，才发现洛清影立在回廊之下，仰头望着天上的一轮寒月出神。

“你怎么在这儿？”赵弘瑀皱了皱眉，却不由得抬脚走了过去与他并肩而立，“入了冬，风彻骨，霜寒重，你这是自己给自己找病吗？”

洛清影闻声回过头来，神情萧索地望着他：“整日困在这里，如坐针毡。好容易趁着夜凉如水，我便想着出来透透气。”说完，他望着赵弘瑀问道：“战况如何了？”

赵弘瑀无奈地摇摇头：“走吧，进殿去说。这里太冷了。”

刚一入殿，暖风熏来，赵弘瑀隐隐感到一阵困意。连日来几乎未曾合眼，忽然间困倦涌了上来，令他忍不住晃了晃脚下的步子。

“怎么了？”洛清影察觉到他的异样。

还未等赵弘瑀开口，守在门口的欢招一步上前来苦着脸说道：“自从战事一起，陛下通宵达旦地查阅军报、处理军务，一个人恨不得分出十个人来用。陛下吃不下，睡不着……奴才怎么劝也没用。太傅，您就劝劝陛下吧。这仗得打，饭也得吃啊！”

“哪儿都有你多嘴！”赵弘瑀本就心中烦躁，一听欢招絮絮叨叨，恨不得将他一脚踹出几丈远。

“欢招也是关心你。”洛清影一把将他拦住，拧着眉郑重地看着他，“今日用过晚膳了吗？”

“还没有。”欢招跪在门外，冒死伸着脖子抢先答道。见赵弘瑀圆目一瞪，又立刻缩了回去。

“欢招说得对，仗要打，饭也要吃。我知道你心忧战局，可你是一国之主，是大殷臣民的主心骨。将士们在疆场上拼力厮杀，死不旋踵，就是因为他们知道有你为他们坐镇，赐予他们荣耀和信心。若是你此刻先倒下了，你让大殷的臣民怎么办？让浴血杀敌的将士们怎么办？”洛清影将他拉到一边，小声劝着。

洛清影说得在理，赵弘瑀也知道他是为自己着想，便耸了耸肩叹了一口气：“朕实在没胃口。”

洛清影也不管他，径自转身吩咐欢招：“既然陛下还未用晚膳，就请公公将御膳送到这里来。”

“是是是！”欢招一听，感激地连磕了几个头，“奴才就知道太傅一定能劝得了陛下。”

洛清影抬手示意他快去，却又忽然唤住他，继续叮嘱道：“陛下胃口不佳，还请公公交代下去，只送些清淡的过来就行。”

“奴才明白。”欢招点点头，起身一溜烟消失在夜色中。

洛清影这才回身，却发现赵弘瑀早已坐在锦垫上，一手撑着太阳穴，斜着倚在几案旁，昏昏沉沉地闭着眼睛。

看出他精神不佳，洛清影上前几步担心地问道：“要不要让杜若来给你看看？”

“不用。”赵弘瑀没有抬头，只用空着的手示意他在一旁坐下，“本来说是来看看你，结果一进门却让你为我忙活半天。”

“你身系社稷安危，为了大殷江山，眼见你这么不爱惜自己的身子，我怎么也不能袖手旁观。若是将一国比作人，那么君主便为首脑，臣子便为之四肢。四肢残断，人尤可活，可你见过哪个人丢了脑袋还能活命的？”

“好了，我知道了。”赵弘瑀抬起头来，龇牙咧嘴笑了两下，“我又不是元澍，你不必循循善诱。我知道你日日禁在这处，不能及时得到外面的情况，一定坐立难安，所以我今日就是特意来告诉你外面的形势，让你能踏实一些。”

赵弘瑀这话直接戳中了洛清影的心事。明知洛清篱、章延泽、曹晖，甚至还有安歌，都在外力据敌寇，可自己却只能独自待在这狭小的方寸间，什么也做不了。每每想起此事，都令他焦躁万分。

虽然他迫不及待想知道外面的战事到底如何，可方才赵弘瑀入门时的憔悴模样却令他更加揪心。前朝、后宫，内政、外敌，没有一件事让他顺心，纵使他再年富力盛，也禁不住如此重压。

想到此处，洛清影斩钉截铁地打断了他：“御膳没送来前，你先小憩片刻。待御膳送来，你先用了晚膳。之后，我们再说国事。”

赵弘瑀哀怨地望着他，但见他一反常态的强势，竟似毫无讨价还价的余地。而自己正好倦怠不已，便顺势打了个哈欠：“好好好，都依你。”话音方落，他竟伏在书案上睡了过去。洛清影侧耳仔细听着，一阵阵均匀的鼾声透过温暖的空气飘了过来。

若非累极，赵弘瑀怎么也不可能这么快就昏睡过去。洛清影看着他的侧影，心中不禁生出一丝愧疚之情。若不是自己如此大意，将写给漠风的家书泄露出去，他也不至于进退失据，苦撑着独自面对来自各方的压力。

之前他与赵弘嘉殊死相抗，在最危险紧要的时刻，自己没能在他身边与他并肩作战，已是心中大憾。而这一次形势更加严峻，若有一步失误，便要面临亡国的危机。无论如何，自己绝不能再让他一人孤军奋战，即使拼上性命也要助他一臂之力。洛清影默默想着，心中做了决定，之前与赵弘瑀所闹的所有不愉快、结下的所有心结瞬间消失殆尽。大丈夫当誓死为国效命，生死存亡之际，又岂能再去计较那些纷杂小事？

洛清影想得出神，忽然听见门外响起脚步声。一回头，原来是欢招带人将御膳送了过来。洛清影指了指赵弘瑀的方向，示意他噤声。欢招心领神会，带着两个手脚利索的侍女蹑手蹑脚走进殿中，将碗盏轻轻放在书案上，然后便悄无声地退了出去。

纵使侍女们手脚再轻，可脚下罗裙翻动，亦是牵出窸窸窣窣的细碎之音。赵弘瑀猛地一惊，直起身来，脸颊上已被压出了一片红印。

“我怎么睡着了？睡了多久了？真是耽误事！”他使劲揉了揉眼睛，晃了晃脑袋，彻底从迷迷糊糊的状态中清醒过来。

“也就一炷香的工夫而已。”洛清影指着他面前的盘盏说道，“欢招他们刚送过来，趁热用膳吧。”

虽然只是小憩片刻，可是睡得深沉，赵弘瑀竟然感觉到一阵畅快通透之意，腹中也忍不住咕咕作响，闻到的饭菜也变得香气扑鼻。

赵弘瑀端起碧玉碗，里面盛了一碗素净的白粥，再看其他，也不过是些时令蔬菜，青翠如玉，毫无油腻之感，令人食欲大增。他不待多言，埋头便吃了起来，一顿狼吞虎咽之后，风卷残云一般将菜肴消耗大半。

“好久没吃得这么痛快了！每日他们将御膳一送上来，我只觉得荤腥难闻，实在难以下咽。”赵弘瑀心满意足地缓了片刻，又重新坐直了身子。

“你整日被军情战报困扰，心里担忧的事情太多，夜不能寐，精神不济，定然没有食欲。方才虽然只是囫囵睡了片刻，好歹恢复了些精力，自然也就能吃得下了。”洛清影轻声劝说道，“你不是铁打的，以后不能再这么逞强了。”

眼见他似乎又要开始劝导自己，赵弘瑀忙清了清嗓子打断他：“我也休息好了，该和你说些正事了。”一听此言，洛清影立刻噤了声，只盯着他等他说话。

赵弘瑀一见他那迫切的眼神，便明白他方才为了能让自己忙里偷闲休息片刻，一直压抑着自己心中的急切，在一旁默默等待着前线的消息。

赵弘瑀想了想，没有拐弯抹角，直接开门见山：“你应该也知道了些，漠风被下了狱，苏祓因为随身侍奉，亦是被抓了起来，生死不明。树倒猢狲散，墙倒众人推，漠氏一族在西卫的势力算是终结了。李崇勋知道了你与漠凤的关系，一口咬定漠竹此次入殷的目的是与你暗中勾结、里应外合、意图谋反。我已经私下见过漠竹了，他说临行之前，西卫朝中毫无异象，根本看不出李崇勋有任何阴谋。若非章延泽密奏回朝，他至今还蒙在鼓中。”

“那他现在怎样？”洛清影忍不住插话问道。

“还能怎样？家中遭此大难，自然是心力交瘁、痛心疾首。而且……”赵弘瑀看了他一眼，稍稍顿了一下，“而且你与漠凤之间的书信确凿，朝中已有不少大臣上奏，说是适逢两国战时，绝不能将他这样危险的人留在国中。要么遣送回去，要么处死。”

“那你怎么说？”

察觉到他心中的恐慌，赵弘瑀赶紧安慰道：“我全都压下来了，让禁军封锁了驿馆。反正我已经说了，眼下最要紧的事是御敌于外。与九十万大军压境相比，这些都算不上什么。漠竹这次入殷，或许也是老天有眼，不忍见漠凤操劳一生却落得个家破人亡的悲惨下场，留他这条血脉。既然他侥幸逃过了李崇勋的屠戮，我一定想办法尽力保住他的性命。”

洛清影心中感慨万分。这件祸事完全因为自己而起，给赵弘瑀带来了前所未有的麻烦。然而此时此刻，他却毫无怨恨之言，仍旧一心一意尽最大的努力来保住自己的亲人。心中虽然涌起千般万般感激之情，可到了嘴边他却又说不出太煽情的话，只好郑重地说了一句：“多谢。”

赵弘瑀一愣，心中亦是五味杂陈。他明白洛清影此刻的心境，便又说道：“你不用想太多，这么多年来我虽从未直言，可心里一直明白。大殷其实对你们陆氏一族亏欠太多，我也知道大错已经铸成，无法挽回。我这么做，除了因为我与你之间的情义，还因为我想尽量替先帝弥补一些当年犯下的过错。我是国君，不能让忠臣们寒了心。”

这一席话掷地有声，言语间竟透着一股豪气。洛清影本就感动不已，又被他这样感染，心气也随着恢复了许多：“有你这样的国君，忠臣们绝不会寒心。”

赵弘瑀不好意思地笑了笑，继而似乎想到某件事，神色暗了下去：“对了，有件事我得告诉你。”

“何事？”洛清影不解地望着他，见他如此肃穆的神色，不禁揣测道，“是芸儿吗？”

“嗯。”赵弘瑀点点头，“我亲自审问了她，事情与你我二人所猜无差。贵妃早就开始利用她来监视你的一言一行。我本想秉公办理，可转念一想，她终归是你的妾室，又是郡主身边出去的人，所以还是将她送回太尉府，让郡主亲自处治。郡主通晓事理，知道芸儿犯下不可饶恕之错，虽有故旧之情，却也不能留她，又顾及与她多年主仆之情，便赐她鸩酒，留她全尸。”

洛清影闻言，心口一阵绞痛。他握紧了拳头，暗暗捶在书案上，愧疚难忍却又痛心疾首：“她被人利用，追根究底还是因为我。是我对不住她……”

赵弘瑀似乎也很是低落，不住叹息：“若非贵妃有意要陷害你，芸儿又怎能成为她的棋子？真要追根溯源，这错还是在我。是我没能处理好后宫中的事情，才让你莫名其妙成了她们的眼中钉。”

洛清影听出他话中的异样情绪，静静盯着他沉默片刻，然后试探着开口问道：“你打算如何处治贵妃？”

赵弘瑀怔了怔，苦笑了几声：“我还没想好。”

洛清影轻轻叹了口气：“你总说自己自从登上帝位之后便舍弃了真心，可其实你一直都没有放弃真实的感情。元辅走时，你痛不欲生，可我看得出来，你心疼元辅，更心疼贵妃。你对她早已动了真心，只不过你是皇帝，有些话不能说，有些事不能做。即使心中再有情，也无法与她如寻常夫妻那般相敬如宾。”

心底里这些隐秘的情感，连最贴身的欢招都不曾看破，可是洛清影却看得如此真切。这些话似乎是戳中了赵弘瑀心中的痛处。

元辅走后，他亲眼见到淑贵妃肝肠寸断的憔悴模样，心痛有如万箭穿心。之后淑贵妃悲伤难抑，问他以后是不是还会再有孩子，他想都没想便肯定下来。那些话并非是他刻意宽解她，而是他心中最真切的期望。他确实曾小心翼翼地设想过，自己或许真的可以和她相伴终老。

可事实却令他心灰意冷。那日他去凤鸣宫中质问淑贵妃，气急之下动了手。说是气，更是失望，是一种难以言喻的心痛。这段时日以来，赵弘瑀故意不去想贵妃背叛自己的事，前线军务紧急，他也无暇去想。直到洛清影说了这些话，他才忽然觉得心里某一处被清空了一般，充溢着无限的伤感与失落。

赵弘瑀眼圈有些红，或许是因为连日来不曾睡好，竟无法控制地流出一滴眼泪来。他立刻佯装揉眼睛将那滴眼泪抹去，干笑一声：“就算我愿意给别人真心，别人也不敢当真。庸人自扰，何必自讨没趣？当务之急是前线军务，她的事以后再说。”

赵弘瑀既是不愿说，洛清影也不再逼他。毕竟两情之事是最隐秘的心头私事，问得多了，反而适得其反。想到此处，洛清影便了然地点点头，随即问道："天雄和神策军如今情势如何？"

一说到军务，赵弘瑀不由得拧起眉头："三十万天雄军对阵西卫李崇贵五十万大军，二十万神策军面临南祇四十万大军，确实捉襟见肘。不过好在南祇暂时还在观望，所以并未真正形成夹角攻势。苏祓出事，我本担心章延泽会受到影响，可他丝毫没有令我失望，奋力出击，多次以少胜多，一鼓作气连挫敌军猖狂气焰，大大振奋了我军将士的信心。"

"那就好。"洛清影若有所思地点点头，"章延泽心中自有大局，他总是临危不乱，不会因小失大。这一点你不必担心。"

赵弘瑀对洛清影的话亦是认同，可他顿了顿，又说道："其实我最担心的并不是这些事。"

"那是什么？"洛清影听出他话中深意，不禁追问。

"我最担心的是洛清篱。"赵弘瑀摩挲着几案上的雕花，忧心忡忡地答道。

洛清影心中一惊，难以置信地看着他："到这个时候你还不能完全信任他？"

"当然不是！"赵弘瑀高声否认，"我还不至于糊涂到那个地步。"

方才的话是情急之下脱口而出，洛清影有些后悔自己的冒失，便又缓了语气问道："那是为何？"

赵弘瑀依旧先重重叹了口气。这些时日以来，四下无人之时，他最常做的事就是长吁短叹。"朝中已经有了些谣言，说洛清篱当年之所以救下你，是因为他与漠凤之间有不可见人的勾当。虽然我知道这些都是无稽之谈，可以讹传讹、三人成虎。洛清篱毕竟是当朝太尉，总领禁军，若是他这个时候被谣言缠身，我怕会引起军心不稳。"

洛清影刚准备开口，又被赵弘瑀拦下："我知道你心里着急，我本不想告诉你，是怕你又胡思乱想将整件事的责任全都揽在自己身上。清影，李崇勋野心勃勃，就算没有你这件事，他一样会伺机发难，这些都是在你我预料之中。退一万步而言，今日之事，难道不是先帝埋下的祸患吗？若是他能处理好皇子们之间的关系，断了赵弘嘉的野心，陆骞也不会死于非命，洛骁和洛清篱也不用冒着诛灭全族的危险来救你。你不是这一切纷争的起因，而是受害者。所以，我最后还是决定毫无保留地将实情和盘托出，并不是要你苛责自己，而是希望你可以了解眼下的局势，助我一臂之力，替我出谋划策，与我共渡难关。"

赵弘瑀说话之时，一直目不转睛地盯着洛清影。待说完心底的肺腑之言，果然见他眼中的困惑之意消去大半。

“好！”洛清影振奋起精神，郑重地许下承诺，“上一次让你独自面对赵弘嘉，已是我心中缺憾。这一次我一定尽全力助你退敌，护佑大殷金瓯之固。”

赵弘瑀如释重负地拊掌笑道：“就等着你这句话！”

洛清影笑了笑，接着说道：“你有意为我拖延时间，虽然打着攘外之名，可也绝非长久之计。我的身世牵连到兄长，受我拖累，他也必定会受到质疑。虽然有你强势压制，却无论如何也不能堵塞民众悠悠之口。为今之计只能速战速决，尽快平息这场战乱，才好安心解决内部之事。”

“你说的这些我有想过，可速战速决哪有那么容易？”赵弘瑀心烦地捶着几案，“章延泽以三十万之众力敌西卫五十万大军已是吃力，神策军那边也不能再抽调人马。我想来想去也只能让虞昉尽快归国，南祇一旦松懈，我才好从神策军拨一部分人马去支援天雄。”

“你想以虞昉之力牵制南祇，使西卫成孤军之势，以便李崇勋能知难而退？”

“是啊。”赵弘瑀不知他为何如此问，“这不一直是我们的策略？有什么问题吗？”

“那倒不是。”洛清影垂下头细细思索片刻，言语中满是忧虑，“我只是觉得，不论南祇最终是不是参与进来，与西卫的一场硬仗在所难免。”

“你是说李崇勋不达目的绝不罢休？”赵弘瑀有些震惊。

“不然的话他何以倾巢出动，让颍王李崇贵亲率五十万大军叩关东来？若非下定与我一较高下的决心，他绝不会孤注一掷。”

洛清影说完，赵弘瑀的脸色更加阴郁起来：“若是李崇勋硬来，就算我大殷倾全国之力去应对，亦是元气重伤。到时万一南祇渔翁得利，那后果可就真是不堪设想了。”

“所以我们一定要做好生死决战的准备，绝不能心存任何侥幸。”洛清影的声音越发沉重，他停了半晌，最后还是犹豫着说道，“或许……有人可以帮我们劝说李崇勋放弃这个可怕的想法。”

“你是说？”赵弘瑀立刻猜出他言下之意是何人。只不过洛清影却不知，那人早已被摆弄进这场纷乱中了。

洛清影低头沉思了一会儿，才下定决心将这个名字说出来：“德宁公主。”

赵弘瑀微微蹙眉看着他，面上看不出任何起伏，心中却已是天人交战。趁机利用德宁公主，威逼利诱她为自己所用，这一切都是背着洛清影做下的事情。洛清影对虞朝颜的感情如何，赵弘瑀心中最是清楚，所以他绝不敢向洛清影吐露半句真相。可是他万万没有想到，在自己快要走投无路之时，洛清影自己却提出了要请虞朝颜出手相助，帮助大殷渡过难关。

洛清影当然不知道赵弘瑀心里盘算的这些事情，见他不说话，只以为他是信不过虞朝颜，便又解释道："漠竹曾与我聊起南祇和亲公主一事。据他而言，李崇勋十分宠爱公主，对她言听计从。若是公主愿意开口，或许我们还有机会可以免于一场倾国之战。"

"我不是担心这个……"此刻赵弘瑀心中五味杂陈，他心有不忍，"李崇勋嚣张跋扈，妄自尊大，若是公主劝谏，可能会危及她自身安全，她愿意赴险吗？或者说，你忍心让她冒险吗？"

洛清影没有回答，只默默垂下头去，似乎沉浸在某种回忆中。过了半晌，他才抬头言道："止战止杀，使无辜百姓免于战火屠戮，这是她心中所愿。以我对她的了解，她一定不会推辞。至于你说的危险……我也明白，可是与千万百姓的安危相比，一人之身又何所吝惜？若是……若是公主真的出了意外，我便拿我这条命去陪她，再不会让她的魂魄孤苦无依，独自漂泊。"

赵弘瑀欲言又止地凝望着他，却见他眼神清亮，没有任何杂念。过了许久，赵弘瑀似是下定了决心，带着些许无奈感叹道："事到如今，我们已经没有退路，也只能多管齐下，死马当活马医了。德宁公主聪颖果决，胆大心细，善于察言观色，我倒是认为只要她愿意出手相助，就有相当大的胜算。清影，大恩不言谢。你既然已经下定决心，我无以为报，若不能守住大殷千里繁华江山，我这一生都无颜见你。"

赵弘瑀目光真挚，虽隔着距离，洛清影亦能感受到他的由衷之情："你我之间无须多言。一切都是为了社稷、为了百姓。"

"既是如此，那我这就立刻回去安排人手潜入西卫，联络德宁公主。"赵弘瑀说完，迅速起身。

"你准备如何联系她？"洛清影见他要走，亦是起身追问。

"这个嘛……"赵弘瑀想了想，一时没有说上来。

"漠竹尚在燕安，也许能帮到我们。漠氏在朝多年，权倾朝野，就算现落了难，依旧还是有些底子的。百足之虫死而不僵，你可以找他相助。"洛清影看着他认真说道。

“嗯，这些事你就不用操心了，我会安排好的。”赵弘瑀转念一想，言语间似乎又有些吞吐之意，“清影，我……”

“怎么了？”洛清影察觉到他的为难，随即问道。

赵弘瑀犹犹豫豫地支吾片刻：“清影，我有一个不情之请……”

“你说。”

“我派人潜入西卫不难，可是要让公主相信我们人的身份才是难事。”赵弘瑀一边想着措辞，一边盯着他的眼睛试探着缓缓而言，“之前审问芸儿时，她提及过你有一支金羽箭，乃是公主所赠。我想向你借这支箭作为信物。只要见了它，公主就一定不会怀疑。”话音方落，赵弘瑀明显觉察到洛清影面上的纠结，于是又连忙解释道，“我知道那支箭对你意义重大，你若有难处，我也不会强求……”

赵弘瑀还未说完，洛清影便轻声打断了他：“金羽箭就在临渊阁的楠木匣里，我不便出宫，你派人去取吧。”

“清影……”赵弘瑀心头一热，喉间忽而哽咽住。

“没有什么事会比国之存亡更重要。”洛清影抬头迎上他的目光，郑重叮嘱道，“不过联络公主事关重大，必须慎之又慎，只能口头传话，切勿落下任何文字。所以你不要给公主写任何书信，一旦败露便会留下证据，反而害了她。用金羽箭作为信物，应该是最妥当的做法。”

“你放心。”赵弘瑀认真点头承诺，“我绝不会逼迫公主。若是她不愿意，我绝不强求。一切皆以她的安危为重。”

“多谢。”洛清影笑了笑，“事不宜迟，你快些回去吧。”

赵弘瑀回了中孚宫，适逢天雄军报已到，他阅完军报，又将一应事务仔细安排下去，才得了空站起身来，使劲伸了伸酸胀的肩膀。

未能歇息片刻，去太傅府办差的人赶了回来，将那支金羽箭完好地呈在了御案之上。赵弘瑀倚在御座上，木然地盯着这支金羽箭恍惚出神。

“陛下？”欢招小声唤了一声。

“嗯？”赵弘瑀似乎有些困乏，惺忪地转首看着他，“何事？”

欢招目测他心情尚算平和，便大着胆子问道：“奴才有一事不明。当初陛下答应让德宁公主回去和亲，不是已经说好了要她暗中相助，必要时候劝阻李崇勋的吗？陛下早就在西卫揳入了我们的人，既然现在需要公主出面帮忙，直接告诉她就好了，为何非要让太傅把这支金羽箭拿出来？”

赵弘瑀面无表情地盯着他，然后垂下眼眸转过头去，伸手拿起金羽箭，一手轻轻划过尾处轻盈的箭羽："那时公主寄人篱下，无奈之下做出的承诺又能有几分是真心？如今两国战事胶着不下，李崇勋又是气焰嚣张，她圣宠优渥，还会不会愿意为了大殷的事情而轻易赴险？朕心里不踏实，所以才想找清影借来这支箭。这是清影与公主的定情信物，就算公主锦衣玉食的日子过久了，可睹物思人，只要她见到这支箭，就一定会回忆起往日的种种。何况，这支箭也是在提醒她，若是大殷真的败了，国破家亡，洛清影身为朝廷重臣，一定难得善终。德宁公主若是心中还念着一丝旧情，就绝不会袖手旁观。朕冒着惹怒清影的危险出此下策，实属无奈，只不过是想多求得些胜算罢了。"

欢招一听，一时不知说什么好，只得谦卑地躬身说道："陛下圣明。"

"你心里想什么朕都明白。"赵弘瑀翻了个白眼，"大敌当前，朕也管不了那么多了。若是此次可以平安渡过一劫，朕以后一定好好对他，再不猜忌他了。"

欢招尴尬着嘿嘿笑了一声："陛下所做的一切都是为了大殷，太傅定会体谅您的苦衷。"

"好了，你去找崔迟来，朕有话亲自交代他。"赵弘瑀挥挥手，将他遣了出去。

崔迟沐着夜色入殿，待到赵弘瑀将一切嘱咐完毕，他携着金羽箭匆匆出了门去，竟又过了寅时。

或许是因为之前与洛清影谈过之后，淤堵在心中的某些东西渐渐纾解开去，赵弘瑀心下安定，困意又阵阵袭来。离天明尚有一个时辰，赵弘瑀也懒得更衣，只简单除去外衫，脱了鞋袜，便囫囵着裹在被中沉沉睡去。

边境战事虽紧，但好在上有赵弘瑀提纲挈领，下有洛清篱、章延泽、曹晖等一众将领同仇敌忾，所有的情况仍在掌控之中。直到天雄一则八百里加急呈上御前，一切便似野马脱缰一般，彻底失去了控制。

镇守天雄关的镇西将军章延泽竟然被西卫俘虏，并且已经投敌叛国。这个消息不啻为晴天霹雳，让大殷朝上至皇帝下至群臣惊得目瞪口呆。

"怎么会出了这样的事？"赵弘瑀将军报重重摔下去，站起身低声怒吼。朝臣们全都瑟缩着噤了声，沉默着蜷起身来，就怕一个不小心被暴怒的天子盯上，白白成了出气筒。

眼见着平日里伶牙俐齿的臣子们忽然霜打茄子一般蔫软，赵弘瑀更加怒火中烧，指着下面的人呵斥道："平日里个个巧舌如簧，现在怎么不说话了？"群臣们面如土灰，依旧闷声低着头。

初闻此消息，洛清篱亦如受了当头一棒。章延泽是在自己身边长大的，他的一言一行没有人比他洛清篱更加了解。这个时候，自己若是不为他申辩，只怕事情会变得越来越诡异复杂。

“陛下！”洛清篱手持玉笏站了出来，拱手言道，“章将军自幼长在臣的身边，他的为人臣再清楚不过。他一心为国，视死如归，投敌叛国这样大逆不道的事他绝不会做！何况自交战以来，章将军连设妙计，以一胜万，大大挫伤了敌军的气焰，取得了辉煌的战绩。如此连胜的气势之下，他怎么会突然被俘？陛下，这里面一定有蹊跷。臣愿为章将军作保，请陛下明鉴！”

洛清篱话音方落，殿前司一众将领纷纷跪下，齐声附和道：“陛下，臣等愿意以性命为章将军作保！请陛下明鉴！”

事发突然，赵弘瑀又惊又怒，一时无法自控。待阶下乌泱泱跪了一大片人后，他才回过些神来。目光扫视之处，正迎上洛清篱恳切的眼神。

另一边立着的胡之恒始终沉默不语。他虽没有发言，却一直密切关注着朝堂上的任何细微变化。待洛清篱一番话说完，将领们纷纷跪地求情之后，他的嘴角才扬起一丝隐秘的笑意。

“太尉大人此言差矣！”未等赵弘瑀开口，胡之恒已经一甩衣袖站了出来。他先向赵弘瑀施了礼，然后才转身看向洛清篱，眼底里透着一股说不清道不明的审视之意：“太尉大人愿意为章延泽作保，那下官敢问大人，您用什么替他作保？大人自己与漠凤勾连一事还未曾说清楚，又有什么立场来为章延泽求情？”

“我洛清篱从未做过对不起大殷的事情，与漠凤勾连纯属无稽之谈！”察觉到胡之恒心怀叵测，洛清篱镇定地看了他一眼。

“是不是无稽之谈，只要一审那漠竹便可见分晓！”胡之恒不以为然地撇了撇嘴，“再者，太傅洛清影亲手写给漠凤的信难道也是无稽之谈不成？先帝和陛下对你洛氏一族信任有加、委以重任，可你们却伙同漠凤隐匿叛臣陆骞之子意图不轨，你们就是这样报答圣恩的吗？方才太尉也说了，章延泽自小长在太尉身边，得太尉悉心教导，不知道在这样‘别有用心’的教导之下，章延泽的心到底向着哪一边？是我大殷，还是西卫？”

“你大胆！”洛清篱还未开口回击，只听身后夏耒忽然站起身来指着胡之恒骂道，“太尉大人一心为国，对陛下誓死效忠、绝无异心！将士们在疆场浴血厮杀，为保我大殷安宁死不旋踵，换来的难道就是你这种尖酸刻薄之人的肆意污蔑吗？”

胡之恒嘴角抽动几下，满是讥讽之意：“据我所知，章延泽戍守天雄时，曾与漠凤义女苏祓往来甚密。这个苏祓早年间隐身于京城烟花之地，名为歌姬，实为漠凤安插在燕安的细作。她利用姿色勾引前太子赵弘嘉，挑拨他与先帝的关系，教唆他谋逆犯上。事情败露之后，被逐出大殷，永生不得入境。可章延泽却丝毫不顾忌苏祓的身份，与她暗中交往。章延泽可是总领天雄军政事务的大将，他会不会也像当年的赵弘嘉一样，在美色的引诱下摒弃了为臣子的正道，成了他西卫的走狗？”说完，不待夏耒再言，他回身向赵弘瑀俯身，义正词严地说道：“陛下，太傅是叛臣陆骞之子，又是西卫上将军漠凤的外甥。当年先帝派洛骁父子亲自前去拿人，结果人没抓回来，反而让陆骞投火自尽。陆骞死后，他的儿子又被洛骁装作亲子养在身边，这其中实在是疑点重重！臣身为大理寺卿，掌管天下刑狱，眼见此等狼子野心之事，实在不能袖手旁观。陛下之前顾念旧情，不愿彻查此事，可如今连太尉身边的章延泽都莫名其妙投了敌。臣今日冒死进言，请陛下速速拿下此等乱臣贼子，肃清朝纲，稳定人心！”

“你这个老匹夫！”夏耒实在无法容忍胡之恒如此明目张胆地折辱洛清篱，气急之下武人脾气顶了上来，直接就要上前动手揍他。

殿前司里的一众将领亦是不能容忍自己的长官被这般诋毁，纷纷站起身来，试图跟着夏耒一起动手。另一边立着的六部和台谏官员中，也有部分人看不惯殿前司的人如此蛮横，撸起大袖迎上前来，毫不示弱。

洛清篱一见情况不妙，立即一把拽住夏耒，怒目圆睁厉声低喝：“夏耒！这是什么地方？岂容你放肆！”

夏耒被当头一喝，立刻清醒过来。再一抬头，见赵弘瑀正眉头深锁、阴郁沉沉地盯着自己。他心里一慌，立刻跪下身去：“臣一时失态，请陛下息怒！”

夏耒这一跪，使得寻衅闹事之人全都冷静下来，随即跟在他身后跪了下去，连连磕头赔罪。

胡之恒这才整了整被夏耒扯得皱巴巴的官服，跪趴着转向赵弘瑀，愤恨不已：“陛下还在堂上，这些殿前司的将军们就敢直接动手殴打朝臣！臣贱命一条本不足惜，可臣是陛下的臣子，打了臣就等于是折了陛下的颜面！他们眼中哪还有陛下？他们这是藐视皇威，是以下犯上，是大逆不道！”

赵弘瑀从始至终都没有说话，也没有制止，只是阴沉着脸默默注视着堂下发生的一切。即使到最后胡之恒痛斥殿前司以下犯上，他的面上仍是毫无波澜。

洛清篱知道这一次殿前司的表现确实失了分寸。胡之恒蓄意指责，洛清篱百口莫辩；赵弘瑀的反应，他也无暇多虑。他没有时间在这里与人耗时间，天雄战局十万火急，当务之急还是要赶紧找到接替之人。

想到这里，洛清篱上前一步，跪地恳切言道：“殿前司的将军们是为了替臣说话才冲撞了陛下，请陛下开恩，不要责罚他们，所有罪责皆由臣一人承担。臣不惧责罚，可是天雄失将，战场上的情势瞬息万变，当务之急是要立刻选出接替章延泽之人，稳定军心，主持大局。否则数十万将士群龙无首，一盘散沙，根本无法集中精锐对抗西卫铁骑！”

赵弘瑀咬着牙沉默片刻，然后才低声问道：“依你之见，何人可以接替章延泽？”

洛清篱还未答话，就听胡之恒猛地哀号一声：“陛下，这个时候您还敢相信洛清篱的话吗？他自己深陷勾连西卫的丑闻不能自明，身边之人又莫名其妙投降了敌军，如此奸邪之人，何以堪当保卫我大殷的重任？陛下您还没看清楚吗？方才臣不过是说出了自己的推测而已，殿前司的将军们就恨不得直接将臣生吞活剥了去！这禁军还是陛下的禁军吗？这禁军明明就成了太尉一人的私军！”

“住口！”赵弘瑀本就窝火，被这么一闹腾，心里更是烦不胜烦，“西卫还没有攻进来呢，你们就要自己打起来了吗？眼下最重要的事是想办法如何克敌制胜，赶紧找人继任镇西将军一职。有合适人选就提出来，没有合适人选就闭嘴。”

“陛下！”洛清篱紧接过话头，铿锵言道，“天雄镇守我大殷西境，是阻止西卫入境的险关要道，一旦失守，西线便失去了屏障，李崇贵的大军便可以顺关东来，侵入我大殷腹地如探囊取物。天雄之重，关系到我大殷的生死存亡，绝不能出任何差错。先帝当年曾命臣率军入天雄扫清叛乱，臣对天雄的情况了如指掌。臣请陛下准许臣亲自前去天雄，指挥天雄军，迎战拒敌！”

“这……”赵弘瑀犹豫了一下，“可你是太尉，坐镇京师、统筹调度，一切皆要仰赖于你。你若走了，这些事该由何人去做？”

“殿前司的事务可由夏耒将军代为全权处理。”洛清篱说着，见赵弘瑀依旧犹豫不决，便又叩首拜道，“陛下，方才胡大人所言有理。章延泽是臣亲手调教出来的，如今出了这样的大事，臣心中愧疚万分，自觉辜负了陛下的厚望。可是臣相信，章延泽绝非苟且偷生之人！事发突然，又这般蹊跷，臣心中不安，一定要亲自去天雄查清真相。若是章延泽事出有因，臣一定想办法将他救回来；若他真是背叛了陛下，臣便大义灭亲，亲手将他处决。于公于私、于情于理，臣都责无旁贷。臣恳请陛下，请陛下恩准！”

“陛下不可！”胡之恒抬手一挥，继而也跪了下来，手执玉笏厉声言道，“陛下，兵者乃死生存亡之大事，无能力者绝不能统兵御将，否则会贻害无穷。然而为帅者除了要胆识过人、熟知兵法，更需要有一颗坚定、忠诚的心。太尉无法撇清他与漠凤的关系，他的立场诡异莫测，他对陛下的忠心令人担忧。太尉无法自证清白，又何以统领重兵？陛下若是将天雄的兵权交给这样不清不楚的人，必定会大祸临头啊！”

“胡之恒，你休要危言耸听！”夏耒实在受不过气，抬头嚷道。

胡之恒转头挑衅似的扬起眉毛：“夏耒将军，我知道你与太尉大人共事多年，十分信赖他的为人。可是太傅与漠凤的关系乃是千真万确，然而太尉却隐瞒真相，一直对外声称太傅是他的亲弟。这件事无论怎么想，太尉大人都难以自圆其说！或许是我猜测得不对，冤枉了太尉大人。可若太尉大人心有异念，一旦陛下将兵权赐予他，他到底是领兵拒敌，还是纵敌东入，你敢保证吗？”

“我……”

“你若不能保证，岂不就是要拿陛下的性命、拿我大殷的社稷安危去冒险？你居心何在？依我来说，太尉不仅不能统帅天雄军，更应该引咎辞去一切官职，以待陛下彻查。”

胡之恒不依不饶，连声质问。胡之恒说完，六部其他官员不禁交头接耳，窃窃私语，片刻过后竟齐齐跪下，伏地大拜：“胡大人所言有理，臣等请陛下三思！”

夏耒憋得满脸红紫，直起身来向赵弘瑀拱手一拳，言语真切：“陛下，太尉大人他向来都以国事为先……”

“好了，都别说了。”赵弘瑀心力交瘁，脸色很是难看，“章延泽曾在朕的身边做过几年虎贲将军，朕对他的为人也很是了解。若说他投敌叛变，朕也是难以相信。镇西将军乃是我大殷朝镇守一方的大将，忽然间就莫名其妙被俘虏，说出去岂不让天下人耻笑？这件事朕必须得彻查清楚！至于继任人选，朕再好好想一想，之后再做定夺。”

“陛下！”

洛清篱还想再争辩，却见赵弘瑀抬手果断喝道：“退朝。”

赵弘瑀起身沿级而下，脚下的步子却阵阵发虚。立朝至今，虽然小打小闹不断，却从未真正体味过生死一线的惊心动魄。然而目下却真真正正就是一局定生死，毫无侥幸可趁。

洛清篱自然看出赵弘瑀脸色的苍白，也能大致猜到他现在的心情。虽然君主心中烦闷，可他作为臣子却不能不劝。时不我待，多拖一刻便会生出更多的变数。他顾不上与胡之恒计较，只匆匆交代了夏耒几句，便一路急奔朝中孚宫跑去。岂料胡之恒亦是不肯死心，与他一前一后来到了中孚宫外候旨。

等了片刻，里面的小公公却出来下了逐客令："二位大人请先回去吧，陛下不在宫中。"

"军情紧急，还望公公代为通传。"洛清篱不肯放弃，再次拜托。

"关系到社稷存亡，还请公公再传一次。"胡之恒亦是不依不饶。

小公公面露难色，为难地解释道："陛下真的不在宫中，奴才不敢误了军国大事。"

洛清篱心中焦急，顾不上再与他纠缠，推开他作势就要往里闯。正在推搡之间，忽然见欢招一路小跑着过来，气喘吁吁地将洛清篱拉住，顾不得喘息："太尉，您聪明一世怎么这会儿也糊涂了？擅闯宫禁那是多大的罪名啊！"

"欢招公公，事态紧急，我这也是没有办法，还请公公通融。"洛清篱反手拉住他，言辞恳切地向他请求。

"如今大难将至，陛下绝不能再被奸人蒙蔽，我也要立刻见到陛下，请公公通传。"胡之恒一步上前来，二人一左一右，将欢招夹在正中间。

"唉。"欢招左右看了几眼，一边是眉宇间尽皆忧虑的洛清篱，一边是愤愤不平的胡之恒，忍不住重重叹了口气，"朝政大事奴才不敢置喙。陛下方才交代过了，谁也不见。他让二位大人放心，日落之前一定会做出决定来的。请二位大人各自回去等候圣旨吧。"

"公公，陛下到底人在何处？"胡之恒不死心地问道，"陛下不见人影，群臣心里便没了主心骨……"

"胡大人，您这话可就不对了。"欢招沉下脸来，"陛下虽然不在中孚宫内，可也绝非消极避事。陛下已经下了口谕，让您回大理寺待命，难道您还要抗旨不成？"

"微臣不敢。"胡之恒被堵了回来，只好阴沉着脸躬身赔礼，"陛下既是已有成算，臣这便回去待命。"

第二十三章

砥柱中流　君心难测

赵弘瑀下了朝，心急火燎地往琼琚殿的方向奔了过去。快到门口时，他忽然想到大臣们肯定会不依不饶地追到中孚宫去。自己若是此时不见人影，难免会让群臣更加忐忑不安。于是他便转身对欢招嘱咐了几句，然后才敛起神思往里走去。

洛清影对方才发生的一切毫不知情。赵弘瑀远远走过来时，他只觉得他的脚下的步子飘忽不定，乱了章法。

“怎么了？”洛清影迎上前去，果不其然见他脸色铁青，眼中布满了红色的血丝，如同徘徊在爆发边缘的猛兽。

赵弘瑀看着他，平整了一下呼吸，眉心微微抽搐：“章延泽被俘，降了李崇贵。”

“什么！”洛清影完全不敢相信自己的耳朵，乍惊之下，声音忍不住有些颤抖，“消息确实吗？”

赵弘瑀闭着眼睛十分不情愿地点了点头，咬牙切齿：“八百里加急的军报直接呈到我面前，哪里还能有假？章延泽被俘，天雄群龙无首，如同一盘散沙，根本无法抵挡住西卫彪悍的铁骑。天雄关已失守，天雄军已经退守至崇固城，西北门户大开。方才在朝堂上，我已经焦头烂额，可那些大臣们不但不能替我分忧，反而针锋相对，唇枪舌剑，吵得不可开交。”

“他们吵什么？”洛清影皱眉问道。

赵弘瑀无奈地叹息一声，忧心忡忡地望着他：“天雄情势危机，兵不可一日无将。清篱主动请缨，要亲自去督阵，收复失地。可是胡之恒他们却极力反对，说你兄长本就无法洗清与漠凤之间的关系，而且……而且他们得知了苏祓的事情，一口咬定章延泽是受了苏祓的挑唆才背叛大殷的。因为你的事情，清篱早就已经百口莫辩。如今章延泽又与他关系密切，这么一来，朝臣们对他更是满心怀疑，怎么也不愿意将天雄重兵交到他的手上。更有甚者，坚持要他将一切兵权都交出来，引咎卸任。幸好殿前司的那帮将领们一直信任并敬重他，拼死护着他，为他说尽了好话。我被他们吵得心烦意乱，根本无法清醒地做出决定，便直接散了朝过来找你了。”

洛清影听完，基本知晓了方才殿上发生的一切。“虽然你知道我父陆骞乃是含冤屈死，可其他的大臣们却不知道。那件案子牵连甚广，又是先帝亲自定了性。没有确凿的证据，若是贸然提出质疑，便是对先帝的大不敬。此事一提，必会掀起轩然大波，外患未定，人人自危，大殷再也经不起这样的折腾了。他们既然不明真相，理所当然就会对兄长的立场产生疑问。他们质疑兄长，实际上也是为了大殷的安危着想。虽说大敌当前，首要任务应是迎战。可如今兄长深陷谣言之中，若是要他领军，只怕不能服众。”

赵弘瑀想要点头认同，却又犹豫了一下，摆手言道：“洛清篱方才在殿上请缨时说了一件事，他认为章延泽投敌之事甚是蹊跷，必须要查清。他所言之事却正是我的隐忧。”

“你是说……”洛清影看着他的眼睛，明亮的眼瞳中仿佛升起一层迷雾，“这件事背后有不可告人的秘密？所以你想让兄长亲自去查明真相？”

赵弘瑀点点头：“先是你的身世忽然被揭穿，紧接着就是章延泽莫名其妙降了敌，这也太巧合了吧？虽说揭穿你的身世是贵妃有意为之，想借此打压元澍的力量，可不知为什么，章延泽事发之后，我却觉得这件事没这么简单。它们就像是被事先安排好了一般，在必要的时刻便会爆发出来。”

“你是说……贵妃也是被人利用？”洛清影闻言，心中忽然揪成一团乱麻。

“螳螂捕蝉黄雀在后。若真是这样，那……”赵弘瑀摸着下巴，低头略一沉吟，“一定有人与李崇勋暗中勾连，蓄意生事。他的目标不仅仅是你和洛清篱，更是想借机让我大殷爆发大乱、内外交困、亡国灭种。”

“会不会与南祇细作是同一人？”洛清影一惊，“毕竟虞恪和李崇勋本就是盟友，他们需要互通有无。”

“很有可能。”赵弘瑀深深吸了口气，目光忽而变得异常警惕，“这个细作潜伏之深，真是令我心惊胆战。可是仔细想来，我心中隐隐约约有了些眉目……”

“你有怀疑之人？”洛清影紧追问道。

“嗯……”赵弘瑀迟疑地点头，又摇了摇头，“说不上来。有些事情看不透彻，我便无法确认。”

“章延泽身在边塞，我们无法细查，若真是同一个人在幕后操纵一切，或许可以从贵妃着手。你可以问问她，是不是有人替她出谋划策。但无论如何，若无确凿证据绝不可轻举妄动。单凭怀疑行事，便会打草惊蛇。一旦抓错了人、走漏了风声，就再也抓不住他了。”洛清影慎重地提醒他。

“这个我知道。贵妃那边我会亲自去审问，掘地三尺我也要将这个细作挖出来！”赵弘璃心领神会，继而又沉默片刻，似是下定了决心，“如今看来，我能相信的人就只有洛清篱了，只有把天雄交给他，我才能安心。”

“可是朝中那些议论你打算如何处置？”洛清影虽然明白他心中的苦处，却又不得不继续提醒他眼下的尴尬情势，“我的事情你已经是硬生生压了下去，若这件事你还如此强硬，我怕你会失了臣心。”

赵弘璃若有所思地看着他，脑中却在仔细盘算着自己下一步的计划：“压是肯定要压的，为今之计只能力排众议。”

“我方才说过，他们质疑兄长，便是要你疑人不用，说到底也是为了大殷的社稷着想。面对他们的这一腔赤诚之心，你总要做些安抚，有个交代。”洛清影似乎并不赞同他的说法。

“事态紧急，我没有办法再与群臣费口舌之力。多耽搁一天，便会多一分变数。”赵弘璃十分着急，一时间却又毫无头绪。

洛清影见他这般焦灼，压低了声音安慰道：“我倒有个主意，可以帮你减少朝中的异议。”

赵弘璃闻言如获至宝，一把将他拉住：“快说！”

“当年父亲以我为质才换来了漠凤的退兵。或许如今我们也可一试。郡主有孕，年后便会临盆。对外你便说是将郡主和孩子扣押在京中，好约束着兄长。如此一来，你手中有了筹码，大臣们也好安心一些。”

赵弘璃闻言，长长地舒了一口气，连声大笑：“我就说嘛，最危急的时候只要有你在，一切都能迎刃而解！”

“这只不过是权宜之计，堵得住一时的嘴而已。”洛清影的面上依旧沉静，“只能盼着兄长速战速决，早日回朝。否则，若是再生变数，我也回天无力了。”

“你放心。”赵弘璃收回喜悦之情，反过来安慰他，“清篱在禁军中声威颇高，将军们都对他信赖有加，尊如父兄。虽然朝臣们有些疑问，可将军们却依旧对他十分敬重。我会多派出一些禁军将领跟着他，只要主帅与将士们能够凝心聚力、同心协力，这仗就一定能胜！”

“但愿吧……”

赵弘瑀瞬间振奋起来，他信心十足地拍着胸脯：“临行之前，我会再私下好好叮嘱这些将军们，你放心好了。”

“好。”洛清影的语气颇为无奈。

赵弘瑀看着他，忽然忍不住自嘲地笑了起来：“当初我还曾一度猜疑过清篱，若不是你婉转相劝，我就真的要自取其祸了。因果往复，终有报应，悬崖勒马，看来我还没错得太过离谱。”

赵弘瑀这番话发自肺腑，说得坦然，洛清影不免有些动容，却一时又不知道该说些什么。见他为难的模样，赵弘瑀又爽快地笑着逗他：“有则改之无则加勉，知错便改，这是我最大的长处。”

洛清影听他半是自嘲半是自夸，不由得摇头叹道：“还是这么没正经。”说完，他又微微沉下了神色，长吁一声：“当年我们历经九死一生，从腥风血雨里活了下来。不知今日我们是否还能安然渡过难关。”

赵弘瑀收起笑意，郑重地一字一句道：“不用担心，天塌下来，我们便一起撑！”

既然有了定策，赵弘瑀立即马不停蹄回了中孚宫去，传来中书舍人，直接拟定圣旨便发了出去。

岂料退朝之后一帮朝臣都没走，纷纷聚在天波门外焦急地等着宫中的消息。文臣们义愤难平，交头接耳议论着今日堂上发生的事情，丝毫不避讳洛清篱本人也在一旁。

夏耒他们听不过去，握着拳头作势又要上去理论，却被洛清篱一把按住。“大人，您就任由他们这帮酸腐儒生肆无忌惮地诋毁您的名声吗？”夏耒怒目圆睁，满脸通红，额角的青筋突突炸起。

“名声？”对面站着的右治狱鲍申讥讽着笑了几声，“太尉大人若真是爱惜名声，就不该窝藏叛臣、引狼入室！”

“你说谁是叛臣？”夏耒使劲跳着挣脱出来，一手戳在鲍申的鼻梁骨上，“太傅大人尽心尽力教授太子殿下，为国事殚精竭虑，你凭什么说他是叛臣？你这是血口喷人！”

“他是陆骞的儿子，这一条就足够了！”鲍申竟然也不畏惧，伸长了脖子高声喊道。

“陆骞的儿子又怎么了？就算陆骞罪大恶极，可他是他，太傅是太傅。老子犯了罪，不代表儿子也是坏人。”夏耒气急败坏地针锋相对。

鲍申意欲反唇相讥，却被胡之恒拦了下来。胡之恒淡淡地看着夏耒，眼中竟有一丝不屑之意：“可当初先帝下了旨，陆骞犯的是株连九族的大罪，太傅本就不该活到现在！这是欺君之罪！夏将军，你不要以为只有你们武将在战场上厮杀才是尽忠。我们这些儒生虽不能饮马勒缰，却也都是陛下的臣子，说什么、做什么都要对陛下负责，为陛下考虑！就算太尉大人有苦衷，有隐情，可他一日说不明白，就一日不能令人信服。打仗御敌，讲究上下勠力同心，你让我们怎么能放心将大殷的安危托付给这样不清不楚之人？”

“你！”

夏耒还要再说，只听洛清篱重重呵斥一声：“住口！”

夏耒心中不甘，被洛清篱一把拉回身后：“连你也不听我的话了吗？”

夏耒憋得面红耳赤：“大人，你就任由他们污蔑吗？你咽得下这口气，我禁军的将士可咽不下这口气！”

话音刚落，却听胡之恒冷笑一声：“夏将军你可莫要忘了身份！你们是陛下的将军，只能唯陛下马首是瞻。禁军是陛下的禁军，是大殷的禁军，可不是为太尉一人出头所用的！”

胡之恒轻描淡写一句话，让夏耒心里咯噔落了半空。他这才意识到，这些人本就是冲着洛清篱而来，不将他扳倒誓不罢休。与这样的人说理，简直就是对牛弹琴，只会多说多错，授人以柄。

见夏耒面上一阵红一阵白，洛清篱拍了拍他的肩膀示意他静下心来。洛清篱虽是盯着他的眼睛，却更是说与其他人听：“清者自清，浊者自浊。我是什么样的人，陛下最清楚。胡大人说得对，我们都是陛下的臣子，暂且等着陛下的旨意吧。”

夏耒看懂了他眼中的凝重，也领悟到他的意思，饶是再愤愤不平，也只好垂首退去一边。

天波门外暂时恢复了平静，一众人在宫门处翘首而盼。不多时，只听一阵脚步声匆匆传来，原来是欢招手持圣旨出了门来。

左右两边的大臣见状纷纷跪下。只听欢招利落地将圣旨展开来，拉长了声音高声念道：“皇帝诏曰：令殿前司都指挥使洛清篱为镇西将军，夏耒、郭源、张俭、安歌为副将，即日起接管天雄一切军政事务。”这一记高亢的回声在幽深的宫门内久久徘徊不去，所有跪着的人似乎都傻了眼，人群中出奇的安静。

欢招轻轻咳了一声，上前一步走到洛清篱身前，俯下身提醒他："太尉大人快快领旨吧。天雄军情紧急，陛下说了，还得请您即刻启程，不能有丝毫耽误。陛下还说了，殿前司的事务他会亲自过问，您就不必担心了。"

洛清篱闭着眼睛深深吸了一口气，又长长舒了出来，悬在半空的心终于落了下来。他双手抬起，高高举过头顶，浑厚的嗓音里隐约藏着一丝颤抖："臣洛清篱领旨。"

"臣领旨！"跪在身后的夏耒、郭源和张俭亦是伏地叩拜领旨。

夏耒抑制不住心中的振奋，拱手向洛清篱请示道："大人，安歌尚在驿馆负责警戒，末将这就去唤他回来。"

"好。"洛清篱点点头，示意他快去快回。

夏耒刚起身要走，却见胡之恒忽然挺身站了起来，拉着欢招的衣袖惊愕质问："公公，陛下怎么会做出这样的决定？"

"唉唉唉，胡大人别着急。"欢招不动声色地将他的手拉了开去，然后转身扶起洛清篱，郑重说道，"太尉大人，陛下还有句话要奴才转告您。"

"请公公示下。"

欢招瞄了胡之恒一眼，暗暗提了嗓门，将每一个字清楚地送入所有人的耳中："陛下说了，太傅一案尚未查清，可陛下愿意再相信太尉一次。但为了使群臣安心，稳定民心，陛下决定将洛氏一族全部扣留在京中，尤其是郡主和她腹中之子。太尉此去只管放手杀敌，一旦凯旋，陛下定会亲自去将您的族人释放。"

洛清篱愣了片刻，随即便明白过来："臣谢陛下信任，臣一定不会辜负陛下的期许！"

胡之恒目光一闪，立刻察觉到事态不对，连忙向欢招求道："公公，陛下现在是否在宫中？我想……"

欢招退了两步，又恢复了一贯的谦卑状："胡大人，陛下头痛难忍，现在无法见任何人。"

"可是……"

欢招又笑了笑，看着眼前黑压压的人群，大声说道："陛下自登基以来，求贤若渴、任人唯贤，大力拔擢天下的贤才。陛下常说，能得到各位大人的鼎力辅佐，是他的幸运。在场的大人们都是一等一的贤士，可若无陛下慧眼识英才，纵使才冠天下亦会淹没于世间，庸碌一生，无法施展平生的抱负。各位大人请想一想，咱们陛下对忠奸、贤愚向来都是明察秋毫，若无他慧眼如炬，又何来朝堂上的济济人才？"一语说罢，群臣不禁窃窃私语，言语间尽是对赵弘瑀的感恩之情。

欢招见方才激愤的状况缓和了许多，大臣们的态度也渐渐柔和下来，便又趁势继续说道："在陛下眼中，他对群臣一视同仁。他可以明辨各位大人的才德，亦能衡量出太尉的忠心。太尉在朝多年，陛下相信太尉的为臣之心，相信他对我大殷的拳拳赤诚之意。如同信赖各位大人一般，陛下也信赖太尉。将天雄军务交给太尉，并非是陛下一时脑热糊涂做下的决定，而是他深思熟虑之后才有的对策。当然，陛下也知道各位大人心中顾虑，也能体察各位大人为国分忧的忠心和苦心，所以陛下权衡再三，决定将太尉的家眷作为人质，把他们扣押在京中，严密监视起来。如此一来，各位大人心里也能踏实了。"

欢招这一番话动之以情，晓之以理，说完之后，竟有些上了年纪的大臣掩面抽噎起来："陛下如此圣明贤德，臣等定当为陛下、为大殷鞠躬尽瘁死而后已！"欢招微微笑着，满意地看着眼前的人又跪作一团，山呼万岁、叩首谢恩，心里默默松了口气。

胡之恒没想到这帮大臣竟如此无脑，被一个太监三言两语便糊弄过去，不禁有些恼火，忍不住又上前说道："公公……"

岂料欢招忽然沉下脸来，皱着眉头瞪着他："陛下圣明，用人不疑、疑人不用。胡大人，陛下说了，他始终相信太尉大人的为人。只不过他不愿让其他的大臣们过于担忧，才勉为其难委屈太尉的家眷，让他们做了人质，以安人心。陛下已经仔细权衡斟酌过，在他能允许的范围内做了让步，你还想要怎样？"

"洛清篱太过狡猾，多年来一直深藏不露，臣是害怕陛下被小人蒙骗了。"胡之恒心急之下，慌不择言，脱口而出。

欢招摇了摇头，低声问道："换作是你，若是陛下将您的妻儿老小全都关押起来，您还敢肆意妄为吗？"胡之恒闻言，脸上猛然变了色，霎时间惨白无血色。

欢招不去管他，转头又说道："太尉大人，军情紧急，还请您速速启程。列位大人，若无他事，便各自散去吧。"

圣旨下得匆忙，战局又瞬息万变。洛清篱无法再做耽搁，甚至连回府与齐乐瑶道别的时间都没有。夏耒不忍，催着他见缝插针回去一趟交代清楚，毕竟齐乐瑶正在孕中，受不得任何刺激。可洛清篱一心担心战事，完全分不出身来，恨不能胁下生出双翼，立刻就飞去天雄。

正在二人僵持不下时，一个小公公忽然急匆匆来到殿前司，说是来传陛下口谕。洛清篱赶紧接旨，才知道赵弘瑀令自己出发前务必要回府安抚好郡主，以免她担心。

洛清篱心生感动，没想到赵弘瑀竟心细到这个份上，便立刻接了旨，在夏末的催促之下匆忙往太尉府奔去。

方一进门，就见齐乐瑶挺着笨重的身形蹒跚迎了上来。“郡主小心！”洛清篱心里一慌，几步上前将她搀住。

“你若再不回来，我正要去殿前司寻你！”齐乐瑶一脸惊慌，紧紧拽住他的手臂，“他们说你要领兵去对抗西卫，是真的吗？”

“是。”洛清篱见她如受惊的兔子一般，柔声宽慰道，“你不用担心，我去去就回。”

“怎么可能不担心？”齐乐瑶一改往日温顺的模样，猛地甩开他的手，又急又怒，“你不是答应过我这一次绝不会再出京城，待在府中陪我一起等着孩子出生？你怎么能出尔反尔？”

见齐乐瑶气愤难平，洛清篱既担心她，又担心她腹中的孩子，便伸手将她揽在怀里，一边轻轻抚着她的后心，一边温情款款地哄着：“好了好了，别动气。是我不对，等我回来你怎么罚我都行。”齐乐瑶靠在他肩头，听他这么温柔地劝着自己，刚要开口眼泪就落了下来。

“好了，不哭了。”洛清篱抬手替她抹去眼泪，搀着她缓步往揽月阁走去，“外面天寒地冻的，我们回屋里说话。”齐乐瑶一路无话，只紧紧拽住洛清篱的手，心似刀绞一般。

待进了屋中，洛清篱双手将她拉至身前，低头默默望着她，虽未开口，眼中却有千言万语。齐乐瑶秀眉紧蹙，眼眶通红，愤愤说道：“我这就去找陛下，让他收回成命！我不许他这么做！”

或许是因为有孕在身，齐乐瑶变得比往日敏感许多，任何小事似乎都能戳中她的心，更何况是出征这样生死攸关的大事。再加上之前洛清影出了事，一时间各种有关洛氏的负面谣言甚嚣尘上。她不能再承受任何打击，下定了决心绝不让洛清篱再离开自己的视线。

“是我自己向陛下请的命，你不要责怪陛下。”洛清篱毫不介意齐乐瑶任何的胡搅蛮缠，他轻抚着她的肩头，言语间却多了许多伤痛之情，“郡主，我并非有意违背誓言。清影和延泽相继出事，这一切都让我忐忑不安。如今延泽莫名其妙降了敌，天雄失去了统帅，只有我去才能重整旗鼓，将西卫的人马赶出去。大殷有难，身为太尉，我责无旁贷，必须要为陛下奋力沙场、驱逐敌寇。你是我的妻子，也是大殷的郡主，我相信你会支持我的，对不对？”

齐乐瑶心急如焚，明知洛清篱说得在理，可心中又放不下，左右为难，不知如何是好：“这些道理我都明白，可是……大殷朝有那么多将军，为什么非要你去呢？”

洛清篱轻轻抚着她的脸颊，柔声劝道：“国难当前，每个将领都必须为国尽忠。他们各安其职，各处其事，我也一样。其他将领都冲锋陷阵、不惜马革裹尸，我若藏匿于安逸的家中，岂是大丈夫所为？何况……”说到这里，洛清篱的脸色明显沉了下去：“无论如何我都不相信延泽会叛变投敌，所以我必须亲自去天雄将这件事查清楚。”

齐乐瑶仰头看着眼前的人。这是她的夫君，是她孩子的父亲，是大殷朝的第一武将，更是她心中的英雄。英雄不该耽于风花雪月。

“夫君，这些日子以来，家中发生了这么多的变故。我知道你心中烦闷，也知道是我管教无方，才让芸儿犯下大错，害了清影，所以我一直不敢问你。”齐乐瑶似乎冷静了些，她又拉住洛清篱温暖的手，放在自己心上，“今日你可否直言相告？我是你的妻子，也是洛氏的族人，有必要知道事情的真相。”

“你想问什么？我都告诉你。”洛清篱点着头，欣慰地望着她。

“清影真的是陆骞的儿子？陆骞是被冤枉的吗？你与父亲当年真的是违抗了圣旨，偷偷将清影救了下来？”齐乐瑶一口气将心中的疑惑悉数问出口来。这段时日她一直想问清楚实情，可每每见到洛清篱忧心忡忡、夙夜难寐的样子，心中的内疚之情便越发深刻，这些话就越难以启齿。

洛清篱微微笑了笑，又轻轻颔首：“是，清影是陆骞的儿子，陆骞大人蒙冤而死，我与父亲不忍断了他的血脉，便偷偷救下了他。”

洛清篱说完，齐乐瑶迟迟没有开口。她似乎在想些什么，墨色的眸子里流光闪烁。“怎么了？你不信？”洛清篱见她不作声，低头问道。

齐乐瑶一愣，继而咬着唇使劲摇了摇头：“我信。”

洛清篱默默舒了口气：“清影一出生父母便横遭不测，他本是忠义之后，无奈却无法自证清白，而且还要承受世人冷眼。我只恨自己没能保护好他，辜负了陆骞大人。”

齐乐瑶伸手捂住他的嘴，满面愧疚地看着他：“不，夫君秉正道，行仁义，在我心中是经天纬地的英雄。千错万错都是我的错，若不是我私心太重，执意要将芸儿嫁给清影，也不会生出这样的祸事来。”

“你也是为了清影着想，怕他无人照拂，才会有这样的心思。不能怪你。”洛清篱温柔地抚着她的肩头，轻声宽慰。

“可我怕清影会记恨我……”

“他不会的。”洛清篱肯定地摇了摇头，“他是什么样的人，你还不清楚？”

“可是……”

见齐乐瑶依旧难以纾解，洛清篱便极尽温柔地将她拥在胸前，款款低语：“我这一去什么都不担心，只担心你。你一人在府中，切莫胡思乱想。你只记得，你是我洛清篱的妻子。只要有你在，不论我身处何地，是何境遇，心中便似有一盏明灯。凭着这盏明灯，任凭山高水远我也会平安归来。”

洛清篱的话似有魔力一般，将齐乐瑶满腹的愁思柔柔地化了开去。她伏在他的胸前，呼吸间尽是他身上熟悉的味道。那铿锵有力的心跳传了过来，令她忽然觉得无比踏实。正如成婚那晚，她第一次靠在他的怀中，感受那沉稳的心跳，听着他口中说的质朴的承诺。

“郡主，从今以后我们不谈恩义，只说一个情字。”这句话历久弥新，此时此刻竟久久盘旋在齐乐瑶的脑中，令她不觉又湿了眼眶。

齐乐瑶总归是大义的女子。洛清篱出征在即，自己如此哭哭啼啼他定会放心不下。沉静片刻，她悄悄擦去眼泪，抬起头来看着洛清篱坚毅的下颚，努力扬着声调，带着一丝撒娇的意味：“何止一盏明灯？夫君，除了我，孩子也会日夜盼望你安然归来的。”

“对，对。”洛清篱笑着拥住她，“郡主说得是，该是两盏明灯才对。”

见他笑了，齐乐瑶又故作埋怨似的捶着他的胸口：“说好了要早早替孩子取好名字，你却一直拖到现在迟迟没有主意……”

“是我不对，郡主勿怪。”洛清篱闻言，笑得更加开怀，“待我回来，一定想一个最好的名字！”

“嗯！你可要说话算话，这次绝不可再食言了！”齐乐瑶点点头，将脸深深埋进他颈间，把瞬间滴落的泪珠轻轻掩了去。

“好！我答应你！”洛清篱知道她愁绪难忍，便静静拥着她站了片刻，然后下了狠心开口道，“郡主，时候不早，将士们还在等着我。”

齐乐瑶的肩头起伏几下，她缓缓起身，泪眼婆娑地望着他，嘴角处扬起僵硬的弧度，哽咽言道：“去吧！我和孩子会在府中等你回来。”

天色昏沉，西北方泛着亮光，炸开一天的阴霾。似乎又要下雪了。赵弘瑀默不作声立在廊芜下，抬头望着那浓密的阴云，一动不动，如雕像一般。只有不停摆弄着腰间玉佩的手指无意间透露出他心间的焦灼。

一阵窸窣的脚步声传来，他猛地回头看去，正是欢招一路小跑着回了来。“陛下！陛下！”欢招人还未至，声音已经一声高过一声地飘至耳边。

“怎么样？”赵弘瑀迎上几步，面上是掩不住的焦急。

欢招从寒风中一路跑来，脸颊被吹得通红。他抑制不住心中的得意和欢喜，连声说道：“陛下圣明！陛下圣明！奴才按照陛下交代的话说了一遍，宫门外所有的大人都被感动得痛哭流涕，欢欢喜喜地接了旨，各自回去了。”

“甚好！甚好！”赵弘瑀紧握着玉佩的手不由得松开来，猛地舒了一口气，紧接着又问道，“洛清篱呢？”

欢招抚着胸口喘了几口粗气：“太尉一接到圣旨，马不停蹄就回了殿前司去，准备即刻启程。太尉果然一刻也不愿耽搁，恐怕是没有心思回府去见郡主的。奴才已经安排了传信的人，让他一定赶在太尉出发之前叮嘱他回家一趟，也好让郡主安心。”

“嗯，那就好。”赵弘瑀满意地点点头，“郡主的性子朕是知道的，若是洛清篱就这么不辞而别，她一定会来宫中兴师问罪。有些话，别人怎么说都不行，只有从洛清篱自己的口中说出来，她才听得进去。她有孕在身，朕还是不招惹她的好。”

“陛下想得周到，陛下这么做也是为了让太尉能夫妻一聚。他将一切交代好，便能安心替陛下征战沙场了。”一想到方才在群臣面前威风八面的模样，欢招忍不住心中偷乐，可转念一想，又担忧地提醒道，“陛下，方才奴才去宣读圣旨时，别的大臣都被陛下的圣明感动，只有胡大人……他似乎颇有微词。”

“是吗？”赵弘瑀似乎并不在意，只是轻轻搓了搓有些冻僵的手，一边哈着热气一边说道，“他一直不喜欢洛清篱，也是意料之中。走吧，趁着天色尚早，你陪朕去趟延福宫。”

欢招一愣，不知道赵弘瑀怎么会突然想到要去那里，便小心翼翼地问道：“陛下要去见贵妃？”

“嗯。”赵弘瑀说着，抬脚就要走，“朕有些事要问问她。”

此时已入冬月，虽然还未降雪，可燕安已是湿冷难耐。延福殿铜炉中却没有一丝火星，整个大殿中寒风穿堂，冰冷刺骨，竟然比外面更加难挨。赵弘瑀一脚踏进殿来，冻得打了几个哆嗦，再定眼一看，空荡荡的殿中毫无人气。

“陛下，这……”欢招站在门口，伸着脑袋往里看了几眼，依旧没有见到人影。

“你在外面守着。”赵弘瑀摆摆手示意他出去，然后大步往寝殿的方向走了过去。

平日里热闹的延福宫似乎变成了冰窟，从里到外都透着阴森之意。赵弘瑀已经尽力放轻了脚步，可每放下一步都会激起一阵回声，在冰凉的空气中一圈一圈震荡开去。挑开珠帘，赵弘瑀不禁吸了一口冷气。淑贵妃背对着他坐在窗下，一只玉臂裸露在外，迎着窗外的寒风，不知拨弄着什么。

赵弘瑀几步上前去，将她伸出窗外的手拉了回来，压低了声音喝道：“这天寒地冻的，你是不要命了吗？”

低头握住她的手，手心触及之处竟似寒冰一般，赵弘瑀定睛一看，原本凝脂红润的玉臂被冻得青紫斑驳。他心里一酸，抬眼看去，只见她蓬头垢面，素面苍白，巧笑盼兮的美目亦是空洞茫然。

“你这又是何苦？”赵弘瑀叹息着替她掩上衣袖，“绿如虽然下了狱，可朕给你拨了两个侍婢过来，你怎么不用呢？”

淑贵妃怔怔地盯着他看了半晌，待反应过来，两行清泪汹涌而出，一时间泣不成声。赵弘瑀亦是尴尬，想要安慰又不知如何开口。他心中恨意虽然淡去，却固执着迟迟未消。

“臣妾犯下大错，已经无颜再见陛下。”淑贵妃伏在地上，将头深深埋进双臂间，“请陛下速速离去吧。”

赵弘瑀本以为她会痛哭吵闹，申辩自己无罪清白，没想到却是这种场景。他有些心疼，可依旧狠下心冷着脸说道：“你也知道自己犯下大错，朕命你闭门思过，你却如此自苛自残，你这是存心与朕置气吗？”

“臣妾不敢。”淑贵妃依旧没有抬头，言语间尽是凄切之意，“陛下信任臣妾，臣妾却辜负了陛下。臣妾不配得到陛下的关心，这一切都是臣妾咎由自取。臣妾失去了元辅，又失去了陛下，臣妾生无可恋，只愿早早了却此生，来世再报答陛下的恩情。”

“了却此生？”赵弘瑀忽然拧紧了眉头，“妃嫔自戕乃是大罪，你还嫌自己的罪孽不够深，还要再罪加一等吗？”

“臣妾不敢……臣妾……”淑贵妃惊恐万分，蜷伏的身子瑟瑟发抖，萧瑟如风中的残叶一般。

一日夫妻百日恩，何况还是曾走进过自己心里的女子。赵弘瑀终是不忍，俯身将她扶起身来，眼见着她面上已是涕泪横流，饶是花容月貌也已黯淡。他抬手替她拭去眼泪，又轻轻抚平她鬓边的乱发，放缓了语气轻轻说道："朕今日来并非是兴师问罪的，你不必如此惊恐。朕来只是想问你一件事，当日你刻意监视太傅，除了太后授意之外，是否受人挑唆？前朝之中，是否有人主动示好，为你出谋划策？"淑贵妃不解地望着他，不知他是何意。

赵弘瑀顿默片刻，别过头去："朕的意思是，若你是受人挑唆，朕……会念在夫妻之情的份上从轻发落。"

淑贵妃立刻明白了他的意思，不禁自嘲地凄然笑了几声："说到底，陛下还是信不过臣妾。陛下以为臣妾会为了对付您而与前朝之臣结盟吗？臣妾认错，是因为臣妾明白自己当时不该将密信交给胡之恒，而应该直接面呈于陛下。臣妾不知太傅身世另有隐情，若是知道，便是死也不会将这封密信轻易送出去。臣妾之错，只在处事不够缜密，却绝非是有心要陷害太傅。"

"到现在为止你还不愿说实话吗？"赵弘瑀不可置信地看着她。在他的印象中，淑贵妃娴静如水，温柔聪慧，与眼前固执桀骜的女子判若两人。

"臣妾所言句句都是真话。"淑贵妃猛地又俯下身去，重重磕在地上，"臣妾从未想过害人。"

"是吗？"赵弘瑀苦涩地笑了笑，"花朝节邀请德宁公主入宫，借机发难，试图重伤太傅名声。一计不成，又将芸儿生拉硬拽嫁给太傅，让她替你监视太傅。你明面上是冲着太傅，实则是要对付元澍。你想除掉他，好立自己的儿子为太子，是也不是？"

"自己的儿子？"淑贵妃忽而厉声仰天大笑，脸色苍白如同鬼魅，"陛下，臣妾的儿子已经死了！臣妾没有儿子！就算除掉元澍，臣妾能立谁去？"

眼见着淑贵妃状似疯癫一般的哀号，赵弘瑀没有再继续逼她，而是垂下头去，言语间尽是哀凉："那日你问朕，我们以后还会不会再有孩子。朕告诉你，我们以后会儿孙满堂。朕并不是敷衍你，朕说的是心里话。可是，你所做的一切却令朕不寒而栗。"

淑贵妃听着他带着哭音的低诉，不禁呆住了。自己日夜期盼的东西，其实一直都在身边。只是自己的眼睛被私欲蒙住，心中再也容不下任何纯粹的情感，偏偏要把假的当作真的，固执地攥紧不放。

"陛下……"淑贵妃伸过手来，将赵弘瑀的手紧紧攥住，一声呼唤之后，又是泣不成声。

赵弘瑀反手握住她，紧紧盯着她的眼睛："朕最后再问你一次，一直以来是否有人教唆你？替你出谋划策？你将密信交给胡之恒，他是不是你的同谋？"

淑贵妃抬头望着他，沉默的双唇微微颤抖，过了片刻，终是狠狠摇了摇头："不是。"

赵弘瑀眼中那最后一丝期待终于隐了去，取而代之的是无尽的失落。他猛地站起身来，一把将淑贵妃甩向一边，冷冷说道："以后，你不会再有任何孩子了。是生是死，悉听尊便。"

衰败枯草，再无逢春之时。淑贵妃软软地瘫坐在地上，一动不动，直到眼里的泪珠再也流不出来。指尖深深掐进手心中，沁出殷红的血来。

赵弘瑀离去时的眼神如同烈焰一般灼痛她的心。原来他一直都愿意真心相待，可自己却将他辜负得彻彻底底。一切都是自己自作聪明、弄巧成拙而已。

淑贵妃明白，只要自己服软说出实情，赵弘瑀一定会顾念旧情，宽恕自己。可是她不能。纵然赵弘瑀再怎么怀疑自己，再怎么猜忌胡之恒，她都不能将他供出来。因为自己的亲生骨肉还在胡之恒的手里。这一辈子，或许她再也赢不回赵弘瑀的心了。可是作为母亲，她愿意以死来保护那个孩子的生命。

从延福宫出来之后，赵弘瑀失魂落魄。欢招见他面色难看，刚想上去劝说几句，就听他沙哑着嗓子说道："传朕的旨意，除去贵妃一切封敕，收回贵妃册印，就让她待在这延福宫中生死由命吧。"

"这……"欢招犹豫地回头偷偷向延福宫的方向瞄去，忽然背后一阵激灵，寒气逼人。他打了个哆嗦，缩紧了脑袋答道，"是，奴才这就去办。"

一连几日，天雄那边并没有传来什么重要的消息。赵弘瑀心里清楚，洛清篱一入天雄首先要做的便是整合军队，重振士气。没有消息就是好消息，一切必然是在按部就班地进行着。

然而神策军这边却骚动起来。因为章延泽的降敌，天雄暂时陷入混乱，虞恪趁着这个机会派出五万兵马夜袭了神策军的大营。好在曹晖早有准备，这次夜袭并没有让虞恪占到什么便宜，几乎斩杀了所有敌军，狠狠震慑了南祇的士气。南祇本就兵源不足，何况又出师不利损失了近五万军士，这次失败足以让国内停战的呼声又高了起来。

由于洛清篱的及时入主，天雄军很快便一扫主将被俘的阴霾，一鼓作气收复了天雄关，将李崇贵赶出大殷疆域。洛清篱本就精通兵法，又熟知天雄地势，他命夏未、安歌等人布下疑兵障碍，借助地势神出鬼没，以消灭李崇贵的有生力量为唯一目标，杀得李崇贵几乎溃不成军，五十万大军几乎成了摆设，进不得、退不得，只能在天雄关外与洛清篱僵持着。

军报传来，赵弘瑀龙心大悦，连日来的沉闷阴郁之气一扫而尽。“洛清篱请命那日说他绝不辜负朕的重托，清篱威武，不曾食言啊！”赵弘瑀将军报交给欢招，示意他拿下去给众臣传阅。

“陛下圣明啊！”朝臣们皆是连连称赞，“陛下明辨忠奸，慧眼识才，太尉大人足智多谋，骁勇善战。有陛下和太尉在，我大殷定能化险为夷。”

连日来，赵弘瑀难得的心情好。他早早地遣散众臣，却唯独留下了胡之恒。“方才在朝上，众爱卿听说洛清篱连战连捷，个个都是喜笑颜开，为何只有你眉头紧锁，一言不发啊？”

胡之恒俯身拱手答道：“回陛下，太尉大人打了胜仗，臣自然是高兴的。”

“高兴？”赵弘瑀别有深意地望着他，“朕瞧你这脸色可不像是高兴的。当日你力阻洛清篱领军，是怀疑他暗通西卫。可如今看来，他洛清篱斩杀李崇贵的兵将却没有丝毫手软。难道你还不能信他吗？”

胡之恒闻言，忽然跪下身去，叩了一首才开口说道：“陛下，不管太尉打了多少胜仗，在臣的眼中，只要他一日洗不清隐匿叛臣、私通漠凤的罪名，他便一日不值得信任。臣知道，陛下为了大局着想，不愿彻查此案。漠竹本人就在燕安，陛下若是想查，只要严刑审讯漠竹，便能拿到证据，可陛下却不允许任何人提审他。太傅身世确凿，既是漠凤血亲，又是叛臣之子，面对如山铁证，陛下却执意不闻不问，只将人禁在宫中。臣多次劝谏，您充耳不闻，一心包庇心思险恶之人。陛下，您这么做就是在纵容他们啊！”

“放肆！”赵弘瑀怒不可遏，重重一掌拍了下去，站起身来指着他厉声喝道，“太傅之事实有隐情。外敌当前，朕不能再节外生枝，只好暂缓处治，何来包庇一说？若是能击败李崇贵，洛清篱便立下不世之功，可你却三番两次故意针对他、诋毁他，你到底存了什么心思？”

胡之恒被这突如其来的呵斥吓了一跳。他张了张嘴，又痛心疾首地俯下身去：“陛下，臣不怕被陛下责骂，臣今天就是一死，也要将憋在心里的话说出来。臣身为大殷的朝臣，食的是陛下的俸禄，一心只为陛下着想。臣请陛下想一想，先不论太尉清白与否，陛下将节制禁军与天雄军的权力悉数交付与他，一旦他打下胜仗，那便是名震天下、威冠朝野！陛下那日也见到了，禁军那帮将士是如何为了他在朝会上撒泼闹事。禁军俨然已经不是陛下的禁军，而是他洛清篱的私军了！现在已是如此，若是等他凯旋之日，又该是怎样嚣张的场景？到那时，陛下再想收回他的兵权，那便难如登天了啊！"

"如此内忧外患之时，你竟然还只想着这些事情！"赵弘瑀不可思议地看着他，嘴上这样说着，心里却似是被人忽然扎了一下。

"陛下，不论何时，只要事关陛下的权威，那便是头等大事！"胡之恒毫无退缩之意，继续说道，"如今外寇来袭，陛下难免因为御敌之事而忽略其他。可陛下要知道，战为权、和为经，这仗打到现在，态势已经越加明显，我大殷与西卫、南祇互相牵制，谁也灭不了谁。太尉权势日盛，甚至威压人主，若等到战事结束之后再去考虑，那就真是亡羊补牢为时已晚。依臣看来，这章延泽降敌实乃是削弱太尉权力的最佳时机。想我大殷人才济济，堪称将才的人也不在少数，能领兵御敌的不是只有他洛清篱一人。章延泽与太尉渊源深厚，若是借此向太尉问责，解除他的兵权，那……"

"好了，别说了！"赵弘瑀不想再听，高声喝止了他。

"陛下！"胡之恒一反常态地坚持，不顾赵弘瑀的反对，还要继续说下去。

"够了！"赵弘瑀又重重拍了一掌，横眉冷冷看着他，"自毁长城之事，朕是绝对不会做的。"

胡之恒见他下了狠心，只得憋红了脸重重叹了一口气："陛下今日不听臣的劝，日后一定会追悔莫及的。"

赵弘瑀默默盯着他，缓了片刻才又开口说道："最近你操劳国事太过辛苦，脑子混沌不清，说话毫无依据。朕看你该好好休息一段时间，调养一下。明日起你便不用来上朝了，也不用去大理寺处理公务，只安心在府中休养即可。"

胡之恒大惊，没有想到赵弘瑀会在这个时候勒令自己闭门思过。他毫无准备，直接愣在当场。

赵弘瑀见他愣怔，也不提醒他，迅速站起身来，快步下了御阶出了门去。

这些日子以来他心无旁骛，一心想着如何将西卫和南祇驱逐出去，还大殷以安宁。可方才胡之恒的话却再一次提醒了他。

战事一起，于君主来说是灾难，于将帅来说却是一场搏名的机遇。虽然他已经下定决心不再去猜忌洛清篱，而且洛清篱这段时间的表现也让自己很是欣慰，可以后呢？若是洛清篱再立下赫赫战功，自己恐怕就再也找不到机会除去他手中的兵权了。本来是想找个机会试探胡之恒，却没想到被他言中了隐忧。赵弘瑀又恼又怒，索性让他回府待着去，既能好好监视他，又让他暂时离开朝堂，不再招惹事端。

派去西卫的人已经回来，带回虞朝颜的口信，说是她定会想尽一切办法劝说李崇勋退兵。这让赵弘瑀的心里又多了一分踏实。

赵弘瑀甩甩头，将胡之恒的话尽皆抛诸脑后。现在唯一一件让他放心不下的事便是章延泽。洛清篱似乎还未查到他投敌的真实情况。若章延泽真的降了敌，他是原天雄主将，熟知天雄一切防务，一旦引兵倒戈相向，那将会对天雄造成巨大的威胁。

李崇勋并没有放弃进攻的计划，严令李崇贵的大军在天雄关外安营扎寨，与天雄军成对峙之势。

只不过年关已近，西北之境天寒地冻，双方的营中都渐渐有了思乡之情，军心不免浮躁起来。洛清篱抓住这个时机，命夏耒悄悄带了一支骑兵夜半出城，人衔枚，马裹蹄，悄无声息地绕到李崇贵大营之后，一把火将他的粮草烧了个精光。

李崇贵怒不可遏，可眼见着军中断了粮，总不能让将士饿着肚子打仗，便只能下令全军后撤三百里，等着朝廷的救济。

危机总算缓和了一些，洛清篱也有时间静下心来仔细查访关于章延泽的一切消息。可是令他不解的是，章延泽自从降敌之后就再也没有露过面。派出去的斥候回报，亦是没有找到任何蛛丝马迹。

洛清篱写了密信送回燕安，密信送到之日，正是这一年的除夕之夜。燕安城中的北风已经吹了将近半个月，昏黄暗淡的浓云荫蔽于空中，酝酿了多日之后，一场大雪如期而至。

虽然边境战事不宁，可日子总归还是要过。随着洛清篱和曹晖的捷报接连传来，惶惶不安的人心也终于稳定下来许多。似乎是为了庆祝劫后余生，京城中的百姓早早就将自家打扫一新，贴上春联，挂上灯笼，准备好好庆祝这个难得的安宁节日。

相较于市井街坊的热闹，宫中却寂静了许多。赵弘瑀严令禁止铺张浪费，省去一切烦琐的仪制，将节省下来的用度全部充作军资，以支援戍边的将士。既有天子带了头，朝中群臣亦是不敢奢靡铺张，除夕庆典一切从简。

赵弘瑀陪着赵元澍在中孚宫中简简单单用了晚膳，囫囵着算是一顿团圆饭。

回忆起去年此时，宁寿宫中歌舞升平、热闹非凡，再对比着眼下赵弘瑀心事重重、烦闷忧虑的样子，赵元澍不禁很是难过。

赵弘瑀察觉到他的失落之情，起身走了过去，在他身边坐下，低头问道：“小小年纪长吁短叹个什么劲？”赵元澍也不说话，只是低头摆弄着衣角，轻轻摇了摇头。

方才席间自己一直走神，想着洛清篱密奏上的事，难免神色过于严肃。想到这里，赵弘瑀和缓了语气，拍着他的肩头，似乎有些自责：“方才父皇一直在想着前线的军务，没能顾及你，父皇向你赔礼。今日是除夕，就算有天大的事也不要去想，好好过节才对。”

“父皇没有错。”赵元澍抬起头来，乌溜溜的眼珠闪着光，“今日是除夕，儿臣侥幸能与父皇共进团圆宴，可戍边的将士却无法和家人们团聚。他们背井离乡、征战沙场，儿臣觉得难过，是因为没有办法与他们共甘共苦。太傅教过儿臣，他说为太子者，必须要襄助天子治理天下。可是儿臣却如此没用，一点也不能替父皇分忧。”

赵弘瑀大为震惊，他没有想到自己的儿子会说出这样的一番话来。在他眼中，赵元澍还只是个会吵着放爆竹的淘气孩童而已。可听了这话，赵弘瑀心里又很是感动。他搂着赵元澍，声音不大却沉稳有力：“你能有这样的心思，父皇已经很为你骄傲了。你还小，还无法替父皇分忧，所以你要认真学好课业，精进才能，等你长大了，就可以帮助父皇来处理这些棘手的事情了。”

“嗯！儿臣每日都不敢懈怠！”赵元澍使劲点着头，圆圆的脸颊红扑扑一片，“可是太傅已经很久没有来教授儿臣了……”

“这段时间朕不是让匡筠大学士临时来负责你的课业吗？他才华横溢，又是你的外公，难道你不喜欢他？”赵弘瑀不解地问道。

“儿臣当然喜欢他，他教得也很好。”赵元澍瘪着嘴，样子看起来甚是怨念，“可是儿臣还是想让太傅回来……”

“为什么？”

“因为太傅最懂儿臣的心，也知道儿臣最想学什么。”赵元澍说着，小心翼翼地拉着赵弘瑀的衣角恳求道，“父皇，太傅什么时候能回来教授儿臣啊？”

赵弘瑀没有说话，只是若有所思地盯着他看了片刻，然后抚着他的脸颊语重心长地说道：“父皇也不知道太傅到底什么时候才能回来教你，或许以后他再也不能教你了。”

“为什么？”赵元澍十分不解，忽然从赵弘瑀的怀中挣扎出来，大声问道，“父皇不让太傅教儿臣，是因为他们说太傅是罪臣、是坏人吗？”

赵弘瑀一愣，继而反问："那你认为太傅是坏人吗？"

岂料赵元澍不假思索地答道："世上除了父皇，就数太傅对儿臣最好。太傅教儿臣做个顶天立地的好男儿，他当然不是坏人！"

赵弘瑀见他满面通红，却又童声稚气，便抬手摸了摸他的头，将他拉回身边坐下："知晓善恶，乃是道德；明辨是非，乃是智慧。你是太子，也是将来的君主。作为君主，明是非比知善恶更为重要。所以你以后要任用臣子，绝不能以他是不是好人作为标准。好人不一定是好臣子，坏人也不一定没有忠心。世间万物皆有大势，世间最深莫过人心。元澍，你要记住父皇今日与你说的这番话，掌控人心、顺势而为，才是人君之道。"

赵元澍听得一知半解，懵懵懂懂："儿臣记住了。"

说完，他又眨了眨眼，抬头问道："那……太傅……"

"父皇相信太傅是个好人，更是个好臣子。"赵弘瑀明白他想问什么，便打断了他，肯定着点点头。

"嗯！"赵元澍显然对这个说法很满意，乐呵呵地笑了几声。

可赵弘瑀却并未与他一同开怀，而是更加凝重地望着他继续问道："元澍，父皇问你，若是太傅不能再回来教你了，你难道就放弃课业不再学了吗？"

"嗯？"赵元澍为难地挠着头，"儿臣不会不学的。只不过他们都比不上太傅，说不到儿臣的心里去。儿臣学起来也是枯燥无味，没什么意思。"

赵弘瑀似乎早就猜到他会这么说，便佯装生气地拍了一下他的脑门，无奈地说道："你啊！"

赵元澍捂着被拍疼的脑门，不明所以地望着他，却见他忽然又沉下脸来，严肃地看着自己："元澍，为君之道有一大忌，便是对某人、某事、某物依赖过重。一旦过于依赖，你便会失去自我，凡事皆受他人影响，无法自主行事。太傅虽然因材施教，让你能学得通透，可你不能总指着他，你要学会自己去钻研。太傅如是，其他人亦如是。等你独掌朝纲之时，总会有那么一两个心腹之臣。但你记住，对他们，你只能是居高临下地掌控，绝不能依赖过重。否则，你便会本末倒置，将自己置于被架空的危险境地。"赵元澍认真地听完，似懂非懂地点点头，然后又摇了摇头。

见他一脸为难的样子，赵弘瑀忍不住笑了起来："好了，或许你现在还不能明白，但总有一天你会明白父皇的苦心。"

"嗯。儿臣谨记父皇教训。"

赵弘瑀满意地点点头："今年父皇不能陪你放爆竹了。不过父皇会记着这件事，明年除夕一定补上！"

"好！"赵元澍站起身来，一边拍手一边笑着，"一言为定！"

"君子一言，驷马难追！"赵弘瑀坐在一边，看他笑得开心，心里不禁也轻松了许多。

不论境况多么艰险，对未来总还是要有些期许。想到这里，赵弘瑀笑脸一沉，拉住赵元澍认真地叮嘱："待会儿父皇还有要事要处理，就没有时间再去探望辰妃和元祐了。你是太子，便替父皇去看看他们吧。"

"是！儿臣遵命！"赵元澍抱着肉乎乎的手，煞有介事地大声领命。

"还有太后那儿，你也一并替父皇去一趟吧。"赵弘瑀点点头，又转首交代欢招，"欢招，朕不用伺候，你随元澍走一趟吧。"

"是。"欢招刚躬着身子说完，就见赵弘瑀噌地站起身来。他含着笑意俯身又摸了摸赵元澍的脑袋，然后便大步走出殿外。

第二十四章

国柱将塌　天崩地裂

除夕夜的宫禁，一反常态的静谧。

赵弘瑀身上裹着厚厚的狐裘，脚下踩着晶莹细碎的雪片嘎吱作响。琼琚殿中掌着一盏孤灯，映在窗棂上，缥缥缈缈，明明灭灭。

“清影！”赵弘瑀在门外顿了顿，猛一提气，扬高了调门故作轻松地唤了一声，快步进了门去。

殿内空无一人。赵弘瑀回身去找，却正好与洛清影迎头撞了个满怀。

“大冷天的，你不在殿内待着，又跑去哪里了？”赵弘瑀将他推到靠近铜炉的几案边坐下。

洛清影搓着冻得紫红的手，一边哈着气一边说道：“忽然下起这么大的雪，我去看看后院那株琼花树，别被冻坏了。”

“琼花树？”赵弘瑀一愣，“宫中还有琼花？我怎么不知道？”

“你平日里只顾忙着政务，眼中哪能看见这些花花草草？”洛清影笑着将他推开去，“我也是偶然发现的。这段时间以来，我只能待在此处，闲来无事时便多去看了几眼。”

“你……”赵弘瑀顺势隔着几案在他对面坐下，“你说过琼花的事情，那不是你和清篱早年喜欢的女子……”

知道他是误会了，洛清影赶紧解释：“那年太后赐婚给兄长，兄长怕郡主多心，便连夜将太尉府中的琼花尽皆移去了明寂寺。后来郡主听闻此事，坚持将那些琼花都搬了回来。郡主说，她与兄长既为夫妻，便要接纳他的一切，想他所想，念他所念。如今，太尉府中遍植琼花，每每看到此树，就想起兄长与郡主之间的恩爱情深。今日是除夕，兄长戍守天雄，只留郡主一人守在京中，我又无法回府探望，只能借此琼花树遥寄对兄嫂亲人的惦念之情。”

“原来如此。”赵弘瑀闻言，感慨不已，“愿得一心人，白首不相离。我以为这是不可能的事，没想到世间却真有这般鹣鲽情深的佳话。不过你也不用太过担心，齐重卿已经去了太尉府，说是陪郡主一同守夜。”

“嗯。”洛清影似是想到什么，面上的神色忽然黯淡下去，“两情若是久长时，又岂在朝朝暮暮。待兄长凯旋，他们便又能相守一处了。”

赵弘瑀察觉到他的变化，立刻猜到他定是想起了虞朝颜的事。毕竟去年此时，那人还身在燕安，与他许下白首之约。可今时今日，她却已经身在别处，与他人相拥而坐共贺新春了。

“清影啊，有些事人力不可为，天意不可违，你……”赵弘瑀犹豫片刻，终是下定决心开口劝他。

“我早就想通了，你不必担心。”听出他话中的担忧，洛清影又笑着宽慰他道，“除夕乃是团圆日，可眼下我们却是七零八落。想到此处，不免令人神伤。不过还好你来了，我也不算茕茕孑立、形影相吊。”

赵弘瑀听他如此说，忍不住笑了几声：“我肯定是会来看你的啊！本来想着带元澍一同过来，可是那小子太吵，怕你心烦，我便一个人过来了。”

铜炉中炉火正旺，熏得整个大殿里暖融融的。洛清影终于从方才的彻骨寒冷中恢复过来，他饶有趣味地盯着赵弘瑀上下打量一番，终于忍不住扑哧笑出声来：“我也就算了。可你好歹是堂堂一国之君，除夕之夜竟也是形单影只，说出去都没有人信。”

赵弘瑀被这暖风熏着，亦是渐渐放松下来，无奈地耸着肩自嘲道：“人人都想做皇帝，琼楼玉宇、神霄绛阙，还有环肥燕瘦、千娇百媚的绝代佳人相伴，恨不能醉生梦死。可实际上呢？”说着，他展开双臂，在洛清影面前晃了晃：“你看看我，还有谁能比我惨？”

“好啦！”洛清影欠起身来，伸手按下他的胳膊，“我们就不要再互相比谁更惨了。好歹是除夕，我让他们送些酒菜来，你我就当互相做个伴，团团圆圆过个节吧。”

“甚好！甚好！”赵弘瑀拊掌大笑。

不多时，侍婢们鱼贯而入，送上了几盘精致的菜肴，又送上一壶温酒。赵弘瑀屏退众人，端起酒壶便给洛清影斟了满满一杯：“好久没与你这么痛快地喝酒了，今儿一定要尽兴！”

洛清影也不推却，端起玉卮振袖言道：“愿我大殷国运昌隆、国泰民安！”

“说得好！”赵弘瑀开怀大笑，随即仰首与他一同一饮而尽。

饮罢杯中酒，赵弘瑀望着洛清影忽然笑了几声：“你说，这场景是不是很像我当年去明寂寺寻你的那晚？那时我初登大宝时日不久，里里外外忙得焦头烂额。等到抽出时间去寻你，已经到了年终。我记得那晚也下着雪，岐江边的官道都被大雪淹没，无迹可寻。若非靠着踏云骓识途，我怕是早就跌进江中去了。不过幸好那日你答应了我的请求，回朝入仕。不然的话……我可真是撑不下来。”

洛清影淡淡一笑，轻轻摇头：“你不会撑不下来的。”

“为何？”赵弘瑀猛地睁开眼睛，盯着他问道。

洛清影想了想，从容言道：“你以庶子之身、微薄之力扳倒权势威盛的前太子赵弘嘉，一路行来，你忍常人所不能忍，几次危在旦夕却又转危为安。不论处在何种境遇，你绝不会轻言放弃，这便是你能够笑到最后的原因。只要你的信念一如往昔般坚定不移，你就一定能撑下去。”

赵弘瑀听着，心中不免感慨万千：“你就这么信我？”

“那是当然。”洛清影笑了起来，眼中竟有些戏谑之意，“你怎么对自己这么没有信心？”

“那倒不是。”赵弘瑀不好意思地收回眼神，“只不过经历了这么多事，你还能如此看我，实在令我深感意外。”

洛清影立刻便明白他的话外之音。因为洛清篱、因为虞朝颜，自己与他闹了许多不痛快，隔阂越多，心思越窄。一度，这来之不易的交情变得岌岌可危。

然而时过境迁，面临内忧外患的困境，面对朝中对洛氏一族的反对，赵弘瑀的表现却足以体现他作为一国之主的睿智、冷静和果断。而另一方面，洛清影也真切地感受到，赵弘瑀虽然曾经闹过别扭，使过性子，可是在骨子里他依旧把自己当作最亲近的朋友，竭尽所能地保护自己。

想到这里，洛清影的心中亦是五味杂陈，他举起玉卮，面色沉稳：“能与你相识一场，实乃我一生之大幸。千言万语不足道，只以这酒代明我心。”

赵弘瑀激动不已，端起玉卮与他一饮而尽。

窗外落雪静谧，屋内暖风熏来，对酒畅饮，皆是身心爽快。几杯酒下肚，又天上地下不着边际地聊了半宿，赵弘瑀越发没有睡意，越聊越是兴奋。推杯碰盏间，一方帛书从他袖间掉落下来，正好落在洛清影面前。

“这是什么？”洛清影拾起帛书，疑惑地问道。

赵弘瑀本想伸手夺回来，可见他满面疑虑，便叹了口气坐了回去："本不想扫你的兴，不过既是被你发现，你就看看吧。"

帛书上的字体十分熟悉，正是洛清篱的字迹。洛清影仔仔细细将它看完，微蹙眉头："这是什么时候送来的？"

"今日一早送到的。"赵弘瑀伸手将帛书取回，整齐摊放在几案上，"清篱说得也有道理，可我左思右想拿不定主意。本想明日再与你商议，结果……"

"无妨。反正也没什么事，正好可以斟酌一下。"洛清影说着，面上却沉了下去，完全不似方才的惬意。

赵弘瑀敲着几案，盯着他问道："你怎么想？"

洛清影略一沉吟，皱着眉头缓缓言道："兵法有曰，欲战，必先算其费，务因粮于敌也。兵乃凶器，久则顿兵挫锐、诸侯生变。虽然你继位以来励精图治、奖励耕种、开垦荒田、振兴百工，可你轻徭薄赋，并没有从百姓手中横征暴敛。再加上前些年平定天雄叛乱拨付了大批军资粮饷，国帑不足已成事实。而如今我们又西、南两面同时拒敌，钱粮消耗甚巨。兄长对我们的弱点心知肚明，他亲赴天雄眼见为实，更加确信我们的粮饷并不充裕，无法支撑长久作战，所以才趁着年关军心动摇之际，多次派出飞骑骚扰敌军，并一举烧毁对方大部分军粮。他意在逼着李崇贵休战，可李崇贵只是撤军三百里而已，可见李崇勋的野心并未因这几次挫败而消失。只要他不下令停战，一旦开春就必定还会卷土重来。如此局面，再加上虞恪一直在南方掣肘，我们实在是捉襟见肘、难以久撑啊。"

"是啊。"赵弘瑀默默叹气，连连点头，"这段时日朝中对清篱的质疑少了许多，一方面是我扣押了洛氏的族人，另一方面也是因为清篱捷报频传，连战连胜。可战场对垒，情势瞬息万变，哪有常胜不败的道理？一旦清篱有任何失误，只凭我押在京中的这些族人，那是万万堵不住悠悠之口的。一旦质疑的声音再起，我怕到时只会雪上加霜，一发不可收拾。"

听出他话里的犹豫不决，洛清影试探着问道："所以你想和？"

赵弘瑀左思右想拿不定主意，只得为难地看着他："清篱在信中说，这段时日他会一鼓作气，乘胜追击，痛击李崇贵的大军。可是我们兵力差距过大，想要一举剿灭是难如登天。他劝我趁机向李崇勋修书，表明修好的诚意。李崇勋现在也是骑虎难下，若是我们给他一个台阶，再加上公主可以从中斡旋，或许他真的会停战。只要李崇勋退兵，虞恪自然也就会退了，那我们就能获得休养生息的绝佳时机。再过个三五年，等我们真正兵强马壮之时，便可以与他决一胜负。"

洛清影安静地听他说完，却始终一言不发。他盯着几案上那卷帛书，一动不动，似乎在仔细想着什么。

赵弘瑀等了片刻，见他依旧没有反应，便伸手戳了戳他："你在想什么？"

洛清影敛起神色犹疑着说道："兄长在信中提到，到目前为止，章延泽仍然音讯全无，没有发现任何蛛丝马迹。"

"是。"一提到章延泽，赵弘瑀又恨又恼，"这个章延泽也真是奇了怪了。你要说他降了西卫，我是死也不会信的。可他活不见人，死不见尸，怎么想都不可思议。你是觉得……这件事另有玄机？"

"是不是玄机我不知道，我只觉得李崇勋是在故意迷惑我们。"洛清影摇了摇头，"越是让我们看不清，我们的心里就越没有定数，就越想查清事情的真相。章延泽被俘，李崇贵立刻就放出风来，说他投降归顺了西卫。天雄军军心大乱，因为章延泽是他们的主将，最了解天雄的戍防，一旦他倒戈相向，引军来犯必定势如破竹。可事实上，章延泽却没了音信，根本就没有再出现过。"

"所以他根本就没有投降。所谓投降，只不过是李崇贵使的诈，他的目的就是为了扰乱我们的军心！"赵弘瑀亦是心中透彻，重重一拳捶在几案上。

"不仅如此，我总觉得他们还隐藏着更深的目的……"洛清影的心中隐隐不安，可他一时之间又理不出头绪，"你还记得我上次与你说过的话吗？"

"你指什么？"

"我说李崇勋倾巢而出，摆明就是要与我们殊死一战。"

"我记得。"赵弘瑀点点头，"后来我也仔细想过，觉得你所言不无道理，所以时刻不敢放松警惕，即使清篱连战告捷，我也不能安下心来。"

"既是倾国之战，必是做足了准备，绝不会遭此挫折便善罢甘休。"洛清影似是有了些成算，"我不认为你单方面修书与李崇勋可以令他打消念头、引军归朝。不过兄长所言倒是提醒了我，兄长已经将他的粮草付之一炬，他的日子也不好过。李崇勋本就是狂悖之徒，你一旦表示修好之意，反而会助长他的猖狂之心。他会觉得我们苦于久战，军疲民劳，走投无路。一旦他觉得时机已到，便会想着速战速决，再次举兵挥师东犯。"

"你的意思是？"赵弘瑀若有所思地抚着下巴，顺着他的话头说下去，"让我修书与李崇勋，佯装请和。我越示弱，他就越会大意。待他东进，我便让清篱提前做好部署，与之一战。我们以逸待劳，他李崇贵则是骄兵必败。"

"是！"洛清影颔首表示赞同，"一日不重创李崇勋，我们的身边便一日如虎狼环伺。他既是有心来犯，我们便给他下一剂猛药。只要这五十万大军受了重击，短时日内他便再无力量与我挑衅。”

“好！说得好！”赵弘瑀如梦初醒，如暗夜羁旅之人，忽然发现了明灯，心中一团透亮，“卧榻之侧，岂容他人酣睡？既然这一战在所难免，那便抓住时机，狠下心来，将这等心腹大患早日剪除！”

“只不过如何歼灭他这五十万大军，还需要兄长定下详策。你需尽快将我们的计划告诉兄长，让他早定良谋。”

“嗯，想要以少胜多绝非易事，我还需与清篱详细商议。”赵弘瑀猛地一掌拍在几案上，信心大振，“事不宜迟，我这就给清篱写信。”说完，他站起身来，走到书案边顺势坐下，取过笔墨便要动笔。刚一抬手，忽然又想起什么，抬头说道：“我已经将胡之恒禁足在府中了。”

“哦？”洛清影一惊，忽然明白过来，“你怀疑他是虞恪的细作？”

“嗯。”赵弘瑀轻轻应了一声，却又叹了口气，“可我没有证据。我去亲自问过贵妃，是否受胡之恒教唆，但贵妃一口咬定与他无关。我始终觉得奇怪，思来想去，这一桩桩一件件，虽然看似与他无关，可实则总有他的身影。我以前只觉得他是嫉妒你与清篱，所以处处与你们作对，如今再看，似乎又没有这么简单。我手中没有铁证，只好找个理由先命他闭门思过，之后再说。”

洛清影闻言，面容隐隐有些僵硬，他走上前来，怅然言道：“他本是赵弘嘉的人，因为才干出众，你才不计较他的出身，将他拔擢为大理寺卿。虽然我不喜欢他的为人，可也不得不承认他处理政务的能力。我与他有些过节，所以不敢只凭臆测来断定他的身份。不过你既然已经有了打算，那便放手去做吧。他既是赵弘嘉的旧人，可以从前太子府的幕僚入手去查，或许能有些收获。”

“我已经派人去打听了。”赵弘瑀尴尬地笑了笑，“过去我鬼迷心窍听了他的话，也做了些错事。以后，这些错我再不会犯了。”

洛清影意味深长地看着他，继而笑着催促道：“事不宜迟，兄长还在等你的回信，快些写吧。”

收到书信之后，洛清篱虽然还有些担忧，但纵观全局，他亦是坦然肯定了赵弘瑀和洛清影的想法，决定配合赵弘瑀的求和大戏周密部署，一举消灭这五十万野心勃勃的贼寇，好让李崇勋再也无力向东挑衅。

赵弘瑀本还担心南祇这边会再生事端，可没想到虞昉却出乎他的预料，顺利鼓动起朝堂上大多数臣子，大有与虞恪分庭抗礼之势。既是后院起火，又有曹晖的二十万大军虎视眈眈坐镇东南，赵弘瑀料想他虞恪暂时是不会再掀起什么风浪了。只不过虞恪几十万大军尚未退去，神策军便也一日不能懈怠。

除夕一过，洛清篱又派出几支骁骑出城去，避实就虚，借助山形地势，神出鬼没，搅得李崇贵军中人心惶惶。然而事实却正如洛清影猜测那般，李崇贵虽然吃了亏，可东进之心却丝毫没有打消的迹象。斥候来报，这一个正月里，李崇勋什么都没干，只将全国上上下下搜了个底朝天，把所有能调配的粮饷全都给李崇贵送到了前线来。

一场大战迫在眉睫。洛清篱敲定了最终的战略，赵弘瑀便依着之前的计划给李崇勋送去了求和的国书，也算是缓兵之计，给洛清篱又争取到一些部署的时间。

可是天雄军中却在此时忽然冒出许多传言，说是李崇贵要任命章延泽为前锋大将，誓要一举夺下天雄关，并一路劫掠到大殷的王庭中来。章延泽在天雄军中本就威望颇高，又熟知天雄军务和防备，一旦他率军来攻，守将们心里都有些发怵。

消息传来，朝中一时间亦是人心惶惶。且不说洛清篱自己的身家是否清白，只论他与章延泽的关系，便足以令人忧惧不安。朝中人心不稳，军前亦是各种流言甚嚣尘上，甚至已有人开始散播消息，说是洛清篱早就与章延泽定下了计划，之前的胜仗只不过是做做样子，好博取大殷君臣的信任。一旦春暖花开之时，他二人便会里应外合，将西卫的强兵悍将引入大殷之境。

赵弘瑀如坐针毡，心里如火烧一般焦躁。他明白，到了这个时候，漫天的谣言已经无法单以诏令制止。若是自己还如之前那般独断强势，只怕会更加激化群臣的异议。

军心不稳，又是事关生死的一场决战，赵弘瑀不敢轻易下令出击。可李崇贵的五十万大军又重新集结起来，试图再次叩关而入。眼看着事态已经火烧眉毛，赵弘瑀却陷入了左右为难的困境中去。

无奈之下，洛清篱只能闭关坚守，号令三军一概不出。好在天雄关城高壁厚，李崇贵一时半刻也无法攻下城来。本来已经赢得主动的战局又一次陷入了被动的僵局。

然而，赵弘瑀还未来得及想好对策，一个更为惊天的噩耗从天雄关传了回来。洛清篱中了箭，箭矢上被淬了剧毒。毒素沁入脾肺，他又有旧伤在身，现下已经是病入膏肓、回天无力了。

赵弘瑀看完密报，心里猛地一空，似是被人狠狠戳了一个窟窿。他面色惨白地张着嘴，微微张阖几下，喉间发出一丝声响，却没能说出话来。欢招一个心惊，忙上前唤他，却见他站起身来，身子倾斜着晃了晃，忽然一头扎了下去。

一时间，朝堂上惊叫声此起彼伏，乱作一团。欢招顾不上其他，带着几名公公七手八脚抬起他就往中孚宫退去。崔迟亦是带着几名随行侍卫，紧紧跟在身后，一路护送赵弘瑀先回宫。

匆忙间，崔迟忽然觉得自己的手被猛地拽住。他一低头，正好见赵弘瑀挣扎着撑着一口气看向自己。“陛下，您有何吩咐？”崔迟俯下身去，将耳朵贴近他的唇边。

“快……”赵弘瑀努力抑制住胸口的喘息，断断续续地说道，“派人去告诉……告诉淮安侯……让他……让他……好好看住郡主……千万不能有……任何闪失！”赵弘瑀一边说着，手上越加用劲，直将指甲抠进崔迟的肌肤里。

“是！臣这就去！陛下放心！”崔迟使劲点点头，见赵弘瑀似乎安下心来，忙转身退了下去。

寝殿中寂静无声，只听得见赵弘瑀偶尔几声痛苦的呻吟。伺候在旁的杜若满头是汗，一边捻转银针，一边仔细观察着他面上的表情。直到看见他紧皱的眉头渐渐舒展开来，杜若一颗悬在半空的心才算是落了下来。

赵弘瑀慢慢睁开眼，刚要开口，忽然被一阵剧烈的咳嗽压得喘不过气来。杜若上前，一边替他顺着气，一边小声劝道：“臣知道陛下心里焦急。可越是危急之时，越是需要陛下您来拿主意。您可千万要爱惜圣体啊！”

“清篱出了事，我怎能安心躺在这里……”赵弘瑀一把拉住他的手，急咳之下，满面赤红，眼中噙满了泪水。

“奏报中只说太尉身中剧毒，只要人还活着，一切就还有转圜。陛下……”杜若一心想要劝下他，只好说出这番连自己都不能相信的话来。

“哪里还有转圜？”赵弘瑀苦笑着打断了他，“军中艰苦，清篱去年又落下重伤未能痊愈，朕只怕是凶多吉少……何况，他一倒下，这好容易收拾起来的局面又要乱了……”说完，他用力拍着杜若的手，凄切恳求道，“如今天雄有变，朕躺在这里亦是不能心安。朕自觉已经好了许多，现在要去看看太傅。你若不放心，便随朕同去，可好？”

杜若无法拒绝赵弘瑀眼中的恳切目光，也知眼下这个局面要让他静养纯属无稽之谈，便只能点头应道：“好，臣随陛下同去。但不管发生何事，陛下绝不可再动气。”

“好好！朕答应你。”赵弘瑀长叹着地舒了口气，转头吩咐欢招替自己更衣。

待穿戴完毕，赵弘瑀一脚迈出殿外，忍不住打了个趔趄。细碎的雪粒又飘了起来，如同砂砾一般，打在脸上隐隐生疼。他顾不上许多，急匆匆地一路往琼琚殿走去。

一路快走，让刚刚从晕厥中苏醒过来的赵弘瑀感到有些体力不支。他一掌撑在宫门上，抬头望着门窗紧闭的琼琚殿大口喘着气。

殿门紧闭，听不见一丝动静。就连平日里在殿中侍奉的侍婢们都被撵了出来，兀自垂着头立在门外。

“这是怎么回事？”欢招叫来守卫的兵士大声问道，“不是让你们好生照看太傅的吗？你们怎么都在外面？”

守卫们面面相觑，为难地拱手请罪：“公公，太傅把一干人等都赶了出来，不让任何人进去……小的也是没有办法。”

“他一个人在里面？”赵弘瑀心下一惊，一把揪过守卫的衣襟。

“回陛下，太傅不让小的进去，小的实在不敢造次……”

守卫的话还没说完，就被赵弘瑀一脚踢开：“他要是出了事，你们的脑袋就都别要了！”随即抬脚往大殿门处走去。

“太傅，陛下来看您了，请您开门！”欢招跟在赵弘瑀身后，一边小跑一边高声大喊。

可一语既毕，殿中却没有回应。赵弘瑀顿时慌了神，抬手使劲拍着厚重的门扇，声音也因为紧张而不住颤抖：“清影，清篱受了重伤，我这就下令让他回京养病。我会请最好的御医替他医治，他一定会没事的！你先出来，我们从长计议！”

赵弘瑀说完，等了片刻，依旧没有任何回音。只有方才砰砰的叩门声余音不散，在空阔的院落中隐隐震荡。

杜若一见，也着了慌，伸长了脖子跟着喊道：“太傅，您难道不相信下官的医术吗？下官就算拼了命也会救回太尉的！太傅！您说句话吧！”

欢招急得如同热锅上的蚂蚁，不安地搓着手请示：“陛下，太傅这不声不响的……可千万别是恼恨过度晕过去了……依奴才见，赶紧让崔将军带人来撞门吧！”

“好！”赵弘瑀刚刚苏醒，脑中完全不似平日清醒，百般叫门无人应，这让他完全失了心神，惊慌不定之下连连首肯，“快去叫崔迟来！”

欢招领了命，慌慌张张刚跑了几步，忽然听见殿内终于有了回应：“陛下，臣无事！”低哑的嗓音里透着无尽的凄清。

听见洛清影的声音虽是痛心，好在人还安然无恙，赵弘瑀捂着心口舒了一口气，又连忙回道：“既是无事，你就开了门吧！我们坐下来好好商议！看看如何把清篱尽快接回来……”

“陛下！”洛清影断然唤了一声，继而又停顿了片刻，“兄长回不来了。您先回去吧，臣想一个人静一静。”隔着厚重的门扇，赵弘瑀听见隐忍的泣涕声被重重压在胸口。

“不会的……你要信我。”赵弘瑀六神无主，情急之下拉住杜若的手冲里面高声喊道，“你不信我，总该相信杜若的医术啊！我这就让他去天雄！”

话音未毕，只听一声高唱由远及近：“陛下！天雄军报！”

欢招几步迎上前去，接过军报连滚带爬地呈到赵弘瑀手中。赵弘瑀即刻展开帛书，睁大了眼睛迅速扫过一遍，却怔怔地没了动静。

“陛下？”杜若见状，暗觉大事不妙，忙轻声唤道，“陛下？臣这就准备一下，赶去天雄。”

赵弘瑀没有说话，双手重重垂了下去。他向前迈了一步，仰天而望，密密麻麻的冰碴从天而降，不知来处，亦看不见去处。落在身上，便倏然隐了去，不见半点踪迹。过了半晌，赵弘瑀才缓缓开了口，喉间颤抖，声线喑哑：“你不必去天雄了。”

杜若一愣，随即便明白过来。他扑通一声跪下，大拜伏地，拖长了声音凄怆痛哭：“太尉！”欢招怔怔地望着杜若，继而也回过神来，跟着他跪下叩首，泣不成声。

赵弘瑀转回身来，眼泛泪光，深沉地盯着殿门处，哽咽说道：“清影，清篱两日前已经辞世，你要节哀顺变。”殿中之人明显停滞了呼吸。他没有说话，却听见一声脆响，似是烛台轰然倒地。

赵弘瑀一个激灵，忙要去叩门，忽然听得里面传来断断续续的呜咽：“兄长……兄长……”一声一声，如同被利器划过心头，撕心裂肺。

赵弘瑀深深吸了一口气，湿冷的凉意瞬间浸透了五脏六腑。他转过身来，唤过崔迟，一字一句喑哑低沉，深深叩在每个人的心上：“你速速派出一支戍卫军，以朕的仪仗，亲自去天雄迎回太尉的尸身。朕要亲自扶灵，为清篱发丧。”

“是！”崔迟红着眼眶重重抱拳，捂着佩剑笃笃而去。待崔迟离去，赵弘瑀沉下气来，终是支撑不住，踉跄了几步。

“陛下小心！”欢招和杜若立即起身将他扶住。

“无妨，无妨。”赵弘瑀不以为意地摆摆手，转身复望着森严巍峨的殿门，闭上眼睛重重叹了一口气。静默了许久，他才张开嘶哑的嗓子，无力地倚在门上：“清影，我与你兄弟二人相识一场，乃是我一生之幸。清篱待我如亲弟，我亦视他如长兄。当年若没有他鼎力相助，凭我一己之力，我何以走到今日？如今清篱撒手人寰，只恨苍天无眼！我知道你心中悲痛难抑，可我亦如万箭穿心一般。我恨李崇勋，更恨自己。若非自己无用，怎么会让清篱亲赴前线？清篱若不去天雄，也不会好端端送了性命。”说到此处，赵弘瑀体力不支，倚在门上重重咳了几声。杜若担心他极度悲愤之下会再晕厥过去，便上前轻轻将他托住。

赵弘瑀冲他摆摆手示意他宽心，又接着说道：“清影，清篱是为国尽忠而死，他死得其所。他生前最担忧的便是天雄的战事，如今他一走，你若再出些什么意外，岂不是要让他寒心？我不求你立刻继承他的遗志，完成他未尽的遗愿，我只求你不要悲极伤身。待你养好身体，重新振奋起精神，我们一起将李崇勋的军队赶出大殷，以慰清篱的在天之灵，你说好不好？”

洛清影在门内默默听着赵弘瑀从外面传来的话语，心中如刀绞一般，痛深之时竟已无法言语，只听得外面叩门的声音越来越重，嘈杂中带着惊慌。

“你们都走吧！”洛清影撑着一口气嘶声说道，“若不是为了救我，兄长不会饱受责难；若不是我献出计策，兄长也不会亲自去到天雄。兄长之死，我难辞其咎，我无颜再见任何人！”

知道他又陷入了自责的深渊，赵弘瑀又高声劝道：“清篱身为太尉，国之有难，不论是不是与你有关，他都会义无反顾地挂帅亲征，这跟你没有关系！你不要总把责任往自己的身上揽！出了这样的事情，绝非我们任何人所愿，可事已至此，再伤心也是于事无补。如今最重要的事情就是尽快将清篱接回来，好生安葬，你我戮力同心，共逐敌寇，为清篱报仇！”

“是啊，陛下说得对，太傅您就出来吧！”杜若俨然哭成泪人一般，“太尉对下官有再生之恩，下官就是拼了命也会为太尉报仇的！下官不能领军，可杀敌总还是行的！下官一定去天雄，能杀一个是一个，绝不会让太尉白死！”

敲了半日，门内却依旧没有反应。欢招心急如焚：“陛下，实在不行的话，还是让崔将军他们来撞门吧？”

赵弘瑀停下手来，他转首看了欢招一眼，淡淡说道：“不必了。这道门就是他给自己设下的心结，若是他自己拆解不开，就算我们把门撞开，把这宫殿拆了，他依旧走不出来。”

“可是……”欢招依旧十分不安，“若是太傅憋在里面有个三长两短，那可怎么办？”

赵弘瑀回首看着殿门，苍凉的面容下透着异常的坚毅：“不会的。朕了解他，越是这样的时候他反而会越坚强。朕相信他，一定会安然渡过这个劫难。”赵弘瑀抬首望了望天，阴云遮天，寒鸦伶仃。他定了主意，裹着厚重的狐裘后退了几步，直至殿前的空地中央。

“清影，你若非说你有错，我不做置喙。”赵弘瑀用尽了全身气力，努力将所有的字都清晰地传入洛清影的耳中，“细想起来，我的错比你更重。作为君主，我上不能承继祖宗基业，下不能保护自己的臣子！我不能荡除贼寇、护佑子民，是我无能！清篱之死，我亦难辞其咎。你不出来，我愿陪你一起受罚！”一语既毕，赵弘瑀高高扬起额头，重重跪了下去。

欢招和杜若不可置信地看着眼前的一切，随即惊叫出声，仓皇上前跪在他的身边，连声求道：“陛下，使不得，万万使不得！陛下，您快起来！”岂料赵弘瑀铁下心来，死活不愿起身。

“陛下，您是君，世上哪有君跪臣的道理？”杜若心慌意乱地拉着赵弘瑀的手急切劝道，“您这样会令太傅不安，更会令太尉的英灵不安啊！”

赵弘瑀扯着嘴角笑了笑：“朕是君，他是臣，自然跪不得。可当年，朕曾经拜清影为师，虽然日久，但誓言仍在。徒儿拜师父，你说跪得还是跪不得？”

“可是……”杜若仍觉得不妥，还想再劝，又被赵弘瑀拦住。

“清篱对朕恩重如山，待朕如同胞兄弟。朕也视他如兄长一般，弟弟跪哥哥，你说跪得还是跪不得？”

杜若望着他萧索的神情，再忆起往日种种，一行热泪不禁又涌了出来：“好！那臣陪陛下一起！”

“奴才也一起……”欢招说着，伏在赵弘瑀脚边，忍不住又呜咽着哭了起来。

赵弘瑀只默默点点头，继而仰首看去。忽然间，他想起了那一年，竟是如此相似的场景。

那时，赵弘瑀为了逼洛清篱归顺到自己麾下，设计害他得罪了赵弘嘉，先帝一怒之下差点伤及他的性命。洛清影得知此事，第一次与自己翻脸，他无法忍受背叛和利用，失望之下回了明寂寺。赵弘瑀自知理亏，无颜再面对他。直到自己被先帝赐婚，他才借着这个由头亲自上了明寂寺，以求得到他的原谅。

那一日也是漫天大雪，狂风啸过，松涛阵阵，漫山遍野皆是银装素裹、云雾蒸腾。山风裹着雪粒，刮在脸上如刀割一般疼。洛清影不愿见他，他便跪在门外。他说："你不愿回去，其实也好。这样你就不用面对无尽的背叛和伤害了。"

那时，他于天地之间跪着，直面自己的真心。只要远离朝堂，就可以远离一切伤害。这是他发自肺腑的真心之言。如今，赵弘瑀却再也看不清楚，自己让洛清影回来，到底是不是一个正确的抉择。

纷纷扰扰，恍恍惚惚，过往的一点一滴倏然从眼前闪过。洛清篱告诉他，为人君者，当以社稷宗庙、黎民百姓为己任。洛清影告诉他，草木炎凉，世事苍茫，前途未卜，却还是要一起走下去。赵弘瑀捂着心口，即使赵元辅走的时候他也没有这种感觉。那不是单纯的悲痛，而是一种回天无力的挫败感。仿佛自己一直以来努力撑着的东西，一夜之间全都坍塌成了碎片。赵弘瑀木然地跪着，忽然间很想去看一眼初春时节、冰雪消融的岐江。

云来浪去，江头潮已平。

赵弘瑀迷迷糊糊地醒了过来，完全不记得自己到底睡了多久。只记得在梦里，仿佛自己还是那个年少气盛的煜王，被先帝勒令去拜洛清篱为师，万般无奈之下，只能不情不愿地与洛清影一起在殿前司中辛苦地清点军械。他实在累得不行，摔下手中的活便要去找洛清篱理论，却被章延泽挡在门外，死活也进不去。

不知怎的，殿前司忽然成了一片火海，浓烟遮天蔽日。他想喊洛清篱快些逃出来，可任凭他叫得声嘶力竭，却无人回应。他心如火燎，出了一头的汗，猛地大喊一声，直直从榻上坐了起来。

"陛下，您终于醒了。"杜若如释重负，在他身后塞上几个软垫，让他倚在上面。赵弘瑀抹着满头的汗水，只觉得颈间和后心黏腻一片。

杜若抬手在他额间试了试，如释重负："高热已退，陛下无恙。"

赵弘瑀被这湿凉的感觉折腾得浑身不舒服，有气无力地问着杜若："朕怎么在这儿？"

杜若喜极而泣："陛下跪在雪中受了寒气，一直高热不退，昏迷不醒，还不断说着胡话。臣都快吓死了，幸好上天眷顾，陛下终于转危为安。真是谢天谢地！"

"谢什么天地？"赵弘瑀难耐地扯了扯衣领，"该谢的是你的医术。"

杜若仓皇叩谢，然后从欢招手中接过一只盛满温水的碧玉杯，递到他的嘴边。

赵弘瑀刚刚退热，嘴角边干得裂出血纹。他仰首将杯中水咕咚饮尽，忽然又紧张地抓住杜若的手："清影呢？"

杜若点头示意他宽心："陛下放心，太傅无恙。陛下一倒，吓得太傅也出了殿来。他怕自己在这里碍事，一直守在外间等您醒来。"

"朕去看看他。"赵弘瑀把碧玉杯塞给欢招，一掀锦被又要走人。

杜若手快，一把将他摁住："陛下刚刚才退了热，不能再折腾了。您方才出了许多汗，里衣和被褥全都湿了。让欢招公公先替您换上干净被褥和衣衫，然后再请太傅过来吧。"

"不行，事不宜迟……"赵弘瑀一意孤行，被杜若直接推了回去。

"陛下请恕臣大不敬之罪！"杜若一反常态地冷下脸来，"陛下好容易恢复了些，可不能再胡来！危机在前，陛下若是昏迷不醒，那前线的战事交给谁？大殷的社稷交给谁？何况太傅已经等了许久，不在乎再多等一时半刻了。"

赵弘瑀被他说得哑口无言，只好默默点头，任由欢招带人进来收拾。待一切妥当，杜若悄然退了出去，将洛清影请了进来。

洛清影的眼睛已经哭得红肿不堪，声音比之前更加沙哑。他进来之后，扑通一声跪下，伏在地上哀声乞求："陛下，臣想亲自去天雄接兄长回来，请陛下恩准。"

赵弘瑀换好里衣，整个人清爽了许多。他坐在榻边，忙起身拉他起来："有什么话起来再说。"

"陛下若是不答应，臣便长跪不起。"洛清影抬头恳切地求着他，死活也不愿起身。

赵弘瑀无奈，便回首吩咐欢招："你们先出去吧，朕与太傅单独聊一聊。"

欢招虽然很不放心，可又一想反正洛清影也不是什么不知轻重的人，便奉了命默默退了出去。

四下里终于安静了下来，赵弘瑀抬手示意他在榻边坐下，语重心长地看着他："我又如何不能体会你现在的心情？清篱于你而言，是兄长、是亲人，更是舍身救你的恩人。如今他遭此不测，你定是心如刀绞。可痛定思痛，前面还有无数的艰难险阻在等着我们，若是这个时候一蹶不振，我们岂不是辜负了他的心意？"

洛清影哽咽几声，喉间隐隐颤抖："你说的我都明白。但是兄长离去，对我而言如同天崩地裂，我实在无法再去想其他的事情。如今我唯一要做的就是亲自去接他回家……"说到这里，他忍不住悲痛，断了言语别过头去。

赵弘瑀明白此时直接劝阻实在是过于残忍，可是权衡之下，他下定了决心，无论如何也不能让洛清影去天雄。

眼见赵弘瑀不置可否，洛清影有些着急。他慌忙起身又跪了下去，一头重重磕在地上："我虽然不是兄长骨肉同胞，可他待我比亲兄弟更甚。如今他身死疆场、马革裹尸，我必须要亲自去天雄，为他的魂魄引路，带他回家！"

"你快起来！有话我们好生商量！"赵弘瑀想要起身去扶他，却被他摁住。

"你若不答应，便是置我于不仁不义之地。"

"你若逼我答应，亦是置我于不仁不义之地！"见自己完全说不通他，赵弘瑀心急之下高声一喝。洛清影反应不及，只得错愕着僵在原处。

赵弘瑀喊得太急，胸前憋了气，忍不住又急急咳了起来，直涨得面红耳赤，呼吸不稳。洛清影吓了一跳，忙起身来抚着他的脊背替他顺气。

待咳声渐渐止住，赵弘瑀咬着牙一字一句艰难地说道："清篱是为国赴难……他是英雄……若不能继承他的遗志，完成他的夙愿，我不配为人君，你也不配为他的兄弟！你若坚持，我不拦你。可你想过没有，你这一走，朝中大局何人帮我来撑？你好好想想，若今日遇难的是你，清篱会怎么做？你不能再辜负他了啊！"

洛清影愣怔地看着他，手心紧紧攥在一处，身上失了力气，一动不能动。若不是眼泪无法抑制地肆意翻涌，赵弘瑀竟忍不住怀疑他是不是还有呼吸。

"我承认，现在我们遇到了前所未有的困局。可你还记得除夕那夜说过的话吗？你说我不论处于何种境地，都不会轻言放弃，所以不论何种困局，都能撑下去。"见他的态度似乎松动了一些，赵弘瑀又缓和了语气，轻轻拍着他的肩头，循循劝道，"可你只说对了一半。我能撑下去，除了绝不言弃，更是因为一直以来有你默默支持我。清篱一走，战局必将大变。这样乱糟糟的局势，我纵使再有信心，也已是焦头烂额。说实话，我已经筋疲力尽，若是你再颓靡不振，我真不知道自己还能撑到何时。这么想来，倒不如那时你我不曾相遇，你在你的明寂寺中诵经念佛，我在我的煜王府中逍遥快活。什么宗庙社稷、什么为民立命，跟我有什么关系！"

洛清影静静望着他，听着他言语间的无奈失落、自暴自弃，心中更是如刀剜剑剖。一路行来，九死一生，刀光剑影之下窃得一息，好容易有了今日的大好局面，却突遭横祸，令他万念俱灰。

赵弘瑀说的话正是他方才一直耿耿于怀的事。早知今日，何必当初？若是那时自己没有坚持己见，固执地追随赵弘瑀，洛清篱也不必跟着自己一同涉险，更不会有今日的命丧黄泉。

可赵弘瑀的话却又令他不得不扪心自问，若是此时真的放弃了，之前所有的努力，甚至包括洛清篱的死，岂不都变得毫无意义？

想到此处，洛清影心中有了决断，复抬起头来，迎上赵弘瑀关切的眼神，喉间滑了几下，才干哑地说道："我听你的。"

见他终于想明白了，赵弘瑀心中的千金重石卸了下来："这才是我认识的那个洛清影！洛清篱有你这样的兄弟，他足以瞑目了！"洛清影低下头去，沉默着没有说话。

赵弘瑀用衣袖抹去脸上的泪痕，又凑近前来轻声说道："郡主那边你尽可放心。齐重卿已经过去了，我又派了几个御医去随时照顾着。我绝不允许清篱的骨血再出意外。"

听闻此言，洛清影眉心一动，眼眶又忍不住红了起来："多谢。我想回太尉府探望郡主。"

"你……还是别去了吧。"赵弘瑀犹豫着拒绝了他，"齐重卿派人来报，说是郡主惊闻噩耗失了神志。御医们好容易才将她安定下来，若是你此时回去，郡主见到你，不知又该肝肠寸断成何种样子。待她的情绪稳定一些，我会让人送你回去，你说可好？"得知郡主暂时无恙，又听赵弘瑀分析得在理，洛清影只得点头同意。

见他失魂落魄，赵弘瑀心中不忍，想了想又抚着他的肩头安慰道："崔迟已经带人去了天雄，虽然我不能让你去，可我答应你，等清篱的灵柩回到燕安，我会与你一起去城外亲自迎他。"洛清影泣不成声，只能使劲点着头，再也发不出任何声音。

赵弘瑀知道此时不能再逼迫他做任何事，便又重重叹息一声："宫中有禁令，除非天子驾崩，宫里不可以设祭。你如今有家不能回，我会吩咐下去，让他们替你在琼琚殿中为清篱设灵，供你祭奠。你心情不好，就先回去歇着吧。有什么事随时让人来找我。"

"多谢。"洛清影终于冷静了一些。对赵弘瑀悉心周到的安排，他不知该如何表达谢意，只能不住地点头。赵弘瑀安心地拍拍他，作势便要起身来。

"你要做什么？"洛清影立刻将他扶住，见他面色青白，不禁担心地问道。

"我不能再躺着了。"赵弘瑀忧心忡忡，"外面不知道乱成什么样子，该面对的总要面对。我要立刻召集群臣，商讨下一步的计策。"

洛清影没有顺着他的话接着说下去，而是忽然转了话头："天雄军如今是谁在统领？"

赵弘瑀愣了一下，见他眼神甚是急切，便低声答道："军报是夏耒送进京城的。现在夏耒暂时接管了清篱的一切权力，朝廷没有新的旨意之前，他会严防死守，绝不让李崇贵踏入天雄一步。”

“一味退守无法解决根本问题，为今之计还需立刻择一主将，继续实施我们原定的计划。”洛清影一边思索一边说着，一抬头看见赵弘瑀正一脸惊讶地望着自己。

“怎么了？”洛清影不解地问道。

赵弘瑀轻轻摇头：“没什么。只不过见你这般沉着冷静，我终于能放心了。”

这寥寥数语，却潜藏着无尽的情绪。洛清影明白他的忧虑，低声言道：“我不能辜负兄长，也不能辜负你。”

赵弘瑀欣慰不已，可又念及他重孝在身，便沉静下来：“有你这句话，李崇勋必败无疑！那你说，如今可派谁去天雄接替清篱？”洛清影意味深长地看了他一眼，欲言又止。

“有什么话不能直说？”赵弘瑀看不懂他面上的表情，甚是疑惑。

洛清影顿默片刻，似是下定了决定。他抬起头来，眼中饱含坚毅之情，声音不大，却令赵弘瑀心中一震：“我去。”

“你去？”赵弘瑀不可置信地看着他，连连摇头，“你不是答应我一切听我安排吗？天雄之地，处处危机。虽然我方才也说要为清篱报仇，可这是一盘大局，必须步步仔细推敲。我能理解你为清篱复仇的急切心情，但绝不能意气用事……”

“我没有意气用事，也不是公报私仇，这是我深思熟虑过后的决定。”洛清影毅然打断了他，神色沉静，“揭穿我的身世，污蔑章延泽倒戈，如今又害死兄长，虽然这一切的最终目的都是要摧毁我大殷的基业，可这一桩桩、一件件皆如漫天巨网，在我身边撒开。章延泽的事情必须弄清楚，兄长的死因也必须查明白，我相信，只要将这层黑幕揭去，李崇勋的阴谋就一定会大白于天下。虽然陆骞是我生父，可是我长于太尉府，亦是老太尉洛骁的儿子，是太尉洛清篱的兄弟。兄长死得不明不白，我虽然无力洗刷陆氏的冤屈，却不能眼见着洛氏一门忠烈再被人污蔑！将门无弱子，既是武将之后，逢此国难，我便要接过父兄手中的旗帜，驱逐敌寇，不流尽最后一滴血决不罢休！”

“可是……”赵弘瑀想了想，依旧觉得不妥。

“陛下！”洛清影退了几步，拱手再拜，“我并非以朋友的身份求你，而是以臣子之身向你请战。我知道你担心我会因为兄长的事情而感情用事，虽然我恨不得将李崇勋碎尸万段，可我还没有糊涂，国仇家恨，孰轻孰重我有分寸。我从未直接领过兵，然而却并非毫无对阵沙场的经验。当年你随兄长平叛天雄，我亦随你一同出征，后来漠凤集结重兵屯兵边境，我亦与兄长单枪匹马闯过剑阵。对于天雄的情况，我自认比其他将领都要熟悉。何况那殊死一战的策略也是我与你一同定下的，对即将到来的危险，我比任何人都看得更为透彻。身为武将之后，我绝不敢毁了父兄的一世英名，若心中没有胜算，我也不敢贸然请命！”

赵弘瑀无言以对。虽然他不得不认可洛清影的说法，可再一想及他眼下的困境，又犹豫着否定了他的提议：“你所言虽有道理，可是……陆骞只有你这么一点骨血，清篱又为国捐躯，洛氏一门也需要你来撑着……我不能眼睁睁再让你去犯险。你若是再出了差池，我又有何颜面立足于世？”

“国之不存，又何以存一家之瓦？”洛清影下了狠心，没有丝毫动摇之意。

赵弘瑀从未见过他如此坚持，左思右想仍是难下决断：“可是……你身份特殊，朝臣们又怎能同意让你去？”

洛清影见他如此为难，也明白他是在担心什么，便不再似先前那般强硬，缓和下来平心静气地劝道：“夏耒他们现在仍在天雄死战不退。他们与兄长共事多年，是同生共死、浴血同袍的兄弟。我想，他们一定也是义愤填膺，一心只想为兄长报仇雪恨。放眼朝堂，你派任何人去接替兄长，一旦处理不善，都有可能与这些将领们心生嫌隙。敌寇未除，若再生出内讧，大局危矣。我是兄长的兄弟，与这些禁军将领们也有些交情，我与他们同仇敌忾，心意相通，恐怕此时也只有我的话才能让他们听进去。”

第二十五章

倬彼云汉　昭回于天

这一番话才是真真正正说到了赵弘瑀的心里去。放眼朝堂，哪里还有人能制约住禁军将军们？胡之恒之前虽是挑拨离间，但他所忧亦有道理。这个时候若是接替之人无法安抚住禁军的将军们，必将生出大祸来。

“你所提之事我会仔细考虑，待我想清楚了再做定夺。”

“时不我待……”

洛清影还要拱手再言，却被赵弘瑀一把拉住：“崔迟快马加鞭，想来不要几日就会回京。你难道不该先去接清篱回家吗？”

“我……”洛清影闻言，好容易平复些的情绪又轰然乱了起来。

赵弘瑀紧紧握着他的手：“先接清篱回家，待忙完他的身后事，再定继任人选。这样的话，就算是你亲自出征，心里也能踏实一些。”

洛清影无法掩饰心中的悲痛，一想到洛清篱已死，满腔悲愤难以自抑。他明白，自己尚未做好准备。或许正如赵弘瑀所言，待安顿好洛清篱的后事，他才能了无牵挂地奔赴天雄。

崔迟自领了皇命，星夜兼程、马不停蹄，不敢有丝毫耽搁。五日之后，他终于带着洛清篱的灵柩回到了京城燕安。天色未明，赵弘瑀亲自领着百官在城外等候。

待指尖触摸到那毫无生气的棺木，冰凉的触觉顺着指尖一路蹿入心门。“兄长！”洛清影重重跪下身去，仰天悲鸣。一声撕心裂肺的泣涕洞彻云霄，风木含悲，江潭凄怆。

赵弘瑀尚未来得及去劝他，只听咕咚一声，他已失了神志，一头倒在了灵柩之上。

风动烛花，孤影徘徊。夜深之时，院落中的人声、哭声渐渐淡去了。齐乐瑶说，洛清篱一生挚爱之处便是他的揽月阁，于是便将灵堂设在此处，希望他漂泊的魂魄可以在这里安歇。

洛清影跪在灵位前，整个人如同飘浮在空中一般。他已经暗自掐了自己很多次，好让自己能清晰地分辨出哪个是幻象，哪个是现实。

没有诀别，或许亦是天意。没有诀别便没有终点，仿佛洛清篱从未离开一样。洛清影兀自想着，神思所及之处，皆是与洛清篱的种种过往。他猛地长叹一声，是从未有过的疲倦之意。

“太傅！太傅！”一阵急促的呼唤由远及近。洛清影顺势望去，正是安歌一路狂奔而来。

“太傅！”安歌跪在他的面前，一手猛地擦着眼泪，痛哭言道，“我来晚了。”

“无妨。”洛清影抬手替他抹去泪珠，轻声安抚，“郡主好容易睡下，别吵醒了她。”

安歌一听，忙将声音放低了些：“我方才入宫去向陛下禀明详情了。”

“我知道。”洛清影顾不上自己泪痕未干，抚着他抽噎不止的肩头说道，“你与兄长相识一场，他视你如亲子，你尊他如生父，你与我一同替他守灵，可好？”

“嗯！”安歌使劲点点头，去到灵前重重磕了三个响头，然后又起身回来，在洛清影身边跪了下去。

沉默片刻，他转过身来，似乎在怀中仔细摸索着什么：“太傅，方才太过混乱，你又昏迷不醒，我便没有及时告知。太尉他……他临终前给你写了书信，让我一定交给你。”说完，他将一副折叠整齐的帛书递到洛清影面前。

这是洛清篱亲笔所写的书信，也是洛清篱生前最后触碰之物，更是他在这个世上留给自己最后的话。洛清影心生惶恐，有那么一瞬间，他竟不愿接过来。这封信，便是真正的诀别。

安歌不明他的心思，以为他没听清，便又低声催促：“太傅，这是太尉大人写给你的……”

“嗯。”洛清影颤抖着接过帛书，一点一点地展开。

既是真相，就算鲜血淋漓，也不容任何逃避。帛书被小心翼翼地展开，熟悉的遒劲字迹悉数映入眼帘。

清影吾弟：

道涵天地，神流百形，生有生灭而道无生灭。为兄今必死，然不为私怨，乃死国也。

君上臣下，臣事君以忠，乃臣之天职。君居高位，须权衡轻重，常无奈使之。汝今而后，亦不可心怀怨愤。

为兄深知延泽为人，满朝皆骂其降敌，唯我对其深信不疑。延泽之案一日不明，为兄一日不可瞑目。

为兄今遭小人暗算，马失前蹄。我一人生死事小，洛氏忠名事大。正家门之名，将为汝之使命。

郡主临盆，为兄已无力照拂。吾儿之名，亦请汝代为取之。

不论男女，请汝代为亲养亲教。务必令其心怀坦荡之义，肩负仁义之道。

前路艰险，为兄不能同行，汝一人当小心谨慎。

洛氏一族尽数相托，万望好自珍重。

兄洛清篱泣谢。

洛清篱此书，字字泣血。洛清影每念一字，心中便如锥心蚀骨。待看完一遍，他已是泣不成声。

在这个世上，与洛清影最能交心的人是赵弘瑀，然而，最了解他的人却始终是洛清篱。

洛清篱嘴上不说，可心里却如明镜。自从一些事情之后，洛清影与赵弘瑀的关系越加尴尬和疏离。他最担心的事情便是洛清影混淆了友情与君臣之义的界限，落得个君恨臣怨的结局。而洛清篱此次出征又是赵弘瑀亲自首肯的。洛清影与他兄弟情深，他很害怕洛清影会痛彻之下迁怒于赵弘瑀，又或者是其他人。他不愿洛清影因为自己的死而心生怨恨。他要洛清影坦荡地活着，要他继承自己的遗志，撑起洛氏的门庭，无论怎样，绝不能伤心欲绝、颓靡不振。

“太傅，太傅？”安歌生怕洛清影再有什么意外，连忙拽住他的衣袖恳切劝道，“敌寇不除，太尉英灵不安。太傅，你一定要振作起来，我们一起替太尉大人报仇！”

洛清影缓缓将帛书收起，郑重地放入衣襟中去：“安歌，我一定会求陛下让我去天雄领军。你可愿助我一臂之力？”

“当然愿意！”安歌目光炯炯，坚毅发誓，“不仅有我，还有夏耒将军他们。

末将回京之前，夏耒将军让我转告太傅，让太傅一定不要自乱阵脚，想方设法帮助陛下稳住朝中人心。我们这些人愿肝脑涂地、誓死追随太傅，定要斩下李崇贵的人头，以祭奠太尉大人的在天之灵！”

“好！”洛清影深吸一口气，方才痛哭过的眼中布满血丝，“我一定不会让兄长失望！但是你要答应我，绝不可意气用事。虽然你与兄长情如父子，可他有遗言，他的死不是私怨，而是国仇。我不允许你们任何人擅自行动，破坏大局。”

“末将明白！”安歌狠狠擦去挂在脸上的眼泪，转身再向洛清篱的灵位拜了三拜，指手对天，“安歌今日在太尉灵前起誓，一定谨守太傅大人的安排，力战西卫，至死方休。”

洛清影亦是俯身下拜，面向灵位郑重起誓：“兄长，你暂且休息，待我大胜回朝，再与你把酒言欢！”

一语既毕，安歌又没了言语，只俯首趴在地上低声啜泣。洛清影没有阻拦，任他发泄心中的悲痛。

天色渐白，一夜繁星隐去。院中忽然传来一声惊呼。洛清影转身望去，原来是吉叔正慌慌张张往灵堂奔来。

“二公子！”吉叔一头扑在他脚边，丢魂失魄一般断断续续地哭诉道，“郡主……郡主要生了……”

“什么！”洛清影闻言心惊胆战。他深一脚浅一脚进了后院，见齐重卿正拄着拐杖手足无措地立在院中，便快走几步迎了上去：“侯爷，郡主如何？”

齐重卿心慌意乱地拉住他，悲怆之情无以复加：“杜若已经进去了，我也不知情况到底如何。贤婿一走，我已是心乱如麻，若是不能替他保住血脉，九泉之下我有何面目去见洛骁老兄啊？”

齐乐瑶撕心裂肺般的呼声从屋内远远传来，过了片刻却似乎又没了动静。洛清影心似漏了一拍，抬脚便要往里进，却被齐重卿一把拦住。

“这个时候进去只会给杜若添乱。”齐重卿拽住他的手，言辞恳切地劝道，“乐瑶是我的女儿，我和你一样担心。她与清篱夫妻情深，我相信她这一次绝不会令清篱失望。我们就在这里安心等着，好吗？”

洛清影噙着眼泪回望着齐重卿，眼见他须发尽白，哀伤之情溢于言表，只得强压下心中的焦灼，默默点头。

过了半晌，屋里终于又传出齐乐瑶虚弱的声音，洛清影这才重重喘了一口气，稍稍安下心来。

然而这边刚刚安定一些，外面又出了事。一位身披铠甲的军士冲了进来，远远看见洛清影立刻上前来抱拳跪下，沉声说道："太傅大人，末将受崔迟将军之命，特意来见您，有要事相报。"

"何事？"洛清影闻言，隐隐觉得不妙。

"今日早朝时有不少大人向陛下请奏，说……说太尉之死有疑，尚未摆脱通敌嫌疑，陛下不该亲自出城迎接，更不该为其风光大葬。他们强烈要求，严禁将太尉葬入洛氏祖坟……待案情查清，再做处置。陛下动了怒，正在朝中与群臣争辩。崔迟将军怕这帮大臣会来太尉府找麻烦，所以特意让末将来通报您，让您关好门庭，以应对不测。"那将军快速说着，洛清影听到最后，只觉得凉意彻骨。

还没等他开口，却听齐重卿拄着拐杖厉声骂道："岂有此理！清篱已经为国捐躯，这还不能证明他对陛下的忠心吗？这帮腐儒，真是要对忠义之后赶尽杀绝吗？我就算是豁出这条老命也要与他们争个清楚！你赶紧带路，我这就入朝去，看谁敢当着老夫的面再肆意污蔑清篱！"说完，齐重卿不顾年迈之躯，怒气冲冲夺路而出。洛清影一步上前，慌忙将他拦下："侯爷去不得！"

"我怎么去不得？若非清篱在战场上厮杀，哪里还有他们的狗命！"齐重卿铁青着脸，挥着拐杖咬牙切齿地骂道，"你让开！你若不让，别怪我不留情面。"

齐重卿气势汹汹，可洛清影寸步不让："侯爷，郡主生死一线，你不能离开她。你若真的替家兄不平，就好好守着郡主，千万不能让她再出任何差池。"

"清篱是我的女婿，他是什么样的人，我当然清楚！我不能让他们这么肆意污蔑他！你没听见这帮狼心狗肺的东西说的什么混账话吗？不让清篱葬入祖坟，难道要抛尸乱坟岗吗？你能忍，我不能忍！"

"我当然不能忍！"洛清影狠狠打断了他，尽力抑制住心中的愤怒，"可是郡主这里离不开您，为了兄长这一点血脉，您不能去。朝臣们有异议，说到底还是对我不满。解铃还须系铃人，我这就入朝去！"

齐重卿虽气愤难平，可听洛清影的话句句在理，只得愤愤叹了一声道："好！你且安心去，太尉府就交给老夫。谁敢来闹事，我定打得他满地找牙！"

纵然是山崩地裂，一切还需自己来扛。饶是一夜未睡，又噩耗频传，洛清影却反而前所未有的清醒。他马不停蹄地入了宫门，值守的将士见他一脸严峻，不敢阻拦，一路放行。

待他在殿外俯首候命时，隐约听见朝堂内传出些不善之言。他顾不上这些，待赵弘瑀传他进殿，便凝神聚气，稍整衣冠，昂首阔步迈进殿去。

洛清影刚一站定，就听一旁的胡之恒言道："太傅大人，你犯下重罪，陛下本将你拘押在宫中。太尉一死，陛下仁慈，放你出宫去为他守灵。你乃戴罪之身，没有陛下的传唤竟敢擅闯宫禁，你的胆子可真大啊。"

洛清影冷冷看了他一眼："据我所知，陛下也下了旨责令你在府中闭门思过。可你不经陛下允许便擅自入朝，胡大人，你的胆量也是不小。"

"你！"胡之恒没想到他会倒打一耙，急怒之下愤而言道，"身为人臣，我不忍见朝中奸佞横行，不忍陛下被人利用，所以我才冒死觐见，恳请陛下肃清朝堂、铲除奸佞！"

"奸佞？"洛清影仰天大笑，继而步步逼近大声质问，"你口中的奸佞是何人？是太尉吗？太尉赤胆忠心，视死如归，为陛下清除外患，不惜马革裹尸而归。难道在你的眼中，浴血疆场的将军竟是千夫所指的奸佞？那我问你，何人才是忠臣？是你这般颠倒黑白、是非混淆、不辨忠奸、只知逞口舌之欲的狂徒吗？依我看，你才是假公济私，妄图蒙蔽陛下、祸乱朝纲的奸佞！"

胡之恒从未受过如此责骂，怒不可遏："你竟然辱骂朝廷命官！"

"骂你又如何？"洛清影毫无惧色，"太尉是陛下的臣子，如有过错也该由陛下定夺。如今是功是过，陛下尚未开口，你便在这儿狂吠不止。况且陛下并未褫夺太尉的官职，他就算死了，也是官居一品的重臣，岂能任由你来辱骂污蔑？"

胡之恒气得面红耳赤，转面朝赵弘瑀殷切言道："陛下，太尉一死，太傅受了刺激，臣不愿与他废言。太尉生前未能撇清与西卫勾连的罪名，虽然他领军出战侥幸打了一些胜仗，可关键时刻却又莫名其妙地死了，丢下这么一个烂摊子。如今李崇贵已经再次集结大军，天雄危在旦夕。臣怀疑，这背后有天大的阴谋！太尉无法自证清白，如今疑团更甚，对于这样的人，陛下若是将他风光大葬，就是寒了臣民们的心啊！"

洛清影闻言，亦是毫不相让："陛下，太尉是死在天雄前线，是为国捐躯。若陛下听信小人谗言，那才是真正寒了天雄将士的心！"

然而一言既毕，满堂的大臣竟忍不住窃窃私语，其中几人大着胆子站出来请言道："太傅啊，我们并不是非要与太尉过不去。只不过他身上疑点重重，不查清楚，我们也是难以心安啊。"

"是啊。"不待赵弘瑀发话，另有人又站出来继续言道，"陛下，太傅自身尚难自明，他说的话又怎能轻易相信？"

阶下已然剑拔弩张，若只是胡之恒一人搅闹，赵弘瑀大可直接将他轰下殿去。

可群臣激愤，人心浮躁。眼见外患未清，又要同室操戈，赵弘瑀无论如何也不敢武断地驳斥群臣，只能忍着怒气婉言相劝：“你们不信太尉，可太尉身死于外，确实是为国尽忠。如今你们不许他葬入祖坟，依朕看来实在太过偏激。身为人君，朕不能寒了将士的心啊。”

岂料胡之恒并不领会他的苦心，态度愈加强硬：“陛下若是为这等居心叵测的乱臣贼子厚葬，那才会寒了将士的心！”

胡之恒不知进退，令赵弘瑀勃然大怒。还未待他发作，就听大殿门外一声叱喝：“是谁在这儿胡言乱语，诬陷朝廷忠良？”

赵弘瑀一惊，顺势望去，却见甄太后大步走了进来。“太后？”赵弘瑀不知她为何出现在这里，忙站起身来要去迎接，没想到她却径直向洛清影走了过去。

“本宫已经听说了清篱的事情。想来他的婚事还是本宫一手促成的，往事历历在目，可他竟撒手而去了。天有不测风云，人有旦夕祸福，还望你节哀。”

因为淑贵妃和魏王的事情，甄太后嘴上不说，但心中一直与洛清影不睦。如今她发自肺腑地真诚致哀，洛清影虽有些怀疑，面上却不敢泄露半分：“臣谢太后惦念。”

甄太后点点头，转身走到御阶下，抬头望着赵弘瑀朗声说道：“陛下，洛氏一门先后辅佐我大殷几世圣主。清篱乃是忠义之后，如今他为国赴难，尸骨未寒，可本宫却听闻有人不愿让他入土为安，还大肆污蔑他的清名，试图搅乱人心、祸乱朝纲。虽然我朝祖训后宫不得干政，可眼见社稷不存、危难在即，本宫身为太后，绝不能坐视不理，即使违背祖训也要冒死进言。”

胡之恒立刻听出甄太后话锋有异，一步上前想要阻拦：“太后，太尉他私藏叛臣之子，这是欺君之罪……”

岂料他刚说了一句，就被甄太后不以为然地打断：“胡大人，你口中所说的事本宫早就知道了。太尉并没有犯欺君之罪，他之所以留下陆骞的儿子，那都是先帝的授命。”

甄太后淡淡的一句话，却让满朝文武立刻炸开了锅。赵弘瑀心中亦是一惊，但他立刻便明白了甄太后的用意，忙走下御阶，故作惊讶地问道：“太后所言是真是假？”

这一问算是问出了在场所有人的疑惑，群臣尽皆安静下来，默默等着甄太后的回答。

甄太后叹息着说道：“陆骞一案爆发时，陛下尚未出生，自然不知道真相。

话说起来，陆骞曾是我儿弘启的太傅，与本宫也有些来往。他为人忠厚，总爱仗义执言，得罪了不少权贵。可先帝就是欣赏他这份直爽和忠诚，才让他辅佐弘启。后来有人告发他，说他暗中与西卫上将军漠凤勾结，意图谋反。先帝虽是震怒，却并未轻信谣言，他不相信陆骞是这样不堪的人，才令老太尉洛骁前去拿人，想要亲自审问明白。临行前得到密报，说是陆骞的夫人方诞下一子。先帝便万般嘱咐老太尉，一定要保证陆骞的性命无忧。怎奈陆骞心高气傲，无论如何也无法接受这般无端的指责，一气之下选择以死明志。老太尉拼了命才从大火中将陆骞的儿子救了出来，他不敢隐瞒，立刻将实情告知了先帝。先帝痛心疾首，可陆骞一死，漠凤那几十万大军便蓄势待发。无奈之下，先帝只能用陆骞和漠凰的骨肉来威胁漠凤，让他退兵。然而如此行事终归不是君子之道，何况陆骞一死，真相便随着他一同烟消云散，再也无法查清，所以先帝只得暗中处之，将整件事情压了下去，让它成了一个永久的秘密。先帝仁慈，念在与陆骞君臣一场的份上，不愿眼睁睁见他的幼子孤苦无依，便密令老太尉洛骁将他认作亲子，养在自己身边。”

“若按太后所言，太尉受了冤屈，为何不说出实情？”胡之恒寻出破绽，立即提出质疑。

甄太后淡淡瞧了他一眼，继续解释道：“先帝之所以留下陆骞之子，说到底还是对自己当初的决定心生悔意。洛清篱宁可自己承担骂名，也不愿将真相说出，以免伤了先帝的圣名。可越是这样，不越是说明他是个忠君之臣？若非事关社稷存亡，本宫也不愿再提此事。毕竟……”甄太后说着，言语间有些犹豫。她欲言又止地看着赵弘玥，痛心疾首地摇着头。

赵弘玥不知她是何意，便又追着问道：“太后有何隐衷？”

甄太后环视群臣，继而又凝重地看向赵弘玥：“陆骞一案牵连我儿弘启，本宫本应该避嫌，不该置喙。本宫是先帝的皇后，要以维护先帝的圣名为重。可先帝自己都曾怀疑是不是冤枉了陆骞。时隔多年，先帝已经不在了，一干人证也都相继辞世，如今想要弄清真相怕是比登天都难。所以太傅事发之后，本宫一直保持沉默。可如今这桩陈年旧案已经不是一个简单的遗案，它事关我大殷朝忠臣之名、社稷安危。思前想后，本宫也只好冒着违逆先帝的罪名，将真相大白于天下。陛下，本宫不敢妄议先帝的决定，也不敢贸然认定陆骞是受了冤屈。可本宫深知，那老太尉洛骁与太尉洛清篱皆是忠肝义胆之士，他们的所作所为都是秉承了先帝的旨意。本宫不能襄助陛下平定外患，但是本宫却绝不能坐视这忠臣义士被人白白泼了污水，更不能眼睁睁看着忠臣死后无法安息。”

说到这里，甄太后拉过赵弘瑀的手，沉痛之情溢于言表：“陛下，好生葬了清篱，让将士们安心吧！”

此话一出，堂下哗然。朝臣们并不愚钝，谁都知道太后与太子一系针锋相对、势如水火，既然她主动出面替洛清篱澄清事实，那么所言之事便绝无虚言。

朝臣们并非与洛清篱有什么私人恩怨。既然事实已明，他们随即转变态度，再没有什么异议。

赵弘瑀不动声色地察看着他们的表情，知道方才一番话已经起到了作用，便向甄太后微微点头示意感谢，然后大步走上御阶，居高临下扫视群臣：“传朕旨意，太尉洛清篱忠勇竭义、为国捐躯，谥号忠武。即日起，命百官前去守灵，两日后朕会亲自主持，为他下葬。”

赵弘瑀态度坚决，甄太后又坐镇于侧，群臣们断不敢再有违逆，纷纷跪下伏拜：“陛下圣明，臣等谨遵圣谕！”

听着山呼海啸一般的拥护之声，洛清影心中的懑闷终于化为乌有。他忍着心中的激荡，高声谢恩：“臣替太尉谢陛下圣恩！”

这边好容易稳下局面，殿外又匆匆忙忙跑进来一个小公公，尖细的嗓音震得赵弘瑀好容易松下来的神经又绷紧起来：“陛下，淮安侯让人从太尉府捎了话来。”

未及赵弘瑀询问，洛清影几步上前，拽着他的胳膊连声问道：“是关于郡主吗？她如何了？”

“太傅大人勿急，勿急。”小公公嘿嘿笑着拱手恭贺，“淮安侯说，郡主母子平安，请陛下和大人安心。”

“母子平安？”

“对！母子平安！郡主生了个小公子。”

“太好了！”赵弘瑀几步走下阶来，喜不自胜，“老天保佑！清篱的血脉终于保住了！”

接连的喜讯传来，洛清影脑中已经混沌不清，眼见他步态虚晃，身形摇摆不定，随时都要倒下去一般，赵弘瑀猛地一推方才入殿禀报的小公公，大喝一声：“快去扶着他，好生送他回府！”

直至洛清影的身影彻底消失在眼中，赵弘瑀才喘了一口气，负手转回身来。他走到胡之恒面前，蕴着怒气厉声说道：“胡之恒，朕记得朕对你的禁令应该还未解吧？”

事已至此，胡之恒明白他这是要秋后算账，便一动不动地伏在地上，低声回道："臣有罪，臣一心只为陛下着想，没有来得及顾念那么多……"

"到这个时候你还执迷不悟吗？"赵弘瑀的嘴角抽搐几下，猛地抬脚将他踢到一边，"你险些害朕成了残害忠良的昏君庸主，让朕在青史中留下千古骂名。你的罪过确实很大，闭门思过已经不能反省你的罪行。来人，将他押入大理寺狱，待战事结束再行发落！"

岂料胡之恒并未再做任何辩白，任凭戍卫军士将他押了下去。只是他临走之前又默默瞄了甄太后一眼，那眼神令她不寒而栗。赵弘瑀没有留意到这些，一想到山穷水尽时竟还有转机，他只觉得心中畅快，狠狠出了口恶气。

"你们也不要跪在这里了。"赵弘瑀看着跪了一地的文武之臣，一挥衣袖，"赶紧去太尉府守灵吧。"

"是。"群臣领命，鱼贯而出。

待所有人散尽，赵弘瑀这才回过头来，尴尬地对甄太后微微颔首："感谢太后能出手相助。"

无人在旁，甄太后终于可以卸下面上的威严庄重，只如一位鬓发斑白的老妇人一般，微微摆手笑道："本宫曾经糊涂过，不想一错再错。陛下说得对，本宫欠陆骞一个人情，若是不能还清，本宫怕是死也不能安心。陆骞一案是先帝亲自判定的，本宫不能说得太多，一来是因为事关弘启，群臣恐怕会认为本宫是有意为他开脱，二来……本宫毕竟是先帝的皇后，就算先帝真的办错了事，本宫也还是要维护他的英名。正如陛下所说，此事太过久远，人证物证皆无，若是贸然翻案，不仅不能服众，还会引起更大的麻烦。所以权衡再三，本宫只能先保证洛清篱的清名。至于洛清影，本宫只能帮陛下到这里了，还请陛下体谅本宫的难处。"

赵弘瑀从未见甄太后如此推心置腹，不由心中一软："太后能当着群臣的面说这些，朕已经很是感激了。"

甄太后自嘲地笑了笑："说来也是讽刺，当初本宫与太子分庭抗礼，理所当然也就与他们兄弟俩不太融洽。这些话若是出自陛下之口，可能并没有什么说服力，可一旦出自我这个曾经与他们敌对的人之口，群臣便也不得不信了。"

虽然甄太后说的是事实，可赵弘瑀听在耳中始终别扭："太后何出此言？群臣们能相信太后所言，归根结底还是因为在他们心中，太后是值得尊敬、值得信赖的。"

甄太后没有接话，静默片刻才又低声说道："陛下，本宫这么做其实也是想求陛下一件事。"

“何事？”

甄太后小心翼翼看了他一眼，语气谦卑谨慎：“无论本宫做过什么样的糊涂事，婉儿并无错。还请陛下念在夫妻一场的情分上宽恕她吧。”

乍一听到淑贵妃的名字，赵弘珝心头似是被人扎了一针。他别过头去，刻意掩饰心中的痛意，淡淡说道：“太后放心，朕会考虑的。”

“那就好，那就好！”甄太后如释重负，面上刚刚露出一丝笑意，忽然记起胡之恒临走之前那个眼神，又犹豫着说道，“西卫大军压境，这个时候最需要的就是陛下与群臣能摒除芥蒂、勠力同心。胡之恒虽然言语过激，可他也是一心为了陛下着想，本宫觉得陛下小惩大诫便好，无须过于认真了。”

谁料她这话音刚落，赵弘珝便立刻冷下脸来，完全不似方才的随和：“后宫不得干政，这些事太后就不要操心了。”

甄太后自觉说了不该说的话，又不敢再激怒他，只得闭了口不再多言，微微叹息着默默离去。

夜色深沉，子时已过，赵弘珝却毫无睡意。夏耒军报又至，李崇贵派人轮流攻城，形势已是十万火急。

赵弘珝烦躁不已，又担心齐乐瑶的情况，便叫崔迟带上几人，披着星月之光往太尉府赶去。

一入府门，四下静谧无人，只有洛清影与安歌两人跪在灵前。赵弘珝压着怒火走上前去，朝灵位拜了三拜，转身环顾一圈愤愤问道：“那些朝官呢？朕不是说要他们来给清篱守灵？怎么一个人也没有？”

见他脸色难看，洛清影立刻解释道：“陛下息怒，臣让他们都回去了。既是危难之际，朝臣们更应该坚守职责，又岂能让他们都待在这里耽误了国事？”

“你啊……”赵弘珝无奈地摇摇头，可又听他说得在理，只好作罢，“郡主和孩子呢？”

“郡主伤了元气，时醒时昏，侯爷和杜若在后院寸步不离地照看着。孩子倒是无事……”洛清影默默说着，哀伤之意又涌上心头。

“你别胡思乱想，郡主母子平安，清篱在天有灵也会安心的。”赵弘珝轻声宽慰着，继而又忍不住长叹一声，“朝中总算风平浪静了，可天雄却仍是风雨飘摇。方才夏耒又送来军报，若朕再不下令反击，他们怕是顶不住了。”

洛清影迟疑了一下，拱手言道：“陛下，明日一早我便动身。”

“陛下，臣请随太傅一同回去！”安歌闻言亦是抱拳恳求。

赵弘瑀犹豫不决，为难地看着洛清影："朕还没有想清楚……"

"陛下不可再犹豫了！"洛清影斩钉截铁地打断他，"那日臣已经为陛下分析了利害轻重，臣相信陛下心中早就有了定数。何况今日太后在朝上一番言论，大臣们对臣的疑虑已经消失大半。趁此良机，臣该即刻动身，以免生变。"

洛清影所言正是赵弘瑀所想，可是在章延泽和洛清篱相继出事之后，他再也不敢轻易让洛清影去涉险。

"可是……清篱两日之后下葬，你若走了，这……"

方才只想到前方军情，却忘记了这么重要的事。洛清影愧疚地望着洛清篱的灵位，心中盘桓良久才酸着鼻子说道："当务之急是对抗西卫，我想兄长会理解我的。"

赵弘瑀闻言心中甚为震动，只伸出一只手来，坚定地说道："好，朕发誓，两日后朕会亲自替你为清篱扶灵，帮你送他最后一程。"

"多谢！"洛清影噙着眼泪，颤抖地伸出手来与他击掌而誓，"这一次，臣一定不会再给李崇勋任何东山再起的机会。"

赵弘瑀欣慰地点着头，继而又郑重承诺道："朝中之事你无须担心，朕会坐镇京师，掌控大局，你只管一心迎敌便好。"

洛清影星夜兼程赶到了天雄，顾不得洗去满面尘土，立刻招来所有将领升帐议事。

众将见他到来，既是欣慰又是欣喜。夏未带头站出来，双手奉上调军虎符，哽咽着说道："大人，这是太尉的虎符，太尉走后暂由末将保管。如今陛下有令，让您总领天雄军，末将将虎符呈上，请您发号施令。"

洛清影接过虎符，一改往日的温和，冷峻四顾："既然你们也知道陛下命我接替镇西将军之职，那么接下来便要听我号令。我知道你们中的许多人都与太尉相熟，太尉遇害，你们心中定是窝着火，急不可待想要为他报仇。太尉是我兄长，我的痛心绝不下于你们。但国有国法、军有军规，我不允许你们任何人不经过我的同意贸然行动。如有违抗，军法论处。"

一语言罢，左右将军皆是振奋抱拳："末将遵命！"

洛清影大为震动，又接着说道："临行之前我已向陛下许诺，此行一定要重创西卫军。今日我便在各位将军面前立下军令状，若不能将西卫大军剿灭，我洛清影便将自己的头颅砍下祭旗。如违此誓，天诛地灭。"

因为洛清篱的关系，众将领对洛清影的接管心悦诚服，可他毕竟不是行伍出身，对他的能力，将军们心里或多或少都有些疑问。然而今日一见才发现，他虽是一介文人，杀伐决断的气势丝毫不输任何武人。众将心里落了定，再也没有任何疑虑，纷纷慷慨举誓："剿灭李崇贵，为太尉报仇，如违此誓，天诛地灭！"

眼见军心初定，洛清影暗自松了口气："既然大家同仇敌忾，那先请各位回到各自营中，守好各自防线。我会尽快与夏耒将军定好方略，及时将任务分派下去。"

"是！"众将军齐声应道，铿然有力地鱼贯退了出去。

待所有人都散尽，洛清影才示意夏耒坐下，缓声说道："夏耒，兄长到底如何出的事，章延泽又到底是生是死，你与我仔细说来。"

夏耒想了想，忍着心中痛恨之情愤愤言道："太尉自从来到天雄就一直暗中调查章将军的事。据目前的线报来看，章将军应该还活着，只不过他根本没有投敌。叛变一说只不过是李崇贵乱我军心的诡计。"说到此处，他顿了顿，偷偷瞄了洛清影一眼："但是章将军被俘却和大人您有关。"

"我？"洛清影一惊。

"是。"夏耒点点头，"那时您的身世已经被撞破，朝局震荡。李崇贵借机给章将军写了一封密信，说是抓到了苏祓，并进而得知了一些不为人知的隐情。章将军一心想要救您，便想从李崇贵口中探得些消息，情急之下决定单刀赴会，不料却中了李崇贵的诡计，被他所擒。"

夏耒正说着，忽然听到一声闷响，只见洛清影一拳砸在书案上，咬牙恨道："看来他们早就想好要以我为诱饵，引出这一连串事件。可兄长自从掌管天雄以来连战告捷，又怎么会忽然之间遇害？"

一提到此事，夏耒面色铁青："大人，天雄军中定有李崇贵的奸细。"

"何意？"洛清影闻言，立刻变得警觉起来。

"我军与西卫对峙日久，军中粮饷已经无法久撑。年后，陛下紧急调运了一批粮草入关。粮草之事，已成我军命脉，太尉放心不下便决定亲自去接应。此事关系重大，太尉召集众将军秘密定下路线和计划。本该万无一失，却不想走漏了风声，被李崇贵得知，他派了重兵设下埋伏。太尉一心保护粮草安全，不惜以自己为诱饵，引开敌军追击，怎奈寡不敌众，被敌军重重包围。待援军赶到时，他已经身中毒箭，奄奄一息……"说到这里，夏耒狠狠揉了揉眼睛，"大人，若非有奸细，太尉的计划又怎会被李崇贵得知？倘若非要说是碰巧遇上伏兵，可那支毒箭明明就是预谋已久，一心要置太尉于死地！"

若真如夏耒猜测，那奸细就必然隐匿在方才那群将军中间。回想起刚才那一张张激奋的脸，洛清影不禁惊出一身冷汗。

“我来之前你可暗中查过？”

“查过。”夏耒忍不住一脸懊丧，“战事太紧，我本就捉襟见肘。何况太尉一走，形势岌岌可危，我又不敢贸然大肆去查，怕搅乱了本就不太稳的军心……所以我只能盼着陛下能尽快准许大人您来，也只有您能安抚住这些将士们了。”

“嗯。”洛清影站起身来，若有所思地来回踱着步子，“即日起你在军中大肆宣扬，就说我对太尉之死有疑，要彻查三军，一旦揪出奸细定斩不饶。”

“真要一个个查吗？”夏耒担忧着问道。

“你只放出风去即可。”洛清影不置可否。

夏耒想了想，“也罢。风声一紧，这人为了自保一定会想方设法逃走。虽然营前不该同室操戈，以免自乱阵脚。可事出无奈，也只能这样了。”

“不。”洛清影摇头否认，“你说得对，西卫的人马就驻扎在天雄关外，我们不能在他们的眼皮下自己乱了起来。这奸细若要逃，你便暗中放他一马，让他去找李崇贵。”

“什么？”夏耒不敢相信自己的耳朵，“这不是放虎归山吗？”

“是放虎归山，可他又怎么能断定这山里没有另一只老虎在等着他去送死？”洛清影看了他一眼，示意他少安毋躁，“你听我说，一旦营中出了逃兵，定会有人向你禀报。到时你只装作若无其事，告诉所有人这奸细是我故意放回去的，我已经将这奸细收作已用，假意遣他回去，让他留在李崇贵身边为我们策应。你说以李崇贵多疑的性子，他还会不会留下这个人？”

夏耒一拍脑袋，恍然大悟：“营前对峙日久，心浮气躁，最怕生出谣言。为了稳定军心，李崇贵宁可错杀三千，绝不会放过一个。这个计策真是妙啊！不费我们一刀一枪便可以杀之而后快！我这就去安排！”

见他抬腿就要走，洛清影赶紧又将他叫住：“一旦细作被拔除，我们就要全力以赴剿灭李崇贵的大军。你也知道我军粮饷不可久撑，所以这一次必须要速战速决。事不宜迟，你赶紧将军中人员部署、物资账册和附近山川地图全部拿来，我要尽快熟知一切，做好详尽计划。”

接连几日，新继任的镇西将军都是神龙见首不见尾，也没有新的命令下达，众将领们都渐渐按捺不住内心的躁动，军中的情绪变得焦躁起来。

只有夏耒知道洛清影到底在忙些什么。除了耐心等待奸细落入陷阱，剩下的时间他几乎不休不眠，与夏耒仔细推敲用兵计划的每一步。

这一日，金乌既隐，月出东山，天雄军中陆续掌起风灯。洛清影正面对地图冥思苦想，忽然听见一阵铿锵有力的脚步声传来。他抬头望去，见夏耒一阵旋风似的奔了进来，面上是难得一见的笑意。

“大人，前天夜里，裨将军王厉带着手下一千多号人从南门逃了，末将按照大人吩咐的放出风去，结果刚才斥候来报，说是李崇贵将这一千多人全都砍了头，还把王厉的首级挂在辕门外，说是以儆效尤。”洛清影似乎并未觉得意外，只是轻轻松了口气。

夏耒意犹未尽，狠狠出了一口恶气：“这一千号人虽然不多，可若真要我们自己动手，难免引起骚乱。这一招借刀杀人真是干脆利落。”

“好了，潜藏的钉子既除，我们也可安心行事了。”洛清影招手示意他上前，将一副帛书交给他，“这是刚从京城送来的，你先看看。”

夏耒微微弯腰，凑近烛火仔细看了一遍，末了忍不住兴奋吼道：“天助我也！南祇群臣竟然在这个时候发动政变，将虞恪赶下台去，拥立虞昉继任新君！”

“多行不义必自毙，虞恪众叛亲离走投无路，只好自杀。虞昉登基之后立刻昭告天下，停止对外一切用兵，与大殷、西卫全面修好。据曹晖所报，南祇的四十万大军已经撤退了。南祇一旦撤军，我们便再无后顾之忧。陛下已经将之前充入神策军的十万禁军调往天雄，这样一来我们的胜算就更大了。”洛清影亦是面露喜色，随即又想到某处，似是勾起了感伤之情，“兄长当初费尽心机安插细作进入南祇朝堂，鼓动大臣反对虞恪，暗中拥立虞昉。如今看来，他的心血没有白费。”

“是啊，太尉虽然不在了，可冥冥之中却仍在保佑我们。”夏耒万分感慨，握拳说道，“大人，你说吧！这仗要怎么打，末将一定全力以赴配合您！”

洛清影的脸色沉了下去，似乎压着怒气：“南祇一定，朝中人心思变，心存侥幸之人竟开始煽动与西卫休战的言论。他们只顾着自家性命，却根本没有洞察李崇勋的心思。他倾尽全国之力挥师东来，根本就是要一举灭了我大殷。决战在即，他们竟然还心存侥幸，实在是可怜可恨。”

“若真如此，岂不是要动摇军心？”夏耒闻言很是担忧。

“倒也无妨。”洛清影宽慰地看了他一眼，“陛下之前已经给李崇勋写了修好的国书。”

“修好？”夏耒不解，“难道陛下也想停战？”

洛清影摇头解释道：“这只是陛下的骄兵之计罢了。果不其然，国书被李崇勋退了回来，并随上一封语气狷狂、极尽挑衅之意的回信。朝臣们见陛下被如此折辱，群情激奋，恨不能立刻剥其皮、啖其肉。如此一闹，请和之人便自动闭了嘴。如今朝中再也不会有人对西卫抱有幻想，倾国一战即在眼前。”

“太好了！”夏耒猛一跺脚，“将士们已经憋了这么久，终于可以痛痛快快打一仗了！”

洛清影点点头，可面上却无任何轻松之意。夏耒看出他的忧虑，便又问道：“大人还有什么事情不放心吗？”

洛清影抿着嘴想了片刻，忧心忡忡：“去年至今，朝中连连出事，陛下担心有人暗通外敌，泄露朝中机密。兄长也曾受命暗中查访过，可一直没有结果。”

夏耒一惊，随即又沉重说道：“这件事末将也知道，当初太尉还交代过末将派人暗查……陛下有怀疑之人吗？”

“嗯。”洛清影点了点头，“我来之前陛下与我说过，他确有怀疑之人，可是却一直苦无证据。以防万一，陛下已经找了个理由先将此人关进了大理寺狱，待查明之后严惩不贷。”

“陛下怀疑何人？”

洛清影看了他一眼，沉下声来：“胡之恒。”

“果然！”夏耒重重捶着手，冷冷一哼，“这个老匹夫！当初就是他在朝中兴风作浪，诋毁太尉的清誉！依我看不用证据，铁定是他！”

“我知道你不喜欢他，我也不喜欢他。”洛清影示意他冷静下来，“可事关重大，若无真凭实据，一旦冤枉了无辜的人该怎么办？万一通敌之事另有其人，我们岂不是打草惊蛇，让真凶逃了？所以陛下暂时并未声张，只是随便找个理由先将他关起来。”

“也是……”夏耒左思右想，依旧愤愤不平，“反正那个老匹夫着实令人生厌，陛下找个理由关他几天也是他咎由自取。”

洛清影沉默颔首，刚要再说些什么，忽然听见门外又是一阵急匆匆的脚步声。“大人！”安歌一路狂奔着跑了进来，“末将方才在营外巡视时抓到了一个鬼鬼祟祟的人。”

“怎么？刚除了奸细又来一个送死的？”夏耒噌地站起身来，紧紧按着腰间的佩剑怒目圆睁。

安歌犹豫了一下，吞吞吐吐说道：“末将也怕是奸细，所以抓了起来打算严加讯问。可没想到……没想到那是个姑娘……而且……还口口声声说要见大人您。”

“见我？”洛清影亦是摸不着头脑。

“嗯。”安歌说着，呈上一物，“末将搜出了这个……末将看着眼熟，不敢耽搁，便立刻给大人送来了。”

洛清影定睛一看，惊诧不已。一支精致的金羽箭赫然呈现在眼前。他赶紧取过箭来，按着箭尾处再一细看，上面正刻着“朝颜”二字。

“那人何在？”

“正在院外。”安歌见他一脸不安，忙准备去叫人，“大人莫急，末将这就将人带来。”

不出片刻，安歌便押着那人走了进来。洛清影紧紧盯着那人微低的头，紧张而又警惕地问道：“你怎么会有这支箭？”

岂料那人将头压得更低，一言不发。无声对峙片刻，洛清影抬头对夏耒、安歌说道：“你们俩先退下吧。”

夏耒虽然不太放心，可见他态度坚决，只好与安歌暂时退了出去。待四周重静了下来，那人才抬起头望着洛清影说道：“太傅，我是奉德宁公主之命前来找您的。”

见洛清影没有说话，那人微微一笑：“我是公主身边的贴身侍女静依，公主和亲时我与她一同入卫。前些时日，大殷陛下派人潜入皇宫，以此箭为信物，请公主相助。今日我便是奉了公主之命前来给大人回话。公主怕您生疑，便让我带上这支金羽箭，她说您一旦见了此物便不会有疑。”

有金羽箭为证，又说得头头是道，洛清影不觉放下心来：“公主有何话？”

静依从袖中掏出一物，双手奉送上前。洛清影接过一看，原来是一副帛书。“之前公主一直伺机劝说李崇勋与大殷修好，可成效甚微。为免触怒他坏了大事，公主便闭口不提战事，只仔细留意他身边之人。公主发现他似乎与大殷朝中某些人有书信来往，可苦于没有机会见到这些信件。前几日公主被诊出已有身孕，李崇勋大喜，公主便乘机设下酒宴将他灌醉，然后悄悄潜入书房。”静依说着，抬手指了指帛书，“公主翻看许久，终于找到他与大殷朝堂内联系的书信，可所有书信皆无具名，她无法断定到底是何人所为。于是她偷偷取出一封，说是您熟知朝中大臣笔迹，对照之下应该会有头绪。”

洛清影闻言，忙翻开帛书，仔细观摩着字迹上的起承转合，不出片刻心中便有了定数。“果然是他。”真相大白，洛清影只觉得如释重负，他抬手向静依拱手谢道，“请姑娘回去转告公主，她的大恩我铭记于心，今生今世绝不敢忘怀。”

说完，他的心口又猛然揪起，“公主暗取书信，李崇勋他有无察觉？公主是否安全？”

“大人放心。李崇勋本就猖狂自负，无甚心机。如今公主有了龙嗣，他将公主宠上了天，丝毫没有生疑。”

“那就好。”洛清影舒了口气，心中却满溢着苦涩滋味，怅然若失。

静依看出他的落寞，莞尔劝道：“我对公主与您之间的事略知一二。当初公主既然答应你们皇帝陛下的请求，在李崇勋身边做内应，就绝不会食言。何况只要能帮到您，就算刀山火海她也心甘情愿去赴险。大人不必担心，公主自有她的安排。她说曾与您许下承诺，要珍惜余生，她不敢违誓，一定会好好保护自己，请您放心。”

说者无心，听者有意。洛清影忽然察觉到一处隐情，低声问道：“公主她……早就答应陛下会替他做内应吗？”

静依不知道其中的曲折，认真点头：“是啊，公主回南祇之前便答应了贵国陛下。当然，陛下请她帮忙也是为了能助楚王殿下一臂之力。”

一石激起千层浪。赵弘瑀从未说过此事，即便是洛清影主动提出请虞朝颜出面相助时，他也谨守着这个秘密，没有泄露半分。既是早就安排好一切，他为什么不直言相告？而虞朝颜一旦应允，以她的为人就绝不会背信弃义。可赵弘瑀为何还要借走自己的金羽箭，并美其名曰是为了能更为顺利地取信于她？

洛清影的脑中不断地回想着除夕那夜的情景。或许，赵弘瑀对虞朝颜确实信不过，才会提出以金羽箭为信物。然而让他耿耿于怀的是，时至今日，赵弘瑀竟仍不能对他彻底坦诚。洛清影忽然觉得自己心里断开了一处裂纹，就像母亲留给他的那方玉珏，既然碎了，无论怎样巧夺天工的技艺都无法再将它恢复原样。

静依察觉到他的异样，警觉地问道：“大人怎么了？”

“无事。”洛清影摇摇头，努力将脑海中所有猜测摒弃出去。

“对了，还有一事。”静依见他无恙，便又继续说道，“公主说章延泽将军已经被押送至楼凡。李崇贵坚持秘密处死他以绝后患，可李崇勋却始终想要收降他。李崇勋软硬兼施，甚至用苏祓姑娘作为要挟。苏姑娘为了成全爱人的节义，宁为玉碎，在狱中绝食而亡。虽然章延泽暂时得以保命，可他誓死不降。李崇勋的耐心迟早会被磨灭，大人若想救他还需尽快。”

这个消息虽然让他痛心，可章延泽尚在人世，并且未曾屈节辱命，又令他由衷欣喜：“多谢公主相告。”说罢，他又低眉问道：“敢问漠凤上将军现下如何？”

静依摇头叹息：“我出来前听说李崇勋已经下密令将他赐死，老将军一生戎马，没想到竟是这样的结局。”

洛清影的心头狠狠抽了一下。这个结果早在意料之中，可听闻噩耗，却已是欲哭无泪。

静依沉默片刻，继而又退了两步：“不知大人可有什么话要我传给公主？”

洛清影愣怔片刻，微微垂下头去：“我永远不会忘记自己的誓言，让她放心。”

“我一定如实转告！”静依了然地笑了笑，“该送的我已经送到了。时候不早，我当快去快回，否则被人发现可就不妙了。”

“嗯。”洛清影站起身来，走了几步要去送她，“我让人送你回去。”

“不必了。”静依断然拒绝，“大人只需派人送我到城外，我自会设法回去。人多了反而招摇。”

“也好。”洛清影想了想，叫来安歌叮嘱一番，然后将静依送了出去。

第二十六章

长夜尽散　浴血涅槃

太多的事情突然间悉数摆在眼前，真真假假、喜忧参半。再加上近日来几乎未曾合眼，洛清影只觉得眼眶酸疼，眼前一阵昏花。

夏耒守在门外，听着屋内半天没有动静，心下有些担忧，便悄悄迈进门来，在门口处轻声问道："大人，您没事吧？"

洛清影强打起精神，抹去一脸的倦怠，招手示意他近前："德宁公主派人给我们送来了一样东西，你先看看。"

夏耒半信半疑地走上前去，接过他手上的帛书，仔细看了一遍，不由大惊："这上面……"

"这上面写着：章延泽失踪，大殷朝堂人心惶惶，我会尽力阻止洛清篱亲赴天雄，让大殷自乱于内。倘若失败，便可依李崇贵之计，将其除之。"洛清影复坐下身去，沉痛言道，"原来一切早就在别人的算计中。当初我若不向陛下献策，兄长也不会这么顺利地来到天雄，也就不会被奸人所害了。"

夏耒低头将帛书翻来覆去找了一遍，咬牙切齿："原来真的有人暗通贼寇！可是这书信并无落款，怎么能知道是谁写的？"

"公主也未能找到写信人的名字。"洛清影伸手将帛书取回，"所以她冒险让人送给我，让我寻着字迹揪出细作。"

"字迹？"夏耒恍然大悟，"那您心中可有眉目？"

洛清影抬起头来看了他一眼："与你我所料无差。"

夏耒猛地拧紧了眉头，狠狠唾了一口："果真是胡之恒那个老匹夫！我恨不得将他立刻给千刀万剐了！"

愤恨骂完，夏耒又催促道："大人，赶紧将胡之恒暗通西卫之事禀告陛下，让陛下立刻处死他，以告太尉在天之灵！”

谁料洛清影却并未回应，只是沉默着盯着这帛书出神。“大人？”夏耒见他没有动静，不禁又唤了一声。

洛清影将帛书折好，递了过来：“你亲自写好奏报，将来龙去脉写明即可，不必擅自做出推测。八百里加急将此物呈交给陛下，至于如何判认这些字迹，便依陛下之意而定吧。”

夏耒接过帛书，有些不解：“给朝廷的奏报向来都是您亲自撰写，这次为何让末将代笔？您是不舒服吗？”

“近日总觉得视线模糊，提笔书写不甚方便……”洛清影揉着眼角，怕他多虑，又宽慰道，“或许是太累了，多休息一下便好。”

听他说得诚恳，夏耒只好暂时打消疑虑，可转而一想又不甚服气：“既然您都看出这是胡之恒的笔迹，何不直接告诉陛下？省得陛下还要自己去核实……”

“胡之恒怎么说也是朝廷重臣，我们不便妄言。物证在此，陛下会明白的。”不待他说完，洛清影便直接打断了他。

虽然觉得这么做未免太过畏首畏尾，可转念一想，确实也有道理，夏耒这才应声匆匆退下。

水落石出，真相大白，可洛清影毫无轻松之意。原来这些日子以来自己始终活在错觉里。那个可以与自己推心置腹的好友从未回来过，站在自己面前的依旧还是那个高高在上的帝王。既然他不愿推心置腹，那么自己也应该恪守为臣之道，再不敢越雷池半步。

连日来，赵弘瑀食不下咽、夜不能寐，一心系着前方战报。一切既定，赵弘瑀终于有了片刻的喘息。之前派出去暗查胡之恒的人已经回来，崔迟将一切详情写下呈交至御前。

一遍既阅，赵弘瑀心里隐约的猜测得到了证实。他刚要让人去大理寺狱将胡之恒带来，却忽然听见欢招提着调门一路奔了进来：“陛下，杜御医正在殿外，说是有十万火急的事要向您禀告。”

“杜若？”赵弘瑀心里咯噔一下，“他近来一直在悉心照顾郡主，莫不是郡主出了岔子，快让他进来。”杜若神色惊慌地进了殿来，战战兢兢地跪在地上。

“郡主怎么了？”赵弘瑀急不可耐地问道。

“不是郡主。”杜若着急地摇了摇头，可话到嘴边又生生咽了回去。

“那是何事？”赵弘瑀不悦地瞪着他，“你若无事便赶紧下去，朕还有要事处理。”

“陛下……”杜若小心翼翼地瞄了一眼随侍的侍婢，赵弘瑀看出他的古怪，便赶紧示意欢招将他们遣出去。

“这里只有朕和欢招，你可以直言了。”

杜若深深吸了一口气，这才老实说道：“陛下，太尉生前曾经暗中交代过臣一件事，臣一直偷偷查访，今日果然有了眉目。”

“什么事？”赵弘瑀感受到杜若心中的恐惧，隐隐觉得不安，倾着身子严肃问道。

杜若压下心中的震惊，努力稳住嗓音中的颤抖：“有关贵妃和魏王的事。郡主有孕之初，臣常在太尉府中为郡主安胎。有一日，太尉将臣留下，告诉了臣一件事。他说魏王出生后，郡主曾去宫中探望，可令她不解的是，贵妃对魏王似乎很是嫌弃，毫无舐犊之情。魏王出生在宫外，太尉觉得蹊跷，事关天子血脉，他不敢妄下猜测，便让臣在御医局中多多留意，尤其要多观察那日在大相国寺替贵妃接生的御医们。这些日子以来，前朝、后宫频生意外，御医局中亦是人心惶惶。今日一早，臣本想去整理诊断纪要，谁想却碰上提点秦邈大人。臣见他失魂落魄，想要上前劝慰一番，没想到他竟哭着告诉臣，说自己的脑袋不保，时日无多。臣隐隐觉得他定是知晓什么惊天的秘密，便威逼利诱让他说了真话……”

“什么真话？”赵弘瑀睁大了眼睛，缓缓站起身来紧盯着他。

杜若不堪重压，痛心疾首地俯下身去答道：“贵妃那日所生乃是公主。太后为了与太子争权，铤而走险，命人换成了男婴。”

“什么？”赵弘瑀仿佛被人迎面砸了一棒。

“陛下小心！”欢招眼疾手快，一步上前将他搀住。

岂料赵弘瑀一把将他甩开，几乎是扑着下了御阶，揪着杜若的衣襟将他生生拽了起来：“此话当真？”

杜若被他狰狞的模样吓破了胆，连声说道：“陛下息怒，陛下息怒！臣不敢欺瞒陛下，秦邈就在殿外，陛下若不信，可以直接问他。”

“去！去！”赵弘瑀一手指着门外大声吼道，“把秦邈给朕带进来！”

秦邈上了年纪，惊惧之下竟寸步难行，门外的小公公们只好将他架了进来。“陛下恕罪！老臣也是被逼无奈，太后以老臣全族性命相挟，老臣没有办法啊……”秦邈连滚带爬地抱住赵弘瑀的腿，连声喊冤。

赵弘瑀闭着眼深吸一口气，忍着心中的极度憎恶：“到底是怎么回事？”

秦邈抽噎了几下才断断续续道来："那日贵妃在大相国寺临盆，本就是太后她们提前计划好的。太后说必须要保证一举得子，结果贵妃生的却是个公主。贵妃苦苦哀求，不愿与骨肉分离，可太后却铁了心，命小玉偷偷将孩子从后门交给了胡之恒大人，然后将提前准备好的男婴抱了回来……"

"胡之恒？他也参与了？"

"是，太后将公主交给了他。"秦邈紧紧拉住赵弘瑀的衣角，声嘶力竭般哭诉，"陛下，臣不敢隐瞒。自从太后、贵妃、胡大人相继出事，臣便夜夜睡不着，臣知道，凭着陛下的睿智，这个弥天大谎迟早要被戳穿。臣一人之死事小，可是臣还有一家老小。杜大人劝臣向您坦白，他说您一定会秉公处理，不会株连臣的家人……陛下，臣这一生没有功劳也有苦劳，请您开恩！"哭了半日，赵弘瑀却依旧闭着眼睛一动不动。秦邈无计可施，只得又磕头坦白："还有一事……魏王并非是病死，而是被人毒死……之前，贵妃身边的绿如姑娘向臣取了不少朱砂……没过几天，魏王便暴毙而亡。臣去看过，他的样子正是中了朱砂之毒。臣当时便有怀疑，可是……臣已经走错了路，没法回头，只能一路错到底了……"

赵弘瑀低下头来，眼中闪着深深的寒意："朕问你，当年赵弘启是怎么死的？"秦邈没有料到他会突然问及此事，惊恐地张大了嘴。

赵弘瑀毫不理会他的震惊，又继续问道："当年朕与太傅一同患上重疾，其实也是和赵弘启得了同样的不治之症吧？"赵弘瑀故意将最后几个字咬得很重，惊得秦邈直打哆嗦。

"你若再不从实招来，别怪朕不念往日情分。"赵弘瑀依旧冷冷地看着他，语气里听不出任何情绪的变化。

越是这样，秦邈越是心慌，他趴在地上如啄米一般磕着头："陛下息怒，陛下英明，当日您与太傅根本不是患疾，而是中毒。这个毒与弘启殿下所中之毒一样，都是前太子赵弘嘉暗中下的黑手……陛下恕罪，当年赵弘嘉权势熏天，臣实在是不敢得罪啊……所以……"

"身为御医不能救死扶伤，反而为虎作伥、助纣为虐！朕留你有何用？"赵弘瑀冷峻地看了他一眼，转首唤来门外守着的戍卫军，"将秦邈押入大狱，听候发落。"

秦邈抖如筛糠，浑身失了力，任由戍卫军拖了出去。杜若无意间听到了宫闱中最肮脏的隐秘，不由得生出一身冷汗，一言不发地跪在原地。

"杜若，你立了大功，朕日后会重赏你。"赵弘瑀盯着他的脊背，淡淡说道，

“你先下去吧。今日之事你就当什么都没听到。你是个聪明人，朕不想听见什么流言蜚语。”

“是，臣谢陛下圣恩。”杜若伏在地上，任凭额上的汗珠滴落在地，“臣一定管好自己的嘴，请陛下放心。”

赵弘瑀若有似无地嗯了一声，杜若不敢久留，忙站起身来低着头退了出去。

待一干人等全部离去，赵弘瑀一抬手将欢招唤到面前。欢招目睹了方才的一切，尚未从震惊中回过神来，只觉得腿上抖得厉害，软绵绵地使不上劲。

“去，把胡之恒给朕带来。”

欢招承了旨，深一脚浅一脚地出了殿来。仰头而望，一阵风吹了过来。风里带着早春特有的气息，催促着万物茁茁重生。然而他却感受不到任何新生之意，呼吸间隐约全是锈的腥涩。欢招愣了愣，过了片刻才反应过来，那不是锈的味道，而是即将到来的血腥之气。

面对咄咄质问，胡之恒失去了往日的神采，如同秦邈一般号啕痛哭，直言自己也是被太后所逼，走投无路。

赵弘瑀追问他公主下落何在，可他却哀号着伏地不起。赵弘瑀又急又怒，再三逼问之下，胡之恒这才说出了实情。

自从接手公主之后，胡之恒无一日不提心吊胆。他深知此事一旦败露，便会血流成河，于是便命人带着公主东躲西藏，绝不敢留下任何蛛丝马迹。可怜公主尚在襁褓，哪里受得住这种颠簸，重病不治早已夭亡。可他又怕太后知道之后会拿自己问罪，便一直隐瞒这个消息，欺骗她公主尚在人世。

赵弘瑀听得心惊，自己的女儿本该为金枝玉叶，却被这帮人肆意作践。他一面恨得咬牙切齿，一面又心痛到不能言语，指着胡之恒欲骂，可牙关紧锁，发不出任何声音来。

欢招心里害怕，忙上前来替他顺气：“龙体为重，陛下息怒。”

赵弘瑀只觉得血气上涌，脑中嗡嗡作响。他尚未开口，又听门外一声高唱：“陛下，天雄军报！”

欢招忙不迭将奏报接了过来。赵弘瑀屏着气瞪了胡之恒一眼，然后便打开奏章细细看了起来。一遍既阅，连日来的疑虑终于得到了澄清。

他站起身来，将帛书甩到胡之恒面前：“自己看吧。”胡之恒战战兢兢地爬起身来，将帛书放置面前，只看了一眼便面如死灰。

“朕如此信任你，甚至不介意你曾是赵弘嘉的幕僚，原来你就是这么回报朕的。”赵弘璃看着他，感觉自己像是被亲手养的狗反咬一口，一阵恶心涌上心头。

面对着自己亲笔写给李崇勋的密信，胡之恒无从抵赖。铁证如山，一切已成定局。

赵弘璃见他闭口不言，以为他是阴谋泄露战栗慌乱。毕竟君臣一场，如今竟是这样收场，赵弘璃不禁有些怅惘：“朕一直想不通你为何处处与洛清篱作对，便暗中命崔迟去查了你的身份。今日刚得到奏报，才知道你本是南祇人。在见到天雄送来的密信之前，朕还偷偷在心里为你开脱，虽然你隐匿了身份，可或许你有苦衷。南祇人又怎样？南祇人也不一定就是细作啊。直到太傅将这物证送到朕的眼前，朕看到这熟悉的字迹，才不得不相信，原来你真的是虞恪的细作。胡之恒，你怎能辜负朕对你的信任！”

“信任？”胡之恒一反先前的畏惧之态，直起身来昂首而视，“陛下您真的信任过臣吗？您力排众议提拔臣，难道不是因为看中了臣的处事之能？与陛下亲密的太傅、太尉，皆是谨小慎微、如履薄冰，一步踏错就会被陛下无端猜忌。臣自知德行浅薄，不敢与太傅、太尉相提并论，更不敢奢望陛下的信任。”胡之恒的话如一把利刃，直接戳中了赵弘璃的痛处。

“你！”赵弘璃本要发怒，可话到嘴边又悉数忍了下去，“为人君者，不可受制于人，因此绝不可尽信于人。朕这么做，无可厚非。你不要信口雌黄、混淆视听。”

胡之恒无声地笑了笑，鬓边灰白的发丝散落下来：“陛下既能说服自己，臣也就无话可说了。”

赵弘璃盯着他，但见他的眼神很是平静，既无愤怒，亦无仓皇，与方才的胆小懦弱判若两人：“方才你还哭诉不止，如今死到临头竟然如此淡然，你也是个奇人。”

胡之恒视死如归一般地坦然言道：“臣演了大半辈子，既知死期已至，索性做一回自己吧。”

“虞恪荒淫无道，即使在南祇国中亦不得民心，你为何要为他卖命？”

此问一出，胡之恒的眼神不自觉地暗了下去。他忽然转头看向欢招，凄然地笑了几声：“当日臣极力劝说陛下防着太尉，不可让他入主天雄，欢招公公反驳臣，问到若是将臣的家人也悉数当成人质关押起来，臣还敢不敢存有二心。不知公公是否还记得此事？”

被猝不及防问到，欢招不禁一愣。一旁的赵弘瑀却微微点着头，彻底明白过来："虞恪关押了你的家人？"

"美其名曰是替臣照顾，实际上就是人质而已。臣在牢中听闻虞恪已经身首异处，如今想来，臣的家人也不知流落何方。成王败寇，虞昉上位之后，一切与虞恪有关联的人怕是都不会有好下场……早在赵弘嘉为太子时，虞恪便命臣潜入大殷，做了他的幕僚。可没想到赵弘嘉难成大器，竟败在一个不得势的亲王手下。臣只好又棋行险招，用尽一切办法来引起陛下您的注意。也幸得陛下是个任人唯贤的明主，臣才能重新回到朝廷中枢里来。"胡之恒自嘲地笑着，笑声中尽是凄凉之意。

"所以你便与虞恪一明一暗，伺机破坏我大殷的朝局？"赵弘瑀怒目而视。

胡之恒回望着他，无奈地摇着头："臣是虞恪的人，自然要替他做事。可臣没想到的是，还未等臣出手，太后便已经开始刻意拉拢。陛下的家事，不用臣来掺和都已是险象环生。之后虞昉出使，亦是在虞恪的计划之内。至于虞昉遇刺，亦是臣向虞恪泄露了太尉的护送路线。当然，臣最感谢的依旧是太后，若不是她逼着臣一心与太子为敌，臣也不会想到太傅'死而复生'一事。这件事太过蹊跷，臣顺藤摸瓜便查到了陆骞和漠凤头上。幸好那时虞恪已经与李崇勋联手，所以臣便向李崇勋打听。他派人多方打探，终于查明了太傅身世的真相。叛臣之子、敌将之亲，此事一旦揭穿那将会对大殷造成多大的冲击？呵呵，皇天不负有心人啊！"

听着他的狂放之言，赵弘瑀纵然恨不得现在就剐了他，但依旧忍着怒火，静静听他继续说下去。

"臣决心一定要利用这件事做足文章。陛下册立太子，漠凤有心派漠竹前来修好，臣便让李崇勋将计就计，趁着漠竹离国将漠凤一举拿下。至于漠竹嘛，只要他人在燕安，就必定会与太傅联系，臣所需要的就是等待时机。同样，这个千载难逢的机会是陛下的贵妃送给臣的，若不是她将芸儿安插在太傅身边，臣哪能如此轻易拿到铁证？事情既然败露，太傅便会立即遭到质疑。可陛下的动作太快，还没容臣反应便将太傅紧紧保护起来。无奈之下，臣只好拿太尉说事。天雄战事一起，章延泽身为镇西将军自当迎敌。他明知洛氏出了事，却远在天雄无法分身，于是李崇贵便给他写了密信，假意告诉他太傅身世另有隐情。章延泽救人心切，单骑赴会，顺利地被李崇贵擒住。再之后嘛……陛下既已看过臣写的密信，想必心里已经清楚，臣就不再赘述了。"

赵弘瑀冷眼盯着他，良久之后才缓缓开口："清篱出征时你在朕面前刻意挑唆，说他功高震主，危及皇权。若朕没听你的话，让他去了天雄，你便会让李崇贵暗箭伤他性命。若是朕听进了你的话，难免不会将他视为眼中钉，他的性命依旧迟早不保。当日若非太后出面替他解围，就算朕不伤他，这朝中一人一口唾沫也能淹死他。不论如何，你的目的就是要让我大殷外无御敌将才、内失忠心之臣，你可真是歹毒！”

“歹毒吗？”胡之恒不以为意地笑了笑，“除掉太尉，这不正是陛下您想做而不敢做的事吗？”

“放肆！”赵弘瑀拍案而起，直震得大殿里激起一阵阵回声。

胡之恒明白自己说得太过露骨，便又叹了口气：“可惜太后多此一举，不然洛清篱根本无法自证清白。”

事实上，当如山的铁证摆在自己面前时，赵弘瑀才惊觉自己竟有几分难过。胡之恒此人虽不是什么正人君子，却总能洞悉自己最阴暗的心事。如今他既知死期将至，更是变本加厉将自己那些不可言说的念头尽数戳破。

赵弘瑀忽然觉得害怕，他看着面前这个面容清瘦、神情自若的人，脱口问道：“你既是知道自己活在刀尖上，当初太后将公主交给你，你为何没有趁机将她送出大殷当作人质，给自己留一条后路？”

胡之恒难以置信地睁大了眼睛，继而又摇了摇头：“看来陛下远不及臣了解您自己啊。臣在您身边这么些年，早就明白您是什么样的人。为了社稷，任何人您都能舍弃，区区一个公主又岂能成为掣肘？将她当作人质，并不会给臣增加活命的机会，反而会招来更多的仇恨，让臣死得更惨。”

胡之恒说着，言语间忽然多了一丝悲凉：“何况，臣受够了胁迫人质的卑鄙做法。或许这也是臣心中最后一丝温情吧……”说完，他整了整衣冠，面朝赵弘瑀郑重伏地叩拜，“臣虽然被迫侍奉陛下，可臣却也真心被陛下的睿智折服。待臣走后，还请陛下好自珍重。”

赵弘瑀忽然心间一抖，暗叫一声不好，还没来得及喊出声，就见胡之恒朝着宫柱猛地撞了上去。砰然一声巨响之后，他便软软瘫下身去。

欢招跳着护在赵弘瑀身边，一边大声呼唤戍卫军进殿护驾，一边惊慌失措地骂着：“竟敢用血光冲撞陛下，真是该死！该死！”岂料赵弘瑀却并未动怒，只是默默看着戍卫军将胡之恒的尸首抬出去，清洗血迹。

“陛下，这里秽物太多，咱们还是移驾去别处吧……”欢招一边说着，一边又偷偷瞄了一眼那血浆四溅的惨烈处，心里早已将胡之恒骂了上千遍。

一阵腥重之气袭来，赵弘瑀拧了拧眉头，却又坚定地拒绝：“不必了，让他们清理干净即可。”

“这个胡之恒平日看不出来，脾气倒挺硬。陛下不过就是质问几句，他竟自尽了……”欢招翻着白眼，口中小声嘟囔着。

“胡之恒身份暴露，一旦消息传到南祇，就会被人怀疑是否全盘招供。虽然虞恪已死，可他的爪牙还在，而胡之恒的家人或许就在这些爪牙手中。他一心求死，也是为了保护他的家人。”赵弘瑀叹息一声，继而又闭上眼睛，眉间尽是痛苦之意，“饶是如此作恶多端之人也知道保护至亲，可为何却偏偏有人为了争权，不惜残害自己的骨肉？”

欢招明白他是指太后和贵妃，又再想到那个不幸夭折的公主，忍不住抹了一把眼泪：“可怜了公主殿下……”

过了半晌，待戍卫军清理完毕悄悄退出门外，赵弘瑀才又睁开眼睛，招手示意欢招近前来：“你去延福宫一趟，告诉她朕已经知道了全部真相。但是不要告诉她公主夭折之事，就说朕会派人将公主接回来好生抚养。”

“是。”欢招垂首应道。

赵弘瑀顿了片刻，默默握紧了手掌，每说一个字心便颤抖一次：“她不配为人母，将鸩酒和白绫一同送过去，让她自己选吧。”欢招似乎不敢相信自己的耳朵，瞪大了眼睛愣在原地。

“还不快去？是要让朕亲自送过去吗？”

“奴才不敢。”欢招扑通一声跪下，“贵妃虽然有错，可秦大人不是也说了？那都是太后的主意，贵妃并不情愿将公主送走……再说了，只凭胡之恒一家之言怎能断定公主真的已经不在了？或许……或许这都是胡之恒的诡计，他将公主送给了虞恪，却骗陛下……”

“住口！”赵弘瑀重重一掌打在他的脸上，歇斯底里地吼道，“那时是她亲口告诉朕，说佛祖托梦，要去大相国寺敬香。若她不情愿，又为何要如此主动促成太后的阴谋？她完全可以拒绝，她也可以向朕倾诉！可是她没有！她宁愿相信外人也不愿相信朕！这样的人，朕留她有何用！”

这一掌打得毫不留情，欢招只觉得眼冒金星。他何曾被如此直接掌掴过，满腹委屈不能说，只好捂着热辣辣的脸，一边哭着一边听着赵弘瑀的责骂。

“你给朕听好了。”赵弘瑀指着他，脸色是前所未有的冷峻，“胡之恒说公主已经夭折，那便是夭折了。若是之后有人敢假借公主之名来要挟朕，一律按欺君之罪论处。”

“是，奴才明白了，奴才谨遵圣谕。”欢招仓皇着磕了好几个头，连滚带爬地滚出了殿去。

看着欢招狼狈离去的背影，赵弘瑀这才长长呼了一口气，软软地倚在座上。

初听此事，他怒不可遏，天子血脉，岂能被人肆意调换？然而当最初的怒气平复些许，他却忽然感到一种莫名的通透。他不惧怕直面真相，哪怕真相再残酷也好过浑浑噩噩、被人愚弄。秦邈的话让他撕开了蒙在眼前的纱，那一瞬间，太后、贵妃、胡之恒全都原形毕露，无处可藏。只有将一切看穿，才能令他感受到最真切的掌控之力。虽然亲生骨肉的夭亡令他痛心，可这痛感仅仅只持续了短暂的时间，丧子之痛远不及背叛之痛来得蚀骨。

月有阴晴圆缺，人有生老病死，这些他都能接受。可唯独被人蒙蔽，令他无法忍受。当初对谁寄予的期许越多，一旦反目，对谁的仇恨也就越深。所以，淑贵妃绝不可恕。

赵弘瑀就这样呆坐在原地，直到日近黄昏。殿外忽然一阵嘈杂，本以为是欢招回来复命，一抬头却见甄太后踉踉跄跄地冲了进来。

“陛下为何不信守诺言？为何要赐死婉儿？”她顾不得尊卑仪制，直接冲上御阶抓住赵弘瑀的衣袖大声质问。

赵弘瑀心中怨气正无处发泄，一把将她甩开：“调换皇嗣，混淆天子血脉，她不该死吗？”

甄太后震惊失语。方才她只得到消息，说是赵弘瑀突然之间命人赐死贵妃，却不知原因为何。她本以为赵弘瑀依旧还是对她谋害洛清影的行为耿耿于怀，于是便奋不顾身前来阻止，可没想到却是调包之事东窗事发了。

“陛下，你听我解释，这件事……”

“朕不想听。”赵弘瑀背过身去，“秦邈、胡之恒都已经招了，朕不想听第二遍。”

正在此时，殿外又响起一阵脚步着，原来是欢招回来了。他瑟缩着脖子，远远站在阶下，带着哭腔回道：“陛下，奴才回来复命。”

甄太后见状，知道已经回天无力，瘫软着倒在地上。

“她……选了什么？”赵弘瑀无暇顾她，转首问道。只不过话到嘴边时，心口处痉挛似的抽搐了一下。

“娘娘选了鸩酒。”欢招答道，“娘娘说，她自知罪孽深重，不求陛下宽恕……她还说……请陛下看在夫妻情分上，一定要好好照顾公主殿下。”

“她……还说什么了吗？”赵弘瑀不死心地追问道。

“没有。”欢招摇了摇头，“娘娘去的时候很安详，一点也不痛苦，反而似是解脱。”

赵弘瑀自嘲般无声笑了笑。她果然没有任何话留给自己。明知她从未以真心相待，可自己却在最后关头仍心存侥幸。对这样的女子抱有幻想，赵弘瑀一度怀疑自己是不是脑子坏了。

重击之下，甄太后捶胸顿足，号啕不已。忽然间她似乎想到什么，爬到赵弘瑀腿边急切哀求道：“公主……对……公主还在胡之恒手中……陛下快些派人去将她接回来！”赵弘瑀别过头去，紧闭双目，微微战栗。

见他没有回应，甄太后不明所以。欢招看不过去，小声劝道：“太后，公主殿下早就夭亡了。胡之恒怕被您责罚，所以一直隐瞒着消息……”

“什么？”甄太后只觉得胸口一阵憋闷，她再次用力拽住赵弘瑀的衣角，“这不可能？怎么会？方才……方才欢招不是还说，婉儿临终前求陛下照顾好公主的吗？”

赵弘瑀强压下心中的愤恨，一把掐住她的脖子：“与其绝望地苟延残喘，还不如让她带着希望死去。朕这是念在夫妻之情，所以才没有告诉她真相！”说完，他用力将甄太后甩向一边，毫无表情地盯着她，一字一句冷冷言道：“从今天开始，没有朕的命令，任何人不许擅自出入凤鸣宫。看在先帝的份上，也看在你曾为清篱直言的份上，朕不杀你。可是，这一辈子朕再也不想见到你。”

一切似乎又回到了登基之前的样子，身边那些纷纷扰扰的人与事尽皆退散，赵弘瑀只身一人坐在空阔的宫禁内，等待着从边塞吹回的最后一阵风。

又过半月，安歌高举着天雄急报，携裹着满身的血污之气一路狂奔而回。朝堂上下如死一般沉寂，只能听见安歌跪在阶下拼命克制的粗气。不同于往日，这一次的军报只有寥寥数字，可赵弘瑀却捧着它来来回回看了不下十遍。朝臣们惊恐不敢言，只能焦急地等着指示。

过了良久，赵弘瑀才轻轻将军报放置在案头，仰头笑了出来。他极力忍着言语中的激动，试图保持着一贯的镇定：“三日前，太傅率军反攻，西卫大军全数剿灭，李崇贵被俘。”

一言既毕，方才还窃窃私语的众人瞬间全都静了下来。几声惊呼之后，朝臣们宛如死里逃生一般喘着大气，齐齐跪下身去高声贺道：“臣等恭喜陛下！恭喜太傅！天雄告捷，社稷永固！”

一阵山呼海啸之后，赵弘瑀才彻底回过神来。劫后的喜悦鼓荡在他的胸口，虽然恨不得能一跃而起，可面上他依旧极力保持着往日的冷静：“天雄已定，太傅与禁军不日即将班师回朝。众卿立刻回去，准备与朕一同迎接我大殷将士凯旋！”

“陛下圣明！臣等谨遵圣谕！”众臣闻言再拜。

赵弘瑀顾不得与他们多言，转头看向安歌：“你随朕去中孚宫，朕还有话问你。”

“是。”安歌领命起身，擦了擦脏兮兮的脸便随着他往中孚宫奔去。

一进大殿，赵弘瑀再也抑制不住心中的狂喜，一把将他拉住：“快说说，你们究竟如何以寡胜多？”

安歌一路狂奔，只想着尽快把胜利的消息传回朝中，直到此时滴水未进，唇上已经干得脱了皮。

“欢招，快拿些水来！”赵弘瑀一边挥手示意欢招，一边拉着安歌引他入座。

“陛下使不得！”

安歌挣扎着要起身，没想到赵弘瑀竟在他对面席地坐下：“今日不论尊卑，你只管赶紧说！”

说话间，欢招将热茶送了上来。安歌知道推脱不过，便端起杯子一饮而尽，随后清了清嗓子兴奋言道：“太傅之前仔细核查过，李崇贵实际有四十万之众，而我军有三十五万左右。若想要剿灭他们，不能硬拼，只能借势。”

“借势？”

“是。”安歌点点头，“太傅说不知山林、险阻、沮泽之形，不可用兵。他研究了天雄关附近所有地势，决定放弃天雄关，退守出川。天雄与出川皆被尚申山环绕，两关之间地势狭窄，是伏击的绝佳地点。而出川亦是入我腹地必经的一处险关，依山而建，城高池深，城外还有沔水形成天然屏障，易守难攻。”

“所以太傅决定伏击李崇贵？”赵弘瑀饶有兴致，忍不住插话。

“陛下英明。”安歌笑道，“连续几日，太傅一直闭关不出，任凭李崇贵挑衅叫阵也不理睬。除此之外，他还命夏耒将军散出流言，说太傅徒有将门之后的虚名，面对强敌根本束手无策。李崇贵因为粮草不足，所以求战心切，他见我军主将这般懦弱，猖狂之气一日高过一日。趁着李崇贵得意之时，太傅分批将十万人马偷偷撤至出川，再将十五万将士藏于山涧两侧，并给这些将士配足了箭弩、火油。三天前的晚上，留守天雄的两千将士忽然撤离，留下一地狼藉。李崇贵趁机进了关，见此情景怀疑是主帅不力，军心溃散，所以趁夜撤逃了。可李崇贵十分谨慎，只先占领了天雄关，派出小队人马打探情况，并没有贸然追击。太傅早已料到，便命这最后撤出的两千将士以树枝缚于马尾，马队过处尘土飞扬，大有千军万马之阵势，让李崇贵误以为这就是我军主力。除此以外，太傅还命他们打出主帅纛旗，诱其前来。果不其然，李崇贵中了计，他急于抓住太傅邀功，便只留了三千人驻守天雄，剩下的人马全力以赴追击我军。山涧狭窄，他们只能鱼贯而行，约四十万人绵延数十里。待他的先锋到了出川城下，城中驻防的十万将士早就以逸待劳，等候多时。李崇贵自知上当，掉头便跑。山涧两侧顿时万箭齐发，不多时漫山遍野就烧成了火海。李崇贵带着精兵强将杀出重围，想要退回天雄。可他的后路早就被我们截断了。太傅暗中在天雄关附近的山坳中潜藏了十万人马，待李崇贵大军入关之后，他们便轻而易举地解决掉了那留守的三千人，重新夺回了天雄关。”

“两头围堵，中间火攻，李崇贵首尾不能相顾，这才是真的上天无路、入地无门。”赵弘瑀一拍大腿，高声笑道。

“是啊。”安歌亦是兴奋得手舞足蹈，“借着地势，又蒙着夜色，李崇贵根本看不清我们到底有多少人。除了被火烧死的、被我军将士射杀的，他们自相踩踏而死的亦是不计其数。太傅下了严令，不许任何人后退一步，务必要将西卫军死困在山涧中。虽然李崇贵也命人突了几次围，可硬是被我们顶了回去。大火整整烧了一夜，天明时才发现西卫军几乎全军覆没。”

“那李崇贵呢？”赵弘瑀追问道。

“李崇贵被几个部下护着，侥幸逃过一劫。将军们义愤填膺，恨不得将他砍成肉泥，可却被太傅拦了下来。”安歌说着，言语间没了方才的振奋。

“怎么了？”赵弘瑀察觉出他的难言之隐，低声问道。

安歌抬起头来望着他，郑重向他求道：“太尉死于李崇贵的奸计，太傅当然也想杀之而后快。可他千叮咛万嘱咐，让臣务必求得您的同意，请您留下李崇贵的性命。”

赵弘瑀默不作声地盯着他，顿了片刻才猜测着问道：“他是想用李崇贵换回章延泽？”

“陛下圣明。”安歌爬起身来，跪在他面前，“章将军因为误入李崇贵的圈套才会被俘，现下正被关在西卫京城。李崇勋一直想劝他归降，可他誓死不从。太傅担心，待李崇勋失了耐心，章将军会性命不保……”

赵弘瑀见他如此紧张，便重重拍着他的脊背，笑着说道：“太傅在之前的奏报里说过，德宁公主派人与他联系，将西卫的实情都告知了他。既然太傅确认章延泽无负于朝廷，那便按他说的办吧。一个李崇贵换一个章延泽，朕不吃亏。”

安歌喜出望外，忙不迭磕头谢恩。刚磕到一半又被赵弘瑀拉了起来：“太傅在忙何事？最近的奏报朕看都是夏耒代笔，连今日捷报好像也是夏耒写的……”

安歌完全没想到赵弘瑀竟是这般敏锐，他鼻子一酸，惶恐地伏在地上，呜咽着说道：“陛下恕罪，臣犯了欺君之罪。”

“怎么回事？快说！”赵弘瑀变了脸色，一把又将他拽了起来。

“太傅自从到了天雄，几乎夜夜不曾合眼……听夏耒将军说，太傅近来眼睛昏花得厉害，难以提笔……”安歌想到洛清影的现状，伤心不已，“就在我们剿灭李崇贵的那日清晨，太傅亲赴战场，可没想到就……就直接从马上摔了下去……”

“他人呢？”赵弘瑀只觉得心被揪到了嗓子眼。

“一直昏迷不醒……”

赵弘瑀无法再听下去，他噌地站起身来，冲到门口厉声喊道：“让杜若即刻去天雄！快！”

历经黑暗的折磨，瞬间从云端跌至深渊。洛清影只觉得自己的魂魄在九天之外兜兜转转了许久，终于回到了那副残躯之中。他微微抬起眼皮，可面前的亮光刺得他眼睛生疼。似乎有人察觉到他的难受，贴心地帮他将光源拿得远了些。

“太傅？太傅？”杜若贴在他耳边，极轻地试探着唤了几声，然后端过一盏温水，小心翼翼地喂他喝下。

洛清影长长地呻吟了一声，终于从混沌的状态中清醒过来。他努力撑起眼皮，缓缓眨了几下眼睛，眼前散乱的影像渐渐聚在一处。

“杜若？”洛清影想要坐起身来，可浑身似散架一般。

杜若轻轻按住他的肩头，重新扶着他躺好：“您已经昏睡了将近一个月了，现在刚醒过来，先别乱动。”

“一个月？”洛清影捂着自己的额头，努力将残片般的记忆拼凑起来。

“是啊。”杜若见他的眼睛似乎还不太能受光，便又起身将烛台挪得更远了些，“陛下听说您晕倒了，就命我即刻前来为您诊治。夏耒将军见您毫无苏醒的迹象，而禁军又须尽快回去复命，他便让下官留在天雄照顾您，自己先引军回朝了。”

听着杜若絮絮叨叨说了这些，洛清影终于想起了所有的事。他又闭上眼睛，慢慢说道：“他们先走也好，我向来不喜欢热闹。此次凯旋，陛下一定会率领文武百官前来迎接。那种场面还是交给夏耒去应付吧。”

杜若坐在榻边仔细观察一番，见他依旧紧闭双目、眉头紧锁，便担忧地问道：“大人是否觉得不舒服？”

洛清影微微点头：“晕倒之前我便隐隐觉得目力每况愈下，我还以为是因为太过劳累，只要日后缓一缓便好。可方才醒来之后，眼前却仍旧模糊不清……”

杜若心中一沉，忙凑近了些，撑开他的眼睑仔细检查一遍：“大人昏迷时我曾查看过，眼睛并无什么异样……既是如此，又怎会看不清楚呢？”

听出他的担忧，洛清影按他坐下，笑着安慰道：“或许真的是太累了，一时半刻还歇不过来，再等等吧。”

说话间，只听木门咯吱一响，有人迈着沉稳的步伐进了屋来。“太傅？您醒了？”安歌本是给杜若送热水，一见洛清影醒了便赶紧放下手中的铜盆，喜出望外地扑上前来。

“大人刚醒，别惊着他！”杜若怕安歌手脚没个轻重，起身将他拦下。

“无妨，无妨。”洛清影支着胳膊撑起身来，“我没事了。”杜若见他要起身，又赶紧回过头去帮他垫好，扶他坐了起来。

“太傅，您没事就好……”安歌扑通一声跪在榻边，拉着洛清影的手便哭了出来，“太尉走了，郡主也不在了，要是您再有个三长两短，我也就不活了。”

“什么？郡主怎么了？”洛清影一口气没提上来，扑倒在榻边死死拽着安歌的手，大声质问。

一见情势不好，杜若忙上前将二人拉开，随即狠狠瞪了安歌一眼示意他先退下。安歌知道自己说错了话，不敢再多言，又担心洛清影受了刺激会再出什么岔子，便乖乖地退到一边，跪在地上。

“别走！先说清楚！”洛清影伸手要拽他回来，又被杜若摁下。

“大人，您刚醒过来，不能激动！”杜若好言劝着，“您先躺好，下官跟您说。”

洛清影一双手死命扯住杜若的胳膊：“你不要瞒我，郡主到底怎么了？”

杜若无法，只得将实情和盘托出：“下官刚到天雄没几日，朝中就传了消息来。郡主得知您大败李崇贵，为太尉报了仇，她心愿已了，便随太尉去了……这么大的事，陛下不敢瞒您，可又怕您撑不住，便让下官待您恢复一些再伺机告诉您。可没想到安歌情急之下说漏了嘴……太傅，您……”

杜若说着，忽然觉得手上一松，他忙探身将洛清影稳稳托住，焦急地看着他连声唤道：“太傅，太傅，您没事吧？”

洛清影张着嘴没能说话，喉间也没有了呼吸的动静。杜若吓得心惊肉跳，忙唤过安歌来帮忙，七手八脚将他重新放平。

“太傅……”安歌亦是吓得面色铁青，跪在榻边拉着他的手小声唤着。

不多时，只听一阵滞重的喘息之后，洛清影终于缓了过来。他双目紧闭，牙关紧咬，双肩止不住地颤抖。眼泪无声滑过眼角，倏然滴落在枕间。

杜若明白他是在压抑心中的悲情，便又委婉地劝道：“太尉与郡主恩爱情深，郡主既随太尉而去，想必他们在泉下也可夫妻团聚了。虽然他们不在了，可他们的血脉还在。郡主留下遗言，说是请您替他们夫妻好好照顾小公子。太傅，下官能理解您内心的痛苦，可为了小公子，您一定不能倒下啊！”

洛清影依旧没有睁眼，他轻轻将杜若推开一些，然后压着嘶哑的嗓子说道：“明日我便启程回京。”

“您刚醒，还需要再静养一些时日……”

“照我的话去做！快去准备！”洛清影低声吼道。

杜若明白自己无论如何是劝不下他的，只得垂头重重叹了口气，快步出了门去。

安歌从没见过洛清影这般固执，不安地盯着他，生怕他再出什么意外。

“安歌，扶我起来。”洛清影一边说着，一边抬起手来。

安歌急忙抓住他，小心翼翼扶着他重新坐好：“大人，您还是先躺着吧……”

洛清影没有理他，伸手撑在他的肩上，低声命道：“带我去城楼。”

“外面风大，大人您……”纵然早就开过了春，可边关依旧朔风正紧。安歌怕他受寒，犹豫着不肯答应。

“没事，我早就好了。”洛清影虽然看得不真切，可却清楚地听出了安歌话中的忧虑。他和缓了语气，轻轻拍着安歌的肩头：“多年前我曾偷偷藏在军中，与兄长一同在天雄平定叛乱。后来，我又与兄长在这里与漠风周旋，劝他退兵。今日我这一走，可能就再也不会回来了。我还想再亲眼看一看曾经与兄长携手奋战过的地方，听一听这关外遒劲的风声。”

一语言罢，安歌已是泣不成声，他无法再说出任何拒绝的话，只能连连点头，顺从了洛清影的意愿。

待一路爬上云梯，洛清影已经累得上气不接下气，他几乎完全瘫在安歌身上，只靠着他来撑着自己的身体。一阵寒风吹过，身上的斗篷彻底敞开来，似乎要被挟着飞走一般。安歌立刻将斗篷拽住，紧紧替他掖在身前，将他重重裹住。

“这风穿皮透骨，咱们只待一会儿便立刻回去吧？”

洛清影没有说话，只抬头极目远眺。城外一片漆黑，只有层层松林染下浓重的阴影。仰头而望，浓云蔽月，清辉斑驳摇曳。

洛清影看得不清，只能大约看出个轮廓。他索性又闭上眼，听那贴在耳畔厉声呼啸的北风。他似乎还能回想起尾随在洛清篱身后偷偷出关时的紧张和不安。那日的风如同今夜一般冷冽。

过了片刻，安歌只觉得浑身冰凉。勇武如他亦是难忍其冷，何况是大病初愈的洛清影。“大人，这里太冷了，您还是先回去吧。”

洛清影并没有回应他，而是转过头来轻声说道：“有件事我想请你帮忙。”

“何事？”安歌紧紧搀着他，诚恳应道，“大人但说，不论何事我一定做到。”洛清影点点头，附在他耳边交代一番。待他说完最后一个字，安歌难以置信地望着他：“大人，您真要这么做吗？”

“嗯。”

“既然您意已决，末将一定竭尽全力。”安歌犹豫片刻，郑重允诺。

洛清影释然地舒了口气，然后拍拍他的胳膊：“走吧，昭儿还在京城等我们回去。”

“昭儿……”安歌听着这个名字，鼻间又莫名地酸了。

洛清影意味深长地看着他：“安歌、安昭，虽然兄长从未与你明示，但从名字你也能明白他对你寄予的厚望。不论何时，一定不要辜负他。”

“嗯。”安歌低下头去，遮掩微红的眼眶，“大人，我送你回去吧。”

洛清影一行回到京城的时候，已经是十五日后的清晨。他身体未能痊愈，一路走走停停，便慢了许多日。他没有去宫中，而是直接回了太尉府。

赵弘瑀得了消息，立刻轻车简行赶了过来。洛清影似乎已经预料到他会来，早就在揽月阁中等着他。

“你怎么悄无声息地就回来了？”赵弘瑀快步进了门，一见他虚浮着步子要来相迎，赶紧上前将他扶住，“这次大败西卫你是最大的功臣，理应受到最高的奖赏，我还打算带着朝臣们去迎接你。”

“不必了。”洛清影笑着摇头，“战事方歇，还有很多事要处理。我能打赢这场仗，全赖将士们鼎力相助。你已经亲自为他们接风授赏，这就足矣了。”

赵弘瑀弯腰扶他坐定，又顺势坐在榻边，面上依旧很是懊恼：“可是……”

“你我又不是外人，不需要那些。”洛清影淡淡说着，可言语间却夹杂着一丝别样的情绪。

赵弘瑀敏锐地觉察出这一丝隐隐的异样，却又说不出到底怪在哪里，只好无奈地顺着他说道：“也好，反正你重病未愈需要静养，这些个典仪程式烦琐，对你的恢复确实也没什么好处。”

洛清影微微点头，却没说话。赵弘瑀以为他是长途奔波太过劳累，便也没再急着开口，只默默看着他。

“方才侯爷来过，将昭儿送来了。”洛清影低头揪着被角，声音有些颤抖。

赵弘瑀默默叹了口气：“这事怨我，我没照顾好郡主，有负你的重托。自清篱走后，郡主日日夜夜以泪洗面，她早就不愿独活。天雄大捷的消息传来，她明白清篱大仇得报，便再无可恋……她是那样坚贞的女子，只愿与自己的夫君生死不离。有妻如此，夫复何求。”

“不能怪你，这一切都是郡主自己的选择。我能做的就是尽力照顾好昭儿，让他们夫妻可以安心。”洛清影说着，眼圈又红了起来。

见他如此伤感，赵弘瑀试图让他高兴一些：“昭儿是你的侄子，也是我的外甥。以后我便接他入宫来与元澍做个伴，你看可好？”洛清影默不作声，顿了一下只轻轻点了点头。

“对了，章延泽不日就能回来了。”赵弘瑀想到此事，又略带欣慰地看着他，“另外，漠凤已死，漠竹对李崇勋而言也就没有什么威胁了。我决定为他选一处宅院，让他在京城安心度日。这样的话他也可以与你多走动，闲来做个伴。”

“你看着办吧。”洛清影似乎有些心不在焉。

赵弘瑀本是兴冲冲过来，可见他却如此疲倦，便也跟着情绪低落起来：“仿佛一夕之间，所有人都不在了。当安歌告诉我你昏迷不醒时，我心急如焚，恨不能立刻赶到天雄去救你。我已经失去了太多，不敢想象你也会……算了，不说了，你现在安然无恙地回来，我这悬着的心总算是落了地。”

“我答应过你会尽量活着回来，我就不会食言。”洛清影不忍见他这般颓丧，便强撑着笑意安慰他，“欺君之罪我可是担不起的。”

见他的心情似乎好了些，赵弘瑀亦是露出笑颜。他盯着洛清影打量了半天，又忧心忡忡地叹息：“杜若说你的眼睛似乎有些问题……”

“没什么，就是太累了而已。”洛清影不以为意地打断了他，“杜若仔细查过，没什么异样，我想休息些日子定会好起来。”

“嗯。”虽然赵弘瑀还是不太放心，可也知道一时间查不出病因，只好强打精神劝慰道，“在京城好好养着，让杜若仔细给你诊治，应该能好起来。”说到这里，他似是想起什么，“对了，之前太后发了话，陆氏一族恢复了清名。如今你又立下如此大功，朝臣们对陆氏的敌意也缓和了许多。他们都不是傻子，心里也都如明镜一般，早就看出了端倪，更有人主动上奏，要我重赏你。只可惜，我还是没有办法直接为陆骞昭雪……”

“为人臣者，为君、为国无不可舍，更不会在乎生前身后的虚名。父亲唯愿大殷国泰民安，不在乎一己之身。他为道义而死，心中无怨。在我心中，他仰不愧天、俯不怍地，这就够了。”洛清影欣慰地笑笑，“你已经尽力了，无须自责。好容易安定了人心，稳定了朝局，不可以再生出任何事端。你是一国之君，当务之急应该想想如何休养生息、与民安乐。”

赵弘瑀默默盯着他，忽然觉得他似乎变了，可一时间又说不出到底变在何处。陪洛清影坐了小半日，见他仍是精神不济，赵弘瑀便让他好生休息，说是明日再来看他。临走之时，赵弘瑀又婆婆妈妈地叮嘱了好些遍。洛清影没有嘲笑他的啰唆，而是微微笑着盯着他，反复点头示意他宽心。

不知为何，赵弘瑀心里一直惶恐不安。虽然洛清影已经平安归来，眼下就好生生地躺在揽月阁的榻上，可他却总觉得下一刻这个人就会消失不见。

待批阅完所有奏章，早已过了子时，赵弘瑀忽然觉得心跳得厉害。他立刻派人去太尉府打探一番，来人回来禀告，说洛清影一直待在宗祠里，并未出府。赵弘瑀觉得他应该只是想自己找个地方静一静，便暗自好笑自己的多虑。回了寝殿，一夜睡到天亮。

早朝之后，赵弘瑀准备再去太尉府看看洛清影，可还没起身，就看见欢招惊慌失措地跑进来：“陛下，太傅大人不见了！”

“不见了？”赵弘瑀一愣，继而心内一揪，“什么意思？好好的人怎么会不见了？”

“奴才也不知道，是……是安歌将军来禀报的。”

赵弘瑀抬脚就往外走，边走边喊：“安歌，怎么回事？”

安歌听见呼唤，一溜烟进了殿来，扑通一声跪在他脚下：“回禀陛下，今早臣去太尉府看望太傅，可找遍了府中上下也没见到他人影……臣心里着急，便问了管事的吉叔。吉叔说，昨夜太傅在宗祠里跪了一夜，哭了一夜。吉叔怕他出事，就一直守在门外。吉叔年迈，到了后半夜，体力不支睡了过去。等他再醒来时，太傅已经带着安昭公子离开了。”

“快！让崔迟带上人，随朕出宫去找！”赵弘璃不敢再听，慌乱地舞着手推着欢招。

“陛下，这茫茫人海去哪里找啊？”欢招见他失了理智，忙跪下劝道，“还是让崔将军带人先去寻，您就在这里等着消息。”

“等？还要等多久？”赵弘璃连着踹了他几脚，“朕一直在等，朕等得烦了！朕要自己去找他！谁再敢劝朕，格杀勿论！”

安歌见状，冒死将赵弘璃拦下：“陛下不用去寻了，您是找不到他们的！”

“为何？”赵弘璃恨恨瞪着他。

“太傅走前给您留了一封信。”安歌说着，从衣襟里掏出一副绢帛递到他眼前。

赵弘璃接过信飞速看了起来，待一遍看完，他踉跄着退了几步，重重跌坐在丹樨上。

“陛下？”欢招爬上前去，小心翼翼地唤着他，“陛下，太傅说了什么？”

赵弘璃仰头向天，将滚出眼眶的热泪死死逼了回去，停了半晌才幽幽地叹道：“他累了，倦了，不愿再回来了。”

“怎么会……”

欢招刚要说话，就听安歌跪在一旁开口劝道：“陛下，其实在天雄的时候，太傅的身子就已经很不好了。军情危急的时候他夜夜不能合眼，好容易能稍微安定一些，他也固执地不去休息。夏耒将军劝过好多回，可他只说不敢睡。他怕故人入梦，又怕故人不来托梦。他不休不眠，一心只想着如何剿灭李崇贵。他把一切悲剧的根源都揽在自己身上，他从没原谅过自己，并以这种方式来自我惩罚。这样下去，迟早有一天他会撑不住的。陛下，太傅并不是不愿与您同行，他……他其实是不想失去您这样一位朋友。”安歌说完泣不成声，伏在地上不住地颤抖。

“你……其实早就知道他会走的吧……”赵弘璃将绢帛紧紧捏在手心里，低头看着他。

“陛下恕罪。”安歌不置可否，只是一个劲磕着头。

“你何罪之有？他既是铁了心，朕怎么留都没用……”

赵弘璃说着，忽然想起昨日离开太尉府时洛清影望着自己的目光。那样欲言又止，欲说还休，明明就暗示着即将到来的离别。

"走吧，你们都走吧。"赵弘瑀站起身来，无法自抑地晃了晃身子。欢招想要上前搀扶，却被他大力甩开，"走吧，朕不想看见你们。"

那一日，赵弘瑀独自一人坐在高高的御阶之上，孤独彷徨，失落无助。一伸手，四极之境似乎悉数握于掌中。可放开手心，却是空空如也，什么痕迹都未曾留下。

第二十七章

飞鸿已逝　空留雪泥

林间的风携裹着水汽，穿过层层山峦，掠过层层松海，洛清影一个惊颤从浅眠中醒了过来。他睁着双眼盯着床幔的方向，眼中似有一丝流光闪烁，之后又变得死气沉沉。

自从离开朝堂，已经过了四个年头，可那些残酷的记忆却幻化成了噩梦，死缠着自己不肯走。但他却总也记不起自己到底梦见了什么。

他缓缓撑起身子，坐在榻边凝了凝神，然后站起身摸索着走到窗边，轻轻推开木窗，不小心被窗棂上的木刺扎了一下手指。他皱了皱眉，轻轻嘶了一声，继而又重重叹了口气。这眼睛，一点好转的迹象都没有。

湿润的风拂过脸庞、鬓角，带着草木的清新，浮躁的内心渐渐沉静了下来。洛清影想闭上眼睛，可是转而一想，自己现在睁眼也看不清，闭与不闭相差无几。他自嘲地扬了扬嘴角，徒然睁着空洞的双眸，一动不动，似是雕像一般。

“叔父！叔父！”洛安昭的奶音颤颤悠悠飘了过来，一听便知他又是急匆匆跑着进来。

洛清影转过身，感受到一阵风迎面袭来，一个软乎乎的肉团扑进怀里。他故意板起脸将洛安昭拉开些：“叔父平日里怎么教你的？大呼小叫，成何体统？”

“叔父……”洛安昭似乎有些委屈，噘起小嘴，“院外有人找您……”

“找我？”洛清影疑惑地拧起眉头。他隐居于此，几乎无人知晓。为数不多的几个知情之人也已经寥寥散落天涯，何人还会来找自己？

洛清影摇着头俯下身来拉住洛安昭的手，柔声说道：“昭儿是怕叔父责备你，所以说谎吗？昭儿，说谎可是不对的啊。”

“我没有说谎！”洛安昭着急地摆着小手，高声辩解，“那个叔叔确实是来找您的！他自己亲口说的！”

“哦？”洛清影扬了扬嘴角，想象着他面上着急解释的神情一定可爱至极。他抬头望着屋门的方向，屏气聆听了片刻，似乎并没有人声。

“找我的？”洛清影摇摇头，俯身又按住了洛安昭稚嫩的肩膀，“那叔父问你，既然找我，为何那人不与你一起进来？”

“嗯……”洛安昭咬着食指转身看了看门外，方才那个高个子的叔叔好像确实未跟着进来。他摆脱洛清影的手，一颠一颠地跑到门口，扒着门框探着脑袋向外看了几眼。那个人还直直站在院门外，并没有不告而别。

“唉？”洛安昭有些疑惑地眨了眨眼睛，转头看着洛清影说道，“那个叔叔就在院门外站着，昭儿也不知道他为何不进来……他刚才好像说怕叔父您不见他，所以不敢进得门来。”

洛清影心中一颤：“他说自己叫什么了吗？”

“他没说……”安昭转过身站定，想了片刻又笃定地点了点头，一字一句道，“不过他说他姓齐。”

“齐……”洛清影默念着这个字，心口似乎被一把利刃重重刺了进去。

——“对了，我叫齐瑀。背你这么久，还不知道你叫什么。”

——“名字重要吗？”

——“当然！我帮了你，哪天想起来去找你讨个赏钱，都不知道找谁去！”

将要遗忘的记忆汹涌而出，如同炸雷一般惊裂开来。太阳穴不受控制地突突跳起来，眼眶也跟着骤然疼了起来。

“叔父！”安昭惊叫一声跳了起来。

洛清影踉跄地扶住窗棂勉强站定，身边又是一阵风惊起，一双手牢牢搀住了他。洛清影完全不需要凝神分辨，仅仅从那人的呼吸就可以肯定，眼前之人就是赵弘瑀。

赵弘瑀轻轻拧着眉盯着他，知道他的眼睛出了问题，本以为休养了这么多年早就恢复了。可没想到一见之下，竟比那年更加茫然无神。

赵弘瑀没有说话，搀着洛清影缓步走到几案边坐下。“好些了吗？”见洛清影一直没有开口，赵弘瑀站在一边有些不安地问道。洛清影点点头，依旧没有言语。

赵弘瑀有些尴尬，转身从案上取过茶壶茶盏，想要给他倒一杯热水，却见壶中水已经凉透。

“可有烧水之处？”赵弘瑀抬头问向洛安昭。

“有！”安昭使劲点点头，“叔叔我带你去。”

“好。”赵弘瑀抱起茶壶跟在安昭身后就要出门，行至门口又转身叮嘱，“我去去就来，你好好休息。”洛清影不置可否，双目微垂盯着地面出神。

赵弘瑀叹了口气匆匆离去，过了一炷香的工夫又回了来。“你还是少喝凉的。”赵弘瑀坐在几案边，将壶中的热水汩汩倒入茶盏之中，转手递了过去。

洛清影低头接过茶盏，放到嘴边迟疑了片刻，又微微颤抖着要放回几案上。

“小心烫着。”赵弘瑀忙不迭接了过来，重新放好。他轻轻抚着茶盏的边缘，突然笑出声来，“我第一次见你的时候，好像就替你倒茶来着。可惜你那时并不相信我的身份，对我百般警惕。”说完，他抬头看着洛清影的侧脸，又苦笑一声，“现在你对我或许也并不能全然信任了。”

“昭儿呢？”洛清影没有回答，转而低声问道，声音有些沙哑。

“方才我来时看见他在院外用泥巴塑了些小人，煞有介事地排兵布阵演练兵法来着。”赵弘瑀收了思绪答道，“想必是又去摆弄他那些‘将士’去了。”

“这一点倒真是随了他的父亲……”洛清影无奈地摇摇头，然后似乎想起了什么，戛然打住了话头。

“你看起来精神不济，还是先休息会儿吧。”觉察到二人之间的别扭，赵弘瑀站起身来干咳一声，“我去陪昭儿，有事你唤我便好。”

半日工夫，赵弘瑀似乎便和洛安昭热络起来。洛清影半倚在榻上，听着院中传来一大一小两人的笑声，眼眶微微红了。

赵弘瑀再没有与他提及旧事，但也似乎并没有离去的意思。待寺中小僧送来斋饭，他也是跟着洛清影叔侄俩围坐一起。

一顿饭后，洛清影刚要起身去收拾，就被赵弘瑀拦了下来。赵弘瑀只将他摁回位子上，也没多说什么，默默带着安昭去把碗碟洗了个干净。

听着他来来回回忙碌的脚步声，洛清影终于忍不住说道：“国事为重，你该回去了。”

“嗯。”赵弘瑀闷声笑了笑，岔开了话题，“我知道，明儿一早我就回去，今晚我和安昭将就一下就行。你早点休息。”

安昭捂着嘴嘻嘻一笑，对着赵弘瑀招了招软软的小手，待赵弘瑀走过去，一把将他拉住，噌噌地将他拽了出去。

洛清影不知赵弘瑀葫芦里到底卖的什么药，也不想多问，便任由他们去了。他的内心里其实一直都明白，自己到死都不可能真正远离那个深不可测的朝堂。远走他乡没有任何意义，普天之下莫非王土，只要赵弘瑀不放弃，他迟早都会找到自己。大隐隐于市，所以当年的他才会选择隐身在明寂寺山下的小村落里。只是他没想到，赵弘瑀竟然会孤身前来。他隐去一身天家贵气，也没有久别未见的涕泪横流。那样温声细语，倒似旧友间日常的问候一般。

既来之，则安之。

恍惚间，洛清影觉得房门被人推开，有人轻轻走了进来。

"谁？"洛清影猛地一睁眼，直直坐了起来。

自从目力受损，他的听力变得异常敏锐，尤其身边带着安昭，他更是一刻不敢大意，连休息都只是浅眠而已。夜半而起的声响让他心生恐惧，他来不及反应便从榻上冲了下来，虚着脚步踉跄几步朝门口探身而去。

"是我。"赵弘瑀快步上前拉住他。

"昭儿呢？"洛清影似乎有些焦躁不安，双臂被赵弘瑀架着，可眼睛一直死死盯着门外的方向。

"昭儿没事。"赵弘瑀缓声安慰。

洛清影这才稍稍安下心来，微微蹙眉看着眼前那个模糊不清的人影："你其实不必来的。"

赵弘瑀无声地苦笑，继而满目黯然："你说过，我是个不会轻言放弃的人。"洛清影听他这般执着，便缓缓叹了口气没再说话。

赵弘瑀顿了片刻，深深呼吸了几下："我带你去一个地方。"

"现在？"洛清影不可置信地问道。虽然见不到光亮，凭着直觉他也知道现在只不过寅时左右。

"嗯，现在。"尽管知道对方看不大清楚，赵弘瑀依旧努力点了点头。

洛清影本想拒绝，可是他犹豫了一下，转而说道："那昭儿怎么办？"

"你放心，欢招亲自照看他，不会有事。"

"欢招？"

"是。"赵弘瑀耐心地解释道，"昨夜你睡下之后崔迟便领着戍卫军赶到了。为免骚扰村民，我让他们驻扎在村外，只让欢招带了两名婢女过来照看昭儿。"洛清影没有说话，依旧拧着眉。

“你不信我？”赵弘瑀暗暗有些躁郁。

洛清影长长舒了一口气，眉峰舒展：“带路吧。”

赵弘瑀释然一般抿着嘴角笑了笑，然后搀着洛清影往外走去。行至院门外，赵弘瑀扶着他上了一辆马车。

“本想把赤缨带来，可是……”赵弘瑀在他身旁坐下，懊恼地说，“当年清篱出了意外，我就不该让你替他领军，否则你这眼睛也不会变成这样……”

“此心光明，看不看得清又有什么分别？”洛清影盯着前方淡淡说道，“我自请领军不仅仅是为了兄长。身为大殷的子民，眼见外敌压境，我又怎能袖手旁观？沙场御敌本就是男儿之责。”

赵弘瑀想说什么，可又不知怎么去说，便紧握着拳头一言不发地看向别处，不再言语。两人一路无话，只听得车轴压过青石板的声音，在静谧的夜色中越发清晰。过了不多久马车停了下来。赵弘瑀先行下得车去，然后返身小心翼翼牵着洛清影下了车。

“这是……”洛清影闭上眼睛微微侧了侧脸，一股熟悉的香火味掺着阵阵松香沁入心中。

明寂寺。他不明白赵弘瑀为何要带自己来这里。

不待他问，赵弘瑀便一步跨在他面前，俯下身来拍了拍自己的肩头：“趴上来，我背你。”洛清影犹豫了一下。

“怎么？你觉得我是老了，背不动你了吗？”赵弘瑀尽量让自己的语气显得轻松一些。洛清影没说话，俯下身趴上他的后背。

“抓稳了，夜路难走。”赵弘瑀低声嘱咐一句，然后便一步一步稳扎着步子朝山上走去。

行了一半，赵弘瑀似乎有些累了。他停下脚步，转身看了看身后的松海，已经不似来时那般漆漆然，流云缱绻，整片山谷似乎笼上了一层珍珠般的光。太阳就快升起来了。

“你出汗了。”洛清影轻声说了一句。

“嗯。”赵弘瑀喘了口气，“没事，再坚持一下，就要到了。”说完，他又转身躬着腰身顺着山路往上爬去。

一路无话，终于到了山顶。赵弘瑀并没有在庙宇前停步，而是继续背着洛清影顺着一条小径走去。

“你……”洛清影刚要说话，赵弘瑀便轻轻将他放了下来。

“到了。”

洛清影小心翼翼往身前探着脚步。赵弘瑀顾不得擦去鬓角的汗珠，急忙上前拽住了他。

一阵山风袭来，吹得他衣角飞起。虽然看得不太真切，可他心里清楚——思远崖。

这一刻，他终于明白赵弘瑀要做什么了。他有些无措，许多的回忆呼啸着涌入眼帘，纷乱繁杂，惊心动魄。他来不及咀嚼个中滋味，只觉得一阵苦涩浸染了心头。

洛清影默默收回手：“你我之间，唯一剩下的就只有这一个誓约了。”

“你知道我不是这个意思。”赵弘瑀着急地抓住他的手臂，“我带你来只是想告诉你，我从未忘记过与你的约定。”

“少年意气，说什么仗义执守，不离不弃，然而现实残酷，又有几人能坚守终生？”洛清影似乎并不想继续这个话题，转过身去想要离开。

“清影！”赵弘瑀一把将他拽住，双唇微微张合，却始终未再说出一句话来。

一缕金色从远处冲破天际，刺痛了赵弘瑀的眼睛，他回首望去，满眼红光。这一刻，他猛然想起曾经的陆府，漫天的大火，是不是如同此刻一般？还有天雄山涧的那把火，天崩地裂，直将黑夜化成白昼。

洛清影似乎也感受到了暖意，缓缓转过身来，迎着朝阳默默伫立。

“灼灼金乌，烈烈其华。”赵弘瑀喃喃自语。良久，他转过身来看着洛清影又低声说道：“跟我回去吧。我让杜若用最好的药材来治你的眼睛。”

洛清影微微垂了眉眼：“不必了，一切自有天意。”

“可是……”赵弘瑀还想说，却又将话咽了回去，他盯着洛清影的眼睛，哀伤不已，“你不愿回去，是因为不再相信我了，对吗？”

洛清影没有直接回答他的问题，而是反问道：“我想问你一个问题，你能坦诚相告吗？”

“你说。”赵弘瑀认真点头，时至今日，没有什么话是不能直说的了。

“倘若当年兄长没有遇难，他若凯旋，待他回朝之后，你还能继续保持着这份信任吗？放着这样功高震主的臣子在身边，你真的不会再生隐忧吗？”

明知他看不清自己脸上的表情，可赵弘瑀依旧有些心虚地别开对视的眼神。

洛清影了然地笑笑：“乾为天、坤为地，君为天、臣为地。一步有失，便是龙战于野，其血玄黄。就算他并非有意，也难逃这样的结局。”

赵弘瑀低头沉默。在洛清影大胜西卫之后，赵弘瑀也曾暗自庆幸，庆幸这次胜的人是洛清影，而不是洛清篱。洛清影是文臣，回朝之后归还兵权是常理。可若换成了洛清篱，他真的不敢想象未来会发生什么。

无声胜有声。赵弘瑀的无言说明了一切。洛清影叹了口气，又继续说道：“我不想和他一样。”

“你和他不一样。”赵弘瑀着急着辩解。

“我和他同为人臣，有什么不一样？”洛清影特别想看清此时他面上的神色，“时至今日，你果真还能全然信我吗？”

“我……”赵弘瑀愣了一下，“或许之前是我不够坦诚，有些事我隐瞒了你，可我绝非恶意，请你相信。”

“你若完全坦诚，又如何能操纵人心？”洛清影笑着，脸上毫无勉强之意，“你是天子，不该有被人掣肘的软弱之处。我若继续留在你身边，你难免会左右为难。我相信你绝非恶意隐瞒，可……纵然有一万个理由，隐瞒就是隐瞒，不论善意或恶意，都会让我们无法释怀。我离开之后，你可以放手去做你想做的事，而我也可以松一口气，过自己想过的日子。”

这些道理，他想得通透。赵弘瑀听在耳中，虽然心有不甘，却又无法反驳：“你其实还是对我失望了。”

“怎么会呢？”洛清影继续淡淡笑着，“我看着你一步一步走来，知道你付出了多少心血。你从未让我失望，在你治下，百姓安康，朝臣和睦，这便是最好的证明。只不过，人生总要讲求因缘。隐于林泉或周旋朝堂，无论选择哪一个，我都希望你能更好。”

听到他这么说，赵弘瑀似是释怀了一些。他明白洛清影隐藏在话中的深意，君臣际遇，没有什么是永恒的。若是他回到朝堂，自己能否保证对他始终以礼相待？还是如他所说，他会成为下一个洛清篱？这样也好，彼此还能留些念想。

赵弘瑀对自己没有足够的把握，便不敢轻易承诺什么。他仰头感叹道：“在我最困顿时，你义无反顾来助我。我以为我们能互相支撑着走完一生，没想到却注定要在某个路口分道扬镳。”

洛清影迎光而立，整个人都笼罩在金色的朝霞中：“最失意时，总会有人来慷慨相助，与子同袍。可人生的路太长，谁也无法承诺可以陪你一直走下去。能陪着你走完一生的，只有自己而已。”

赵弘瑀心中抑郁难平，忍不住背过身去仔细擦了擦湿润的眼眶：“话虽如此，却残酷了些。既然你已下定决心，我尊重你的决定。”说着，他从大袖中取出一块虎头铜牌，塞进洛清影的手中：“这是宫中的通行令。什么时候想回来了，就来找我。”

洛清影摩挲着那凹凸不平的纹路，心中五味杂陈，刚要开口，只觉得喉间酸涩，便只能轻轻点头嗯了一声。

赵弘瑀明白他也是生出了感触，便又接着说道：“我只求你一件事，就待在这里吧，千万不要再不告而别。我不会再来打扰你和安昭的宁静，可我希望能知道你们的所在，确认你们都平安无恙，这样才能稍稍安心一些。”

“好。”洛清影点点头，继而又宽慰他道，“朝政为重，你不要为些许小事分心。昭儿的父母安葬于此，我不会带他远行。你若不放心，以后每年中秋我会给你写封信报平安。”

赵弘瑀欣喜地连连点头，可转念一想，又忍不住担心：“可是……你的眼睛。”

“水至清则无鱼，人至察则无徒。如今虽是目力昏花，心里反而更明亮了。”洛清影笑着摇头，“再说了，虽然提笔吃力一些，可好歹写的字还能认得出来，只要你不嫌弃难看便好。”

“怎么会嫌弃呢？”赵弘瑀说着，眼眶又红了起来，“君子一言既出，驷马难追！每年中秋我都会等你的信。”想了想，他又小心翼翼试探着说道，“你走的时候拜托我，让我替你看护太尉府。吉叔一直守在那里，我又派了些人过去，每日清扫、敬香。章延泽和安歌也经常会回那里凭吊一番。章延泽几经磨难，也不似往日那般开朗，可我看得出来，他一直没有放弃，带着对苏祓的思念努力地活着。你若真的不想回去，我就调些人来照顾你们叔侄，再让杜若来陪你，让他好好诊治你的眼睛……”

猛然提及章延泽和苏祓，令洛清影忽然想到了虞朝颜。这么多年，他从不愿再主动想起她。她的名字甚至已经变得生疏，可那明艳的笑颜却历久弥新。

洛清影按下他挥动的手，淡然一笑：“隔江不相扰，独向九天瞰。你的心意我领了。”

赵弘瑀咬着唇垂下头去，一股酸涩堵在心头，却又无计可施，只得点头应道：“好。”

洛清影转头望着崖下苍茫的林海，默了片刻轻声言道："时候不早，昭儿该晨起读书了，我该回去了。"

"昭儿他……你以后打算怎么办？"听闻安昭的名字，赵弘瑀有些不安，"他是清篱的儿子，不该隐于尘世间。当初你为他取名安昭，不就是希望他能像他的父亲一样顶天立地吗？"

"我不会强迫他做什么，不做什么。"洛清影默默看向远处，思绪随着山风飞扬起来，"我离开朝堂，并非是畏惧那里的复杂险恶。昭儿是洛氏子孙，不该忘记父辈所做的事情，为国尽忠，为民立命，乐以天下，忧以天下。我会教他读书、明理，也会将他父母的事情全都告诉他。待他成人，一切就让他自己决定吧。"

"也好，有昭儿在，你便有了寄托和期待。"赵弘瑀面上溢着淡淡的欣慰，却又瞬间沉郁下去，"昨日见到昭儿天真烂漫的模样，我便不由自主想到贵妃的孩子。若是我的女儿还在人世，应该也与他差不多大了。"

他这句话虽然听似轻描淡写，可洛清影却听得真切。沁入肝脾的伤痛从不会轻易消散，它潜藏在每一寸肌肤里，一旦再次牵起，必是锥心蚀骨。

"公主的事我听说了。"洛清影微微垂下眼眸，"是太后和贵妃的执念害了她。"

"她们的执念难道不是因我而起？若我当日能更慎重一些，对贵妃多一些关心，她也不至于走到这一步。"赵弘瑀苦笑道，"夫妻一场，我又何尝能干净利落地将一切都割舍下？虽然明面上我认可了那孩子的夭亡，可私下里却没有死心。我一直心存侥幸，认为当日胡之恒只是为了报复而骗我，所以这些年来便一直让崔迟暗中查访，幻想着有朝一日可以找到她，让她安全回到我身边来……"洛清影想要安慰他，但千言万语堵在喉间，难以开口。

赵弘瑀敛起悲伤的情绪，自嘲般地长叹一声："飞鸿已逝，空留雪泥。你说，我们这样尽心尽力地活着，到底能不能留下些印记？"

洛清影抬头看着他，虽不甚清晰，恍惚间却似乎觉得他整个人都在熠熠生辉："无愧于心便好，其他的你又何须在意？"

赵弘瑀轻轻笑了两声："世上最难的事不就是无愧于心这四个字吗？"

洛清影随着他淡淡笑着："不努力试上一回，你又怎知做不到？"说完，他不再停留，回身说道："我该回去了。"

"那我送你下山。"赵弘瑀说着，又怕他拒绝，便诚恳地求道，"就当这是你我同行最后一程。”

青石台阶蜿蜒而下。赵弘瑀小心翼翼搀着他，每一步都走得沉稳无比。

日光渐亮，几声高亢的鸟鸣从山涧中传来。赵弘瑀顺势抬头望去，忽然记起那年初遇时，他俩一同救起的那一窝雏鸟，不知是否已如大鹏展翅，翱翔于云霄。

后　记

在赵元澍的记忆里，从某个暮春以后，自己的父皇赵弘瑀便很少再面有笑意。

他手握帝国最无上的权力，神色严峻地端坐在皇城之巅，俯视着他的朝臣和子民。只有到了每年中秋，当那一封绢书送入皇宫的时候，他平静的面容上才会漾出一丝丝不易察觉的欣慰与安心。

白绢无字，只有淡色的素色封套上用小楷工工整整写着：弘瑀勿念。

这字迹赵元澍再熟悉不过。字如其人，温润如玉。

这个世界上敢对赵弘瑀直呼其名的人，再无其他。

春去秋来，如此循环往复，整整二十年。直到第二十一年的中秋，空白的绢书没有如期而至。赵弘瑀似是失了魂一般将自己锁进中孚宫，不见任何人。

待到第二日，天清寺的觉明师父亲自入了宫，将一个紫檀木匣送至御前。

天清寺便是曾经的明寂寺。赵弘瑀亲自下旨，将它改名“天清”，说是为了纪念曾为大殷浴血的忠臣义士。

紫檀木匣里面，是一摞厚厚的绢书和一方禁宫虎头令牌。整整二十封绢书，每一封都密密麻麻写满了字。工工整整的小楷，黑墨白绢。那方令牌则是皇宫中权限最高的通行，见令如见君。

赵元澍听杜若说起过，那人的目力受损，再也无法痊愈。他不能想象，写下这么多精致的小字，到底要耗去那人多少心血和精力。

赵弘瑀独自一人坐在殿中，将这二十封书信全部看过。待到最后，哭得满面泪痕。

那一夜，赵弘瑀高热不退，神志不清。杜若带着众御医用尽了各种金汤药石，才稍稍缓了症状。

赵元澍整夜守在御榻之侧，哭红了眼睛。这不是他印象中的父皇，不是那个杀伐决断、雷厉风行的大殷帝王。他就像个失去依赖的孩子，在生命涌动的巨浪中几近溺毙，脆弱不堪。

赵弘瑀整整昏迷了五日，待第六日才缓缓醒来。醒来后，他无语呆坐半晌，方才对欢招说道："把这几日的奏章都给朕拿来吧。"

之前发生的一切似乎都只是幻象。什么都没有发生过，可一切却又全都变了模样。

赵弘瑀命欢招特制了一把金锁，将那木匣重又锁好，从此再也不曾打开。

他越发沉默，除了日常处理政务，指导赵元澍如何监理朝政，便再无他话。

宁熙五年，距那二十封绢书入宫三年之后，朝廷大开科考，一力拔擢年轻士子。

殿试之后，殿前唱名的那一天，当吏部官员高唱出三甲第二名的名字时，赵元澍惊讶地发现，自己威严持重的父皇竟然欣慰地笑出了声。

赵元澍循声望去。金殿之前应声而出一位年轻人，英姿挺拔、气宇轩昂，眉眼间却隐隐藏着一丝丝温润柔和的气息。那独一无二的气质，将殿前所有人的光芒都掩了去。

"臣洛安昭谢陛下圣恩。"

赵元澍瞬间就明白了一切。

那样两种截然不同的气场，孤傲冷峻与宁静淡泊，竟如此和谐地融合在眼前这个年轻人的身上。恍惚间，赵元澍仿佛看到了幼时与自己相处的那两位大人，越过重重云层，落在了洛安昭的身后，微微笑着看着眼前这一切，似是从未离开过一样。

"元澍，他来了朕便安心了。答应父皇，以后一定要善待他。"赵弘瑀侧身望着赵元澍，眼眶微微红着。

赵元澍心中翻涌着难以言喻的情感，有欢欣，有伤感，及至嘴边，化作了一句承诺："儿臣谨记父皇之命，绝不敢忘。"

这一年的秋天，阴雨缠绵。

赵弘瑀缠绵病榻，反反复复，似乎再也没有回转的迹象。他将赵元澍唤至榻边，用尽力气做了最后的交代。然后他让欢招捧来那方木匣，交到赵元澍的手里。

"朕千秋之后，你记得把这个木匣放进朕的陵寝。"见赵元澍捧着木匣哭成泪人，赵弘瑀慈爱地摸了摸他的头，"你的太傅也曾是朕的师父。他性子温和，看似是世间最好说话的人，其实脾气拧得很。朕一生谁也没怕过，只怕他一人而已。朕死了是要去找他的，带着这些信去告诉他，他所希望的事情朕都办到了。如今这富庶繁华的江山，便是朕交给他的答卷。"顿了顿，赵弘瑀又缓缓说道，"元澍，你要记住，人生漫漫，没有谁会陪你走到最后。但是，有些人、有些事即使不在了，也早已深深镌刻进你生命里，变成你的一部分，无法抹去。朕相信，你会比朕做得更好。”

赵元澍想说什么，可赵弘瑀闭上了眼睛，似乎沉沉地睡了过去。从此赵弘瑀不再过问朝政，太子赵元澍监国领政。

宁熙五年冬，大殷皇帝赵弘瑀驾崩，庙号睿宗。赵元澍继位，任洛安昭为殿前司都虞候，改年号为永昌。

大行皇帝入葬，出殡那日，岐江官道上，杨柳抽芽，风和日暖。一如那年，年少携游，春光正好。